ROSALIA AGUILAR SOLACE

THE GREAT LIBRARY OF TOMORROW

Autorin

Rosalia Aguilar Solace wuchs als Spross einer langen Reihe von Schriftstellerinnen und Schriftstellern in Mexiko-Stadt auf. Wenn Rosalia einmal nicht in ihrer Heimatstadt in einem Büchercafé sitzt und schreibt, ist sie in der Großen Bibliothek von Morgen anzutreffen. Doch egal, ob sie zu Hause bei ihrer Familie oder auf der Suche nach Inspiration für neue Werke ist, eines ist gewiss: Magische Geschichten entspringen ihrer Feder.

Weitere Informationen zur Autorin unter:
thegreatlibraryoftomorrow.com

rosaliaaguilarsolace

rosaliaaguilarsolace

ROSALIA AGUILAR SOLACE

THE GREAT LIBRARY OF TOMORROW

DAS BUCH DER WEISHEIT

ROMAN

Deutsch von Michaela Link

penhaligon

Die Originalausgabe erschien 2024 unter dem Titel
»The Great Library of Tomorrow«
bei Blackstone Publishing, Ashland, Oregon (USA).

MIX
Papier | Fördert
gute Waldnutzung
FSC® C083411
FSC
www.fsc.org

Penguin Random House Verlagsgruppe FSC® N001967

1. Auflage 2024

Redaktion: Joern Rauser
Umschlaggestaltung: www.bürosüd.de,
nach einer Originalvorlage von
@ TL International BV/Tomorrowland, 2024
Karte: © TL International BV/Tomorrowland, 2024
SH · Herstellung: fe
Satz: satz-bau Leingärtner, Nabburg
Druck und Bindung: CPI books GmbH, Leck
Printed in the EU
ISBN 978-3-7645-3289-5

www.penhaligon-verlag.de

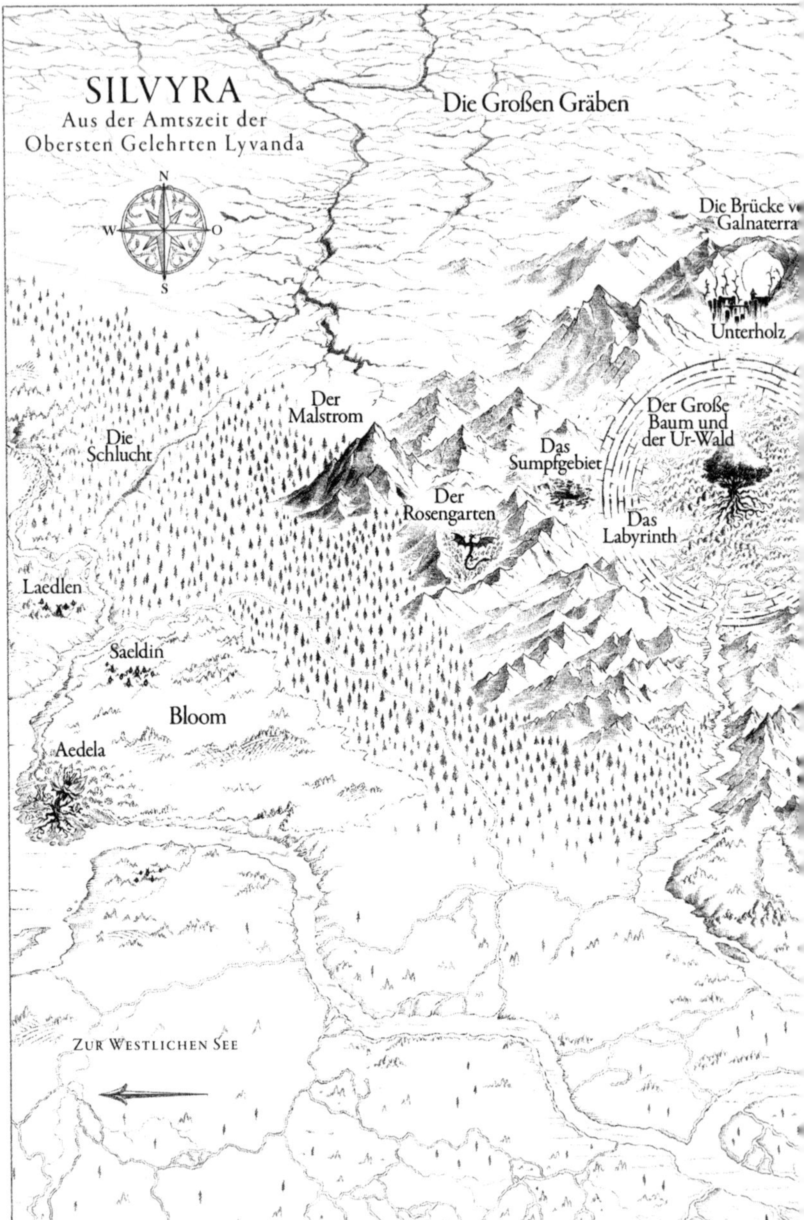

SILVYRA
Aus der Amtszeit der
Obersten Gelehrten Lyvanda
N
W
O
S
Die Großen Gräben
Die Brücke v
Galnaterra
Unterholz
Der Malstrom
Die Schlucht
Das Sumpfgebiet
Der Große Baum und der Ur-Wald
Der Rosengarten
Das Labyrinth
Laedlen
Saeldin
Bloom
Aedela
Zur Westlichen See

Zu den Nördlichen Ebenen
Der Ostwald
Der Uhrwerkberg
Das Wüstengebiet
Zur Östlichen See
Zu den Südlichen Ozeanen

Prolog

Asche wehte über den ausgetrockneten Meeresboden – wie Schnee.

Die einsame Gestalt eilte an den verstreut herumliegenden Leichen vorbei, ohne aus dem Tritt zu geraten. Der Mann hatte keine Zeit, darüber nachzudenken, was er sah. Die unnatürlich verdrehten Gliedmaßen und die zerfetzten Gesichter im Sand beachtete er ebenso wenig wie die Schädel, deren Kiefer wie zu stummen Schreien aufgerissen waren – ein Chor der Qual, für immer erstarrt.

Die Gebeine lagen um die zerfallenden Wracks der Schiffe herum, überall dort, wo das Böse die Menschen niedergestreckt hatte.

Die Finsternis hatte gesiegt. Umso passender war es, dass das Treffen an diesem Ort stattfand – hier, in dem ersten Reich, das unter ihre Herrschaft gefallen war. Früher einmal eine Welt des Lichts und der Liebe, deren Zwillingssonnen dichte Wälder, grüne Hügel und tiefe Ozeane beschienen hatten, war es zuerst von dem heimtückischen Bösen, dem die Gestalt diente, verschlungen worden.

Nun blieb es als eine trostlose Landschaft zurück, in der nur die Widerstandsfähigsten überlebten, vor allem dort, wo der Mann gerade entlangschritt. Hier hatte sich einst der gewaltige Ozean erstreckt, nun aber lag dort nur noch ödes Brachland. Die vertrockneten Überreste großer Meerestiere bedeckten den Boden und über dem Sand erhoben sich traurige Berge abgestorbener Korallenriffe.

Nachdem er mit dem Stiefel knirschend in den Brustkorb eines Toten eingebrochen war, stolperte der Mann. Schnell schüttelte er die bröckelnden und verkohlten Überreste der unglücklichen Seele von sich und stieg weiter den Hang hinauf, dorthin, wo der Wind die Asche am heftigsten herumwirbelte.

Sein Ziel war das hoch aufragende Skelett aus den gebleichten Knochen des Kupferseeungeheuers, das sich wie die Ruinen einer uralten Kathedrale aus der endlosen Wüste erhob.

Plötzlich war er froh darüber, für diesen Besuch seine menschliche Gestalt behalten zu haben und nicht in die wendigere und flinkere seines gnadenlosen Hunde-Ichs geschlüpft zu sein. Es schien ihm unterwürfiger und angemessener, dem Verkünder dunkler Geschichten als Mensch zu dienen. Und doch schlug ihm die Todesgefahr in diesem verwundbaren Zustand auf den Magen. Die klirrende Kälte der Wüste brannte auf seiner Haut, vor allem um die Augenhöhle herum, in der er seinen geschrumpften Gefährten Myrtilus trug.

Die Sphäre vibrierte an seinem Schädelknochen. Wie alle Sphären machte sich auch Myrtilus mit diesen seltsam leichten Energiestößen bemerkbar. Zwar handelte es sich dabei um keine richtige Sprache, aber die Signale folgten bestimmten Mustern, sodass man sie verstehen konnte.

Wir sind fast da.

Vor ihm hatte sich die Aschewolke verdichtet und wie ein Leichentuch über die Kathedrale aus Knochen gelegt. Sie gewährte nur schemenhafte Einblicke in ihr Inneres. Und nun fiel die Asche immer dichter, genauso wie er es erwartet hatte. Dicke Flocken fegten über seinen Weg, ein befremdlicher und bitterer Regen, der nach der Vernichtung von Leben roch.

Auf einmal bemerkte er Hunderte von Gesichtern, die durch die Schlacke und die Knochen in seine Richtung spähten: das verderbte Volk und die wilden Kreaturen, die es begleiteten.

Diese riesigen Bestien, die wie die Hunde des Teufels aussahen, schienen ganz aus verfilztem Fell, fiebrigen Augen und spitzen Zähnen zu bestehen. Aber es waren vor allem die Menschen, die Fußsoldaten der Finsternis, die den Mann faszinierten. Bis jetzt hatte er sie noch nie aus der Nähe gesehen und ihr Anblick verschlug ihm den Atem. Die sonst so unauffälligen Gesichter waren – wenn auch von dem Leben in dieser brutalen Welt zerschunden – von einer glühenden Schrift gezeichnet, die sich wie zerfließende Tinte über ihre Haut zog.

Der Mann erkannte, dass die Worte zu den dunkelsten Geschichten gehörten, die der Menschheit bekannt waren. Sie waren in die Haut und das Fell aller Wesen hier eingeritzt worden und unterwarfen sie dem Willen des Bösen. Wie Feuer brannte ein jedes Wort auf Menschen und Monstern gleichermaßen.

Ein Zeichen, dass sie zum Töten bereit waren.

Der Mann beäugte sie misstrauisch, ging aber weiter, mitten in die Aschewolke hinein. Sie waren nicht seinetwegen hier. Sie begleiteten lediglich die Gestalt, die sich nun langsam aus der Dunkelheit schälte.

Sofort ließ sich der Mann auf die Knie fallen. »Ich bin gekommen, wie befohlen.«

Die Gestalt trat vor und zog ihren Glutmantel fester um sich, als wollte sie sich in dessen Schutz hüllen. Als das Wesen näher kam, stank es nach verbranntem Fleisch. Fettspritzer flogen unter dem Mantel hervor und zischten auf den Aschenhäufchen, die sich um seine Füße herum ansammelten.

Die Wolke lichtete sich so weit, dass man den geisterhaft weißen Kopf erkennen konnte, dem jegliche Gesichtszüge fehlten.

Hast du meinen Auftrag wie befohlen ausgeführt?

Er spürte die Stimme eher, als dass er sie hörte. Angst hallte durch jeden Knochen im Leib des Mannes, denn die Worte schlängelten sich wie Würmer unter seine Haut und übertönten jeden vernünftigen Gedanken.

Es war das elementare und köstliche Gefühl des reinen Bösen.

»Ich habe alles Erforderliche getan – die Vorbereitungen sind jetzt abgeschlossen.« Er senkte den Kopf. »Die Verderbnis fließt durch das Reich von Silvyra … und über seine Grenzen hinaus. Deine Zeit der Rache ist gekommen.«

Gut. Darauf haben wir schon lange gewartet. Wir und …

Die Gestalt beendete den Satz nicht. Etwas abseits brach eine der Knochensäulen, stürzte um … und derjenige, der sich daran angelehnt hatte, stolperte nach vorn. Es handelte sich um einen jungen Mann – wenigstens war er das gewesen, bevor seine Geschichte von der verderbten Sprache Discordias überschrieben worden war. Er fiel auf alle viere und versuchte hektisch, wieder nach hinten zu krabbeln, als gäbe es noch die Möglichkeit, dass seine Störung unbemerkt geblieben war.

Vergeblich.

Ohne zu zögern, vollführte die gesichtslose Gestalt eine schnelle Drehung mit dem Handgelenk. Als die Worte auf seiner Haut aufloderten und das Feuer noch heftiger brannte, schrie der junge Mann. Die Wörter brachen eines nach dem anderen auf und bildeten feurige Risse, die sich wie vulkanische Schlote über seinen ganzen Körper zogen.

Auf eine weitere Drehung der Hand hin schwebte das sich windende Häuflein Qualen in den Himmel hinauf. Über ihnen hallte das Reißen und Knacken wider, als der Mann in Stücke gerissen wurde.

Als es um sie herum Blut regnete, drehte die Gestalt den Kopf noch einmal zurück.

Und was ist mit dem Drachen, der sie beschützt?

»Unterworfen, mein Gebieter. Das Reich von Silvyra gehört ganz dir. Dir und diesen …«

Er wies auf die versammelten Scharen, auf deren nackter Haut die brennende Schrift tanzte.

Meinen Ungeschriebenen.

»Natürlich.«

Das Wesen zeigte keine erkennbare Gefühlsregung, aber es schien mit der Nachricht über den Drachen zufrieden zu sein. Es streckte die Arme vor sich aus und sein Glutmantel sprühte Funken und erstrahlte hell von Feuer.

Jetzt können wir endlich beenden, was ich vor all den Jahren einmal begonnen habe. Ich werde diesem verfluchten Buch und der Urheberin die Macht der dunklen Geschichten zeigen. Sie mag versucht haben, sie auszusperren und so zu tun, als gäbe es sie nicht, aber ihr Verrat wird ganz Silvyra teuer zu stehen kommen.

Sein Blut kochte, und der Mann konnte seine Aufregung über das, was vor ihm lag, und seinen Stolz darüber, dass er seinen Teil dazu beigetragen hatte, kaum zügeln. Erwartungsvoll pulsierte Myrtilus in seinem Schädel.

Was jetzt kommt, ist äußerst wichtig.

»Ja, mein Gebieter.«

Kehre zum Großen Baum zurück und vernichte sämtliche Beweise für die Arbeit, die du in all den Jahren geleistet hast. Töte jeden, der eine Bedrohung darstellt. Schaffe Chaos und streue die Saat der Furcht. Wer sich uns widersetzt, wird von seiner eigenen Unwissenheit geblendet werden. Die Schlacht wird vorüber sein, bevor sie überhaupt begonnen hat. Dann ist der Weg geebnet, unseren dunklen Geschichten ein Fest zu bereiten.

»Selbstverständlich.« Er neigte den Kopf. »Und was wird aus deiner Invasion?«

Ich werde Silvyra von seiner lästigen Beschützerin befreien und in der Mutter aller Reiche endlich den Tod entfesseln. Ich werde ihnen einen Vorgeschmack auf das geben, was auf die gesamte Papierwelt zukommt.

Das gesichtslose Wesen war jahrhundertelang in der Dunkelheit gefangen gewesen, doch es wusste noch genau, wie es seine Macht ausspielen konnte. Es streckte die Hand aus und fuhr mit dem Finger durch die Luft. Das wiederholte es fünfmal und erzeugte dabei silberne Streifen, die sich krümmten und umeinanderwickelten, bevor es beide Hände gewaltsam in ihre Mitte stieß und gleich darauf die Ränder zurückbog.

Durch den Spalt war eine andere Welt zu erkennen. Es öffnete sich ein Blick auf das, was manche als Paradies bezeichnet hätten.

Als der widernatürliche Akt vollendet war, trat die gesichtslose Gestalt hindurch.

Jetzt. Es beginnt.

1

Hinterhalt

Das blaue Moos des Rosengartens war voller Blut. Wie Schienen zogen sie zwei rote Spuren hinter sich her, als Xaviers Lebenskraft aus den Wunden an seinen Beinen sickerte. So gut sie konnte, zog ihn Helia dorthin, wo sie Hilfe zu finden hoffte.

»Wie weit noch?«, fragte Xavier. Seine Stimme klang heiser und genauso schwach, wie er aussah, und doch lag eine Dringlichkeit und Sorge darin, die für ihn ungewöhnlich schien.

Helia kämpfte gegen die Verzweiflung an, die sie innerlich zerriss, gegen den Gedanken, ihn zu verlieren. Doch sie scheiterte kläglich.

Ihre Sphäre spürte ihre Panik. Vega schwebte dicht neben ihr her und ließ in grünen Wirbeln eine besorgte Nachricht aufblitzen. Sie sah ihn stirnrunzelnd an und schüttelte den Kopf.

Xavier beobachtete den Austausch und versuchte zu lachen, doch er bekam nur ein feuchtes und gequältes Gurgeln heraus. Sie schaute hinunter und sah einen roten Spritzer auf seinen Lippen.

»So schlimm, hm?«, fragte er.

»Du wirst es schon schaffen.« Sie hoffte, dass dies kein Irrtum war. Unter der Last seines Gewichts blies sie die Wangen auf.

Immerhin war es ein Gewicht, das sie immer geliebt hatte. Eine beruhigende, tröstende Masse aus Muskeln und guter Laune, ein Fels in der Brandung, ganz gleich, was auf sie zukam. Aber jetzt brachte dieses Gewicht sie beide in Gefahr, und sie wusste nicht, was sie tun sollte. Sie strauchelte und verlor fast den Halt. »Ich bringe dich in Sicherheit.«

Wie immer durchschaute er ihre erzwungene Zuversicht auf Anhieb. Schließlich war er der Weise der Wahrheit. Es war seine Gabe und oft genug ihr Fluch.

»Das war eine Falle, Helia. Lass mich hier und kehre in die Große Bibliothek zurück. Sonst findet er uns und verbrennt uns beide zu Asche. So steht es in den Geschichten. Schließlich hat er seine Methoden nicht geändert.«

»Du weißt doch gar nicht, ob er es wirklich gewesen ist, Xav.«

»Er war es.«

Ihre Sphäre blinkte zustimmend.

Sie funkelte Vega an, während sich ihre Gedanken überschlugen und sie krampfhaft versuchte, sich an das zu erinnern, was geschehen war. Aber es gelang ihr nicht. Ihre Erinnerungen an die letzte Stunde waren verschwunden, von Nebel verhüllt. Dieser Gedächtnisschwund hatte dieselbe Ursache wie die Wunde an ihrer Stirn, aus der ihr das Blut in die Augen lief, was auch immer dafür verantwortlich gewesen sein mochte. War sie gefallen? Hatte sie sich den Kopf angeschlagen?

Sie konnte sich an nichts von dem erinnern, was nach dem Angriff geschehen war. Aber zumindest *dieser Angriff* blieb ihr noch lebhaft im Gedächtnis. Die Überraschung, die Grausamkeit. Dass er aus dem Nichts erfolgt war, ein plötzlicher Ausbruch von Gewalt an dem einzigen Ort, an dem sie sich immer sicher gefühlt und inneren Frieden verspürt hatte.

Nach wie vor schmeckte sie die Aschewolke auf der Zunge, die sie eingehüllt hatte, als sie aus dem Portal getreten waren und das vertraute weiche Moos am Rande des Rosengartens unter ihren Füßen gespürt hatten. Bei ihrer Ankunft hatte kein Himmel sie willkommen geheißen. Keiner der gewohnten Orange-, Rosa- und Violetttöne des Lichts, die doch sonst immer zwischen den vorbeiziehenden Wolken tanzten und die Erhabenheit dieses außerweltlichen Gartens in die Farben des Sonnenuntergangs tauchten – das üppige grüne Laub, die sich wiegenden Blumen, die Felsenspringbrunnen. Es hatte nur noch glühende Gestalten und mit Krallen bewehrte Finger gegeben, die aus der erstickenden Finsternis hervorgekommen waren, die sich plötzlich über alles gesenkt hatte.

Aber noch schlimmer – viel schlimmer – war die Ahnung von dem gewesen, was in dem Nebel dahinter gelauert hatte.

Eine Präsenz, dunkler und böser als jede von denen, die sie in all den anderen von ihr besuchten Welten je gespürt hatte.

Suttaru hieß er. Allerdings kannte sie ihn unter einem anderen Namen.

Der Aschenmann.

Er musste es gewesen sein. Er stammte aus der Zeit der Gründung der Bibliothek, lange vor Helias Ankunft dort. Eine bedrohliche Gestalt, über die jetzt nur noch in den hintersten Gängen und Winkeln der Großen Bibliothek im Flüsterton gesprochen wurde, von Schülern und Gelehrten, die versuchten, sich gegenseitig mit unheimlichen Geschichten Angst einzujagen.

Einerseits schien es unmöglich zu sein, dass er es war. Und doch lag die Wahrheit auf der Hand, vor allem für den Mann, der gerade in ihren Armen starb.

Xavier, dieser wunderschöne Mensch, hatte immer die Wahrheit der Dinge erkannt, so wie es seiner Gabe entsprach. Er suchte und beschützte die Wahrheit. Sie hätte es besser wissen müssen, nicht an ihm zweifeln dürfen.

»Helia«, flüsterte er. Es war das Flüstern eines Geliebten und brach ihr das Herz.

»Alles wird wieder gut, Xav. Versprochen.«

Er war schon fast verloren, sie musste sich beeilen.

Die Aschewolke immer noch in ihrem Rücken, zog sie ihn weiter in die Mitte des Rosengartens. Der Drache Perennia würde ihn doch gewiss retten – nicht wahr?

Bei dem Gedanken an den Drachen brannte Helias Kopf vor Qual und weiß glühender Schmerz explodierte unmittelbar hinter ihren Augen. Es war, als gäbe es etwas in ihrem Kopf, irgendein Wissen, das aber durch die Verletzung verdeckt wurde. Sie wusste nur, dass sie weitergehen musste. Einen anderen Ausweg gab es nicht mehr.

In diesem Augenblick sah sie es plötzlich klar vor sich. Die Wahrheit des Geschehens.

»Helia, warum sind die Rosen grau?«

Erst hörte sie Xavs Frage gar nicht. Ihre ganze Energie floss in ihre Glieder, da sie versuchte, ihn den letzten Hang hinunterzuschleppen. Sie hatte ihm ihre Arme unter die Achseln geschoben, seine Füße schleiften nun über den Boden. Als sie ihn aber endlich auf den smaragdgrünen Pfad zog, in der Hoffnung, Trost in der vertrauten und sonst so wunderschönen Umgebung zu finden, konnte sie es nicht länger ignorieren.

Die Blumen um sie herum, die hätten blühen sollen, waren verschwunden.

Stattdessen lag dort eine Unmenge sich zusammenrollender, verwelkender Blütenblätter, allesamt aschgrau, als wären sie durch irgendeine seltsame Magie ihrer Lebendigkeit beraubt worden, sodass sie nur noch Gespenster ihres früheren Selbst waren.

Verdorben.

Unter den welkenden Ranken lagen die toten und sterbenden Gartenbewohner. Summbienen mit rosafarbenen Flügelspitzen, Mondschwalben und Hasen mit buschigen Schwänzen lagen verstreut im Laub. Einige, die noch lebten, ließen die Blätter rascheln, als sie Xavier an ihnen vorbeizog. Vielleicht witterten sie Rettung oder sie machten sich nur in ihrem letzten Todeskampf bemerkbar. Aber die meisten bewegten sich gar nicht mehr.

Helias Sphäre pulsierte in einem düsteren, schwärzlichen Grün – dies kam einem schmerzlichen Schrei so nah, wie es ihr möglich war – und rückte näher an Helia heran.

Das Entsetzen angesichts ihrer Lage nahm zu und ihr Adrenalinspiegel schoss gleichermaßen in die Höhe. Das genügte, um ihr die Energie für eine letzte Kraftanstrengung zu geben.

Sie stemmte die Fersen in den smaragdgrünen Pfad und zerrte Xav weiter, biss die Zähne zusammen und spannte jede Sehne an, bis ihr ganzer Körper brannte.

Endlich erreichten sie die Mitte des Rosengartens.

Und fanden nichts.

Perennia war fort.

Helias Beine gaben unter ihr nach, sie brach zusammen und riss Xav mit sich zu Boden. Er war schon zu schwach, um auch nur in Agonie zu schreien, doch obwohl er sich durch seinen eigenen Schmerz kämpfte, musste er die Verzweiflung gespürt haben, die sie gerade überwältigte. Er nahm ihre Hand.

Sie starrte in sein bleiches Gesicht und mit ihrer verbliebenen Kraft zog sie ihn an sich und wiegte ihn in ihren Armen. Sein Bart war mit Blut verklebt. Seine Lippen verzogen sich zu einer Grimasse, als er sich mühte, in der Tasche seines langen Mantels nach seiner Sphäre zu tasten.

»Was tust du da?«, fragte sie, obwohl sie befürchtete, die Antwort bereits zu kennen.

»Antares soll an deiner Seite bleiben!«

Er drückte ihr die Kugel, die jetzt nur noch die Größe einer Murmel hatte, in die Hand.

»Nein, Xav. Sobald wir dich in die Große Bibliothek zurückgeschafft haben, können wir dich zu einem Heiler bringen, der sich um euch beide kümmert … und euch wieder auf die Beine bringt. *Seid für immer geeint*, erinnerst du dich? Das gilt auch für deine Sphäre.«

»Aber … wir haben jetzt keine Wahl mehr, Helia.«

Er nahm ihre Finger und legte sie über seinen leblosen Gefährten. Die kleine Antares fühlte sich erstaunlich kalt an. Man spürte keine Bewegung oder Farbe, kein Pulsieren oder Vibrieren. Das hätte nicht sein dürfen. Helia fragte sich plötzlich, ob Sphären eigentlich sterben konnten. Diese Frage war ihr noch nie in den Sinn gekommen, doch in all den Jahrhunderten in der Bibliothek hatte sie nie erlebt, dass eine Sphäre so stark schrumpfte.

Ihre eigene Sphäre, Vega, ließ sich traurig neben ihr fallen und stupste ihre Hand an, um den Freund zu wecken.

»Alles wird wieder gut«, flüsterte Helia, als sich Antares nicht regte. Sie versuchte, ruhig und zuversichtlich zu klingen, einfach weil das nötig war. Nicht nur für ihre Sphäre, die schon jetzt ihre Stimmung spürte, sondern vor allem für Xavier. Er durfte nicht hören, dass ihre Stimme brach. Er brauchte Hoffnung, wenn er überleben wollte. Hoffnung war das Licht, das die Menschen aus der Dunkelheit führte.

Dum spiro, spero, dachte sie und versuchte, sich zu beruhigen. *Solange ich atme, hoffe ich.*

Während sich Xaviers Brust in flachen Atemzügen hob und senkte, steckte sie seine Sphäre in die Falten ihres Umhangs und starrte auf die Ödnis um sie herum.

»Perennia ist verschwunden«, sagte sie und sofort kehrte der Schmerz zurück. Ihre Sicht verschwamm, aber sie blinzelte die

Tränen weg. »Ich kann es nicht glauben. Warum ist sie nicht hier, Xav? Wo ist sie denn?«

Eine Falte erschien zwischen seinen Brauen. Schwach hob er eine Hand und berührte mit dem Zeigefinger ihre Stirn. »Ist alles in Ordnung mit dir?«

Sie nickte, legte ihre Hand auf seine und drückte sie. Es gab etwas in ihrem Gedächtnis, von dem sie wusste, dass sie es brauchte, aber im Augenblick entzog es sich ihr.

»Ich habe mir den Kopf gestoßen. Glaube ich zumindest.«

»Du erinnerst dich aber nicht, was passiert ist?«

»Nur an den Angriff, aber danach … ist alles weg.«

»Vega?« Er wandte sich an die Sphäre.

Vega wirbelte in einem frustrierten Muster herum, das es bestätigte. Da er mit Helia verbunden war, hatte auch Vega diesen Teil seines Gedächtnisses verloren.

Xavier wollte gerade noch etwas sagen, aber da erblickten sie die erste dunkle Flocke des Todes, die vom Himmel trudelte.

Asche.

Plötzlich konnte Helia wieder den beißenden Gestank von Feuer und Rauch riechen, der schon näher kam und so penetrant war, dass ihr die Kehle brannte und die Augen tränten. Der Wind trug die Bedrohung durch das Feuer am Horizont näher heran.

»Er ist hier«, sagte Xavier und machte sich gar nicht erst die Mühe, hinzusehen. »Du musst weg. Sofort!«

Helia drehte sich um und erblickte hinter sich den verschwommenen Schattennebel, der den Hügel hinaufgekrochen kam.

Die Angst brodelte in ihr, und zwar so stark, wie sie es seit ihrem letzten Morgen auf der Erde nicht mehr erlebt hatte. Es schien, als wären tausend panische Insekten in ihrer Brust gefangen und kämpften darum, wieder herauszukommen.

Und doch klammerte sie sich noch immer an die Hoffnung,

für die sie bekannt war, und an die Macht, die sie zu beherrschen gelernt hatte. Sie tastete nach dem Geist des Rosengartens und suchte nach einem Funken des Lebens, das er einst beherbergt hatte.

Nach einem Knoten im Gewebe.

Nach einem Faden, an dem sie ziehen konnte.

Er war schwach, aber er war da. Und als sie ihn fand, zog sie daran, riss die Hand zurück und holte die Magie hervor.

Plötzlich sprossen dornige Ranken aus dem verwelkten Garten, immer mehr und mehr. Sie schlängelten sich über den Weg und wickelten sich umeinander und dann schraubten sie sich in den Himmel. Helia ließ ihre Energie in die Wand aus Blattwerk fließen, bis die grüne Masse einen so hohen und dichten Schutzwall bildete, wie es in ihrer Macht stand. Als sie fertig war, umschlossen die Ranken in einer schützenden Umarmung den gesamten Garten.

Es mochte nicht viel sein, aber es war alles, was Helia mit der wenigen Energie, die ihr noch zur Verfügung stand, ausrichten konnte. Selbst mit der Hilfe ihrer Sphären war es für die Weisen immer kräftezehrend, in der Papierwelt ihre Macht einzusetzen. Sie reichte nicht aus, um gegen etwas so Böses zu bestehen, das wusste sie. Aber sie konnte ihnen zumindest etwas Zeit verschaffen.

»Wir gehen zusammen«, entschied sie und versuchte, ihn auf die Füße zu ziehen.

Mit letzter Kraft stieß er sie weg.

»Ruf Amare. Tu es unbedingt. Sie kann dich von hier wegbringen.«

Seine Worte waren kaum noch hörbar. Hinter sich spürte Helia das Zittern in der Luft – der Schattennebel traf auf ihre Magie. Sie warf einen Blick zurück und sah, wie sich die Barriere aus Blattwerk langsam schwärzte.

»Ich gehe nicht ohne dich, Xav.«

»Du hast keine Wahl. Ruf Amare und reite auf ihr zurück in die Bibliothek. Finde die anderen und erzähl ihnen, was passiert ist. Jetzt ist keine Zeit, zu trauern. Im Angesicht des Bösen müssen die Weisen geeint bleiben und zusammenstehen … sonst gehen wir alle zugrunde.«

Helia schaute erneut über ihre Schulter und wollte nicht hören. »Amare ist stark. Sie kann uns beide tragen.«

»Nein. Nur einer kann ihre Magie nutzen, um zwischen den Welten zu reisen.«

»Wie kommt es, dass du immer mehr weißt als ich?«

Er schenkte ihr ein schwaches Lächeln. »Ich bin nicht der Erfahrenste, Helia. Aber wie die Botaniker des Großen Baums hatte ich schon immer ein Gespür für solche Dinge. Jetzt geh. Ruf Amare. Und, Helia, was auch immer geschieht, was auch immer du als Nächstes tun musst, halte durch. Du bist schließlich die Weise der Hoffnung. Die Hoffnung muss immer überdauern.«

Helia beugte sich hinunter und strich Xavier die feuchten Haarsträhnen aus dem Gesicht. Sie küsste ihn zärtlich auf die Stirn.

»Es wird nie wieder so jemanden wie dich geben, Xav.«

»Das ist wahr«, erwiderte er müde und ließ den Kopf auf den Boden sinken.

Sie kämpfte mit den Tränen, als sie sich aufrappelte, sorgsam darauf bedacht, nicht zu lange zu dem dicken schwarzen Rauch zurückzuschauen. Er verschlang ihre Mauer aus Ranken und Dornen und der Feind drang langsam durch sie hindurch.

Mit leerem Kopf taumelte sie über die Wiese. Es gelang ihr, die Gedanken an all die Zeiten wegzuschieben, die sie hier mit dem Drachen verbracht hatte, als sie sich mittels ihrer Verbindung zur Natur unterhalten und voneinander gelernt hatten. Sie hielt auch nicht inne, um sich zu fragen, was hier passiert war oder wo man Perennia hingebracht hatte, denn jetzt war nicht der richtige Zeitpunkt, die flüchtige Erinnerung wiederzufinden, die sie durch den Schlag auf den Kopf verloren hatte.

Das alles waren Überlegungen für einen anderen Tag.

Jetzt, in diesem Augenblick, konzentrierte sie sich darauf, einen Ort zu finden, an dem sie ihre Macht nutzen konnte, um Amare zu rufen. Dafür musste sie ihre Fähigkeit einsetzen, die Magie der Welten jenseits ihrer eigenen anzuzapfen, eine Möglichkeit, die die Weisen schon vor langer Zeit entdeckt hatten. Helias Gabe bestand darin, sich die Kräfte der Natur zunutze machen zu können, sodass sie nur noch einen Hinweis auf Leben finden musste, um ihren Hilferuf auszusenden. War das hier und jetzt überhaupt möglich? Gab es überhaupt noch etwas, das nicht verbrannt oder verdorben worden war?

Da.

Begraben unter Tod und Verwesung auf der anderen Seite dieses kreisförmigen Nests, spürte sie etwas. Was klein und unbedeutend schien, fühlte sich jetzt wie ein Leuchtfeuer der Hoffnung an.

Eine einzelne weiße Rosenknospe, die noch nicht erblüht war. Eine Überlebende in dieser Ödnis.

Auf Händen und Knien zwängte Helia einen Arm durch das Dornengestrüpp. Vega schwebte hinter ihr, pulsierend vor Angst. Er vibrierte wie wild, um ihr zu sagen, sie solle vorsichtig sein, aber sie ließ zu, dass sich die Dornen durch den Ärmel hindurch in ihre Haut bohrten, ohne sich darum zu kümmern. Sie konzentrierte sich nur auf die Knospe.

Jetzt schloss sie die Finger darum.

Rasch schickte sie ihren Geist in die Blume, zu den verbliebenen Wurzeln, und dann wieder hinaus und hoch in die Luft, durch den Wind und um die Sonnenringe herum.

Der Hilferuf war der urtümlichste, instinktivste, den sie je ausgesandt hatte.

Plötzlich war es, als wäre sie alles und nichts zugleich. Als wäre sie Teil des gewaltigen Gefüges des Seins. Das ungeheure Gewicht all dieser Empfindungen senkte sich auf sie nieder, sodass sie die Augen schließen musste, während sie auf ein Zeichen wartete. Eine Antwort. Dass Amare kam und sie rettete.

Es war so überwältigend und erfüllte sie mit so vielen Gefühlen gleichzeitig, dass es ihr fast das Bewusstsein raubte. Ihre Finger verkrampften sich und ihre Knöchel knackten. Sie krallte ihre freie Hand in die verkohlte Erde und hielt sich daran fest.

Sie wartete – wusste aber nicht, wie lange. Wahrscheinlich waren es nur Sekunden, aber in diesem Augenblick, bevor sie eine Antwort erhielt, fühlte es sich an, als hätte sie eine Milliarde Jahre gelebt.

Ein Kreischen zerriss die Luft über ihrem Kopf, und das gesamte welke Blattwerk wackelte, als ein riesiger Vogel über ihr erschien. Mit einem grellen, blendenden Blitz war er über ihr und stieß senkrecht herab, während sein farbenprächtiges, wogendes Gefieder im Licht glitzerte.

Amare beschrieb einen Kreis in der Luft und landete anmutig neben ihr.

Helia riss den Arm aus den Blättern, eilte zu dem Vogel und kletterte auf seinen Rücken. Vega schwebte hinter ihr her und sie ließ ihn sich sicher auf ihren Schoß schmiegen. Antares in ihrer Tasche regte sich noch immer nicht.

Sie schaute zu Xavier hinüber und öffnete den Mund, um etwas zu sagen, aber er wedelte bereits mit der Hand, dass sie verschwinden solle.

»Geh. Geh!«

Das große Vogelweibchen Amare hatte sich unruhig im Gras hin und her bewegt, weil es die Abwesenheit des Drachen bemerkt hatte. Doch als die Wand aus Ranken auf der anderen Seite des Gartens laut knackte, wurde ihm klar, dass sie in unmittelbarer Gefahr schwebten.

Der Vogel stieß sich vom Boden ab und erhob sich steil in die Lüfte. Immer weiter hinauf, so schnell, dass Helia kaum Luft bekam. Erst als sie hoch über der Wand aus Ranken schwebten, sah sie das wogende Meer aus Ungeheuern unter sich, deren vom Feuer zerfressene Masse sich jetzt teilte, um den verruchten Anführer in ihrer Mitte zu offenbaren. Unwillkürlich schnappte sie nach Luft.

Helia beugte sich über den Hals des Vogels und versuchte, Xavier etwas zuzubrüllen, ihn zu warnen, aber ihre Worte verloren sich im Wind. Vega pulsierte an ihrer Haut und war ganz verängstigt. Das hatte sie noch nie bei ihm erlebt. Es war ihr nicht einmal bewusst gewesen, dass Sphären Angst empfinden konnten. Es hatte in all den Reichen der Papierwelt ja auch niemals einen Grund gegeben, sich vor irgendetwas zu ängstigen.

»Xavier!«, schrie sie erneut. Konnte er sie noch hören? Konnte er spüren, was da näher kam?

Sie klammerte sich so fest an Amare, wie sie nur konnte, krallte die Finger in das dichte Gefieder des Vogels und beugte sich dann so weit vor, wie sie es wagte. Xav lag noch dort, wo sie ihn zurückgelassen hatte, und beobachtete sie.

Für einen Augenblick verebbte der heftige Wind und sie konnte ein einziges Wort verstehen.

Ein Abschiedsgeschenk. Zwar war es kaum zu hören, kam aber unbestreitbar von ihm.

»Lebe!«, rief er.

Da wusste sie, dass ihr Augenblick der gemeinsamen Existenz – so flüchtig, wie es die alten Weisen immer behauptet hatten – vorüber war. Sie musste tun, was er sagte. Die Zeit war abgelaufen.

Der Schattenrauch hatte sich zu guter Letzt durch ihre Magie gefressen.

Aus der Mitte der zerstörten Rankenwand erschien eine Gestalt, die in einen glühenden Mantel gehüllt war und inmitten des Ascheregens, der um sie herum herabfiel, aufglomm.

Der Aschenmann schien den verletzten Weisen kaum zu bemerken, als er an ihm vorbeiging. Das böse Wesen winkte nur mit der Hand, woraufhin sich Xaviers Körper verkrampfte, bevor sein ganzes Wesen zu Asche zerfiel und weggeweht wurde.

Helia schrie. Diesmal aber richtig. Ein Brüllen voller Wut, Angst, Zorn und Verzweiflung.

Die bösartige Gestalt hob den Kopf in die Richtung, aus der dieser Schrei kam, und ihr gesichtsloses weißes Antlitz blickte gezielt zu Helia empor.

Ich komme euch alle holen, sagte eine Stimme, die in ihr widerhallte. *Meine Ungeschriebenen werden euch finden. Du kannst ihnen nicht entkommen, Weise.*

Beinahe hätte sie dieses verfluchte Ungeheuer aufgefordert, auch sie zu verbrennen, um sie von dem Schmerz zu erlösen, der sie mit Sicherheit für immer quälen würde.

Doch ihr Schicksal lag nicht in ihrer Hand.

Amare öffnete das Gewebe von Zeit und Raum und trug sie durch den Spalt. Und Helia floh zum zweiten Mal in ihrem Leben vor Asche, Rauch und Tod und musste jemanden zurücklassen, den sie liebte.

2

Eine Zusammenkunft in der Großen Bibliothek

Helias Finger krallten sich in das Gefieder des Vogels, und sie drückte ihre Wange gegen seinen Hals, während das Universum sie hin und her warf.

Als Weise hatte sie in ihrem langen Leben schon oft zwischen den Welten reisen dürfen, aber immer nur durch das einzige Portal in der Großen Bibliothek. Das war die übliche Reisemethode für die Weisen und ihre Sphären, wenn sie die gewaltigen Weiten der Papierwelt erkunden wollten.

Trat man durch die Große Bibliothek in die anderen Reiche, gab es einen magischen Moment, der als das Flimmern bekannt war, ein Beben, das den ganzen Körper durchlief, als würde man von unzähligen Gefühlen überflutet und für einen einzigen herrlichen Augenblick mit der gesamten Freude des Universums erfüllt.

Der Übergang jetzt fühlte sich anders an.

Amare war wie eine Lichtkugel, wie ein Komet aus Feuer und Eis, und brach so mit den Gesetzmäßigkeiten, denen die Papierwelt unterlag. Wenn jemand in Not war, konnte Amare gerufen werden, um den Betreffenden an den Ort zu bringen, an den er gelangen musste; doch das Überqueren der Grenze zwischen den Welten war schwierig und gefährlich.

Sie flogen durch Stürme von der Größe von Planeten, an Strömen von Elektrizität und an der Krümmung von Raum und Zeit entlang. Helia krallte sich fest, während sie hinaufschossen und wieder hinabstießen, und bei jedem Richtungswechsel krampfte sich ihr der Magen zusammen. Um sie herum wurden neue Geschichten im Feuer geboren und die Spuren alter Geschichten brannten lichterloh in einem Fluss aus Worten. Immer wieder spürte sie, wie ihre panische Sphäre auf ihrem Schoß versuchte, mit ihr zu sprechen. Doch sie war viel zu sehr damit beschäftigt, sich verzweifelt festzuklammern, als dass sie auch nur hätte versuchen können, ihre verängstigten Impulse zu übersetzen. Sie hoffte, dass Antares in ihrer Tasche immer noch ausgeschaltet war, damit ihr dieses Erlebnis erspart blieb.

Sie wünschte nämlich, ihr selbst wäre es erspart geblieben.

Ihre Finger gruben sich immer tiefer in Amares Gefieder, bis sie nicht mehr fester zupacken konnte. Dann blieb ihr nichts anderes übrig, als sich dem Vogel anzuvertrauen.

Ein ohrenbetäubendes Kreischen ertönte und gleich darauf tauchten sie in einen Tunnel aus Licht ein. Konzentrische Ringe aus Blau und Gold rauschten an ihnen vorbei und trieben sie immer schneller ihrem Ziel entgegen. Sie flogen durch diesen Korridor zwischen den Welten, bis das Licht endlich vor Helias Gesicht zu einem Feuerwerk explodierte und Amare anmutig in eine unterirdische Höhle segelte. Dabei zog sie ihre Flügel hoch, um sich durch den Luftwiderstand abzufangen und ihren Sinkflug zu bremsen.

Sanft landete sie auf der mit einem Messinggeländer versehenen Plattform in der Mitte des Raums, der als das Nest bekannt war. Es war tief in den Felsen der Insel gehauen worden, auf der sich auch die Bibliothek befand, ganz in der Nähe des Ortes, an dem zuerst Magie entdeckt worden war. Der Schein der über den Boden verteilten biolumineszenten Tümpel sorgte dafür, dass man den dunklen Ort unter dem alten metallenen Landeplatz, auf dem sie sich jetzt befanden, gefahrlos betreten konnte. Er war eigens dafür gebaut worden, Amare zu empfangen, falls sie je gebraucht werden sollte, was in Helias Erinnerung auch nur eine Handvoll Male vorgekommen war.

Helia ließ sich mit Vega in der Hand dankbar von ihrem Rücken gleiten.

»Bist du noch bei mir, Kleiner?«

Ihre Sphäre pulsierte einmal, ein kränklicher grüner Wirbel. *Lass uns das nie wieder tun*, schien Vega zu sagen.

Er löste sich von ihrer Handfläche und schwebte wie ein Ballon in die Luft.

Sie drehte sich wieder zu dem Vogel um.

»Danke«, sagte sie und ihre Stimme erzeugte ein leises Echo in der sonst leeren Höhle.

Sie legte Amare eine Hand auf den Schnabel, strich die Federn unter ihrem Auge glatt und drückte ihr Gesicht an das tröstliche Gefieder. Eine stille Ehrfurcht überkam sie und milderte für einen Augenblick den Kummer in ihrem Herzen. All die Geschichten hatten diesem prächtigen Geschöpf nicht gerecht werden können. Und jetzt war sie auf ihm geritten. Xav wäre begeistert gewesen.

Amare senkte kurz den Kopf und erwiderte die Geste. Dann stupste sie Helia an. Eine stumme Botschaft.

Steh wieder auf. Mach weiter.

Helia trat einen Schritt zurück, holte tief Luft und drehte sich um. Trotz der schweren Last der Trauer auf ihren Schultern eilte sie mit Vega im Schlepptau die Wendeltreppe hinunter und über die Brücke zur Tür – wobei sie darauf achtete, Xavs kleine erschöpfte Sphäre, die sie immer noch in der Tasche trug, nicht zu sehr durchzurütteln.

Hinter ihnen blitzte es, und als sie sich umdrehte, war Amare verschwunden.

»Lass uns Mwamba suchen«, sagte sie.

Vega wirbelte zustimmend um sie herum.

In ihrer farbenfrohen Kleidung, das lange dunkle Haar offen, lief Nu unbeschwert die Länge der Wandelhalle ab und genoss die Bruchstücke aufgeregten Getuschels, die sie aufschnappte. Diejenigen, die sich um die Tische versammelt hatten, tauschten weiter ihre Weisheiten aus.

Ein winkender Arm im Gedränge erregte Nus Aufmerksamkeit, und dann entdeckte sie zwei Personen, die am anderen Ende der Halle vorbeigingen. Plötzlich wurde ihr warm ums Herz und ihr stockte der Atem. Nicht beim Anblick des hochgewachsenen, etwas trotteligen Wills in seiner ewig zerknitterten Tunika, sondern angesichts der blonden Triss mit den Sommersprossen auf der Nase, passend zu ihrem mit Sternen bestickten Kleid.

Nu spürte, wie ihr die Wärme bis in die Wangen stieg, als ihre Freunde ihre Wägelchen zu ihr herüberschoben. Sie waren mit Bergen von Büchern beladen, die auf die Regale zurückgestellt werden mussten, damit sie von Neuem gefunden werden konnten. Will begrüßte sie wie üblich mit seinem schiefen Grinsen, und Nu erwiderte es, während sie ihr Oberteil notdürftig zurechtzupfte und sich wünschte, sie hätte ein eleganteres Kleid getragen.

Dann stand Triss vor ihr, lächelte breit und begann, ihr etwas in Gebärdensprache mitzuteilen.

»Nu! Ich hatte schon gehofft, dich heute zu sehen.« Sie zeigte in die Richtung der Essensstände in ihrer Nähe. »Hast du Lust, dich heute Abend zum Essen und auf ein Glas irgendwas zu treffen?«

Nu konnte einen Augenblick lang gar nicht antworten. Ihre Gedanken rasten. Triss wollte sich mit ihr zu einem Date verabreden? Konnte das wirklich wahr sein? Sie warf einen Blick auf Will, der immer noch grinste. Nein, Augenblick mal. War das jetzt eine allgemeine Einladung, sich den beiden anzuschließen? Oder sogar noch weiteren Leuten? Vielleicht war Will auch dabei.

Oder er grinste womöglich, weil er wusste, was Triss von ihr wollte, und weil er sich freute, dass Nus monatelanges unsicheres Flirten endlich fruchtete.

Nu sah Triss an und reckte einen Daumen hoch.

Sie bereute es sofort wieder – was für eine lahme Reaktion! – und versuchte, vernünftig zu antworten.

Nus Gebärdensprache war sicher nicht vollkommen, aber es gab genug Kurse an der Schule, dass jede und jeder – von den Schülerinnen und Schülern bis zu den Weisen, ob hörgeschädigt oder nicht – in der Lage war, sich bei Bedarf damit zu verständigen. Natürlich war die Magie der Großen Bibliothek so beschaffen, dass Gebärdensprache nicht immer benötigt wurde, denn das Buch der Weisheit sorgte dafür, dass es hier keine Sprachbarrieren gab. Wenn Menschen in diese geheiligten Hallen kamen, konnten sie einander verstehen, ganz gleich, woher sie kamen oder wie sie sich verständigten. Das galt auch für die Bücher – es spielte keine Rolle, in welcher Sprache sie abgefasst waren; jede Person konnte sie lesen.

Aber Nu wollte unmittelbar und richtig mit Triss kommunizieren. Sie wollte vernünftig mit der Freundin sprechen können, mit der sie aufgewachsen war und für die sie schon früh Gefühle entwickelt hatte. Nu hatte hart gearbeitet, um sich verständlich machen zu können, und jetzt war sie so weit. Sie musste nur noch den Mut aufbringen, das auszudrücken, was sie fühlte.

»Liebend gern. Ich müsste nach der Arbeit Zeit haben.«

Das war zwar nicht das, was sie hatte sagen wollen. Aber es war immerhin *etwas*. Eine angemessene Antwort. Und vielleicht würde dies ja sogar ihr erstes romantisches Treffen mit dem Mädchen sein, das sie schon so lange aus der Ferne liebte.

»Wunderbar!«, erwiderte Triss ihrerseits in Gebärdensprache. »Dann bis später.«

Als ihre Freunde weitergingen, war Nu kurz davor, einen kleinen Luftsprung zu machen, aber in diesem Augenblick drehte sich Will um und fügte hinzu: »Bis dann!« Und schon unterhielt er sich wieder freundlich mit Triss, die von seinen Lippen ablas und immer wieder in Gebärdensprache antwortete.

Bis dann? Was sollte das bedeuten? Die Schmetterlinge in ihrem Bauch erstarrten mitten im Flug.

Wollte sich Will ihnen anschließen? Oder war es bloß ein floskelhaftes »Bis dann«?

Sie schaute den beiden nach, als sie sich durch die Menge bewegten, und versuchte, sich auf ihre vertraute Intuition zu besinnen, während sie ihre Hände immer wieder abwechselnd zur Faust ballte und löste. Es kam nicht oft vor, dass sie ihr *Wissen* nutzte, um die Gefühle der Menschen um sich herum zu lesen. Sie empfand es als einen Eingriff in ihre Privatsphäre. Doch in diesem Augenblick kümmerte es sie nicht. Das hier war wichtig! Und die Menschen nutzten alle möglichen Methoden, um herauszufinden, wie sich jemand fühlte, war es nicht so? Körpersprache. Den Tonfall der Stimme.

Dies war eben ihre Methode.

»Konzentrier dich«, murmelte sie. *»Konzentrier dich.«*

Aber es gelang nicht.

Schon bald verloren sich die beiden in der Menge.

Langsam und tief holte sie Luft.

»Es kommt, wie es kommt, nehme ich an«, sagte sie eine Spur zu laut und erschreckte damit einen vorbeigehenden Gelehrten, der um ein Haar seine Schriftrollen fallen gelassen hätte. Sie lächelte ihn an, dann drehte sie sich auf dem Absatz um und ging in die andere Richtung, während sie sich die größte Mühe gab, das in ihr aufsteigende Hochgefühl auf die aufregende Aufgabe zu lenken, die vor ihr lag.

Nu, die ihre Ausbildung vor noch nicht allzu langer Zeit abgeschlossen hatte – auch wenn man in der Bibliothek niemals auslernte –, war mit jeder Aufgabe zufrieden, die man ihr übertrug. Den meisten, die hier das Erwachsenenalter erreichten, ging es genauso. Wer in der Bibliothek geboren wurde, wuchs in dem Bewusstsein auf, dass jeder seinen Teil dazu beitragen musste, diesen magischen, wichtigen Knotenpunkt des Wissens zu dem zu machen, was er war – ein Ort, an dem die Entdeckungen aus den anderen Welten aufbewahrt wurden, der die Träumerinnen und Träumer leitete, die sich auf der Suche nach Antworten hierherwagten, und der ihren schöpferischen Geist mit Inspiration versorgte.

Ganz besonders liebte Nu die Aufgaben, die sie näher an die äußere Welt heranführten. Heute bestand ihre Rolle in einer Begrüßung, was man vielleicht als weniger aufregend betrachten konnte als andere Aufgaben, die sie unter Umständen in entlegene Winkel der Erde führten, aber ihr genügte es. Sie liebte es, neue Menschen kennenzulernen und Einblicke in ihr aufregendes und faszinierendes Leben zu bekommen, auch wenn sie danach oft davon träumte, eines Tages einer höheren Bestimmung zu gehorchen. Manchmal beneidete sie die Besucherinnen und Besucher, die sie in der Bibliothek willkommen hieß, darum, dass sie aus einem bestimmten Grund hierhergerufen worden waren und dass sich ihr Leben für immer verändern würde, während sie zu den Antworten geleitet wurden, die sie suchten.

Es gab zahlreiche Möglichkeiten, in die Große Bibliothek von Morgen zu gelangen. Überall auf der Erde existierten Portale, allerdings lagen die meisten versteckt. Das konnten zum Beispiel alte, verwitterte Holztüren sein, die sich in der Rückwand selten besuchter Nischen verbargen, oder mit Weinranken überwucherte steinerne Torbogen am Ende eines moosbewachsenen Pfades.

Diese besonderen Zugänge wurden von niemandem bewacht. Es war Magie am Werk, die dafür sorgte, dass niemand diesen magischen Toren zur Großen Bibliothek auch nur die geringste Aufmerksamkeit schenkte. Dies galt aber nicht für die Auserwählten, die sie zur richtigen Zeit fanden.

Doch die Schicksalswege der Menschen änderten sich ständig, und das Buch der Weisheit war weise genug, um zu wissen, dass manchmal eine helfende Hand nötig war, um jemanden sanft von einer Welt in die andere zu schubsen. Und genau dabei konnte sich Nu nützlich machen. Gelegentlich bekam sie die Aufgabe zugewiesen, bei diesen magischen Portalen zu warten, um die Person, wer immer sie sein mochte, in die Große Bibliothek zu führen.

Eilig schlängelte sie sich durch die Streifen des einfallenden Sternenlichts, das auf den Marmorboden fiel, und fragte sich, wo sie sich wohl heute wiederfinden würde. Als sie an dem Gang vorbeikam, der zur Halle der Weisen führte, freute sie sich, die Weise Maïa und ihre Begleiter beim Verlassen dieses Raums zu entdecken. Und sofort erkannte sie die Weise der Unbestechlichkeit mit ihren hohen Wangenknochen und dem klugen Blick, der ihrem mittleren Alter angemessen war.

Maïa war die erste Weise gewesen, die Nu durch diese Hallen hatte wandeln sehen. Damals war Maïa gerade aus einem der anderen Reiche zurückgekehrt und hatte allen, an denen sie vorbeikam, zugenickt und sie angelächelt. Darunter hatte sich zufällig auch die junge Nu befunden, die gerade Besorgungen für ihre Eltern machte. Das Glitzern in den Augen der Frau, ihr schelmisches Grinsen und der betörende Duft der Sommerblumen, als sie an ihr vorbeirauschte, hatten ausgereicht, um in Nu eine Erinnerung zu verankern, die sie nicht so schnell vergessen würde. Es fiel ihr schwer, nicht stehen zu bleiben und sie anzustarren.

Die Frau trug jetzt ein fließendes grünes Kleid, das zu ihren Augen passte, und ihr purpurrotes Haar war in Kränzen um ihren Kopf gewickelt. Es war ein farbenfroher Anblick, ganz anders als das, was die Menschen normalerweise in der Großen Bibliothek trugen. Und obwohl Maïa oft etwas eleganter gekleidet war als die anderen, ließ ihre heutige, so aufwendige Aufmachung darauf schließen, dass sie sich wieder auf dem Weg in eine andere Welt befand.

Nu fragte sich, welche Welt wohl das Glück hatte, sie als Besucherin empfangen zu dürfen.

Die Weise wandte sich in die andere Richtung und steuerte auf das Refugium zu, wo das Buch der Weisheit und das Portal zu anderen Welten zu finden waren. Die Sphäre der Frau schwebte über ihrer Schulter und eine kleine schwarze Katze lief brav bei Fuß neben ihr her.

Nu hatte seltsame Gerüchte gehört, nämlich dass einige der Weisen heute aus irgendeinem Grund wieder in die Papierwelt zurückgerufen worden waren. Sie betrachtete es als Glücksfall, dass sie einen Blick auf eine von ihnen hatte erhaschen können, bevor sie zu ihrer eigenen Mission aufbrach.

Wie es wohl sein muss, so viel Verantwortung zu tragen, dachte sie ehrfürchtig. *Zu wissen, dass dich jeder Schritt, den du machst, einem höheren Zweck entgegenträgt.*

Als sie an dem majestätischen, an ein Theater erinnernden Eingang des Auditoriums vorbeikam, hörte sie, dass dort eine der Inspirationssessions stattfand. Das dröhnende Lachen des Weisen Veer schallte heraus, begleitet von einer Vielzahl außerweltlicher Rhythmen, die jeweils einem eigenen Takt folgten, sich gegenseitig überlagerten und doch irgendwie vollendet aufeinander abgestimmt waren. Das Plakat, das die Wand des Auditoriums schmückte – und auf dem der Weise Veer in der Mitte einer riesigen Arena zu sehen war –, erwachte, als sie daran vorbeiging, plötzlich zum Leben. Veers Schnurrbart hob sich bei seinem Grinsen in die Höhe, und dann begann er, Nu freundlich zu ermutigen, sich ihnen anzuschließen und etwas über ein paar musikalische Wunder zu lernen, die er vor Kurzem erst entdeckt hatte. Als er sich aus dem Plakat lehnte, konnte sie nicht anders, als schnell zur Seite zu huschen. Sie wusste zwar, dass es nicht mehr als eine Illusion war – eine Kostprobe der Magie der Bibliothek –, und doch hatte Veer etwas Einschüchterndes an sich, selbst in Plakatform. Es war, als würde der Mann wirklich mit ihr sprechen.

Entschuldigend hob sie eine Hand, eilte weiter und nahm eine Abkürzung durch das süß duftende Reich des Küchentrakts.

»He, Nu!«, rief Grindellund, ein jungenhafter Koch, ihr zu. Als er ihre beschwingten Schritte bemerkte, fügte er hinzu: »Bist wohl auf dem Weg zur Arbeit, was?«

Sie nickte und blieb nur kurz stehen, um sich eine Handvoll dunkler Schokoladenbohnen aus einer flachen Schale mit Essen zu schnappen, das er gerade anrichtete, bevor sie zwischen den Virtuosinnen und Virtuosen der Kochkunst aus allen Ländern der Erde davonhüpfte.

Sie selbst war in der Bibliothek geboren worden. Ihre Eltern – ihre Mutter war Australierin und ihr Vater Burmese – hatten diesen Ort vor langer Zeit gefunden, als sie noch wissenschaftsbegeisterte Mittzwanziger gewesen waren, und sich schließlich hier niedergelassen. Aber Nu hatte bisher noch keine Gelegenheit gehabt, die Heimat ihrer Eltern zu besuchen, obwohl sie unbedingt sehen wollte, wo sie aufgewachsen waren.

Wie viele andere hatte sie ihr ganzes Leben in der Großen Bibliothek verbracht. Als sie älter wurde, wuchs der Drang in ihr, die Welt jenseits der prächtigen Bibliotheksmauern zu erkunden, denn die Außenwelt faszinierte sie genauso wie die magischen Reiche der Papierwelt. Es war seltsam, sich nach Dingen zu sehnen, die sie nur aus Büchern kannte. Aber sie sehnte sich trotzdem danach.

Ja, sie konnte mit Menschen von überall auf der Erde sprechen, und sie schlich sich häufig ins Observatorium, wo sie sich besondere Ereignisse mittels einer genialen Mischung aus Technologie und Magie anschauen konnte.

Aber der unmittelbare Blick mit eigenen Augen war einfach durch nichts zu ersetzen.

Deshalb freute sie sich jedes Mal, wenn sie Besucher wie den, zu dem sie gerade unterwegs war, in Empfang nehmen durfte.

Helia rannte durch die Gänge zu den Gemächern der Weisen; durch die Höhlen mit den beheizten Quellen, in denen man zwischen Stalaktiten und Stalagmiten baden und sich erholen konnte; vorbei an der Kristallhalle, in der jedes Geräusch von den lebenden Steinen ringsum in Musik verwandelt wurde; und dann durch die kopfüber hängenden Gärten unter dem Gewirr grüner Triebe entlang, an denen buntes Obst und Gemüse hing.

Das Leben in der Bibliothek ging seinen üblichen Gang. Niemand ahnte auch nur ansatzweise, was geschehen war. Helia hoffte, dass es noch eine Weile so bleiben würde, obwohl sie nicht wusste, was jetzt geschehen mochte – sie hoffte nur, dass ihr alter Freund Mwamba eine Idee haben würde, was nun zu tun war.

Zum Glück befand sich der Mann, nach dem sie suchte, genau dort, wo sie ihn erwartet hatte.

Als sie und ihre Sphäre in den Raum platzten, fühlte es sich an, als würden sie in eine lieb gewonnene Erinnerung stolpern: nämlich in die sichere Umarmung eines Elternteils, nachdem man als Kind aus einem Albtraum erwacht war. Eine Zeit im Leben, in der Trost und Wärme leicht zu finden gewesen waren.

Der bevorzugte Leseraum des Weisen Mwamba hatte sich oft so angefühlt. Schon aus diesem Grund war es einer ihrer Lieblingsorte in der Bibliothek. Jetzt aber kam ihr die Atmosphäre in diesem Raum gedämpft und trist vor. Sie half nicht, die Trauer zu vertreiben, die ihr das Herz zusammenschnürte.

In der Mitte des Raums stand ein alter, abgenutzter Schreibtisch, der mit verstreuten Schriftrollen und einem schwankenden Stapel Bücher bedeckt und von bunt zusammengewürfelten Stühlen umgeben war. Vollgestopfte Bücherregale säumten die Wände im Halbdunkel und verlockten zum Näherkommen, um die Bände aufzuschlagen. An einer Wand stand eine Staffelei mit dem halb fertigen Gemälde einer zerklüfteten Küste am Meer. Über dem Kamin mit seinem prasselnden Feuer hing das eindrucksvolle Porträt einer stolzen Schwarzen Frau in einem blauen Kleid, in deren Augenwinkeln ein Hauch von Schalk festgehalten war.

Helia fand Mwamba häufig hier, tief in seinen grünen Plüschsessel versunken, den Blick wehmütig auf die Frau gerichtet. Das Gemälde war sein ganzer Stolz und auch sein Trost, obwohl er niemandem je offenbart hatte, um wen es sich bei dieser Frau handelte. Wenn man ihn danach fragte, lächelte er nur.

Aber jetzt lächelte er nicht.

Helias Blick glitt von dem Gemälde zu dem Sessel am Kamin, als der Mann, der darin saß, den staubigen Folianten sinken ließ. Von dem sonst so heiteren Gemüt des Weisen des Wissens war nichts zu spüren, sein machtvoller Blick wechselte von Verwirrung zu düsterem Begreifen, als er ihre Verfassung und den Umstand erfasste, dass sie allein zurückgekehrt war.

»Helia«, sagte er, klappte leise das Buch zu und legte es vorsichtig auf seinem Schoß ab. Wie immer, wenn er bereit war zuzuhören, verschränkte er seine langen Finger über dem Einband. Die Narbe, die von seinem linken Auge bis zu seinem Kinn verlief, zuckte, als er die Zähne zusammenbiss.

Canopus, seine Sphäre, flog von oben zwischen den Bücherregalen herunter, wo er gearbeitet hatte, und verharrte schwebend über Mwambas Schulter.

Helia straffte sich, so gut sie konnte. Im Geist sah sie noch immer Xavs Gesicht vor sich – in dem Augenblick, als sie sich getrennt hatten und er sie beschworen hatte, stark zu sein. Und obwohl sie den Verlust wie einen gewaltigen Ozean in sich brodeln spürte, würde sie ihr Bestes tun, um sich über Wasser zu halten. Die Große Bibliothek brauchte sie. Trauern würde sie später noch können.

»Mwamba.« Sie blickte in die Augen ihres jahrhundertealten Freundes und Mitstreiters, der sie all die Jahre wie ein Vater geliebt hatte. »Wir stecken in Schwierigkeiten.«

Als sie sich in einen der Sessel setzen wollte, um ihm alles zu erzählen, griff sie in ihre Tasche, um nach Antares zu sehen, und musste feststellen, dass die kleine Sphäre, ihre letzte physische Verbindung zu Xavier, verschwunden war.

Nu eilte durch die Speiseräume und -säle in eine weitere kleine Vorhalle und folgte dann einem Gang, der von turmhohen, kreuz und quer verlaufenden Brücken überspannt war. Bei einigen von ihnen handelte es sich um Aquädukte, die das Wasser aus den Quellen in den Tiefen der Bibliothek heraufbrachten. Und dann gab es noch solche, auf denen die wunderbare Straßenbahn durch verschiedene Teile der Stadt fuhr. Tatsächlich hörte Nu gerade das Klappern in der Ferne und stellte sich vor, wie die filigranen Konstruktionen aus Messing, Stahl und Holz – wahre Kunstwerke auf Rädern – ihre Fahrgäste auf luxuriös gepolsterten Sitzen durch die Gegend beförderten.

Dennoch verbrachte Nu ihre Zeit am liebsten hier unten, mitten unter den Menschen. Sich mitten im Trubel zu befinden, machte ihr Freude. Es war, als könnte sie all die Hoffnungen und Träume der Gelehrten, Arbeitenden, Weisen und Besuchern in sich aufsaugen, indem sie sich unter sie mischte.

Damit ging auch ein wachsendes Gefühl von Sehnsucht einher, das Bedürfnis, eine Aufgabe zu haben, so wie alle anderen auch. Sie hatte keine Ahnung, worin ihre Bestimmung bestehen mochte, und sie liebte es, in der Bibliothek auszuhelfen. Was sie jedoch wusste, war, dass das Bedürfnis in ihr wuchs, *mehr* zu tun, noch mehr Gutes für die Bibliothek, die Erde und die Welten darüber hina…

Jäh wurden ihre Träumereien durch einen Aufruhr gestört, der sich vor ihr erhob.

Inzwischen befand sie sich in dem Gewirr von Gängen in der Nähe der Lesesäle der Weisen, und vor ihr wurde eine Tür aufgestoßen, aus der zwei Gestalten herausstürmten. Es war nicht schwer, sie von hinten zu erkennen: Der majestätische Mann links war der Weise Mwamba, und seine Begleiterin mit dem dunklen lockigen Haar, das zu ihrer mediterranen Herkunft passte, war die Weise Helia.

Zwar kam es selten vor, dass man gleich drei Weise auf einem einzigen Gang durch die Bibliothek zu Gesicht bekam, aber das war nicht der Grund, warum Nu abrupt stehen blieb und die Stirn runzelte.

Helia sah nämlich aus, als käme sie aus einer Schlacht. Ihre Reisetunika war versengt, an mehreren Stellen zerrissen und voller Blut.

Ihrem Blut?

Bei der Vorstellung, dass eine der Weisen verletzt war, überschlugen sich Nus Gedanken. Sollte sie hinübergehen und helfen? Oder wäre das eine Beleidigung für Mwamba, der Helia offensichtlich bereits Beistand leistete?

Aber noch wichtiger, was mochte da passiert sein?

Nu wäre ihnen am liebsten nachgelaufen, aber … sie fühlte sich sonderbar davon abgehalten. Sie wusste, hier stimmte irgendetwas ganz und gar nicht. Aber ihr war ebenso bewusst, dass es unpassend war, die beiden jetzt zu stören.

Solche Dinge zu wissen, war etwas, an das sich Nu im Laufe der Jahre gewöhnt hatte. Sie fragte sich oft, ob dem Buch der Weisheit ihre seltsame Fähigkeit bekannt war. Vielleicht hatte man sie deshalb für die Art von Arbeit ausgewählt, die sie heute übernehmen würde.

Doch als sie weitereilen wollte, stupste ein anderes Wissen sie an und sagte ihr, sie solle warten. Und es geschah in diesem Augenblick, dass sie nach unten blickte und ein kleines Ding mitten im Flur liegen sah.

Es war so winzig; Nu war sich zuerst nicht sicher, ob es wirklich dort war oder ob sie lediglich ein Staubkorn im Auge hatte. Eine klitzekleine Kugel, kaum größer als eine Murmel. Als sie genauer hinschaute, schien sich das Kugelartige zu bewegen, und Nu stieß einen überraschten kleinen Schrei aus, worauf die Kugel schwach über den Teppich auf sie zugerollt kam und dabei immer wieder auf und ab hüpfte, wie ein frisch geschlüpfter Vogel, der gerade fliegen lernte.

Eine Sphäre.

Unsicher, was hier genau geschah, kniete sich Nu hin, streckte die Hand aus und erlaubte der kleinen Kugel, über ihre Finger in ihre Handfläche zu rollen. Nur Weise besaßen Sphären und sie gingen äußerst selten ohne sie irgendwohin. Außerdem hatte sie noch nie eine so kleine Sphäre gesehen. War sie geschrumpft oder irgendwie beschädigt worden? Es ließ sich unmöglich erkennen.

»Hallo, Kleines«, sagte sie sanft, um sie nicht zu erschrecken. Sie schien in ihrer Hand zu zittern. »Wo kommst du denn her?«

Für einen Moment erstarrte die Sphäre, als wäre sie außer Atem.

Nu hob sie hoch. Das kleine Wesen zitterte erneut schwach, aber es tat sein Bestes und schenkte ihr ein winziges Summen, wie ein Wispern, das Nu nicht recht verstehen konnte.

Sanft strich sie mit einem Finger über seine glatte Oberfläche.

»Du versuchst, mit mir zu sprechen, nicht wahr? Es tut mir leid. Ich bin keine Weise, daher verstehe ich dich nicht so gut, wie ich es gern täte.«

Die Sphäre vibrierte noch einmal ganz leicht, dann rührte sie sich nicht mehr.

Nu runzelte die Stirn. Sie wusste nicht, warum, aber da war wieder dieses Gefühl. Ein Wissen um den Zustand dieses kleinen Kerlchens und um das, was dahintersteckte. Das harmlose Wesen vor ihr barg Schatten in sich. Es war nicht nur eine Sphäre, deren Kraft erschöpft war, sondern eine, die etwas durchgemacht hatte, das Nu sich nicht einmal vorstellen konnte.

Sie wusste, dass die Sphäre sie brauchte.

Wieder streichelte sie das kleine Ding, stand vorsichtig auf und gab acht, dass es ihr nicht aus der Hand fiel. Sie blickte zum

Ende des Gangs, wo sie die beiden Weisen hatte verschwinden sehen, und fragte sich, ob es zu einem von ihnen gehörte. Aber dann erinnerte sie sich, dass beide in Begleitung ihrer eigenen Sphären gewesen waren, also konnte das nicht stimmen.

Gleichviel, sie hatte jetzt keine Zeit, über das Rätsel nachzugrübeln. Sie musste weiter und sie sollte sich beeilen. Es war fast schon Zeit, am Portal zu sein, und auf keinen Fall wollte sie jemanden enttäuschen. Besonders wenn das Buch den Besucher, den sie empfangen sollte, für würdig befunden hatte herzukommen.

Sie flüsterte ihrem neuen Freund zu: »Mach dir keine Sorgen. Du kannst erst mal bei mir bleiben. Ich verspreche dir, dass ich auf dich aufpasse. Dann werden wir sehen, wie wir dich wieder dorthin bringen, wo du hingehörst, ja?« Behutsam schob sie die Kugel in die Tasche ihrer Kapuzenjacke, eilte den Flur entlang und bog in eine Richtung ab, entgegengesetzt zu der, in die die Weisen verschwunden waren.

3

Feierlichkeiten im Großen Baum

Es war schon spät im Herzen Silvyras, des Großen Baums.

Als Dzin sich reckte, um das Ende der Ranke mit den leuchtenden Beeren am obersten Regalbrett zu befestigen, spürte er, wie der Hocker unter ihm wackelte. Sein strähniges schwarzes Haar fiel ihm vor die Augen und mit dem Ellbogen stieß er versehentlich gegen einen Stapel Forschungsunterlagen.

Das Rascheln des Papiers erinnerte ihn daran, dass seine eigene Arbeit noch still auf seinem Schreibtisch am anderen Ende des Raums lag. Er hatte den ganzen Nachmittag voller Stolz auf seine Rezeptur geschaut, seinen geliebten Wanderstab zwischen den Händen hin und her gedreht und die pure Freude und Erleichterung darüber genossen, es richtig hinbekommen zu haben. Seine ganz eigene Rezeptur für das Elixier des Lebens! All die harte Arbeit hatte sich ausgezahlt; diesen Liebesdienst hatte er auf sich genommen, um die Philosophie der Saat des Lebens umzusetzen, die allen Botanikerinnen und Botanikern – und den angehenden Läuferinnen und Läufern ganz besonders – heilig war. Jetzt brauchte er nur noch daran zu denken, die Schriftrolle für die morgige Zeremonie in seine Hemdtasche zu stecken. Sie war das Einzige, was er brauchte, um das Ritual zu vollziehen – die Schriftrolle, die der Schüler an den Lehrer übergab, um zu beweisen, dass er bereit war, ein Läufer zu werden.

Es wäre einfach typisch für ihn gewesen, die Schriftrolle zu vergessen und mit leeren Händen aufzutauchen.

»Konzentrier dich, Dzin«, mahnte Monae, als ihm die Ranke fast aus den Fingern rutschte. »Ein Läufer muss immer bei der Sache sein. Was glaubst du, wie er sonst die Zutaten findet, die die Raffinerie für das Elixier braucht? Er muss genau aufpassen und einen Verstand wie eine Pollenfalle haben, immer bereit, jedem Hinweis auf die Rohstoffe nachzugehen, auf den er stoßen könnte.«

Monae hob eine Augenbraue und sah zu ihm hoch. Mit ihren blaubeerfarbenen Augen überprüfte sie die Länge der Ranke und schätzte den Abstand zwischen den leuchtenden Beeren, um sicherzustellen, dass sie sich wirklich gleichmäßig aneinanderreihten.

»Fäulnis und Baumgeschwür, Monae, ich konzentriere mich doch! Außerdem haben wir unseren Abschluss noch gar nicht in der Tasche und ich suche bis jetzt nicht im ganzen Reich nach irgendetwas, oder? Kannst du mir keinen freien Abend gönnen?«

Sie brummte irgendetwas Gutmütiges, und er tat trotzdem, worum sie gebeten hatte. Monae hatte immer gern alles genau so, wie sie es sich vorstellte, und obwohl ihm der Arm vom Aufhängen der Dekoration und der Lichter wehtat, konnte Dzin ihre Aufregung verstehen.

Sie hatten bereits den großen Pavillon mit dem Laubdach vor dem Laboratorium geschmückt. Hier sollte die Feier am nächsten Tag stattfinden, um das nur für diesen Anlass geschnitzte Herzstück herum – einen Kreis aus Figuren, die die fünf Absolventen darstellten und die von den besten Kunsthandwerkerinnen Silvyras aus goldenem Kernholz gehauen und geschnitzt worden waren. Monae hatte dann beschlossen, die übrig gebliebenen Zierranken und Lichter zu verwenden, um auch noch das Innere des Laboratoriums zu verschönern. Und warum auch nicht? Ihre Freunde und Verwandten würden hier sein, um mit ihnen zu feiern.

Dzin hatte diese Festlichkeiten natürlich schon früher miterlebt, da immer der gesamte Große Baum die Leistungen der Schülerinnen und Schüler feierte. Aber diesmal würde er selbst als einer der Absolventen im Mittelpunkt der Feierlichkeiten stehen. Ihm bedeutete es alles, auf diese Weise von seiner Gemeinschaft Anerkennung zu bekommen. Ihren Stolz zu spüren und zu wissen, dass er etwas Sinnvolles mit seinem Leben angefangen hatte, so wie es sich seine Eltern immer gewünscht hatten. Wie er selbst es sich immer gewünscht hatte.

Es war nicht zu allen Zeiten leicht gewesen. Er fand es schrecklich, dass seine Reise hierher beinahe gescheitert wäre, er sich fast aus der Bahn hatte werfen lassen und in seine übliche Panik verfallen war. Doch mit ein wenig Hilfe hatte er sich berappelt und die Hindernisse überwunden. Und dann hatte er es tatsächlich geschafft.

Jetzt blieb ihm nur noch, den Augenblick zu genießen. Eine Bestätigung seines Wertes.

Bei dem Gedanken an den freudigen Trubel, der ihn erwartete, stellten sich die Härchen auf seinem Arm auf. Die Luft würde von einer Mischung aus Magie, Musik und Gesang geschwängert sein. Der Stamm des Großen Baums würde die ganze Nacht hindurch zu den tiefen und mächtigen Rhythmen vibrieren, bis der herrliche goldene Sonnenaufgang zwischen den Blättern hindurchschimmerte. Und Puls, der älteste Musiker der Gemeinschaft, würde ihnen mit seinen Melodien Geschichten erzählen, bis die Musik verstummte und die erschöpfte und fröhliche Versammlung zufrieden nach Hause stolperte.

Monae stupste sein Bein an. »Komm schon, wir sind fast fertig. Ein bisschen mehr zur Seite und jetzt nach oben. Um Blattes willen, sei doch ein bisschen wagemutiger, Dzin! Wo ist die berühmte Abenteuerlust, die dich an die Schule geführt hat, hm? Warte … halt … ja. Genau da! Steck es schnell fest!«

Dzin pustete sich die Haare aus den Augen und korrigierte Monae im Geiste dahingehend, dass es immer eher die Liebe zum Reisen gewesen war als Abenteuerlust, die ihn an die Botanische Schule gelockt hatte. Seiner Erfahrung nach hatte niemand je den Unterschied zwischen diesen beiden Haltungen verstanden. Die eine versprach neue Eindrücke und Gerüche und Sichtweisen auf die Welt, während die andere Gefahren barg.

Und das Problem mit der Gefahr war, dass die damit verbundenen Risiken die Auslöser für seine Ängste sein konnten.

Aber darüber sagte er nichts zu seiner Freundin. Es lohnte sich einfach nicht, diese ganze Debatte noch einmal aufzuwärmen. Also tat er einfach, was ihm gesagt wurde, kletterte herunter und stellte sich neben sie, um ihr gemeinsames Werk zu bewundern.

»Ausgezeichnet«, urteilte Monae und folgte mit ihrem Blick zufrieden dem gewundenen Verlauf der grünen Ranke und der wunderschönen Beerenlichter, die sich wie bunte Wellen durch den Raum schlängelten. Sie schenkte Dzin ein Grinsen. »Ich glaube, das hat's gebracht!«

»Mutter sei Dank dafür.« Er lächelte sie etwas verhalten an und war erleichtert, dass er nicht noch mehr ändern musste. An diesen Dekorationen hatten sie vom ersten Licht bis in die Dunkelheit gearbeitet. Er spürte den Schweiß in seinem Nacken und zog am Kragen seines Hemdes, um ein wenig Luft zu bekommen.

»Und? Wie fühlst du dich jetzt?«, fragte Monae. Von jedem anderen wäre das eine vollkommen unschuldige Frage gewesen, bei ihr aber wog sie schwerer. Sie wollte ihm auf den Zahn fühlen, wie immer. »Bist du bereit für all dies, Dzin?«

Nur sie wusste, wie sehr er darum gekämpft hatte, auch seine letzte Zutat zu finden. Er war zu gestresst gewesen, um klar denken zu können, zu besessen von dem Wunsch, seine Sache gut zu machen, als dass es ihm tatsächlich hatte gelingen wollen.

Er nickte dankbar und spürte plötzlich einen Kloß im Hals, sodass er das Risiko nicht eingehen wollte, ihr zu antworten. Sie nahm es hin und ging, um mit ihren Vorbereitungen weiterzumachen.

Im Laboratorium, hoch oben auf dem obersten Ast des Großen Baums – oder Mutter, wie Dzin ihn immer genannt hatte –, wurde es stetig wärmer, trotz der nächtlichen Kühle, die den goldenen Blättern und prallen Beeren dieser Jahreszeit zusetzte, die draußen hingen. Dass nun alle fünf Schülerinnen und Schüler in dem Raum eingepfercht waren, trug vielleicht nicht gerade zur Gemütlichkeit bei. Und obwohl es ein großzügiger Raum war, hatten sie alle vor Aufregung und Anstrengung beim Dekorieren rote Wangen bekommen.

Die anderen drei Schüler Silvyras wuselten noch herum. Dzin war es von den vielen Umläufen gewohnt, während derer sie fleißig geforscht, experimentiert und ihre Rezepturen für das Lebenselixier vervollkommnet hatten – eine Flüssigkeit, die wie eine Salbe aufgetragen wurde und die alle Krankheiten heilen konnte, die den Menschen überhaupt befielen. Doch jetzt waren die Handgriffe seiner Freunde von nervöser Erwartung geprägt. Das Elixier hatte ihnen Perfektion abverlangt, um es richtig hinzubekommen, und alle Schüler wollten sichergehen, dass sie diese Perfektion auch bis zum Ende aufrechterhielten. Niemand wollte einen Fehler machen. Schon bei dem bloßen

Gedanken daran zog sich Dzins Brust schmerzhaft zusammen. Ihr großer Tag musste *perfekt* sein.

Er fand es passend, dass sie ihren letzten Abend vor dem Abschluss hier feiern sollten. Immerhin war dies der Ort, den sie inzwischen ihr Zuhause nannten – nicht zuletzt, weil sie ihn häufiger sahen als ihre eigentlichen Baumhöhlen. Wann immer sie von ihren Reisen in ferne Gebiete zurückgekehrt waren, auf denen sie die Zutaten für ihr Elixier gesammelt hatten, war es wie eine Rückkehr in den Schoß der Familie gewesen. Denn jetzt waren sie eine Art Familie.

Er warf einen Blick zu seiner engsten Freundin Monae hinüber, die bunte Perlen im Haar trug, was ihren silbergrünen Teint betonte. Er schmunzelte über ihren Ordnungsdrang, ihren wie immer penibel aufgeräumten Arbeitsplatz – das schien ihm der wahre Grund zu sein, warum sie das Labor vor der Zeremonie aufgeräumt hatten. *Ich meine*, dachte er, *es ist ein Labor! Da muss es doch unordentlich sein!*

Er schaute auch zu Pyruc hinüber – der schlaksige Junge war gerade dabei, seinen Trebolometer wieder zu den anderen Instrumenten aufs Regal zu stellen, bevor Monae ihr Augenmerk auf ihn richten konnte, jetzt, wo sie mit Dzin fertig war. Auch Gaeloc und Atraena, allgemein bekannt als »die Zwillinge« – er mit Haaren wie die Sonne, sie mit Haaren wie die schwärzeste Drossel – trugen ihren Teil dazu bei, obwohl Gaeloc bereits heimlich Schlucke aus den Nektarspringbrunnen nahm, die überall verteilt waren, während Atraena zum wiederholten Mal das Wurzelsystem testete, über das die Musik rund um Mutter übertragen werden würde.

»Jetzt fehlen nur noch die Elfenblätter, dann sind wir wohl fertig«, verkündete Monae stolz, die Hände in die Hüften gestemmt. Die drei am anderen Ende des Raums grinsten sie aufgeregt an. Sie aber wandte sich Dzin zu. »Kannst du glauben, dass wir jetzt hier sind, auf der Schwelle zu unserem Abschluss? All die Monde haben wir davon geträumt, Läufer zu werden, und jetzt sind wir tatsächlich drauf und dran, in ihre Reihen einzutreten. Wir haben es geschafft!«

Er erwiderte ihr strahlendes Lächeln und verspürte dasselbe Glücksgefühl wie seine Freunde, dieselbe Zufriedenheit und Freude darüber, dass sie hart genug gearbeitet hatten – und vielleicht auch, dass sie überhaupt das Glück gehabt hatten, sich ein Ziel zu stecken, das sich verwirklichen ließ.

Wir haben es geschafft, wiederholte er im Geist.

Die Herstellung des Lebenselixiers war ein Ritual, das immer stattfand, wenn die beiden Monde genau hintereinanderstanden. Jedes Mal wurden fünf Schüler der Botanischen Schule ausgewählt, die über den besten Geruchssinn, die größten botanischen Fähigkeiten und die ausgeprägteste Abenteuerlust verfügten. Ihre Aufgabe war es, Rezepturen zu entdecken und den Trank zu brauen, für den der Große Baum bekannt war – das Elixier des Lebens –, bevor es in Flaschen abgefüllt und in die ganze Welt verschickt wurde. Jede Phiole war das Ergebnis einer einzigartigen und persönlichen Mixtur, die regelmäßig eine magische Flüssigkeit ergab. Wenn man sie auf die Haut auftrug, heilte sie alle körperlichen, seelischen oder sonstigen Leiden.

Es konnte viele Monde dauern, bis ein Schüler die Zutaten für die eigene spezielle Rezeptur gefunden hatte. Manchmal verbrachten sie Monate fern ihrer Heimat, um nach ihnen zu suchen, bevor sie zurückkehrten und sich auf die Arbeit konzentrierten, ein Rezept zu entwickeln und ihre eigene Version des Lebenselixiers zu brauen. Dann machten sie ihren Abschluss und wurden zu den neuen Läufern, die nicht nur dafür verantwortlich waren, die Zutaten für die Raffinerie zu finden, die das Elixier in großem Maßstab herstellen konnte, sie unterrichteten außerdem auch die nächste Generation von Schülern.

Die Abschlussfeierlichkeiten waren in ganz Silvyra dafür bekannt, Mutter bis in ihre Wurzeln aufzurütteln. Dzin mochte zwar nervös sein, aber er konnte es kaum erwarten, an einem solch historischen Ereignis teilzunehmen.

Vergeblich versuchte er, nicht daran zu denken, dass alles ganz anders hätte kommen können, wenn er diese letzte Zutat nicht gefunden hätte. Zum Glück war ihm einer seiner Lehrer – der untersetzte, fast kahlköpfige Tywich – zu Hilfe geeilt. Und obwohl Dzin immer ein wenig auf der Hut gewesen war – dem exzentrischen Mann und seinem seltsam leeren Blick gegenüber, der einem manchmal das Gefühl gab, er wäre nicht wirklich anwesend –, war er doch dankbar für die Unterstützung.

An seinem Tiefpunkt hatte Dzin den Mann aufgesucht und mit ihm gesprochen. Tywich hatte geholfen, indem er ihm Fragen über seine Kindheit stellte, während sie herauszufinden versuchten, wo er seine letzte Zutat am ehesten finden konnte. Wie bei allen anderen Zutaten musste sie etwas ganz Persönliches für ihn darstellen. So waren die beiden ein paar Nächte zuvor von Ast zu Ast geklettert, durch die Siedlungen von Mutter hinunter bis zu den Wurzeln des Großen Baums, weit weg von allen wachsamen Augen, nämlich dorthin, wo nur die winzigen fliegenden Krabbeltierbüsche und die insektenähnlichen Knirscher sie sehen konnten.

»Du sprichst oft von deinen Eltern, Dzin«, hatte Tywich gesagt, als sie dort im Mulch gestanden und auf das Rascheln der Kreaturen um sie herum gelauscht hatten. Sein Gesicht wurde dabei nur von den sanften Lichtstrahlen des Mondes erhellt, die durch das Blätterdach über ihnen fielen und ihm ein Aussehen verliehen, als wäre er gerade von den Toten auferstanden.

»Du sagst, dass du dir wünschst, sie wären stolz auf dich. Der Gedanke an sie hat dich an die Schwelle des Erfolgs geführt, denn du hast fast alle Zutaten beisammen.«

Dzin nickte schweigend. Seine Eltern waren gestorben, als er noch klein gewesen war, was ihn dazu gezwungen hatte, schneller als gedacht erwachsen zu werden. Nicht dass er es ihnen verübelte. Es gab ihm bloß das Gefühl … anders zu sein als alle anderen. Seine Freundinnen und Freunde waren bei ihren Familien aufgewachsen, den großen und den kleinen. Dzin hatte jetzt nur noch Yantuz, und obwohl er seinen Bruder liebte, vermisste er seine Mutter und seinen Vater schmerzlich.

Die Vorstellung, sie stolz zu machen, schien keinen Sinn zu ergeben. Dennoch trieb sie ihn an. Sie hatte ihn in guten wie in schlechten Zeiten vorangetrieben, auf ein Ziel zu, von dem er nur entgegen allen Widerständen hoffen konnte, es zu erreichen.

Tywich schien das zu verstehen. Mit einem dicken Finger deutete er über die Wurzeln hinaus auf einen Ort, den alle im Baum kannten – den Friedhof des Baumvolkes.

»Was, wenn sie dich immer noch leiten?«

Und da hatte Dzin gewusst, worin seine letzte Zutat bestand. Als sie beide dort standen, war es offensichtlich. Mit seinem Wanderstab war er durch das Laub und über heruntergefallene Äste gestolpert, vorbei an den Spuren so vieler anderer, bis er die stille, friedliche Grabstelle seiner Eltern erreicht hatte.

Als er sich näherte, wurde er von einer Flut von Erinnerungen überschwemmt: ihr plötzlicher Verlust und das Gefühl ihrer Abwesenheit in seiner Baumhöhle; wie er nach ihrem Tod den Stab seiner Mutter – jetzt war es sein Wanderstab – gesehen hatte, wie er ihn aufgehoben hatte und nicht mehr hatte loslassen können; und dann war da der immense Druck gewesen, zu wissen, dass er nun für die Erziehung von Yantuz verantwortlich war, als älterer Bruder und Elternersatz.

Yantuz war zu jung gewesen, um wirklich zu verstehen, was geschehen war, abgesehen von der unmittelbaren Trauer. Als er älter wurde, war es ihm daher leichter gefallen, die Erinnerung an sie loszulassen. Dzin hatte das nicht vermocht. Er trug diesen Verlust seither jeden Tag mit sich herum, an manchen Tagen schwerer als an anderen, während er immer wieder versuchte, sein Bestes für sie beide zu geben. So sehr, dass er schon befürchtete, sich Perfektionismus zur Gewohnheit gemacht zu haben, und ständig das Gefühl hatte, nicht zu genügen.

Das Symbol, das er und sein Bruder in die Rinde geritzt hatten, befand sich noch immer über den Gräbern, ein wenig schmutzig und mit Moos bedeckt, aber deutlich zu erkennen. Zwei Sicheln, die die Zwillingsmonde von Silvyra repräsentierten. Jeweils eine für seinen Vater und eine für seine Mutter. Er lächelte, als er das Zeichen sah, aber dann überkam ihn ein überwältigender Kummer.

Wieder stieg die Trauer in ihm auf, gepaart mit einer wilden Mischung aus Angst und Furcht vor dem Versagen. Er hatte sie enttäuscht, nicht wahr? Nach all der harten Arbeit hatte er am Ende doch hierhergeführt werden müssen. Er hatte den Ort nicht von allein gefunden, sondern die Hilfe und Unterstützung eines Lehrers gebraucht.

Welcher Läufer brauchte das schon?

Und das Schlimmste war, dass er die letzte Zutat noch immer nicht gefunden hatte.

In diesem Augenblick wäre Dzin fast weinend über ihren Gräbern zusammengebrochen. Selbst jetzt, unter den Lichtern des Labors, spürte er noch, wie sein Atem in dieser Nacht in flachen, gequälten Stößen gegangen war, so wie immer, wenn er in Panik geriet. Er spürte die Schauer der weißen, kalten Angst, die ihm unter die Haut kroch. Die Enge in seiner Brust, die Starre in seinen Gliedmaßen, während seine Sicht verschwamm.

Am Grab hatte er den Wanderstab fest umklammert und versucht, sich an der Beständigkeit seiner rauen Borke festzuhalten, um die Panik in Schach zu halten. Aber davon abgesehen, war er wie erstarrt gewesen. Eine Statue der Angst, geschüttelt von einem Orkan der Gefühle, der ihn zu Staub zermalmen wollte.

Bis …

Sein Blick hatte den Schimmer von etwas Ungewöhnlichem erhascht, das in der Nähe aus der Erde wuchs.

Die dicken, feuchten und silbrigen Stiele von Pilzen, jeder kaum größer als ein Finger und mit einer dünnen braunen Kappe gekrönt. Und nur wirklich zu sehen, wenn man zufällig genau an dieser Stelle stand.

Der Orkan in seinem Innern hatte sich fast sofort gelegt. Die Last der Gefühle in seiner Brust löste sich auf, und seine Finger um den Wanderstab lockerten sich, als er sich bückte, um die kostbare Zutat einzusammeln.

Das ist es.

»Ich glaube, ich habe sie gefunden!«, sagte er bei sich.

»So sieht es aus«, antwortete Tywich zufrieden, als Dzin zurückkam, um die Pilze vorzuzeigen, die er in der Hand hielt.

Nach jenem Abend hatte sich Dzin beeilen müssen, um die Rezeptur zu vollenden und sein Elixier zu brauen. Aber er war noch rechtzeitig fertig geworden.

Jetzt war er hier und bereitete den Ort für die Abschlussfeier vor. Seine Abschlussfeier. Und sein Trank stand stolz in dem Regal an der Rückwand, in einer bauchigen gläsernen Phiole neben den Tränken seiner Mitschüler. Er bemerkte, dass sich in seiner Flasche etwas weniger Flüssigkeit befand als in denen der anderen, was ihn wunderte, denn er war sich sicher, dass er mehr abgefüllt hatte, als er jetzt sehen konnte. Aber es war eine ermüdende Prozedur gewesen, und Tywich hatte darauf bestanden, dass Dzin sich ein wenig ausruhte, nachdem er fertig war. Sein Lehrer hatte mit dem Berater des Großen Baums gesprochen, und der Berater selbst hatte ihn um die Ehre gebeten,

Dzins Elixier für ihn zu prüfen, was etwas ungewöhnlich war – aber was hätte Dzin dagegen einwenden sollen?

Vielleicht hatte der Berater nur ein wenig mehr als die übliche Menge genommen, um es zu überprüfen.

Er klopfte seinen Mantel mit den vielen Taschen ab, um die Sammlung der winzigen Pilze zu ertasten, die sich immer noch darin verbargen. Dabei nahm er sich vor, sie ins Zutatenarchiv zu bringen, wenn er das nächste Mal dort hinkäme. Sobald er hier endlich mit dem Dekorieren fertig war.

Er ahnte nicht, dass er dazu keine Gelegenheit mehr bekommen würde.

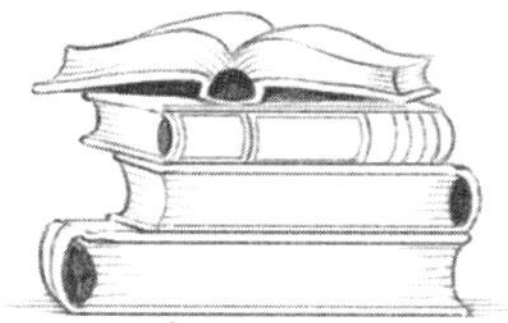

4

Was an Magie noch vorhanden ist

Nu bahnte sich ihren Weg durch das verschlungene Netzwerk von Korridoren, bis sie schließlich zu einem Ort kam, der nicht im Herzen der Bibliothek lag – dem Anbau.

Sie betrat den vollkommen quadratischen, in Stein gehauenen Raum und ging auf den knorrigen Eichenschreibtisch zu, an dem ein Mann neben einer silbern schimmernden Tür saß.

»Hallo, Nu«, sagte Halbart mit fröhlich rosigen Wangen. Er blätterte in den virtuellen Seiten seines Terminkalenders. »Wohin gehst du denn heute? Ah, ich habe dich gefunden. Jetzt ist es eine Buchhandlung!«

»Oh, wunderbar«, antwortete Nu sofort und wippte auf den Zehen auf und ab. Sie lebte schon ihr ganzes Leben lang in der Bibliothek, aber die Buchhandlungen auf der Erde hatten etwas ebenso Magisches an sich. »Ich kann es gar nicht erwarten. Wo wird es sein?«

»Mexiko-Stadt, steht hier, wo die Temperatur momentan« – er blätterte zu einer anderen Seite weiter und runzelte leicht die Stirn – »bei siebenunddreißig Grad Celsius liegt, dazu gibt's sintflutartige Regenfälle.«

Er bedeutete ihr weiterzugehen, und sie legte eine Hand auf das breite Blatt, das von der Ranke abstand, die um den Schreibtisch verlief. Das Blatt scannte sie, pulsierte einmal in einem herrlichen hellen Grünton und bestätigte damit ihre Reise.

»Du kannst weitergehen«, sagte er. »Viel Glück!«

Nu bedachte ihn mit einem aufgeregten Grinsen und trat auf die Tür zu. Flammend erwachte diese zum Leben und warf goldenes Licht in den Raum. Nu musste die Augen dagegen abschirmen, aber sie ging trotzdem weiter und ließ sich von dem Licht wie von einer warmen Umarmung einhüllen.

Ihr wurde schwindelig, und für den Bruchteil einer Sekunde fühlte sie sich, als würde sie durch das Universum trudeln. Dann kam sie an ihrem Bestimmungsort an und war wieder einmal von ihren Lieblingsdingen umgeben – den Büchern.

Es war natürlich keine wirkliche Buchhandlung. Es war eine Erweiterung der Magie der Bibliothek und diente als mächtiges und sichtbares Portal für jene Besucher, die einen etwas stärkeren Schubs brauchten, um zwischen den Welten zu wechseln.

Sie trat an das große Fenster, um einen seltenen Blick auf die Welt außerhalb der Bibliothek zu erhaschen – eine nass schimmernde Straße in einer Stadt, wo der Regen von den Gebäuden herabprasselte und über die Bürgersteige und die Straße floss. Die Einheimischen eilten vorbei und warfen dem Himmel über ihnen böse Blicke zu, während sie von einer etwas geschützteren Stelle auf der Straße zur nächsten huschten.

Aber über solche Dinge wollte sich Nu jetzt keine Gedanken machen. Sie war einfach froh, hier zu sein und die Welt mit eigenen Augen zu sehen. Sie schaute auf die Kleidung hinunter, in der sie erschienen und die durch die Magie der Bibliothek geschaffen worden war, damit sie hierherpasste. Es handelte sich um einen langen karierten Rock und eine weiße Bluse, dazu strahlend weiße Turnschuhe. Sie wirbelte herum und hüpfte dann hinter den Tresen, wo sie hingehörte.

Mit einem zufriedenen Seufzer blickte sie durch die Glasscheibe und fragte sich mit wachsender Aufregung, wen sie gleich kennenlernen würde und warum die betreffende Person die Große Bibliothek aufsuchen sollte.

—

Es regnete heftig, selbst für einen Julinachmittag in Mexiko-Stadt.

Arturo starrte auf die mittlerweile braun gewordenen, ertränkten Sträucher und die vermodernden Grasstreifen, die dem Platz vor dem modernen Bürogebäude, das er gerade verlassen hatte, eigentlich hätten Leben einhauchen sollen. Er wusste, dass er auf direktem Weg nach Hause zu gehen hatte, aber ein riesiger und überzeugender Teil von ihm wollte lieber einen kleinen Ausflug in die *cantina* machen, um seine arbeitsfreie Woche mit einem dringend benötigten Drink zu beginnen.

Leider bildete der Regen nur einen Teil seiner Probleme. Er lockerte seine Krawatte – hatte er doch *gewusst*, dass das verdammte Ding eine dumme Idee war, aber seine Ex-Frau Elena hatte ihn davon überzeugt, dass ihm professionelle Kleidung helfen würde, sich beruflich zu orientieren. Jetzt musste er einräumen, dass er keine Ahnung hatte, was er mit seinem Leben anfangen sollte. Die Regenzeit kam zwei Monate zu spät und hatte ausgerechnet diesen Augenblick gewählt, um mit ihren dunklen Wolken die Sonne, *el sol sangriento*, zu verdecken, bevor sie die langersehnten Wassermassen freisetzte … Nun, das trübte seine Stimmung nur noch mehr.

»Bist du nach wie vor bei uns, Arturo, oder hast du deinen

Urlaub schon vorzeitig angetreten?«, hatte Juan, der neunundzwanzigjährige Kreativdirektor, während des letzten Meetings des Tages gewitzelt.

Arturo war nicht ganz bei der Sache gewesen. Er hatte aus dem Fenster gestarrt und seinen üblichen Tagträumen von den Büchern, die er schreiben wollte, nachgehangen. Im Kopf hatte er Worte erschaffen und Figuren Stimmen gegeben, Figuren, die mit ihm zu sprechen schienen. Er hatte es schon lange aufgegeben, mit dem jungen, energiegeladenen Autorenteam der Agentur mitzuhalten.

Als er entschuldigend gelächelt hatte, konnte er fast sehen, wie sie kollektiv die Augen verdrehten. Er fuhr sich mit der Hand durchs Haar und versuchte, sich der Tatsache nicht peinlich bewusst zu sein, dass es heute Morgen noch grauer geworden war. Eine Entdeckung, die ihn weit dringlicher auf die Tatsache aufmerksam gemacht hatte, dass er sich länger gehalten hatte als all seine alten Kolleginnen und Kollegen. Er war jetzt mindestens ein Jahrzehnt älter als alle anderen in diesem Raum und wusste, dass er, wenn er einen anderen Weg eingeschlagen hätte, vielleicht derjenige gewesen wäre, der das Meeting geleitet hätte – oder sogar die ganze Agentur.

Aber das wollte er gar nicht. Er hatte Spaß am Schreiben. Er liebte den Prozess, aus bestimmten Wörtern eine Bedeutung herauszuarbeiten, sie auf den Punkt zu bringen, sie von allen Seiten zu betrachten und ihnen auf neue und interessante Weise Leben einzuhauchen. Also war er Werbetexter geblieben, während andere die Karriereleiter hinaufgeklettert waren.

Und das hatte ihm eine Zeit lang auch gereicht. Gelegentlich erlaubte ihm die Arbeit, seine Kreativität auf positive Weise auszudrücken und etwas Gutes zu tun – manchmal arbeiteten sie mit einer Wohltätigkeitsorganisation zusammen oder mit einem innovativen Unternehmen, das der Welt helfen wollte –, aber in letzter Zeit ertappte sich Arturo dabei, dass seine Aufmerksamkeit immer mehr zu den Geschichten abdriftete, die er viel lieber erzählt hätte. Er brauchte mehr, um den wachsenden Hunger in sich zu stillen und um das zu tun, was er insgeheim schon immer hatte tun wollen.

Bereits als Kind hatte er Geschichten aus dem wahren Leben erzählen und den Menschen etwas Positives vermitteln wollen – um ihnen zu zeigen, wo auf der Welt sie Inspiration und Hoffnung finden konnten, wenn sie sie am dringendsten brauchten, und wie sie an diesen Hoffnungen festhalten konnten, während sie sich weiterentwickelten. Eine wichtige Lektion, die … na ja, hatten nicht die meisten von uns sie im Lauf der Jahre vergessen?

Für ihn galt das auf jeden Fall.

Das Schreiben hatte seinen Zauber verloren. Trotz all seiner Talente schrieb er längst bloß noch oberflächliche Texte, die dem allerschlimmsten Kapitalismus dienten. Außerdem wurde ihm mit den Jahren immer klarer, dass er mehr für die Welt tun sollte, die ihm so viel gegeben hatte. Vor allem für seine Tochter. Wäre es nicht großartig, sagen zu können, er hätte dazu beigetragen, die Welt für sie zu verbessern – egal, wie klein sein Anteil daran auch sein mochte?

»Erzähl mir eine Geschichte, Papa«, bat sie ihn jeden Abend. Und jeden Abend erfand er eine neue Geschichte für sie, nie die gleiche, immer etwas Neues.

Diese Augenblicke, in denen er mit Rosa Geschichten erschuf, waren ihm teuer, und er wünschte, es hätte mehr davon gegeben. Aber zu oft hatte er in den letzten Jahren zugelassen, dass ihnen das Leben in die Quere kam. Besonders die Anforderungen seines Jobs und die Kosten, die er zu decken hatte. Die Belastungen als Elternteil. Und dann war da noch seine gescheiterte Ehe, die vor nicht allzu langer Zeit ein einvernehmliches, wenn auch etwas herzzerreißendes Ende gefunden hatte.

All das hatte sich zwischen ihn und das gestellt, was er so gern tat.

»Dichter dichten«, war ein Merkspruch, den er nur allzu gut kannte. Wenn er aber doch Schriftsteller sein wollte, warum hatte er dann nichts geschrieben?

Und wichtiger noch: War es inzwischen zu spät, um wieder damit anzufangen?

Arturo kehrte dem Bürogebäude den Rücken und ging davon. Am Ende der Straße bog er nach links ab und überquerte mit platschenden Schritten zwischen den vorbeirasenden Autos die Fahrbahn.

Zwei Häuserblocks weiter bog er dann in eine Nebenstraße ein, die er zugleich liebte und fürchtete. Vor ihm tauchte die Fassade von La Celestina Oscura auf und seine Lippen fühlten sich plötzlich viel zu trocken an. Das Lächeln erstarb ein wenig.

Nur die eine caguama *heute*, dachte er, als würde es einen Unterschied machen, wenn er einen stillen Pakt mit sich selbst schloss. *Nur das eine, Arturo. Genieß das Bier und eine Vorspeise, um deinem Frust und der Schwüle die Spitze zu nehmen.*

Doch auf dem Weg dorthin, den er im Schutz der Bäume zu bewältigen versuchte, stellte er fest, dass etwas an der Umgebung nicht ganz so war, wie er es erwartet hatte.

Die stille Gasse zwischen der Bar und dem nächsten Geschäft war verschwunden. Keine Kartons lagen mehr herum und die überquellenden Müllbehälter waren nirgendwo zu sehen.

Stattdessen sah er dort einen sehr kleinen, sehr schmalen und unglaublich vertrauten Buchladen, an dessen Fenstern der Regen herunterlief. Ein ganzes Gebäude, das so aussah, als hätte es schon immer dort gestanden, schmiegte sich still und leise zwischen die beiden angrenzenden Häuser und wartete auf ihn.

Über dem Schaufenster hing ein handgemaltes Schild.

La Luna stand dort in verspielten weißen Buchstaben geschrieben.

Es war die Buchhandlung seiner Kindheit – zumindest sah sie so aus wie die, an die er sich erinnerte. La Luna war in seiner Kinderzeit sein liebster Schlupfwinkel gewesen, wenn seine Mutter ihn nach der Schule dorthin gebracht hatte, um ihm eine Freude zu machen. Nicht immer, um etwas zu kaufen, sondern damit er in die verschiedenen Welten eintauchen konnte, die in den Bücherregalen lagen. In dieser Buchhandlung hatte er jedes Mal ein Universum von Möglichkeiten um sich herum gespürt.

Es war eine gemütliche, warme, mit Liebe erfüllte Erinnerung. Eine seine Lieblingserinnerungen.

Umso seltsamer war es, dass die Buchhandlung hier aufgetaucht war – in der Wirklichkeit, farbenfroh und lebendig –, obwohl Arturo genau wusste, dass die Buchhandlung, an die er sich so gern erinnerte, auf der anderen Seite der Stadt gelegen hatte und vor Jahren abgerissen worden war, um Platz für neue Wohnungen zu schaffen.

Stirnrunzelnd betrachtete er die *cantina* und dann wieder die Buchhandlung, die immer noch da war und sich weigerte, unwirklicher zu werden.

Wie kann das sein?

Die Frage klang einen Augenblick lang in ihm nach, und er versuchte, einen klaren Kopf zu bekommen. Doch es gelang ihm nicht. Stattdessen verspürte er nur den starken Drang, zu der real gewordenen Erinnerung hinüberzurennen, die nasse, rutschige Türklinke zu drücken und hineinzugehen.

Was er auch tat.

»Buenas tardes«, sagte eine junge Frau hinter dem Tresen – demselben Tresen, zu dem er als Kind aufgeschaut und über den er ein paar gesparte Münzen geschoben hatte, um einen Comic oder ein Bilderbuch zu kaufen. Der Frau schien sich gar

nicht an seinem schockierten Blick zu stören, als er sich umsah. Sie wartete einfach, bis sein Blick zu ihr zurückkehrte, bevor sie ihn mit einem Lächeln anstrahlte, das ihr ganzes Gesicht erhellte. Arturo ertappte sich dabei, dass er zurückgrinste. Dieses Mädchen hatte eine Ausstrahlung, bei der er sich sofort entspannen konnte.

»Buenas tardes«, antwortete er. Mit einer halbherzigen Geste wies er auf den Raum um sie herum, bereit, die ziemlich lächerliche Frage zu stellen, wie genau denn dieser Buchladen hier aufgetaucht war, als die Frau weitersprach.

»Bist du das erste Mal hier?«

Er vergaß seine Frage und stellte fest, dass er den Kopf schüttelte, dann aber nickte.

»Ähm, ich weiß es nicht«, war die Antwort, für die er sich schließlich entschied.

Ihr warmes Lächeln wurde breiter, was ihn wieder beruhigte, und dann deutete sie mit einer kleinen Geste in den hinteren Teil des Ladens.

»Geh die Treppe hinunter und nimm dann den zweiten Gang auf der linken Seite. Dort wirst du finden, was du brauchst.«

»Was ich brauche?«, wiederholte er und kratzte sich am Kopf. Warum war er noch mal hierhergekommen? »Ich bin mir nicht sicher, ob ich richtig verstehe. Was genau brauche ich denn?«

Für einen kurzen Moment überlegte er, ob er sich in die Sicherheit der *cantina* und des Alkohols zurückziehen sollte, aber jetzt war sein Interesse geweckt. Er fühlte sich wieder wie der andere Arturo, der alte Arturo, der Geschichtenerzähler, der jetzt unbedingt wissen wollte, was dort die Treppe hinunter im zweiten Gang links lag.

Also befolgte er ihre Anweisungen und stieg in die Tiefen dieses seltsamen Ladens hinunter, bis er sich vor den Gängen mit Büchern wiederfand.

»Ich werde es schon erkennen, wenn ich es sehe«, murmelte er, während er weiterging und nur am Rande wahrnahm, dass er in der Ferne Stimmen hören konnte. Doch es war niemand sonst hier. Er spitzte die Ohren. Ein geschäftiges Summen. Er fragte sich, ob das aus der *cantina* nebenan kam. Bei dem Gedanken an die kühle Flasche Bier wurde ihm sofort der Mund trocken. Aber irgendetwas in ihm sorgte dafür, dass sein Blick an den Regalen hängen blieb, auch wenn die Bücher, die er sah, nichts Besonderes waren. Sie waren staubig und alt und hatten Titel, die er nicht kannte.

Bis er zu dem Gang kam, den er hatte finden sollen.

Er war ganz schlicht beschriftet. Zwei Wörter in schwarzer Schrift auf einem kleinen weißen Schild. Aber es hätte genauso gut ein blinkendes Neonschild sein können, auf dem »Hierher, Arturo!« stand, so groß war die Wirkung der Worte auf ihn.

Pequeño escritor.

Kleiner Schriftsteller.

Die Verbindung zu seiner Vergangenheit holte ihn ein; er spürte die Umarmung seiner Mutter, die ihn immer so genannt hatte, wenn er ihr eines seiner krakeligen Werke überreicht hatte. Zwei Worte, zart in sein Ohr gewispert, wenn sie ihn umarmte, als würde sie ihm den Weg bestätigen, den sie ihn gehen sah.

Als er das erste Buch im Regal sah, wurde dieses nostalgische Gefühl nur noch stärker. Er blieb wie angewurzelt stehen. Es war ein Bilderbuch, an das er sich aus seiner Kindheit erinnerte, mit fünf Vögeln auf dem Einband vor dem Hintergrund eines atemberaubenden orangefarbenen Himmels – genau dasselbe Buch, das er seiner Tochter vorgelesen hatte, als sie noch ein Baby gewesen war. Daneben stand ein anderer beliebter Klassiker, dessen Cover mit den aufgeregten Kindern und dem großen Baum er sofort wiedererkannte. Und dann noch eins, das er mit acht Jahren gelesen hatte, mit einer wunderschönen, fantastischen Landschaft und zwei Reitern auf Pferden im Vordergrund, die zu einer Stadt am Himmel hinaufschauten. Und ein weiteres aus derselben Serie; dieses Buch hatte er gelesen, als er etwas älter gewesen war. Dann kam ein ganzer Stapel von Graphic Novels aus seiner Teenagerzeit, epische Bücher, die er verschlungen hatte, wenn er sich in seinem Zimmer verkrochen hatte. Vorsichtig fuhr er mit dem Finger darüber, und sein Blick streifte liebevoll jeden einzelnen Buchrücken, während seine Füße von einer Erinnerung zur nächsten schlurften.

Dann regte sich einen wunderschönen Augenblick lang eine ursprüngliche Kraft in ihm, als würden die Seiten seiner eigenen Geschichte schnell von einer starken Brise umgeblättert werden.

Er begriff, dass er das Ende des Regals erreicht hatte.

Der letzte Titel, der ihn anstarrte und der als Buchstütze für die anderen diente, war das allerletzte Buch, das er gelesen hatte. Er hatte es erst gestern Abend beendet.

Was war das für eine Merkwürdigkeit? Er hatte jedes Buch in dieser Reihe gelesen, als wären die Titel sorgfältig aus der gesamten Lektüre seines Lebens zusammengestellt worden.

Doch das war nicht das einzig Seltsame, was ihm jetzt auffiel. Denn das billige Kiefernregal vom Anfang des Gangs hatte sich irgendwie in etwas Edleres verwandelt, in ein Bücherregal, das aus feinster dunkler Eiche geschnitzt war. Die Geräuschkulisse, die er zuvor gehört hatte, umgab ihn nun intensiver – das gedämpfte Flüstern von Menschen, die sich unterhielten, Bücher, die über Schreibtische geschoben wurden, das seltsame Schwirren von irgendwelchen Dingen, die vorbeiflogen. Und in der Ferne hörte er deutlich das Rattern von Rädern auf Gleisen und auch das Zischen von Dampf.

Als er nun aufschaute, klappte ihm der Unterkiefer herunter, denn er befand sich nicht mehr in der Buchhandlung.

Er stand am Rande einer Bücher*stadt.*

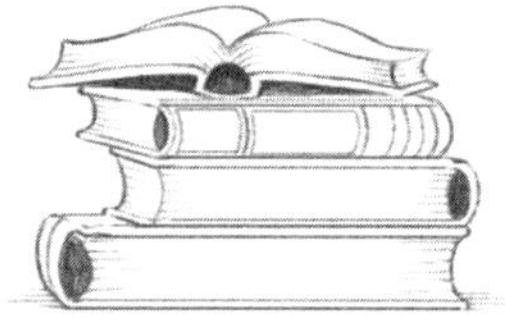

5

Das Buch der Weisheit

Helia und Mwamba eilten durch die holzgetäfelten Korridore, weg von den stillen Lesesälen, in die sich die Weisen und ihre Assistentinnen und Assistenten oft zurückzogen, um nachzudenken und Frieden zu finden, in Richtung des Refugiums.

Helia wusste, dass es hier auf den Abend zugehen musste. Selbst so weit unter der Erde und in den Tiefen des Inselbergs verborgen, auf dem der Gründer vor langer Zeit an Land gegangen war, konnte sie das an der Art des Lichts erkennen, das durch die künstlichen Fenster drang. Tagsüber strahlte es wunderbar als warmes und goldenes Sonnenlicht herein, das an der Oberfläche eingefangen, gespeichert und durch eine uralte architektonische Magie nach unten geleitet wurde, um durch die Fenster der Großen Bibliothek zu scheinen. Jetzt aber schimmerte es etwas fahler und enthielt einen Hauch von Sternenlicht.

Trotz der späten Stunde stellte Helia fest, dass die Große Bibliothek von Morgen immer noch voller Leben und Geschäftigkeit war. Und das war sie zu jeder Zeit, selbst hier draußen im Labyrinth der Gänge, Räume, Küchen und Gärten, abseits des Trubels in der Wandelhalle. Immer gab es Menschen, die auf der Suche nach Wissen waren. »Wissbegierige rasten nie«, hatte Mwamba einmal gesagt. Und er musste es schließlich wissen, denn darin lagen sowohl sein Talent als auch seine Macht. Er war der Kenntnisreichste von ihnen allen, nicht nur, weil er von Natur aus der Weiseste war, sondern auch wegen seines angeborenen Wunsches und seiner Entschlossenheit, zu lernen, was er nicht wusste.

Die Gruppen, an denen sie vorbeieilten, grüßten sie höflich, doch Helia konnte fast spüren, wie sich die Blicke in ihren Rücken bohrten, als sie weiterlief und sich die Augen trocknete. Wahrscheinlich fragten sie sich, was zwei Weise und ihre Sphären dazu veranlasste, sich so hastig durch diese heiligen Hallen zu bewegen.

Sie wäre nicht in der Lage gewesen, es ihnen zu erklären, selbst wenn sie die Zeit dazu gehabt hätte. Sie verstand es ja selbst kaum.

Die Worte über das, was passiert war, hatte sie nicht aussprechen wollen, denn dann hätte es kein Zurück mehr gegeben. Dann wäre es wahr, und sie wünschte sich über alles, dass es eine Lüge gewesen wäre.

Doch ihr war nichts anderes übrig geblieben. Sie hatte Mwamba von dem Hinterhalt bei ihrer Ankunft im Rosengarten erzählt, wie sie und Xavier gekämpft hatten und er verletzt worden war; vom Verwelken des Rosengartens, vom Verlust seiner Farben und seiner Lebendigkeit und der Tiere, die dort zu Hause waren, und vom Verschwinden des Drachen, dem großen Beschützer von Silvyra, des Reichs des Großen Baums.

Und dass sie Xavier zurückgelassen und er getötet worden war.

Als wäre das nicht schon schlimm genug gewesen, hatte sie auch noch zugeben müssen, dass Antares verschwunden war.

Xaviers kleine Sphäre, die er ihr anvertraut hatte, war fort. Hatte Helia die Gefährtin fallen lassen, während sie auf Amare hergeritten war? Nein, das glaubte sie nicht. Sie erinnerte sich deutlich daran, die Sphäre noch in ihrer Tasche gespürt zu haben, als sie angekommen war und sich in aller Eile auf die Suche nach Mwamba begeben hatte. Außerdem waren ihre Taschen tief, daher konnte sie sie nicht fallen gelassen haben, während sie durch die Bibliothek geeilt war.

Vielleicht hatte Antares etwas Kraft zurückgewonnen, um sie ganz bewusst zu verlassen. Aber warum? Und wohin war sie gegangen?

Der Weise Mwamba hatte keine Antworten angeboten, als sie ihre Geschichte so hektisch erzählt hatte. Ein geduldiger Mann zu den besten Zeiten, war er jetzt wie ein Fels in der Brandung, obwohl er, als sie zu dem Teil über Suttaru kam, die Stirn runzelte, bis eine tiefe Falte zwischen seinen Brauen erschien.

»Bist du dir sicher?«, hatte er gefragt. »Suttaru ist eigentlich eine Sagengestalt, Helia. Sie stammt aus einer Zeit, die weit vor deiner und meiner liegt, obwohl wir schon so lange leben. Er ist ein Symbol für das Böse, das jetzt nur noch im Gedächtnis der Bibliothek existiert, aus der Zeit der Urheberin und der Erschaffung des Buchs der Weisheit. An seinen wahren Namen erinnern sich die meisten kaum noch. Er selbst ist als der Aschenmann zu einer Geschichte geworden. Damit schüchtern Eltern ihre Kinder ein, damit sie ihre Pflichten erledigen. Bist du dir *sicher*, dass du ihn gesehen hast?«

»Ja, das bin ich. Und er ist nicht allein – hinter ihm steht eine Armee von wilden Kreaturen. Seine ›Ungeschriebenen‹ hat er sie genannt. Meine Erinnerungen sind zwar weitgehend verloren, aber ich spüre noch immer, wie sie an mir zerren. Es waren Menschen und in ihre Haut waren Worte aus Feuer geritzt. Sie hatten auch Tiere bei sich – das waren Hunde oder eine Art

Wölfe, die alle dieselbe Schrift trugen. Allerdings war dies eine Sprache, die ich vorher noch nie gesehen habe.«

»Dunkle Geschichten«, murmelte Mwamba, dessen Stimme einem Grollen fernen Donners glich. »Es heißt, dass er damit andere verderben kann.«

Er hatte ihre Hand genommen und sie aus dem Raum und quer durch die Bibliothek geführt, in Richtung des Refugiums – das war der einzige Ort, an dem man vielleicht noch Antworten finden konnte. Ein Ort der Heiligkeit und Magie, ein Ort, über den die Schülerinnen und Schüler flüsterten, wenn sie an seinen Türen vorbeikamen, und an dem sie langsamer wurden, um sich zu fragen, welche erstaunlichen Dinge dahinterlagen.

»Glaubst du, das Buch wird wissen, was los ist?«, fragte sie, als sie einen Blick auf die Türen am Ende des Gangs erhaschte. In ihrer Brust flammte ein Funken Hoffnung auf, als wäre sie in Sichtweite irgendeiner Erklärung, die das Grauen durchbrechen würde. »Wird die Urheberin in der Lage sein, uns von Suttaru zu berichten, falls er tatsächlich zurückgekehrt ist? Oder zu erzählen, wie ihm das überhaupt gelungen ist? In den Geschichten, die ich gehört habe, war er angeblich gestorben.«

»Ich vertraue darauf, dass sie es tut«, erwiderte Mwamba. »Das Buch der Weisheit wurde erschaffen, um der Bedrohung durch ihn zu begegnen. Und obwohl dieses ungeheuerliche Ereignis bereits Jahrhunderte vor deiner und meiner Ankunft hier stattgefunden hat, haben wir nur die Geschichten, um uns daran zu erinnern, und diese Geschichten enthalten häufig ein Körnchen Wahrheit.«

»Das hat Xavier auch immer behauptet.«

»Er war ein kluger Mann.«

Als sie das Ende des mit rotem Teppich ausgelegten Flurs erreichten, erwartete Helia, dass sie stehen bleiben und anklopfen würden. Hier am Refugium klopfte Mwamba regelmäßig an.

An diesem heiligen Ort, dem buchstäblichen Herzen der Großen Bibliothek, klopfte er immer an. Weil er verstand, dass das, was darin lag, seinen größten Respekt verdiente.

Heute jedoch nicht. Es blieb nicht einmal Zeit für die kleinste Förmlichkeit. Mwamba griff nach der spiralförmigen Klinke und zog die Tür auf, trat hindurch und ließ sie hinter ihnen beiden zufallen.

Sie betraten einen riesigen, luftigen Raum, so groß wie eine Kathedrale und so gedämpft und still wie eine Gruft. In der Mitte dieses heiligen Ortes stand ein Podest, und dort lag das Buch der Weisheit auf einem prächtigen Lesepult, das aus so feinem Holz gefertigt war, dass es fast aus dem Großen Baum selbst hätte geschnitzt sein können.

Manche Menschen waren überrascht zu erfahren, dass dieses Buch als physisches Buch in Erscheinung trat, so sehr rankten sich die Geschichten um seine Magie, Erhabenheit und Macht. Es war ein bescheidener, mittelgroßer Wälzer mit einem roten Einband mit Goldprägung. Man hätte sicher nicht das am meisten verehrte Buch der Geschichte in ihm erkannt, erschaffen von der Gelehrten. Durch das Wissen der Großen Bibliothek über Technologie und Magie und in Kombination mit dem Einfluss der endlosen Geschichten und Welten, die außerhalb der Bibliothek existierten, enthielt das Buch der Weisheit jedes nur vorstellbare Geheimnis.

Aber das Buch der Weisheit war natürlich nicht *nur* ein Buch. Es war das pulsierende Herz dieser Stadt der Geschichten und damit eine Macht, die – so vermutete Helia – selbst die älteren Weisen nicht für möglich hielten. Vor allem Xavier hatte Helia furchtbar gern mit Geschichten aus dem Buch erfreut. Er hatte sie besser gekannt als jeder andere, da er von der Wahrheit jeder Geschichte besessen gewesen war. Er hatte sie ständig studiert, immer auf der Suche nach köstlichen Details, die im Laufe der

Zeit verloren gegangen waren, in der Hoffnung, dass er zukünftige Erzählungen bereichern konnte.

Die Geschichte darüber, wie aus der Gelehrten die Urheberin geworden war, hatte ihn besonders interessiert. Das Opfer, das diese Frau namens Fairen gebracht hatte. Wie sie eins geworden war mit dem Buch der Weisheit, um das Böse zu bekämpfen, das Suttaru und seine dunklen Mächte herbeigeführt hatten.

Wie ihr Opfer alles und jeden gerettet hatte.

Nun hatte Xavier sich selbst geopfert, um Helia zu retten.

Der Gedanke schmerzte zwar, aber sie wusste, dass ihm diese Parallele gefallen hätte. Er hätte gelacht, auf diese fröhliche Art, die für ihn so typisch gewesen war. Ein so wunderschönes, kehliges Lachen. Sie konnte es selbst jetzt noch im Hinterkopf hören.

Sie biss sich auf die Lippe und versuchte, die gefasste Fassade aufrechtzuerhalten, die von der Weisen der Hoffnung erwartet wurde, auch wenn sie innerlich darum kämpfte, den Kopf über das Wasser der Verzweiflung zu halten. Sie blinzelte und beobachtete Mwamba, der vor dem Podest stand und beide Hände auf das Lesepult legte. Für einen Augenblick senkte er den Kopf – allerdings nicht zum Gebet, das wusste sie jetzt. Aber es war ein stilles Innehalten aus Respekt.

Das Buch der Weisheit enthielt nicht nur Worte; es enthielt auch die Urheberin selbst, ein Umstand, der es zum Bewusstsein der Großen Bibliothek werden ließ. Helia hatte schon oft miterlebt, wie die Urheberin aus dem Buch sprach, und es war immer entweder zu einem besonderen Anlass oder in einem Moment großer Not geschehen.

Die Kürze der Pause, die Mwamba einlegte, deutete darauf hin, dass es sich jetzt um Letzteres handelte.

»Bist du bereit?«, fragte er und sie nickte. Daraufhin legte er die Hände vor sich zusammen, die Finger gespreizt, sodass sich ihre Spitzen berührten. Dann wandte er die Handflächen nach oben und begann so zu sprechen, wie es das Ritual verlangte. Seine Lippen bewegten sich schnell, er sprach die Worte kraftvoll und in einem Rhythmus und Tonfall, als würde er ein Gedicht oder ein Lied vortragen. Es schien, als würde er ein Geschenk aus Worten darbringen, eine wundersame Sammlung, die so schön und kraftvoll erschien, dass sie unweigerlich den uralten Geist im Innern weckte.

Helia stimmte nun mit den Handflächen nach oben in seine Worte ein und verwob sie mit seiner Melodie, als würde sie sie harmonisch vervollständigen. Ihre jeweiligen Gesänge wurden bald zu einem einzigen prächtigen Lied, das die Einheit feierte, die alles repräsentierte, was das Buch für die Weisen vorgesehen hatte.

Noch während sich ihre Lippen bewegten, spürte Helia, dass es funktionierte. Die Härchen auf ihrer Haut sträubten sich, als der Einband des Buchs erzitterte und ein großes Licht und eine große Energie aus den Seiten austraten, die den Raum mit einer unbeschreiblichen Kraft durchströmten – so ähnlich wie das Gefühl, das man vielleicht bekam, wenn man ein Glas Sonnenschein trank. Eine uralte Wärme, die das ganze Wesen erfüllte, eine unbändige Kraft des Wissens und, wie Helia immer fand, auch der Hoffnung.

Doch als sie den Kopf hob, um die Wärme in sich aufzusaugen und den Herzschmerz, der sie zu verschlingen drohte, zu vertreiben, verschwand sie wieder.

Der Einband rührte sich nicht mehr und blieb geschlossen. Es wurde wieder dunkel im Raum.

Mwamba warf einen Blick über die Schulter, um sich zu vergewissern, dass sie das auch gesehen hatte, und sein überraschtes Gesicht verriet ihr, dass etwas schiefgelaufen sein musste. In all den Jahren, in denen sie ihn kannte, hatte er noch nie unsicher ausgesehen.

Was ist mit dem Buch passiert?

Das Buch war immer da. Immer. Es war die Konstante in ihrem Leben, das Herz und die Seele der Bibliothek. Während Helia für viele andere Menschen Hoffnung verkörperte, fand sie ihre eigene Hoffnung in dem Buch.

Es bedeutete Sicherheit. Die Bezugsperson, zu der man rennen konnte, wenn man verletzt oder in Schwierigkeiten war. Die übergeordnete Kraft, die alles besser machen würde.

Und jetzt gelang es nicht. Nach allem, was Helia an diesem Tag bereits erlebt hatte, erfüllte sie das mit Grauen.

Mwamba wischte sich die verschwitzten Finger an seiner Tunika ab, dann legte er beide Hände links und rechts neben das Buch und sprach diesmal noch energischer.

Wieder erbebte der Einband, aber das Licht aus dem Innern war nun schwächer und zaghafter. Es strömte nicht mehr so in den Raum wie noch vor wenigen Augenblicken. So als würde es sich zurückhalten, weil es wusste, dass es besiegt war, und darum versuchte, sich seine Kraft aufzusparen.

Helias Augen weiteten sich und Mwamba fluchte leise. Für ihn war das ungewöhnlich – normalerweise blieb er besonders gelassen und rücksichtsvoll, selbst in schwierigen Zeiten. Aber sie machte ihm keinen Vorwurf. Was sie jetzt beide erlebten, schürte die Verzweiflung in Helias Innersten so sehr, dass sie am liebsten in ihr Quartier geflohen wäre.

Unruhig trat der ältere Weise von einem Fuß auf den anderen, dann hielt er eine Hand vorsichtig über den Einband.

Erst als sie das beobachtete, bewegte sich Helia erschrocken. Es war, als wäre er von allen guten Geistern verlassen.

Sie berührte ihn an der Schulter, um ihn in die Realität zurückzuholen.

»Mwamba, nein. Das ist nicht der richtige Weg. Darf man das Buch überhaupt berühren? *Sie* berühren?«

Als er sie dann wie ein Kind ansah, das etwas tun wollte, von dem es wusste, dass es ihm Schwierigkeiten einbringen würde, durchlief sie ein Schauer.

»Ich habe keine Ahnung, Helia. Darüber habe ich noch nie nachdenken müssen. Aber du siehst doch, was ich sehe, oder?«

Sie nickte und zog die Hand zurück.

»Dann muss ich es versuchen, um unser aller willen.«

Unsicher bewegte er seine Finger und legte sie dann leicht auf den Buchdeckel.

Mwamba war ein kräftiger Mann, hochgewachsen und stark, mit Armen so dick wie die Stämme uralter Ranken und Händen so breit wie ihre schalenförmigen Blätter. Doch als er seine Hand ganz auf das Buch der Weisheit legte, bemerkte Helia, wie winzig und unbedeutend sie wirkte.

Die Macht dieses Buchs war noch deutlich spürbar. Es beherrschte nach wie vor den Raum, so wie es sein sollte. Und es konnte Mwamba noch immer den Atem rauben – er musste das Wispern der Geschichten und Welten gespürt haben, die hinter dem Buchdeckel lagen.

Doch auch als er erneut zu dem Buch sprach, jetzt noch drängender, mit Worten wie Felsbrocken, die auf den Ozean zurollten, merkte Helia, dass es keine Wirkung hatte. Als die Felsbrocken auf das Wasser trafen, verursachten sie nur kleine Wellen und versanken spurlos im Meer.

Helia sah Vega an. Ihre Sphäre blitzte besorgt auf und sie nickte.

»Ich kann es spüren«, bemerkte Mwamba nach einer Weile, obwohl sein Ton weniger hell war, als Helia gehofft hatte. Zögernd nahm der Weise seine Hand von dem Buch und trat zurück, wie ein kleiner Junge, der sich in dieser fremden neuen Welt ohne Orientierung verirrt hatte. »Ich kann *sie* spüren. Die Urheberin ist auch jetzt noch in den Seiten präsent. Das Leben des Buchs der Weisheit pulsiert, so wie es meiner Meinung nach sein sollte.«

»Bist du dir sicher?«

Er nickte und deutete auf Canopus, der weiter um seinen Kopf herumschwirrte und genauso besorgt wirkte wie er.

»Die Sphären sind mit dem Buch verbunden. Wäre es für uns verloren, dann wären es unsere Gefährten ebenfalls … Und doch sind sie immer noch hier, wach und aktiv.«

Sowohl Canopus als auch Vega blinkten zustimmend.

»Dann … verstehe ich das nicht.« Helia fühlte sich von Minute zu Minute schwächer. Ihre Gedanken überschlugen sich. »Was geschieht jetzt? Warum redet sie nicht mit uns?«

Schweigend beriet sich Mwamba mit seiner Sphäre, dann schüttelte er den Kopf. »Ich weiß es nicht. Aber sieh dich um. Es sind nicht nur unsere Sphären. Die Große Bibliothek scheint unverändert. Das Leben hier atmet noch, also ist unser Herz unversehrt. Es ist einfach … es ist nicht in der Lage, zu uns zu sprechen. Die Stimme der Urheberin ist verstummt.«

Helia spürte, wie ihre Knie nachzugeben begannen, doch sie tat ihr Möglichstes, um stehen zu bleiben, obwohl der Schock und die Müdigkeit des Tages sie beinahe zu Boden brachten. Sie wollte nicht glauben, dass dies alles wirklich passiert war. Es kam ihr wie ein Albtraum vor, aus dem sie nicht mehr aufwachen konnte.

»Ist es verdorben worden?«

»Ich bin mir sicher, dass das Buch über solche Dinge erhaben ist«, antwortete Mwamba, obwohl er nicht gerade überzeugt klang. Er hielt inne und dachte noch einmal nach. »Aber auf jeden Fall gibt es ein Problem. Die Urheberin scheint … blockiert zu sein. Oder gefangen.«

Dieses Wort ließ Helia sofort an den Hinterhalt denken, der

sie im Rosengarten erwartet hatte. Ihr Puls beschleunigte sich und ihre Gedanken flogen an diesen dunklen Ort zurück.

Suttaru hat den Drachen entführt und meinen geliebten Xavier getötet. Was, wenn er auch das hier getan hat? Was, wenn seine Kräfte irgendwie in die Große Bibliothek eingedrungen sind und seine Dunkelheit auch hier verbreitet haben?

Mwambas plötzliche Bewegung, als er sich von dem stummen Buch entfernte, rüttelte sie aus diesem beunruhigenden Gedankengang auf. Er zog an einer Kordel an der Wand und ließ die Glocke zweimal klingen. Das Läuten ertönte um sie herum, so leise, dass es zu dieser Abendzeit zwar niemanden aufschrecken würde, aber doch kräftig genug war, um einen Assistenten aufzuscheuchen.

Keine dreißig Sekunden später klopfte Thomas, ein Gelehrter in mittleren Jahren, keuchend an die Tür. Als Mwamba ihn aufforderte einzutreten, streckte er den Kopf herein. Dann bemerkte er, dass auch Helia dort war, und hüllte sich noch fester in sein Abendgewand ein, während er sich den beiden Weisen näherte. Zunächst wirkte sein Gesichtsausdruck verwirrt, doch dieser Eindruck wurde schnell von dem der Sorge verdrängt.

»Guten Abend, ihr Weisen. Kann ich euch behilflich sein?«

Mwamba hatte sich wieder einigermaßen gefasst. Sein Gesicht trug jetzt seinen üblichen ruhigen, stoischen Ausdruck, und er war nicht bereit, Hinweise zu geben, die andere auf ihre verzweifelte Lage aufmerksam machen würden. Helia wusste nur wenig über Mwambas früheres Leben vor der Bibliothek, aber wie immer es ausgesehen haben mochte, sicher hatte er genug gesehen und getan, um nie lange die Fassung zu verlieren.

Helia wünschte, sie könnte sich so ruhig fühlen, wie er aussah. Sie verfügte über zahlreiche Lebensspannen an Erfahrung in der Bibliothek, die sie in diesem Augenblick als Stütze zu nutzen imstande war. Aber sie konnte sich an nichts in all der Zeit erinnern, das so beängstigend gewesen wäre.

»Thomas, welche Weisen befinden sich noch in der Bibliothek?«, fragte Mwamba.

»Nicht viele, fürchte ich. Einige von euch sind im Laufe des Tages zu verschiedenen Zielen in der Papierwelt aufgebrochen.« Er legte die Stirn in Falten, als versuchte er, sich an Informationen zu erinnern, die er eigentlich nicht zu übermitteln erwartet hatte. »Ich glaube, die Weise Robin ist noch auf der Erde, obwohl sie bald zurückkommen sollte. Und ich komme gerade aus dem Auditorium, wo der Weise Veer eben zum Ende eines seiner lehrreichen Vorträge gekommen ist. Somit bleiben nur noch ihr zwei und der Weise Xavier …«

Er sah Helia an, als wäre er verwirrt, dass Xavier nicht bei ihr war, so wie sonst immer.

Sofort senkte sie den Blick.

»Thomas, könntest du zu Veer zurückgehen und ihn bitten, sich zu uns zu gesellen?« Mwamba winkte die Frage des Assistenten ab, bevor der arme Mann überhaupt den Mund aufmachen konnte, und wandte sich an Helia.

»Welche Siedlung liegt dem Rosengarten am nächsten?«

Helia verstand seinen Gedankengang. Suttaru war vielleicht schon auf dem Weg aus den Bergen, um noch mehr Verwüstung anzurichten. Die armen Menschen würden keine Chance haben.

»Die Stadt Aedela«, antwortete Helia. »Sie liegt im Reich Bloom. Dort residiert auch die Herrscherin jenes Reichs, die Blütenkönigin.«

Mwamba nickte und richtete das Wort erneut an Thomas. »Wenn Veer dich fragt, sag ihm, dass jemand eine Reise zur Blütenkönigin nach Aedela unternehmen muss und dass es eine äußerst dringende Angelegenheit ist. Bleib nirgendwo stehen und sprich mit niemandem sonst. Geh direkt zu ihm und bitte ihn, in aller Eile zu mir zurückzukommen. So schnell wie möglich, bitte.«

Helia beobachtete, wie Thomas' fragender Blick über Mwambas Schulter dorthin wanderte, wo das Buch der Weisheit lag.

»Selbstverständlich, Weiser. Obwohl, wenn ich fragen darf…«

Sie wusste, was er fragen wollte, aber er bekam keine Gelegenheit dazu. Als Mwambas Sphäre Canopus plötzlich mit einem flammend roten Aufleuchten herumwirbelte und leise vibrierte, wie mit einem ungeduldigen Knurren, wich Thomas einen Schritt zurück. Seine Wangen flammten so rot auf, dass sie mit den Blumen des Rosengartens hätten mithalten können.

Der ältere Weise selbst hob nur eine Augenbraue und überließ dann seiner Sphäre das Reden.

»Sehr wohl«, sagte Thomas, bevor er eine schnelle Verbeugung machte und aus dem Raum eilte.

Helia und Mwamba sahen sich an, als er die Tür hinter sich schloss.

»Was jetzt?«, fragte sie.

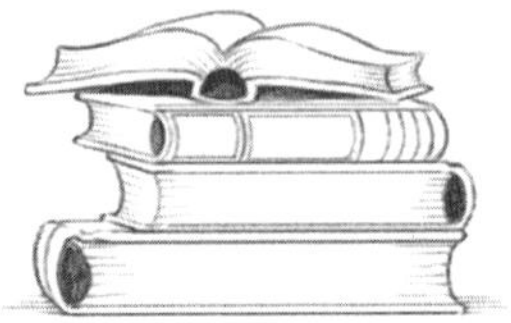

6

Neue Freunde

Nu hätte sich nicht so leicht ablenken lassen dürfen.

Sie hatte alles richtig gemacht, wie sie es immer tat. Der Besucher war in der Buchhandlung eingetroffen und sie hatte ihn einer kurzen Musterung unterzogen. Sie hatte ihre Sinne eingesetzt und sofort verstanden, dass er genau zum richtigen Zeitpunkt hier war, so wie es das Buch der Weisheit vorausgesehen haben musste. Also hatte sie ihn angelächelt und ihm den Weg gewiesen, damit er den Sprung zwischen den Welten allein bewältigen konnte, wie alle es tun mussten.

Eine Art Übergangsritus.

Es wäre ein Leichtes gewesen, ihm zu folgen und ihn in der Bibliothek zu treffen, um sich ihm vorzustellen und ihn dann herumzuführen. Nicht alle, die zwischen der Erde und der Großen Bibliothek von Morgen wechselten, wurden so willkommen geheißen. Die meisten fanden ihren Weg in ihrer eigenen Zeit und waren nur zu froh, die Bibliothek auf eigene Faust zu erkunden. Aber wenn das Buch von jemandem wie Nu verlangte, jemand anders zu begrüßen, war es Vorschrift, ihn auf eine Tour mitzunehmen, um ihm den Übergang zu erleichtern.

Leider war Nus Aufmerksamkeit in diesem Augenblick unzureichend gewesen. Denn kaum hatte sich der Mann entfernt, um sein Bücherregalportal zu finden, hatte sie ein Summen in ihrer Tasche wahrgenommen.

»Die Sphäre!«, hatte sie voller Aufregung gerufen. Sie hatte in die Tasche gegriffen, das kleine Wesen hervorgeholt und es sich auf ihre Handfläche gesetzt.

Ein schwacher Lichtfaden glitt über die Oberfläche der Sphäre.

Nu verstand sie nicht. Nur die Weisen verstanden ihre Sphären und wie sie kommunizierten, aber immerhin fühlte sie ... etwas. Eine Nachricht, die zwischen ihnen übermittelt wurde.

»Versuchst du, mit mir zu sprechen?«, fragte sie und hob den kleinen Gefährten auf Augenhöhe. »Wie gesagt, ich fürchte, ich bin keine Weise. Aber ich bin froh, zu sehen, dass du noch immer ein wenig Leben in dir hast.«

Diesmal zeigte die Sphäre zwei Lichtfäden. Ein wenig gerader und klarer definiert.

Wie winzige Blitze. Dann blieb sie still.

Für einen Moment geriet Nu in Panik und fragte sich, ob dies wohl das Ende des Lebens dieses Wesens gewesen war. Sie hielt sie wieder hoch und starrte sie ein paar Minuten lang an, während sie auf ein Zeichen wartete, dass sie noch lebte. Schließlich ertönte ein ganz schwaches Summen. Es fühlte sich fast wie ein Vorwurf an ... als würde sie Nu für etwas tadeln.

Und da wurde ihr klar, dass der Mann die Bibliothek bereits betreten hatte. Sie sprang von der Theke auf und eilte zu ihrem eigenen Portal, um ihn zu suchen.

Auf wackligen Beinen bewegte sich Arturo aus der Sicherheit seines Bücherregals der Erinnerungen heraus – so als würde er zum ersten Mal versuchen zu laufen – und ging auf die Mitte der prächtigen runden Halle zu, in der er sich befand. In seiner Brust kämpften Vorsicht und zunehmende Begeisterung um die Vorherrschaft. Wie eine Kriegstrommel pochte sein Herz zwischen beidem.

Vor ein paar Sekunden noch war er im *La Luna* gewesen, im Herzen von Mexiko-Stadt. Jetzt aber befand er sich hier in dieser … dieser … nun, was *war* das hier bloß?

Die Halle war so hoch wie das beliebte Kulturzentrum seiner Stadt, der Palacio de Bellas Artes, und so groß wie jedes Sportstadion, in dem er je gewesen war. Ein visuelles und akustisches Wunderwerk. Sie war voller Menschen, die wunderbar bunte Gewänder trugen, mit Kleidungsstilen aus aller Welt. Sie spazierten umher und unterhielten sich und ihr freundliches Geplauder hallte wie eine sanfte, geflüsterte menschliche Sinfonie durch den Raum. Hinter der Stelle, an der er aufgetaucht war, fächerte sich ein Halbkreis altertümlicher Bücherregale auf, und als er nach rechts und links blickte, blieb ihm vor Staunen der Mund offen stehen. Ein paar andere Menschen materialisierten sich, als wären auch sie plötzlich zum Leben erwacht, wie Figuren aus einem der Bücher in den Regalen.

Über ihm schwirrten alle möglichen fliegenden Gerätschaften herum. Er musste sich ducken, als ein kleiner vogelförmiger Schatten mit leuchtend roter Brust ihn anzirpte und fast streifte, während seine winzigen goldenen Flügel so schnell flatterten wie die eines Kolibris. Er flog aus der Halle in einen hohen Korridor mit baufälligen Holzkonstruktionen, die aussahen, als enthielten sie Tausende weitere Bücherregale. Arturo hörte ein Bimmeln und plötzlich schlängelte sich eine kunstvoll gestaltete Straßenbahn durch die Halle und zog ihre verschnörkelten Wagen neben einen kleinen Bahnsteig.

Wie als Antwort auf seine eigene Frage wurde sein Blick zu

den Wänden gezogen, zu den komplizierten Mosaiken, die den Raum säumten. Und plötzlich wusste er es. Er wusste zwar nicht genau, *wo* er war, aber er verstand jetzt zumindest das *Was*. Denn die eindrucksvollen Bilder, die zur fernen Decke aufstiegen, erzählten eine Geschichte: von den frühesten Höhlenmalereien, die das Staunen und die Ehrfurcht der Menschen vor der Welt um sie herum darstellten, bis hin zu den Anfängen des geschriebenen Wortes, als Schriftkundige Einzelheiten auf Tontafeln und Schriftrollen festgehalten hatten. Arturo drehte sich auf der Stelle, saugte alles in sich auf und beobachtete, wie sich die Geschichte entfaltete, bis sein Blick an einem meisterhaft gefertigten Mosaik hängen blieb, das eine ganze Reihe wunderschöner Bücher zeigte und jemanden darstellte, der den Prozess des Buchbindens vervollkommnete.

Hier wurden sowohl Geschichten als auch das Geschichtenerzählen gefeiert. Sofort wusste Arturo, dass dieser Ort, wo immer er sich befinden mochte, solche Dinge schätzte und schützte.

Es war ein Ort, an den er gehörte.

Ein Geräusch ließ ihn aus seiner Ehrfurcht aufschrecken, und er sprang zurück, als eine Kugel herangeschwebt kam. Eine glänzende graue Metallkugel, ungefähr in der Größe eines Volleyballs, deren Oberfläche in einem sanften Lagerfeuerrot schimmerte. Als Arturo genauer hinschaute, sah er, dass die Kugel unter ihrer äußeren Oberfläche mehrere Schichten zu besitzen schien, und jede dieser Schichten drehte sich eigenständig und ließ eigene Muster und Formen aufblitzen. Die Kugel schwebte vor ihm, als würde sie ihn taxieren.

Hallo, schien sie zu sagen.

Arturo hatte keine Ahnung, ob das stimmte, aber die enthusiastischen Wirbel der karmesinroten Symbole, die wie fraktale Flammen über die Oberfläche tanzten, deuteten darauf hin, dass sie gerade einen freundlichen Gruß ausgesprochen hatte.

Irgendwie erfüllte ihn das mit einem Gefühl von Wärme und Frieden.

Hier war keine Gefahr. Nichts als Anerkennung und Verständnis.

Die Kugel ließ weitere verschlungene Muster auf ihrer Oberfläche entstehen, während sie in der Luft auf und ab dümpelte und ihn beobachtete.

»Ähm, hey …«, sagte er unsicher.

»Ich wusste gar nicht, dass du Sphärisch sprichst«, erklang eine neckende Stimme hinter ihm. Diejenige, der die Stimme gehörte, huschte um ihn herum und schloss zu der Sphäre auf, wobei sie Arturo genauso musterte, wie die Sphäre es getan hatte. »Sein Name ist übrigens Centauri. Er gehört zu mir.«

Arturo war erleichtert, dass die Frau vor ihm ebenfalls ein Mensch war. Sie schien indische Britin zu sein – er hatte schon mit vielen englischen Kunden zusammengearbeitet und erkannte den etwas frechen Londoner Akzent. Sie trug ein Kleid, das aus einer längst vergangenen Zeit zu stammen schien, die aber auch in einem Film aus der fernen Zukunft nicht fehl am Platz gewesen wäre.

Sie schob ihre dicken dunklen Haarsträhnen zurück, in denen goldene Glitzerbänder eingeflochten waren, und sah ihn von oben bis unten an. Ein spitzbübisches, wissendes Grinsen erhellte ihr Gesicht.

»Oh, wie ich es liebe, Besucher zu treffen«, erklärte sie, und dabei leuchteten ihre großen Augen schelmisch, als wäre sie von seiner Verwirrung entzückt. »Das ist ein ziemlicher Sprung, hm? Von wo auch immer du herkommst, hinüberzuwechseln und das Gefühl zu haben, als würdest du durch eine magische Grenze direkt in deine Lieblingsgeschichte hineingetragen werden. Ich persönlich kann gar nicht genug davon kriegen.«

Sie gab ihm keine Gelegenheit zu einer Antwort, außer einem Nicken, bevor sie auf den Raum um sich herum deutete.

»Dann lass mich die Erste sein, die dich in der Großen Bibliothek von Morgen willkommen heißt! Ich würde dich ja fragen, ob du hier neu bist, aber das steht dir schon ins Gesicht geschrieben, mein Freund. Du siehst aus, als würdest du entweder auf der Stelle in Ohnmacht fallen oder durch das Portal zurückrennen – und ich möchte dich bitten, keins von beidem zu tun, denn das macht überhaupt keinen Spaß.«

Sie streckte eine Hand aus.

Arturo ergriff sie und schüttelte sie schnell. »Ähm, freut mich, dich kennenzulernen!«

Die Frau lachte. »Das hört sich aber nicht so an.«

Als sie sich wieder losließen, rutschte ihr Ärmel hoch, und er sah, dass sie eine Tätowierung hatte. Arturo konnte nicht umhin, das Zitat anzustarren, das in ihren Arm gestochen worden war: *Liebe bewegt die Welt.*

»Oh, das?«, sagte sie. »Ja, ich bin ein großer Fan dieses Konzepts. Ich glaube, ich habe das mal irgendwo in einem Buch gelesen, oder vielleicht hab ich es mir auch ausgedacht. Jedenfalls habe ich mir das Tattoo stechen lassen, sobald ich alt genug war. Diese Worte sind seither mein moralischer Kompass.« Sie hielt inne und legte nachdenklich den Kopf schief. »Nicht dass ich einen moralischen Kompass bräuchte, weißt du. Ich bin normalerweise eher freundlich. Aber manchmal ist es gut, wenn man daran erinnert wird, wofür man im Leben steht. Und ich glaube daran, obwohl es immer irgendjemanden gibt, der das hier sieht und nicht anders kann, als darüber zu meckern, es sei nicht Liebe, die die Welt bewegt, sondern die Anziehungskraft der Sonne. Du kennst doch solche Leute, oder? Na ja, wie auch immer. Meiner Erfahrung nach ist es jedenfalls die Liebe, die uns alle lenkt, leitet, beschützt und uns dann trennt, um wieder von vorn anzufangen. Meinst du nicht auch?«

Ihr Redeschwall legte eine kurze Pause ein und sie wartete auf eine Antwort von ihm.

Er holte tief Luft und fragte sich, was er dazu sagen sollte. Musste er überhaupt antworten?

Oder war es eine rhetorische Frage?

Die Luft hier drin war kuschelig und warm, wie in seinem Lieblingscafé im Winter. Genauso roch es hier nämlich auch; ein unverwechselbarer Duft nach warmem Zimt zog durch die Halle, vermischt mit anderen Gewürzen und wahrscheinlich auch mit irgendeinem exotischen Kaffee.

Zusammen mit dem tröstlichen Duft nach alten Büchern fühlte sich dieser Ort wie ein Zuhause an.

Wieder blitzte ein Grinsen auf ihrem Gesicht auf. »Hier ist es ziemlich beeindruckend, nicht wahr?«

»Ja, ganz erstaunlich«, pflichtete er ihr verträumt bei. Dann wurde ihm bewusst, dass sie ihn immer noch anstarrte, und er riss sich zusammen. »Arturo. Das ist mein Name. Entschuldige, das hätte ich schon früher sagen sollen. Und es ist schön, dich kennenzulernen, wer immer du auch bist und wo immer wir hier auch sein mögen.«

»Arturo, wie schön. Mein Name ist Robin, und meine Sphäre, Centauri, hast du ja schon kennengelernt.« Die Sphäre bestätigte dies mit einem Wirbel von Farben. Robin wies mit einer stolzen Geste um sie herum und dabei flog ihr das Haar um die Schultern. »Und dieser Ort, an dem du dich befindest, ist das Foyer der Großen Bibliothek. Ein wirklich wundervoller Ort und eine schöne Art, deine Reise zu einem der größten Wunder der Welt zu beginnen, auch wenn nur ein Bruchteil der Menschheit sie jemals sehen oder von ihrer Existenz erfahren wird.«

»Die Große Bibliothek?«, wiederholte Arturo, bevor Robin

seine Hand ergriff und ihn weiterlotste, was der Beginn einer Führung zu sein schien.

»Die Große Bibliothek von Morgen.« Glücklich seufzte sie. »Ein Ort jenseits der Grenzen dessen, was du und ich kennen. Ein Ort großer Gelehrsamkeit, ein Ort voller Geschichten und Magie. Eine Oase in der Wüste aus Raum und Zeit. Ich verstehe selbst noch nicht, wie das hier alles funktioniert, zumindest nicht so gut, wie die anderen es verstehen. Aber manchmal frage ich mich auch, ob ich es überhaupt verstehen muss. Vielleicht brauche ich nur daran zu glauben?«

Wieder lächelte sie, als hätte sie einen Scherz gemacht. Das Merkwürdige war aber, dass er fast spürte, was sie meinte. Er starrte zur Decke hoch, dann auf die Wände mit den Bücherregalen, auf die vielen verschiedenen Menschen, die sich hier tummelten, auf die wundersamen Fluggeräte und jetzt auf diese Sphäre … Es fühlte sich wirklich wie ein Ort an, den man nicht verstehen konnte. Man musste einfach daran glauben.

Sie verließen das Foyer und gelangten in einen etwas gedämpfteren, stilleren Gang, in dem sich auch eine Reihe von hohen Bücherregalen befand.

Hier herrschte eine Atmosphäre von Alter und Erhabenheit, als würde man die Hand derer spüren, die diese Regale vor langer Zeit erbaut hatten. Und es mussten tatsächlich Jahrhunderte vergangen sein, denn die Holzbretter wirkten uneben, und einige waren sogar für irgendeinen anderen Zweck von Hand bearbeitet worden – als wären sie von einem alten Segelschiff abmontiert und wiederverwendet worden, um die Bücher zu beherbergen, die jetzt auf ihnen standen.

Robins Stimme wurde leiser, als sie mehr erklärte. »Das sind die Magazine. Einer der ersten Teile der Großen Bibliothek, der von dem Gründer dieses Ortes errichtet worden ist.« Überall in dem riesigen Raum standen Tische, an denen selbst zu dieser späten

Stunde noch Schüler und Gelehrte saßen. Ihre Köpfe waren über uralte Schriftrollen und Folianten gebeugt, die vor ihnen lagen.

»Witzigerweise ist er einfach als ›der Gründer‹ bekannt. Ein großer Mann, der die Welt bereist und Geschichten gesammelt hat.«

»Und wie ist *er* hierhergelangt?«, flüsterte Arturo, der sich etwas dumm vorkam, weil er eine so konkrete Frage stellte, obwohl er nicht einmal wusste, wo er hier war.

»Oh, er ist schon vor sehr langer Zeit hier gelandet, ganz zufällig. Er hat Schiffbruch erlitten.«

»Schiffbruch? Du meinst, wir sind immer noch auf der Erde?«

Robin reagierte mit einem geheimnisvollen Lächeln. »Ja, wir sind auf der Erde. Aber wo? Das weiß ich selbst nicht wirklich. Ich vermute, in einem verlorenen und entlegenen Teil der Welt. Keine Sorge. Es dauert immer eine Weile, bis sich die Besucher an den Gedanken gewöhnen. Eben läuft man noch dort herum, wo immer man lebt, und im nächsten Moment – *peng!* – ist man durch ein Portal in eine völlig andere Welt gestolpert!« Sie tippte ihm an die Schläfe, dann fuhr sie mit dem Finger an seiner Brust hinunter. »Das kann einen ganz schön verrückt machen, wenn man es zulässt. Ich habe den Menschen immer geraten, es im Herzen zu akzeptieren und einfach nach vorn zu schauen.«

Er starrte auf ihren Finger hinunter, der leicht auf seinem Hemd ruhte. »Machen das hier denn viele Menschen?«

»Oh, du hast ja keine Ahnung«, sagte sie fröhlich und führte ihn aus dem Magazin tiefer in die Bibliothek hinein. »Die Große Bibliothek heißt alle willkommen. Das jahrhundertelang gesammelte Wissen hier zieht immer die klugen und neugierigen Köpfe an, die es am meisten brauchen – meist sind es diejenigen Menschen, die das größte Potenzial haben, die Menschheit zum Besseren zu verändern. Komm mit, es gibt viel zu sehen!«

Sie wanderten durch Gänge, die mit Gemälden von Orten geschmückt waren, die nur in anderen Welten liegen konnten, sahen Lesesäle und Diskussionsräume und sogar eine Reihe von unterirdischen Gärten, in denen alle möglichen Lebensmittel für die Bewohner dieses wunderbaren Ortes angebaut wurden. Und laut Robin gab es hier jede Menge davon, aus der ganzen Welt – zusammen mit einigen zeitweiligen Besuchern, die nach Antworten auf wichtige Fragen in ihrem Leben suchten.

Wieder beobachtete er die fliegenden Gerätschaften, mechanische und magische Flugmaschinen aller Formen, Ausführungen und Funktionen.

»Was sind das da für Dinger?«, fragte er seine Führerin.

»Ah, die Volare Machina!«, rief sie erfreut. Sie blieb stehen und blickte nach oben, wo ein ganzer Schwarm von ihnen flog, flatterte, surrte, schwirrte und schwebte. Einige hatten Flügel, andere Rotoren und jedes eilte seiner Wege.

»Sie haben viele verschiedene Funktionen. Einige helfen Besuchern wie dir« – sie hielt inne und sah ihn genau an, als würde sie denken: *Vielleicht nicht genau wie dir*, bevor sie weitersprach –, »während andere das Verzeichnis der Sammlung pflegen, den Kodex. Aber alle arbeiten mit einem Spritzer der alten Magie der Bibliothek …«

»Und zu welcher Kategorie gehörst du hier?«, wollte er wissen, als sie vor einem Brunnen mit verschiedenfarbigen Wasserstrahlen standen. Die Fontänen schienen der Physik zu trotzen, als sie auf unnatürlich schöne Arten um die Nachbildung einer Unterwasserstadt herumsprangen. Arturo zeigte auf Centauri. »Ich habe noch niemanden gesehen, der einen solchen Begleiter hat wie du.«

»Ah, na ja, wir Weisen haben eine andere Rolle als alle anderen.«

»Weise?«

»Ja genau. Wir sind zu zehnt, und jeder von uns wurde von einer Sphäre auserwählt, die das Buch der Weisheit geschickt hat. Wir sind … tja, ich mag mich nicht selbst loben, aber du kannst dir uns ein bisschen wie Wächter und Entdecker vorstellen. Beschützer der Erde, der Großen Bibliothek und von allem, was dahinterliegt. Und die Sphären, die uns auserwählt haben – Centauri hier ist meine –, sind unsere ständigen Gefährten und unsere Verbindung zur Großen Bibliothek von Morgen. Außerdem sind sie unsere Schlüssel zu den Orten, die die meisten Menschen nie sehen oder von denen sie nicht einmal wissen.«

Orte, von denen die meisten Menschen nichts wissen? Arturo begriff nicht, was das bedeuten sollte. Er hatte genug Zeit auf Google Earth verbracht und die Welt erkundet, und es gab wohl keinen Ort, den die Menschheit noch nicht besucht hatte, was für den Abenteurer in seinem Herzen eine große Enttäuschung war.

Er öffnete den Mund, um nachzufragen, aber Robin war jetzt voll in Fahrt.

»Auf unseren Reisen beobachten wir und lernen, was uns irgendwie möglich ist, um das Wissen, das in der Großen Bibliothek aufbewahrt und geschützt wird, zu erweitern. Und nicht nur das, wir tragen auch die Verantwortung dafür, die Werte, die wir verkörpern, aufrechtzuerhalten. Die Sphären haben uns nämlich aus ganz bestimmten Gründen ausgewählt. Jeder von uns verkörpert einen bestimmten Wert, der für das Wohl der Menschheit wichtig ist. Eine Tugend, könnte man auch sagen.«

»Hast du eine Tugend?«

»Ja, habe ich.«

»Und die ist …«

Sie warf ihm einen Seitenblick zu, mit einem schelmischen Glitzern in den Augen, sagte aber nichts.

Er lachte. »Na schön, dann behalte deine Geheimnisse eben für dich, du mysteriöse Weise. Das passt wohl zu allem, was ich heute erlebt habe. Eben bin ich noch in einer Buchhandlung gewesen und jetzt hier. Wo auch immer *hier* ist.«

»Eine Buchhandlung, hm? Das ist cool. Bist du Schriftsteller oder so was?«

»Texter. Früher wollte ich mal Schriftsteller werden. Autor von Kinderbüchern, von etwas Witzigem und Fantastischem, weißt du? Von etwas, das Kinder dazu inspiriert, die Welt besser zu machen.«

»Und was schreibst du jetzt?«

»Gestern war es Werbung für Abflussrohre.« Er seufzte. »Du weißt schon, für Toiletten.«

Sie lachte laut und erschreckte damit eine Gruppe von Männern, die gerade Landkarten ausrollten. »Oh, es tut mir so leid. Das muss wirklich beschiss…«

Er hob eine Hand. »Ich habe schon alle entsprechenden Witze gehört, danke. Aber jetzt mal im Ernst: Kannst du mir wenigstens sagen, warum ich hier bin? Welche seltsame und überirdische Kraft hat mich in deine Große Bibliothek gezogen? Gibt es einen Grund, warum ich hier gelandet bin, oder war es nur ein glücklicher Zufall?«

»Das, mein Freund, ist in der Tat eine ziemlich gute Frage«, sagte Robin. »Viele Besucher stolpern in unser wunderbares Heim, und es gibt immer einen Grund, warum sie zu uns kommen, selbst wenn sie nicht immer gleich verstehen, welcher das ist. Vielleicht sind sie auf der Suche nach Antworten auf ein großes Dilemma in ihrem Berufs- oder Privatleben. Vielleicht wollen sie aber auch die Welt verändern und finden hier die Inspiration, um auf die Erde zurückzukehren und es dort zu verwirklichen. Die Große Bibliothek steht allen offen, und doch muss man ein bestimmter Typ Mensch sein, um seinen Weg hierher zu finden.« Wieder suchte ihr Blick seinen und sie kniff die Augen ein wenig zusammen und kaute auf ihrer Unterlippe. »Ich frage mich: Welcher Typ bist du?«

In diesem Augenblick ertönte hinter ihnen ein Ruf. Es klang, als würde jemand einen Einweiser rufen. Nicht zum ersten Mal seit seiner Ankunft fragte sich Arturo, ob er es in Wahrheit in die *cantina* geschafft hatte und sich gerade in eine Art Delirium trank, in dem sein berauschtes Hirn Buchläden und Bibliotheken erfand. Es wäre nicht das erste Mal, dass er sich neue Welten ausdachte, während er in die Bewusstlosigkeit glitt und sich in seinen eigenen Fantasien verlor.

Aber selbst wenn es wirklich irgendein Einweiserproblem gab, er *fühlte* sich überhaupt nicht betrunken.

Und das hier fühlte sich auch nicht wie die Art von Wunderland an, das sein umnebelter Geist heraufbeschwören würde.

Robin nahm ihn erneut bei der Hand und führte ihn durch das Gewirr der Leute zu einem Mädchen mit langen schwarzen Haaren und geröteten Wangen, das auf sie zugerannt kam.

»Ich bin eine Weise, bitte durchlassen!«, sagte Robin und schob die Schaulustigen mit einiger Dringlichkeit beiseite.

Ah, eine Weise, dachte er.

Sie blieben stehen, als das Mädchen bei ihnen ankam. Zu seiner Überraschung erkannte Arturo sie wieder – er hatte sie in der Buchhandlung gesehen. Falls sie ihn ebenfalls erkannte, ließ sie es sich jedenfalls nicht anmerken. Sie war auch zu sehr damit beschäftigt, nach Luft zu schnappen, während sie versuchte, Robin etwas zu erzählen. Dann aber gab sie auf und streckte einfach die Hand aus, um eine viel kleinere Sphäre vorzuzeigen.

Zum Glück brauchte nichts weiter gesagt zu werden, denn Centauri blitzte sofort mit etwas auf, das wie Sorge aussah, und schwebte hinüber, um mit einer Reihe von Wellen aus fraktalen Lichtern mit der anderen Kugel zu sprechen. Die Versuche der kleinen Sphäre, zu kommunizieren, waren schwächer, die Muster auf ihrer Oberfläche winzig und kaum erkennbar.

Schließlich kehrte Centauri zu Robin zurück. Langsam und

zögernd berichtete er ihr etwas und alles Leben wich aus ihren Zügen. Sie lauschte mit wachsendem Entsetzen.

»Du machst Witze?!«, stieß sie hervor und sah dann die andere Sphäre an. »Oh, Antares. Es tut mir so leid.«

Sie sah es nicht, als Centauris seltsame Symbole auf seiner Oberfläche aufleuchteten. Für Arturo war das ein klares Zeichen, dass er es ernst meinte. Aber Robin blickte bereits zu dem Mädchen hinüber.

»Und du bist wer?«

»Oh, ich bin Nu«, antwortete sie keuchend. »Ich lebe hier, und ich bin vorhin auf dem Weg zur Arbeit gewesen, als Antares auf mich zugerollt kam. Ich wusste nicht, was ich sonst tun sollte, darum dachte ich mir, ich bringe sie am besten zu einem oder einer Weisen.«

»Sie ist auf dich zugerollt?«, wiederholte Robin. Sie verdaute diese Information noch einen Augenblick länger, bevor sie die Schulter des Mädchens sanft berührte. »Vielen Dank, Nu. Du hast das Richtige getan.«

Arturo hätte schwören können, dass von den Fingern der Weisen ein goldener Lichtschein ausging, der denselben Farbton wie der Flitter in Robins Haar hatte. Er schien über den Arm des Mädchens und hüllte es kurz in eine Aura der Wärme ein.

Nu richtete sich sofort etwas höher auf und stand selbstbewusster da. Ihre Wangen waren immer noch gerötet, aber jetzt wirkte sie eher so, als hätte sie ein Kompliment bekommen.

»Wie können wir Antares helfen, Weise Robin?«, fragte sie.

»Ich bin mir nicht sicher«, antwortete Robin. Zum ersten Mal, seit sie sich kennengelernt hatten, spürte Arturo, dass die Frau nicht alle Antworten wusste. »Ich glaube, wir müssen mit den anderen Weisen sprechen, als Erstes mit Mwamba.«

Nus Augen weiteten sich. »Wir? O nein. Ihr braucht mich da sicher nicht.«

»Antares ist auf der Suche nach Trost zu dir gekommen. Das deutet für mich auf etwas anderes hin.« Robin wandte sich an Arturo. »Es tut mir wirklich leid, aber ich glaube, ich muss unsere Führung abkürzen. Wir müssen jetzt mit meinen Freunden sprechen. Du solltest die Sache angehen, die dich hierhergeführt hat. Ich werde jemanden für dich finden, der dir hilft, dich richtig einzuweisen, und dann …«

»Nein«, sagte die andere junge Frau leise, aber bestimmt. Sie sah Arturo seltsam an. Nicht nur, weil sie ihn wiedererkannte, da war noch etwas anderes. Es war der gleiche wissende Blick, den sie ihm schon in der Buchhandlung zugeworfen hatte. Dann blinzelte sie und schaute erschrocken, als Robin sie anstarrte.

»Nein?«

»Oh, Weise Robin, es tut mir so leid!«, platzte Nu heraus. »Ich wollte nicht unhöflich sein. Ich bin diejenige gewesen, die ihn hierhergelotst hat, und ich hätte ihm folgen sollen, um ihn einzuweisen, aber ich wurde in der Buchhandlung aufgehalten. Dann hast du ihn gefunden, und ich kann es nicht erklären« – sie zeigte auf Antares in ihrer Hand –, »aber plötzlich habe ich das Gefühl, dass *das hier* der Grund ist, warum er überhaupt hergebracht wurde. Wir sollten ihn mitnehmen.« Robin sah aus, als wollte sie widersprechen, als Centauri seine Ungeduld mit einem Muster auf seiner Oberfläche ausdrückte und sie am Arm anstupste. Sie betrachtete ihn stirnrunzelnd, sah dann zwischen Arturo und Nu hin und her und gab schließlich nach.

»Na schön, dann gehen wir eben alle zusammen«, entschied sie, strich mit den Fingern über Arturos Arm und schob ihn vor sich her. »Lasst uns losgehen und Antworten auf dieses Dilemma finden, ja?«

Arturo ging ohne Umschweife mit und spürte eine seltsame Mischung aus Aufregung und Zugehörigkeit in sich aufsteigen.

7

Das Vermächtnis

»Wie fühlst du dich, Dzin?«

Die Worte schwebten leise und richtungslos wie Blätter im Wind über Dzins Schulter und in sein Ohr hinein, obwohl sie vielleicht gar nicht so tröstlich waren, wie sie hätten sein sollen. Fragen über seine Gefühle waren das nie. Er rutschte auf der Hängebank, die vor dem Laboratorium sanft von den Ästen baumelte, zur Seite, damit sich sein Lehrer setzen konnte. Tywich warf ihm seinen üblichen prüfenden Blick zu. Es war der gleiche Blick, den er immer für Dzin aufsetzte, als würde er ein Experiment beobachten, das entweder hervorragende Ergebnisse liefern oder jeden Augenblick in die Luft gehen konnte.

Tywich sagte vorerst gar nichts mehr. Er hakte bei seinen Fragen nur selten nach und wartete lieber schweigend, bis seine Schüler einfach antworten mussten, um die Stille zu füllen. »Ich glaube, ich fühle mich ganz gut, Läufer Tywich.«

»Du *glaubst*?«

Unter dem verhaltenen Lächeln seines Lehrers erglühte Dzins Gesicht. Er wusste, dass der Mann es gut meinte, aber er fand wirklich keinen Gefallen an diesen Gedankenspielchen.

»Ich meinte … ja, ich fühle mich gut, danke.«

Stimmte das überhaupt? Er war sich nicht sicher, aber irgendetwas musste er ja sagen. Und er nahm an, dass er sich in gewisser Weise wirklich gut fühlte. Das Labor war geschmückt und Monae kommandierte dort jetzt Pyruc und die Zwillinge herum. Sie wollten die Blätter einiger Elfenblattpflanzen dazu bringen, sich zu entrollen, damit die leuchtenden, zarten Stränge am Morgen über die Äste drapiert werden konnten, kurz bevor die Gäste für die Abschlussfeier eintrafen.

»Hast du das Gefühl, deine Eltern können stolz auf dich sein, Dzin?«

Tywich sah ihn noch immer an. Es war kein unfreundlicher Blick, und sein Lehrer hatte ihm während der letzten Jahre so viel geholfen, dass Dzin wusste, er würde seine inneren Kämpfe verstehen. Trotzdem fühlte er sich unwohl, jetzt so ausgefragt zu werden.

»Ich kann es nur hoffen«, antwortete er.

Allerdings ging er mit der Wahrheit etwas großzügig um. Wäre er mit seinem Elixier gescheitert, hätte er nicht gewusst, was er mit sich anfangen sollte. Dass er Erfolg gehabt hatte, bedeutete, dass er seine Familie zumindest nicht enttäuscht hatte. Er hatte aber immer noch Bedenken, er könnte sich lächerlich machen, wenn er vor seiner ganzen Gemeinschaft stand.

»Gut. Das hat ja auch schon etwas für sich. Was uns alle antreibt, ist belanglos. Sei es Stolz aus dem Grab heraus oder der einfache Wunsch, mehr zu sein, als man ist. Großes zu tun – nichts davon zählt wirklich. Was jedoch zählt, ist, dass du erreichst, was du dir vorgenommen hast, ganz egal, wie du es erreicht hast. Findest du nicht auch?«

Dzin erwiderte nichts, weil er nicht wusste, was er dazu sagen sollte. Er zuckte die Achseln, und zum Glück wandte der Mann den Blick ab und saß wieder still da, ließ die Schaukel hin und her schwingen und genoss das beruhigende Rauschen des Großen Baums.

Das entfernte Stimmengewirr von Menschen und Kreaturen stieg die Äste hinauf, sodass die Blätter raschelten. Ein Schwarm Nachteulen schoss wie aufgescheuchte Geister den Stamm hinauf, und ihre Flügel streiften die Rinde so schwungvoll, dass die alten Gesichter in den knorrigen Ästen aus ihren geheimen Gesprächen aufschreckten. Ein Bart aus Moos sträubte sich, als das Baumgesicht einen alten silvyrischen Fluch murmelte, bevor es das Gespräch mit den anderen fortsetzte, von dem Dzin wusste, dass es Jahre dauern konnte, bis es beendet war.

Dann hörte er das unverkennbare Knistern der blühenden Galaxiensamen über ihnen, die jede Nacht um diese Zeit erschienen. Innerhalb weniger Augenblicke sahen er und Tywich, wie die spiralförmigen Sonnensysteme wie Schnee um sie herum auf den Ast fielen, bevor sie mit winzigen Knallgeräuschen explodierten und ihre Magie aussäten.

Eulenlinge schrien in der Ferne, in der Nähe tuckerte ein Luftschiff vorbei, das auf den Landeplatz zusteuerte, und jetzt tröpfelte Baumsaft durch die Risse in der Borke unter ihren Füßen, bevor ein Plätschern zu hören war, als sich unbekannte Kreaturen daran labten.

Es war der Klang der Heimat. Eine beruhigende Sinfonie, mit der Dzin aufgewachsen war und die er schon immer geschätzt hatte. Sie half ihm, sich zu sammeln. Auch heute Abend, obwohl sie von Monaes frustriertem Stöhnen und Pyrucs abwehrenden Worten unterbrochen wurde, als die beiden im Labor mit dem notorisch widerspenstigen Elfenblatt kämpften.

»Du hast etwas Prachtvolles und Wunderbares vollbracht«, bemerkte Tywich Dzin gegenüber, und seine Stimme war noch leiser als zuvor, über der Brise kaum hörbar. Es schien, als redete er jetzt mit sich selbst. Dzin schauderte. Die Worte des Mannes klangen nicht mehr wie Blätter im Wind, sondern eher wie winzige Insekten, die über die Rinde huschten. »Das Elixier des Lebens ist das Herzstück von allem, was wir hier im Großen Baum tun. Was du hier geschaffen hast, wird alles ändern, Dzin.«

Dzin warf dem Mann einen Blick zu und wusste nicht, was er sagen sollte. Ja, er hatte ein Elixier des Lebens gebraut, es mochte eine großartige Sache sein, aber doch nichts, was nicht andere auserwählte Schülerinnen und Schüler der Botanischen Schule schon vor ihm getan hatten, neue wie alte. Und außerdem wussten sie beide, dass er das niemals ohne Hilfe geschafft hätte. Nicht in dem Zustand, in dem er gewesen war, als er versucht hatte, die letzte Zutat zu finden.

»Danke, Läufer Tywich. Aber wir alle haben die Elixiere erschaffen, wie es unsere Bestimmung war. Ich habe nichts Besonderes getan.«

Tywichs Lächeln mochte zwar schwach sein, aber es war da. Der Mann starrte Dzin weiterhin an. Nein, er starrte ihn nicht an, begriff Dzin, sondern er starrte *durch ihn hindurch*, auf irgendetwas Unsichtbares vor seinem geistigen Auge.

Tywichs Augen wurden fast glasig und sein Lächeln wirkte verzerrt.

»Was du erschaffen hast, Dzin, ist etwas ganz Besonderes. Du hast aus der Welt, die dich umgibt, dein ganz persönliches Elixier des Lebens gemacht. Ein einzigartiges Elixier, das sich deutlich von dem unterscheidet, das deine Kameraden hergestellt haben. Wenn du deinen Abschluss an der Schule gemacht hast, wirst du ein großes Vermächtnis hinterlassen.«

Diese Worte hätten eigentlich tröstlich sein sollen. Dzin hatte sich immer vorgestellt, so etwas von seiner Mutter und seinem Vater zu hören, wären sie noch da gewesen. Aber sie beruhigten ihn nicht so, wie er dachte, dass sie es sollten. Unter dem Lob schwang noch etwas anderes mit. Etwas, das ihn nervös machte und die Angst auslöste, die immer in ihm herumschwirrte und darauf wartete, einen Sturm in ihm zu entfachen.

Er wurde wieder unruhig und wollte am liebsten aufstehen und gehen. Doch er versuchte, sich zu entspannen. Es war nur der Druck, der ihm noch immer zu schaffen machte. Der ihn Dinge hören ließ, die gar nicht vorhanden waren. Der ihn in Panik versetzte, obwohl das überhaupt nicht nötig war. Er fragte sich, ob die anderen Schüler in letzter Zeit unter ähnlichen Anfällen gelitten hatten, aber er wusste, dass dem nicht so war. Zumindest nicht in demselben Ausmaß. Er war anders – und war es immer gewesen. Nach außen hin lächelte er, während er innerlich oft zerbrach, obwohl er ständig versuchte, sich wieder zusammenzusetzen. Er sammelte Sorgen und Bedenken, die andere gar nicht bemerkten, und die ratterten laut in seiner Brust herum, bis sein ganzes Wesen in einem Strudel aus panischen Gefühlen und Gedanken gefangen war. Ein panischer Sturm, der seinen Verstand überwältigte und ihn oft dazu brachte, sich abzuschalten.

Ein solch panischer Sturm schien tatsächlich wieder kurz bevorzustehen.

Dzin redete drauflos, um sich abzulenken.

»Wir haben hier alle etwas Großartiges erreicht«, sagte er und versuchte, die Schuldgefühle zu unterdrücken, die in ihm aufkeimten. Er mochte es nicht, wenn er für etwas gelobt wurde, das er gar nicht verdient hatte. Lob, das nicht gerechtfertigt war. »Ich habe nichts Ungewöhnliches getan, Läufer Tywich. Abgesehen davon, dass ich mit dem Sammeln der Zutaten ein bisschen zu spät dran war. Für deine Hilfe bin ich dir aber trotzdem sehr dankbar.«

»Es war mir eine Ehre«, antwortete Tywich.

Hinter ihnen knirschten Stiefel auf Laub. Dzin sah sich um und entdeckte eine große, dünne Gestalt am hinteren Teil des

Laboratoriums, beim Eingang zu den Archiven. Das Gesicht des Mannes wirkte hohlwangig im schwachen Abendlicht, aber selbst von hier aus konnte Dzin den Glanz seiner kalten Silberaugen erkennen.

Es war der Berater der Obersten Gelehrten. Ein Mann, den die meisten Bewohner des Großen Baums nur dem Titel nach kannten, obwohl die Schüler ihn ab und zu in der Nähe des Labors sahen.

Er nickte Dzin zu, dann richtete er das Wort direkt an Tywich. »Ich muss mit dir sprechen. Dringend.«

Tywich starrte weiter durch Dzin hindurch, sein Gesicht wirkte nachdenklich und sein Lächeln entrückt. Aber er hatte die Worte des Beraters offensichtlich gehört.

Er stand auf und strich sein Hemd glatt. »Geh ruhig schon mal zu den anderen rein«, sagte er zu Dzin. »Genießt eure letzte Zeit als Schüler, denn schon bald werden die Festivitäten beginnen, mein Junge.«

»Oh, natürlich«, antwortete Dzin, erleichtert, dass er einen Vorwand hatte, der peinlichen Situation entfliehen zu können.

Er stand auf, verneigte sich vor dem Berater und eilte dann ins Labor zurück, um den anderen zu helfen. Er hoffte, dass sie mit dem Schmücken fertig werden würden und in den wenigen Nachtstunden, die ihnen noch blieben, etwas Schlaf finden konnten. Vor dem morgigen Tag würde er so viel Ruhe brauchen wie möglich.

Denn Tywich hatte recht. Alles in seinem Leben würde sich ändern.

8

Zeichen

Beim Rennen spürte Helia die Hitze des Feuers.

Sie wusste nicht, wohin sie rannte, nur, wovor sie floh: Flammen, so hoch wie die Sonne, ein Tsunami lodernder Zerstörung, der über die Ebenen hinter ihr fegte.

Und vor ihr schrie Xavier ihren Namen.

»Du musst weiterlaufen, Helia!«

Aber jetzt war sie müde. Als der Dampf aufstieg, rutschten ihre Füße im Schlamm aus und der Boden schmorte unter ihren Schuhen.

»Ich versuche es ja«, flüsterte sie.

Als sie aufschaute, konnte sie ihn schon nicht mehr sehen. In ihrem Rücken war der Tod, und um sie herum regnete die Aschewolke herab, wie sie es vor all den Jahren getan hatte. Der Rauch füllte ihre Lunge. Sie stolperte, hustete und fiel auf die Knie, und sie wusste, dass es aus war, wenn sie nicht wieder aufstand.

Das hier war das Ende.

»Xavier!«

Das Wort holte sie in die Realität zurück, obwohl sie ein paar Sekunden brauchte, um zu begreifen, dass der Ruf von ihren eigenen Lippen gekommen war. Bevor sich die Tränen in ihren Augenwinkeln sammeln konnten, schlug sie die flauschige Löwenzahndecke zurück, die sie einst am Großen Baum geschenkt bekommen hatte, und setzte sich auf den Rand ihrer Koje.

Es war kaum ein Nickerchen gewesen und trotz Mwambas guter Absichten fühlte sie sich danach noch erschöpfter. Aber sie stand trotzdem auf, denn das tat man schließlich immer, wenn andere auf einen zählten. Selbst wenn man sich vor Trauer wie betäubt fühlte.

Man stand auf. Man machte weiter. Man tat den nächsten Schritt.

Ihr erster Gedanke galt Xavier. Bilder von ihm gingen ihr durch den Kopf, nicht nur aus dem Albtraum, sondern auch aus glücklicheren Erinnerungen. Sie sah ihn vor sich, wie sie beide unter den rosafarbenen Wolken der Himmelsseen auf Zuliya picknickten, sein schmales, hübsches Gesicht bot ein Bild der Freude, während er ihr eine Geschichte erzählte. Für einen Augenblick spürte sie Erleichterung, ein Nachlassen der Schuldgefühle, die sie mit sich herumtrug. Doch dann brachen sie nur allzu schnell wieder über sie herein und die Situation wurde durch den Verlust von Antares noch verschlimmert.

Helia ging zum Schrank und schlüpfte in saubere Kleidung, dann schenkte sie sich ein frisches Glas Saft aus dem Hahn ein und leerte es in einem Zug. Auf ihren Lippen waren immer noch ein paar Blasen, und auch ihre Kehle fühlte sich wund an, aber einer der Heiler hatte ihr Medizin gebracht, die beides gelindert hatte, und jetzt verscheuchte das kalte Getränk den Schmerz noch etwas mehr. Sie holte lange und tief Luft und versuchte, sich zu sammeln, indem sie ihr Mantra wiederholte.

Dum spiro, spero.

Helia würde Xavier nicht enttäuschen.

Solange ich atme, hoffe ich.

Vega tauchte durch seinen Bullaugeneingang über ihrer Tür auf. Sein smaragdgrünes Licht veränderte sich in verschlungenen Mustern über seinen vielen Schichten, während sie sich eine über der anderen drehten. Die winzigen blattähnlichen Symbole, die er am liebsten mochte, wirbelten um ihn herum, als würden sie von einem unsichtbaren Wind erfasst. Aber Helia sah die Muster. Sie hatte schon vor langer Zeit seine besondere Art, zu kommunizieren, entschlüsselt, sodass sie ihn viel besser verstand als jeder andere Weise.

So eng war die Verbindung zwischen einer Weisen und ihrer Sphäre.

Du siehst müde aus, bemerkte er wenig hilfreich.

Ein kleines Lachen konnte sie sich nicht verkneifen, so traurig sie auch war. »Ja, das bin ich, aber das wird schon wieder. Ich nehme an, du bringst Neuigkeiten?«

Mwamba braucht uns.

Sie nickte, stellte das Glas neben die Spüle und folgte ihrem Gefährten eilig zur Tür hinaus.

Unterwegs äußerte Vega ab und zu wirbelnd etwas, aber ob ihr oder denen gegenüber, an denen sie vorbeikamen, wusste Helia eigentlich nicht. Sie merkte zwar, dass die Leute sie anstarrten, aber ihre Gedanken waren zu sehr mit dem beschäftigt, was sie noch vom Rosengarten in Erinnerung hatte. Den grauen Ascheregen, der um sie herum niedergegangen war, wie an den Hängen des Vesuvs an jenem schicksalhaften Tag, als sie zum ersten Mal in die Bibliothek gekommen war, würde sie nie vergessen können. Auch nicht Xaviers wunderschönes Gesicht, als es unter den Händen von Suttaru zerfallen war. Noch das Gefühl der Leere, als sie entdeckt hatten, dass der Drache verschwunden war, und Helia mit einem Gefühl der

Hoffnungslosigkeit zurückblieb, das sie in dem Augenblick vor lauter Entsetzen nicht hatte zulassen können.

Dieser letzte Gedanke war besonders beunruhigend. Über all die Jahre war sie diejenige gewesen, auf die sich alle verlassen konnten, wenn es darum ging, die Hoffnung zu schützen und zu stärken. Was bedeutete es jetzt, dass sie ihre Abwesenheit gespürt hatte, und sei es auch nur für einen Moment?

Sie wusste nur, dass sie es sich nicht erlauben konnte, sich je wieder so zu fühlen. Was auch immer geschah, sie musste an der Hoffnung festhalten. Schließlich war das ein Teil ihres Titels. Eine Hüterin des Buchs der Weisheit und Beschützerin eines der wichtigsten Werte der Menschheit. Was auch immer ihnen bevorstand, sie war fest entschlossen, ihre Freunde nicht im Stich zu lassen. Das Schicksal von allem hing jetzt von ihnen ab.

Einige Minuten später befand sie sich wieder im Lesesaal des Weisen Mwamba. Das Feuer brannte noch im Hintergrund, aber inzwischen war es zu schwach, als dass sie hätte vorgeben können, es wäre der Grund für ihre noch immer erhitzten Wangen.

Robin stand mit verschränkten Armen da und betrachtete sie mit einer Besorgnis, die Helia zu schätzen wusste. Sie waren befreundet, seit die junge Britin vor vielen Jahren mit ihrer großen Neugierde und ihrem unendlichen Mitgefühl in die Bibliothek gekommen war. Niemand konnte dem Strahlen widerstehen, das Robin zu umgeben schien.

Veer war ebenfalls dort, sein dichter Schnurrbart streng und unbewegt, sein Unterkiefer starr. Der Umhang des Mannes raschelte sanft an seinen Beinen, als er seine Haltung änderte. Helia war dankbar für seine Anwesenheit. Der Weise der Kraft würde in den kommenden Tagen gebraucht werden, da war sie sich sicher.

Außerdem war noch eine jüngere Frau mit schönem langen

dunklen Haar anwesend. Helia kannte sie von verschiedenen Orten in der Bibliothek. Sie gehörte zu denen, die hier geboren worden und in der warmen Umarmung dieses großartigen Hortes des Wissens und der Erkenntnis aufgewachsen waren. Ein talentiertes Mädchen, das immer lächelte und fröhlich und eifrig bei der Sache war – und das offenbar einen angeborenen Instinkt für Dinge hatte, hieß es.

Helia konnte nicht umhin, sich zu fragen, ob sie aus diesem Grund jetzt hier war. Mwamba musste das mit Absicht so geregelt haben. Es kam nicht oft vor, dass sich andere als die Weisen in diesen Räumen versammelten, erst recht nicht in einem so wichtigen Augenblick.

Dies lenkte ihre Aufmerksamkeit auf die sechste Person im Raum. Einen Wildfremden. Es war ein Mann mit zerzaustem Haar und gestutztem Bart, der sich im Hintergrund hielt. Er beäugte alles und jeden mit einem kaum verhohlenen Blick des Erstaunens. Bestimmt gab es einen Grund, warum auch er sich hier befand.

Als sie Platz nahm, erzählte Mwamba den anderen ihre Geschichte, damit sie es nicht tun musste. Während er sprach, schauten die Anwesenden mit einer Mischung aus Entsetzen, Mitleid und Verwirrung in ihre Richtung, als klar wurde, was geschehen war.

Suttaru ist zurück.

Diese Erkenntnis bescherte ihr noch immer Übelkeit. Es war unmöglich gewesen, sich an diese Vorstellung zu gewöhnen; noch immer wirkte sie überwältigend und entsetzlich.

Schlimmer noch, sie wusste nicht, wie oder warum er zurückgekehrt war. Es gab keine Hinweise auf sein Ziel. Sie wusste nur, dass Chaos und Feuer den Rosengarten gefunden hatten, einen Ort, den Helia wegen seiner schützenden Drachenwächterin für sicherer als jeden anderen gehalten hatte. Und jetzt war auch noch Perennia verschwunden. Wenn sie nicht hier war, um sie alle zu beschützen, wurde das ganze Reich Silvyra angreifbar.

Und da es die Mutter aller Reiche war, bedeutete das Ungemach für die gesamte Papierwelt.

Helia kniff für einen Moment die Augen zusammen, denn sie war sich sicher, dass es noch mehr an der Geschichte gab, irgendetwas, das sie vergessen hatte. Geistesabwesend berührten ihre Finger die Wunde an ihrer Stirn, während sie sich fragte, was sie in diesen vergessenen Minuten wohl verpasst haben mochte. Der Schmerz, den sie zuvor verspürt hatte, war zwar jetzt schwächer, aber er überdeckte immer noch die Erinnerungen und wollte sie nicht durchlassen.

Hatte sie Perennia gesehen? Hatte sie vielleicht sogar miterlebt, was mit ihr passiert war oder wohin man sie gebracht hatte? Sie hatte das starke Gefühl, dass es so gewesen sein musste. Wenn sie sich doch nur hätte erinnern können. Doch sie kam an die Augenblicke zwischen dem Hinterhalt der Ungeschriebenen und dem Moment, als sie Xav in die Mitte des Rosengartens geschleppt hatte, einfach nicht heran.

Wo ist Perennia?

Fast konnte sie Xavs Stimme im Kopf hören, der die Wahrheit aussprach.

Du musst sie finden, sonst wird Silvyra fallen. Und wenn Silvyra fällt, werden es auch die anderen Reiche tun, denn sie sind alle durch den Fluss der Buchstaben miteinander verbunden. Die Reiche der Papierwelt werden eins nach dem anderen dem Bösen, das Suttaru zurückgebracht hat, erliegen. Und wenn die Papierwelt untergeht, dann wird auch die Erde leiden. Es wird eine Kettenreaktion auslösen, die das Ende der Menschheit in all ihren Erscheinungsformen bedeuten könnte.

Ein kleiner Teil von Helias Seele, der immer Xavier gehören würde, zog sich vor Schmerz zusammen, aber sie wankte nicht oder brach zusammen, wie andere es vielleicht getan hätten.

Sie blieb standhaft und war nicht bereit, in der Finsternis zu versinken.

Sie wurde jetzt mehr denn je gebraucht.

———

Nachdem die Geschichte erzählt war, hatte sich die Stimmung im Raum verdüstert.

Arturo schaute von einem Gesicht zum anderen und überlegte, was er sagen sollte, wenn er überhaupt etwas sagen sollte. Er richtete seinen Blick auf die Weise, die als Helia bekannt war, und setzte sein bestes mitfühlendes Lächeln auf. Es schien jedoch nicht annähernd auszureichen für das, was die arme Frau durchgemacht hatte, aber sie erwiderte sein Lächeln, als sie vom Stuhl aufstand, ihre Bluse zurechtzupfte und ihre Ärmel abklopfte.

»Es tut mir schrecklich leid«, flüsterte Robin der anderen Frau zu und beugte sich vor, um sie am Arm zu berühren.

Helia legte ihre Hand über die von Robin und hielt sie für einen Augenblick fest.

»Ich weiß. Danke. Aber jetzt ist nicht die Zeit zum Trauern, Robin. Weißt du noch? Wir müssen heute leben, morgen lieben und für immer geeint sein. Das ist der Weg der Großen Bibliothek von Morgen und von uns Weisen, die sie beschützen, und es ist wichtig, dass wir uns jetzt auch daran halten. Wir müssen im Angesicht dessen, was auf uns zukommt, zusammenhalten.«

»Ungemach«, sagte der alte Mwamba und wirkte auf Arturo so, als wäre er in den letzten Minuten, in denen er von Helias Trauma erzählt hatte, noch ein bisschen mehr gealtert. »Das ist es, was auf uns zukommt.«

Helia holte tief Luft und neigte kaum merklich den Kopf, um einzuräumen, was tatsächlich kommen konnte. »Ja, so ist es. Wir hatten das Glück, viele Jahrhunderte des Friedens hier genießen zu dürfen, mein Freund, aber wie es scheint, wird die Große Bibliothek von Morgen wieder einmal in den Kampf gerufen.« Sie sah sich in dem Raum um, als hoffte sie halb, noch jemand anderen dort vorzufinden. »Sind wir uns sicher, dass nicht noch mehr von uns dazukommen?«

»Ich fürchte, ja«, sagte Mwamba. »Wir vier sind die einzigen Weisen in der Bibliothek. Die anderen befinden sich in verschiedenen anderen Reichen.«

Reichen?

Arturo sah Robin an, die seine unausgesprochene Frage erahnte und kaum merklich den Kopf schüttelte. Auch Centauri ließ ein Symbol aufblitzen, von dem Arturo sich sicher war, dass es »nicht jetzt« bedeutete.

Arturo biss sich auf die Zunge, sagte nichts und fragte sich, was um alles in der Welt das bedeuten konnte.

Helia war bereits zu der jungen Frau weitergegangen, die mit ihm und Robin hergekommen war. Nu wirkte genauso fehl am Platz wie Arturo, obwohl er wusste, dass das eher an ihrem mangelnden Selbstvertrauen lag als daran, dass sie in der Bibliothek neu war. Ihr Kleid ähnelte im Stil den Gewändern der Weisen hier, wenn es auch etwas ausgefallener war, mit Mustern auf ihrer Bluse, die an die erinnerten, mit denen die Sphären kommunizierten.

»Weise Helia«, sagte Nu, sprang von ihrem Stuhl auf und hielt ihr die Hand hin, als Helia näher kam. »Es ist schön, dich wiederzusehen, obwohl es mir schrecklich leidtut, dass ... na ja, einfach alles.«

»Nu, nicht wahr?«, erwiderte Helia, während sich die beiden zur Begrüßung die Hände reichten. »Ich freue mich auch, dich wiederzusehen. Aber ich gebe zu, ich weiß nicht, warum du heute hier bist. Ich weiß, dass du in der Bibliothek immer ausgesprochen hilfreich bist, wofür wir auch ewig dankbar sind, aber wie kannst du uns jetzt helfen?«

Sofort sah Nu Robin an, die nickte. Daraufhin schob die junge Frau zaghaft eine Hand in ihre Tasche, holte eine weitere Sphäre hervor und hielt sie vor sich hin.

»Antares!«, rief Helia.

Sie beugte sich über die kleine Sphäre, sichtlich erleichtert, sie wiederzusehen. Antares gab ihrerseits ein blasses Flackern von sich, ungefähr so wie eine schwache Glühbirne. Das reichte aus, um zu bestätigen, dass sie in Ordnung war.

Mit feuchten Augen hob Helia den Blick zu Nu. »Oh, danke«, sagte sie und ihre Stimme zitterte. Sie wirkte erschöpft und schien am Rande eines Zusammenbruchs zu stehen, streckte aber trotzdem die Hand aus, um nach der Sphäre zu greifen. »Ich weiß nicht, wo du sie aufgelesen hast, aber danke, dass du dich um sie gekümmert hast. Antares bedeutet mir sehr viel.«

Zu Helias offensichtlicher Überraschung rollte Antares rückwärts, in Nus hohlen Händen weiter nach hinten. Die Weise runzelte die Stirn und verzog das Gesicht ein wenig, während Nu selbst plötzlich entsetzt wirkte. Sie stieß ihre Hände vor, aber Helia war bereits zurückgetreten.

Arturo sah den verwunderten Blickwechsel zwischen Helia und Mwamba, während der Weise, der als Veer bekannt war, die Arme vor der Brust verschränkt hatte und ein Ende seines Schnurrbartes nachdenklich zwirbelte.

»Wie hast du die Sphäre gefunden, Nu?«, fragte er mit stark amerikanischem Akzent. Arturo vermutete, dass er von der Westküste kam, vielleicht aus Seattle.

Nu tat gut daran, unter dem Druck nicht zusammenzubrechen, von allen angestarrt zu werden. Sie schloss die Hände leicht um Antares, als würde sie sich wärmen, und hob dann den Kopf, um dem Blick des Weisen zu begegnen.

»Sie war hier draußen im Flur. Und sie hat eher mich gefunden. Ich glaube, sie war davor bei den Weisen Mwamba und Helia. Zumindest hatte ich die beiden dort im Flur gesehen, kurz bevor Antares direkt auf mich zukam, als wüsste sie, dass ich dort sein würde. Ich dachte mir schon, etwas stimme vielleicht nicht, und wollte sie darum so schnell wie möglich zu dir zurückbringen, aber ich musste noch einen Besucher begrüßen.« Sie sah Arturo an.

»Jedenfalls hat Antares meine Hilfe gebraucht, glaube ich.«

In Helias Lächeln schien noch irgendetwas anderes mitzuschwingen, als sie die schwache Sphäre in der Hand der Frau betrachtete. Sie beugte sich vor und schloss Nus Finger sanft über der Kugel.

»Kannst du dich für mich um Antares kümmern, Nu? Es ist von äußerster Wichtigkeit.«

Nu nickte und ihr Gesicht verriet eine Mischung der unterschiedlichsten Gefühle. Freude und Verwirrung vor allem. Aber auch Entschlossenheit.

»Das werde ich tun.«

»Danke, meine Liebe«, erwiderte Helia. Dann wandte sie sich an Mwamba. »Wir müssen über das Buch sprechen. Hast du noch irgendetwas herausgefunden?«

»Das Buch der Weisheit ist noch immer außerstande, sich mit uns zu verständigen, fürchte ich«, berichtete er. »Ich habe alles versucht, was ich weiß, um die Urheberin zu rufen und zum Sprechen zu bewegen, aber sie schweigt, obwohl sie bei Bewusstsein ist und die Bibliothek weiter in Gang halten kann. So etwas habe ich noch nie erlebt, und ich habe genug der Bücher hier gelesen, um zu wissen, dass es so etwas noch nie gegeben hat, nicht einmal vor meiner Zeit. Leider bin ich ratlos.«

»Das erklärt es«, warf Robin ein.

Arturo beobachtete, wie Centauri sich zu ihrer Schulter sinken ließ, um einige Pulse auszusenden, die sich wie ein schnelles *Ich hab's dir ja gesagt* anfühlten, bevor Robin ihn mit einer Handbewegung zum Kronleuchter zurückschickte. »Auf der Erde hat Centauri erwähnt, er hätte seit einer ganzen Weile nichts mehr von der Großen Bibliothek gespürt. Ich dachte einfach, das sei irgendeine Art von Störung. Wie schlechtes WLAN oder so was.«

»Schlechtes WLAN?«, wiederholte Mwamba mit hochgezogenen Brauen.

»Du weißt schon, was ich meine. Jede Menge seltsame Dinge passieren überall auf der Welt, Mwamba. Nicht nur, dass Ökosysteme aus dem Gleichgewicht geraten, sondern auch noch anderes. Zuletzt habe ich gesehen, dass sich um alle erloschenen Vulkane auf der Welt Wolken gebildet haben, und in den Ozeanen sind neue vulkanische Inseln entstanden. Aktivitäten in einem globalen Ausmaß. Obwohl niemand weiß, warum. Die Medien kommen bei ihren Versuchen, es zu erklären, zu keinem Ergebnis. Ich dachte mir einfach, dass das, was auch immer da passiert, Probleme mit der Kommunikation zwischen Centauri und der Bibliothek verursacht. Aber ich hatte keine Ahnung, dass all diese anderen Dinge auch tatsächlich passieren.«

»Und genau das ist zurzeit eins unserer Probleme. Keiner der anderen Weisen weiß, was los ist, und ohne die Möglichkeit, sie über das Buch zurückzurufen, können wir nicht viel tun. Die Hälfte unserer Weisen ist in den anderen Welten unterwegs.«

»Was können wir denn überhaupt tun?«, fragte Veer. Er stand aufrecht und stolz da, bereit zu helfen.

Arturo gewann den Eindruck, dass er ein Mann der Tat war und immer über den nächsten Schritt nachdachte, wie er das Problem beheben, wie er helfen konnte. »Du hast gesagt, dass das, was im Rosengarten passiert ist, mit voller Absicht geschehen ist. Du hast gesagt, es war Suttaru. Mit diesen Ungeschriebenen? Wenn das die Wahrheit ist, dann sollte ich mich nach Bloom begeben und mich ihnen entgegenstellen, bevor die Bestien noch mehr Schaden anrichten können.«

»Nein!«, hielt Helia energisch dagegen. »Es tut mir leid, Veer, aber er ist zu mächtig. Wir alle kennen die Geschichten über das, was er getan hat. Wie könnten wir vergessen, was er der Bibliothek selbst angetan hat, als er das letzte Mal hier war? Er hat das gesamte Zentralterrarium verwüstet, Gelehrte bei lebendigem Leib verbrannt und mehrere Generationen seltener Pflanzen auf der ganzen Welt vernichtet. Hätte ihn das Buch damals nicht aufgehalten, hätte er die Bibliothek für immer vernichtet und das Gleichgewicht zwischen den Reichen der Papierwelt und der Erde für immer zerstört.«

Als Veer die Brauen hochzog, mäßigte sie ihren Ton ein wenig. »Schau mal, nun habe ich seine Macht mit eigenen Augen gesehen und sage dir, dass wir ihn nicht allein bekämpfen können. Wir müssen uns zusammenschließen … und wir müssen Perennia zurückbringen.«

»Aber Mwamba hat gesagt, du könntest dich nicht daran erinnern, was mit dem Drachen passiert ist, Helia. Oder?«

Helia biss sich auf die Unterlippe, bevor sie den Kopf schüttelte. »Im Kampf habe ich einen Schlag abbekommen. Dadurch habe ich einen Teil meiner Erinnerungen verloren, vielleicht nur einen Bruchteil dessen, was wir in Silvyra erlebt haben. Aber dennoch genug, dass ich mich nicht erinnern kann, ob ich Perennia gesehen habe oder was ihr zugestoßen sein könnte. Ich erinnere mich nur daran, ihr Nest in der Mitte des Rosengartens erreicht und dort nichts gefunden zu haben. Sie war fort. Ich glaube, *er* muss sie mitgenommen haben.«

»Und was ist mit *ihm*?«, fragte Robin und presste die Lippen zusammen, als wären ihr die Worte, die sie sagte, zuwider. »Diesem *Suttaru*. Ich dachte, er wäre längst tot?«

»Er soll eigentlich vor langer, langer Zeit gestorben sein. So heißt es zumindest in den Geschichten, seit wir sie kennen.«

»Und doch ist er wieder da? Wie kann denn eine so bösartige Gestalt zurückkehren? Wie ist das überhaupt möglich? Er stammt aus einer längst vergangenen, fernen Zeit – die meisten Leute halten ihn für eine moderne Legende. Was denkt ihr, hat es etwas mit dem Buch zu tun?«

Robin warf einen Blick in die Runde, aber niemand hatte eine Antwort.

»Wer ist denn Suttaru?«, fragte Arturo. Das kam lauter heraus als beabsichtigt, und er fühlte sich einerseits wie ein Idiot, andererseits aber hatte er jetzt genug gehört und brauchte Antworten.

Alle Gesichter im Raum wandten sich in seine Richtung. Er straffte sich und hüstelte nervös.

»Arturo!«, donnerte Veer. »Ach ja, warum bist du noch mal hier?«

»Nu scheint zu denken, das Buch hätte ihn im Zusammenhang mit dem, was hier los ist, zu uns gebracht«, erklärte Robin und musterte Arturo auf ihre typische Art und Weise, die ihm das Gefühl gab, etwas Besonderes und zugleich so etwas wie ein sehr interessantes Museumsexponat zu sein.

Arturo schluckte und rang die Hände vor sich. »Es tut mir leid, etwas zu fragen, was für euch alle vielleicht auf der Hand liegt. Aber da ich schon mal hier bin, kann ich genauso gut versuchen, es zu verstehen. Dieser Aschenmann. Wer ist das genau?«

Es war Mwamba, der antwortete. »Er war einer der drei Freunde, die zu den ersten Bewohnern der Großen Bibliothek gehörten. Die Große Bibliothek von Morgen ist ein wundersamer Ort«, tönte Mwamba, und seine Stimme wurde beim

Sprechen lauter, sodass sie von den Wänden ringsum zurückgeworfen wurde. »Aber wie du jetzt erfährst, gibt es noch andere Reiche, die jenseits der Bibliothek liegen. Die Erste von uns, die das entdeckt hat, war eine weise und abenteuerlustige Frau namens Fairen, die klügste und beste der drei Freunde. Unsere jungen Leute« – er hielt inne und nickte Nu zu – »lernen während ihres Unterrichts viel über sie. Sie war hier die erste Gelehrte, die während ihrer Erkundung der Bibliothek zufällig auf ein höchst ungewöhnliches Portal stieß. Und dieses Portal führte sie an den Ort, den wir als Papierwelt kennen, eine gewaltige Sammlung sehr realer Geschichten – ja sogar ganzer Reiche –, die man besuchen und erforschen und in denen man sogar leben kann.

Ihr Freund und Kollege Adi, wie man ihn damals nannte, war ein gebildeter Gelehrter mit großen Ideen und noch größerer Zuversicht, sie umzusetzen. Doch seine Arbeit kam angeblich dem Bösen zu nah. Sie erregte die Aufmerksamkeit einer bösartigen Macht im Universum, die Licht, Geschichten und Reiche verschlingt. Dieses Wesen lockte ihn fort und verdarb ihn. Es machte ihn zu seinem Verbündeten und zwang ihn, sich gegen die Große Bibliothek und seine Freunde zu wenden.«

»Aber warum? Was wollte das Wesen?«

Helia erzählte weiter: »Mwamba und ich befinden uns schon seit Jahrhunderten in der Bibliothek, und selbst wir wissen nicht, was wirklich dahintersteckt. Die Geschichten über seine Existenz waren schon alt, als wir ankamen. Es heißt, das Wesen sei in einem der dunkleren Bereiche der Papierwelt entstanden. Weißt du, Arturo, die Papierwelt ist ein riesiges Universum mit verschiedenen Reichen, ganzen Welten, die aus Wörtern und Geschichten bestehen und aus dem Fluss der Buchstaben entstanden sind, also einer Kraft entstammen, die alles Leben hervorgebracht hat. Es wird jedoch angenommen, dass in einer schattigen Ecke des Flusses noch dunklere Geschichten fließen. Albträume. In der natürlichen Ordnung der Dinge sammelten sich diese in ihrer eigenen geheimen Ecke des Universums, einem Reich der Qualen, das wir als Discordia kennen. Von dort ist dieses *Ding* entflohen.«

Arturo zog die Brauen hoch. »Meinst du mit diesen Reichen verschiedene Welten? Du willst damit sagen, es gibt verschiedene Welten da draußen?«

»Cool, hm?«, warf Robin ein. »Qualmt dein Gehirn schon?«

Er stieß ein nervöses Lachen aus. »Nur ein bisschen! Also, damit ich das richtig verstehe: Die Menschen besuchen die Große Bibliothek von der Erde aus durch viele verschiedene Portale. Aber es gibt hier außerdem ein einziges Portal, das in andere Reiche führt? In diese … *Papierwelt?*«

»Das stimmt. Allerdings können nur wir Weisen mit unseren Sphären durch dieses Portal reisen. Besucher kommen nicht durch und es kann auch niemand aus der Papierwelt in die Große Bibliothek einreisen. Das Portal ist nur für die Weisen da, um zu forschen und zu lernen und danach wieder zurückzukehren und den Wissensschatz der Großen Bibliothek zu erweitern.«

»Wir wissen immer noch nicht genau, wie oder warum unsere Bibliothek auf diese Weise mit den anderen Welten verbunden ist. Was wir jedoch wissen, ist, dass dieses Universum der anderen Geschichten unendlich ist, einer grenzenlosen Quelle entspringt und von ständiger Veränderung und Schöpfung geprägt ist. Ein Pergamentflickenteppich aus allen jemals erzählten Geschichten, der in einer eigenen Dimension existiert, in der der Fluss der Buchstaben ungehindert durch endlose Kanäle fließt und sich zu Wörtern, Sätzen und schließlich zu Geschichten formt. Und durch irgendeine Magie, die wir nicht einmal ansatzweise erklären können – den Versuch dazu haben wir schon vor langer Zeit aufgegeben –, sind diese Geschichten jeweils zu einer eigenen Welt geworden. Insgesamt sind dies Welten, von denen wir lernen und durch die wir unsere eigene bereichern können.«

Die Weise Helia setzte die Erzählung fort. »Es ist so, Arturo, wir haben erkannt, dass die Papierwelt eine weitere Grundlage unserer Existenz ist, so wie die Natur, die auf der Erde existiert – nicht in einer einzelnen erkennbaren Form, sondern als kollektive Kraft. Genauso wie das Leben ohne die Natur nicht existieren kann, kann die Menschheit ohne Geschichten nicht existieren. Ohne sie sind wir nichts. Sie sagen uns, wer wir sind und woher wir kommen. Sie lassen uns einen Blick in unsere mögliche Zukunft werfen. Sie versichern uns seit Langem, dass wir einen kleinen und bescheidenen Platz im Unbekannten einnehmen, und wenn wir längst aus dem Realen ins Jenseits gegangen sind, werden sie unser Vermächtnis an andere sein. Geschichten … sind einfach alles. Und das Universum jenseits der Großen Bibliothek ist der Ort, an dem sie aufbewahrt und genährt und beschützt werden.«

»Durch das Buch der Weisheit?« Nus Stimme war leise, eine winzige Note in der Melodie der laufenden Maschinerie. Sie wirkte etwas nervös, weil sie das Gespräch unterbrochen hatte.

Mwamba und Helia nickten beide. »Und außerdem durch die Weisen und ihre Sphären«, erwiderte er. »Das ist eine geeinte Macht.«

Arturo rieb sich die Augen und blinzelte, bis er wieder klar sehen konnte, während er versuchte, das alles zu verarbeiten. Er hatte so viel gelernt, als er aufgewachsen war – in der Schule, von früh an bei der Arbeit und beim Lesen von Büchern über alles Mögliche, von Geschichtswerken bis hin zu Schundromanen. Aber das, was er jetzt an diesem großartigen Ort mit diesen Weisen lernte, fühlte sich um einiges wirklicher an.

In seiner Brust wuchs die Aufregung über all die neuen Möglichkeiten. Doch sie wurde schnell von dem Gefühl gedämpft, dass es noch mehr über die Bedrohung am Horizont zu sagen gab.

Arturo rieb sich das Gesicht und die Barthaare auf seiner Oberlippe fühlten sich unter seinen Fingern rau an. Er nickte langsam und versuchte zu begreifen, was man ihm da erzählte. Es war, als würde er sich abmühen, einer dieser Fantasyserien zu folgen, die er gern im Fernsehen sah – aber in diesem Fall war er mitten in der sechsten Staffel eingestiegen.

»Was ist passiert, als dieses Wesen den Gelehrten damals in Suttaru verwandelt hat oder wie immer ihr ihn nennt? Du sagst, er hat ein paar Leute angegriffen?«

»Es gab einen gewaltigen und schrecklichen Kampf. Und nur dem Buch der Weisheit haben wir es zu verdanken, dass er aufgehalten wurde. Besiegt wurde. Und getötet.«

»Jedenfalls dachten wir das«, ergänzte Veer.

»Und jetzt ist er wieder da und will Rache«, erklärte Helia und alle drehten sich zu ihr um. »Ich weiß das, weil es nicht nur Zerstörung war, die ich im Rosengarten gesehen habe. Es war der Hass auf die Schönheit und das Leben im Herzen von Silvyra. Hass auf das Gewebe, das sie als Mutter aller Reiche in sich trägt, den Geist ihres Wesens, der von den Wurzeln des Großen Baums über den Fluss der Buchstaben zu den anderen Bäumen in den vielen anderen Reichen fließt.« Helia hielt inne und schluckte. »Und Hass auf uns. Ich konnte seinen Zorn auf Xav und mich spüren und außerdem auf das, wofür wir stehen. Er war dort in der Hitze, die ihn umgab. Mit einem brennenden Verlangen, uns zu töten. Was immer ihm damals auch passiert sein mag, er ist zurückgekehrt, um Vergeltung zu üben. Ich glaube, Silvyra ist nur der Anfang.«

Veer ballte die Fäuste und öffnete sie wieder. Trotz seines stoischen Gesichtsausdrucks schien er den Versuch zu machen, sich zu beruhigen. »Also gut. Unabhängig von seinen Beweggründen kommt es uns Weisen – als den ernannten Wächterinnen und Wächtern – zu, ihn aufzuhalten. Die Frage ist nur: Wie machen wir das ohne den Drachen?«

»Oder das Buch«, ergänzte Robin. »Ohne das Buch werden wir blind gegen einen Feind kämpfen, den nur die Urheberin im Inneren wirklich kennt.«

Darauf sagte niemand etwas.

»Du hast gesagt, du schreibst, Arturo?«

Arturo war verblüfft, das zu hören. Mwamba sah ihn an, musterte ihn von Kopf bis Fuß.

Was hat denn das mit irgendetwas von dem hier zu tun?

»Ich bin Werbetexter, ja«, antwortete er und versuchte, sich nicht dumm zu fühlen, weil er eine so banale Frage mitten in einer Diskussion über das Schicksal des Universums beantwortete. »Früher wollte ich Bücher schreiben, ich wollte Schriftsteller werden. Tatsächlich dachte ich gerade genau darüber nach, als ich die Buchhandlung gesehen habe, die mich hierhergebracht hat.«

Mwamba überlegte einen Augenblick lang, bevor er wieder nickte.

»Du fragst dich wahrscheinlich, warum du hier bist, und ich weiß nicht genau, ob wir dir jetzt schon eine Antwort geben können. Menschen finden die Große Bibliothek auf alle möglichen Arten und aus allen möglichen Gründen, die du dir vorstellen kannst. Hier entdecken sie mehr, als sie jemals wissen konnten, und finden Antworten auf ihre brennendsten Fragen. Dann kehren sie mit tiefen Einsichten auf die Erde zurück und sind bereit, das Beste aus sich selbst zu machen.« Ein gütiger Ausdruck trat in seine Augen. »Aber manchmal ist die Frage, die sich stellt, unsere eigene, und die Antwort, die wir brauchen, finden wir in denen, die zu uns kommen. Und in solchen Fällen spielt das Buch der Weisheit eine aktivere Rolle, um Menschen zu uns zu bringen.«

»Etwas Ähnliches hat Nu auch schon angedeutet«, erwiderte Arturo. »Aber du hast gesagt, dass das Buch gerade nicht … mitmacht, wie kann das also sein?«

»Das Buch der Weisheit ist das Herz der Bibliothek und die Urheberin ist das Bewusstsein darin. Und obwohl sie sich im Augenblick nicht mit uns verständigen kann, arbeitet die Bibliothek selbst noch ausreichend gut. Die Sphären sind dabei und die Portale von der Erde zu uns stehen offen. Das gilt auch für das Portal von hier zu den Reichen jenseits der Großen Bibliothek. Niemand weiß, was gerade vor sich geht. Aber das Buch der Weisheit schweigt nur mit seiner Stimme.«

»Was also hemmt die Urheberin? Ist sie vielleicht krank? Können die Bücher hier überhaupt krank werden?«

»Ich habe noch nie gehört, dass ein Buch krank werden kann«, antwortete Veer, auch wenn er sich nicht ganz sicher zu sein schien.

Mwambas Blick huschte wieder in Arturos Richtung. »Ich halte es aber für einen glücklichen Umstand, dass ein zukünftiger Schriftsteller ausgerechnet in dem Augenblick in unsere Mitte tritt, in dem wir unsere eigene Stimme verloren haben.« Er deutete auf Robin. »Robin, das mag zwar eine ungewöhnliche Bitte an eine Weise sein, aber ich glaube, es wäre wichtig, dass du Arturo während seines Aufenthalts hier führst. Kannst du ihn mit der Bibliothek vertraut machen und ihm ein vorübergehendes Gästequartier suchen? Vielleicht wird er für einen Tag oder so bei uns bleiben, während wir herauszufinden versuchen, was überhaupt los ist. Vielleicht ist gerade ein Autor nötig, um das Rätsel des Buchs zu lösen.«

Arturo wusste nicht, was er davon halten sollte. Er fühlte sich an diesem Ort wohl und verspürte ein brennendes Verlangen, auf Entdeckungsreise zu gehen, aber gezwungen zu werden hierzubleiben, das war nicht gerade das, was ihm vorschwebte.

»Moment, ich bin nicht …«

Doch Robin zog ihn sanft am Arm und unterbrach ihn.

Sie nickte den anderen zu. »Ich kümmere mich gern um Arturo und zeige ihm alles, bis wir wissen, was wir als Nächstes tun. Was ist mit euch anderen?«

»Ich gehe nach Silvyra«, sagte Veer sofort und warf Helia einen Blick zu, der sie herausforderte, ihm noch einmal zu widersprechen. »Ich gehe aber nicht, um zu kämpfen, sondern um zu beschützen. Ich kann dafür sorgen, dass sie auf das vorbereitet sind, was auf sie zukommen könnte. Helia, irgendwelche Vorschläge, wo ich hinspringen soll?«

Helia sah zwar nicht glücklich darüber aus, aber sie protestierte auch nicht.

»Seine Streitmacht war riesig. Es waren Hunderte von seinen … nun, ich glaube, es sind einmal Menschen gewesen. Ihr Angriff ist wahrscheinlich schon im Gange. Ich fürchte, sie werden sich einfach vom Rosengarten aus verteilen und alles niedermachen, was sie finden.«

Veer nickte. »Die Stadt Aedela ist diejenige Siedlung in Bloom, die dem Rosengarten am nächsten liegt. Vielleicht kann ich mich mit ihrer Anführerin treffen und die Bewegungen des Feindes von dort aus verfolgen. Und wenn nötig, werde ich tun, was in meiner Macht steht, um die Bewohner zu beschützen.«

»Danke«, sagte Mwamba.

»Und was ist mit dir und Helia?«, fragte Robin ihn.

»Ich werde mit Helia besprechen, was wir als Nächstes von ihr brauchen.«

»Das mag ja gut und schön sein, Mwamba, aber wir können sie, nach dem, was passiert ist, doch unmöglich bitten, so schnell wieder da rauszugehen. Jedenfalls nicht ohne einen anderen Weisen an ihrer Seite. Ich werde sie begleiten.«

»Ich komme schon klar, Robin«, beteuerte Helia. »Du weißt, wie das funktioniert. Der Weise des Wissens bleibt in der Bibliothek, also bei dem Buch. Dort sind Mwambas Kräfte am stärksten. Und es ist klar, dass du an Arturos Seite gebraucht wirst, um ihm deine besondere Art von Führung zu bieten. Ich bin die Weise der Hoffnung. Und die Hoffnung muss weiter ihre Magie in der Welt wirken.«

Mwamba hob beide Hände, um noch mehr Protest abzuwehren. »Robin, du hast recht. Helia kann nicht ohne Hilfe gehen.« Und mit dieser Feststellung richtete er ein müdes Lächeln an Nu, die vor Schreck fast zurückstolperte und über ihren Stuhl fiel. »Das ist alles ziemlich unorthodox, meine junge Freundin, aber kannst du uns bitte helfen? Die Zeit läuft uns jetzt schon davon und wir haben eine Landkarte zu lesen.«

Mit diesen Worten verließen er, Helia und Nu den Raum, während ihnen Veer zum Abschied zuwinkte, bevor er durch eine andere Tür verschwand.

Arturo und Robin blieben allein zurück.

»Dann wirst du wohl darauf sitzen bleiben, mich zu babysitten«, sagte er und versuchte, die Stimmung etwas aufzulockern. Stirnrunzelnd sah sie ihn an.

9

Die Planetenmaschine

Nu folgte den beiden Weisen aus dem Lesesaal und Ungeduld und Nervosität in ihr nahmen zu. Helias Sphäre, Vega, und Mwambas Sphäre, Canopus, schwebten rechts und links neben ihnen her, und in ihrer Tasche spürte sie, wie Antares sich regte, als wollte sie sich ihren Freunden anschließen.

Das war alles ganz schön viel zu verarbeiten. Eben war sie noch ihrer gewohnten Arbeit nachgegangen, und im nächsten Moment stand sie schon im Lesesaal des Weisen Mwamba und nahm an einem historischen Gespräch über das Schicksal der Welten teil.

Alles schien jetzt anders zu sein. Es war, als würde sie die Bibliothek in einem neuen Licht sehen und ihre Bedeutung zum ersten Mal wirklich spüren. Sie hatte eine neue Seite aufgeschlagen und wurde zu einem Teil der Geschichte.

Von dem edlen roten Teppich unter ihren Schuhen bis hin zu den Kristalllampen, deren Licht stärker wurde, während die Gruppe vorbeiging – ihre Anwesenheit erzeugte die Energie, die sie speiste –, nahm Nu alles mit Demut und Begeisterung in sich auf, vor allem die Gemälde, die sie schon als Kind immer fasziniert hatten: zerstörte Städte, Lichtstrahlen, Inseln am Himmel und der Große Baum im Zentrum des Labyrinths. Sie schienen jetzt größer, eindrucksvoller und realer zu sein, als würden diese Reiche, die sich immer so unerreichbar angefühlt hatten, inzwischen nach ihr rufen.

»Schnell jetzt«, sagte Mwamba, als er sie weiterführte. Sie gingen auf einen Teil der Bibliothek zu, den Nu noch nie zuvor besucht hatte.

Der ockerfarbene Schriftzug über den Doppeltüren lautete: »Der Saal des Findens«. Nur die Weisen und gelegentlich auch die Gelehrten mussten jemals hierherkommen, doch Nu, die von Natur aus neugierig war, hatte alles darüber gelernt. Als sie eintraten, stellte sie fest, dass es ein genauso erstaunlicher Ort war, wie sie ihn sich immer vorgestellt hatte: ein gewaltiger, höhlenartiger Raum voller hoher Regale mit gebundenen Atlanten, Reisetagebüchern und unzähligen Schriftrollen – eine scheinbar unendliche Fülle an kartografischen Informationen über die Erde und die anderen Reiche. Gruppen von Globen in allen erdenklichen Größen und Maßstäben verteilten sich über den Raum.

Nu hatte gehört, dass hier nicht nur physische Karten aufbewahrt wurden, sondern auch welche mit einer eher emotionalen oder spirituellen Dimension – solche, die zum Beispiel den Verlauf der Träume einer Person oder die Landschaft der Fantasie eines Kindes beim Spielen im Garten darstellten.

Es war immer noch ein Raum voller Geschichten; nicht ganz so wie die in den anderen Räumen der Bibliothek, aber auf seine eigene Art und Weise wichtig.

Die große Maschine, die sich vor ihnen erhob, zog Nus Aufmerksamkeit am stärksten auf sich. Ein komplexes Gebilde aus Messing, Stahl und Kristall füllte den immensen Raum ringsum, wie eine uralte, prächtige Orgel in der Mitte eines Konzertsaals, die darauf wartete, dass jemand auf ihr spielte und ein tausendköpfiges Publikum begeisterte. Aber Nu verstand, dass dies hier kein Musikinstrument war. Die vielen konzentrischen Ringe, die sich um einzelne Achsen und Ausrichtungspunkte drehten und wanden – winzige Galaxien in einem Maschinenuniversum –, dienten einem wesentlich spezielleren Zweck.

Schweigend beobachtete Nu, wie Canopus um eine Schalttafel herumschwirrte und in immer wieder neuen Mustern pulsierte, um Mwamba etwas mitzuteilen, wie ein winziger Komponist. Nu erkannte, dass die Sphäre den Weisen führte, obwohl der Mann dabei weitersprach.

Er trat vor eine der vielen Schalttafeln an der Maschine heran, die mit Knöpfen, Reglern und Hebeln übersät waren. Erst jetzt warf er einen Blick über die Schulter, um sicherzugehen, dass Nu ihm zusah.

»Du hast gesagt, wir müssten auf eine Reise gehen«, begann sie. »Sind wir deshalb hier drin? Um zu sehen, wo wir hinmüssen?«

»In gewisser Weise, ja«, antwortete Mwamba, der immer noch an den Schaltern arbeitete. »Dieses prachtvolle Gerät ist die Planetenmaschine, die einzigartige Konstruktion eines italienischen Genies, das Helia und ich früher einmal gekannt haben.«

Helia rümpfte die Nase. »Genie ist vielleicht ein wenig übertrieben.«

»Trotzdem war er genial genug, dieses Gerät zu entwerfen, zu bauen und es der Welt als sein geheimes Vermächtnis zu hinterlassen, wohl wissend, dass nur wenige es wirklich zu schätzen wissen würden. Denn, Nu, das Universum jenseits der Bibliothek ist größer, als du oder ich es uns jemals vorstellen könnten. Was du in der Schule gelernt hast – dass es alle Geschichten enthält, die je erzählt wurden –, ist keine Übertreibung. Es gibt eine Fülle von Welten da draußen, und wir Weisen verbringen viel Zeit damit, sie zu bereisen und zu erforschen.«

»Wie literarische Anthropologen – so hat man uns das beigebracht.«

Für einen Moment hielt er inne, um sie anzustrahlen. »So ähnlich, ja. Und diese Maschine, die Planetenmaschine, findet sie für uns. Um die Steuerung zu beherrschen, braucht man jahrelanges Training und selbst dann kann man nur mit der Hilfe und Anleitung seiner Sphäre Nachforschungen anstellen.« Er zog an einem weiteren Hebel. »Aber damit können wir jeden Weisen und dessen Sphäre ausfindig machen, egal in welcher Welt und welcher Geschichte er gerade unterwegs ist.«

In diesem Augenblick erstrahlte weit oben einer der Millionen funkelnder Kristalle, die wie Sterne über die große Maschine verstreut waren, im blauen Schein einer Supernova. Canopus blitzte vor Erleichterung auf und auch Mwamba schien ein wenig aufzuatmen.

»Veer ist in Silvyra eingetroffen«, bestätigte er, während er die dreidimensionale Karte studierte. »Hoffen wir, dass er rechtzeitig da ist, um zu helfen, falls Hilfe benötigt wird.«

»Hilfe *wird* benötigt werden«, sagte Nu.

Sie wusste nicht, warum sie das gesagt hatte. Die Worte waren plötzlich aus ihrem Mund gekommen, und keine noch so große Verlegenheit konnte sie mehr rückgängig machen, selbst als Helia ihr einen Seitenblick zuwarf.

Mwamba nickte und justierte weitere Bedienelemente, um die Mechanismen zum Schwingen und Rotieren zu bringen. Dann gab es einen seltsamen Blitz. Nicht so wie der zuvor, nichts Buntes oder Leuchtendes, nur ein helleres Grau, ein bisschen wie ein Scheinwerferlicht im Nebel.

»War das noch ein Weiser?«, hakte Nu nach.

Helia schüttelte den Kopf und beobachtete nach wie vor die Planetenmaschine. »Nein, nur eine kleine Störung. Sozusagen eins der Gespenster in der Maschine. Früher tauchte es auf, wenn man eine Spur in einem der anderen Kristalle verfolgte, aber seit ein paar Jahrzehnten steckt der Fehler dort im Großen Baum fest. Niemand hat bisher herausfinden können, warum.« Sie sah genauer hin. Vega pulsierte etwas und sie nickte.

»Der Fehler wirkt sich aber nicht auf den Ortungsmechanismus aus.«

»Nein, das stimmt«, bestätigte Mwamba mit einem Seufzer. »Was bedeutet, dass keiner von uns zurzeit bei Mutter ist – dem Großen Baum. Ich hatte gehofft, dass wir vielleicht Glück haben würden, aber das ist nicht der Fall.«

Nu wusste nicht, was das bedeutete, aber sie konnte erkennen, dass Helia wegen der Rückschlüsse aus dem Gesagten beunruhigt war. Die Frau trat nervös von einem Fuß auf den anderen, straffte sich dann jedoch und reckte entschlossen das Kinn vor, als sie sprach.

»Wir können nicht erwarten, dass Veer ganz Silvyra allein beschützt. Wenn er die vorderste Verteidigungslinie gegen irgendwelche Angriffe aus Richtung des Rosengartens ist, sollten wir sicherstellen, dass einer von uns da ist, um den Großen Baum zu schützen. In sich wahrt er das Gleichgewicht der Papierwelt und dann auch noch das von allem anderen.« Sie sah Nu an, die wusste, dass sie ihre Verwirrung nicht besonders gut versteckt hatte. »Weißt du, Nu, der Große Baum ist nicht nur für das Reich von Silvyra wichtig. Seine Wurzeln verbinden alle Dinge miteinander. Sie durchweben nicht nur den Boden unter seinem eigenen Reich, sondern reichen mit ihrer Magie bis in den Fluss der Buchstaben selbst und verständigen sich mit allen anderen Reichen. Der Große Baum wird Mutter genannt, denn das ist sie wirklich – die Mutter der gesamten Natur in der Papierwelt. Ihr Überleben ist zugleich unser Überleben. Wir können nicht einfach nur danebenstehen und zulassen, dass sie denen ausgeliefert ist, die das Gleichgewicht zerstören wollen. Das wäre katastrophal.«

»Du wirst also hingehen?«

Helias knappes Nicken beantwortete Mwambas Frage. »Wie könnte ich nicht gehen? Es gibt niemanden sonst, der helfen kann, und meine Kräfte waren schon immer wie geschaffen für Silvyra. Ich werde den Baum und die Menschen dort beschützen, so gut ich kann. Dein Platz aber ist hier. Es ist einfach das, was getan werden muss.«

Mwambas trauriges Lächeln verriet Nu das Bedauern, das er bei Helias Worten empfand. Es war der Gesichtsausdruck eines Mannes, der sich in seiner Rolle ein wenig gefangen fühlte, trotz ihrer Bedeutung. Denn der Weise des Wissens war als die Konstante in der Großen Bibliothek bekannt, als der Weise, der fast immer hier war und die Weisheit, die in diesen heiligen Hallen enthalten war, auf mächtigere Weise nutzen konnte als die anderen, während seine Mitstreiterinnen und Mitstreiter andere Reiche bereisten.

Er erwähnte jedoch nichts davon. Seine Stimme blieb ruhig und bedächtig, als er antwortete: »Danke für deinen Mut, Helia. Und vielleicht gibt es noch einen Grund, warum ich denke, dass du diejenige sein solltest, die geht. Vielleicht ist das noch wichtiger als deine Rolle als Beschützerin. Denn ich glaube, das Elixier des Lebens, für das Silvyra bekannt ist, könnte dir helfen, das eine wiederzuerlangen, was dir fehlt. Immerhin heilt es alle Krankheiten. Und wenn du deine Erinnerungen an das, was mit Perennia geschehen ist, wiedererlangen kannst …«

»Dann wären wir vielleicht in der Lage, sie zu finden? Genau das habe ich auch gedacht. Perennia ist der Schlüssel. Wo immer sie hingegangen sein mag, wir müssen sie retten.«

»Falls sie überhaupt noch lebt«, bemerkte Mwamba leise.

Helia lächelte. »Ich bin nicht umsonst die Weise der Hoffnung.«

Nu sah zwischen den beiden hin und her, und ihr schwirrte

der Kopf von dem, was da gerade passierte. Gespräche über Silvyra, die Verbindung zwischen dem Großen Baum und allen Dingen, ein verschwundener Drache … und ein Schurke aus einer Legende. Nichts davon fühlte sich wirklich an. Zumindest war es nicht die Art von Wirklichkeit, die sie aus ihrem Alltag in der Bibliothek gewohnt war.

Die Begeisterung, die sie innerlich gewärmt hatte, nachdem sie die Weisen begleiten durfte, ließ allmählich nach. Furcht und Zweifel füllten jetzt die Leere, die zurückgeblieben war. Sie gehörte nicht hierher.

Vielleicht sollte ich zurück an die Arbeit gehen, dachte sie und trat einen Schritt nach hinten.

Doch da spürte sie eine kleine Vibration in ihrer Tasche – Antares sprach zu ihr. Noch nicht mit Worten. Dazu war sie noch immer zu schwach, aber sie erinnerte Nu bereits an die Wahrheit. Die Wahrheit tief in ihrem Herzen, dass dies der Ort war, an dem sie sein musste.

Helia musste ihr Unbehagen gespürt haben. Sie legte ihr eine Hand auf die Schulter und drückte sie sanft. »Warte einfach«, riet sie ihr.

Es reichte, um Nus Nerven zu beruhigen und diesen schleichenden Zweifel zurück in die Schatten zu drängen.

Mwamba trat von der Steuerung weg. Canopus folgte ihm und schimmerte im flackernden Licht des Raums. Für Nu sah Mwamba wie ein alter Zauberer aus. Zwar freundlich, aber müde.

Sein Blick war auf ihre Augen gerichtet.

»Was auch immer in den Welten jenseits der Bibliothek geschieht, es wird uns alle betreffen, Nu. Wir sind alle miteinander verbunden und die Auswirkungen von Suttarus Taten in Silvyra werden weit über die Grenzen ihrer Realität hinaus zu spüren sein. In der Papierwelt gibt es so viele Reiche voller Schönheit und Leben, die alle geschützt werden müssen, denn ihr Verlust wäre das Verderben der Menschheit hier auf der Erde. Womit wir auch schon beim nächsten Punkt wären. Helia kann nicht allein nach Silvyra gehen. Das weißt du bereits, nicht wahr?«

Während Nu noch um eine Antwort rang, beobachtete sie, wie der runzelige Finger des Mannes auf die Tasche deutete, in der sie Antares mit sich herumtrug.

»Eine unserer Sphären hat dich um Hilfe gebeten, Nu. Und ich vertraue der Entscheidung, die Antares getroffen hat, dich in diese Geschichte einzubeziehen. Also muss ich das Gleiche tun. Wirst du Helia nach Silvyra begleiten, um ihr – und uns – zu helfen, den Großen Baum zu beschützen und das Gleichgewicht aller Dinge zu bewahren? Kannst du ihr helfen, Perennia zu finden, falls sie überhaupt zu finden ist?«

Nu spürte, wie ihr Herz flatterte, als sie auf der Schwelle zu dieser folgenschweren Entscheidung balancierte. Nach all den Jahren, in denen sie an diesem herrlichen Ort aufgewachsen war und sich oft als Teil des Hintergrunds gefühlt hatte, war dies offenbar ihre Chance, etwas Größeres zu leisten.

Doch sie hatte furchtbare Angst davor, was das alles bedeutete. Angst vor der Ungeheuerlichkeit dessen, was auf dem Spiel stand, und vor der Tatsache, dass sie jetzt mitverantwortlich war für den Ausgang dieser Sache. Das kam ihr gar nicht richtig vor. Hier war sie doch ein Niemand! Jedenfalls keine Weise mit Kräften und der Fähigkeit, Großes zu tun.

Sie war einfach nur Nu.

Und doch … War das nicht alles, was sie sich je gewünscht hatte? Mehr zu tun? Mehr zu werden? Wenn die Weisen ihre Hilfe brauchten, musste sie sie ihnen geben. »Wann brechen wir auf?«, fragte sie also und setzte ein Lächeln auf, obwohl ihre Nerven flatterten.

10

Das Ende eines Abenteuers

»Es ist so weit!«, verkündete Monae strahlend, schlang Dzin einen Arm um die Schultern und deutete auf die Dekorationen. »Wir sind fertig und alles ist wunderbar. Findest du nicht auch?«

Dzin nickte und lächelte. Alles war fertig, das stimmte. Aber sein Verstand spielte ihm wieder Streiche, machte ihn nervös und brachte ihn auf die Frage, ob sein Elixier in irgendeiner Weise für mangelhaft befunden werden würde. Ob man feststellen würde, dass er doch nicht gut genug war, um den Abschluss zu machen.

Er versuchte, die Angst wieder in den Hintergrund zu drängen. Stellte sich vor, wie das Unbehagen von seinen Schultern rann wie der Regen vom Rücken eines Krabbelkäfers. Das amüsante Bild half tatsächlich ein wenig.

Pyruc blieb neben ihnen stehen und klopfte sich ab, nachdem er sich eindeutig eine Handvoll Löwenzahnsamenkapseln unter den Nagel gerissen hatte, die eigentlich für morgen gedacht waren. Er strahlte sie beide an.

»Das ist es wirklich! Wir haben unsere Sache großartig gemacht, wir alle. Und ich will nicht lügen, das Entfalten des Elfenblatts habe ich schwieriger gefunden als die Herstellung des

Elixiers. Also könnte ich vor Freude weinen, dass wir diese verflixten Dinger endlich aufgehängt haben.«

Die Zwillinge und Monae lachten. Auch Dzin lächelte. Die fünf Schüler waren bester Laune und zeigten sich kameradschaftlich, wie Freunde am Ende eines Abenteuers und am Anfang des nächsten. Durch eine gemeinsame Erfahrung verbunden, die nur wenige machten und nach der sich viele sehnten.

Doch in diesem Augenblick brach ihnen der Boden unter den Füßen weg. Außerhalb des Labors gab es irgendeinen Tumult – Glas zersplitterte und Gerätschaften krachten auf den Boden. Eine Weile lang konnte niemand sagen, woher die Geräusche kamen. In der darauffolgenden Stille bemerkte Dzin, dass er im Nebenraum des Botanikgebäudes etwas hörte.

Ein *Klick, Klick, Klick* von etwas, das sich über den Boden auf sie zubewegte.

Klauen.

Bevor sich jemand rühren konnte, explodierte ein orangefarbener Flammenstrahl durch die Tür zum Archiv, sodass alle aufschrien und sich Schutz suchend wegduckten.

Gaeloc war der Erste, der wieder aufsprang und vor Entsetzen schrie.

Dzin konnte nicht erkennen, was er sah, aber Gaelocs Entsetzen wurde durch den Schrei offensichtlich. Was war passiert? Stand der Baum in Flammen? Oder waren es nur die Archive?

Dann sah er die Ursache für die Zerstörung.

Eine monströse Kreatur – eine Art Wolf oder Hund – tapste aus dem Feuer hervor.

Auf dem rußschwarzen Fell züngelten Flammen. Die Schnauze war lang und die glühend roten Augen quollen wild hervor.

Dzins eigener Schrei blieb ihm in der Kehle stecken und erstarb. Er wollte sich bewegen, aber sein Körper hatte aufgegeben. Er konnte den schweren Atem der Kreatur hören – den rhythmischen, gierigen Atem eines Raubtiers. Er spürte, wie Wellen kalter Panik durch sein Inneres schwappten, bevor sie auf die Hitzewand trafen, die seine Haut verbrannte.

Noch nie hatte er sich ein so furchterregendes Biest vorgestellt, geschweige denn eines auf seinen vielen Reisen gesehen. Er war erstarrt, seine Glieder waren wie eingefroren, sein Herz raste und schlug so laut in seinen eigenen Ohren, dass er nicht fassen konnte, von der Kreatur noch nicht gehört und angefallen worden zu sein. Ihm stockte der Atem, und seine Glieder zitterten vor Angst, während sich seine Sicht trübte und ihm schrecklich schwindelig wurde. Es war, als wäre er wieder zu Hause, als man ihm damals sagte, seine Eltern seien tot. Der Schock, die Lähmung. Er wollte die tröstenden Arme seines Bruders um sich spüren, der ihn beschützte. Aber sein Bruder war nicht da. Nur seine Mitschüler und ihre Schreie. Am Ende rettete ihn seine Unfähigkeit, sich zu bewegen. Als die anderen Schüler schreiend zurückfielen, verzog die Kreatur ihre Lefzen, zeigte blutige Zähne und sprang auf den Ersten zu, der zu fliehen versuchte: Pyruc.

Als sich die Bestie auf ihn stürzte, ihm ihre flammenden Pranken in den Rücken schlug und ihn zu Boden drückte, schrie Pyruc in Panik los. Zugleich ertönte das Knacken brechender Knochen, und der Schrei verstummte jäh mit einem feuchten Gurgeln und einem Seufzen, als Pyruc der halbe Hals herausgerissen wurde.

Es war nicht der Anblick, der für Dzin den Ausschlag gab. Der war zu extrem, zu plastisch in diesem Augenblick, um ihn überhaupt zu verarbeiten.

Nein, es war das Geräusch reißender Haut, das ihn aus seiner Panik riss.

»Monae!«, schrie er und streckte die Hand nach ihr aus.

Aber sie hörte ihn nicht. Sie war zu sehr auf die Bestie konzentriert, die jetzt auf Gaeloc und Atraena zustürzte.

Die Zwillinge hätten sich trennen müssen, und wenn sie es getan hätten, dann hätte einer von ihnen es vielleicht geschafft. Aber sie blieben zusammen und zusammen fielen sie. Im Feuer wurden sie zu Boden gerissen, zwei Paar Arme, die versuchten, die monströse Bestie abzuwehren und sich gegenseitig zu schützen, bis die Arme erschlafften und keinen Kampf mehr liefern konnten.

Wild schlug Dzins Herz in seiner Brust. Seine Gedanken überschlugen sich. *Was ist das für ein Geschöpf und warum ist es hier und tötet uns? Wie ist es überhaupt so hoch hinauf in den Baum gelangt und warum steht es in Flammen?*

Hilflos starrte er von der Bestie, die immer noch mit ihren Zähnen und Klauen die Zwillinge zerfetzte, zu den Archiven hinüber. Alle bisherigen Rezepturen für das Lebenselixier wurden gerade zu Asche verbrannt. Sein Blick flog über das Regal voller Phiolen mit ihrem Elixier, und er sah zu, wie sie eine nach der anderen durch die Hitze zerbarsten und ihren ganzen Stolz und ihre Freude verschütteten.

Plötzlich wurde ihm klar, dass er rückwärts gegen seinen eigenen Schreibtisch zurückgewichen war. *Meine Rezeptur.* In diesem Augenblick kam es ihm albern vor, aber es war etwas, worauf er sich konzentrieren konnte. Das war seine Arbeit. Er durfte nicht zulassen, dass sie verloren ging.

So schnell er konnte, zog er die Schriftrolle aus dem Schreibtisch.

Dann schnappte er sich seinen Wanderstab und hielt ihn Monae hin, damit er sie hinter sich herziehen konnte. *»Schnell«*, keuchte er durch die Hitze und den aufsteigenden Rauch. Ihre Augen waren riesig vor Entsetzen, und ihre Lippen bewegten sich, als würde sie die ganze Zeit vor sich hin flüstern. Sie sah den Stab, und einen Moment lang war er sich sicher, dass sie ihn packen würde.

Dann fand der flammende Albtraum sie.

Die Kreatur stand da, in Feuer gehüllt, und Blut und Eingeweide troffen von ihr herab. Ein Geschöpf aus den dunkelsten Albträumen. Dzin wollte sich zwischen sie schieben, war aber nicht schnell genug. Der Atem stockte ihm in der Kehle, als die Feuerbestie von den armen Zwillingen abließ und über den Tisch sprang, dabei angekokelte Speisen verschüttete und Getränke zum Kochen brachte, nur weil sie in deren Nähe war. Schon fiel sie über Dzins Freundin her.

Trotz seiner Angst spürte er, wie ihn irgendein Instinkt überkam. Er hob den Stab, und seine Glieder zitterten nicht mehr vor Furcht, sondern vielmehr vor Zorn, als er seine Waffe schwang und die Kreatur abzuwehren versuchte. Der Stab war ein seltenes Stück, das von Dzins Vater aus einem herabgefallenen Ast des Großen Baums gefertigt worden war, und bei Bedarf gab er eine prächtige Waffe ab. Leider musste Dzin schnell feststellen, dass es hier keinen Unterschied machte. Der Stab fing zwar nicht Feuer, aber die Bestie steckte seine vernichtenden Hiebe einfach weg. Dzins drahtige Glieder, mager zwar, aber muskulös von seinen Reisen und seinem Leben als Läuferlehrling, waren dieser Kreatur nicht gewachsen. Sie sah ihn an und bleckte die Zähne, sodass er aufhörte, mit dem Stab zu fuchteln, während das Feuer weiter wie ein Fell über ihren Körper züngelte.

Dzin hörte Monae wimmern. Er versuchte, einen Schritt auf sie zuzugehen. Vielleicht konnte er sie noch erreichen. Sie von diesem Wahnsinn wegziehen.

Doch die Bestie trat wieder einen Schritt vor, und die heftige Hitze, die sie umgab, drängte Dzin zurück. Tränen brannten in seinen Augen, als er spürte, wie die Kleidung auf seinem Rücken versengt wurde und zu rauchen begann.

»Nein!«, brüllte er, doch tun konnte er nichts. Er stolperte zurück und versuchte, den Schrei seiner Freundin auszublenden, aber da er seine Hände um den Stab geschlungen hatte, blieben seine Ohren ungeschützt. Als er mitanhören musste, wie die Kreatur sie zerfleischte, heulte er in ohnmächtiger Wut auf.

Er war allein. Seine Freunde waren alle tot. Innerhalb von Sekunden waren sie erledigt worden.

Und er war der Nächste.

Verschwinde von hier, schrie ihm sein Verstand zu. *Verschwinde!*

Die Kreatur drehte sich um und hob ihr Maul, und Monaes Blut tropfte von den Zähnen des Geschöpfs, als es jetzt langsam auf ihn zukam.

Dann erklang ein Ruf.

Von hinten spürte Dzin einen kalten Luftzug, eine vorübergehende Erleichterung, bevor der Wind die Flammen noch heftiger anfachte. Sie hatten sich bereits über die geschwärzten Tische und die Bücherregale ausgebreitet, wo die Phiolen mit dem Elixier blubberten und zersplitterten. Jetzt sorgte der Windstoß dafür, dass die Flammen über ihm zuckten und sich ihren Weg über die Decke fraßen.

Als er sich umschaute, sah er zwei Baumwachen hereinplatzen, die Hände vors Gesicht geschlagen, um sich vor den Flammen zu schützen. Hochgewachsene Frauen in leichter Pflanzenrüstung. Sie sahen sich wild um, und als sie Dzin bemerkten, zückten sie ihre Speerschwerter.

Hilfe, dachte Dzin verzweifelt, unfähig, seine Stimme zu gebrauchen. Seine Augen mussten ihm schier aus den Höhlen quellen bei dem Versuch, ihre Aufmerksamkeit zu erregen. *Helft mir!*

Ihre Reaktion war aber nicht so, wie er es erwartet hatte. Statt Entsetzen darüber zu zeigen, dass eine albtraumhafte Kreatur aus der Hölle zum Leben erwacht war, schien der Abscheu in ihren Blicken ihm zu gelten.

»Was hast du *getan*?«, schrie eine von ihnen halb und erstickte fast an dem letzten Wort, als sie erst einen Blick auf die Szene der Verwüstung und dann wieder auf ihn warf.

Verwirrt wirbelte er herum, um die Bestie anzusehen, aber jetzt entdeckte er, dass sie verschwunden war.

Da war nichts als Feuer und ein Haufen verkohlter Leichen übrig geblieben, die von den Flammen verzehrt wurden.

Nur er befand sich in dem Raum. Allein mit seinen toten Freunden.

»Nein, wartet«, murmelte er und sah den Stab an, den er noch immer schwang, als wollte er nach wie vor ein Monster abwehren. »Das ist nicht … Ich habe nicht …«

Hinter den Wachen kam eine weitere Gestalt hereingerannt.

»Dzin, nein!«, rief Tywich. »Das Labor! Die Archive!« Dann entdeckte er die Leichen auf dem Boden. »Nein!«

Er rannte tiefer in das Labor hinein und achtete darauf, nicht an den Tischen hängen zu bleiben, die noch in Flammen standen. Allerdings war er, wie Dzin bemerkte, nicht vorsichtig genug, denn ein Ärmel seines Umhangs hatte bereits Feuer gefangen, und der Stoff am Saum begann sich langsam aufzurollen.

»Wie konntest du das tun?«, fuhr Tywich fort und heulte, als er vor dem ersten Leichnam, den er erreichte, auf die Knie fiel – Pyruc.

Tywichs Reaktion war genauso, wie Dzin es befürchtet hatte – und alles, was die Wachen vermeintlich brauchten, um zu erfassen, was hier passiert war. Sie dachten, *er* hätte das alles getan. Er wäre verantwortlich für dieses Feuer und die Zerstörung und das Sterben.

Er wollte erklären, was wirklich geschehen war, aber in seiner Furcht, dass sie ihm nicht glauben würden, brachte er kein Wort heraus. Er taumelte auf die Wachen zu und flehte sie an, ihm mit ihrem Verstand zuzuhören, dabei fuchtelte er aber immer noch mit seinem Stab herum, und sie dachten wohl, er wolle angreifen.

Sie hoben ihre Knüppel.

»Haltet ihn auf!«, brüllte Tywich und zeigte auf Dzin.

Die Wachen traten einen Schritt vor.

Zu seiner eigenen Überraschung geriet Dzin nicht in Panik. Er hatte einfach keine Zeit, bevor seine Instinkte die Kontrolle übernahmen.

Dann schwang er seinen Stab, wehrte sie ab und verschaffte sich damit genug Platz, um fliehen zu können.

Und genau das tat er. Er drängte die Wachen aus dem Weg und stürzte sich in die kühle Nachtluft hinaus.

11

Portale

Sie würden sofort aufbrechen.

Nu hatte kaum Zeit, einer ihrer Freundinnen die Nachricht für ihre Familie zu übermitteln, dass sie sich keine Sorgen machen sollten, bevor Mwamba und Helia sie zum Ausstatter führten. Sie hatte Mühe, ihre Freude darüber zu verbergen, dass sie sich ein Kostüm aussuchen durfte. Das musste man immer tun, wenn man an einen anderen Ort reiste, um besser ins Bild zu passen. Und ihre Freude darüber, dass sie den Großen Baum besuchten, von dem sie als Kind so viele Geschichten gehört hatte – vielleicht war das ihr Lieblingsreich unter all denen, die sie nur aus Geschichten kannte … Es schien ein wahr gewordener Traum zu sein. Selbst noch im Angesicht der Gefahr, die möglicherweise auf sie wartete.

Während sie durch die Flure eilten, erzählte Mwamba ihr Geschichten, von denen sie einige schon kannte. Außerdem forschte er nach, was sie bereits über Silvyra wusste. Er fragte sie besonders nach dem Großen Baum und dem Elixier. Sie kam nicht dahinter, ob er bei der Vorstellung nervös war, eine unausgebildete Person zu schicken, oder ob er bloß Konversation machte, damit niemand, an dem sie vorbeikamen, sie unterbrach oder ihre Sorge bemerkte.

Noch einmal erzählte er die Geschichte über die drei Gelehrten, darunter Fairen, die das erste Portal in die Papierwelt entdeckt hatten; wie der Gründer der Großen Bibliothek durch dasselbe Portal verloren gegangen war; und wie Fairen dann von ihrem engsten Freund verraten worden war. Er sprach von der Schlacht, die folgte, und von der Erschaffung der Urheberin, als sich Fairen mit dem Buch der Weisheit vereinigt hatte. Und wie diese neue, vereinte Macht damals genügt hatte, um der Großen Bibliothek zu helfen, sich gegen ihren Freund zur Wehr zu setzen – der zu Suttaru geworden war. Danach hatte es in der Papierwelt einen großen Moment gegeben, der sich in der Geschichte der Erde widerspiegelte, voller Erleichterung und Freude und einem Wiederaufleben von Kreativität und Geist.

Sie wusste bereits vieles von dem, was Mwamba erzählte, sei es aus ihrem Schulunterricht oder aus den Geschichten, die die Menschen überall in der Bibliothek erzählten, aber es war etwas anderes, sie in einem so persönlichen Rahmen zu hören.

Sie begaben sich in einen ganz neuen Bereich der Bibliothck, in den lebendigen, atmenden unterirdischen Wald, der schon vor langer Zeit gewachsen war. Nu liebte ihn, weil dieser Ort an die Natur der Außenwelt erinnerte, nur dass die Menschen hier im Einklang mit ihr lebten.

Der mit Laub bedeckte Boden federte angenehm, als sie darüber hinwegschritten. Über ihnen kitzelten Blütenblätter in Rot-, Rosa- und Blautönen ihr Haar, die von den auf dem Kopf stehenden Gärten an der Decke herabhingen. Zwei grauhaarige Frauen diskutierten in einem mit Ranken bedeckten Alkoven über Bücher. Kurz hielten sie inne, um die süß duftende Flüssigkeit einzusammeln, die aus der Mitte einer frisch erblühten Blume in der Nähe tropfte und den Raum mit dem Duft von Schokolade und Gewürzen erfüllte.

Dahinter befanden sich Springbrunnen mit Nektar, die zwei Stockwerke hoch waren, ganze Wände mit sechseckigen Waben voller leuchtend gelber Bienen, die Honig erzeugten, und gelegentliche Farbexplosionen, wenn Kugeln aus löwenzahnähnlichen Samenkapseln in die Luft flogen und wie winzige Feuerwerksraketen um sie herum explodierten.

Köpfe wurden in ihre Richtung gedreht, als sie vorbeigingen. Nu sah, wie sie alle zuerst zu den Weisen, dann zu ihren Sphären und schließlich zu ihr selbst aufschauten. Dann wandte sie verlegen den Blick ab, vor allem, wenn sie Leute sah, die sie kannte und die wie sie hier aufgewachsen waren. Ihre Münder standen vor lauter unbeantworteten Fragen offen – was hatte sie in solch illustrer Gesellschaft zu suchen? Und warum? Nu wusste nicht, wie sie das hätte erklären können. Sie war sich nicht einmal selbst sicher, wie sie heute hier gelandet war, nur dass es richtig zu sein schien.

Sie ließ ihre Hand zu der Tasche wandern, in der Antares ruhte, und empfand die feste Gestalt ihrer neuen Gefährtin unter dem Stoff als seltsam beruhigend.

Schließlich erreichten sie einen kleinen Raum, der von einem Hauptkorridor abzweigte. Mwamba hielt Helia und Nu die Tür auf und bedeutete ihnen hineinzugehen. Von der Tür aus sprach er weiter. »Eine der Regeln, die du vielleicht schon kennst, wenn man aus der Bibliothek herausreist, Nu, ist, dass wir das nicht offiziell als Weise tun, zumindest nicht in aller Öffentlichkeit. Nur ein paar Auserwählte kennen unsere wahre Identität. Wir müssen diskret sein und uns anpassen, wo wir können.«

»Ich verstehe«, rief Nu zurück und versuchte, ihre Aufregung zu zügeln. Helia und sie standen in der Mitte eines sechseckigen Ankleideraums, der groß genug für zwei Personen war. Fünf hohe, glänzende Spiegel umgaben sie.

»Das hier wird dir gefallen«, flüsterte Helia.

Binnen Sekunden veränderten sich ihre Spiegelbilder. Nicht ihre Gesichter, aber die Kleidung, in der sie sich sahen, war anders.

In dem Spiegelbild vor ihr trug Nu ein feines blaues Kleid, das wie das Meer schimmerte. Helia ebenso. Im Spiegel rechts daneben trug sie einen eleganten Ganzkörperanzug und hatte ein braunes Kopftuch ums Haupt gewickelt. Sie drehte und verrenkte sich, um sich selbst zu bewundern, und begriff, dass sich alle ihre Erscheinungsbilder im Einklang bewegten, als würde sie in Wirklichkeit mehrere Outfits gleichzeitig tragen.

Leider war sie nicht schnell genug, um zu sehen, welche weiteren fantastischen Aufmachungen in den anderen Spiegelbildern zu sehen waren. Helia ging zu dem Spiegel links neben dem meerblauen Kleid und drückte ihre Finger darauf. Plötzlich zeigten alle Spiegel dasselbe Ensemble: eine bestickte weiße Tunika, eine bequeme – sogar schlabberige – braune Hose und einen kurzen grünen Umhang, der aussah, als wäre er aus frisch gepressten Blättern gefertigt.

Als ihr klar wurde, dass auch Helia jetzt genau diese Kleidung trug, blinzelte Nu. Noch überraschender war es, dass sie selbst die gleiche Kleidung anhatte. Alles war vollkommen auf ihre Größe und Form zugeschnitten und unglaublich bequem. Sie fuhr mit einem Finger über den glatten Stoff ihres Ärmels.

»W-Wie ist das möglich!?«

»Durch ein bisschen Magie aus alten Zeiten«, erklärte Helia und bedeutete ihr, wieder nach draußen zu gehen. Vega gab mit freudigem Wirbeln von oben seine Zustimmung, und Antares brachte ein kleines Vibrieren aus der Tasche in Nus neuem Outfit zustande, in die sie gewandert war, um Nu wissen zu lassen, dass sie noch da war. Helia strich mit den Händen über den Stoff und zog den Umhang fester um ihre Taille. »Es ist nicht die prächtigste Mode des Reichs, fürchte ich, aber sicher auch nicht die schlechteste. Wir werden uns gut einfügen.«

Nu hob die Hand und bemerkte, dass sie ein leichtes goldenes Armband trug, dessen Oberfläche mit wunderschönen kreisförmigen Mustern verziert war. Außerdem stellte sie fest, dass Helia etwas Ähnliches um den Hals lag – ein prächtiges, von goldenen Fäden durchzogenes Amulett mit silbernen Einsprengseln, die aussahen, als würden Blitze daraus hervorschießen.

»Die hier kommen mir etwas übertrieben vor, wenn wir nicht auffallen wollen.«

»Die sind für Vega und Antares«, antwortete Helia. »Die Leute sind nicht überall mit Sphären vertraut. Manchmal werfen sie Fragen auf, und wir haben nicht immer die Zeit, um Antworten zu liefern. Manche Sphären können sich tarnen, aber in diesem Fall wird Vega auf dieselbe Größe schrumpfen, die Antares jetzt hat, und dann verstecken sie sich an uns. So können wir unsere Verbundenheit und Verbindung aufrechterhalten und gleichzeitig unauffällig bleiben.«

Mwamba schloss zu ihnen auf und dann schritten sie in Richtung der Wandelhalle. Schon bald fanden sie sich im Refugium wieder – dem Sitz des Buchs der Weisheit. Ein Ort, über den nur im Flüsterton gesprochen wurde und den nur die Weisen zu sehen bekamen.

Zögernd hielt Nu inne, als die beiden anderen eintraten.

Würde *sie* wirklich das Buch der Weisheit sehen und sogar durch das Portal im Refugium reisen, wie all ihre Helden aus der Vergangenheit es getan hatten?

»Komm schon«, sagte Helia aufmunternd. »Du schaffst das.«

Sie streckte ihre Hand aus. Nu nahm sie und betrat den Raum. Sie hatte keine Gelegenheit, sich richtig umzuschauen, so gern sie das auch getan hätte. Die Halle war prachtvoll, so gewaltig und wunderschön beleuchtet, mit einer Aura von Magie, die alles durchdrang, wie sie es sich immer erträumt hatte. Und da war auch das Buch, das auf seinem Podest thronte.

Doch Helias Hand zog sie energisch weiter und signalisierte ihr, dass dies nicht der richtige Zeitpunkt war, um zu verweilen. Sie eilten direkt auf die andere Seite des Refugiums zu, obwohl Nu außerstande war, den Blick von dem Buch abzuwenden … zumindest bis sich vor ihnen der leere Rahmen eines Portals auftat – ein magisches Rechteck aus Aquamarin, das wie ein senkrecht stehendes Becken mit unberührtem Wasser schimmerte.

Das Portal zur Papierwelt.

»Hier hat die Gelehrte erstmals die anderen Reiche wahrgenommen«, erklärte Mwamba. »Und außerdem wurde die Magie unserer Verbindung zur Papierwelt hier zum ersten Mal entdeckt. Es ist der Ort, an dem wir Weisen den ersten Schritt unserer Reise tun. Wie du es jetzt auch tun wirst. Bist du bereit, Nu?«

Nu nickte, ohne ein Wort zu sagen. Sie konnte nicht. Was hätte sie auch sagen können? Sie war zu aufgeregt, um auch nur klar denken zu können.

Plötzlich erhob sich Antares aus ihrer Tasche. Sie wirbelte in Rot- und Goldtönen, immer noch schwach, aber stärker als zuvor.

Ich bin bei dir, schien die Sphäre zu sagen.

Helia sah ihr mit einem seltsamen, traurigen Gesichtsausdruck zu. Bis Vega sie am Arm anstupste und Helia sich schüttelte und von dort zurückkam, wo immer sie gerade in Gedanken gewesen war.

»Vega, bring uns zum höchsten Ast des Großen Baums«, bat sie.

Was die Sphäre als Nächstes tat, wusste Nu nicht, aber als ihre Farben immer schneller und wilder um ihre Oberfläche wirbelten, erklang in der Kammer ein Summen. Erst leise, dann zunehmend laut. Es fühlte sich wie eine Welle aus Energie oder

Magie an oder wie irgendetwas dazwischen, und plötzlich erweckte es das Portal mit einem Lichtblitz zum Leben, dann strömten Wellen von Farben aus dem Rahmen in die Mitte, wirbelten darin herum und schimmerten wie die Oberfläche eines überirdischen Ozeans.

Mwamba legte ihnen beiden eine Hand auf die Schulter. Dann trat er zurück und Canopus folgte ihm.

»Helia, Nu … die Reise, die vor euch liegt, könnte gefährlich sein. Wir wissen nicht, was in den nächsten Stunden auf euch zukommt, also haltet die Augen, die Ohren und den Verstand offen und seid füreinander da.« Mit zwei Fingern berührte er sein Herz. »Passt auf euch auf und gute Reise. Warnt den Großen Baum. Findet den Drachen. Wir verlassen uns auf euch.«

Helia erwiderte die Geste. »Ihr könnt euch auf uns verlassen.«

Mit diesen Worten zog sie Nu näher zu sich heran und vergewisserte sich, dass Vega und Antares dicht um sie herumschwebten. Dann traten sie ins Licht.

12

Eine Rezeptur zur Katastrophe

Die Bretter der hölzernen Hängebrücke klapperten und schwankten unter ihm, als Dzin von dem Großen Baum wegrannte, wodurch die Bewohnerinnen und Bewohner, die ihren abendlichen Besorgungen nachgingen, stolperten und murrten.

»Tut mir leid«, rief er einem besonders verärgerten Paar zu, das er beiseitegestoßen hatte, während er mit einer verschwitzten Hand und seinem kostbaren Stab wedelte und mit der anderen seine Schriftrolle fest umklammerte. Die Frau rümpfte hochmütig die Nase, und ihre olivfarbene Haut rötete sich vor Ärger, als sie versuchte, ihn mit ihrem Regenschirm aus Blättern zu schlagen. Dzin eilte weiter. »Kann nicht stehen bleiben. Botanischer Notfall!«

Das war natürlich eine Verzerrung der Wahrheit. Es war ein Notfall, ganz sicher. Aber für die Wachen, die er ein paar Äste weiter oben vorübergehend abgehängt hatte und deren hohe Schneckenpfeifen er gelegentlich hören konnte, wenn sie Verstärkung riefen, war es ein Notfall, den Dzin selbst verursacht hatte.

Was für ihn offensichtlich keinerlei Sinn ergab. Er hatte gerade mitangesehen, wie seine Kameraden umgebracht worden waren und sein Labor niedergebrannt worden war. Er verstand nicht, was geschehen war. Wo war die Feuerbestie hin? Und warum hatte Tywich so schnell mit dem Finger auf ihn gezeigt, um ihm die Schuld zu geben?

Als er die Brücke überquert hatte und dann die Wendeltreppe hinunterlief, kämpften all diese Fragen in seinem Kopf um seine Aufmerksamkeit. Er erreichte den Baum mit dem Anlegeplatz der Luftschiffe.

Allerdings ging es hier nach unten. Nicht nach oben.

Nach oben wäre vielleicht doch die bessere Wahl. Oben würde er direkt zu den vielen riesigen gewebten Plattformen gelangen, die wie Seerosenblätter im Himmel hingen und auf das nächste Luftschiff warteten. Oben hätte er die Möglichkeit, in ein weit entferntes Land jenseits des dunklen und tödlichen Labyrinths, das sie umgab, zu fliehen und die Anschuldigungen und Strafen hinter sich zu lassen, die folgen würden, falls er erwischt wurde.

Aber nein, heute Abend würde es kein Luftschiff für ihn geben. Die Rezeptur war nur eines der beiden wichtigen Dinge in seinem Leben. Das andere war die Verantwortung, die ihm nach dem Tod seiner Eltern übertragen worden war.

Er umklammerte die Schriftrolle in seiner Hand noch fester und rannte dann weiter den Baum hinunter, durch eine wankende Gruppe von Händlern, die dem Gestank ihrer Fluchwolken nach zu urteilen gerade einen Nachmittag in der nächsten Taverne für vergorenen Pflanzensaft hinter sich hatten. Hinunter, immer weiter hinunter.

Um seinen Bruder zu finden.

Er erreichte ihre kleine Baumrindenhöhle und rüttelte mit seinem Schlüssel im Schloss der runden Tür. Sie war von innen verriegelt.

»Yantuz!«, zischte er durchs Fenster. »Yantuz, mach auf, schnell!«

Ein fragendes Gesicht erschien am Fenster vor dem gemütlichen orangefarbenen Lampenlicht im Innern – starke Wangenknochen, Augen von der Farbe grüner Rosen und verwuschelte blonde Haare. Zweifellos war Yantuz zu einem allseits beliebten, gut aussehenden Bruder herangewachsen. Dzin dagegen hatte Augen von der Farbe von Steinen, sein Haar wirkte glanzlos und spröde wie Stein, und sein Gesicht schien wenig bemerkenswert … wie Stein. Zum Glück war er nicht missgünstig, sonst wäre er jetzt längst auf einem Luftschiff verschwunden.

»Warst du laufen, Bruder?«, fragte Yantuz und unterdrückte ein Gähnen. »Das sieht dir überhaupt nicht ähnlich.«

»In gewisser Weise«, antwortete Dzin, dessen Puls immer noch raste, während er sich umsah. Er konnte fast spüren, wie ihn die spindeldürren Hände eines Wächters des Großen Baums am Kragen packten und zum Verhör zerrten. »Und jetzt beeil dich, bitte. Mach auf, und lass mich rein, bevor sie mich finden.«

»Wer soll dich finden?«

Ein weiterer langer, schriller Pfiff ertönte, irgendwo in der Ferne.

Aus der Richtung von Mutter.

»O nein … nein!«, wimmerte Dzin und zerknüllte die Schriftrolle in seiner Hand noch mehr, während sein Herz weiter gegen seine Rippen schlug und sie wie ein Windspiel zum Klingen brachte. Er hämmerte mit dem Stab gegen die Tür, obwohl er bereits hörte, dass der Riegel zurückgeschoben wurde.

»Warte, ich mache ja schon auf, wie du wolltest. Siehst du?«

Yantuz' freundliches Grinsen erstarb, als Dzin in den bescheiden möblierten Raum platzte. Er wollte gleich Dinge packen, aber er wusste, dass er das nicht konnte. Er hatte nur noch eines im Sinn.

»Wir müssen hier weg, Yantuz.«

»Doch nicht wieder eine Expedition, um nach Zutaten zu suchen?«, entgegnete Yantuz und streckte sich, während er sich faul an die noch offene Tür lehnte. »Ich dachte, du wärst mit alledem fertig. Morgen machst du deinen verdammten Abschluss, Dzin! Außerdem habe ich dir gesagt, dass ich früh ins Bett gehen möchte. Ich habe versprochen, Junic vor der Zeremonie auf die höchsten Äste zu bringen, um den Sonnenaufgang zu erleben. Er hat uns schon so oft besucht, aber das hat er noch nie gesehen, weißt du? O Gott, er wird es lieben. Weißt du noch, wie schön das Licht ist, das an einem Sommermorgen durch Mutters Blätter fällt? So etwas gibt es in ganz Silvyra nicht.«

Dzin blieb stehen und hob einen Finger. »Bitte, hör zu. Etwas Schreckliches ist passiert, und ein Missverständnis ist aufgetreten, das sich wohl nicht mehr ungeschehen machen lässt. Ich kann jetzt nichts erklären, aber wir müssen gehen, bevor wir … bevor *ich* in Schwierigkeiten gerate.« Er dachte an die Kreatur und verzog das Gesicht. »Oder in Schlimmeres.«

Yantuz blinzelte noch ein paarmal, dann deutete er auf die Schriftrolle. »Ist das da nicht deine Rezeptur?«

Dzin stopfte sie in seinen Mantel, während weitere Schneckenpfiffe zu hören waren, die sich dem ersten Chor anschlossen. Alle kamen näher. »Lass alles liegen. Wir müssen weg.«

Dzin wusste, dass sein Bruder vieles war – verspielt, nervtötend, ein Freund von Neckereien und einem Lebenstempo, das manche als faul bezeichnet hätten –, aber heute Abend war er dankbar dafür, dass Yantuz ihm bedingungslos vertraute. Er nahm sich nur einige Sekunden Zeit, um in seine Tageskleidung zu schlüpfen und sich fertig zu machen.

Als sie das Haus verließen, hatte man endgültig Alarm geschlagen. Dzin führte den verwunderten Yantuz über die Holzpfade und ignorierte die vielen Gesichter in den olivbraunen

Rindenfarben, die aus Fenstern spähten und sich aus Türen vorbeugten. Ihre Aufmerksamkeit war auf Mutter gerichtet, nicht auf die beiden Jungen, die in die andere Richtung davonrannten.

Es dauerte nicht lange, bis die Pfeiftöne noch näher kamen. Die Wachen strömten jetzt über das Netzwerk aus Brücken aus dem Großen Baum herüber. Dzin fragte sich, ob sie ihn erkennen mochten, wenn sie ihn sahen, aber dann wurde ihm klar, wie er aussehen musste: Er war ja am ganzen Körper verkohlt und seine Kleidung war gewiss in einem schlimmen Zustand. Er sah genauso aus wie jemand, den man anhalten und festnehmen würde, wenn man wusste, dass etwas nicht stimmte.

Als er einen Wachposten bemerkte, der sich ihnen von der anderen Richtung näherte und von den Pfiffen angelockt wurde, duckte er sich hinter einen Händlerstand und zerrte Yantuz mit sich herunter.

»Was hast du *getan*?«, flüsterte Yantuz.

Sie beobachteten, wie der Wachposten vorbeiging, bevor sie heraussprangen und weiterrannten. Dzin musste Yantuz immer wieder am Arm hinter sich herzerren, denn der Blick seines Bruders wanderte ständig zurück.

»Ich habe gar nichts getan, aber im Labor ist etwas passiert, das ich nicht erklären kann. Etwas Schlimmes. Es hat einen Angriff gegeben. Ein Feuer. Und …«

Seine Stimme verlor sich, als er Yantuz auf eine weitere Hängebrücke zog und sie in das Glasbläserviertel von Krummschenkel sprangen, das für seine wunderschönen Lichterketten aus Glasperlen bekannt war, die im Zickzack über den Gehwegen hingen.

Als sie an Reihen von Ständen vorbeikamen, die um den Stamm des Großen Baums herum aufgebaut und bis zum Rand mit winzigen Phiolen – mit dem Lebenselixier – gefüllt waren, blieben ihm die Worte im Halse stecken. Es war, als hätte er Angst, sie auszusprechen.

»Und was?«

Dzin knirschte mit den Zähnen und zwang sich, es auszusprechen. »Da war eine Bestie, ein Hund, sein Fell stand voller Flammen. Er ist ins Labor gestürmt und hat alles in Brand gesteckt. Die anderen Schüler …« Er drehte sich zu seinem Bruder um. »Ich habe versucht, Monae zu helfen. Ich habe es wirklich versucht!«

Verwirrt starrte ihn Yantuz an. »Ich glaube dir. Was immer passiert ist, ich glaube dir. Aber warum rennen wir denn weg, wenn doch jemand anders für den Angriff verantwortlich ist?«

»*Etwas* anderes. Und das ist das Problem. Die Wachen haben das Geschöpf nicht gesehen. Ich weiß nicht, was passiert ist, aber in der einen Minute war es da, und ich habe versucht, mich dagegen zu verteidigen, dann kamen die Wachen, und als ich mich umgedreht habe, war die Kreatur schon fort.«

Yantuz zeigte auf den Stab. »Willst du mir sagen, dass du dich mit deinem Troststab verteidigt hast?«

»Nein!«, zischte Dzin mit zusammengebissenen Zähnen und frustriert über Yantuz' spöttischen Ausdruck für seinen Stab. Dann hielt er inne und fügte widerstrebend hinzu: »Nun, ja. Aber es ist kein Troststab; es ist Mutters Wanderstab. Und ich habe versucht, Monae vor der Bestie zu retten.«

Das Bild hielt sich nach wie vor deutlich in seiner Erinnerung. Eben war die Kreatur noch da gewesen, ihre Pranken auf seiner Freundin, als sie Dzin und seine schwachen Versuche, sie mit dem Stab anzugreifen, angeknurrt hatte. Im nächsten Augenblick war sie fort gewesen, verscheucht von den Wachen und Tywich. Man hatte ihn allein angetroffen, ohne dass er eine logische Erklärung zu seiner Verteidigung gehabt hätte.

»Du kannst doch sicher erklären …«, begann Yantuz, aber Dzin fiel ihm ins Wort.

»Ich habe die Blicke der Wachen gesehen, Yantuz. Ich habe gehört, was Tywich gesagt hat. Sie denken alle, dass ich es gewesen bin.«

»Aber du bist einer ihrer besten Schüler! Sie wussten, was sie taten, als sie dich auserwählt haben, und bis jetzt hast du ihnen keinen Grund geliefert, an dir zu zweifeln. Du bist der Silvyrer, der nicht nur den besten Geruchssinn und das größte Wissen über die Pflanzenwelt hat, sondern auch die größte Liebe zum Reisen, dazu, neue Orte zu erleben und die Welt zu erkunden. Sie müssen einsehen, dass dies nur ein Missverständnis ist.«

Dzin lauschte, während eine andere Stimme in seinem Kopf versuchte, ihn zu unterbrechen.

Was tust du hier? Denkst du wirklich, du könntest vor dieser Sache davonlaufen? Wie sollte das überhaupt gehen?

Sein Kopf war voller Fragen, auf die er keine Antworten hatte, und jetzt ging sein Atem in flachen Stößen. Das zumindest war keine Überraschung. Trotz seiner Abenteuerlust war er kein Mensch, der körperlich besonders belastbar gewesen wäre. Im Herzen war er bloß ein Schüler der Botanik … zumindest war er das bis heute gewesen.

Yantuz hatte natürlich keine Atemprobleme. Während sie weiterrannten, beobachtete Dzin, wie sein Bruder lässig einem Glasbläser zunickte, den er kannte, bevor er die unausweichliche Begrüßung, die darauf folgen würde, mit einer Handbewegung im Keim erstickte.

»Sie kennen dich, Dzin«, fuhr er fort. »Sie wissen, dass du so etwas nicht tun würdest.«

Dzin stieß ein erschöpftes, schmerzhaftes Röcheln aus, als seine Lunge zu versagen drohte. Er zog an Yantuz' Arm, um ihn zu bremsen und um ihn dazu zu bringen, ihn zu verstehen.

»Meine Freunde, die anderen Schüler – sie sind alle tot. Das Feuer hat das Labor und das Archiv vernichtet. Alle Rezepturen sind fort. Unsere Elixiere. Weg. Alles, wofür wir gearbeitet haben …«

Er bekam keine Gelegenheit, den Satz zu beenden. Ein durchdringender Pfiff zerriss die Luft nicht weit hinter ihnen, als ein Wachposten seine geschwärzte Tunika bemerkte. Dzin riskierte einen Blick nach hinten und der große, schlanke Wächter hob einen muskulösen Arm in ihre Richtung und blies erneut in sein Schneckenhaus.

»Haltet ihn!«

Eines musste man Yantuz lassen, auch wenn er sich gewiss fragte, in welchen Schwierigkeiten sie steckten, verlangsamte er sein Tempo kein bisschen. Im Gegenteil, er zog nun Dzin hinter sich her, so groß war die Loyalität zu seinem älteren Bruder.

Sie liefen zwischen Verkaufsständen hindurch, sprangen über Kisten und zwängten sich an erstaunten Arbeitern vorbei. Weitere Wachen waren zu hören, die hinter ihnen auf den Pfad stürmten, und das *Klack, Klack* ihrer Aststiefel schwoll zu einem Crescendo an, als sie die beiden durch die Baumstadt jagten, die Mutter umgab. Dzin spürte, dass sein Kampfgeist schon zu erlahmen begann – und mit ihm auch seine Energie. Aber zum Glück schien Yantuz genau zu wissen, was zu tun war.

»Wir müssen hier raus«, stellte er fest.

»Luftschiff?«, fragte Dzin zwischen zwei keuchenden Atemzügen.

Yantuz schüttelte heftig den Kopf, als wäre das die dümmste Idee aller Zeiten. »Wir würden es nie zurück zu den Anlegestellen da oben schaffen. Wir könnten da in der Falle sitzen. Und du kannst in *diesem* Zustand definitiv nicht klettern. Der einzige Ausweg ist jetzt unten.«

»Aber unten ist das Labyrinth …«

»Und?«

»Du weißt doch über das Labyrinth Bescheid, Yantuz! Es bewacht uns – es hält uns hier drinnen genauso fest, wie es andere Silvyrer draußen hält. Das Gefühl, das man bekommt, wenn man einen Fuß dort hineinsetzt …« Er schauderte, denn er erinnerte sich nur allzu gut daran. »Es ist, als wüsste es *Bescheid.* Und weißt du was? Das tut es auch. Es heißt nicht umsonst, dass alle, die nicht reinen Herzens sind, dort drin verschwinden!«

»Und? Du bist doch auf deiner Suche nach Zutaten bereits im Labyrinth gewesen. Du bist ebenso würdig wie jeder andere von uns. Du kannst das schaffen.«

Dzin war sich da nicht so sicher. Um durch das Labyrinth zu gelangen, musste sein Herz rein sein. Aber war es das? Er hatte sicherlich alles getan, was er konnte, um Monae zu retten, und trotzdem hatte er versagt. Schuldgefühle brodelten durch sein Inneres. All seine Freunde waren gestorben. Er jedoch nicht und nun gab man ihm die Schuld daran.

»Außerdem«, fuhr Yantuz fort, »haben wir jetzt wirklich keine andere Wahl mehr, oder? Entweder das Labyrinth oder die Wurzelkerker für uns beide, da du mich jetzt in deinen kleinen Schlamassel mit hineingezogen hast. Wir gehen nach unten.«

Plötzlich war der Weg versperrt, weil eine Ansammlung von Waldmenschen in allen möglichen Klamotten, von zerknitterten Nachthemden bis hin zu Overalls aus Blattleder, auf die Brücke gestürmt kam.

»Haltet sie auf!«, brüllte jemand von hinten, gefolgt von weiteren Pfiffen.

Und auf einmal verstanden diese Menschen mit den scharfen Augen, die ihnen den Weg versperrten. Geschlossen stürmte die Menge auf die beiden zu.

»Schnell, über das Geländer«, sagte Yantuz, packte ihn am Arm und drängte ihn an die Reling.

»Über das *was?*«

Yantuz sprang zuerst, mitten in das vermeintliche Nichts hinein. Zumindest, bis sich Dzin nach vorn lehnte und die mit Winden versehenen Plattformen unter ihnen sah, die an Lianen hingen. Yantuz war geschickt auf den Füßen gelandet und winkte Dzin, ihm zu folgen.

Dzin schnappte nach Luft und sprang, krachte aber mit dem Gesicht zuerst gegen einen Stapel Heukisten, die dadurch umgeworfen wurden und deren Inhalt – in Wachsblätter eingewickelte Beerenkekse – überall verstreut wurde. Als er inmitten der Trümmer lag, kreischte etwas neben seinem Kopf. Ein graues Fellknäuel kam zum Vorschein und entpuppte sich als großes fliegendes Eichhörnchen, das zusammengerollt und still eine Mitfahrgelegenheit nach oben in den Baum gesucht hatte.

Einen Augenblick lang starrten Dzin und das erschrockene Tier einander an, einer schockierter als der andere, bevor sich die dunklen Augen des Eichhörnchens zu einem stechenden Blick verengten. Schnell sammelte es seine Nüsse ein und sprang von der Plattform, um auf eine andere zu sausen.

Yantuz riss Dzin wieder auf die Füße und stieß ihn vor sich her. Nur einen kurzen Sprung entfernt wurde eine weitere Plattform mit Waren hochgezogen. Und dahinter folgte eine dritte Plattform, die in die andere Richtung glitt.

Also sprangen sie wieder. Und noch einmal. Sie hielten nach versteckten Mitfahrern Ausschau, während sie sich rund um den großen Baumstamm von Plattform zu Plattform bewegten. Sie sprangen hinunter und wurden dann wieder ein Stück nach oben gezogen, bevor sie sich mit einem Satz auf die nächste Plattform retteten. Mit allen möglichen Gütern stießen sie zusammen, während sie langsam immer weiter nach unten glitten.

Über ihnen herrschte Chaos. Dzin schaute nach oben und sah, dass eine der Wachen über das Geländer gesprungen war, um ihnen zu folgen, aber sie hatte sich in einem Dornengestrüpp verfangen, das sich um einen Ast schlängelte. Die Waldmenschen versuchten, die Wache zu retten, und brüllten ihnen beiden noch immer unverständliche Worte zu.

Inzwischen kamen Pfiffe aus allen Richtungen. Eine Vielzahl von Gesichtern erschien in den Fenstern, die in den Stamm gehauen waren, und anklagende Finger zeigten in ihre Richtung.

Aber niemand schaffte es, sie einzuholen, und schnell genug fanden die Stiefel der Brüder den harten, unerschütterlichen Boden zwischen den riesigen Baumwurzeln. Sie traten ihre lange Reise über den moosbewachsenen Lehm und durch den Ur-Wald an, der Mutter umgab. Anfangs war es noch einfach, sich in den großzügigen Lücken zwischen den Bäumen in der Nähe des Großen Baums zu bewegen, während sie die Hängebrücken über ihnen im Auge behielten, für den Fall, dass sie gesehen wurden. Doch je weiter sie kamen, desto dichter wurde der Wald. Zum Glück konnten sie sich trotz der Anstrengung immer noch zügig fortbewegen, indem sie zwischen dem Dickicht knorriger, dorniger Büsche hindurchschlüpften und sich mit einer Geschwindigkeit durch die Landschaft schlugen, über die jemand, der außerhalb der Grenzen des Baums geboren war, nur hätte staunen können. Bis sie schließlich die hoch aufragende Wand aus Gewächsen erreichten, die sie umgab – und die sie beschützte. Und die sie festhielt.

Erschöpft stolperten sie auf die Öffnung zu.

Das Labyrinth lud sie zum Eintreten ein.

Dzin starrte auf den hoch aufragenden Dschungel aus dunklen Blumen, Blättern und Ranken, die einen einzigen Korridor an diesem ungastlichen Ort säumten. Er spürte das Grauen vor dem, was darin verborgen lag.

Und es graute ihn vor dem, was er vielleicht verlieren würde, wenn er einen Fuß dort hineinsetzte.

Das Labyrinth würde dafür sorgen, dass nur die Würdigen unversehrt durchkamen.

War er würdig?

Er spürte die Panik in seiner Brust anschwellen. Sollte er hineingehen und es riskieren oder hierbleiben und sich gefangen nehmen lassen? Hitze wallte in ihm auf und trieb ihn an. Die einzige Möglichkeit, der Panik zu entkommen, war die, vor ihr davonzulaufen, in Bewegung zu bleiben. Er schaute zur Seite und sah, wie sich Yantuz die Ärmel von seinem Hemd riss. Einen davon reichte er Dzin, bevor er sich den anderen um die Augen band.

»Wir müssen mit verbundenen Augen hineingehen.«

»Ich weiß«, murmelte Dzin und starrte auf den Stoff. Eine der Regeln für den Weg durch das Labyrinth bestand darin, sich ihm vollständig anzuvertrauen, was bedeutete, dass man sich die Augen verbinden und seine anderen Sinne nutzen musste, um den Weg zu finden. Und obwohl es stimmte, dass er dies schon einmal gemacht hatte, war dies ein Teil der Reise gewesen, der ihm nie besonders behagt hatte.

»Wir schaffen das schon«, versicherte ihm Yantuz.

Falls er ihn damit beruhigen wollte, ließ er es ernsthaft an Überzeugungskraft mangeln.

Dzin band sich die Augenbinde um den Kopf und konnte nicht verhindern, dass er Monaes Gesicht vor sich sah, als die Bestie sie verschlang. Er hätte mehr tun können. Er hätte sogar mehr tun *sollen*. Sie war eine seiner engsten Freundinnen gewesen. Jetzt aber bildete sie eine gähnende Leere in seinem Innern. Sie war ein unbesetzter Platz an einem Tisch, an dem sonst Lachen und Liebe geherrscht hatten.

»Wir schaffen das schon«, wiederholte er mit ebenso wenig Überzeugungskraft.

Er hakte seinen Bruder unter.

Sie betraten das Labyrinth.

13

Besucher in einer neuen Welt

Wohlweislich hielt Helia Nus Arm fest, als die beiden Frauen auf die dicke Rinde des Astes an der Spitze des Großen Baums stolperten, dicht gefolgt von ihren Sphären.

Sie wird sich daran gewöhnen, blinkte Vega, als Nu beinahe fiel.

»Der Übergang kann ein bisschen heikel sein«, sagte Helia und versuchte, das Selbstvertrauen der jungen Frau zu stärken, während sie sie stützte. Das arme Mädchen war ohnehin schon ins kalte Wasser geworfen worden.

Eins musste man ihr lassen, Nu geriet nicht in Panik. Sie klopfte sich ab, während sie sich umsah und das Laub und die Rindenstücke wegwischte, die an ihrer Hose hängen geblieben waren.

»Ich fühle mich, als wäre ich gerade durch ein Gemälde gefallen«, stieß sie atemlos hervor und konnte sich ein breites Grinsen nicht verkneifen. »Ein Gemälde mit Sonnenuntergängen und Wolken und Bergen und einem Meer. Nur dass wir nicht gefallen sind oder gar geflogen … Eher war es so, als würden wir Teil von etwas Größerem werden, als wären wir mehr als nur wir selbst. Als wären wir ganz plötzlich mit dem Rest des Universums verbunden.«

Helia nickte und dachte an das erste Mal, als sie auf diese Weise gereist war. Tatsächlich hatte ihre erste Reise sie auch genau zu diesem Ast geführt, nachdem sie gerade erst zur Weisen geworden und voller Aufregung, Panik und Freude aus dem Portal gestolpert war.

»Wir nennen es das Flimmern. Der Übergang zwischen den Welten. Für einen Moment *bist* du ein Teil des Universums und mit dem Fluss der Buchstaben verbunden. Das ist ein unglaubliches Gefühl, nicht wahr? Als könnte dir alles gelingen.«

»Das Flimmern. Ist es immer so?«

»Fast immer.«

Nus Gesicht strahlte. »Daran könnte ich mich gewöhnen.«

Helia lächelte und bedeutete Vega voranzuschweben.

Ihre Sphäre hatte ihre Aufgabe erfüllt und sie zu einem der höchsten Äste gebracht, von dem aus man normalerweise eine Aussicht über das Labyrinth und das Wüstengebiet dahinter hatte. Aber sie waren jetzt in der fünften Jahreszeit, deshalb hatten sich die majestätischen Blätter um sie herum zu ihrer vollen Pracht entwickelt und ließen nicht mehr als flüchtige Blicke auf den Horizont in der Ferne zu.

Das hielt Nu jedoch nicht davon ab zu starren.

Es war noch so früh am Morgen in Silvyra, dass die Sonne nur andeutungsweise zu sehen war, doch am Baum selbst gab es schon genug buntes Treiben zu bestaunen, was vor allem für die vielen unteren Äste galt, die sich aus dem großen Stamm heraus unter ihnen erstreckten. Zwischen den Häusern und Wohnungen – Helia erinnerte sich daran, dass man sie Baumhöhlen nannte – tummelten sich Menschen auf der Rinde der breiten Äste. Händler hatten ihre Marktstände geöffnet. Jemand zog einen Karren, der wie ein umgedrehter Eicheldeckel aussah und auf dem sich Lebensmittel türmten. Ein weiterer folgte dicht hinter ihm und transportierte Fässer. Worte in allen möglichen

Dialekten und mit unterschiedlichen Akzenten schallten über den Markt und die Luft war von den Düften der Köstlichkeiten aus aller Welt erfüllt. Überall standen Menschen in Gruppen zusammen – entlang der Äste, auf der Wendeltreppe um den Stamm des riesigen Baums herum und auf der anderen Seite der Brücken, die Mutter mit den Nachbarbäumen verbanden, in denen es noch weitere Siedlungen gab.

Helia bemerkte, dass die Tierwelt des Großen Baums heute Morgen ebenso aktiv war. Bienen wie die aus dem Rosengarten schwirrten vorbei. Ein Schwarm riesiger fliegender Eichhörnchen zog über dem Baum seine Kreise, während Schmetterlinge über und um die Menschen auf dem Markt herumschwirrten. Die Luft war vom Zwitschern und Zirpen der geflügelten Bestäuber erfüllt, die von Heim zu Heim flatterten und Botschaften überbrachten.

»Oh, hier finde ich es wunderschön«, flüsterte Nu, deren Blick von einer Kostbarkeit zur nächsten huschte, um so viele Einzelheiten in sich aufzusaugen, wie sie nur konnte.

Antares wirbelte neben ihrem Ohr herum, und Helia beobachtete, wie Nu grinsend nickte. Die beiden begannen bereits, sich miteinander zu verständigen.

Nu drehte sich mit vor Ehrfurcht geweiteten Augen zu ihr um. »Natürlich habe ich alle Geschichten über Silvyra gehört. Jeder, der in der Bibliothek geboren und aufgewachsen ist, weiß von diesen wunderschönen Reichen. Der Große Baum war immer meine Lieblingsgeschichte, und er hält, was er verspricht.«

Helia verstand. In all ihrem herrlichen Chaos war es wirklich eine wunderschöne Szene.

Und doch stimmte irgendetwas nicht.

Sie hatte es schon in dem Augenblick gespürt, als sie durch das Portal getreten waren, aber sie hatte eine Sekunde gebraucht, um festzustellen, worin die Ursache bestand. Normalerweise genügte es, sich unter den schützenden Ästen des Großen Baums aufzuhalten oder den Duft der sonnenbeschienenen Blüten zu riechen, um ein tiefes Gefühl der Zugehörigkeit, des Einsseins mit der natürlichen Welt und der Einbindung in die große Kontinuität des Lebens zu verspüren, die sowohl weit in die Vergangenheit als auch in eine unvorstellbare Zukunft reichte. Aber heute war die Energie eine andere. Sie spürte, wie sie von den Wurzeln den Stamm hinauf und zu den Blumen an den Spitzen ihrer ausgestreckten Äste floss. Sie fühlte sich schmerzhaft und verletzt an.

Sogar in dem Durcheinander unter ihr konnte Helia die Anzeichen dafür erkennen, dass auch andere es spüren mochten. Die Stimmung war nicht ganz so ausgelassen, wie sie hätte sein sollen. Die Gesichter der Menschen wirkten niedergeschlagen.

Es gab wenig Gelächter oder Frohsinn.

Alles wirkte gedämpft.

»Irgendetwas stimmt hier ganz und gar nicht«, bemerkte Nu, als hätte sie Helias Gedanken gelesen. Sie schien überrascht zu sein, dass die Worte aus ihrem Mund kamen, als wäre nicht sie diejenige gewesen, die sie gedacht hatte. Die Freude in ihren großen haselnussbraunen Augen erstarb ganz schnell.

Helia nickte langsam, erwiderte aber nichts, sondern gab Nu den Raum, ihren Weg zu finden.

Die junge Frau ging auf den hoch aufragenden Baumstamm zu, streckte eine Hand aus und berührte die Rinde. Einen Augenblick lang drückte sie ihre Finger gegen das Holz, wie festgefroren. Ihr Gesicht wurde plötzlich finster und wirkte beunruhigt. Als Helia neben sie trat, blinzelte Nu und schüttelte ab, was immer es war.

»Ist alles in Ordnung mit dir?«, fragte Helia.

Nu nickte, obwohl klar war, dass sie von etwas beunruhigt war. Sie ging nun voran und folgte dem Gefühl, das sie hatte, was immer es auch sein mochte. Helia ließ sie gewähren und verstand, dass es sich um einen Instinkt handelte, der jetzt die Führung übernahm. Sie hatte so etwas schon einmal erlebt.

»Irgendeine Nachricht von der Obersten Gelehrten?«, flüsterte Helia Vega zu, als die Sphäre in ihre Halskette schlüpfte, um sich zu verstecken.

Er beantwortete die Frage aber nicht.

»Vega?«

Feuer, erwiderte er.

»Wo?«

Folge ihr.

Sie kletterten den Pfad hinauf, der sich spiralförmig um den großen Baumstamm schlängelte, bis sie die schwarzen Wolkenschwaden sahen, die sich in den Himmel schoben. Dann schlug ihnen der Gestank entgegen. Beide verzogen das Gesicht, als sie den obersten Ast erreichten, den beißenden Holzrauch rochen und die noch brennenden Überreste eines Gebäudes sahen.

Ein paar Leute standen drum herum und sahen hilflos zu, wie eine Wand ein knackendes Geräusch von sich gab und dann nach innen einstürzte. Helia begriff, dass hier oben nur wenig Wasser zur Verfügung stand, um Brände zu löschen. Es gab nichts, was man tun konnte.

»Das Schülerlabor der Botanischen Schule«, sagte sie, als sie begriff, um welchen Ort es sich handelte. Sie versuchte, die Furcht zu ersticken, aber die Ereignisse im Rosengarten waren noch zu frisch. Der gleiche Geruch nach Rauch und Tod lag hier wie dort in der Luft und brachte Gedanken an Xavier mit sich. Und obwohl sie versuchte, sie zu verdrängen, konnte sie einen Moment lang nicht anders, als sein Gesicht zu sehen und seine Stimme zu hören, die nach ihr rief. Sie schluckte schwer und hielt sich Nase und Mund zu.

»Das ganze Gebäude ist hinfällig.«

Nu blinzelte, als sie auf den Ort der Zerstörung starrte. Es war verständlich, dass sie mit dem, was sie sah, zu kämpfen hatte, aber in ihren Augen lag jetzt ohne Zweifel noch etwas anderes.

Das war kein schockierter Blick. Es war das reine Entsetzen … und Begreifen.

Da geschah etwas in ihrem Kopf. Und obwohl es ein Leichtes gewesen wäre, zu fragen, was sie gerade erlebte, hatte Helia das Gefühl, es bereits zu wissen. Außerdem war dies weder der richtige Zeitpunkt noch der richtige Ort, um nach solchen Dingen zu fragen. Viel zu viel war hier los und es waren auch zu viele Menschen um sie herum. Sie unterdrückte den Wunsch nachzufragen.

Und doch weißt du, dass es wahr ist. Xaviers Stimme hallte in ihrem Kopf wider, bevor er über seinen eigenen heimlichen Scherz lachen musste. *Ich bin nicht unersetzlich.*

Helia konnte sich nicht einmal dazu durchringen, bei dem Gedanken an ihn zu lächeln, aber immerhin reichte es aus, um ihre Laune etwas zu verbessern.

»Schnell«, sagte sie, legte Nu vorsichtig eine Hand auf die Schulter und drehte sie um. Die Hitze des Feuers war immer noch heftig, obwohl es schon weit heruntergebrannt war. Sie mussten sich beeilen. »Jetzt sollten wir die Oberste Gelehrte finden. Vega, irgendetwas Neues?«

Der Sphäre surrte aus dem Amulett auf ihrer Brust.

Ich habe sie gefunden.

Auf ihrem Weg um den Stamm herum schoben sie sich durch eine Wolkenschicht. Kaum sah Nu die hölzerne Festung, die man in einen Ableger des Astes hineingeschlagen hatte.

Sie war zu sehr damit beschäftigt, verstehen zu wollen, was gerade geschehen war.

Das war ein Traum gewesen. Nur so konnte sie es beschreiben. Ein Wachtraum. Sobald sie den Baumstamm berührt hatte, war ihr Geist von Bildern überschwemmt worden. Sie waren lebendig gewesen, aber auch wieder nicht. Deutlich und doch verschwommen. Als wäre sie im Meer getrieben und hätte sich kaum über Wasser halten können.

Sie hatte ein festlich geschmücktes Labor gesehen. Ein paar fröhliche und glückliche Gestalten hatten herumgestanden. Sie war durchaus unter ihnen gewesen, präsent zwar, aber ohne gesehen zu werden. Eine Art Voyeurin, die von einer anderen Ebene der Existenz aus zusah.

Dann war der Raum von einer Sekunde auf die andere verschwunden und von Flammenwogen verzehrt worden. Die Gestalten um sie herum zerfielen vor ihren Augen. Voller Entsetzen beobachtete sie, wie sich ihre Gesichter zu gequälten Fratzen verzogen, während sie verbrannt und verkohlt wurden.

Das Schlimmste aber war, dass eine wilde Bestie zwischen ihnen herumpirschte, ein Hund mit einer dichten roten Mähne.

Nein, es war keine Mähne. Die Kreatur *stand in Flammen.*

Feuer züngelte über ihren muskulösen Rumpf, an ihren Gliedmaßen und ihren dicken, fleischigen Pranken entlang. Ihre Augen glühten rot wie heiße Kohlen. Und als sie geknurrt hatte, war Nu der unverkennbare Geruch von versengtem Fleisch entgegengeschlagen.

Dann hatte sie begriffen, dass sie nicht allein war. Dort war noch eine andere Gestalt gewesen. Ein relativ kleiner, dünner Mann mit olivsilberner Haut und großen, verängstigten Augen. Er hatte einen Stab in der Hand gehalten und versucht, die Bestie abzuwehren, während er mit der anderen Hand eine kleine Schriftrolle umklammert hielt.

Dann aber war es schon vorüber gewesen. So schnell die Bilder aufgetaucht waren, war sie auch wieder aus ihrer traumartigen Trance erwacht und hatte festgestellt, dass Helia sie seltsam ansah.

»Geht es dir gut, Nu? Du bist blass.«

Nu hatte die Frage mit einer knappen Handbewegung abgetan. »Ja, ja, alles bestens. Bitte, sprich einfach weiter.«

Warum habe ich ihr das nicht erzählt?

Während sie Helia zur Holzfestung führte, grübelte Nu darüber nach, was passiert war. Und warum sie es so eilig gehabt hatte, es vor Helia zu verbergen. Die Vision konnte verschiedene Bedeutungen haben, das stand fest. Sie mochte erhebliche Auswirkungen haben.

Doch je weiter sie sich von dem Baumstamm entfernten, desto mehr schloss der Zweifel seine Finger um die Erinnerung und versuchte, sie ihr fortzunehmen. Die Bilder fühlten sich zunehmend fantastisch an. Unrealistisch. Konnte sie damit wirklich zu einer Weisen gehen? Was würde Helia denken, wenn Nu anfing, von Wachträumen zu sprechen und von Bestien mit einem Fell aus Feuer? Sie würde Nu wahrscheinlich schnurstracks zurück in die Große Bibliothek schicken.

Sosehr sie Geschichten mochte, Nu war niemand, der sich Fantasien hingab. Immer hatte sie es lieber mit den Fakten und der Wahrheit zu tun. Und die Wahrheit war, dass sie keine Ahnung hatte, was mit ihr geschehen sein mochte und was es bedeutete.

So gingen sie schweigend weiter.

Die Festung erhob sich vor ihnen, beeindruckend und stattlich. Ein vollkommen runder, senkrechter Ast, der in einen Turm verwandelt worden war. Auf verschiedenen Ebenen ragten kleine Landeplätze aus der Außenwand heraus – für welches Fluggerät oder welche Kreaturen, das konnte Nu nur erahnen. Und dazwischen befanden sich mehrere bogenförmige Fenster.

Vega pulsierte an Helias Hals und die Weise zuckte mit den Achseln.

»Wir sind lange nicht mehr hier gewesen, Vega. Sie haben sich offenbar gedacht, dass sie ein neues Hauptquartier brauchen, und dieses hier ist so gut wie jedes andere. Von dort oben hat man einen guten Blick auf die Anlegestellen. Ein geeigneter Ort, um die Abläufe zu überwachen.«

Eine weitere farbenfrohe Nachricht leuchtete auf der Sphäre auf.

»Nein«, stimmte Helia mit einem Seufzen zu. »Ich glaube auch nicht, dass sie so etwas getan hätte. Igina hat sich nicht besonders für die Anlegestellen interessiert, auch wenn das zu ihrem Job gehörte. Sie hat sich lieber um die Menschen selbst gekümmert, weniger um das wirtschaftliche Geschehen. Wir sollten uns wohl auf jemand Neues gefasst machen.«

»Da oben … das ist also nicht deine Freundin?«, fragte Nu, die dicht hinter ihr ging.

»Die Oberste Gelehrte wechselt von Generation zu Generation.« Helia trat an die schöne Buntglastür heran und klopfte laut. »Aber die Rolle bleibt dieselbe. Wer immer es sein mag, hat die Verantwortung für alle Abläufe im Großen Baum, von der Botanischen Schule über die Raffinerie bis hin zu den Vertriebsnetzen auf der ganzen Welt. Aber es ist schon eine Weile her, seit ich das letzte Mal hier gewesen bin, deshalb könnte jeder den Posten meiner alten Freundin Igina übernommen haben.«

»Wie lange hast du gebraucht, um die Sprache dieser Menschen zu erlernen?«, erkundigte sich Nu, die über das lange Leben der Weisen nachgrübelte und über alles, was sie gesehen und gelernt haben musste.

»Ah«, antwortete Helia und ihre Augen leuchteten. »Viele Jahre und mehr als eine Oberste Gelehrte! Aber keine Sorge – dank der Sphären wird das Buch der Weisheit für uns und die Menschen um uns herum übersetzen, wie es das in der Großen Bibliothek tut, und zwar sogar die örtlichen Redensarten.«

Nu nickte, erstaunt darüber, dass die Macht des Buchs sogar bis hierher reichte, und erkannte, dass ihre Welt gerade enorm reicher geworden war. Die Weisen konnten überall hinreisen, konnten mit jedem sprechen. Die Geschichten jeder Welt erfahren, in die sie kamen, und das alles dank des Buchs. Es erfüllte sie mit Demut, aber in ihrem Herzen spürte sie auch den Wunsch, noch mehr zu wissen. Sie wollte alles über diese magischen Orte erfahren, was sie konnte.

Die Rinde über der Tür kräuselte und verzog sich. Dann erschien ein Gesicht, ein verhutzeltes, uraltes Gesicht, das aussah, als wäre es schon vor Äonen in das Holz geschnitzt worden, mit großen Augen und einem langen, spitzen Kinn.

»Sicherheit«, flüsterte Helia.

Das Holz knarrte, als das Gesicht hervorkam und zu den Besuchern hinunterstarrte. Nu richtete sich sofort höher auf und spürte, wie der augenlose Blick sie musterte, bevor er zu Helia wechselte.

Dann öffnete sich der Mund mit einem rauen, schleifenden Geräusch und ein Ruf erklang von seinen Lippen und hallte durch die Wände in das Gebäude. Fast augenblicklich waren Schritte zu hören, und schon versank das Gesicht wieder in der Rinde, als wäre es nie da gewesen.

Eine Scheibe in der Glastür wurde zur Seite geschoben und ein Paar stählerne Augen spähten heraus.

»Ja?«

»Wir müssen mit der Obersten Gelehrten sprechen«, sagte Helia und kam sogleich zur Sache. »Es ist wichtig. Man wird uns sehen wollen.«

Sie wartete geduldig, während die Augen hinter der Tür blinzelten und offenbar über das Ansinnen nachgedacht wurde.

»Geht es um das, was im Labor passiert ist?«

Helia nickte knapp und spürte vielleicht, dass dies ein leichter Weg hinein war. Sie zupfte an den Seiten ihres blattartigen Umhangs, während sie antwortete.

Helia war niemand, der andere in die Irre führte, um ihren Willen durchzusetzen. Dennoch verstand Nu, warum Helia so handelte. Diese Mission war viel zu wichtig.

Die Augen hinter der Öffnung in dem bemalten Glas blinzelten noch einmal und verschwanden dann in der Dunkelheit. Die Scheibe schloss sich. Einen Moment lang fragte sich Nu, ob Helia einen Fehler gemacht hatte. Vielleicht hatte die Person hinter der Tür ihre Fassade durchschaut und war gerade dabei, jemanden zu holen, der sie verhaftete und in den Kerker warf.

An ihrem Handgelenk gab Antares leise, besorgte Vibrationen von sich, als spürte sie ihre Sorge, und vielleicht dachte sie sogar das Gleiche. Nu bedeutete ihr, ruhig zu bleiben, und wartete.

Zum Glück ertönte plötzlich ein quietschendes Knarren – die Tür schwang auf. Die Augen, die sie beide immer noch aufmerksam musterten, offenbarten nun, dass sie zu einer großen, schlanken und schönen Wache gehörten, deren Haut so blass wie eine Silberbirke war. Deren Kleidung war, wie Nu sich die Wache des Großen Baums immer vorgestellt hatte: ein kurzer, brauner Umhang mit einer grünen Tunika darunter, in deren wattierte Brustpartie ein Symbol eingewebt war – ein großer, mächtiger Baum, dessen Äste sich über die zwei Monde dahinter erstreckten.

Stiefel, die bis zu den Knien reichten, und ein kurzer Dolch, der in den Gürtel gesteckt war. Die Wache hatte eine Hand auf der Hüfte abgestützt; braun behandschuhte Finger zuckten kurz über dem Griff. Als warteten sie darauf, dass jemand etwas tat, das sie oder er nicht tun sollte.

»Kommt«, sagte die Wache energisch und deutete auf Helia und Nu. »Sie wartet.«

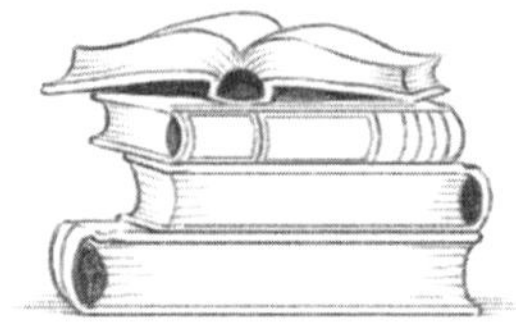

14

Eine kurze Geschichte

Robin und Arturo hatten das Treffen mit der Absicht verlassen, Arturo ein Quartier zu suchen, doch vorher diskutierte er noch mit Robin über seine Rückkehr zur Erde.

»Ich kann nicht über Nacht hierbleiben«, hatte er gesagt. »Rosa, meine Tochter … sie wird sich fragen, wo ich die ganze Zeit stecke. Ja, sie ist jetzt ein paar Tage bei ihrer Mutter, weil das hier meine Urlaubswoche sein sollte. Aber normalerweise versuche ich, ihr regelmäßig Nachrichten zu schicken, damit wir in Kontakt bleiben.« Dann hatte er innegehalten. »Allerdings hat sie ihr Handy selten aufgeladen, um zu antworten, also merkt sie es vielleicht gar nicht.«

Er hatte das Argument bestenfalls halbherzig vorgebracht und wusste, dass Robin das auch spürte. Der Wunsch, nach Hause zu kommen, war sicherlich nicht ganz so stark wie die Begeisterung, hierzubleiben und mehr von dieser wunderschönen neuen Welt zu sehen. Wann sonst würde sich ihm eine solche Gelegenheit bieten, durch Hallen zu wandeln, die mit jahrhundertealten Worten und Weisheiten gefüllt waren? Vielleicht würde ihn das zumindest dazu inspirieren, mehr aus seinem Leben zu machen, wenn er nach Hause kam.

Zum Glück hatte Robin Verständnis gehabt. »Der Ruf der Familie ist eine starke Kraft, Arturo. Ich kenne das nur zu gut, denn ich bin gerade erst bei meiner Familie zu Besuch gewesen. Wenn du möchtest, können wir später nach deiner Tochter sehen.« Als er zustimmend gegrinst hatte, entzückt, dass sie ihm eine Chance gab, sich wie ein verantwortungsbewusster Vater zu fühlen und gleichzeitig dieses kleine Abenteuer zu genießen, hatte Robin seine Hand genommen und sie gedrückt. »Gut! Dann machen wir das so. Denn ich freue mich, wenn du bleibst. Dies ist schließlich die Große Bibliothek von Morgen! Ein Ort voller Geheimnisse und Magie. Ein Hort des Wissens und aller Geschichten, die du je gekannt hast. In manchen Gesellschaften ist sie eine Legende, in anderen nur ein flüchtiges Gerücht. Es wäre eine Schande, wenn du nicht noch ein bisschen mehr davon sehen würdest, während du hier bist.«

Centauri hatte seine Farben so durcheinandergewirbelt, dass man hätte meinen können, er würde seiner Weisen zustimmen.

Dann hatten sie sich auf den Weg gemacht.

Und jetzt war Arturo ohne Zweifel froh, dass er geblieben war. Er hatte nicht nur all die vielen wunderbaren Sehenswürdigkeiten betrachtet, er hatte auch eine Menge über die Weisen erfahren, unter anderem, wie alt einige von ihnen waren.

»Du wärst überrascht«, sagte Robin, die mit federnden Schritten neben ihm herging, als sie ihm die Gärten zeigte, in denen die Lebensmittel für die Stadt angebaut wurden. »Einige von uns leben hier schon viel länger, als es die Gesetze der Außenwelt normalerweise erlauben. Helia zum Beispiel hat die Erde im siebzehnten Jahrhundert verlassen. Sie ist einem Vulkanausbruch des Vesuvs entkommen und hat hierhergefunden.«

»Moment. *Des* Vesuvs?«

»Genau. Er ist schon einige Male ausgebrochen, wie du sicher weißt. Bei dem letzten großen Ausbruch – ich glaube, um 1631 –, tja, da hätte es sie fast erwischt. Zu ihrem Glück – und zu unserem – hatte man aber Vega ausgesandt, ihre Sphäre, um sie zu holen. Er hat sie fortgebracht, bevor die Stadt verwüstet wurde, und dann wurde sie als Weise auserwählt.«

»Mein Gott«, flüsterte Arturo, als sie durch eine Doppeltür traten. Ihnen schlug eine Nebelwolke entgegen, die über dem Grünzeug lag, das sich in prächtigen Blätterspiralen vom Boden bis zur Decke erstreckte. Gemüse in unterschiedlichen Farben hing davon herab. »Ist sie wirklich so alt?«

»Ja, sie ist schon eine ganze Weile dabei, stürzt sich in ihre Arbeit und erforscht die Millionen von Geschichten, deren Türen in diesen Mauern verborgen sind. Jedes Mal, wenn sie von ihren Reisen zurückkehrt, erweitert sie unser Wissen. Ich glaube, deshalb sieht sie für ihr Alter noch recht jung aus. Wenn die Bibliothek einem Buch gleicht, in dem sich die Geschichte mit einer anderen Geschwindigkeit als in der Realität bewegt, dann sind wir Weisen wie die Figuren in diesem Buch. Sobald du ein Teil der Geschichte bist, verläuft die Zeit nicht mehr linear und du hörst auf zu altern.«

Arturo stieß einen Seufzer aus. Ihm schwirrte der Kopf, und seine Vorstellungskraft hatte große Mühe, Schritt zu halten.

Sie gelangten in einen Gang voller Gemälde, und sein Blick wanderte zu dem Bild einer Frau, die in einer Art Höhle voller Bücher saß. Gerade beugte sie sich über eine aufgeschlagene Seite und las in dem flackernden Lampenlicht.

Er streckte die Hand nach ihr aus und berührte das Bild. Dabei spürte er, wie sich die Farbe unter seiner Haut bewegte.

Die gemalte Frau las weiter, ohne zu bemerken, dass der Besucher sie beobachtete.

»Das ist Andora, eine der ersten Weisen«, erklärte Robin, die an seiner Schulter auftauchte. »Sie ist vor langer Zeit gestorben.«

Er ging in die Hocke, um einen besseren Blick auf das Buch zu werfen, in dem Andora las. Er konnte gerade noch die smaragdgrünen Buchstaben erkennen, die auf der Seite prangten, als sie schon weiterblätterte. *Große Bäume der Welt* stand da und auf den Seiten waren Skizzen und Zeichnungen von Wäldern und einem Labyrinth zu sehen.

Es war ein wunderschön illustriertes Buch. Eines, das eine Geschichte erzählte, die er unbedingt besser verstehen wollte.

Außerdem brachte ihn der Anblick des Buchs auf eine Idee.

Arturos Bleistift schwebte über seinem Lieblingsnotizbuch.

Es war klein und blau und hatte einen weichen Moleskin-Einband. Er grinste bei der Erinnerung daran, wie seine Tochter ihm das Notizbuch zu seinem vierzigsten Geburtstag geschenkt hatte. Als Tierliebhaberin hatte sie ihm versichert: »Das ist keine echte Maulwurfshaut, Papa. Das ist nur der Name des Materials.«

Immer trug er ein Notizbuch bei sich, normalerweise in der linken Innentasche seiner Jacke, zusammen mit einem kleinen Bleistift. Einige seiner Lieblingsautoren hatten das auch getan; schließlich wusste man nie, wann die Inspiration zuschlug oder wann dieser schwer fassbare Satz, nach dem man suchte, auftauchte. Er wusste vielleicht nicht, was er mit seiner Kunst anfangen wollte, aber er nahm sie trotzdem ernst. Wenn man Schriftsteller war, schrieb man die Dinge auf, sobald sie passierten. Und nichts ging über das Gefühl, einen Stift aufs Papier zu setzen und die Worte aus sich heraussprudeln zu lassen.

Darin lag die Magie.

Er hatte nur ein paar Notizen machen wollen, als er in der ihm zugewiesenen Kammer saß und auf Robins Rückkehr wartete.

Doch nachdem er eine kurze Erinnerung vermerkt hatte, das Fuchsplüschtier zu kaufen, von dem Rosa ihm immer wieder erzählt hatte, wurden die Notizen über sein Abenteuer hier schnell zu einer Kurzgeschichte.

Er war in diese wunderbare Bibliothek gereist, hatte einige uralte Weise kennengelernt und alles Mögliche über dieses unglaubliche Buch der Weisheit gehört; es schien unvermeidlich, dass sich seine Aufzeichnungen zu einer fantastischen Erzählung über seine Zeit hier verweben würden.

Während er schrieb und der Bleistift immer schneller über das Papier kratzte, als er seinen Rhythmus gefunden hatte, begann er, den Raum um sich herum nach noch mehr Inspiration abzusuchen.

Irgendjemand hatte ein Buch auf dem ovalen Eichenschreibtisch liegen gelassen. Aus einem der vielen Bücherregale im Raum gezogen, lag es jetzt vor ihm. Schwer wie nur irgendetwas, eingebunden in einen Stoff, der wie Baumrinde aussah, und so dick wie einer von Stephen Kings Mammutromanen.

Lieblingslieder Melodias war in Blattgold auf den Buchrücken gedruckt.

Es war ein wunderschön gestaltetes Werk. So schön, dass er sich an das Buch der Weisheit erinnert fühlte, von dem man ihm erzählt hatte, das aber auf eine Art verehrt wurde, die er nicht nachvollziehen konnte. Die Weisen betrachteten es als eine höhere Macht, und obwohl er selbst Bücher liebte, fühlte sich dieses Buch hier in einem ganz anderen Sinn besonders an.

Deshalb stellte er es in seiner kleinen Geschichte auch vor.

Nur … sobald sein Bleistift den Punkt am Ende des Absatzes gesetzt hatte, geschah etwas ganz Ungewöhnliches. Er hatte über ein »singendes und tanzendes« Buch geschrieben. Und das war nun das, was er sah.

Der Tisch erbebte und er schaute auf und sah die *Lieblingslieder Melodias* auf ihre Kante springen, sich um eine ihrer Ecken drehen und dann über das Eichenfurnier hüpfen.

»Was zum *Kuckuck*?«, stieß Arturo hervor und dann klappte ihm der Kiefer herunter.

Der Bleistift fiel ihm aus den Fingern und rollte dorthin, wo das Buch gerade tanzte. Der Wälzer hielt jedoch kaum inne, hob den Bleistift mit einem Schnappen des Deckels auf und fing schon an, ihn wie einen Tambourstock herumzuwirbeln. Aus dem Innern des Buchs ertönte eine fröhliche Melodie.

»Ich … ich … was geht hier vor sich?«

Wahrscheinlich war es besser, dass das Buch nicht antwortete, denn Arturo befürchtete, dass ihn das völlig aus der Fassung gebracht hätte. So aber schien das Ding harmlos zu sein und sich nur zu amüsieren.

Er warf einen Blick auf sein Notizbuch hinunter.

Singendes und tanzendes.

Aber geredet wird nicht.

Was er geschrieben hatte, war vor seinen Augen zum Leben erwacht. Es war das Erstaunlichste und Unerklärlichste, was er je mitangesehen hatte, abgesehen von der Geburt seiner kleinen Tochter. Und damals hatte er wenigstens eine gewisse Vorstellung von dem gehabt, was ihn erwartete.

Dies hier jedoch war beispiellos. Er wusste, dass sich Geschichtenerzähler als Künstler betrachteten, die imaginären Dingen Leben einhauchten, aber *das hier* war noch einmal eine ganz andere Nummer.

Er pfiff, um die Aufmerksamkeit des Buchs auf sich zu lenken, und streckte eine Hand aus.

Das Buch gehorchte artig, schlug ein Rad und ließ den Bleistift in seine Finger fallen, bevor es wieder davonsteppte.

Er war dabei, den Verstand zu verlieren. Das war das Einzige, was ihm einfiel. Er hatte seine Arbeit verlassen, weil er von seinem Leben enttäuscht war und von einer besseren Zukunft träumte – und dann hatte er einen Nervenzusammenbruch oder einen Schlaganfall oder so etwas erlitten. Wahrscheinlich lag er gerade in einem Krankenhaus, angeschlossen an irgendwelche Apparate mit nervigen Pieptönen und an Schläuche, die weiß Gott wohin führten. Eine magische Bibliothek? Portale zu anderen Welten? Welten, die aus Geschichten gemacht waren? Ein magisches Notizbuch? *Du Idiot*, schalt er sich in Gedanken. *Verlass den Traum, wach auf, öffne die Tür und dann kommst du wieder in dein Leben zurück.* Er tat es und betrat einen Korridor mit steinernen und hölzernen Bücherregalen, wundervolle Handwerkskunst, und mit Menschen, die ihren Geschäften nachgingen. Eine junge Frau saß auf einer Lesebank in der Nähe seiner Tür und beobachtete ihn. Er ging auf sie zu, und sie erhob sich höflich und kam ihm ein Stück entgegen, obwohl ihr Blick von dem, was sie sah, eher beunruhigt schien.

»Junge Frau!«, sagte er, der Ton seiner Stimme war hoch und nicht sehr vertrauenerweckend, vermutete er. »Junge Frau, wo sind wir hier, ich meine, wo sind wir hier wirklich? Ich fürchte, etwas ist furchtbar« – *wunderbar*, flüsterte ihm sein Unterbewusstsein zu – »schiefgelaufen.«

Die junge Frau zeigte auf einen Notizblock in ihrer Hand und sagte etwas in Gebärdensprache.

Er wusste natürlich, dass es Gebärdensprache gab, beherrschte sie aber nicht. »Darf ich?«, fragte er und zeigte auf den Notizblock.

Sie nickte, und er hob seinen Bleistift, den er immer noch in der Hand hielt, und schrieb: *Werde ich verrückt oder ist das hier alles wirklich?*

Sie runzelte die Stirn und schrieb zurück: *Mein Name ist Triss.*

Geht es dir gut? Man hat mich gebeten, dein Zimmer im Auge zu behalten und die Weise Robin zu holen, falls du etwas brauchst.

Er antwortete: *Ah, ich wünschte, ich könnte dir in Gebärdensprache sagen, dass du dir keine Sorgen um mich machen musst. Ich glaube, mich überfordert nur die Informationsflut.* Aber bevor er ihr den Notizblock zurückgeben konnte, geschah es schon wieder. Ein Paar Hände tauchte vor ihm auf, erschreckte sie beide und begann, Triss etwas in Gebärdensprache mitzuteilen. Sie starrte ihn an, wich zurück und fing an, verzweifelt zurückzugebärden. Aber die Hände schwebten einfach in der Luft, wie Pantomimen, die auf ihren nächsten Auftritt warten. Arturo griff nach dem Notizblock und schrieb noch einmal hinein: *Hol Robin. Hier passiert etwas ganz Seltsames!*

Sofort setzten sich die Hände wieder in Bewegung, und Triss, die von Neuem erschrak, rannte in einer ganz und gar nicht bibliotheksgerechten Art durch den Gang.

Arturo blickte ihr nach. Er hielt noch immer den Notizblock umklammert und betrachtete ihn nun, während sich die schwebenden Hände langsam auflösten. *Das kann ich mir unmöglich alles ausgedacht haben*, dachte er, und dann sagte er laut: »Schauen wir doch mal, was ich *wirklich* kann.« Er kehrte in sein Zimmer zurück und beugte sich wieder über sein Notizbuch.

15

Die Oberste Gelehrte

Auf Helias und Nus kurzer Reise die verschiedenen Etagen des Kontrollturms hinauf sprach die Wache kein einziges Wort. Sie taten es auch nicht. Ob ihre Tarnung gewirkt hatte oder nicht, die Wache hatte offensichtlich dringendere Angelegenheiten zu bedenken.

Nu konnte sehen, dass Vega an Helias Hals mit leisen Vibrationen und Farbklecksen vor sich hinmurmelte. Helia nickte ab und zu, sagte aber nichts.

Nu konnte auch erkennen, dass beide angespannt waren.

Der Turm war prachtvoll und atemberaubend. Nicht so wie die Bibliothek mit ihren Sälen und Trakten, ihrer einzigartigen Architektur, den Gängen und Bücherregalen, die einen Hauch von Geschichte verströmten, und sogar mit der Diversität der Menschen darin. Dies hier war weit bodenständiger. Eher organisch gewachsen als künstlich angelegt. Ein bewehrter Ast, der ausgehöhlt und mit zahlreichen Ebenen und Kammern gefüllt worden war.

Ein reges Treiben herrschte. Andere Baumbewohner in ähnlichen Uniformen wie die Wache liefen zielstrebig umher, hantierten mit seltsamen Vorrichtungen oder starrten auf sonderbare gewölbte Bildschirme, die wie große Tautropfen aussahen und wackelten, wenn man mit behandschuhten Fingern darüberfuhr, um unsichtbare Schalter zu bedienen.

Was immer in dem Labor passiert sein mochte, es hatte großen Aufruhr verursacht.

Schließlich erreichten sie das Ziel ihrer Reise: die oberste Ebene, zu der sie in einem von Ranken geführten Seerosenaufzug hochgezogen wurden. Hier stiegen sie aus und gelangten schließlich in einen kleinen Flur, wo sie sofort von einem lauten Streit empfangen wurden, der gerade im Gange war.

»Und ich habe *dir* eine Frage gestellt, Berater. Woher wissen wir überhaupt, dass es der Schüler war, der das Feuer verursacht und seine Kameraden getötet hat? Welches Motiv könnte er für eine solche Tat gehabt haben? Mir kommt das unwahrscheinlich vor.«

»Da bin ich ganz anderer Meinung, Oberste Gelehrte«, antwortete eine höhnische Männerstimme, die Nu auf Anhieb nicht leiden konnte. Seine Worte waren wie Teer in ihrem Kopf, klebrige Schatten, die Verachtung für ihre Gegenüber mitklingen ließen und deren Ton nichts Gutes verhieß. »Er war als Einziger noch am Leben, als die Wachen eintrafen, und außerdem hat man ihn dabei erwischt, wie er eine andere Schülerin angegriffen hat! Ich habe bereits jemanden ins Labyrinth geschickt, um ihn zu finden und zur Bestrafung herzubringen.«

»Der Baum ist unser Zuhause, und es ist meine Pflicht, alle meine Kinder darin zu beschützen. Euch alle. Das ist die Aufgabe der Obersten Gelehrten, und es ist eine Rolle, die ich sehr ernst nehme.«

»Ich habe nichts anderes behauptet.«

»Doch, das hast du. Du hältst mich für schwach, weil ich nicht auf der Basis von zufälligen Gegebenheiten urteilen möchte.«

»Bei allem Respekt, Oberste Gelehrte, wir haben nicht nur vier wertvolle Schülerinnen und Schüler verloren, sondern auch das gesamte Archiv und sogar die Vorräte an Elixier, die in der Botanischen Schule aufbewahrt wurden. Das ist ein schweres Verbrechen, für das der überlebende Schüler angemessen bestraft werden muss.«

»Und er wird gewiss bestraft werden«, versetzte die Frau, deren Geduld offensichtlich am Ende war. »Denn das Labyrinth wird tun, was es für richtig hält. Wenn das, was du andeutest, wahr ist, dann können wir sicher sein, dass das Labyrinth es spürt und den Schüler nicht mehr gehen lässt. Niemals. Er wird seine Strafe bekommen.«

»Aber …«

»Du darfst jetzt still sein, Berater. Ich habe Gäste.«

Die Wache bedeutete Helia und Nu, den Raum zu betreten, der, wie Nu jetzt sah, eine Kuppel über der gesamten Festung bildete. Die gewölbte Außenwand verlief kreisförmig um sie herum und wies in gleichmäßigen Abständen drei lange Fenster auf, die ihnen einen 360-Grad-Blick auf die Welt des Großen Baums ermöglichten.

Es war wie eine Art Kontrollturm.

Sie befanden sich ganz weit oben und ragten gerade über das Blätterdach hinaus, das die Äste darunter beschattet hatte. Und jetzt konnte Nu das Treiben in der Luft der Baumkrone gut sehen. Zwanzig oder dreißig riesige Blätter ragten über den anderen auf, jedes in einem leuchtenden Grün vor dem weiten blauen Himmel, und dazwischen schmiegten sich Luftschiffe in allen Größen und Farben. Die meisten bewegten sich zwar nicht, aber unter ihnen wuselten Menschen herum und luden Glasfässer und stachelige Behälter aus, die nach Nus Meinung wie riesige Kastanien aussahen. In einer Richtung kämpften drei stämmige Männer mit einer großen Kiste voller surrender Rädchen, die – wie es schien – von Kolibris gedreht wurden. In einer anderen Richtung lud gerade eine hochgewachsene Frau Kisten mit schimmerndem Licht auf den Rücken einer majestätischen Libelle, deren Flügel ungeduldig summten.

Vor Nus Augen stieg ein Luftschiff in die Höhe, bevor kleine Dampfschwaden aus dem hinteren Teil austraten, wo der Motor unter dem Ballon festgeschnallt war. Das Luftschiff entfernte sich ruckartig vom Turm und erhob sich in den Himmel.

»Die *Flügel Crimsonias* ist gestartet«, sagte eine Frau aus dem hinteren Teil des Raums, wo einige Menschen auf die Anlegestellen hinausschauten und aufzeichneten, was immer sie sehen konnten.

»Gut«, erwiderte die Oberste Gelehrte. Sie war Schwarz und von wilder Schönheit. Ihre braunen Augen glühten unter goldenem Lidschatten, ihre vollkommen glatte Haut war mit Glitzer gesprenkelt und ihre nachtschwarzen Locken wurden von einer goldenen Krone gehalten, die vorn mit Mondsplittern verziert war. Sie war anders gekleidet als jede Gelehrte, die sich Nu jemals vorgestellt hatte, und trug ein goldenes, hochgeschlossenes und ärmelloses Kleid mit fließenden Mustern aus Blättern und Blumen, die sich an ihre Rundungen schmiegten und sich von selbst zu bewegen schienen, als würden sie von einem unsichtbaren Wind bewegt.

Sie stand in der Mitte des Raums hinter einem prachtvollen ovalen Baumstumpf, der als Tisch diente, ungefähr dreißig Zentimeter dick war und auf dessen Oberfläche Tausende von Ringen prangten. Sie machte sich nicht die Mühe, die Person anzuschauen, die gesprochen hatte. Stattdessen stützte sie ihre Hände auf den Tisch und richtete ihren einschüchternden Blick auf Nu und Helia.

»Schickt die anderen Luftschiffe los. Die Lieferung des Elixiers darf nicht verzögert werden.«

»Jawohl, Oberste Gelehrte.«

Stille senkte sich herab, und während die Frau sie beide musterte, spürte Nu, dass ihre Wangen brannten.

Die Oberste Gelehrte zog eine Braue hoch, während sie die beiden betrachtete. Helia musterte sie besonders aufmerksam. »Ihr wolltet mich sehen?«

»So könnte man sagen«, antwortete Helia mit einem knappen Nicken und wählte ihre nächsten Worte mit Bedacht. »Wir sind gekommen, um mit dir, Oberste Gelehrte, über eine wichtige Angelegenheit zu sprechen, die nicht nur Mutter, sondern auch die Gebiete jenseits von euren betrifft. Wir glauben, dass du uns helfen kannst, und vielleicht können wir dir ebenfalls behilflich sein.«

Die Frau schaute sich im Raum um, bis ihr Blick schließlich auf einem Mann landete, der in den Schatten herumlungerte. Er war groß und dünn, hatte ein seltsames, fremdartig silbernes Auge und beobachtete sie eindringlich. Das ist der Berater, begriff Nu. Sie unterdrückte ein Schaudern. Er sah genauso unheimlich aus, wie seine Stimme klang; wie eine Stabheuschrecke, die in einen schlecht sitzenden Anzug gezwängt worden war, der ihr um die Glieder schlotterte.

Die Oberste Gelehrte deutete mit dem Kopf auf die Tür.

»Würdest du uns bitte entschuldigen, Berater?«

Er warf Helia und Nu einen neugierigen Blick zu – den Helia erwiderte, wie Nu bemerkte, als würde sie ihn zwar kennen, aber nicht recht wissen, woher. Dann glitt er mit verkniffenem, lippenlosem Mund um den Tisch und verschwand durch die Tür.

Die Oberste Gelehrte nickte der Wache zu. »Sorg dafür, dass niemand mehr hereinkommt. Ich werde diese beiden aufs Dach bringen, wo wir ein bisschen frische Luft schnappen können.«

Ihr Gewand rauschte wie Blätter im Wind, als sie sich umdrehte und zur Wendeltreppe am anderen Ende des Raums ging. Helia folgte ihr schweigend und Nu bildete das Schlusslicht.

Sie gingen die Treppe hinauf und gelangten auf das Dach des Turms, wo sie die Aktivitäten ringsum ebenso hören wie sehen konnten, während die Sonne über der Welt aufging. Menschen brüllten einander etwas zu; Motoren brummten und warteten darauf, richtig zu zünden; große Kreaturen summten an ihnen vorbei; und der Wind rauschte köstlich durch das Blätterdach, als würden sich Meereswellen an einem Strand brechen.

Die Oberste Gelehrte ging sofort zu dem Geländer, das um das Dach herumführte, und spähte über die Anlegestelle der Luftschiffe hinaus. Sie klopfte leicht auf das Holz, ihre goldenen Armreifen klirrten dagegen, dann warf sie einen Blick über ihre Schulter und schenkte Helia ein kindliches Grinsen. »Ich habe mich schon gefragt, wann ich dich wiedersehen würde.«

16

Alte Freundinnen

Helia beobachtete, wie sich die Schultern der Obersten Gelehrten entspannten, als sie sich die Haare mit einem beiläufigen Rucken des Kopfes aus den Augen schüttelte und dann die Krone auf ihrem Kopf zurechtrückte. Mit einem schlanken Finger fuhr sie unter ihren Kragen und löste die Schließe an ihrem Hals. Das Gewand öffnete sich ein wenig und sie seufzte vor Erleichterung.

»Als ich diese Rolle übernommen habe, wusste ich schon, dass du irgendwann wiederkommen würdest«, sagte sie mit einem schiefen Grinsen. Jede Spur von Autorität war jetzt aus ihrer Stimme verschwunden, da sie allein waren, nur zu dritt. Vega flog aus Helias Halskette heraus, wuchs zu seiner üblichen Größe an und schwirrte aufgeregt um die Frau herum, die eine Hand ausstreckte, um ihn zu begrüßen. »Oh, wie oft habe ich von diesem Augenblick geträumt, Helia! Dich und deine kleine, lustige Kugel wiederzusehen. Obwohl ich froh und besorgt zugleich bin, dass es heute passiert.«

Helia konnte nicht anders, sie lächelte ihre alte Freundin an und versuchte, die unterschwellige Sorge in Schach zu halten. Sie streckte die Arme aus und dann fassten sie einander an den Händen.

»Und ich hatte gehofft, wenn uns irgendjemand anderes als Igina treffen würde, dass es dann ihre Tochter wäre. Obwohl ich überrascht bin, dass du mich so schnell erkannt hast, Lyvanda! Es ist lange her, seit ich das letzte Mal hier gewesen bin.«

»Wie hätte ich ein solches Ereignis in meinem jungen Leben vergessen können? Eine mysteriöse Fremde und ihr schwebender Freund, die in das Leben meiner Mutter traten und es so dramatisch veränderten? Vergiss nicht, dass ich hier viele Stunden damit verbracht habe, mit Vega zu spielen. Das war eine prägende Erfahrung. Auch wenn er beim Versteckspiel immer geschummelt hat.«

Helia spürte, dass sich Vega über die Erinnerung freute, wie er mit ihr als Kind gespielt hatte. Seine Symbole blitzten durch seine vielen Schichten auf, als er auf seine Weise lachte. Er stupste erneut Lyvandas Schulter an und war offensichtlich auf weitere Streicheleinheiten aus. Da wurde ihr Lächeln noch breiter.

»Wie geht es dir, kleiner Ballon?«

Er ließ eine Nachricht aufblitzen und Helia übersetzte.

»Er sagt, er hat dich vermisst. Obwohl du dich falsch erinnerst; du bist nur schlecht im Verstecken gewesen, sodass es immer leicht war, dich zu finden.«

»Das kann durchaus sein. Ich war sehr jung und nicht so schlau, wie ich gern dachte.«

»Ach, komm schon, Lyvanda. Wir wussten doch alle, dass du die Intuition deiner Mutter hast und genauso schlau bist wie alle ihre Mitstreiter. Es war nur eine Frage der Zeit, bis du die Führung übernehmen würdest.« Helia schaute sehnsüchtig über den Großen Baum hinweg, und ihre Finger schlossen sich fester um das Geländer, obwohl sie versuchte, in der Gegenwart zu bleiben und sich nicht in den Erinnerungen zu verlieren, die ihr durch den Kopf gingen. Ein ganz anderer Abschnitt ihres

Lebens. Unendlich viel ruhiger und vergnüglicher. Sie seufzte. »Zeit … ist ein merkwürdiges Ding. Wie lange ist es her?«

Lyvanda legte den Kopf schief und dachte einen Augenblick lang nach. »Ich war noch ein Kind, also würde ich sagen, für mich werden es ungefähr dreißig Zyklen gewesen sein. Aber so wie es aussieht, hat Zeit für dich keine Bedeutung. Du bist überhaupt nicht gealtert. Es ist, als wärst du an dem Tag damals aus unserem Leben getreten und eingefroren worden, bis du jetzt zu uns zurückgekehrt bist. Obwohl du um einiges müder aussiehst, als ich dich in Erinnerung habe. Ich hoffe, du nimmst mir nicht übel, dass ich das sage.«

Es war die Wahrheit, schlicht und einfach.

»Vieles davon liegt am gestrigen Tag«, antwortete Helia. »Deshalb bin ich auch hier.«

Sofort veränderte sich die Stimmung, und wo zuvor zwei alte Bekannte geplaudert hatten, stand jetzt eine Oberste Gelehrte einer Weisen gegenüber. Helia bedauerte das. Sie hätte viel lieber freundschaftlich geplaudert, wie sie es mit der Mutter des Mädchens getan hatte.

»Ich dachte mir schon, dass dein Besuch einen besonderen Grund haben wird, Helia. Seit unserer letzten Begegnung habe ich mehr über die Weisen gelernt – und auch über deine Rolle im großen Gefüge des Lebens. Meine Mutter hat mir alles erzählt, was sie wusste, und das Geheimnis deiner Pflicht gegenüber der Großen Bibliothek und den Reichen jenseits dieses Reichs an mich weitergegeben. Dinge, die hier nur Mythos und Legende sind, erzählt in den dunkelsten Ecken der Tavernen und in den Märchen, die wir unseren Kindern erzählen. Ich habe deine Geheimnisse für mich behalten, um auf dein nächstes Erscheinen vorbereitet zu sein.«

»Und ich bin dir für deine Verschwiegenheit dankbar, Lyvanda. Obwohl das zurzeit meine geringste Sorge ist.« Helia hielt inne, denn es widerstrebte ihr weiterzusprechen. Doch sie musste es tun. Die Zeit drängte und sie konnte dem unausweichlichen Gespräch auch nicht entfliehen. Also wappnete sie sich und fuhr fort: »Wir haben gesehen, was im Labor passiert ist, und wir haben das Ende deines Gesprächs unten mitbekommen. Deine Schüler sind von einem Jungen aus ihren eigenen Reihen ermordet worden?«

»Das will mir mein Berater jedenfalls weismachen«, berichtete Lyvanda und senkte den Blick. Helia konnte nicht erkennen, ob das an Zorn oder an Traurigkeit lag. »Leider scheint das, was er sagt, zu stimmen. Das legen die Beweise nahe. Es hat Zeugen für den Angriff gegeben und der einzige Überlebende schien eine Waffe gehabt zu haben. Er hatte offenbar seine Kameraden getötet und das Labor und die Archive in Brand gesteckt. Dann ist Dzin geflohen und hat seine Rezeptur für das Elixier des Lebens mitgenommen. Wir haben die Wachen hinter ihm hergeschickt, um ihn zu verhören, aber er ist mit der Hilfe seines Bruders ins Labyrinth geflohen.« Sie hielt inne, schaute wieder auf und runzelte die Stirn, als würde ihr jetzt erst etwas klar.

»Aber das ist erst vor sehr kurzer Zeit passiert. Das kann nicht der Grund sein, warum du hier bist.«

Helia umklammerte das Geländer am Rand des Daches fester, als könnte sie sonst hinunterstürzen. »Nein, das ist nicht der Grund für unseren Besuch. Obwohl ich mich frage, ob die beiden Vorfälle irgendwie zusammenhängen.«

»Zwei Vorfälle?«

»Ich fürchte, es hat noch einen weiteren Vorfall gegeben, Lyvanda. Der Rosengarten ist niedergebrannt und zerstört worden. Alles dort ist entweder tot oder im Sterben begriffen. Und Perennia ist verschwunden. Entführt, glauben wir.«

»Der Drache?« Das Blut schien aus Lyvandas Gesicht zu weichen. Ihre Augen wurden feucht und ihr Blick wurde trüb –

ein Ausdruck, den Helia kannte: Jemand suchte nach irgendeiner Art von Hoffnung und fand keine. »Aber sie ist die Essenz unseres Landes. Ein Symbol unserer Stärke und der Macht der Natur, die uns immer vor Schaden bewahrt hat. Sie kann gar nicht fort sein.«

»Und doch ist sie es. Ohne ihren Schutz wurde beschlossen, dass ich hierher zum Großen Baum kommen sollte, um mit allen mir zur Verfügung stehenden Mitteln zu helfen und dem entgegenzuwirken, was da kommen mag. In Anbetracht dessen, was wir hier vorgefunden haben, bin ich mir allerdings nicht ganz sicher, ob das überhaupt genug sein kann …«

»Wie das?«

»Ich fürchte, wir glauben, dass sich die Gefahr über den Rosengarten hinaus bis nach Bloom ausbreiten wird. Einer von uns ist nach Aedela gereist, um eine Evakuierung zu organisieren, aber die Bevölkerung muss irgendwo unterkommen. Der Große Baum ist ein Fanal der Hoffnung und der Erkenntnis, das seit Äonen leuchtet, aber es wird eine lange und gefährliche Reise für die Fliehenden sein, wenn der Feind ihnen auf den Fersen ist. Wirst du dafür sorgen, dass diese Menschen, die eine Zuflucht brauchen, sicher hier ankommen?«

»Selbstverständlich. Aber du solltest nicht hierbleiben, Helia. Ich habe von deinen Kräften zwar keine Ahnung, aber angesichts der Gefahr, die den Rosengarten bereits befallen hat und nun auch auf Bloom überzugreifen droht, glaube ich nicht, dass du hier viel Gutes bewirken kannst.«

»Das habe ich auch befürchtet«, antwortete Helia und fragte sich, wie viel sie noch sagen sollte.

Ihre Kräfte der Verbundenheit mit der Natur waren hier stark, im Reich von Silvyra stärker als anderswo. Doch sie hatte Suttarus zerstörerische Fähigkeiten gesehen. Allein konnte sie es nicht mit ihm aufnehmen.

»Warum bist du dann wirklich hier?«

»Weil ich deine Hilfe brauche.«

»Inwiefern? Sag es mir, und ich werde tun, was immer du brauchst.«

»Ich kann der Zerstörung, die auf uns zukommt, nicht standhalten. Aber Perennia könnte es. Auf sie kommt es jetzt an. Sie ist die mächtige Beschützerin von Silvyra. Wenn sie nicht hier ist, um dieses Reich zu verteidigen, könnte der Schatten des Bösen weiter übergreifen … auf alle anderen Reiche.«

»Aber ich weiß ja auch nicht, wo sie ist. Wie kann ich dir hierbei helfen?«

Verlegen trat Helia von einem Fuß auf den anderen. »Ich bin dort gewesen, im Rosengarten, als es passiert ist. Wir wurden von einem Monster namens Suttaru und einer Armee verderbter Seelen – den Ungeschriebenen, wie er sie nannte – überfallen und ich bin verletzt worden. Ich habe mir den Kopf angeschlagen, als wir zu fliehen versuchten, und dabei habe ich mein Gedächtnis verloren. Nicht alles, nur wenige Momente, aber doch genug, dass ich mich nicht mehr an das erinnern kann, was ich gesehen habe. Ich glaube, ich habe miterlebt, was mit Perennia passiert ist. Fast sehe ich sie vor meinem geistigen Auge, aber die Bilder sind verschwommen. Ich muss diese Erinnerung unbedingt wecken, um Perennia mit dem, was ich dann wahrnehme, zu finden.«

In Wahrheit wusste Helia nicht, inwieweit ihr Gedächtnis ihr helfen würde. Sie waren im Rosengarten gelandet, aus dem Portal getreten und direkt in die Hitze des Gefechts geraten. Dann war sie unter einer Masse von ausgestreckten Armen und Gliedmaßen und schnappenden Kiefern zusammengebrochen, und der Rest blieb verschwommen, da waren nur noch Farben, Lärm und Schmerz.

Als sie wieder zu sich gekommen war, hatte Xav es irgendwie

geschafft, sie zu retten, allerdings unter großen Opfern. Dann hatte sie ihn den Rest des Weges hinter sich herziehen müssen, nur um festzustellen, dass Perennia nicht dort war, wo sie sich normalerweise befand.

Es gab so viele Fragen, auf die sie Antworten brauchte: Wie war sie verletzt worden? Hatte sie sich bei einem Sturz den Kopf gestoßen oder war sie von einer der Kreaturen, die sie angegriffen hatten, niedergestreckt worden? Und wie genau hatte Xav es geschafft, sie da rauszuholen? Sie erinnerte sich an ein helles, starkes Licht und wusste, dass Xavs Kräfte am Werk gewesen waren – das Licht der Wahrheit, das er während ihrer ganzen Zeit zusammen nur sparsam eingesetzt hatte. Vielleicht hatte dies die Horden weit genug zurückgedrängt, um ihm die Zeit zu verschaffen, sie von dort fortzubringen.

Aber die größte Frage galt dem Drachen selbst.

Helia wusste, dass Perennia bei einem solchen Angriff am Rande des Rosengartens aus ihrem tiefen Schlummer geweckt worden wäre. Und sie wäre ganz gewiss nicht dort geblieben, wo sie gewesen war, inmitten der Rosen, weshalb sie Perennia dort auch nicht angetroffen hatten. Sicherlich wäre sie ihnen aufgefallen, als sie sich von dem Portal aus dorthin durchgekämpft hatten, wo sie normalerweise lag.

Wo war sie dann also?

Unter Helias Haut brannte die verschwommene Erinnerung wie ein Splitter, den sie nicht sehen konnte, um ihn zu entfernen. Im Grunde genommen blieb ihr nur die Hoffnung, dass sich die Information über das Schicksal des Drachen wirklich in ihrem Kopf befand. Aber wie bei so vielem in ihrem Leben reichte die Hoffnung oft schon.

Die Erinnerungen waren da und brauchten nur geweckt zu werden. Und hier in Silvyra lag der Schlüssel, den sie brauchte, um sie zu bergen und Perennia zu finden, damit sie alle retten konnte.

»Ich muss dein Elixier des Lebens nehmen«, begann Helia. »Und ich sollte es sofort tun.«

Nu hatte das Gespräch aufmerksam verfolgt. Sie stand schräg hinter Helia und hatte versucht, diskret und leise zu sein. Dass die beiden alte Freundinnen sein mussten, war offensichtlich und Nu wollte ein solches Wiedersehen nicht stören.

Doch als Helia den wahren Grund für ihre Anwesenheit hier erklärte, konnte Nu nicht anders, sie musste sprechen. Etwas war in ihr geschehen. Ein Moment der Panik, ein … Gefühl, dass etwas falsch war. Nur so konnte sie es sich selbst erklären.

Irgendetwas war tatsächlich falsch. Sie wusste nur nicht, was.

»Bist du dir sicher, dass das Elixier wirken wird?«, fragte Nu plötzlich.

Die beiden Frauen drehten sich mit verwirrter Miene zu ihr um, und selbst Vega sandte Muster aus, die zeigten, dass er sich unsicher war, was sie meinte. Vor Verlegenheit wurden ihre Wangen warm, doch das Gefühl war recht stark gewesen.

Wirklich und greifbar. Sie fragte sich, was das bedeutete.

Lyvanda schien Nu jetzt erst richtig wahrzunehmen. Ihre Augen funkelten und Nu wand sich voller Unbehagen unter ihrem gebieterischen Blick. Antares schwebte fast schützend an ihrer Schulter und dafür war sie dankbar.

Die Oberste Gelehrte sah Helia an, die schwach nickte – eine Geste, die sagte: »Sie gehört zu mir«, woraufhin Nu sich sofort entspannter fühlte. Als gehörte sie damit hierher.

»Wie lautet dein Name, liebes Kind?«

Nu richtete sich ein wenig höher auf. »Mein Name ist Nu, Oberste Gelehrte.«

Lyvanda streckte ihr die Hand hin, die Nu ergriff und schüttelte, wobei sie vollkommen hingerissen von dieser Ehre war. Als sie einander losließen, schaute sie nach unten und sah, dass ihre Handfläche golden funkelte, wie von Glitter, nur dass er mit ihrer Haut verschmolzen zu sein schien.

»Wie war deine Frage, meine Liebe?«

»Oh, nun … das Elixier des Lebens heilt doch alle Krankheiten, nicht wahr?«

»Das tut es.«

Nu runzelte die Stirn. Das Gefühl war immer noch da und brodelte in ihr wie ein Ozean im Sturm. Befanden sie sich hier auf einem Irrweg? Vielleicht konnte das Elixier Helia gar nicht helfen.

»Sogar Gedächtnisverlust?«, fragte sie.

Sobald die Frage aus ihrem Mund kam, fühlte sie sich dumm. Sicherlich wusste Helia, dass ihr das Elixier helfen würde. Sie war eine Weise und verfügte über mehrere Jahrhunderte an Erfahrung. Außerdem war sie schon viele Male in Silvyra gewesen und wusste wahrscheinlich mehr über das Lebenselixier als jeder andere in der Großen Bibliothek.

Doch falls Helia verärgert darüber war, dass ihre Mission infrage gestellt wurde, ließ sie es sich nicht anmerken. Und Lyvanda lächelte und beantwortete die Frage aufrichtig und ohne zu werten.

»Ja, sogar Gedächtnisverlust, Nu. Die alten Silvyrer haben gelernt, die Blüten, Blätter und Säfte der Pflanzen um uns herum zu nutzen, um ihr Leben zu verbessern, um Krankheiten zu heilen und Schmerzen zu lindern, wenn sie verletzt waren. Schließlich entdeckten sie ein Verfahren, mit dem sie ein Elixier herstellen konnten, das sie vor Krankheiten schützte und ihr Leben verlängerte und dabei auch verbesserte. Das ist dasselbe Elixier, das wir heute brauen, obwohl die Rezepturen, mit denen es hergestellt wird, sehr unterschiedlich sind, auch wenn das Ergebnis dasselbe ist.«

»Die Rezepturen sind unterschiedlich, aber sie ergeben das gleiche Elixier?«

»Ja. Die Rezepturen, denen wir folgen, haben nur begrenzte Haltbarkeit, also werden in jedem Zyklus fünf Schülerinnen und Schüler der Botanik – die mit dem feinsten Geruchssinn – dazu auserwählt, ihre eigenen persönlichen Variationen des Elixiers zu brauen. Und genau wie jeder unserer Pfade zum Glück ein anderer ist, sind es auch die Rezepturen, die diese Schüler zu ihren eigenen Tränken führen. Unser berühmtes Elixier hat so große Heilkräfte, dass es auf der ganzen Welt bekannt ist.« Sie seufzte lange und vernehmlich und wandte sich dann wieder an Helia. »Leider ist das Labor nun zerstört, und die Archive – also alle Unterlagen über unsere früheren Rezepturen für das Elixier – wurden vernichtet. Die einzige verbliebene Rezeptur besitzt jetzt der fünfte Schüler, Dzin, der auf der Flucht ist. Wir haben nur noch das, was gerade in der Raffinerie gebraut wird, und diese letzten Vorräte des Elixiers, die, wie du siehst, in die Luftschiffe verladen wurden, um sie in die ganze Welt zu befördern. Zum Glück habe ich zufällig mein eigenes Elixier dabei.« Sie griff nach dem kleinen gewölbten Glasanhänger, den sie um den Hals trug und von dem Nu bisher angenommen hatte, es handle sich um ein simples Schmuckstück, auch wenn es mit einer besonderen Magie zu schimmern schien. Tatsächlich war es eine Phiole mit einer blauen Salbe darin. Lyvanda öffnete sie und reichte sie Helia. »Möge sie dir helfen, das zu finden, was du verloren hast.«

Helia stieß einen so langen und erschöpften Seufzer der Erleichterung aus, dass Nu sich schon fragte, ob die Weise gleich zusammensacken würde.

Mit den Fingern hob Lyvanda ganz sanft Helias Kinn an. Es schien, als hätte auch sie ihre Trauer bemerkt. »Du warst nicht allein, nicht wahr? Im Rosengarten? Dein hübsches Gegenstück … wo ist er?«

Helia musste die Zähne zusammengebissen haben, denn Lyvanda nahm schnell die Hand weg, und ihre Augen waren sogleich voller Schmerz und Verständnis. Sie nickte.

»Es tut mir … wirklich leid. Ich wusste, wie sehr ihr beide einander geliebt habt, schon damals, als ich ein kleines Mädchen war und noch gar nicht genau wusste, was Liebe ist. Aber bei euch beiden habe ich sie gesehen.«

»Ich danke dir«, antwortete Helia leise.

Dann geschah etwas Seltsames. Während Nu die beiden Frauen beobachtete, spürte sie, wie Antares Wärme verströmte, und plötzlich sah sie, wie sich das Erscheinungsbild der Weisen vor ihren Augen veränderte.

Helia war zwar immer noch da, aber es schien, als wäre sie von einer anderen Person überlagert worden. Eine andere Version von ihr, in einem anderen Reich. Eine Geisterfigur, der Tränen über die Wangen liefen und deren Mund sich bewegte, als würde sie mit jemandem sprechen. Sie schien jemanden in den Armen zu halten.

Ein mächtiges Gefühl überfiel Nu, voller Traurigkeit, Verzweiflung und Zorn. Die Hoffnung in ihr wurde immer schwächer.

Doch sie wusste, dass es nicht ihre eigenen Gefühle waren, die sie da erlebte.

Was geschieht mit mir?

Nu kniff die Augen zusammen und versuchte, das alles zu verdrängen, denn sie war über diese plötzlichen Gefühlsausbrüche, die nicht ihre eigenen waren, geradezu entsetzt. Tat Antares das? Sie drehte sich zu ihr um, aber dadurch geriet sie ins Schwanken.

Und dann war ihr Geist plötzlich ganz woanders.

Nu fand sich bei Veer wieder.

Der Weise der Kraft stand neben einer kleinen Gruppe von Menschen am Rande einer Siedlung und betrachtete eine Szene, die so düster war, wie sie es sich nur vorstellen konnte. Veer versuchte zwar, ruhig zu bleiben, aber Nu spürte den Aufruhr, der in ihm brodelte, so stark, als wäre es ihr eigener.

Sie hatte keine Ahnung, woher sie es wusste. Es war ein Bauchgefühl, eine Wahrnehmung.

Unerklärlich und doch unleugbar.

Die dichte schwarze Wolke am Horizont kam von Sekunde zu Sekunde näher und brachte ein Gefühl von unmittelbar bevorstehendem Tod mit sich. Die Bewohner der Stadt spürten es ebenfalls und so herrschte das reine Chaos. Eine unbändige, beklemmende Angst lag in der Luft, so als wüssten alle, dass etwas nicht stimmte.

Nu war dankbar, dass die Menschen die unheilbringende Wolke noch nicht sehen konnten.

Der Schatten war vom Rosengarten im Osten herabgezogen und hatte nicht mehr angehalten. Eine gewaltige Wolke aus wirbelndem Rauch und Asche, die innen von züngelnden Flammen erhellt wurde, erreichte den Fuß der Bergkette und breitete sich wie eine Seuche über die Wälder und die Umgebung aus. Die Farben der Wildblumen am Rand der Wolke begannen zu verblassen und die Blumen verkümmerten und verwelkten. In einiger Entfernung erstreckten sich chaotische Flüsse der Zerstörung durch die Wiesen. Flüsse aus Albträumen, voller heulender, menschlicher Monster, deren Haut die Farbe glühender Kohle hatte und die übereinander hinwegkrabbelten, um als Erste alles niederzubrennen.

Nu beobachtete, wie Veer die Hände an seinen Seiten zu Fäusten ballte. Eine so dunkle Magie hatte er ganz gewiss noch nie gesehen.

Lynx, seine Sphäre, schwebte in der Nähe und war im Augenblick nicht getarnt. Lynx' Oberfläche schimmerte wie ein klares saphirblaues Meer, und die Symbole auf seinen verschiedenen Schichten wogten übereinander, als würden sie von Meeresströmungen geschoben und gezogen werden.

»Der Plan ist solide, Lynx«, sagte Veer. »Wir halten uns daran, auch wenn du dir Sorgen um meine Sicherheit machst.«

Eine hochgewachsene Frau trat neben ihn. Die Energie zwischen den beiden war fast mit Händen zu greifen. Nu verspürte ganz plötzlich ein neues Gefühl in ihren Eingeweiden. Eins der Sehnsucht und des Bedauerns. Die beiden kannten einander, und das offensichtlich schon seit langer Zeit. Es war eine komplexe Beziehung über die Grenzen zwischen den Welten hinweg. Eine Beziehung, die im Angesicht dessen, was kommen würde, vielleicht ihren Lauf genommen hatte.

Die Frau war einen Kopf größer als die Schar von Beratern und Wächtern, die sie umgab, wie eine Bienenkönigin unter ihren Arbeitern. Sie war schön, mit dunkelgelben Locken, die ihr in Kränzen um den Kopf gewickelt waren und deren Enden nur knapp über ihren breiten Schultern endeten. Eine wahre Anführerin, deren Kraft kaum von den Bahnen aus gesponnenen silbernen Blütenblättern verborgen wurde, aus denen die leichte Rüstung bestand, die sie trug. Eine Rüstung, die bei jedem Atemzug ebenso im Licht glitzerte wie das Wasser im Mondlicht.

Auf ihrer Brust prangte ein gestickter Regen aus orangefarbenen Blütenblättern, der sie als Teil der alten Herrscherlinie dieser schönen Stadt auswies.

»Blütenkönigin«, begrüßte Veer sie.

»Weiser«, antwortete sie.

Die beeindruckenden Titel der beiden – der eine bezeichnete eine königliche, der andere eine außerweltliche Macht – fühlten sich im Augenblick nicht besonders nützlich an. Nu konnte die Hilflosigkeit der beiden spüren, auch wenn sie der Gefahr mit stoischer Ruhe entgegensahen und nicht bereit waren, wie alle anderen zu fliehen.

»Was können wir tun?«, fragte sie ihn leise.

»Alles, wozu wir in der Lage sind«, antwortete er.

Er sah Lynx an und begann seine Macht zu kanalisieren.

In einem Rausch aus schillernden Farben und Licht kam Nu wieder zu sich. Fast taumelte sie unter der Wucht der Veränderung. Eben noch in der Stadt bei Veer, im nächsten Moment hier am Großen Baum mit Helia.

Was war das? Noch immer spürte sie die nachklingenden Gefühle von dem, was sie erlebt hatte. Vor allem Angst und Verwirrung. Die Härchen in ihrem Nacken waren aufgestellt geblieben und ihre Haut fühlte sich kalt und klamm an. *Was ist passiert?*

Genauso schnell kam die Antwort.

Eine Vision.

Es war keine Stimme in ihrem Kopf, sondern eher ein Gefühl. Sie gewöhnte sich langsam daran, an dieses unbeschreibliche *Wissen.*

Hatte sie ihre Frage selbst beantwortet? Oder war dieses Wissen durch Antares' Vibrationen in ihrer Tasche auf sie übergegangen? Aber warum sollte die Sphäre ihr so etwas zeigen? Und wie konnte sie ihr das zeigen? Nu war keine Weise, und obwohl man ihr Antares anvertraut und sie in die Papierwelt mitgenommen hatte – eine Erfahrung, die normalerweise nur Weisen vorbehalten war –, hatte ihr niemand gesagt, dass sie Visionen haben würde. Verstieß sie gegen irgendeine Regel oder einen Pakt zwischen den Weisen und dem Buch der Weisheit?

Sie wünschte sich so sehr, Helia fragen zu können, was mit ihr geschah, aber als sie aufblickte, sah sie, dass Helia jetzt die Phiole mit dem Lebenselixier in der Hand hielt und es entnehmen wollte. Dies war nicht der richtige Zeitpunkt für ihre Probleme. Sie würde abwarten und sehen, ob es wieder passierte.

Nu schob ihre Fragen für den Augenblick beiseite. Sie blinzelte die Überreste der Vision weg und versuchte, sich auf den Moment zu konzentrieren und die Angst vor dem, was sie gesehen hatte, zu verdrängen.

Helia betrachtete kurz die Phiole, schraubte den Deckel ab und tupfte sich etwas von dem Inhalt innen auf ihr Handgelenk. Dann verrieb sie die Salbe mit dem Finger, schloss die Augen und legte den Kopf leicht in den Nacken. Die Macht des Elixiers spürte man angeblich im Innern. Als Helia also vor Konzentration das Gesicht verzog, dachte Nu, dass die Erinnerungen nun in ihren Kopf zurückströmten.

Vega schien ebenfalls zu denken, dass es gelungen war, denn er wirbelte über ihnen aufgeregt seine verschiedenen Schichten herum.

Doch als Helia die Augen wieder öffnete, konnten sie alle die Enttäuschung darin sehen.

»Es funktioniert nicht«, sagte sie.

17

Eine Entscheidung

»Was zur Hölle machst du da?«

Robin blieb abrupt in der Tür zu Arturos Quartier stehen und betrachtete die Szene mit einem schockierten und angewiderten Gesichtsausdruck, der vermuten ließ, dass er vielleicht in Schwierigkeiten steckte. Dies schien auch gerechtfertigt zu sein, denn seine Unterkunft sah nicht mehr so aus, wie sie es getan hatte, als Robin ihn verlassen hatte.

Die Tanztruppe der Bücher hielt mitten in ihrer Darbietung auf dem Tisch inne. Die Spielzeugraumschiffe, die über seinem Kopf gerade Scheinkämpfe ausgefochten hatten, landeten jetzt mit kleinen Dampfstößen, und eine große Motte hörte auf, mit ihren staubigen Flügeln zu schlagen, als sie um die Lampe kreiste, und ließ sich auf Arturos Schulter nieder.

Seine Wangen wurden heiß.

»Die Dinge, ähm, sind ein wenig außer Kontrolle geraten«, gestand er und schlug die Motte weg, als sie über seine Brust krabbelte und seinen Bleistift fressen wollte. »Aber es ist in Ordnung – nichts ist beschädigt worden. Ich habe es im Griff.«

Er kritzelte die Zeilen durch, die er geschrieben hatte, und war erleichtert, als die Bücher wieder auf ihre Stapel in den Regalen zurückkehrten, die Spielzeugraumschiffe plötzlich an Robins Kopf vorbeirauschten und wieder zu irgendeinem Kind in der Großen Bibliothek verschwanden, dem sie zuvor weggenommen worden waren. Und die Motte schrumpfte schnell wieder auf ihre normale Größe und flatterte davon. Robin schnalzte mit der Zunge und Centauri wirbelte ihr eine Botschaft entgegen.

Sie schüttelte den Kopf. »Nein. In all meinen Jahren habe ich so etwas noch nie gesehen.«

Arturo erhob sich von seinem Stuhl. »Ich lerne noch, aber wie hast du es gefunden? Habe ich das alles ordentlich gemacht?«

»Was genau ordentlich gemacht?« Robin unterzog den Raum einer schnellen Musterung, um sicherzugehen, dass sie nicht von irgendetwas anderem überrumpelt werden würde. »Was haben wir da gerade mitangesehen, Arturo? So etwas war mir nämlich vollkommen unbekannt. Hat die Motte tatsächlich versucht, deinen Bleistift zu fressen? Und was haben die Bücher da gemacht?«

»Ich habe nur herumgekritzelt, wirklich. Ich hatte mit ein paar Notizen angefangen und dann wurde eine Geschichte daraus und plötzlich habe ich die Bücher zum Tanzen gebracht!« Er winkte wie zur Erklärung mit seinem Notizbuch, dann zuckte er mit den Achseln. »Die Motte war zugegebenermaßen ein Fehler. Ich dachte erst, sie wäre niedlich, aber dann entpuppte sich der Kerl als hungriger, als ich erwartet hatte.«

Robin betrachtete ihn stirnrunzelnd, so wie es seine Ex-Frau manchmal tat, wenn er versuchte, ihr eine seiner neuen Ideen für eine Geschichte zu erklären.

»Das verstehe ich buchstäblich nicht.«

»Du verstehst … *was* nicht? Ist das denn nicht einer der vielen Aspekte deiner merkwürdigen Bibliothek? Ich dachte, du würdest es mit deinem feinen britischen Sinn für Humor lustig finden, wenn ich es selbst entdecke.«

Langsam schüttelte Robin den Kopf und schaute zwischen ihm und seinem Notizbuch hin und her, und dann betrachtete sie wieder den Raum. Centauri schwebte zu den Büchern auf dem Regal hinüber, um sie zu untersuchen. Er wirbelte etwas in Purpur.

»Jetzt sind es nur noch ganz normale Bücher, hm?«, erwiderte sie und richtete ihren zunehmend misstrauischen Blick auf Arturo. Er fühlte sich wie ein Exponat in einem Museum. »Seltsam.«

»Willst du damit sagen, dass das nicht jeder kann?«

»Genau. Was hast du da noch reingeschrieben?«

»Wo denn rein, in mein Notizbuch? Oh, nichts. Nur eine Notiz, meiner Tochter ein Plüschtier zu kaufen.«

»Ist irgendetwas passiert, als du das aufgeschrieben hast?«

Als sie ihre Frage stellte, sah Robin sich um, als würde sie erwarten, einen großen, flauschigen Fuchs durch die Tür laufen zu sehen.

»Nicht dass ich wüsste.«

»Dann ist es ja gut.« Das war alles, was sie zurzeit sagen konnte. Ihr Gesicht verzog sich in verschiedene Richtungen, sie schien verwirrt zu sein und wusste nicht, wie sie mit dem umgehen sollte, was sie gerade entdeckt hatte. Schließlich summte Centauri und holte sie in die Gegenwart zurück. »Ich werde die anderen Weisen darauf aufmerksam machen müssen, wenn wir Zeit haben. Aber jetzt, Schreibmagier, haben wir erst einmal zu tun.«

»Jetzt schon? Du bist doch gar nicht so lange weggewesen. Ich wollte nur ein schnelles Nickerchen machen.«

Centauri pulsierte erneut, als er nahe an Arturos Ohr vorbeiflog – und sagte etwas Abfälliges, da war er sich sicher. Auch wenn er die geheime Sprache der Symbole und Muster, die über seine Oberfläche huschten, nicht verstand, schien er doch die

Absicht zu verstehen. Robin bestätigte das nur, als sie grinste und antwortete: »Nicht alle Schriftsteller sind so, da bin ich mir sicher, Centauri. Ich habe ein gutes Gefühl, was den hier betrifft. Also« – sie wandte sich an Arturo –, »bitte enttäusch mich nicht.«

Verwirrt von dem, was passiert war – *wenn es nicht normal ist, warum konnte ich es dann tun?* –, ging er neben der Weisen her.

Unterwegs dachte er über das Plüschtier nach. Was dann wieder zu Gedanken an seine Tochter führte. Was hätte Rosa von dem gehalten, was er gerade getan hatte? Was würde sie überhaupt von diesem ganzen seltsamen und wunderbaren Ort halten? Er lächelte in sich hinein, denn er wusste ganz genau, dass sie es hier herrlich gefunden hätte, denn sie war eine wissbegierige kleine Seele. Superschlau und auch noch neugierig. Es würde so viele Fragen geben – die Weisen würden gar nicht wissen, wie ihnen geschah.

Plötzlich verspürte er eine große Sehnsucht nach ihrem kleinen Gesicht und der Stimme, die oft ununterbrochen über die vielen Dinge mit ihm sprach, die ihr durch den Kopf gingen. Da spielte es keine Rolle, dass er Rosa ohnehin erst nächste Woche gesehen hätte; das hinderte ihn nicht daran, ihre Abwesenheit schmerzlich zu spüren und sich zu fragen, was sie gerade tat.

Sein Gesichtsausdruck musste Bände gesprochen haben. Als Robin ihn auf ihre seltsame Art ansah, konnte sie deutlich erkennen, was er dachte.

Sie legte ihm eine Hand auf den Rücken und rieb ihn ein wenig. »Wollen wir nach ihr sehen? Das könnte dich beruhigen.«

Dankbar nickte Arturo. »Das wäre wunderbar, danke. Aber wie genau tun wir das? Zauberst du mir eine Kristallkugel herbei, in die ich hineinschauen kann?«

»So ähnlich.«

Mehr wurde nicht gesagt, als sie ihn weiter durch die Bibliothek führte, bis sie einen kuppelförmigen Raum voller Bildschirme erreichten, die sich um die runde Wand herumzogen. Außen herum verlief ein Schreibtisch, unter den Stühle geschoben waren.

Robin zog einen heraus und drückte Arturo sanft darauf.

»Das Observatorium ist etwas größer als eine gewöhnliche Kristallkugel, aber es nutzt dieselbe Art von Magie, um uns zu ermöglichen, das zu sehen, was normalerweise nicht sichtbar ist.« Ihre Finger tanzten über den Bildschirm, der ihnen am nächsten war. Arturo konnte eigentlich kaum erkennen, was sie tat, aber es erschienen verschiedene Bilder und Nachrichten, die sie instinktiv antippte oder wegwischte. Dann wurde der Bildschirm für einen Moment schwarz. »Die Bibliothek erlaubt es uns, nach unseren Lieben zu sehen, aber wir müssen immer erst eine Genehmigung einholen. Du wirst dir leicht vorstellen können, wie die Leute diesen Ort sonst missbrauchen könnten.«

Er hatte keine Gelegenheit zu antworten, bevor der Bildschirm ein Bild zeigte, das er erkannte.

Rosas Zimmer im Haus ihrer Mutter.

»Wie?«, hauchte er.

Es war, als würde er ein Video sehen, aber eines, bei dem die Kamera nicht fest installiert war, sondern so, als wäre er selbst dort und könnte seinen Kopf neigen und sich umsehen. Er hockte neben Rosa auf dem Teppich und sah ihr beim Malen zu.

»Eine Künstlerin!«, sagte Robin. »Wie liebenswert. Ihr seid eine talentierte Familie.«

Arturo beobachtete Rosa noch einige Sekunden länger. »Sie liebt die Kreativität, mit der sie Linien und Farben zum Leben erwecken kann. Diese Fähigkeit hat sie von ihrer Mutter – die ist eine hervorragende Künstlerin. Ich kann ums Verrecken nicht zeichnen. Worte sind schon eher mein Pinsel. Noch ein Unterschied, der zwischen uns steht.«

Er warf seiner ahnungslosen Tochter eine Kusshand zu, stand auf und berührte dann den Bildschirm, um die Übertragung zu beenden. Er hatte nicht bleiben wollen. Es fühlte sich ein wenig zudringlich an.

Doch kaum war das Bild von Rosa verschwunden, traten andere Bilder an ihre Stelle: Nachrichten, Eilmeldungen, besorgt dreinblickende Reporter und wackeliges Bildmaterial, das aus Ländern auf der ganzen Welt eingespielt wurde.

»Oh, was habe ich getan?«

Robin beugte sich über seine Schulter und blickte konzentriert auf den Bildschirm. »Du hast gerade auf die Beobachtungen der allgemeinen Informationen umgeschaltet. Aber was genau beobachten sie da?«

Vor ihnen waren jetzt mehrere Bilder zu sehen. Ein Mosaik aus Bildschirmen, die alle dasselbe aus verschiedenen Blickwinkeln und an ganz unterschiedlichen Orten zeigten.

»Vulkane?«, vermutete er. »Irgendwo scheint einer ausgebrochen zu sein, oder? Aber das ist nichts Neues …«

Robin bedeutete ihm zu schweigen, während sie beobachteten, wie sich Konvois von Autos und Lastern aus einer Stadt schlängelten. Es sah aus, als wäre der Schauplatz Neuseeland. Ein Reporter stand an der Seite und beobachtete sie mit ernster Miene, bevor die Kamera auf den Hintergrund zoomte.

Da war es. Ein dunkles Dreieck, das sich hinter den Dächern und alten Satellitenschüsseln am Horizont abzeichnete. Die klaren Linien des Vulkans waren kaum von den dicken Wolken zu unterscheiden, die sich um ihn herum auftürmten.

Es war wie in einem dieser amerikanischen Blockbuster-Filme über die Endzeit.

»Sie fingen gerade an aufzuwachen, als ich auf der Erde war«, erklärte Robin, deren Stimme plötzlich unnatürlich ernst klang. Ihr Flüstern jagte ihm einen Schauer über den Rücken. »Die Meteorologen im Fernsehen haben gesagt, es sei etwas Ungewöhnliches, dass vulkanische Aktivitäten auf verschiedenen Kontinenten gleichzeitig stattfinden. So etwas habe es in der Geschichtsschreibung noch nie gegeben.«

»Du meinst wirklich, noch nie?«

»Jepp. *Noch nie.*«

Sie zuckten beide zusammen, als die Wolken um diesen besonderen Vulkan herum in einem Inferno von Blitzen aufgingen. Arturo spürte selbst, wie er die Zähne zusammenbiss, als das Filmmaterial mehrere Bilder ähnlicher Wetteraktivitäten zeigte, aber – wie die Bildunterschriften darunter verrieten – diese waren in unterschiedlichen Ländern entstanden.

Was immer da los war, es passierte *überall.*

»Scheiße, das sieht gar nicht gut aus«, murmelte er und konnte fast zusehen, wie sich die Wolken vor seinen Augen verdunkelten. »Warum wusste ich nichts davon?«

Zugegeben, er war kein Freund davon, Nachrichten zu sehen oder zu lesen. Er hatte es schon vor langer Zeit aufgegeben herauszufinden, welcher Sender oder welche Zeitung eine bestimmte Absicht verfolgte und welche ihm tatsächlich die Wahrheit über die Dinge, die er wissen wollte, mitteilte. Aber als er jetzt darüber nachdachte … Er hatte tatsächlich etwas über Vulkane in den sozialen Medien gelesen. Ein paar Erwähnungen hier und da, dass etwas passiert war.

Aber wirklich nur wenige, daher hatte Arturo es auch nicht weiter beachtet.

Doch das hier? Dies hier war etwas auf einem ganz neuen Level.

»Es eskaliert«, stellte Robin fest, blies die Wangen auf und straffte sich.

Arturo warf einen Blick über seine Schulter, wo Robin zu Centauri hinübersah. Die Sphäre blinkte eine Antwort, die nahelegte, dass die Sphäre keine Erklärung für das hatte, was sie gerade gesehen hatten.

»Was denken wir denn, was *es* ist?«, fragte Arturo.

Keiner von ihnen antwortete. Die Panik, die in ihm zunahm, begann sich durch seine Eingeweide zu fressen.

Rosa war dort. Er hatte keine Ahnung, ob es in der Nähe seiner Heimat Vulkane gab, aber konnte er wirklich davon ausgehen, dass nicht einer unter der Stadt auftauchen würde? Sie schien in ihrem Zimmer, wo sie unbekümmert in ihr Malbuch zeichnete, gut aufgehoben zu sein. Im Augenblick war offensichtlich alles in Ordnung, aber was, wenn sich daran etwas änderte? Die Dinge sahen schrecklich aus.

»Ich sollte jetzt nach Hause gehen«, erklärte er entschieden. »Was ist, wenn Rosa mich braucht und ich bin nicht da? Ich weiß zwar, ich habe sie diese Woche nicht, aber ich sollte zumindest in der Nähe sein, falls es ein Problem gibt.«

Robin wirkte besorgt. Er glaubte nicht, dass sie diesen Blick allzu oft aufsetzte, so stark waren die Energie und die gute Laune, die er bisher bei ihr erlebt hatte.

Ungeachtet dessen, welche Befürchtungen sie haben mochte, nahm sie seine Hand und drückte sie beschwichtigend.

»Ich behaupte nicht zu wissen, was da vor sich geht, Arturo, aber ich verstehe, wie du dich fühlst. Es ist ganz natürlich, dass du zurückkehren willst, um bei deiner Tochter zu sein. Ich muss zugeben, dass ich mich im Hinblick auf meine Familie genauso fühle. Ja, ich hatte vor meiner Rückkehr in die Bibliothek ein paar Meldungen mitbekommen, aber nichts, das so geklungen hätte wie das, was wir gerade gesehen haben.« Sie hob das Kinn und deutete in den Raum. »Aber hier an diesem Ort sind meine Macht und meine Stärke groß. Hier kann ich am ehesten Gutes tun. Und soweit ich es gesehen habe, lässt sich dasselbe von dir behaupten, mit deinen tanzenden Büchern.«

Er blinzelte. »Willst du damit sagen, ich hätte eine Macht?«

»Ich will sagen, dass dich das Buch der Weisheit vielleicht aus einem bestimmten Grund hierhergebracht hat. Es besteht eine seltsame Verbindung zwischen der Erde und der Papierwelt. Was auch immer auf der Erde geschieht, könnte sehr wohl mit dem zusammenhängen, was mit Helia und der Urheberin passiert ist und mit dem Wiederauftauchen von Suttaru. Also ist das hier vielleicht – nur vielleicht – genau der Ort, an dem du sein solltest. Um uns während der Zeit der größten Not zu helfen. Der größten Not unserer Welt *und* der Erde.«

Arturo war sich nicht sicher, was er darauf erwidern sollte.

Die Stimme in seinem Kopf riet ihm, zu gehen, diese Welt zu verlassen und bei Rosa zu sein, falls sie ihn brauchte. Doch sein Bauchgefühl sagte ihm, er solle lieber auf Robin hören.

»Willst du damit sagen, dass ich helfen kann, das aufzuhalten, was immer da drüben vor sich geht?«

»Ich glaube, die Möglichkeit besteht, ja. Und sieh mal, bisher ist doch noch gar nichts wirklich passiert. Die Vulkane sind noch nicht ausgebrochen. Im Augenblick ist es nur das Gefühl einer Bedrohung. Noch sind alle in Sicherheit und niemand muss nach Hause eilen. Es sieht so aus, als bliebe uns etwas Zeit.«

An einem normalen Tag hätte ihn der Gedanke, dass eine »Möglichkeit« bestand, etwas Gutes in der Welt zu tun, vielleicht nicht zum Handeln angespornt. Es gab so viel in Ordnung zu bringen – in seinem Leben, in seinem Land, im Grunde überall – und er hatte sich zunehmend machtlos gefühlt. Er war nur ein einzelner Mensch. Ein Mensch, dem es nicht einmal gelungen war, seine eigene Familie zusammenzuhalten.

Was konnte er schon ausrichten, ernsthaft?

Aber dies war keineswegs ein gewöhnlicher Tag.

Er hatte genug von der Magie der Großen Bibliothek von Morgen erlebt, um zu wissen, dass man den Worten dieser schönen Weisen vertrauen konnte. Wenn hier »eine Möglichkeit« bestand, dann musste das mehr sein als nur eine vage Möglichkeit. Es konnte tatsächlich passieren.

Wenn er jetzt nach Hause ging, würde er wieder machtlos sein. Wenn er aber blieb, konnte er helfen. Nicht nur Rosa, sondern allen.

Arturo hob den Kopf und holte tief Luft.

»Zeig mir den Weg, Weise. Erst einmal gehöre ich dir.«

Sie traten zur Tür hinaus und bogen nach links ab, um einen anderen Korridor zu nehmen als den, durch den sie ursprünglich gekommen waren. Wie schon früher an diesem Tag bemerkte er, dass der Boden unter dem langen roten Teppich unter seinen Füßen ein wenig nachzugeben schien, während die Lampen über ihm bei jedem Schritt etwas kräftiger pulsierten. Bis jetzt war er viel zu sehr mit den erstaunlichen visuellen Eindrücken beschäftigt gewesen, um die beiden Dinge miteinander zu verbinden.

»Das ist kinetische Energie, nicht wahr?«, fragte er und versuchte, seine Gedanken von den Geschehnissen auf der Erde abzulenken, während er zwischen dem Boden und den Lampen hin und her zeigte. »Jeder Schritt, den ich tue, aktiviert eine Art Paneel unter dem Teppich, was einen Energieimpuls auslöst, der die Lampen speist. So wird der ganze Ort mit Energie versorgt.«

Robins Sphäre blitzte wieder etwas in seine Richtung, aber diesmal schien ihr Ton ein wenig anerkennender zu klingen.

»Du hast eine gute Spürnase«, antwortete sie. »Wie bist du dahintergekommen?«

»Ursache und Wirkung. Mir ist aufgefallen, dass die Lichter etwas heller leuchten, wenn jemand an ihnen vorbeigeht. Du sprichst zwar ständig von Magie, aber ich habe das Gefühl, dass diese Bibliothek auch eine praktische Seite hat – mit einer Lebensweise, die aus menschlicher Sicht nachhaltig ist, ohne sich auf eine übernatürliche Kraft zu verlassen. Ich bin ganz geschickt darin, Zusammenhänge zwischen den Dingen, die sich vor mir befinden, zu erkennen. Das habe ich lange genug in meinen Geschichten versucht, und schließlich habe ich es auch in der Realität getan. Die Hinweise darauf, wie wir unser Leben leben, wie wir überleben können, wie wir miteinander umgehen … die sind überall zu finden. Und es gibt hinter allem immer auch eine Erklärung. Man braucht sie nur ein wenig herauszukitzeln.«

»Mwamba hatte wohl recht, dich zu bitten, uns beim Lösen dieser Sache zu helfen, vor allem, da unsere eigene große Urheberin gerade nicht in der Lage ist, sich mit uns in Verbindung zu setzen.«

Sie kamen zu einer kleinen Wandnische, wo sie ihm ein Zeichen gab, auf ein dezent markiertes Feld zu treten. Dann stellte sie sich neben ihn und drückte seinen Arm fest an ihren. Centauri schwebte zwischen ihren Köpfen.

»Aber vergiss nicht«, sagte sie und griff mit ihrer anderen Hand nach einem Hebel an der Wand. »Der Grund, warum du hier bist, ist der, dass diese übernatürlichen Kräfte dich zu uns gebracht haben, als wir dich brauchten. Auch die Magie hat ihren Platz, obwohl wir das auf der Erde oft vergessen.«

Er zog die Nase kraus. »Ich bevorzuge immer praktische …«

Sie zog an dem Hebel und der Boden verschwand.

18

Hüter des Großen Baums

Als die Nacht über das Labyrinth hereinbrach, spürte Dzin, wie das Blut von der Wunde an seiner Stirn in seine Augenbinde sickerte. Er hatte sich verletzt, als er mit dem Kopf voraus in ein Nest aus zischelnden Disteln gerannt war – das schien nur eine weitere Sackgasse an diesem Ort mit noch weitaus gefährlicheren Sackgassen zu sein. Er versuchte, die Wunde mit seinem Ärmel abzutupfen, aber das Blut tropfte weiter aus ihm heraus und tränkte die inzwischen zerfetzte und feuchte Augenbinde, die Yantuz ihm gemacht hatte.

»Tut es weh?«, fragte Yantuz. Seine Stimme war ruhig und nah. Er hielt immer noch Dzins Arm fest, so wie ein Vater oder eine Mutter ein Kind festhalten würden, wenn sie es durch ein gefährliches Gebiet führten. Dzin fand es beschämend und tröstlich zugleich.

»Was glaubst du wohl?«, erwiderte er.

»Ich glaube, ich hatte dir gesagt, dass du nicht in diese Richtung rennen solltest.«

»Tja, *jetzt* weiß ich das auch«, schnauzte Dzin. Er fühlte sich leicht benommen. »In dieser Richtung schien genug Platz zu sein. Ich habe kein Rascheln von Käferhüpfern oder anderen

Nachttieren gehört, die sich hierher verirrt haben könnten. Ich dachte, die Luft wäre rein.«

Yantuz' Seufzer verriet Dzin, dass er wahrscheinlich gerade die Stirn runzelte und sich fragte, warum sein älterer Bruder so unfähig war. »Du weißt doch ganz genau, dass das Labyrinth will, dass du das denkst. Hast du mir nicht selbst gesagt, dass es alle prüft, die sich hier hineinwagen? Es tut sein Bestes, um dich von dem Weg abzubringen, den du einschlagen möchtest. Was für uns der nächste verdammte Ausgang ist, den wir finden können! Im Ernst, Dzin, ins Labyrinth zu gehen, war buchstäblich Teil deiner Ausbildung. Warum bist du so mies darin?«

Dzin spürte die Feuchtigkeit seiner eigenen Lebenskraft warm auf seinen Augen. »Es war ein sehr schlimmer Abend. Ich hätte nicht weglaufen sollen. Und ich hätte dich da nicht mit hineinziehen dürfen.«

»Ja, ich habe mich schon gefragt, wann du darauf zu sprechen kommst. Aber es ist in Ordnung. Ich nehme deine Entschuldigung an.«

»Ich habe mich gar nicht entschuldigt! Nur … laut gedacht.«

Wieder seufzte Yantuz. Seit sie sich Arm in Arm und mit verbundenen Augen in das Labyrinth geschlichen, ihre freien Hände ausgestreckt und ihren Weg ertastet hatten, musste Dzin dieses Geräusch schon schrecklich oft gehört haben. Es war noch schwieriger, als sie beide es erwartet hatten. In ihren Ohren klang das Orchester der Natur, die zum Leben erwachte; das Heulen von Tieren – Lianenkröten, dachte sich Dzin – und das Summen der zwar winzigen, aber sehr lauten Insekten, die eine Vielfalt von Paarungsrufen sangen. Von alledem lagen Dzins Nerven blank.

Wahrscheinlich half es nicht, dass sie auf der Flucht waren und ihn außerdem Schuldgefühle quälten, weil er seine Freunde nicht hatte retten können. Dass er sie hatte umkommen sehen, während er selbst nur durch Glück überlebt hatte.

Unentwegt plagte ihn das Gefühl, dass er es nicht verdient hatte, am Leben zu sein. Warum er und nicht einer von ihnen? Warum war er entkommen? Es schien ihm nicht gerecht zu sein. Tatsächlich schien es sogar schlichtweg falsch zu sein. Seine Logik sagte ihm jedoch, dass es nicht seine Schuld war – schließlich war er nicht derjenige gewesen, der die anderen angegriffen hatte, und er wäre ebenfalls gestorben, wenn er sich nicht mit seinem Stock verteidigt hätte. Trotzdem wurde er das Gefühl nicht los, dass er mehr hätte tun müssen. Und diese schreckliche Last drückte ihm bei jedem Atemzug die Luft ab und drohte, ihn jeden Augenblick komplett lahmzulegen.

»Wenigstens sind wir noch nicht gefressen worden«, bemerkte Yantuz, zog ihn mit sich und versuchte, die Dinge in einem guten Licht zu sehen. Das tat er immer, gleichgültig, welche Probleme sie haben mochten, und es ging einem fast schon auf die Nerven. »Ich würde sagen, es ist ein ziemlich guter Anfang, nicht von einer der Blumen im Labyrinth gefressen zu werden. Das ist genau das Zeichen, das wir brauchen, um zu wissen, dass wir dieses kleine Abenteuer überstehen können.«

Uff, Abenteuer.

Dzin wünschte sich inständig, sich an die schwache Hoffnung klammern zu können, die ihm sein Bruder anbot, aber sie war weit hergeholt. Während Yantuz in allem das Gute sah, war Dzin eher ein Realist. Ihm fiel es immer viel zu leicht, die Realität hinter dem Ideal zu sehen. Manche nannten ihn aus diesem Grund zynisch. Er nahm das als Kompliment.

Er hatte keine Ahnung, was er von diesem Abend halten sollte. Es war ein Abend voller Freude und Aufregung gewesen und dann plötzlich ein Feuer, furchtbar viele Flammen und diese große Hitze. Und mittendrin die Bestie. Woher war sie gekommen? Was *war* sie überhaupt? Auf seinen Reisen hatte er schon viele seltsame und wunderbare Kreaturen gesehen, aber noch nie etwas so

Schreckliches. Es war eine solche Abscheulichkeit gewesen, dass sie eigentlich nicht möglich sein sollte. Ein tierartiger Albtraum mit Feuer als Fell. Ein so hasserfülltes Wesen, dass man das Böse geradezu aus ihm herausströmen fühlte. Aber warum war es gerade heute Abend aufgetaucht und hatte alle getötet? Und wie hatte es einfach wieder verschwinden können? Wohin war es gegangen, als die Wachen und Tywich hereingeplatzt waren?

»Der Hüter des Großen Baums soll dein Vertrauen auf die Probe stellen«, erklärte Dzin. Er seufzte, weil er die Zweifel nicht unterdrücken konnte, die sich in ihm ausbreiteten. »Dummerweise ist Vertrauen etwas, von dem ich im Augenblick selbst nicht viel spüre.«

»Deine Worte ergeben keinen Sinn, Bruder.«

»Natürlich nicht! Ich blute und habe schreckliche Angst. Vielleicht sollten wir einfach aufgeben und unser Schicksal durch die Hand der Wachen hinnehmen.«

»Also aufgeben?«

»Vielleicht. Es kann doch nicht schaden zuzugeben, dass ich in Panik geraten bin. Wer könnte mir das verübeln, nicht wahr? Überall waren Flammen. Und dann erschien da eine Bestie. Vielleicht werden sie verstehen, warum ich weggerannt bin.«

»Und wenn sie es nicht tun? Dann wirst du in den Zellen dahinvegetieren, in der Dunkelheit und Feuchtigkeit leiden, unten in den Wurzeln, weit entfernt vom Leben, und die riesigen Würmer abwehren müssen.«

Dzin fragte sich kurz, ob das Schicksal, das sie am Großen Baum erwartete, nicht dem vorzuziehen wäre, was sie hier erwartete. Die Augenbinde fühlte sich jetzt kalt und klebrig auf seiner Haut an. Er überlegte kurz, ob er sie etwas lüpfen sollte, damit er sich die Augen darunter sauber reiben konnte. Aber er wusste, selbst wenn er sie nur kurz anhob, würde das ausreichen, um von den Pflanzen im Labyrinth bemerkt und hinausgeworfen zu werden – und wahrscheinlich auf die gröbste und schlimmstmögliche Art.

Es war schwer zu sagen, wie lange sie schon hier waren. Es fühlte sich wie mehrere Umläufe an, was bedeutete, dass es mitten in der Nacht sein musste. Die Mehrheit der Millionen Bewohnerinnen und Bewohner des Baums – viele verschiedene Menschen, sowohl im Baum Geborene als auch solche, die diesen Ort erst später zu ihrem Zuhause gemacht hatten – sollte inzwischen tief und fest schlafen. Er konnte sich gut vorstellen, wie der Baum jetzt normalerweise aussehen würde: vielleicht ein paar kleine Lichtpunkte, die von den Fenstern der Baumhöhlen am Stamm und in den Ästen stammten. Dann würde die Morgendämmerung über den obersten Blättern des Baums hereinbrechen, Mutter würde erzittern, wenn die Welt wieder erwachte, und auf ihren Ästen würde ein buntes Treiben herrschen.

Nur dass diese Nacht keine normale gewesen war, nicht wahr?

Der größte Teil des Baums war höchstwahrscheinlich wach. Das Feuer im Laboratorium wütete vielleicht noch. Die flammende Bestie konnte nach wie vor frei herumlaufen. Und die Menschen würden sich versammeln, um über die Ermordung der Schülerinnen und Schüler zu sprechen. Und über den einen, der geflohen war.

Jetzt war es an Dzin zu seufzen.

»Still«, sagte sein Bruder mit einer gewissen Schärfe in der Stimme, als er Dzin hinter sich herzog, fast so, als könnte er die Aura von Mutlosigkeit riechen, die Dzin gerade verströmte. »Du hast mich da mit reingezogen und jetzt ziehe ich dich hier durch und auf der anderen Seite wieder heraus. Vorausgesetzt, wir finden die andere Seite. Oder überhaupt irgendeine Seite. Es gibt vier Tore, die aus dem Labyrinth hinausführen, stimmt das?«

»Aus dem Labyrinth vier Wege in die Länder führen, von denen du träumst, wenn du die Mitternacht kannst spüren«, stimmte Dzin an und zitierte damit das Schlaflied, das sie beide als Kinder gelernt hatten, als sie noch »kleine Zweiglein, die in der Krone des Großen Baums wachsen« gewesen waren, wie ihre Mutter so oft gesagt hatte.

»Schön, welchen Weg sollten wir dann also nehmen?«, fragte Yantuz.

Wenn Dzin die Augen hätte verdrehen können, sodass sein Bruder es sah, hätte er es getan. Aber unter der blutigen Augenbinde konnte er nur die Augen schließen und mit den Zähnen knirschen. »Es spielt keine Rolle. Wir können buchstäblich nicht sehen, in welche Richtung wir gehen. Ich nehme jedes Tor, auf das wir stoßen.«

»Wo ist die nächstgelegene Stadt?«

»Hast du in der Schule denn gar nichts gelernt?«

»Eigentlich nicht, nein. Ich war immer zu sehr damit beschäftigt, dafür zu sorgen, dass du nicht von irgendjemandem, den du gerade geärgert hattest, von einem Ast geworfen wurdest, weißt du noch? Also bitte, Dzin, ich helfe dir doch. Das Mindeste, was du jetzt tun kannst, ist also, mir auch zu helfen. Du bist doch immer derjenige gewesen, der im Unterricht besonders gut war, der alle Preise und so bekommen hat. Hör also auf, mich über Stöckchen springen zu lassen. Welches ist die nächstgelegene Stadt?«

Dzin gab nach und spürte, wie die Last der Schuld auf seinen bereits geschwächten Schultern größer wurde.

»Es ist Unterholz. Durch das Nordtor.«

»Dann sollten wir tun, was wir können, um den Weg dorthin zu finden. Eigentlich müsste es dort jede Menge Orte geben, in denen wir unterkommen können. Vielleicht können wir uns da kurze Zeit orientieren und herausfinden, was wir weiter tun sollen. Und …«

Er blieb wie angewurzelt stehen. Dzin stolperte gegen ihn. Er wollte schon aufschreien, aber sofort presste sich eine kräftige Hand auf seinen Mund.

»Hörst du das?«, flüsterte Yantuz.

Er ließ ihn los und Dzin legte den Kopf schief. »Die ungute Stille? Ja.«

»Davon abgesehen. Ich habe ein Knurren gehört. Ist das eine Mondratte?«

Dzin hörte es ebenfalls. Ihm wurde am ganzen Körper kalt und der feuchte Stoff auf seinen Augen fühlte sich klebrig und erstickend an. Er musste sich sehr zusammennehmen, um nicht die Augenbinde wegzureißen und sich kurz umzusehen.

»Ich … ich glaube eigentlich nicht, dass das Labyrinth gefährliche Tiere hier drin zulässt«, erklärte er hoffnungsvoll und dachte wieder an die Bestie. Die unheilvolle Silhouette mit den knisternden Flammen, die aus dem Nichts aufgetaucht war und sein ganzes Leben verändert hatte. War sie hinter ihm her, um das zu beenden, was sie begonnen hatte, auch wenn er nicht wusste, warum sie überhaupt gekommen war? Konnte die Kreatur selbst hier noch Jagd auf ihn machen? Er wusste, dass im Labyrinth strenge magische Regeln für die Menschen galten, die sich hierherwagten, aber galten diese Regeln auch für Kreaturen? Plötzlich war er sich da nicht mehr so sicher.

»Manchmal verirren sich Dinge doch auch an Orte, die sie nicht betreten sollten«, murmelte Yantuz.

»Wie kommst du darauf, dass es eine Mondratte sein könnte?«

»Ich habe einmal eine gehört. Ein Freund hat mir mal Fließbilder gezeigt – du weißt schon, das sind diese sich bewegenden Bilder –, die seine Tante von einer ihrer Expeditionen in die Bergwälder im Osten mitgebracht hatte. Dort gibt es eine Stadt mit einem Laden, der allen möglichen Schnickschnack aus der ganzen Welt verkauft, und …«

»Komm zur Sache, Yantuz. Die Mondratte.«

»Richtig, richtig, ja. Jedenfalls sind das Fließbilder von einer Mondratte gewesen. Vielleicht hatten sie sie in der Wildnis aufgespürt, vielleicht war es aber auch eine zahme, die sie irgendwo gefunden hatten. Auf jeden Fall hat sie ein einzigartiges Geräusch gemacht. Ich hab es nämlich gehört.«

Dzin trat näher an seinen Bruder heran. »Bist du dir sicher?«

»Ziemlich sicher.«

»Ich glaube nicht, dass es zahme Mondratten gibt, Yantuz.«

»Ich weiß«, antwortete dieser, kurz bevor vom Pfad hinter ihnen ein kehliges Jaulen erklang. »Lauf!«

Dzin stolperte hinter Yantuz her, und beide klammerten sich jeweils an den Arm des anderen, während sie tiefer ins Labyrinth eindrangen. Als sie an einer Wand aus dichten, knorrigen Ästen vorbeischrammten, fanden sie einen kleineren Korridor, der vom Hauptweg abzweigte. Dzin war sich natürlich nicht sicher, aber dass die Welt ein wenig dunkler wurde und er spürte, wie die herabhängenden Zweige über seine Schultern strichen, sagte ihm alles, was er wissen musste.

Das Labyrinth war als Hüter des Großen Baums geschaffen worden, und die Wege und Korridore darin bildeten eine Wildnis. Manche waren groß, einige waren klein; wieder andere fühlten sich an, als würde man sich durch einen Gang quetschen, der nur von Kaninchen genutzt wurde. Die Ranken und Äste wucherten oft über einen Gang, voller riesiger Blätter und dunkel gefärbter Blüten, sodass nur ganz wenig Licht auf den Boden fiel. Nicht dass man mit verbundenen Augen überhaupt viel sehen konnte. Den Läuferinnen und Läufern, die mit Flügeln geboren waren, bot es jedenfalls keine Möglichkeit, sich den Weg hinaus und nach oben zu bahnen.

Das Labyrinth war gezielt so angelegt worden, um den Baum vor denen zu schützen, die es für unwürdig hielt.

Dzin rannte und rannte, und das Blut auf seinem Gesicht

vermischte sich jetzt mit kaltem Schweiß, der ihm in den Augen brannte. Er versuchte, sie sich mit einer Hand zu reiben, während er sich mit der anderen Hand an Yantuz festhielt, der diesen immer enger werdenden Dschungelpfad stur entlangrannte. Aber Dzin versuchte jetzt, zu viele Dinge gleichzeitig zu tun.

Und er war müde. So verflucht müde.

Da war es sicher nur eine Frage der Zeit, bis er stolperte.

Er wünschte, er hätte einer Wurzel die Schuld geben können, aber Tatsache war, dass er nur über seine eigenen Füße gestolpert war. Er flog nach vorn und riss seinen Bruder mit. Vor Schreck stieß Yantuz einen Schrei aus, als auch er stürzte, und mit einem dumpfen Aufprall landeten sie beide auf etwas Großem, Federndem und dazu auch noch süßlich Riechendem.

Als das Knurren hinter ihnen erneut erklang, diesmal so nah, dass er den warmen Fleischgestank von der letzten Mahlzeit der Kreatur riechen konnte, spürte Dzin, wie sich mehrere große Blütenblätter um ihn schlossen und ihn hochhoben.

Er wurde in eine glockenförmige Blüte gekippt, und in seiner Panik befürchtete er, es könne ein voonusischer Fleischreißer sein.

Also ein Fleischfresser. Und wenn das Labyrinth seine wachsende Panik in Bezug auf seine eigene Vertrauenswürdigkeit teilte, war der vielleicht sogar tödlich.

Ein gedämpfter Warnruf wollte schon aus seiner Kehle dringen, aber er kam nicht heraus. Als sich die Blütenblätter um ihn herum schlossen, wurde Dzin gegen ein klebriges Inneres gepresst. Er schaffte es nur noch, den Namen seines Bruders zu rufen, bevor ihm der Duft von hundert Pollenkörnern zu Kopf stieg. Und dann verschwand die Welt um ihn herum.

19

Die Saat von Chaos und Furcht

Lyvanda hielt die Phiole mit dem Elixier ins Licht, um sie zu inspizieren.

»Seine Kräfte sind fast immer sofort spürbar. Bist du dir sicher, dass wirklich nichts in deinen Geist zurückgekehrt ist?«

»Ich habe das Elixier früher schon mal genommen«, antwortete Helia und versuchte, ihre Enttäuschung und Angst vor dem, was das bedeutete, zu unterdrücken. »Ich weiß, wie es sich anfühlt, wenn es heilend wirkt. Da war nichts zu spüren. Eher war es so, als hätte ich Wasser auf meine Haut getupft.«

Lyvandas Züge wurden starr. Sie griff sich an die Hüfte, wo ein Messer mit dünner Klinge in der Schärpe an ihrer Taille steckte. Mit einer fließenden Bewegung zog sie es sich über den Unterarm. Nu zuckte sichtlich zusammen, als Blut aus der Schnittwunde rann, aber Lyvanda achtete gar nicht darauf.

Sie öffnete lediglich die Phiole ein zweites Mal und träufelte ein paar Tropfen in die Wunde.

Sie blutete weiter. Eine Heilung war nicht zu sehen.

Sie murmelte einen Fluch, der so exotisch klang, dass selbst Helia die Worte nicht verstand, dann hob Lyvanda ihre Finger an die Lippen und pfiff. Fast sofort erschien einer ihrer Arbeiter.

»Hast du dein Elixier dabei, Tal?«

Er nickte und griff in seine Tasche. »Ich habe zwar nur noch wenig in dieser Phiole, aber es gehört ganz dir, Oberste Gelehrte.«

Er reichte ihr die Phiole, und alle sahen zu, wie Lyvanda den Trank in ihre Wunde träufelte.

Doch er zeigte immer noch keine Wirkung.

»Ich verstehe das nicht«, flüsterte sie, und ihre Augen wurden dunkel, während sie im Stillen nach Antworten suchte. Sie streckte die Hand aus, um Tal die Phiole wiederzugeben, und bedeutete ihm zu gehen. Dann begann sie, auf dem Dach auf und ab zu gehen. »Keine Veränderung. Überhaupt keine. Die Macht des Elixiers ist nicht mehr vorhanden. Sie ist einfach verschwunden. Wie ist das überhaupt möglich?« Plötzlich hielt sie inne, bevor sie sich umdrehte und vor Helia stehen blieb. »Der Garten.«

»Ja?«

»Du hast gesagt, er sei zerstört worden.«

»Das stimmt. Aber was hat das hiermit zu tun?«

»Für jede Rezeptur eines Elixiers braucht man die Cerulean-Rose aus dem Rosengarten. Sie ist die einzige wesentliche Konstante. Schon seit Langem wird gelehrt, dass die Heilkraft des Elixiers direkt von dieser Zutat herrührt. Unser Volk bezeichnet sie manchmal sogar als Blume des Lebens, unser wörtlichstes und schönstes Abbild des Gesamtkonzepts der Natur. Ihre Erschaffung ist unsere wertvollste Geschichte aus der Zeit von Mutters Aufstieg zum Zentrum der gesamten Natur. Die Blume war ein Geschenk von ihr, und wenn der Garten zerstört wurde, könnte auch die Magie in den Zutaten aus dem Garten beeinträchtigt sein und sie unwirksam machen. Geradezu unbrauchbar.«

Helia atmete vorsichtig und zu ihrer eigenen Beruhigung tief ein, um die rivalisierenden Gefühle in Schach zu halten, die sie gerade zu überwältigen drohten. Sie ging einen Schritt auf das Geländer zu und umklammerte es fest mit beiden Händen, während sie über die Spitze des Großen Baums starrte. »Aber wie ist das möglich?«, fragte sie die Oberste Gelehrte, die versuchte, ihre Fassung wiederzufinden.

»Die Blume ist eng mit der Konjunktion verbunden, unserem wichtigsten Tag, an dem sich die Zwillingsmonde auf einer Achse mit Mutter ausrichten. Die Bestäuber werden erneuert und der Kreislauf des Lebens in ganz Silvyra erblüht. Die gesamte Natur, vom Ur-Wald bis hin zu den Gärten von Bloom, ist in diesem Augenblick durch Mutter verbunden, durch ihre Myzel-Netzwerke, und auf einer ganz buchstäblichen Basis auch durch den *Geist* der Natur selbst. Wenn die Cerulean-Rose nicht in lebendiger Form mit dem Rest von Silvyra verbunden ist, dann ist ihre Essenz wohl einfach … weg. Und selbst wenn wir mehr Rosen anpflanzen könnten, würde es noch eine ganze Jahreszeit bis zur nächsten Konjunktion dauern.«

Nein, dachte Helia fassungslos. Die Essenz konnte nicht einfach weg sein. Zuerst war der Rosengarten zerstört worden. Seine Schönheit und sein mächtiger heilender und regenerierender Geist waren niedergebrannt worden. Der Drache war fort. Wohin auch immer verschleppt.

Dann hatte sie Xav sterben sehen. Ihre Liebe, ihren Partner, all ihre im Laufe von Jahrhunderten gemeinsam erlebten Abenteuer … Sie hatte mitangesehen, wie dieser *Albtraum* das alles innerhalb eines Augenblicks zu Asche verbrannt hatte. Ihre Trauer über Xaviers Verlust war noch immer so frisch und unverheilt wie die Wunde am Arm der Obersten Gelehrten. Sein Fehlen brannte tief in ihr und führte dazu, dass sie sich verloren fühlte und nicht zu dem zurückfinden wollte, was ein »normales« Gefühl ausmachte. Immerhin war der Schmerz eine Erinnerung an das, was sie gehabt hatten.

Es war ihr trotz alledem gelungen, diese Reise nach Silvyra zu unternehmen. Denn sie hatte die Hoffnung auf das Elixier gehabt, an der sie sich festhalten konnte, um zumindest einen Teil der Probleme zu lösen.

Aber jetzt war sie fort. Der Heiltrank, der in der Welt von Silvyra – und darüber hinaus – so berühmt war, wirkte nicht mehr.

Was das bedeutete, vermochte sie in diesem Augenblick noch gar nicht ganz zu erfassen. Silvyra und seine Bewohner waren verwundbar. Sie hatten bereits Perennia, ihre Beschützerin, verloren, und nun gab es keine Möglichkeit der Heilung mehr, welche Zerstörung auch immer auf sie zukommen würde.

Es wäre leicht gewesen, jetzt die Hoffnung zu verlieren, aber Helia war nie eine Frau gewesen, die leicht aufgab. Es gab immer Hoffnung, wirklich immer. Sosehr sie sich auch fürchtete, sie würde keine Niederlage anerkennen, selbst wenn es Umstände waren, die andere zur Verzweiflung bringen würden.

»Vielleicht könnten wir andere Phiolen ausprobieren«, schlug sie vor und lächelte in der Hoffnung, dass ihre Besorgnis nicht zu erkennen war. »Vielleicht gibt es noch Leben im Rosengarten, inmitten des Feuers. Vielleicht haben einige der Cerulean-Rosen auch überlebt. Wenn wir es noch ein paarmal versuchen, haben wir vielleicht Glück. Natürlich ist das eine schwache Hoffnung, aber auch eine schwache Hoffnung ist eine Hoffnung.«

Als sie ihre Hände vom Geländer nahm, konnte man einen kleinen grünen Trieb erkennen, der direkt aus dem Holz spross. So etwas geschah von Zeit zu Zeit. Helias Kräfte hingen direkt mit ihren Gefühlen zusammen, und wenn die Gefühle die Oberhand in ihr gewannen, entstanden manchmal kleine Schöpfungsakte.

Selbst als sie zurücktrat, fuhren die winzigen Blätter fort, zu keimen und sich zu entfalten.

Lyvanda musste es auch bemerkt haben. »Es gibt immer

Hoffnung«, wiederholte sie, erwiderte das Lächeln und bewahrte sich – ähnlich wie Helia – ebenfalls Hoffnung im Angesicht der Hoffnungslosigkeit. »Lass uns gehen und das Letzte der abgehenden Luftschiffe aufhalten. Wir werden uns durch das Elixier arbeiten, bis wir finden, was wir brauchen.«

Helia nickte und schaute ein letztes Mal zu der Anlegestelle hinüber, wo gerade ein grün-golden gestreiftes Luftschiff abgehoben hatte und beim Wenden langsam vorbeizog. Die langen, eleganten Schaufeln unter dem Schiff fächerten sich auf und neigten sich, um den Wind einzufangen. Am Heck der Kabine flatterten stolz die Wimpel eines fernen Landes.

Dann tauchte an einem der Bullaugen der darunter hängenden Kabine ein Gesicht auf.

Jemand winkte ihnen zu. Nein, Augenblick mal, die Person winkte gar nicht.

Sie hämmerte gegen das Fenster.

Schrie etwas.

Eine Warn…

Die Luft erbebte, als die Kabine explodierte.

Helia spürte sogar noch dort, wo sie stand, die Hitze der Explosion auf ihren Wangen. Die Kabine platzte einfach auseinander, und die Flammen verwandelten sie blitzschnell in Asche, bevor sie den Ballon darüber verschlangen – der sich entzündete und den Himmel blutrot färbte.

Von irgendwoher ertönte ein Schrei. Er hätte von Nu oder Helia selbst kommen können, aber er klang erst weit entfernt und wurde dann vom Tosen des Feuerballs über ihnen verschluckt.

Daraufhin wurden sie von einem weiteren Donnern erschüttert, und ein zweites Luftschiff – das immer noch am Anleger lag – verschwand in einer furchtbaren Flammenwalze. Danach explodierte ein drittes, das gerade abgehoben hatte.

Die Trümmer fielen sofort durch die Äste des Baums nach unten. In der Ferne sah Helia eine Reihe von blinkenden Lichtern, als noch andere Luftschiffe verloren gingen, und kurz darauf folgte ein Crescendo von Donnerschlägen, die von den Explosionen herrührten, die wie zahlreiche ferne Stürme die Luft erschütterten.

In allen Richtungen war der Himmel voller Feuerstreifen und um sie herum regnete es qualmende Wrackteile herab. Es war, als hätte jemand Feuerwerkskörper entzündet, die alle nacheinander explodieren sollten.

Nur dass es sich bei den Feuerwerkskörpern um Luftschiffe voller Menschen handelte, die vor ihren Augen zerrissen wurden und starben.

Lyvanda war die Erste, die vernünftige Worte fand, sie sagte etwas darüber, dass sie unbedingt Hilfe holen müssten, aber bevor überhaupt irgendjemand verarbeiten konnte, was sie gesagt hatte, erklang ein weiteres schreckliches Geräusch.

Noch ein Donnerschlag, der den Großen Baum erbeben ließ.

Diesmal kam er von unten.

20

Eine Geschichte im Gewölbe der Chroniken

Arturo brauchte mehrere Sekunden der Panik, bevor ihm klar wurde, dass er nicht im freien Fall in ein bodenloses Loch stürzte. In seinem Rücken befand sich eine Rutsche, die sich am Ende nach oben bog und abrupt endete, sodass er darüber hinausschoss und eine gelungene Landung auf seinen Füßen hinlegte.

Die er jedoch sofort ruinierte, indem er umkippte.

Robin landete sauber neben ihm und ging sofort weiter. »Keine Zeit zum Ausruhen, Arturo. Wir müssen Nachforschungen anstellen. Unser Ziel liegt vor uns.«

Arturo seufzte tief und rappelte sich auf. Dabei spürte er jeden Zentimeter seines nicht mehr ganz jungen, schmerzenden Körpers. Auch wenn er es genoss, dass dieser Tag so anders war als seine normalen Tage, hatte er von all den Überraschungen langsam genug.

»Vorhin sind wir mit dem Aufzug gefahren, dann durch einen Spiegel getreten und jetzt eine Rutsche hinuntergesaust. Gibt es hier denn überhaupt keine Einheitlichkeit?«

»Die Bibliothek wurde zwar von einer Person gegründet, aber von vielen erschaffen.«

Sie bedeutete ihm, ihr ein paar Stufen hinunter zu einem Tunnel zu folgen, der durch ein riesiges Aquarium führte. Alle möglichen bizarr aussehenden Fische – und gelegentlich auch Haie – schwammen um sie herum, und ihre glänzenden Augen wurden immer größer, wenn sie auf das Glas zuhielten, bevor sie wieder davonhuschten. »Was als ein einziges Bücherregal in einer Höhle begann, hat sich im Laufe der Jahre weiterentwickelt, wobei jede Generation neue und geniale Wege gefunden hat, das Gebäude in den Berg hinein zu erweitern und den Menschen zu helfen, sich darin zurechtzufinden. Der ganze Ort ist ein architektonischer Schmelztiegel von Ideen und Visionen und gelegentlich auch das Ergebnis von ein paar Scherzen. Die Rutsche ist einfach eine bequeme Methode, um von einem Stockwerk ins andere zu gelangen. Ehrlich gesagt bin ich überrascht, dass nicht mehr Leute sie nutzen. Warum die Treppe hinuntergehen, wenn man auf der Rutsche Spaß haben kann?«

Sie erreichten zwei riesige Eisentore, die miteinander verschmolzen zu sein schienen, und Robin legte eine Hand auf das Symbol in der Mitte: ein kleiner Kreis, in dem ein Schmetterling seine Flügel unter einem Auge und einer Krone ausbreitete. Als sie das Bild berührte, erstrahlte Centauri in einem schwachen Purpurrot und die Eisentore glitten auseinander.

Sie hob einen Finger an die Lippen, um Arturo zu bedeuten, still zu sein. Und dann erst winkte sie ihn weiter. Selbst Centauri wurde dunkel, als sie hindurchtraten, und dann fanden sie sich in einem schwach beleuchteten, holzvertäfelten Raum wieder. Ein einziger runder Tisch stand in der Mitte und darüber ergoss sich eine Lawine aus Büchern. Mehrere Personen in bunter Kleidung wie der von Robin saßen auf Stühlen mit gewölbten Rückenlehnen um den Tisch herum, studierten die Bücher oder flüsterten einander etwas zu und diskutierten offensichtlich wichtige Ideen. Weitere kleine Fluggeräte schwebten lautlos über ihren Köpfen, kommunizierten miteinander und mit den Gelehrten unter ihnen und verschwanden ab und zu in den verschiebbaren Holzpaneelen an den Wänden, um dann mit neuen Büchern wieder aufzutauchen.

Arturo hatte zwar noch nicht viel von der Bibliothek gesehen, aber dieser Raum fühlte sich ganz anders an als die anderen, die er bisher gesehen hatte – ein einfacher, fast geheimer Ort, versteckt abseits der Pracht der Haupträume, Plätze und Gärten.

Er wusste sofort, dass dies ein Raum war, den sonst kaum jemand zu sehen bekam.

Auf der gegenüberliegenden Seite hob jemand den Kopf, den er erkannte.

»Willkommen im Gewölbe der Chroniken«, sagte Mwamba und breitete die Hände aus, bevor er sich von den beiden Gelehrten verabschiedete, neben denen er gesessen hatte, und um den Tisch herumkam.

In der Hand hielt er eine Schriftrolle, mit der er Arturo auf die Schulter klopfte, und dann forderte er ihn auf, sich zu setzen. Mwamba und Robin nahmen links und rechts neben Arturo Platz und ihre beiden Sphären erhoben sich über der Mitte des Tisches und umkreisten einander. Die Überschneidungen von fraktalen Mustern und komplizierten Lichtgeflechten zeigten an, dass sie sich gegenseitig auf den neuesten Stand brachten.

Mwamba erklärte: »Nur wenige Besucher erfahren jemals von diesem Raum. Wir sorgen dafür, dass er abseits der ausgetretenen Pfade bleibt, fern von jedem, der vielleicht durch einen Zufall hier hereinstolpern könnte, denn hier sind alle Informationen über die Sammlungen zu finden – und dieses Wissen ist wirklich nur für diejenigen von uns bestimmt, die hier arbeiten.«

Geistesabwesend nickte Arturo und hörte nun das ferne Geräusch von irgendetwas, das auf Schienen fuhr. Noch eine Straßenbahn?

Ein Gong ertönte, dann stand eine Frau vom Tisch auf und ging zu der Wand in ihrem Rücken. Eine Klappe knapp über dem Boden öffnete sich und enthüllte einen kleinen purpurroten Wagen mit drei eiförmigen Behältern. Kaum hatte sie die Behälter entnommen, fuhr das Transportfahrzeug in den geheimen Tunnel zurück, aus dem es gekommen war, und die Klappe schloss sich wieder.

Die Gelehrte legte die seltsamen Gegenstände auf den Tisch und sah Mwamba an. »Da sind sie, Weiser. Die Bücher, die du haben wolltest.«

Arturo stand auf, beugte sich über den Tisch zu ihnen vor und stieß dabei versehentlich sanft gegen die Tischkante, sodass die drei großen Eier hin und her wackelten.

»Das sind Bücher?«

So etwas hatte er noch nie gesehen. Doch sie waren in ein elastisches Material eingebunden, mit Buchstaben auf einer Seite, die er nicht kannte und die auf einen Titel hinzudeuten schienen. Er erhaschte sogar einen Blick auf einen »Buchrücken« aus Jade, der sich über die Rückseite spannte. Dieser glitzerte, als das Buchei erneut wackelte. Arturo hatte ähnliche steinerne Einlegearbeiten schon einmal in der aztekischen Sammlung im Museo Nacional de Antropología gesehen.

Robin zupfte an seinem Hemd, damit er sich wieder hinsetzte. »Scht. Schau einfach nur zu.«

Mwamba griff nach dem ersten Exemplar und zog es mit seinen großen Händen auf beiden Seiten wie eine Kokosnuss auseinander. Auf der Innenseite der Schale des Eies befanden sich Kristalle und noch andere seltsame Steine. Zu Arturos Überraschung löste sich Canopus, Mwambas Sphäre, aus seinem Gespräch über dem Tisch und schmiegte sich in das seltsame Gerät. Mwamba schloss es um ihn und lehnte sich zurück.

Das Buchei schaukelte erneut und hob dann einen guten Meter vom Tisch ab. Danach leuchtete es zu Arturos Verblüffung auf und verströmte aus jeder Pore des Bucheinbandes Licht.

Vor ihnen erschien ein Hologramm, eine Liste miteinander verbundener Wörter, die durch unscharfe kleine Linien verbunden waren, die wie statisches Rauschen flackerten. Für Arturo ergaben die Wörter keinen Sinn, und er fragte sich, in welcher Sprache sie geschrieben sein mochten. Aber sobald ihm dieser Gedanke durch den Kopf ging, veränderten sie sich, als hätte er eine Brille getragen, die beschlagen war und sich jetzt klärte. Schon bald formten sich Wörter, die er kannte, und in der Mitte schwebte das Wort *Protokoll.*

»Es ist ein interaktiver Katalog von Ereignissen«, erklärte Mwamba und berührte einen der Unterabschnitte in dem Hologramm. »Ein Katalog aller Bestände der Großen Bibliothek. Da die Sammlung aber so gewaltig und umfangreich ist, wäre eine einfache Indexierung nicht machbar. Wir haben jedes Jahr Hunderte von Besucherinnen und Besuchern in der Bibliothek, ganz zu schweigen von vielen Hundert weiteren Gelehrten, die hier leben und arbeiten, und jedes Mal, wenn sie mit einem Buch interagieren, zeichnet der Katalog das Ereignis auf. Wir nennen ihn den Kodex.«

»Genau wie wenn der Bibliothekar dein Buch ausstempelt, können wir so nachverfolgen, wer sich was wann angesehen hat«, ergänzte Robin.

Mwambas Hände tanzten schnell zwischen den verschiedenen Bildern hin und her, die erschienen, als würde er die Seiten eines Buchs in drei Dimensionen durchblättern. Seine Stirn war gefurcht und seine Augen wachsam, auch während er mit ihnen sprach. Offenbar suchte er nach etwas.

Einige Sekunden lang herrschte nur emsige Betriebsamkeit,

bis Arturo schließlich die Bedenken äußerte, die ihm nicht aus dem Kopf gehen wollten.

»Es tut mir leid, aber warum bin ich eigentlich hier?«, fragte er fast flehend. »Ihr scheint das alles unter Kontrolle zu haben, und was auch immer mit eurem Buch passiert sein mag, sicher ist es hier aufgezeichnet worden. Ihr könnt mich unmöglich für irgendetwas brauchen.«

Mwamba sah ihn durch das Hologramm hindurch an. »Du bist hier, weil wir die Verbindung zu unserer Urheberin verloren haben. Du denkst wie ein Schriftsteller, und du wurdest genau in dem Augenblick hergebracht, als wir am dringendsten einen brauchten, sodass ich mich frage, ob die Bibliothek bereits weiß, wie dieses Rätsel gelöst werden kann. Vielleicht wusste sie, dass du bei der Lösung eine Rolle spielen würdest.«

Arturo zupfte an seinem Kragen und fühlte sich ein wenig überwältigt und gleichzeitig verloren. Er wünschte, alle würden aufhören, in Rätseln zu sprechen.

»Ja, das hast du schon mal gesagt, aber ich verstehe immer noch nicht, wie ich hier irgendetwas lösen kann. Sieh dir diesen Ort doch an – wie hier Magie und Technologie zusammenarbeiten. Ich meine, ihr habt zwar keine Computer, aber was immer dieses Hologramm-Dingsda sein mag, es ist wahrscheinlich besser als jeder Computer, der zu Hause existiert. Falls ich *nicht* träume oder halluziniere, habt ihr sicher alles, was ihr braucht, um herauszufinden, was mit dem Buch der Weisheit los ist. Wie kann denn ich – als jemand, der sich nur mit Geschichten beschäftigt – da helfen?«

Robin verdrehte die Augen. »Sind alle Schriftsteller so jämmerlich bescheiden?«

»So wie jetzt bin ich an einem guten Tag.«

Niemand im Raum lachte. Irgendjemand hüstelte. Mwamba sah Arturo weiter eindringlich an.

»Dies hier ist nicht nur eine Bibliothek, wie du sicher schon weißt. Die Grundlage für diesen Ort und das, was in der Papierwelt dahinter liegt – und sogar die Grundlage des Lebens selbst –, hat ihre Wurzeln in der Welt der Geschichten. Geschichten existieren aber nicht nur, um zu unterhalten, sondern um uns etwas über uns selbst zu erzählen, um herauszufinden, wer wir sind und warum wir etwas tun. Um der Menschheit zu zeigen, worum es im Leben geht. Unsere Urheberin hat das besser verstanden als die meisten anderen. Sie sah die Muster, die in unseren Interaktionen und Beziehungen mit der Welt und untereinander verwoben waren, und sie konnte diese Verbindungen nutzen, um unsere Fragen zu beantworten.« Er winkte Arturos nächste Proteste ab. »Ich kann sehen, dass dich deine Erfahrungen auf der Erde dazu gebracht haben, deine Lebensweise zu ändern, und dass sie dich vom richtigen Weg abgebracht haben. Du trägst eine Maske, um den Alltag zu überstehen, und hinter dieser Maske versteckst du dein wahres Ich. Was wir von dir brauchen, ist nun, dass du diese Augenbinde abnimmst, und zwar schnell, denn wir brauchen deine Sachkenntnis.«

Arturo öffnete den Mund und schloss ihn dann wieder. Er würde diesen Streit nicht gewinnen. Da konnte er genauso gut einfach mitspielen.

Mwamba schenkte ihm ein dünnes Lächeln. »Gut, dann lasst uns anfangen, denn uns läuft bereits die Zeit davon. Was wir hier tun, ist der Versuch zu verstehen, wann die Kommunikationsfähigkeit des Buchs der Weisheit gestört wurde. Dieses Logbuch – oder Hologramm, wie du sagst – könnte Aufschluss über alle Anomalien geben, die aufgezeichnet wurden, seit es das letzte Mal mit uns gesprochen hat – was schon eine Weile her ist. Aber damit können wir die Untersuchung zumindest beginnen.«

Arturo legte beide Hände ruhig auf den Tisch vor sich und

strich ein imaginäres Staubflöckchen von seiner Oberfläche. »Darf ich ehrlich sein?«

»Selbstverständlich.«

In Arturos Geist nahm bereits ein Handlungsstrang Gestalt an, außerdem gab es eine Reihe von Fragen, auf die er Antworten brauchte, um damit weiterzukommen. Die Berührung des Tisches genügte, um ihn zu erden, um seine Fähigkeit aufrechtzuerhalten, in der Gegenwart zu bleiben, während sein Gehirn zu zukünftigen Stellen in dem Handlungsstrang hüpfte. Er konnte nicht anders. Der Prozess hatte begonnen, wie bei jedem Rätsel, das ein Herzstück einer der Geschichten bildete, die er früher geschrieben hatte. Dadurch fühlte er sich plötzlich quicklebendig.

»Ich glaube, du stellst die falsche Frage«, erklärte Arturo und stand auf, um im Raum auf und ab zu gehen. »Hat sich das Buch der Weisheit in all der Zeit, die du es kennst, jemals so verhalten wie jetzt?«

Mwamba schüttelte den Kopf. »Nein. Das Buch konnte immer mit uns sprechen, wenn es Zeit dafür war. Es gibt keine Aufzeichnungen darüber, dass es jemals daran gehindert wurde.«

»Dann ist es doch nicht so wichtig, *wann* das passiert ist, oder? Die wichtigere Frage scheint mir zu sein zu: Warum gerade jetzt?«

Im Schein des Hologramms verfinsterte sich Robins Gesicht. »Suttaru.«

Arturo hob einen Finger, um zu bestätigen, dass er genau dasselbe dachte. »Ursache und Wirkung. Das ist es, was Geschichten vorantreibt. Man kann nicht einfach wahllos Handlungspunkte aneinanderreihen. Sie müssen auch einen Sinn ergeben; es sollte eine natürliche Entwicklung entstehen. In diesem Fall habt ihr einen klaren und offensichtlichen Verdächtigen, eben diesen … diesen Suttaru. Er hat bereits euren Rosengarten angegriffen. Dass das Buch der Weisheit so plötzlich nicht mehr in der Lage ist zu sprechen, nach all der Zeit, die es nun schon existiert, also, das klingt zu beliebig, um bloß ein Zufall zu sein. Er steckt dahinter.«

»Nach unserem früheren Gespräch und meiner Unterhaltung mit Helia habe ich auch darüber nachgedacht«, sagte Mwamba und strich sich mit seinen kräftigen Fingern über die Stirn, als wollte er die Sorgen wegmassieren, die er offensichtlich verspürte. »Aber wie hat er hier unbemerkt eindringen können? Es gibt viele besondere Durchgänge von der Erde hierher. Aber es gibt nur ein einziges Portal in die Papierwelt, und das befindet sich hier, in der Großen Bibliothek. Als Suttaru das erste Mal hindurchging – vor langer Zeit, in der Anfangszeit der Großen Bibliothek – war es eine Anomalie. Das Portal war wild und befand sich noch im Rohzustand. Das Buch der Weisheit wurde erschaffen, um es zu kontrollieren und uns zu ermöglichen, die dahinterliegenden Reiche zu erkunden. Seitdem ist es nur den Weisen und ihren Sphären erlaubt, hin und her zu reisen.«

Arturo ging weiter auf und ab und schaute auf die verschiedenen Schriftrollen und alten Bücher, die die Gelehrten studierten. »Glaubst du, dass Suttaru mit seinen Kräften das Buch irgendwie überwältigen kann? Dass er imstande ist, sich einen Weg hinein zu erzwingen?«

»Das Buch war das, was ihn überhaupt erst aufgehalten hat. Seine Kräfte sind dem Buch ganz sicher nicht gewachsen.«

Arturo nickte. »Dann muss er logischerweise Hilfe gehabt haben. Einen Komplizen im Inneren. Oder zumindest jemanden, der in die Bibliothek gelangen konnte.«

»Aber wer sollte das sein?« Robin lachte, verstummte aber schnell, als sie erkannte, was er damit andeuten wollte. »Ein Weiser? Du glaubst, ein Weiser hätte das getan? Das ist absurd!

Wir würden nicht im Traum daran denken, das Buch zu manipulieren. Wir sind alle aus einem einzigen Grund auserwählt worden, nämlich um die Papierwelt, die Bibliothek und die Erde zu beschützen, und genau das haben wir die ganze Zeit getan. Es ist unsere Berufung. Das Buch der Weisheit hat unsere Sphären erschaffen, und sie haben uns dann wiederum alle ausgewählt. Und das Buch hat sich noch *nie* geirrt!«

Ein Hüsteln von Mwamba hielt sie davon ab weiterzusprechen.

Für ein paar Sekunden war es still im Raum, während der ältere Weise Arturo ansah. Worauf er wartete, wusste Arturo nicht. Aber er fühlte sich plötzlich sehr unwohl, denn die Zuversicht, die ihn noch vor wenigen Augenblicken durchströmt hatte, war verschwunden, und zurück blieb nur eine hohle Blase des Zweifels. War er zu weit gegangen? Hatte er sie beleidigt? Würden sie ihn jetzt verbannen … oder Schlimmeres?

Als der Mann endlich sprach, tat er es mit großem Ernst, mit einem Ernst, bei dem Robins Ungläubigkeit in sich zusammenzufallen schien und der Arturo sagte, dass er auf etwas Wichtiges gestoßen war.

»Das stimmt nicht ganz …«, begann Mwamba.

21

Sabotage

»Die Raffinerie ist fort!«, schrie eine Wache, als sich Helia, Lyvanda und Nu durch die verängstigten Menschenmassen kämpften.

Gerade hatten sie alle die Zerstörung der Luftschiffe miterlebt. Jetzt wurden sie von Angstschreien begrüßt, die im Baum nach oben und durch die Bevölkerung schallten, die nicht wusste, was sie tun sollte, da sie Feuer sowohl über sich als auch unter sich sah.

»Bei den Monden, was passiert hier?«

»Werden wir angegriffen?«

»Wohin sollen wir gehen?!«

Helia schob die Sorge um ihre eigene Sicherheit beiseite und rannte durch den Hitzedunst, der sie alle verschlungen hatte. Trümmer von Ballons und Takelage regneten noch immer herab, verfingen sich in den Ästen um sie herum und brannten weiter, während dichter, bitterer Rauch den Großen Baum von unten hinaufkroch. Sie schaute schnell nach Nu, die blass und verängstigt aussah, aber mit ihr Schritt hielt. Unterdessen übermittelte Lyvanda energisch Anweisungen an zwei ihrer Wächter und bat sie, die Nachricht zu verbreiten und die Leute zurück in ihre Behausungen zu bringen. Zwei weitere Wachen folgten den drei Frauen die Wendeltreppe hinunter, die außen am Stamm des Großen Baums hinunterführte.

Vega stand Helia bei, indem er an ihrem Herzen pulsierte, nachdem er sich vorerst wieder in ihrem Amulett versteckt hatte.

Ab und zu berührte sie ihn, um sich Trost zu holen.

Auf dem Weg den Baum hinunter kamen sie an rußverschmierten Gesichtern und Kindern mit weit aufgerissenen Augen vorbei, an weinenden Familien, die nach Fluchtwegen suchten. Helia war froh, zu sehen, dass Lyvanda selbst in dieser Situation noch als Anführerin agierte. Wenn sie an den Menschen vorbeieilten, streckte sie ihre anmutigen Arme aus und wies ihnen den Weg zurück zu ihren Behausungen oder über die Brücken zu den anderen – hoffentlich sichereren – Bäumen um Mutter herum. Wenn sie zufällig weiteren Wachen über den Weg liefen, wies sie sie an, so viele Menschen wie möglich von der glühenden Hitze unter ihnen fortzuschaffen, die inzwischen alles erfasst hatte, und sie von den Schauplätzen der Verwüstung wegzubringen.

Unterdessen steuerte sie, ohne zu zögern, auf die Gefahr zu.

Nachdem sie viele Treppen hinuntergerannt, über eine beschädigte Brücke gerutscht waren und einen privaten Blätteraufzug im Inneren des großen Baumstamms genommen hatten, schafften sie es schließlich zum Boden. Im Schatten der riesigen Wurzeln, die sich um sie herum wie die Fangarme eines gewaltigen Leviathans schlängelten, traten sie heraus. Ein mit Saatkörnern gepflasterter Pfad führte sie um eine Wurzel herum und dann unter einer weiteren hindurch, bevor der Weg bald mit Holz- und Rindensplittern und Kupfergerätschaften übersät war, die alle auf unnatürliche Weise verbogen schienen. Schockierte Arbeiterinnen und Arbeiter standen herum, klammerten sich aneinander und starrten in den Rauch, der aus einem zerklüfteten Riss in dem Baum vor ihnen quoll. Durch den Rauch hindurch konnten sie Blicke auf eine riesige Anlage mit Maschinen, Laufwegen und gigantischen Messingbehältern werfen.

Das war die Raffinerie für das Elixier des Lebens.

Sie brannte lichterloh.

Helia hielt sich die Hand vor die Augen, als könnte sie sie damit vor der sengenden Hitze und den grellen Flammen schützen. Erinnerungen wirbelten in ihr umher. Einige galten ihrer Flucht vor dem Vulkan vor all den Jahrhunderten. Doch jetzt sah sie die Asche des Rosengartens und Xaviers blutverschmiertes Gesicht vor ihrem geistigen Auge.

Nein.

Daran wollte sie jetzt nicht denken. Sie verdrängte die Erinnerung, so gut es ging, denn sie war viel zu stark und im Umgang mit den Herausforderungen des Lebens auch zu erfahren, um sich von ihr beugen oder brechen zu lassen.

Sie verkörperte Hoffnung – und würde immer Hoffnung verkörpern. Selbst in ihren dunkelsten Momenten.

Als sie beide einen Blick auf die Leichen inmitten des Schlachtfelds erhaschten, keuchte Nu neben ihr. Helia drängte sie einen Schritt zurück und beide suchten Schutz in der Beuge einer Wurzel.

Lyvanda folgte ihnen nicht. Sie blieb kämpferisch und unbeirrt inmitten der Verwüstung stehen und wollte ihren Blick nicht von dem brennenden Herzen der Geschäfte des Großen Baums abwenden. Sie ging in die Hocke, um einen Verletzten zu trösten.

»Eine Kreatur war hier, Oberste Gelehrte!«

Obwohl die Rufe des Mannes einige Blicke auf ihn zogen, waren die meisten der Versammelten eher damit beschäftigt, das Feuer zu bekämpfen, indem sie die Wurzeln anzapften und Wasser durch Grasschläuche pumpten, als könnte dies etwas nützen.

Vielleicht würde es verhindern, dass sich der Brand ausweitete, überlegte Helia, aber die Raffinerie selbst war verloren.

»Eine Bestie mit vier Beinen und aus Feuer!«, fuhr der Mann fort. »Ich hatte gerade mit Tywich gesprochen, einem der Läufer, und hab mich für einen Augenblick umgedreht. Und als ich mich ihm wieder zugewandt habe, war er fort! Die Bestie hatte ihn geholt, und ich konnte einen Blick auf den flammenden Albtraum werfen, als sie davonrannte. Ich weiß nicht, ob der Läufer noch lebt, aber die Bestie selbst ist ins Labyrinth gelaufen, kurz bevor die Raffinerie explodiert ist.«

Helia biss die Zähne zusammen, als sie das hörte, denn sie wusste, woher eine solche Kreatur gekommen sein musste. *Suttaru.*

Sie erhaschte einen Schimmer von Lyvandas goldenem Kleid, das im Widerschein der Flammen und der anhaltenden Explosionen in der Raffinerie schillerte. Schließlich verließ Lyvanda den Mann, als er von seinen Freunden weggetragen wurde, und kehrte zu Helia und Nu zurück.

»Es tut mir furchtbar leid«, begann Helia, doch Lyvanda schüttelte den Kopf.

»Heb dir dein Bedauern für später auf, Weise. Wir werden mit diesen Gräueltaten so umgehen, wie es jetzt sein muss. Aber es ist klar, dass das, was dich heute hierhergebracht hat, längst schon in unserem kostbaren Baum sein Unwesen treibt. Zuerst der Rosengarten, dann das Labor und jetzt das hier? Das Elixier, über das wir noch verfügen, wurde unbrauchbar gemacht, und jetzt ist uns auch noch die Möglichkeit genommen worden, neues herzustellen.«

Helia straffte sich, so gut sie konnte, trotz der Verzweiflung, die wie ein hungriger Wolf an ihr nagte. In all ihrer Zeit als Weise hatte sie noch nie einen solchen Moment des Schreckens und des Verlustes erlebt. »Kann die Raffinerie wiederaufgebaut werden?«

»Nein«, sagte Lyvanda. »Man könnte vielleicht eine provisorische Anlage einrichten. Wir haben hier einige der besten Ingenieurinnen und Ingenieure von ganz Silvyra. Aber …«

Sie hielt inne, denn die Worte auf ihren Lippen waren zu bitter und zu grauenvoll, um sie auszusprechen.

Helia beendete den Satz für sie. »Aber selbst wenn du es könntest, haben wir ein größeres Problem. Es gibt keine Rezepturen mehr und niemanden, der sie herstellen kann.«

Lyvandas Lippen wurden schmal. »Unsere Schüler sind tot und das Archiv ist zu Asche verbrannt. Alles, was wir brauchen, und jede oder jeder, der helfen könnte, ist … nicht mehr da.«

»Außer Dzin«, warf Nu leise ein.

»Der Schüler, der weggelaufen ist? Der, von dem sie sagen, er hätte seine Kameraden ermordet?«

Nu schüttelte den Kopf. Sie hatte wieder dieses Gefühl, das die Worte steuerte, die aus ihrem Mund kamen, obwohl sie sich nicht ganz sicher war, wie das möglich war. Es war reiner Instinkt und dabei so wirklich, dass sie es fast schmecken konnte. Sie konnte es sogar vor sich sehen, ganz lebendig: Flammen züngelten an den Rändern des Bildes in ihrem Kopf. Ein junger Mann, der in panischer Angst versuchte, seine Freundin zu retten, während er sich einer abscheulichen Kreatur mit einem Fell aus Flammen gegenübersah, die das Laboratorium in Brand gesteckt hatte.

»Ich glaube, er ist unschuldig«, sagte sie und fröstelte, als sie in die Wirklichkeit zurückkehrte. Was auch immer gerade wieder passiert war, sie wusste, dass sie der Wahrheit dessen, was sie gesehen hatte, vertrauen konnte. Sie sprach mit fester und zuversichtlicher Stimme, denn sie wusste, dass das, was sie sagte, wichtig war. »Ihr müsst darauf vertrauen, dass er das hier nicht getan hat. Und außerdem verfügt er über die letzte noch existierende Rezeptur. Du sagst, er ist damit ins Labyrinth geflohen? Wir sollten ihm folgen.«

Im Angesicht von Nus Direktheit neigte Lyvanda langsam den Kopf. »Es stimmt. Er hat die letzte Rezeptur bei sich. Das heißt, ja, ob er nun schuldig oder unschuldig ist, wie du sagst, ihr müsst ihm folgen. Ihr müsst die Rezeptur und den Schüler selbst zurückbringen, denn nur er kann den Trank brauen. Dzin ist jetzt die einzige Hoffnung, die du hast, um dein Gedächtnis wiederzuerlangen, Helia. So kannst du vielleicht doch noch Perennia finden und sie zurückbringen, um uns zu beschützen, dem Rosengarten neues Leben einzuhauchen und dafür zu sorgen, dass unser Lebenselixier wieder heilen kann. Ich werde dafür sorgen, dass unsere Läuferinnen und Läufer für deine Rückkehr ein improvisiertes Labor einrichten.«

Sie streckte eine Hand aus und drückte ganz sanft Helias Arm. Trotz ihres Altersunterschiedes konnte Helia nicht umhin, es wie die Geste einer Mutter zu empfinden. Es erfüllte sie mit Stolz, dass dieses kleine Mädchen, das sie gekannt hatte, zu einer so wunderbaren Frau herangewachsen war.

»Es war schön, dich wiederzusehen«, fuhr Lyvanda fort. »Aber jetzt müssen sich unsere Wege trennen. Folge der Kreatur – geh diesen Weg zurück, dann bieg ab und folge dem größten Pfad zum Ur-Wald und dann weiter bis an den Rand des Labyrinths. Das Tor dazu wirst du leicht erkennen, aber der Weg dorthin wird eine Weile dauern.«

»Vielen Dank, Lyvanda.«

»Danke mir noch nicht. Die Reise, die vor dir liegt, ist voller Gefahren. Ihr müsst euch die Augen verbinden, bevor ihr das Labyrinth betretet, sonst riskiert ihr, euch darin zu verirren. Das können wir uns nicht leisten, meine Liebe.«

Helia nickte und schob Nu vor sich her. Dann drehte sie sich um und wollte sich noch einmal bedanken, aber Lyvanda war schon weitergegangen und wies ihre Leute an, nach Überlebenden zu suchen, während um sie herum noch immer die Glut der zerstörten Raffinerie niederging.

Mit einem Schaudern überließ Helia sie sich selbst.

»Irgendeine Nachricht aus der Großen Bibliothek?«, fragte sie Vega, während sie den Pfad entlangeilten.

Die Antwort war ein trostloses Summen an ihrem Hals.

Helia nickte und nahm es hin.

Dum spiro, spero, wiederholte sie im Geist. Das war wieder ihr Mantra. Der Satz, den Xavier immer geliebt hatte und der sie so lange aufrecht gehalten hatte.

Solange ich atme, hoffe ich.

Und wieder einmal genügte das.

»Dann gehen wir allein weiter«, sagte sie und schenkte Nu ein aufmunterndes Lächeln.

Überraschenderweise erwiderte Nu das Lächeln.

Vor ihnen lagen der Ur-Wald und das Labyrinth.

22

Rettungsaktionen im Labyrinth

Helia stieß einen Seufzer der Erleichterung aus, als sie aus dem Ur-Wald auftauchten. Neben ihr schwebte Vega, der in Grün- und Brauntönen aufleuchtete, nachdem sie sich mühsam den Weg zwischen dichten Bäumen und durch die Vegetation gebahnt hatten. Nu sah sie staunend an, denn noch nie hatte sie die volle Macht einer Weisen mitangesehen, die im Einklang mit der Natur arbeitete, so wie es Helia und Vega gerade gelungen war. Dass ein so uralter und urzeitlicher Ort Helias Bedürfnisse gespürt hatte und um die beiden Reisenden herumgeflossen war, grenzte an ein Wunder und verkürzte ihre Reisedauer auf weniger als die Hälfte der Zeit, die selbst die Einheimischen benötigten. Sie waren vom Großen Baum aus durch den sich ständig verändernden Wald gelaufen und selbst jetzt konnte man die Geräusche der sich verschiebenden Vegetation hinter ihnen hören.

Aber nun galt ihre Aufmerksamkeit dem, was vor ihnen lag.

Das Labyrinth hieß sie willkommen. Seine Wände aus dunklen Blättern und Ranken, aus krummen Ästen und befremdlichen Blumen schlossen sich um Helia und Nu, als sie eintraten.

Allerdings konnte Helia nichts davon sehen, denn sie trug jetzt eine der Augenbinden, die ihr die Bibliothek in die Tasche ihrer Kleidung gesteckt hatte, als hätte sie gewusst, dass sie die brauchen würde.

Wie immer hatte die Bibliothek recht.

Zum Glück brauchte Helia an diesem Ort nicht mit den Augen zu sehen. Das Empfinden für die Natur war hier so stark, dass ihre natürlichen Sinne durch ihre Verbindung mit Vega geschärft wurden – der wippte immer noch in der Halskette, sicher an ihrer Brust geborgen. Sie brauchte ihren Verstand nur so weit zu beruhigen, dass sie ihre Sinne ausstrecken und die Dinge *wahrnehmen* konnte.

Es war schwierig, jemandem dieses Gefühl zu erklären, der noch keine solche Beziehung zu seiner Sphäre hatte, deshalb ließ sie Nu einfach in dem Glauben, Vega würde sie führen. In Wirklichkeit hatte die Magie des Labyrinths die Sensoren der Sphären getrübt und dafür gesorgt, dass sie in keine Richtung allzu weit sehen konnten.

Hier drin war Helia diejenige, die alles »sehen« konnte. Als sie eintraten, konnte sie spüren, wie das klaffende Maul des Labyrinths sie verschluckte. Sie war in der Lage, sich die nächtlichen Vögel vorzustellen, die über ihnen herumflatterten, zwischen den Ästen hin und her hüpften und sich in ihren Nestern niederließen, um die vorbeiziehenden Besucher zu beobachten. Helia konnte auch die Nachtkreaturen in der Nähe lauern sehen, wie sie durch Hecken und Blätterwerk huschten oder um Ecken krochen und sich an ihre Beute heranpirschten. Hier und da spürte sie außerdem die Spuren der Präsenz früherer Besucher des Labyrinths, die für unwürdig erachtet worden waren oder deren Herz nicht rein genug gewesen war. Ihre Knochen waren nun verborgen, ihre Schädel hatten für immer den Mund vor Entsetzen aufgerissen, weil sie geglaubt hatten, sie könnten hier ungeschoren durchkommen.

Helia spürte alles durch den Boden und die Wurzeln und die Bäume und die Blätter hindurch. Mit diesem magischen Ort war sie eins.

Du bist mit der Natur verbunden, hatte ihre Mutter immer gesagt, wenn sie den üppigen Garten ihrer Tochter bewundert hatte. Es hatte jederzeit genug gegeben, um die Familie zu ernähren, und oft genug hatte es auch noch für ihre Nachbarschaft im Dorf gereicht. *Die Natur hört dir zu, Helia. Du bist wie die Sonne über uns. Wenn du scheinst, gibt es immer einen grünen Keim der Hoffnung.*

Für Helia hatte die Natur zu allen Zeiten Hoffnung repräsentiert. Wenn sie als Kind von den Elementen umgeben gewesen war, hatte sie sich mit der Welt immer eins gefühlt und war von ihren Möglichkeiten begeistert gewesen. Ganz gleich, welche Hindernisse die Natur in all ihren unterschiedlichen und unwahrscheinlichen Formen zu meistern hatte, sie fand immer einen Weg, sie zu überwinden. Und das war etwas, das Helia in allem, was sie tat, verinnerlichte. Sie wurde zum grünen Keim der Hoffnung, selbst wenn das Leben grausam und hart erschien.

Es war diese Verbindung, die Vega zuerst zu ihr hingezogen und warum er in ihr die potenzielle Nachfolgerin des Weisen der Hoffnung gesehen hatte. Es war auch der Grund, warum er ihr auf ihren Reisen gefolgt war. Und als sich ihre Welt in Schwefel und Asche verwandelt hatte und der mächtige Berg, auf dem sie geboren worden war, sich selbst in Stücke gerissen und die Erde und die Meere hatte erbeben lassen, war es der Grund gewesen, warum ihre kleine Sphäre sie davongetragen, sie vor dem Tod gerettet und zum Portal der Großen Bibliothek geführt hatte.

Dort hatte sie entdeckt, dass ihre Talente auf der Erde zwar begrenzt sein mochten, dass sie aber hier in den anderen Reichen viel mehr ausrichten konnte. Ihre Gabe, mit der Natur in Verbindung zu treten und sie zu nutzen, war dank der Macht der Bibliothek und der Verbindung zum Buch der Weisheit, die sie nun durch Vega hatte, stärker, als sie es sich je hätte vorstellen können.

So war sie jetzt in der Lage, sich ihren Weg durch das dunkle und gefährliche Labyrinth zu bahnen, während Nu neben ihr immer wieder stolperte und jedes Mal Helias untergehakten Arm mit ihrem an sich presste, wenn sie versuchte, sich zu fangen.

»Pass wegen der Wurzeln auf«, riet ihr Helia geduldig und hielt sie fest. »Sie tauchen aus dem Nichts auf und versuchen, dich auf die Probe zu stellen. Du musst die Füße heben und vorsichtig und langsam gehen.«

Ein wenig unfair war es schon, der armen Nu gegenüber. Helia war in der Lage gewesen, die Wurzel zu sehen, die sich über ihren Pfad schlängelte, und sie hatte darüber hinwegsteigen können. Aber sie fand, dass es nicht schaden konnte, Nu klarzumachen, wie herausfordernd dieser Ort sein konnte, und dafür zu sorgen, dass sie ihn in Zukunft respektierte, sollte sie jemals wiederkommen und sich hier allein zurechtfinden müssen.

»Ich kann wegen der Wurzeln nicht aufpassen, solange meine Augen verbunden sind«, murrte Nu, klammerte sich an Helias Arm und seufzte, während sie sich aufrichtete. »Und du gehst viel zu schnell für mich, als dass ich langsam laufen könnte. Bist du dir sicher, dass du immer noch eine Augenbinde trägst? Ist das einfach eine Art Test, dem du mich unterziehst?«

Helia lächelte vor sich hin. »Es ist der Test des Labyrinths, nicht meiner.«

Nu stolperte erneut und fluchte. »Himmel noch mal, Helia. Tut mir leid. Ich halte dich auf, nicht wahr? Vielleicht solltest du mich lieber hierlassen und vorauslaufen, um diese Brüder und die Rezeptur zu finden.«

»Unsinn. Du machst das bisher sehr gut. Besonders in Anbetracht der Umstände, in die wir dich hineingeworfen haben.« Sie brachte sie beide zum Stehen. »Bleib einfach mal ganz ruhig, atme und sei kurz still. Ich nehme mir einen Moment Zeit, um mich neu auszurichten.«

»In Ordnung«, antwortete Nu unsicher und löste ihren Arm von dem Helias.

Helia trat beiseite und hockte sich hin, um den Boden zu berühren und ihre Finger in die Erde zu stecken. Nachdem es kürzlich geregnet hatte, war sie feucht. Das war nicht die günstigste Art, sich mit den Pflanzen um sie herum zu verständigen. Viel direkter wäre es gewesen, an den Rand des Weges zu gehen und sich an einem Ast oder einer Ranke festzuhalten. Aber Helia befürchtete, dass das Labyrinth irgendetwas versuchen würde. Es tat nur denen etwas an, die unreinen Herzens waren, denen es nicht vertrauen konnte, aber es prüfte alle, die sich hineinwagten, um festzustellen, ob sie würdig waren.

Vor ihrem geistigen Auge hatte sie bereits mindestens eine Mondratte gesehen, die von einem Haubenwurzgewächs geärgert wurde. Die kübelartige Blume hatte nach dem Kopf der Mondratte geschnappt, sich dann aber um sie herumgedreht, ihren Schwanz zwischen den Blütenblättern gepackt und sie in die Nacht geschleudert. Helia spürte, dass ihre Macht ihr helfen konnte, das Labyrinth davon abzubringen, irgendetwas mit ihr zu versuchen, aber mit Nu im Schlepptau wollte sie lieber kein Risiko eingehen.

Also saß sie auf dem Pfad und tastete den Boden ab, streckte ihre Sinne aus, bis sie eine Wurzel fand und ihr durch das gewaltige Netzwerk aus Informationen folgte, die unsichtbar um sie herumflossen, diesen Milliarden und Abermilliarden von Nachrichten, die von jedem Trieb, jedem Blatt, jedem Ast und jeder Blume ausgingen. Ihre Sinne konnten sogar die Kreaturen berühren, die in Harmonie mit dem Labyrinth lebten … und jene, die gerade von ihm gefressen wurden.

Dann endlich spürte sie ihre Präsenz.

Es war ein fernes Echo, allerdings eines, das unverkennbar menschlich war.

Zwei Personen.

Und ein Vibrieren, das ein erschrockenes Stöhnen zu sein schien, da sie sich beide in einer Pflanze versteckten. Draußen schlich ein anderes Wesen umher, ein Wesen auf vier Beinen. Sie konnte die Hitze spüren, die das Geschöpf quer durch das Labyrinth abstrahlte.

Die Kreatur aus der Raffinerie.

»Die Kreatur hat die beiden gefunden«, flüsterte sie und ihre Eingeweide krampften sich zusammen. Als wäre das noch nicht genug gewesen, wurde ihr jetzt auch klar, in was für einer Pflanze sich die beiden versteckt hatten. »Sie sind in einen voonusischen Fleischreißer gesprungen? Schreckliche Wahl. Das solltest du niemals tun. Komm schon, Nu. Wir sind dabei, sie zu verlieren.«

Aber das einzige Geräusch, das sie hörte, war die gedämpfte Antwort, die Nu ihr nicht geben konnte … weil ihre Freundin plötzlich weggezerrt wurde.

»Nu?«

Helia sprang auf und trennte ihre natürliche Verbindung zum Labyrinth, aber immer noch konnte sie das Bild sehen, das sich in ihr geistiges Auge eingebrannt hatte – und das, was sie durch ihre Verbindung mit Vega spüren konnte. Das musste genügen.

Ein großzähniger Farn hatte sich hinter ihnen entrollt und sich lautlos um das arme Mädchen gewickelt, bevor er Nu in seine tödliche Umarmung schloss und ins Dickicht des Dschungels zerrte.

Helia schleuderte, so schnell sie konnte, ihre Stiefel von den Füßen, dann rannte sie hinter Nu her und nutzte die sehr schwache Verbindung durch ihre nackten Fußsohlen, um ihre Sinne zu leiten. Die Stöcke und Steine, das Laub und die verdorrten Zweige waren unter ihren Füßen scharf und rau, und sie zuckte mehr als einmal zusammen, doch dann konzentrierte sie sich weiter auf das Bild der kämpfenden Nu.

Das hier hätte nicht passieren dürfen. Nus Herz war so rein, wie man es sich nur wünschen konnte. Das Labyrinth hätte sie nicht anrühren dürfen.

Dann spürte sie, während sie rannte, die Augenbinde auf dem Boden unter ihren Füßen.

O nein.

Sie hob sie auf und stopfte sie in eine ihrer Taschen.

»Vega, hilf mir!«, drängte sie.

Sie hätte gar nicht darum bitten müssen. Die Sphäre verließ bereits ihr Amulett, wuchs zu ihrer gewohnten Größe an und pulsierte wild. Helia spürte, wie die Wärme ihrer Verbundenheit in sie hineinfloss, wie ihre Kraft immer stärker wurde und wie eine Feder gespannt darauf wartete, losgelassen zu werden.

Dank Vega sah sie jetzt besser – schärfer –, und sobald sie die Heckenwand erreicht hatte, stieß sie ihre Hände hinein. Das Blattwerk schloss sich um ihre Hände und Arme und zerrte und kratzte an allem, was es finden konnte. Sie ignorierte den Schmerz und schüttete ihre Gefühle in das Labyrinth und in die Richtung des Farns.

Lass sie gehen, dachte sie energisch. *Sie hat doch bloß einen Fehler gemacht. Lass das Mädchen gehen. Sofort!*

Nus gedämpfter Schrei drang an ihre Ohren, noch während Helia spürte, wie etwas um das Grün herum nachgab. Es war nicht viel, nur eine Geste, aber genug, um ihr klarzumachen, dass sie gehört worden war.

Es war jedoch nicht genug, um den Farn aufzuhalten.

Jetzt entwickelte sich innerhalb des Labyrinths selbst ein Konflikt. Helia spürte das Hin und Her um sie herum, das durch ihre Hände und in ihrer Brust pulsierte. Die ältesten Teile des Wächters mit tiefen Wurzeln, die sich an Helias frühere Besuche hier erinnerten, drängten die verwegenen neueren Gewächse, sich zu zügeln, und sagten dem Farn, dass er mit der Entführung des Mädchens über das Ziel hinausgeschossen war, auch wenn es die Augenbinde abgenommen hatte.

Aber sie wurden ignoriert.

Der gezähnte Farn rollte sein unglückliches Opfer weiter ein. Nus gedämpfte Panikschreie wurden schwächer. Helia spürte, dass die jüngeren Teile des Labyrinths den Streit gewannen.

Ihre Panik wurde immer größer. Sie fragte sich, ob sie ihre Kräfte hier überschätzt hatte. Ihr Herz raste, als sich ihre Sicht verschlechterte und sie langsam die Fähigkeit verlor, Nu zu sehen. Sie spürte, wie der Schweiß ihre Augenbinde durchnässte, und kniff die Augen dahinter fest zusammen.

Das hier schien nicht zu glücken. Zeit für eine neue Taktik.

»Zum Teufel damit«, brüllte sie, nahm ihre eigene Augenbinde ab, um etwas zu sehen, und stürzte sich in Richtung des sich bewegenden Gestrüpps. Die Spitze eines Schuhs war das Letzte, was sie sah, bevor sie sich kopfüber hinterherstürzte und mit beiden Händen Nus Beine packte. »Nein, das tust du nicht. Sie gehört zu mir!« Aber dies war kein Ringkampf, den sie gewinnen würde. Das wusste sie sofort, als der Farn sie nach vorn riss. Jeder Muskel in ihrem Körper schmerzte. Ihre Haut war zerkratzt und blutete. Ihre Lunge brannte von der Anstrengung, die sie an diesem Tag bereits hinter sich hatte. Sie war nur noch die bleiche, erschöpfte Hülle einer Frau, die seit dem Aufwachen schon alles verloren – und trotzdem noch mehr zu verlieren – hatte.

»Lass sie los«, drängte sie erneut und wandte sich an niemand Bestimmten. Das Labyrinth. Sie selbst. Sie wusste es nicht.

Vega pulsierte mit einer wütenden Leuchtkraft hinter ihr, die ausreichte, um das Unterholz mit Lichtsplittern zu attackieren. Dadurch konnte Helia durch ihr wirres Haar und das Grün, das sich um sie herum schloss, erkennen, dass Nu fast verloren war. Die einzige Orientierungshilfe war ein kleines Glimmen am Handgelenk der jungen Frau, mit dem Antares sie von ihrem Armreif aus schwach leitete.

Ein letztes Mal ziehen. Sie musste es wenigstens versuchen.

Helia schloss die Augen und hielt mit einer Hand Nus Bein fest, während sie mit der anderen losließ, um nach dem nächstbesten Ast zu greifen. Ein alter Baumstamm. Einer, der vielleicht helfen würde.

Bitte.

Es war genug. Irgendetwas schnürte sich vor ihr zusammen, und sie fragte sich, ob das arme Mädchen tatsächlich durch das Labyrinth geschleppt und ausgespien wurde, allein in der Nacht und den Kreaturen ausgeliefert, die vielleicht zufällig auf sie stoßen würden. Doch mit einem kalten Anflug von Erleichterung, als würde sie nach einem langen Aufenthalt unter Wasser wieder auftauchen, erkannte Helia, dass es gar nicht die Pflanze um Nu herum war, die sich verengt hatte. Eher waren es die Büsche in der Nähe. Sie reagierten auf Helias Drängen und kamen Nu zu Hilfe, indem sie gegen den Farn drückten und ihre Tentakel ausstreckten, um seinen Bulbus zu ersticken, bis sich das lange, eingerollte Blatt zu lockern begann und Helia Nu befreien konnte.

Danke, dachte sie.

Helia und Nu schoben sich die Äste und Blätter aus dem Gesicht und schleppten sich zurück zu dem Weg, wo Vega wie ein Wirbelsturm aus Wut und Panik herumwirbelte. Helia hielt nicht inne, um ihn zu beruhigen. Sie setzte ihre Augenbinde wieder auf, eilte vorbei und schnappte sich mit einer Hand ihre Stiefel, wobei sie sich erneut allein auf die Verbindung ihrer nackten Füße durch die Erde verließ.

»Setz deine Augenbinde wieder auf und renn«, sagte Helia, nahm sie aus ihrer Tasche und drückte sie Nu in die ausgestreckten Finger. »Und nimm sie nicht wieder ab!«

»Es tut mir wirklich leid. Mir hat der Schweiß in den Augen gebrannt. Ich habe sie nur für einen Moment abgenommen, das versprech…«

»Nicht reden, Nu. Wir haben kaum noch Zeit.«

Helia hatte immer noch ein Bild im Kopf, wohin sie gehen mussten. Da vorn links. Sie mussten dem Pfad durch das Tor aus Dornen folgen und dann unter der steinernen Brücke hindurchgehen. Solange sich darunter keine Trolle befanden, konnte ihnen nichts passieren.

Sie zog Nu, die nun wieder die Augen verbunden hatte, mit sich in die feuchte Dunkelheit und hörte Vega hinter sich aufgeregt durch die Luft pfeifen. Sie hoffte nur, dass Antares immer noch sicher aufgehoben an Nus Handgelenk geblieben war.

Glücklicherweise stießen sie auf keine Trolle, und sie hörten auch kein heiseres Knurren oder spürten scharfe, krallenbewehrte Finger, die nach ihnen schlugen. Allerdings zuckte Helia einmal zusammen, als ihre Füße auf etwas traten, das sich erst wie ein Haufen Zweige anfühlte. Dann aber knackte es wie Knochen, als sie ihr ganzes Gewicht darauf verlagerte. Sie beförderte sie mit einem Tritt an den Rand des Weges und eilte von Entsetzen getrieben weiter, bis sie die relative Helligkeit zwischen den frühmorgendlichen Schatten des Labyrinths wieder auf ihrem Gesicht spürte.

Dort.

Das Bild wurde etwas schärfer, je näher sie den Brüdern kamen. Helias Verbindung zu dem Leben um sie herum ermöglichte es ihr, die beiden Gestalten zu sehen, die sich in dem ganz und gar nicht sicheren Bauch eines voonusischen Fleischreißers zusammenkauerten. Währenddessen trieb sich die Feuerkreatur immer noch draußen vor ihnen herum und hatte es bisher irgendwie geschafft, nicht aufgefressen zu werden. Helia fragte sich, ob das daran lag, dass es eine Kreatur und kein Mensch war. Konnten Kreaturen als unwürdig oder sogar als böse erachtet werden? Vielleicht brauchte das Labyrinth bloß einen kleinen Schubs in die richtige Richtung.

»Bleib hier«, flüsterte sie Nu zu, löste ihren Arm von Nus und ging an den Rand des Pfades. Ein Ast schlug nach ihr und sie hielt ihn fest. Dann ließ sie ihre Macht durch ihn hindurchströmen, entlang der verschlungenen Wurzeln und hinauf zu einem Farn, der nicht allzu weit von der Kreatur entfernt stand.

Ich habe eine Mahlzeit für dich, rief sie dem Farn zu. *Etwas, das ohne Frage unwürdig ist und worauf du schön herumkauen kannst.*

Der Farn schlängelte sich sofort in die Richtung der Bestie. Als er sich um ihre Beine schlang, heulte die überraschte Kreatur auf und spuckte Flammen aus ihrem Maul.

Die Pflanze zeigte sich unbeeindruckt. Mit einem Funkenregen riss sie das Tier zu Boden und zerrte es dann ins dichte Gestrüpp. Der unmenschliche Schrei verklang in der Ferne, als die Kreatur hindurchgezogen und danach schnell aus dem Labyrinth ausgespien wurde. Offensichtlich unterlag sie nicht denselben magischen Regeln, die einen unwürdigen oder bösen menschlichen Reisenden hier drin das Leben gekostet hätten.

Helia packte Nu mit ihrer freien Hand und rannte los, bis sie vor ihnen panische Stimmen hörten.

»Kannst du es von deiner Seite aus aufstemmen, Dzin?«

»Nein! Es bewegt sich nicht. Das tut mir furchtbar leid, Bruder.«

»Hör auf zu jammern und gib dir mehr Mühe. Hast du schon dagegengetreten?«

»Ja! Ich sagte doch, es bewegt sich nicht. Ich habe alles probiert. Ich bin so müde. Vielleicht könnten wir hier einfach ein kleines Nickerchen machen, bevor wir es noch mal versuchen …«

»Nicht einschlafen!«, schrie Helia, als sie und Nu beim Abbremsen ungeschickt und blind herangeschlittert kamen und gegen die dicke Pflanzenhaut prallten. Sie ließ Nu los, warf ihre Stiefel von sich und streckte die Hände nach der Blume aus.

Es folgte ein kleiner Tumult im Innern, als die beiden jungen Männer vor Überraschung um sich traten.

»Hallo?«, erklang eine Stimme, gefolgt von einem Gähnen.

Helia legte beide Hände auf die dicken Blütenblätter, die die beiden Jungen im Innern einschlossen. Sie wusste, dass sie keine Chance hatte, sie mit Gewalt zu öffnen, denn an den Rändern der Blätter befanden sich Haken, die sich miteinander verbanden und einrasteten. Man konnte sie nicht öffnen, es sei denn, man besaß ein scharfes Messer und hatte ein paar Stunden Zeit, um sie aufzuschneiden. Aber bis dahin würden die Brüder Mus sein.

Mit dem letzten Quäntchen Energie, das sie noch hatte, wandte sie sich über das Blütenblatt an dessen Zellen und versuchte, die Natur um einen letzten Gefallen zu bitten: Sie konzentrierte sich auf die Schönheit dieser Blume, teilte ihr mit, dass sie ihr Bedürfnis verstand, sich zu nähren, und bat sie, die Gefangenen trotzdem freizulassen – zum Wohle aller.

Damit der Große Baum für das, was geschehen war, Gerechtigkeit üben konnte.

Und – das half.

In der Erde bewegte sich etwas. Plötzlich schwoll die Pflanze an, und es entstand ein schnappendes Geräusch, als sich die Haken lösten. Blind gelang es Helia und Nu, die Blütenblätter zu öffnen und hineinzugreifen, um die beiden Männer herauszuziehen, die kurz davor gewesen waren, für immer das Bewusstsein zu verlieren.

»W-Wa…?«, flüsterte einer von ihnen, als die Frauen ihn herauszogen und ihn auf den Pfad fallen ließen. Dann halfen sie dem Größeren und Schwereren der beiden aus der Pflanze, der zumindest noch genug Kraft in sich hatte, um sich selbst über den Rand zu hangeln. Er stolperte kurz, füllte seine Lunge mit frischer Luft und hob dann seinen Bruder vom Boden auf.

»Könnt ihr weitergehen?«, fragte Helia.

Beide gaben Laute von sich, die nach Zustimmung klangen.

Helia spürte, dass Vega neben ihrem Ohr schwebte. Sie hatte nicht die Kraft, ihm zu sagen, dass er sich verstecken sollte, falls einer der Brüder seine Augenbinde verlor. Sie tippte einfach auf ihr Amulett. Er verstand und schrumpfte sofort in sich zusammen, bevor er mit einem warmen, befriedigenden Klicken in das Schmuckstück hineinglitt.

Damit schnappte sie sich wieder ihre Stiefel und führte die anderen Arm in Arm auf dem Weg zurück, dorthin, wo sie Sicherheit witterte. Ihre Füße waren jetzt aufgeschürft und bluteten, aber sie konnte sich noch immer mit dem Labyrinth verständigen, und das war das Einzige, was in diesem Augenblick zählte.

Sie mussten einfach nur von diesem Ort verschwinden. Also folgte sie den Bildern in ihrem Kopf und führte sie einen Weg entlang, dann einen zweiten und dann noch einen dritten. Einer der Männer murmelte etwas, das sie nicht ganz mitbekam. Etwas wie »zum Baum zurückkehren« und »Bestrafung«. Sie antwortete nicht und ließ die Männer in ihrer Sorge schmoren.

Schließlich tauchte der Ausgang vor ihnen auf.

Hoch über ihnen spannte sich der nördliche Torbogen, und seine ineinander verwobenen Ranken und Dornen kratzten an ihren Armen und Beinen, als sie hindurchrannten.

Auf der freien Ebene dahinter ließen sie sich auf den Boden fallen.

23

Der abtrünnige Weise

Arturo ließ sich in den Sessel zurücksinken und lauschte dem Knistern des Feuers neben ihm.

Der Lesesaal, in dem er und Robin die vergangenen Stunden verbracht hatten, um Nachforschungen anzustellen, war so ziemlich das Schönste, was er je gesehen hatte. Überall in diesem riesigen Raum konnte er Bücher entdecken. Große, kleine, dünne, dicke, in allen Farben, Verzierungen und Designs. Drei Stockwerke hoch aufgestapelt an den Wänden und irgendwie sogar unter der Decke befestigt.

Und das hier war nur ein einziger Raum innerhalb dieser fantastischen Großen Bibliothek.

Wie lange hatte es gedauert, eine solche Sammlung aufzubauen? Er wusste, dass dieser Ort alt war, aber hier war der Beweis dafür in all seiner muffigen, nach Papier duftenden Pracht.

Er schwenkte das Schnapsglas mit der dicken goldenen Flüssigkeit und ließ den starken Duft aufsteigen, wodurch seine Augen auf die köstliche Art und Weise tränten, die alle wirklich starken alkoholischen Getränke auszeichnete. Dann kippte er das Glas herunter und beugte sich über den Couchtisch, um sich eine weitere Delikatesse von dem silbernen Tablett mit Leckereien zu nehmen, die man für sie zubereitet hatte, um sie bei ihren Nachforschungen zu unterstützen.

Er steckte sich den Bissen in den Mund und begriff im selben Augenblick, dass er gar keine Ahnung hatte, was die rosaroten Pastetchen enthielten. Aber Robin hatte gesagt, alles in der Bibliothek sei pflanzlich und nachhaltig angebaut worden, daher machte es ihm nicht wirklich etwas aus, was immer es sein mochte. Er wusste nur, dass er bereits sechs von diesen Teilen gegessen hatte und sich fragte, ob er Robin überreden konnte, ein weiteres Tablett zu bestellen.

Ein paar Sekunden lang kaute er auf der weichen Gemüsefüllung in der knusprigen Teighülle herum und war mit der angenehmen Normalität dieses Erlebnisses ganz zufrieden – inmitten all der paranormalen Ereignisse, die er heute erlebt hatte.

Seine Gedanken kreisten um die Geschichte, die Mwamba ihnen erzählt hatte. Die Geschichte über den abtrünnigen Weisen war interessant gewesen, sowohl aufgrund ihres Inhalts als auch wegen der Art, wie Robin darauf reagiert hatte.

Inzwischen verstand Arturo, dass Robin zwar ein selbstbewusstes Mitglied dieser Gruppe von Weisen war, aber sie wirkte immer noch recht frisch und geradezu idealistisch. Für sie warfen die Große Bibliothek und diejenigen, die in ihr lebten und arbeiteten, keine Schatten. Vor allem die Weisen waren über jeden Verdacht erhaben. Die Sphären hatten sie aufgrund ihrer wunderbaren Eigenschaften ausgewählt, die sie auf der Erde gezeigt hatten. Wie konnten sie also nicht all das sein, was die Sphären in ihnen sahen? Ihre kleinen Gefährten konnten sich nicht irren, denn sie wirkten durch das Buch der Weisheit, der allmächtigen Autorität im Zentrum dieser Welt. Also waren sie eine vertrauenswürdige Informationsquelle. Für Robin schien es absolut unmöglich, dass sie einen Fehler machten und einen Weisen erwählten, der böse werden konnte.

Arturo klopfte sich die Pastetenkrümel vom Hemd, hielt sein Schnapsglas kopfüber über die Düse auf dem kleinen Tisch und beobachtete amüsiert, wie ein weiterer Spritzer des Getränks *nach oben* in das Glas floss, bis es halb voll war. Er drehte es um und staunte auch jetzt noch über den Einfallsreichtum und, wie er inzwischen einräumte, über die Magie.

Die Wärme der Flüssigkeit brannte in seiner Kehle bis in seinen Magen hinunter.

Die Sache mit Robin war die, dass sie sowohl zuversichtlich als auch idealistisch war. Er kannte sie zwar erst seit Kurzem, aber er verstand schon jetzt, dass sie in jedem das Gute sah. Arturo war selbst ein wenig zynisch geworden, deshalb war er nicht sonderlich überrascht, dass ein vermeintlich guter Mensch, einer der Weisen, die in dieser Welt so geschätzt wurden, doch nicht ganz das war, was er zu sein schien.

»Der abtrünnige Weise, Edwin Payne, traf vor ungefähr zwei Jahrhunderten in unseren Hallen ein«, hatte Mwamba seine Geschichte begonnen.

Arturo und Robin hatten sich dichter vorgebeugt und aufmerksam zugehört.

»Er war ein General in der britischen Armee, aber auch ein großer Erfinder, der sich auf die Erschaffung von elektrischem Licht spezialisiert hatte. Er wurde von seiner Sphäre dazu auserwählt, der Weise der Kreativität zu werden, und tatsächlich, er schien auch ganz wunderbar geeignet für die Rolle zu sein, weil er imstande war, die Macht des Feuers zu bündeln und Wärme und Licht zu erschaffen, wo immer er hinging. Doch es war klar, dass seine Zeit in den Kolonialkriegen rund um die Welt Spuren in ihm hinterlassen hatte. Abgesehen davon, dass er ein Auge verloren hatte, peinigten ihn die Dinge, die er gesehen hatte. Also mochte er zwar immer höflich und wohlerzogen gewesen sein, doch er zog sich mehr und mehr zurück. Er litt unter schrecklichen Albträumen und wurde bei seiner Arbeit zunehmend verschlossen und verschwiegen.«

»Woran hat er überhaupt gearbeitet?«, erkundigte sich Robin.

»Um die Wahrheit zu sagen, da waren wir uns nicht sicher. Aber es ging das Gerücht, dass er nach einem Buch suchte, einem Tagebuch, das Suttaru gehört hatte, als dieser seinerzeit in der Bibliothek gewesen war, bevor die Dunkelheit ihn verdorben hatte. Dieses Tagebuch soll Geheimnisse der Magie enthalten, die sonst niemand kennt, und einen Weg aufzeigen, wie man Geschichten als Kraftquelle konsumieren kann.«

Arturo runzelte die Stirn. »Hat er denn versucht, sich selbst zu heilen? Sich von den Albträumen zu befreien?«

»Vielleicht«, antwortete Mwamba mit einem Unterton des Bedauerns in der Stimme. »Auf jeden Fall haben wir ihm damals nicht genug Aufmerksamkeit geschenkt. Wir waren selbstgefällig und haben ganz darauf vertraut, dass seine Sphäre von seinem Wert so überzeugt war, dass wir uns keine Sorgen zu machen brauchten. Doch wir haben gelernt, dass selbst die Sphären sich irren können. Man ertappte ihn dabei, wie er in der Bibliothek die dunkleren Quellen erforschte und nach einem Ort namens Discordia suchte, einem Land dunkler Geschichten. Erst da haben wir eingegriffen, um ihn und seine Sphäre zu fassen. Leider stürzte er bei der anschließenden Verfolgungsjagd vermutlich in den Tod. Man hat ihn jedenfalls nie wiedergesehen.«

Daraufhin hatte Arturo die auf der Hand liegende Frage gestellt: »Aber hat ihn denn irgendjemand wirklich sterben sehen?«

»Ich glaube nicht, nein – und wir konnten es nicht überprüfen. Seine Sphäre war, wie sich herausgestellt hatte, ebenfalls verdorben, und daher hatte das Buch der Weisheit sie bereits aus dem Kommunikationsnetzwerk ausgeschlossen, das unsere Gefährten mit der Großen Bibliothek und miteinander verbindet.«

»Also ist er dann vielleicht gar nicht gestorben?«

Mwamba hatte ihn lange angeschaut, bevor er schließlich genickt hatte.

Und dann hatte er sie ausgeschickt, um weitere Nachforschungen anzustellen.

So waren sie hier oben gelandet.

Mit einem lauten Seufzer stieg Robin von den hohen Bücherregalen herunter, in denen sie gestöbert hatte. Das dumpfe Geräusch ihrer Stiefel auf den Kupfersprossen der Leiter holte Arturo in die Gegenwart zurück.

Er hatte in seinem Notizbuch herumgekritzelt und sich Notizen gemacht. Bloße Gedanken eigentlich, Gedanken über das, was er gesehen und getan hatte. Natürlich waren sie um ihn herum zum Leben erweckt worden, und als Robin auf ihn zukam, machte er schnell eine Änderung.

Der wunderschöne hohe Baum, der sich neben seinem Stuhl direkt bis hoch zur Decke erstreckte, flackerte, als er ihn veränderte. Die Blätter nahmen einen vollen, kräftigen Orangeton an, und die Äste führten im Bogen über Robin hinweg, als sie einen theatralischen Seufzer ausstieß und sich in den Sessel ihm gegenüber fallen ließ.

»Du wirst immer besser«, bemerkte sie.

»Danke, aber ich spiele eigentlich nur ein bisschen mit den Pflanzen hier drin herum. Hast du in der Abteilung, in der du nachsehen wolltest, irgendetwas Interessantes gefunden?«

Robin hob ein verirrtes Blatt hoch, das von dem Baum auf ihren Schoß geflattert war. »Oh, nur noch mehr Bilder, solche wie die, die wir bereits gesehen haben. Er war auf jeden Fall der Inbegriff des ›guten alten britischen Soldaten‹, nicht wahr?«

Arturo nickte und dachte an die Bilder, die sie gesehen hatten. Skizzen, die auf der Seite zum Leben erwacht waren, und ein Hologramm von Edwin Paynes ausgezehrtem Gesicht, das sich mit der Augenklappe über seinem fehlenden Auge hin und her drehte. »Sonst noch etwas?«

»Oh, es gab auch einige Hinweise auf das, was er recherchiert hat. Größtenteils hatte er wohl mit zufälligen Entdeckungen dunkler Magie im Laufe der Jahre zu tun – Möglichkeiten, sein Aussehen zu verändern, wie eine Art Gestaltwandler, die Fähigkeit, den Menschen ihren Verstand zu vernebeln und ihren Willen dem eigenen zu unterwerfen. Es hörte sich so an, als hätte er sich auch besonders für Albträume interessiert, vor allem dafür, wie man sie loswerden kann. Außerdem habe ich im Kodex immer wieder Hinweise darauf gefunden, dass er nach Giften gesucht hat.«

»Nach welcher Art von Giften?«

»Keine gewöhnlichen Gifte. Den Aufzeichnungen zufolge war er auf der Jagd nach einem Gift, das sogar unbelebten Gegenständen schaden kann. Kannst du dir so etwas vorstellen?« Sie drehte das Blatt um und studierte es. »Aber das ist dann auch alles. Jede Menge schwache Hinweise und falsche Spuren und … na ja, Klatsch und Tratsch, wenn ich ganz ehrlich bin. Nichts, was Edwin Payne direkt mit Suttaru in Verbindung bringt. Nichts über das Tagebuch, nach dem er angeblich gesucht hat, oder eine Antwort darauf, ob er es tatsächlich gefunden hat. Keine Hinweise, die darauf schließen lassen, dass er mit Absicht verschwunden ist, wie du es angedeutet hast. Vielleicht ist er doch einfach gefallen und gestorben, so wie Mwamba meinte.«

»Vielleicht, vielleicht aber auch nicht. Das scheint mir immer noch eine zu einfache Wendung in dem Handlungsstrang zu sein. Er ist ein allzu guter Verdächtiger, wenn man bedenkt, was du mir gerade erzählt hast. Du hast es doch selbst gesagt: Man hat nie einen Leichnam gefunden.«

»Na schön. Und was schlägst du dann vor? Wo würdest

du hingehen, wenn du in eine solche Sackgasse gerätst, eine Schreibblockade? Wie überwindet man die?«

Arturo schenkte ihr ein Lächeln und zeigte dann auf sein Glas. Sie grinste, und sie ließen sich beide nachschenken, danach stießen sie damit an und kippten den Inhalt herunter.

»Wir haben immer noch das Problem, dass nur ein Weiser Zugang zum Refugium haben kann, in dem das Buch der Weisheit aufbewahrt wird«, überlegte er laut und spürte, wie sein Kopf langsam angenehm benebelt wurde. »Also, auch wenn die Beweise noch nicht auf der Hand liegen, denke ich, dass unser Verdächtiger es tut. Es ist Edwin Payne. Es sei denn, du kennst noch andere Weise, die sich mit Suttaru zusammentun würden.«

»Natürlich nicht!«, versetzte sie. »Die Weisen sind meine Freunde und Mitstreiter. Ich vertraue ihnen allen mit meinem Leben.«

»Na dann. Alle Zeichen deuten auf einen toten Mann hin.«

Arturo wusste, dass Mwamba von dieser Theorie noch nicht überzeugt war. Er hatte zugestimmt, ihnen die Geschichte zu erzählen, hatte aber darauf hingewiesen, dass alle Beweise darauf verwiesen, dass der abtrünnige Weise umgekommen war. Mwamba war im Gewölbe der Chroniken geblieben und zu den Protokollen zurückgekehrt, um weiter zu erforschen, *wann* das Problem mit dem Buch zuerst aufgetreten war. Er wollte chronologisch zurückgehen, um die Quelle zu finden. Ein streng methodischer, aber zu langsamer und unflexibler Prozess, um die offensichtliche Antwort zu finden, die ihnen – oder zumindest Arturo – ins Gesicht starrte.

Edwin Payne war der offensichtliche Verdächtige. Und sein praktischer »Tod« war lediglich ein Täuschungsmanöver gewesen, eine Rauchgranate, die er der tobenden Menge vor die Füße geworfen hatte, um mithilfe der inzwischen gelernten Tricks vor den Blicken der Bibliothek verschwinden zu können.

Und wenn er wirklich nach Suttarus Tagebuch gesucht hatte, dann hatte er es vielleicht auch gefunden. Aber was, wenn er beschlossen hatte, noch einen Schritt weiterzugehen und nach Suttaru selbst zu suchen? Dieser bösartige Aschenmann war doch offensichtlich noch nicht lange tot gewesen. Vielleicht hatte man ihn irgendwo gefangen genommen und darum hatte er auf seine Chance auf Rache gewartet. Was also, wenn der abtrünnige Weise das Buch der Weisheit verdorben hatte, um ihn zu finden und ihn zurückzubringen?

Arturo wusste so gut wie sicher, dass dies der Fall sein musste, denn genau so hätte er die Geschichte auch geschrieben.

Wenn Mwamba wollte, dass er hierblieb und den Schriftsteller spielte, dann würde er genau das tun, auch wenn es sich etwas lächerlich anfühlte.

Jetzt gab es nur noch ein Problem, überlegte er, während er sich ein letztes Glas genehmigte und es dann auf den Tisch stellte. Er schenkte Robin und Centauri ein müdes, aber zufriedenes Lächeln, während die heiße Flüssigkeit sein Inneres auf wunderbare Weise in Brand steckte.

Einen Verdacht zu haben, wer die Probleme mit dem Buch der Weisheit verursacht haben mochte, war eine Sache.

Aber wenn er hier etwas Gutes bewirken wollte, musste er das bestätigen, indem er den Mann fand, er musste beweisen, dass der Mann noch lebte, und ihn aufhalten, bevor er weiteren Schaden anrichten konnte.

24

Unterholz

Helia zwängte sich durch das Gewirr von Blättern und Ästen um das Tor aus dem Labyrinth herum und zog die anderen hinter sich her. Gemeinsam ließen sie sich auf den Boden fallen, nahmen ihre Augenbinden ab und blinzelten in die Nachmittagssonne.

Die beiden Brüder wirkten ganz unterschiedlich. Der eine war kleiner als der andere, hatte braune Haarsträhnen, die jetzt mit Pollen verfilzt waren, und eine lange, kräftige Nase, die sein breites Gesicht teilte. Seine Blicke huschten schuldbewusst zwischen Helia und Nu hin und her, als er sich offensichtlich fragte, wer von den beiden ihm zuerst Vorwürfe machen würde. Doch offenbar hatte er in seiner Erschöpfung akzeptiert, was immer sie mit ihm machen würden.

Sein Bruder, der Größere von beiden, fuhr sich mit einer Hand durch sein überraschend makelloses blondes Haar und rutschte auf dem Hintern näher an den anderen Jungen heran.

»Dzin hat es nicht getan. Alles war bloß ein Irrtum, und vielleicht hätten wir nicht weglaufen sollen, aber wir hatten keine Wahl. Im Labor wütete eine Feuerbestie, und Dzin war der Einzige, der lebend entkommen ist. Ich werde nicht zulassen, dass ihr ihn zurückbringt.«

»Wir sind nicht hier, um irgendjemanden zurückzubringen«, sagte Nu. »Nicht wahr, Helia?«

Müde hob Helia eine Hand, denn sie wusste, dass der Bruder seine Proteste fortsetzen würde, ganz gleich, was sie sagte.

Stattdessen richtete sie das Wort an den kleineren Mann. »Was immer passiert ist, ich glaube, dass du keine Schuld an alledem trägst, Dzin. Jetzt sag mir bitte eins: Hast du die Rezeptur noch?«

Der kleinere Mann blinzelte. »Wie habt ihr uns da herausgeholt?«

»Wie bitte?«, fragte Helia.

»Ich meine es ernst«, sagte Dzin und warf zuerst einen Blick zu dem Labyrinth, dann sah er wieder zu Helia hinüber. »Das ist ein magischer Ort, der den Ur-Wald und den Großen Baum schützen soll. Nur Läufer sollten in der Lage sein, sich dort so gut zurechtzufinden, wie ihr es gerade getan habt. Aber ihr seid keine Läufer«

»Nein, sind wir nicht. Aber das ist eine Geschichte für einen anderen Tag. Bitte sag mir also: Hast du die Rezeptur?«

Dzin blinzelte verwirrt, dann wandte er sich an seinen Bruder. »Yantuz?«

Yantuz zuckte die Achseln. »Du kannst sie ihnen ruhig zeigen.«

Dzin griff in seinen Mantel und holte eine zerknitterte, aber unversehrte Schriftrolle heraus.

»Meinst du das hier?«

Helia hätte laut auflachen können, wäre sie nicht so erschöpft gewesen. Sie begnügte sich mit einem dankbaren Nicken.

»Das ist es.«

»Ihr seid uns nur wegen meiner Rezeptur gefolgt?«

»Nicht nur wegen der Rezeptur, sondern auch deinetwegen, Dzin. Du bist gerade zu einem der wichtigsten Menschen in diesem Reich geworden – und in allen anderen auch, was das betrifft.«

Dzin tauschte einen verwirrten Blick mit seinem Bruder.

»Willst du damit sagen, wir stecken gar nicht in Schwierigkeiten?«, fragte Yantuz.

»Oh, das würde ich so nicht formulieren, Jungs«, entgegnete Helia und stand auf. Sie bedeutete ihnen und Nu, das Gleiche zu tun. »Hört zu, wir werden jetzt nicht sofort zum Großen Baum zurückkehren. Ich glaube nicht, dass einer von uns Lust auf noch so eine kleine Eskapade hat. Wir sollten uns woanders neu sortieren.«

Ihr Blick wurde zum Horizont gelenkt, wo sie den unverkennbaren Schimmer einer Siedlung erkennen konnte, die sich zwischen die Sträucher auf der sanften Hügelkette schmiegte. Dahinter erhob sich eine riesige Wolke, in der sich die Schatten der Berge abzeichneten, doch es waren die Türme der Stadt, die ihren Blick auf sich zogen. Bohnenranken, das wusste sie. Eine Ansammlung hoher, dicker smaragdgrüner Stämme, die sich aus dem Zentrum des Ortes in den Himmel darüber schraubten. Der Wegweiser zu einem Ort, der ihr vertraut war.

Unterholz.

Sie mochte schon lange nicht mehr dort gewesen sein, aber die Tatsache, dass sie den Ort kannte, bestärkte sie darin, dass es ein guter nächster Schritt wäre. Es gab nur einen einzigen Weg, um sicherzugehen. Sie schaute zu Nu hinüber, die aufmerksam auf die Stadt starrte.

Dann drehte sich Nu um und neigte kaum merklich den Kopf. Inzwischen herrschte ein stilles Einvernehmen zwischen ihnen – eines, das Helia nur zu gut kannte. Nu konnte Dinge fühlen, die Wahrheit dessen, was als Nächstes kam. Helia hatte das bei Xav im Laufe der Jahre oft genug erlebt, und es war ihr auf unheimliche Art vertraut, so kurz nachdem sie ihn verloren hatte.

Doch es war auch ein Trost.

»Dann ist es also entschieden«, sagte sie zu den Brüdern. »Auf geht's. Wir haben einen Fußmarsch vor uns, wenn wir Unterholz noch vor Einbruch der Nacht erreichen wollen.«

Die Taverne befand sich in einem verlassenen Bienenstock – einem von der Größe eines Lagerhauses, voll von Rissen und Löchern und einer kühlen Brise, die dort hindurchwehte.

Dzin versuchte, sich das Ausmaß der Vernachlässigung nicht allzu bewusst zu machen, die das ganze Gebilde um sie herum zum Einsturz zu bringen drohte: Die Balken über ihnen waren rissig und morsch, das Wabendach selbst war geschwärzt und bröckelte schon, sodass der Regen direkt neben ihrem Tisch herabplätscherte.

Die Qualität des Lokals entsprach ganz sicher nicht derjenigen der Lokale, die er im Großen Baum besucht hatte.

Ich frage mich, ob ich sie je wiedersehen werde.

Dann rutschte er weiter die Bank entlang zu Helia hinüber, die einen ausgehöhlten Kastanienbecher mit einem klaren Getränk hielt, das nach starkem Wein roch.

»Wir sollten das hier möglichst kurz halten«, sagte sie und betrachtete über den Rand ihres Bechers hinweg die ausgezehrten, schattenhaften Gestalten an den anderen Tischen im Raum. Sie hielten ihre eigenen Getränke in Händen und unterhielten sich in einem gedämpften Flüsterton. Helia spielte mit der kleinen Kugel in dem Amulett um ihren Hals. Dzin fragte sich, ob das ihre Art war, sich zu beruhigen, so wie er seinen Wanderstab zwischen Daumen und Zeigefinger hin und her drehte, sobald er nervös war.

So tat er es auch jetzt.

Helias Blick fiel auf Yantuz. »Hat es keine netteren Lokale zum Reden gegeben?«

Selbst in diesem abgedunkelten Raum stellte Dzin fest, dass sein Bruder ein Bild von einem Mann war. Ein gut aussehendes, strahlendes Gesicht voller Vertrauen und Liebe und Loyalität. Natürlich hatten die beiden Fremden bereits Gefallen an ihm gefunden.

»Du hast gesagt, wir sollten nicht auffallen«, entgegnete Yantuz mit einem schiefen Lächeln. »Das hier schien der beste Ort dafür zu sein. Außerdem ist das Königinnennest gemütlich und die Getränke sind trinkbar. Hier fallen wir trotz unseres ungepflegten Äußeren nicht sonderlich auf.« Er warf einen Blick in die Runde. Das stimmte. Es sah aus, als hätte man sie seitwärts durch mehrere Hecken gezerrt, was ja auch nicht allzu weit von der Wahrheit entfernt war. »Welch bessere Umgebung könntet ihr für unser Gespräch brauchen?«

»Vielleicht eine mit einem Dach ohne Löcher?«, versetzte Nu. Ein schwerer Regentropfen klatschte auf den Boden und spritzte sie alle nass. »Ich fürchte, wir werden dieses Lokal in einem schlimmeren Zustand verlassen als bei unserer Ankunft.«

Während das gutmütige Geplänkel noch andauerte, wärmte sich Dzin die Hände über seinem eigenen Getränk. Der süße Duft von dampfender Schokolade stieg zwischen seinen Fingern auf, und er atmete ihn ein, nahm einen Schluck und spürte, wie die Wärme seine Kehle hinunterglitt und seine Nerven beruhigte. Er war sich nicht ganz sicher, wie er nach all seinen misslichen Erlebnissen überhaupt noch funktionieren konnte. Die Angst war noch da, aber für den Moment war sie verstummt. Diese beiden Frauen hatten etwas an sich, das ihm gefiel und dem er vertraute.

Und die dampfende Schokolade half ebenfalls.

Er trank einen weiteren köstlichen Schluck, seufzte bei dem zuckrigen Schmelz zufrieden und genoss den kleinen

Trost inmitten des Chaos. Kostete den Mangel an Angst aus, die ihm normalerweise so zusetzte.

»Wir müssen über die Rezeptur sprechen«, sagte Nu.

Und jetzt ist sie wieder da, die Angst, dachte er mit einem innerlichen Seufzen.

Während des langen Wegs durch das Buschland jenseits des Labyrinths hatten Nu und Helia ihn und Yantuz darüber ins Bild gesetzt, was im Großen Baum passiert war. Sie hatten schockiert zugehört, nachdem sie erfahren hatten, dass die dröhnenden Geräusche, die sie gehört hatten, als sie in der Blume gefangen gewesen waren, die Explosionen der Luftschiffe und der Raffinerie gewesen waren. Dzin spürte, wie er kreidebleich wurde, als Helia ihnen von dem Rosengarten und dem verschwundenen Drachen erzählte, und noch blasser, als sie ihnen sagte, dass das Lebenselixier nicht mehr wirkte, da seine Verbindung zur Magie des Rosengartens unterbrochen war.

Von den Pollen in der Blume war er immer noch ein wenig benommen gewesen, aber trotzdem hatte er kaum glauben können, was er hörte. Er hatte ständig wiederholt: »Aber das Elixier wirkt immer … es wirkt *immer*«, während Yantuz ihn gedrängt hatte, sofort zurückzukehren, um ihrer Gemeinschaft zu helfen, obwohl ihm klar war, dass sie beide dann auf dem Prüfstand stünden.

Dzin hatte sich schuldig genug gefühlt, um es in Betracht zu ziehen.

Aber Helia hatte die beiden erneut von einem Weg zurück durch das Labyrinth abgebracht und sie überzeugt, dass ein Getränk in Unterholz ihm helfen mochte, einen klareren Kopf zu bekommen. Nach dem Gespräch konnten sie alle ein Luftschiff zurücknehmen.

Also waren sie weitergegangen und hatten Unterholz erreicht, als sich der Abend gerade herabsenkte. Eine Stadt, in der das Gleichgewicht definitiv zugunsten der Natur ausfiel, wo die Menschen ihre Gebäude zwischen die riesigen Bohnenranken zwängten und ihre belebten Straßen unter Blätterbaldachinen versteckten.

Dzin hatte seine Sinne mehr oder weniger wiedererlangt, sodass seine Nervosität schnell zurückkehrte, als Nu sie an das erinnerte, was sie zu besprechen hatten.

»Was wollt ihr wissen?«, fragte er zögernd. Er wollte sich zwar die Informationen, die er hatte, von der Seele reden, aber er war nicht gerade erpicht darauf, darüber nachzudenken, was passiert war. Noch blieb er von dem Erlebnis erschüttert. Der Gestank nach verkohltem Fleisch klebte ihm nach wie vor in der Nase, und in seinem Kopf sah er die Zähne der bösartigen Bestie, als sie die anderen Schülerinnen und Schüler in Stücke gerissen hatte.

Was war das für ein Ding gewesen? Und woher war es gekommen?

Seit er von den Sabotageakten am Großen Baum gehört hatte, stellte sich ihm vor allem diese eine Frage. Der Gedanke, dass jemand diese Bestie absichtlich ins Labor geschickt hatte, um sie alle zu töten, ließ ihn erschauern. Aber wer konnte das gewesen sein?

Er dachte sofort an den Berater der Obersten Gelehrten. Der Mann mit dem seltsamen silbernen Auge. Aber das ergab doch keinen Sinn. Warum sollte einer der mächtigsten Menschen im Großen Baum das Labor und alle darin vernichten wollen?

»Erzähl uns noch einmal, was passiert ist. Du hast erwähnt, dass du im Labor gewesen bist, als es in Brand geriet?«, hakte Helia nach.

»Ich war da, als es passiert ist, ja. Aber es hat nicht einfach Feuer gefangen. Dinge ›fangen‹ doch nicht einfach Feuer. Die Kreatur hat es in Brand gesteckt. Eine Kreatur, die dann über meine Freunde hergefallen ist.« Er hielt inne und schüttelte den Kopf. »Die Feuerbestie oder wie auch immer ihr sie nennen wollt … die hat den Brand verursacht und meine Freunde getötet. Das Ding ist einfach aus dem Nichts aufgetaucht.«

Nus Armband schien auf dem Tisch zu summen. Dzin und Yantuz starrten beide darauf, aber Nu bedeckte es schnell mit einer Hand und lächelte.

»Warum bist du weggelaufen?«, fragte Helia.

Dzin griff nach dem Stab, der auf seinem Schoß gelegen hatte, und hielt ihn hoch.

»Ich habe nur überlebt, weil ich meinen Stab in der Hand gehalten habe und die Bestie abwehren konnte. Als dann aber die Wachen auftauchten, war die Kreatur einfach verschwunden.«

»Und sie dachten, du wärst für alles verantwortlich?«

»Ja. Aber wer kann ihnen das auch verdenken? Auf wen sonst sollten sie mit dem Finger zeigen, wenn nicht auf den einzigen überlebenden Schüler?«

»Und was ist mit dir?« Helia wandte sich an Yantuz. »Warum bist du hier?«

Yantuz nahm einen Schluck von seinem Getränk und lächelte freundlich. »Ich bin wegen der Drinks dabei und passe auf, dass mein älterer Bruder nicht aus Versehen in noch mehr Schwierigkeiten gerät.«

Nachdenklich trank Helia einen Schluck von ihrem Wein, dann hielt sie den Becher in beiden Händen und wandte sich wieder an Dzin.

»Na schön. Erzähl mir von deiner Rezeptur.«

»Was willst du denn wissen? Ich habe viele Umläufe damit verbracht, die Zutaten zu erforschen, die ich brauchte. Und dann habe ich eine spezielle Rezeptur entwickeln wollen, um meine eigene Version des Lebenselixiers herzustellen. Genau wie jeder Schüler in der Geschichte der Botanischen Schule.

Wir erschaffen unsere Elixiere und dann werden sie in der Raffinerie in Massen produziert. Bis sie ablaufen und eine neue Gruppe von Schülern gebraucht wird, um ihre eigenen Versionen herzustellen.«

»Richtig. Und wäre es leicht, dein spezielles Elixier erneut zu brauen?«

Dzin legte die Stirn in Falten, als er sich an die letzten Monate erinnerte, in denen er sein Elixier immer wieder aufs Neue gebraut hatte. Lange Nächte und frühe Morgen, an denen er über seinem Schreibtisch im Labor gebrütet hatte, um die Mengen und Mischungsverhältnisse anzupassen und zu notieren.

Einfach? Nichts davon war einfach gewesen. Und doch verstand niemand sonst wirklich die Mühe, die damit einherging. Sie sahen nur das Endergebnis oder das Elixier selbst. Sie sahen aber nicht, was zu dem fertigen Produkt führte.

»Mein Elixier?«, wiederholte er und Helia nickte. »Ja. Ich glaube schon. Es ist mir gelungen, meine Schriftrolle zu retten, das ist also ein wichtiger Teil. Die meisten Zutaten sind ziemlich gewöhnlich, obwohl jedes Elixier natürlich eine ganz bestimmte Verwendung der einzelnen Bestandteile erfordert. Es hat nur zwei Zutaten gegeben, die schwer zu bekommen waren. Aber was macht das schon? Ohne die Raffinerie am Großen Baum können wir ohnehin nichts brauen, jedenfalls nicht in einem so großen Maßstab, um das zu ersetzen, was wir verloren haben. Und wenn die existierenden Elixiere ihre Magie eingebüßt haben, wie können wir da wissen, ob eine neue Ladung überhaupt wirken würde?«

Nachdenklich kaute Helia auf ihrer Unterlippe. »Wir wissen es nicht, aber ich sehe auch keine Alternative. Wir müssen doch versuchen, ein neues Elixier herzustellen. *Dein* Elixier. Ich brauche es, um mich an das zu erinnern, was im Rosengarten passiert ist. Ich glaube, die fehlenden Momente werden mir sagen, wo Perennia hingegangen ist. Ich denke, es ist die einzige Möglichkeit, wie wir sie aufspüren und retten können. Und das müssen wir tun, wenn wir uns gegen das Böse wehren wollen, das eure Welt heute heimgesucht hat.« Sie beugte sich über den Tisch, stellte ihren Becher ab und legte ihre Hand auf seine. Zu seiner Überraschung bemerkte er, dass diese gezittert hatte, als er seinen Becher hielt, sodass sich kleine Tropfen verschütteter Schokolade in einem Kreis über den Tisch verteilt hatten. »Es tut mir leid, dir all diese Verantwortung aufzubürden, Dzin. Aber ich brauche deine Hilfe. Wir können uns glücklich schätzen, dass du dir deine Schriftrolle geschnappt hast und weggelaufen bist. Du besitzt jetzt die einzige noch existierende Rezeptur des Elixiers des Lebens. Wir brauchen dich. Du musst es nur zusammenbrauen. Schon um mir zu helfen, mich zu erinnern. Kannst du das tun?«

Dzin starrte verwirrt und entsetzt vor sich hin. Er spürte den Druck, der sich wie ein physisches Gewicht auf seine Schultern legte und ihn festhielt, sodass er sich nicht bewegen und nicht frei atmen konnte. Seine Hand zitterte nicht mehr unter Helias sanfter Berührung, aber im Innern spürte er immer noch die Wellen der Panik, die sich am Ufer seines Verstandes brachen und ihn zu überwältigen drohten.

Es war eine ganze Menge auf einmal. Einige Momente lang konnte er nicht reagieren, da er gerade darum kämpfte, die Kontrolle über sich zu behalten. Der Sturm peitschte und wütete zwar, aber zum Glück warf er ihn dieses Mal nicht um.

Langsam zählte er in seinem Kopf und wartete, bis die Flut nachließ. Dann atmete er tief durch und war erleichtert, dass er sich endlich bewegen konnte.

Helia ließ seine Hand los. »Dzin?«

Er nickte. »Es tut mir leid. Ja. Wir können es versuchen. Das einzige Problem bei der Wiederherstellung der Rezeptur sind die beiden seltenen Zutaten, die ich erwähnt habe. Eine davon war für meine Familie einzigartig und« – seine Augen weiteten sich, während er sofort in seine Manteltasche griff, um dann aufgeregt eine Handvoll Pilze herauszuziehen – »und wie es aussieht, habe ich sie zufällig mitgebracht! Das war also ein Glücksfall.«

»Ein wenig Glück sollte uns durchaus zustehen. Und was ist die andere seltene Zutat?«

Seine Freude verflog wieder. »Na ja, das ist genau das Problem. Der Kernbestandteil einer jeden Rezeptur für das Elixier ist eine Zutat aus dem Rosengarten. Die Cerulean-Rose. Und die ist schon im Normalfall schwer zu beschaffen, weil sie ausgesprochen selten ist und nie am selben Ort blüht …«

Helia nickte geduldig, obwohl er auch Frustration in ihren Augen erkennen konnte. »Und dies ist gerade nicht der Normalfall, weil der ganze Garten abgebrannt ist. Kann man die Cerulean-Rose noch irgendwo anders finden?«

»Das glaube ich nicht. Es tut mir sehr leid.«

Helia und Nu tauschten einen Blick, der verriet, dass sie die gleichen starken Gefühle von Panik und Angst verspürten, die er an den meisten Tagen zu bewältigen hatte und die in ihm umherwirbelten. Yantuz starrte ins Leere und trommelte mit den Fingern nachdenklich auf den Tisch.

Gerade als Dzin ihm sagen wollte, dass er damit aufhören solle, tat sein Bruder es von selbst.

»Ich kenne jemanden, der uns helfen kann«, sagte Yantuz.

»Ach ja?«

»Ja, erinnerst du dich an diese Läuferin in der Schule vor einigen Zyklen? Du hast mir von ihr erzählt, dass sie dich eingeschüchtert hat, aber insgeheim glaube ich, dass du sie mochtest.«

»Ähm, oh, nun, ich weiß wirklich nicht, ob ich irgendetwas in dieser Richtung gesagt …«

»Ach, komm schon. Du erinnerst dich doch an die Frau. Sie war groß und laut. Am Ende wurde sie rausgeschmissen und fand hier in Unterholz Arbeit.«

Dzin saß einen Augenblick lang da und versuchte nachzudenken.

»Du kennst sie«, sagte Nu plötzlich. Sie sah ihn mit einem seltsamen, fragenden Lächeln auf den Lippen und einem durchdringenden Blick an, als könnte sie etwas sehen, was sonst niemand sah. Yantuz bemerkte, was sie tat, und zog die Brauen hoch, schwieg aber. »Du kennst den Namen, Dzin. Denk einfach nach.«

Plötzlich fiel es ihm ein und er fuhr hoch, stieß gegen die Rückenlehne der Bank und schleuderte Yantuz durch den Ruck fast vom Sitz.

Sein Bruder fluchte leise und Dzin streckte den Zeigefinger hoch. »Rascal Troy! Richtig, richtig – das ist sie. Das hast du gut im Gedächtnis behalten, Bruder. O ja, sie war eine großartige Läuferin und hat uns immer mit Geschichten von ihren Abenteuern unterhalten.«

»Mit denen du dann jedes Mal nach Hause gekommen bist, um uns damit zu langweilen«, ergänzte Yantuz, während er sein verschüttetes Getränk auftupfte.

»Na gut, ja, vielleicht habe ich das getan. Jedenfalls hat Rascal immer ein großes Tamtam darum gemacht, uns die geheimen Orte zu zeigen, an denen sie Zutaten entdeckt hatte, seit sie Läuferin war. Das ging so weit, dass sie anfing, den Schülern bei ihren Nachforschungen zu helfen, indem sie ihnen Hinweise gab, wo sie hingehen mussten, um das zu finden, was sie brauchten.«

Dzin dachte daran, wie oft er gehofft hatte, Rascal über den Weg zu laufen, als er wegen der letzten Zutat in Panik geraten war, bevor Tywich ihm schließlich geholfen hatte. Und er fragte sich, ob sie gewusst hätte, dass sie ihn zu den Wurzeln des Baumes führen musste, um das zu finden, was er brauchte – dass der Schlüssel die Pilze waren, die in dieser Gegend wuchsen, ganz in der Nähe seiner lieben Eltern.

Die Sache mit den Pilzen hatte offenbar funktioniert, und

obwohl es sehr knapp geworden war, freute er sich, dass es letztlich doch geklappt hatte. Aus Zeitgründen hatte er die Rezeptur nicht so wie üblich testen können. Aber Tywich hatte ihm versichert, dass es in Ordnung gehen würde.

Dzin hatte sich in dem Moment nichts dabei gedacht, weil er einfach zu erleichtert gewesen war, es geschafft zu haben und seinen Abschluss machen zu können. Seine Gedanken hatten bereits um die zukünftige Logistik gekreist, die nötig war, um seine Zutaten zu sammeln und anzubauen – nachdem er wusste, was er alles brauchte –, damit die Raffinerie sein Elixier für die Massen brauen konnte.

Als er jetzt daran zurückdachte, spürte er, wie die Angst in seiner Magengrube zunahm. War das mit der letzten Charge überhaupt gut gegangen? Konnte er es noch einmal schaffen?

Ich bin der einzige Läufer, der noch übrig ist, dachte er. *Ich habe keine andere Wahl.*

»Sie lebt also hier?«, fragte Helia.

»Hm? Wer?« Dzin kehrte jäh in das Gespräch zurück. »Oh, Rascal! Ja, ich glaube schon. Sie hat den Großen Baum verlassen, was für Läuferinnen im Ruhestand ungewöhnlich ist, da sie normalerweise in irgendeiner Funktion dort bleiben. Einige werden Lehrer. Andere leiten den Betrieb in der Raffinerie oder transportieren die Phiolen durch Silvyra. Zuletzt haben wir gehört, dass sie hierhergekommen ist, um zu arbeiten.«

»Und du glaubst, sie könnte wissen, wo die Cerulean-Rose zu finden ist?«

»Ich glaube, wenn irgendjemand es weiß, dann sie.«

»Großartig. Dann lasst uns doch nach ihr suchen.«

Helia stieß sich vom Tisch ab und bedeutete den anderen, ihr zu folgen.

25

Das Buchgift

»Ich muss immer wieder an das Gift denken.«

Arturo, Robin und Centauri schlenderten über die Empore im dritten Stock, von der man auf die Wandelhalle hinunterblicken konnte. Arturo blieb stehen, um einen Schwarm fliegender Gerätschaften vorbeischießen zu sehen. Das waren die Volare, wie Robin sie genannt hatte. Sie fungierten als eine Art Boten und waren so vollkommen unterschiedlich beschaffen – schwer oder winzig, mechanisch oder magisch –, dass sie ein bizarres, aber wunderbares Bild abgaben. Langsam gewöhnte er sich an sie.

»Ah, das *Gift*«, antwortete Robin und wedelte theatralisch mit den Händen. Ihre Stimme donnerte über die freie Fläche und zahlreiche Köpfe drehten sich in ihre Richtung. »Es war der Abtrünnige, in der Bibliothek, mit dem Arsen! Wie simpel.«

Sie brach in Gelächter aus. Er kniff die Augen zusammen und bedeutete ihr, schneller zu gehen, um mit ihm Schritt zu halten, während sein Hirn auf Hochtouren lief.

»Bist du immer so?«, fragte er.

»Wie meinst du das?«

»Du wolltest doch, dass ich ernst bin. Und da bin ich, vollkommen ernst. Warum nicht das Gift?«

Robin blies die Wangen auf, sah zu Boden, runzelte erneut die Stirn und drehte sich dann schwungvoll weg. »Weil es keine Beweise dafür gibt, dass der abtrünnige Weise danach gesucht hat oder dass es ihm gelungen ist, es zu rekonstruieren. Wir haben hier jedenfalls keine Anzeichen dafür gesehen. Und wir haben schon so viel von der Bibliothek abgesucht, wie zwei Leute an einem Nachmittag überhaupt bewältigen können. Centauri hat mit den Volaren gesprochen. Du und ich haben mit den Gelehrten gesprochen. Niemand hat irgendetwas Ungewöhnliches oder Besonderes gesehen. Falls hier ein Buchgift am Werk wäre, das stark genug ist, um das Buch der Weisheit zu schädigen, dann müsste es doch irgendwo Anzeichen dafür geben. Irgendwelche Dinge würden *falsch* laufen.«

»Du hast selbst gesagt, dass dieser Ort riesig ist, groß wie eine Stadt sogar. Wir haben bisher kaum an der Oberfläche gekratzt.«

»Stimmt alles, Arturo. Aber wenn das Buch nicht kommunizieren kann, können unsere Sphären auch nicht auf ihren riesigen Wissensschatz zugreifen. Wenn es dazu in der Lage wäre, würde es uns sagen, ob Gift im Spiel ist. Aber dazu ist es nicht imstande und genau das ist das Problem.«

Jetzt war es an ihm, witzig zu sein. »Du denkst nicht wie ein Schriftsteller.«

Sie streckte ihm die Zunge heraus und ging weiter. Er grinste Centauri an, der freundlich blinkte. Offensichtlich hatte er sich für ihn erwärmt.

Trotz der großen Gefahr, die über ihren Köpfen schwebte, genoss Arturo die Abwechslung von seinem gewohnten irdischen Alltag. Bei seiner Arbeit hier versuchte er gar nicht erst, Worte in irgendeine Kampagne zu quetschen, die ihm eigentlich egal war; er versuchte vielmehr, die Knoten einer realen Geschichte zu lösen, indem er sich rückwärts durch die Handlungsstränge arbeitete, um herauszufinden, wie alles zusammenpasste. Und das auch noch alles vor dem wundersamen Hintergrund aus Sphären und Weisen und Magie und so verdammt vielen Büchern, dass er genauso gut im Paradies hätte sein können.

Robin sorgte ihrerseits dafür, dass er sich amüsierte und guter Laune war. Sie schien eine Energie zu besitzen, die alle um sie herum zum Leuchten brachte. Er konnte fast sehen, wie sie in Wellen von ihr ausging. Menschen, die sie berührte, und sei es auch nur mit einem Tippen auf die Schulter oder einem freundschaftlichen Händedruck, gingen nach der Begegnung beschwingt weiter und schienen glücklicher zu sein als zuvor.

Sie hatte ihm erklärt, dass alle Weisen auf der Grundlage der Talente, die sie auf der Erde gezeigt hatten, Kräfte besaßen und dass ihre Sphären sie entsprechend ausgewählt hatten, um in der Bibliothek eine größere Aufgabe zu erfüllen. Obwohl ihm Robin noch nicht bestätigt hatte, wofür sie eine Weise war, wusste er, dass diese Eigenschaft etwas damit zu tun hatte. Eine Welle des Glücks oder irgendeiner Art von Güte. Er fragte sich, was das bedeuten mochte.

»Lass uns noch mal zum Anfang zurückkehren«, erwiderte er geduldig. »Es gibt einen Pfad, Robin. Einen, der vom Buch der Weisheit dort hinführt, wo das Problem gerade liegt, wo immer das sein mag, und das ist im Augenblick unsere Hauptsorge. Wenn wir nämlich die Quelle des Problems finden, dann finden wir wahrscheinlich auch eine Spur, die uns zu dem Mann führt, der es ursprünglich erschaffen hat.«

»Was meinst du damit?«

»Nur dass wir dem Handlungsfaden folgen müssen. In diesem Fall ist es einer, an dessen Ende wir wahrscheinlich einen Weisen finden werden.«

»Den abtrünnigen Weisen aber, oder?« Robin blieb stehen, sodass Centauri gegen ihren Kopf stieß. Stirnrunzelnd betrachtete sie ihre Sphäre und wandte sich dann wieder Arturo zu.

»Damit das klar ist: Es kann keiner von uns aktuellen Weisen sein, okay?«

Er wurde rot. »Ja natürlich. Ich wollte bestimmt nicht mit dem Finger auf dich zeigen oder deine Mitstreiter beschuldigen!« Er breitete die Arme weit aus, um seinen Standpunkt zu verdeutlichen. »Wenn du die Schuldige wärst, würdest du dich wohl kaum in diese Lage hier bringen, und wenn du etwas mit der Sabotage des Buchs zu tun hättest, bin ich mir ziemlich sicher, dass Centauri eine andere Sphäre alarmiert hätte. Ich würde auch wetten, dass du dich für jeden der Weisen, mit denen du derzeit zusammenarbeitest, verbürgen würdest.«

»Das würde ich tatsächlich.«

Arturo lächelte. »Das ist gut! Das bedeutet nämlich, dass die Person, nach der wir suchen, *im Moment* kein Weiser ist. Und soweit Mwamba weiß, gibt es nur eine einzige Person in der Geschichte der Weisen, die verdächtigt werden könnte, etwas Unübliches getan zu haben, was wir gerade durch unsere Nachforschungen bewiesen haben. Dieser Abtrünnige hat Orte besucht, die für ihn verboten waren. Wir wissen zwar nicht, warum, aber vermutlich hatte er unlautere Absichten. Dass er angeblich tot sein soll, sollte uns nicht von der Fährte abbringen. Das wäre ein bisschen zu praktisch.«

»Also gehen wir davon aus, dass er noch lebt. Was ist mit dem Mangel an Beweisen für das Gift?«

»A-ha!«, sagte er. Jetzt war er es, der die theatralischen Gesten machte. Und wie einer dieser Fernsehdetektive, wenn sie endlich zum Kern der Sache kamen, hob er den Zeigefinger. »Nach allem, was wir herausgefunden haben, ist es am wahrscheinlichsten, dass er heimlich an dem Gift geforscht hat, und es ist die einzige Substanz, die wir gefunden haben, die theoretisch das Buch der Weisheit angreifen könnte – das größtenteils immer noch ein lebloses Objekt ist, vergiss das nicht. Die Sache mit dem Gift ist die, dass es nicht immer schnell wirkt. In der Geschichte gibt es schließlich zahlreiche Beispiele für langsam wirkende Gifte, die eine große, schreckliche Wirkung haben und gleichzeitig die Spuren des Mörders verwischen. Ein Tropfen in einem Getränk hier, ein Spritzer auf die Haut eines Menschen dort … gerade genug, um die Dinge in Gang zu setzen, aber nicht genug, dass sie auf der Stelle umkippen und sterben.«

Er schaute zur Seite, wo sich Robins Miene plötzlich aufhellte. Sie hatte endlich verstanden, worauf er hinauswollte. »Das Buch der Weisheit arbeitet noch. Es kann zwar nicht kommunizieren, aber alles andere funktioniert vorläufig noch.«

»Vorläufig«, wiederholte er mit einem Nicken und bedeutete ihr weiterzusprechen.

»Und das, wonach wir suchen, ist keine großartige Beschädigung, sondern so etwas wie ein einzelner Tropfen – ein besonderes Ereignis.«

»Es wird schon etwas größer sein als ein Tropfen, glaube ich. Aber sicher klein genug, um bisher unbemerkt geblieben zu sein – jedenfalls bis sich das Gift ausbreitet und wir mehr von seinen Auswirkungen sehen.«

»Du glaubst, es kommt noch mehr?«

»Wahrscheinlich schon. Und das bedeutet: Je schneller wir herausfinden können, wo das Gift freigesetzt wurde, desto besser. Dann haben wir vielleicht eine Chance, es zu identifizieren und ein Gegenmittel zu finden.« Er brach ab, kratzte sich den Bart und schaute auf die belebte Wandelhalle hinunter. Einen Augenblick lang beobachtete er eine Gruppe von Schülern, die gerade dabei waren, so etwas wie holografische Dinosaurierknochen zu rekonstruieren. »Verrate mir eins, Robin: Wenn du dir die Große Bibliothek als einen Körper vorstellst, was würdest du sagen, welcher Teil des Ganzen ist das Buch der Weisheit?«

»Das Buch der Weisheit führt uns, wenn wir verloren sind.

Es vermittelt das Wissen der Urheberin in ihm. Also würde ich sagen, ist es wahrscheinlich das Gehirn der ganzen Operation.« Sie trat neben ihn, sah hinunter und dachte kurz nach. »Aber die Vorgänge in der Großen Bibliothek, die Vernetzung unserer Sphären, das ist auch alles mit dem Buch verbunden. Sie fließen durch das Buch wie Blut durch ein Herz. Also ist es wohl ein bisschen was von beidem?«

Er nickte, froh darüber, dass sie der Richtung zustimmte, in die ihn seine Gedanken geführt hatten.

»Also, ich weiß natürlich nicht, wie es dir geht, aber ich habe genug Krimis gesehen, um zu wissen: Wenn man jemanden fiktiv vergiften will, sollte man versuchen, es unauffällig zu tun. Deshalb könnte ich mir vorstellen, dass man eine versteckte Stelle am Körper anvisiert. Irgendwo, wo niemand je nachschauen würde. Der letzte Ort, an dem jemand vermuten würde, dass es sich um die Quelle des Problems handeln könnte.«

»In meiner Jugend bin ich nie ein großer Freund solcher Sendungen gewesen, aber ich glaube, ich weiß, worauf du hinauswillst. Die Stelle, nach der wir suchen, wird nicht mal ansatzweise in der Nähe der Pfade sein, die am meisten benutzt werden …«

»Richtig. Wo sind also die Stellen in der Großen Bibliothek, die kaum besucht werden? Wichtige Teile, aber abseits gelegen? So was wie das Gewölbe der Chroniken, nur älter.«

»Ein vergessener Ort?«

»Genau.«

Robins Blick verlor sich in der Ferne. Dann leuchteten ihre Augen auf, und sie drehte sich aufgeregt zu ihm um. »Ich glaube, ich weiß genau die richtige Stelle!«

»Gute Arbeit, Watson.«

»Sie ist alt und ziemlich gut versteckt. Wir müssen die Straßenbahn nehmen.«

Er nickte. »Zeig sie mir.«

26

Die Läuferin Rascal

Es dauerte fast den ganzen nächsten Tag, bis sie Rascal aufspürten. Zum Glück war sie in dieser Gegend bekannt. Die meisten Läufer – auch die, die ihren Beruf aufgegeben hatten – kamen oft genug durch Unterholz. Es war die dem Großen Baum am nächsten gelegene Stadt, deshalb war es auch nichts Ungewöhnliches, dass die Läufer auf ihrer Suche nach Zutaten die Tavernen und Marktstände hier frequentierten. Doch entgegen den Aussagen der Wirte und Händler war Rascal an keinem der Orte zu finden, an denen sie hätte sein sollen – weder in der Takelagewerkstatt, wo sie arbeitete, noch in dem Gasthaus, in dem sie Stammgast war.

Nein, es stellte sich heraus, dass sie sich etwas außerhalb der Stadt befand, in den noch schäbigeren Außenbezirken, und versuchte, genug für das Leben zu verdienen, das ehemalige Läuferinnen wie sie führten, nachdem sie den Großen Baum verlassen hatten. So erreichte die Gruppe schließlich eine halb unter Wasser stehende Lagerhalle mitten im Sumpfgebiet, wo gerade eine Gewaltorgie im Gange war.

Helia und die anderen standen in der Mitte der Lagerhalle und spürten, wie die dröhnenden Bässe der Musik durch die schmutzigen Rohre schallten, die sich wie die Eingeweide eines mechanischen Wesens durch die Wände schlängelten.

In der Ecke waren zwei Frauen auf einer Plattform damit beschäftigt, die Melodien zu erzeugen, während sie sich verrenkten und streckten, um schwebende Glocken zu berühren und an Lichtschnüren zu zupfen, die um sie herum gesponnen waren. Als die Musik auf ihren Höhepunkt zusteuerte, warf eine der beiden Frauen mit besonders glattem dunklem Haar ihre Arme in die Höhe und schloss dabei die Augen. Feuer explodierte aus ihren Händen und bildete Tausende von winzigen, leuchtenden Glühwürmchen, die zusammen ausschwärmten, um das atemberaubende Bild einer himmlischen Supernova über der Menge zu erzeugen.

Die andere Frau mit sandfarbenen Locken, die ihr über die Schultern fielen, mischte einen weiteren stampfenden Rhythmus unter den Lärm, um das Tempo anzukurbeln. Die himmlische Vision flimmerte auf, als die schillernden Glühwürmchen im Takt der Musik mit ihren winzigen Flügeln schlugen, bevor sie in einem plötzlich explodierenden Blitz verschwanden und unter dem Gebrüll der Menge Sternenstaub auf die Tanzfläche rieselte.

Und was für eine Menge das war! Eine Masse von Menschen wiegte sich zur Musik, hob die Hände zu den durchsichtigen weißen Blütenblättern und tanzte um die magischen Rauchschlangen, die sich zwischen ihnen und um sie herum bewegten, die pulsierten und sich von ihrer Energie ernährten und ein farbenfrohes Leuchten verströmten, das die Atmosphäre noch verstärkte.

Aber der Mittelpunkt des Chaos war das, was Helias Aufmerksamkeit auf sich zog. Eine Kuppel aus Dornen inmitten der Menschenmenge. Eine behelfsmäßige Arena. Und darin prügelten sich zwei Kämpfer die Seele aus dem Leib.

Helia tat ihr Bestes, um die finstere Miene zu unterdrücken, die sich immer wieder auf ihr Gesicht drängen wollte, und dabei half es ihr ein wenig, dass sie nicht die Einzige von ihnen war, die das Ganze widerlich fand. Auch Dzin war der Unterkiefer heruntergeklappt. Er konnte den Blick gar nicht von der großen grauhaarigen Kriegerin und dem geschmeidigen tätowierten Mann abwenden, die sich gegenseitig schlugen, traten und mit den Ellbogen stießen, während sie wie wilde Tiere ihre Kreise in dem Ring zogen.

»Ist das Rascal?«, fragte Helia und zeigte auf die Frau.

Dzin nickte. »Das ist sie.«

Helia konnte ihn im Gebrüll der Menge gerade noch hören, und das Gejohle wurde immer lauter, als der Mann versuchte, seiner Gegnerin einen Kopfstoß zu verpassen, woraufhin die Frau ihre Schulter hochriss und ihm die Nase brach. Dzin zuckte zusammen, als sie mit Blut bespritzt wurde. »Aber das hier ist nicht richtig. Der Große Baum ist das Zentrum unserer Welt und Mutter kümmert sich auch um alle jenseits des Ur-Walds und des Labyrinths. Dass sich ein solches Debakel so nah an ihren Grenzen ereignet … noch dazu mit einer ehemaligen Läuferin. In unserer Gesellschaft dreht sich alles darum, sich gegenseitig und uns selbst zu helfen. Alles dreht sich eher um Frieden, aber doch nicht um Gewalt!«

Helia dachte wieder an den Rosengarten und Xavier. An die Asche, die vom Himmel gefallen war. An die leeren Augen des Mannes, der Xav getötet hatte.

»Und doch scheint die Gewalt wie ein Schatten zu folgen, wo immer Menschen auftauchen«, erwiderte sie, als der Mann im Ring plötzlich ein verstecktes Messer aus dem Stiefel zog und der Frau den Unterarm aufschlitzte, sodass ein Schwall Blut durch den grünen Käfig spritzte. Die Pflanzen, die ineinander verschlungen die Arena bildeten, zuckten und wanden sich plötzlich vor Vergnügen und saugten das Blut auf – offensichtlich waren sie zu genau diesem Zweck hier aufgestellt worden, nämlich um die Arena sauber zu halten. Der Gedanke, wie viel Blut sie im Laufe der Jahre konsumiert haben mussten, ließ Helia erschaudern. »Leider kann man der Gewalt nicht entkommen, Dzin. Man kann sie nur bekämpfen und besiegen. Selbst in deiner Welt.«

»Du meinst, in *unserer* Welt?« Yantuz hatte aufgehört, im Takt zu nicken, und starrte sie nun stirnrunzelnd an.

Helia ignorierte ihn und richtete ihre Aufmerksamkeit wieder auf den Kampf. Die Lage im Käfig hatte sich zugespitzt. Das Gesicht des Mannes war blutig geschlagen worden, aber er setzte seinen Angriff mit dem Messer fort und riss es vor sich hin und her, um seiner Gegnerin weitere Schnittwunden zuzufügen. Rascal machte eine Finte und duckte sich, um ihn zu einem Angriff zu verleiten. Ein, zwei weitere Male kassierte sie Schnittwunden an den Armen und an der Seite, bevor sie endgültig die Nase voll hatte.

Unter lautem Keuchen der Menge platzte die Kleidung am Rücken der Frau auf und entblößte zwei metallene Flügel. Helia und die anderen starrten sie schockiert an, als sie sich entfalteten und im Licht glitzerten, bevor Rascal dem Mann damit von beiden Seiten gegen den Kopf schlug. Er fiel bewusstlos zu Boden und blutete aus den Ohren.

Helia wusste, dass es in der Vergangenheit ein paar Läufer gegeben hatte, die sich im Reich von Adscendo Flügel auf den Rücken hatten transplantieren lassen. Doch sie hatte noch nie einen von ihnen gesehen. Bei genauerer Betrachtung konnte sie feststellen, dass diese tief eingepflanzt und mit dem Wesen dieser mächtigen und einschüchternden Frau verwoben waren. Wahrscheinlich direkt mit ihren Nerven und ihrem Geist verbunden, damit sie volle Kontrolle über die Bewegung und Kraft ihrer Flügel hatte.

Es war eine Transformation, von der Helia wusste, dass sie wehgetan haben musste. Was bedeutete, dass Rascal noch zäher war, als sie bereits bewiesen hatte, und dass nicht mit ihr zu spaßen war.

»Sollen wir jetzt mit Rascal sprechen?«, fragte Nu, während der Mann aus der Arena geschleift wurde.

Ein Windstoß warf sie alle ein paar Schritte zurück, während die Frau im Käfig herumwirbelte, ihre Flügel immer noch hoch erhoben hatte, nach den scharfen, blutsaugenden Dornen vor ihr griff und ihr Gesicht zwischen die Stacheln zwängte. Es sah aus, als würde sie den Käfig aufreißen und sie alle wie ein Riese aus einem Märchen verschlingen wollen.

Dann verzog sie ihre blutverschmierten Lippen zu einem Grinsen. »Und wer genau will da mit mir reden?«

»Ich glaube es nicht«, sagte Rascal erneut, entsetzt über das, was man ihr gerade erzählt hatte.

»Ich fürchte, alles ist wahr«, antwortete Dzin, so geduldig er konnte. Seine Angst brodelte wieder unter der Oberfläche und er konnte sie nur mit Mühe unterdrücken und weitersprechen. Es war ein Erlebnis, Rascal Troy wieder gegenüberzustehen. Unter den Läuferinnen galt sie als Legende und war gleichermaßen gefürchtet.

Sie befanden sich jetzt in den Räumen der Kämpfer. Rascal hatte sich ein Paar unblutige Stiefel angezogen und ihre beeindruckenden, tödlichen Flügel angelegt.

»Der Rosengarten ist abgebrannt? Tausende von Elixieren wurden in die Luft gesprengt und die restlichen wirken nicht mehr? Alle Rezepturen außer deiner sind zerstört worden? Und *ich* soll euch helfen, eine Zutat zu finden, mit der du ein neues

Elixier brauen kannst, damit sich diese Frau hier« – sie zeigte auf Helia – »daran erinnert, was mit Perennia passiert sein mag, die jetzt verschwunden ist?«

»Wenn du es so ausdrückst, klingt es lächerlich. Aber das ist in etwa das Ausmaß des Problems, mit dem wir konfrontiert sind, ja.«

»Du erzählst da eine Wahnsinnsgeschichte, mein Freund. Das muss ich dir lassen. Und du sagst, wir hätten uns schon mal getroffen?«

Dzins Wangen waren heiß. »Ein- oder zweimal, in der Botanischen Schule.«

»Mmm«, entgegnete Rascal, offensichtlich nicht klüger als zuvor. »Wenn du das sagst.«

Helia räusperte sich und ergriff das Wort. »Leider ist die Geschichte wahr. Die Archive, das Labor, die Luftschiffe und die Raffinerie – sie sind alle zerstört. Und ich war im Garten, als er fiel, auch wenn ich mich an einiges nicht mehr erinnern kann. Ich habe einen Schlag abbekommen, glaube ich. Wenn ich wieder Zugang zu meinen Erinnerungen hätte, würde uns das vielleicht helfen, den Drachen aufzuspüren.«

Die ehemalige Läuferin lehnte sich an die rostige, mit Graffiti beschmierte Wand. Um sie herum sammelten sich andere Kämpfer aller Größen und Staturen, um ihr Glück im Käfig zu versuchen, während der griesgrämige Ringmeister ihre Teilnahmegebühren kassierte und die Gegner ohne wirkliche Rücksicht auf Ebenbürtigkeit zu Paaren zusammenstellte.

»Scheint mir ein einigermaßen einfacher Job für einen Läufer des Baums zu sein.« Sie schnaubte laut.

Dann zog sie einen langen Mantel aus Blattleder an und stand auf, und nun überragte sie die anderen, die sitzen geblieben waren, allesamt. Ihr Schatten schien sie geradezu zu verschlingen.

»Warum habt ihr mich aufgesucht? Es gibt noch andere Läuferinnen in Unterholz, die immer noch Zutaten für Mutter beschaffen und auch dafür bezahlt werden. Ich mache das jetzt schon seit einigen Zyklen nicht mehr, seit die Oberste Gelehrte und ich eine, sagen wir, … *Meinungsverschiedenheit* hatten.«

Dzin seufzte. »Es ist die Cerulean-Rose, die wir suchen.«

»Die findet man nur im Rosengarten.«

»Genau.«

»In dem Rosengarten, der nicht mehr existiert.«

»Du siehst also unser Problem«, warf Yantuz ein. »Dzin meinte, du wüsstest vielleicht, wo man sie noch anderswo finden könnte.«

Rascal schüttelte den Kopf, die Stirn in Falten und die Zähne zusammengebissen. »Also … nein, ich weiß es nicht. Die Cerulean-Rose tritt schon sonst äußerst selten auf, sie blüht nur einmal pro Zyklus, und das auch nur für ganz kurze Zeit. Selbst wenn es den Rosengarten noch gäbe, wäre es eine heikle Aufgabe. Ich weiß wirklich nicht, was ihr da machen könnt. Sonst kann man sie nirgendwo finden. Es tut mir leid, aber ich kann euch wirklich nicht helfen. Und jetzt lasst mich in Ruhe. Ich gehe meine Einnahmen kassieren.«

Sie wollte sich schon entfernen, aber da stand Nu plötzlich auf und stellte sich ihr in den Weg. Dzin hielt den Atem an und beobachtete, wie Nu, dieser junge Setzling, es mit der mächtigen Eiche aufnahm – ein ungleicher Kampf, wenn er je einen gesehen hatte. Doch die seltsame junge Frau hielt ihre Stellung und sprach mit klarer, leiser Stimme, die nur die versammelte Gruppe hören konnte.

»Doch, du kannst uns durchaus helfen.«

Sie hatte wieder diesen Ausdruck in den Augen. Den Ausdruck, mit dem sie Dzin vorhin schon angesehen hatte und der vermuten ließ, dass sie unterhalb der Oberfläche noch mehr sah.

Nicht zum ersten Mal fragte sich Dzin, wer genau diese Frauen waren.

Zu seiner Überraschung hob Rascal zum Zeichen der Kapitulation eine Hand und zog sich aus der Konfrontation zurück. Ihre bleichen, zerkratzten Wangen färbten sich langsam rot.

»Sie wächst nur im Rosengarten, aber ich weiß vielleicht, wo wir einen Samen finden können«, begann sie und räusperte sich dann. Die völlige Veränderung in ihrem Verhalten war jetzt ganz deutlich zu sehen. Sie schien nervös zu sein, aber warum das so war, konnte Dzin nicht sagen. Sie konnte unmöglich Angst vor Nu haben. »Allerdings würde ich davon abraten, ihn zu suchen, denn der Samen wird euch nicht auf der Stelle das geben, was ihr braucht. Ihr werdet warten müssen, bis er wächst.«

»Darüber brauchst du dir keine Sorgen zu machen«, antwortete Helia und richtete sich auf. Die Hoffnung in ihrer Stimme war deutlich hörbar. »Wo ist er?«

Rascal seufzte. Es widerstrebte ihr offensichtlich, es zu verraten.

»Rascal?«

»Na schön, gut. Er befindet sich im Königreich des Prinzen Raptor. Aber … er wird ihn um keinen Preis hergeben. Er ist ein stolzer Mann, mit dem man nur schwer verhandeln kann. Ein Herrscher, der ausschließlich für sein Vergnügen lebt und jederzeit sicherstellt, dass er von allem nur das Beste hat, während der Rest seiner Stadt um die Krumen kämpft.

Er hat vor vielen Monden ein hübsches Sümmchen für den Sämling bezahlt. Ich glaube, drei Truhen voller Perlen wurden für die Ehre seines Besitzes eingetauscht. Heute ist er der Stolz seiner Sammlung und wird in der höchsten Kammer des Uhrwerkberges aufbewahrt. In der Wüste im Osten.«

»Der Uhrwerkberg?«, wiederholte Helia und sah Nu an. »Ich

habe Geschichten über diesen Ort gehört. Dann ist das also unser Ziel, ja?«

Was genau sie von ihrer jungen Freundin erwartete, wusste Dzin nicht. Aber es schien, dass Nu Helias unterschwellige Frage erwartet hatte. Sie warf Rascal einen durchdringenden Blick zu, einen Blick, der so mächtig war, dass er tatsächlich Gewicht hatte, bevor sie sich wieder umdrehte und nickte.

Ein Anflug von Stolz blitzte in Helias Gesicht auf und zwischen den beiden ereignete sich etwas Entscheidendes. Ein Moment der Bewunderung und des Respekts. Von Mentorin zu Schülerin, erkannte Dzin und erinnerte sich daran, wie es zwischen ihm und Tywich gewesen war.

»Es wird keine Rolle spielen, dass ihr hingeht«, sagte Rascal. »Selbst wenn ihr mehr Perlen hättet, als er bezahlt hat, wird er sich nicht von dem Samen trennen wollen.«

»Warum Perlen?«, erkundigte sich Nu.

»Das ist die hiesige Währung«, antwortete Helia, die aufstand, um sich neben Nu zu stellen. Sie berührte ihr Amulett und rieb es zum Trost zwischen den Fingern, wie sie es häufig tat. »Perlen in allen Formen und Größen, gesammelt auf dem Grund von Silvyras Ozeanen.« Dann wandte sie sich an Rascal. »Was den Prinzen und sein Samenkorn betrifft, werden wir einfach zum Uhrwerkberg reisen und ihn um eine Audienz bitten müssen. Läuferin Rascal, danke für deine Hilfe.«

»Wartet!«, antwortete Rascal, eine Spur zu laut. Selbst in dem Getöse um sie herum erregte sie einige Aufmerksamkeit. Sie funkelte jedes der neugierigen Gesichter an, bis alle wegschauten, dann aber kehrte sie zu der Gruppe zurück, diesmal weniger ehrfurchtgebietend, sondern eher als willige Teilnehmerin. Dzin bemerkte, dass sie Helias Halskette mit einem verwunderten Gesichtsausdruck anstarrte, als würde sie sie wiedererkennen. Dabei senkte sie die Stimme. »Wenn die Reise zum

Rosengarten schon hart ist, dann wird es die Reise durch die Wüste noch viel mehr sein. Man kann sie nicht zu Fuß zurücklegen. Ihr müsstet euch ein Luftschiff besorgen.«

»Was wir hier tun können«, antwortete Helia, die schnell loswollte.

»Aber nicht irgendein Luftschiff.« Rascal bremste sie erneut. »Ihr braucht eins, das schnell und wendig genug ist, um an den Felsriesen vorbeizukommen.«

»Wie bitte?«

Dzin und Yantuz sahen sich an und formten gleichzeitig mit den Lippen die Worte: *Den was?*

»Den Felsriesen … Sie verstecken sich im Wüstensand, sind getarnt und stehen bereit, um den Uhrwerkberg vor seinen Feinden zu schützen, die zahlreich und vielfältig sind.«

Helia zog eine Braue hoch, was Rascal mit einem Achselzucken quittierte.

»Und ja, zu diesen Feinden gehörte in der Vergangenheit auch ich. Trotzdem. Wenn ich mich diesem Ort noch mal stellen muss, dann werde ich das tun. Ich werde nicht lügen, es wird vielleicht nicht einfach sein, aber ich kann euch in den Berg bringen. Wir brauchen nur eine bestimmte Art von Luftschiff, besonders für eine Mission mit euren *speziellen* Anforderungen.«

Helia musterte die Frau von Kopf bis Fuß und war sich offensichtlich unsicher, was ihren Sinneswandel betraf. Doch am Ende schien sie ihre Zweifel aufzugeben. Jemanden mit ihren besonderen Fähigkeiten im Team zu haben, wäre sicherlich von Vorteil, falls sie auf Probleme stießen.

Selbst Dzin wusste, dass es sich lohnte, dieses Risiko einzugehen.

»Hast du ein bestimmtes Luftschiff im Sinn?«, fragte Helia.

»Oh, es gibt nur eins, das ich für solche Dinge überhaupt im Sinn haben kann«, antwortete Rascal mit einem schwachen

Grinsen. »Die *Goldamsel.* Das schnellste und schnittigste Luftschiff in diesem Land und darüber hinaus. Ein Schiff, das ich früher tatsächlich selbst oft benutzt habe.«

Helia nickte und gab den anderen ein Zeichen, sich zum Aufbruch bereit zu machen. »Und wo können wir dein Luftschiff finden?«

Rascal zuckte mit den Flügeln, als sie auf die Spitze der Bohnenrankentürme zeigte. Alle folgten ihrem Blick dorthin, wo zwei dünne Ranken von der Spitze der Türme in die Ferne verliefen und an Höhe gewannen, bevor sie in einer trüben Wolke verschwanden. Unter diesen Strängen schaukelten winzige Kapseln wild hin und her, weil der Wind sie in dieser Höhe mitriss. Einige bewegten sich in die eine Richtung. Andere in die andere.

Dzin erhaschte einen Blick auf einen schattenhaften Gipfel am Ende der Seilbahnstrecke.

»Die Brücke?«, fragte er und ihm gefror das Blut in den Adern.

Rascal schenkte ihm ein Grinsen, das ihm nicht besonders gefiel.

27

Die Brücke

Allmählich machte sich Nu Sorgen, dass es Dzin nicht besonders gut ging.

Er hatte sich ein bisschen angestellt, als sie erst im Innern des Bohnenrankenturms eine Abfolge von Aufzügen und Treppen nach oben genommen hatten und dann außen.

»Aber es ist einer der gefährlichsten Lufthäfen in ganz Silvyra«, hatte er zwischen ein paar angestrengten Atemzügen gesagt, als sie am Ende einer weiteren Wendeltreppe angekommen waren. »Die Luftschiffe machen hier nicht einmal Halt, aus Angst davor, gegen die Klippen geschmettert zu werden, wenn sie zu lange bleiben! Der Wind in diesen Höhen hat den Fels selbst abgetragen und die Brücke geschaffen. Oder den Bogen … wie immer ihr es nennen wollt. Wie genau sollen wir da dein Schiff erwischen?«

»Ich habe einen Plan«, war alles, was Rascal zu sagen bereit war.

Die Diskussion ging noch weiter, als sie die Spitze der Türme erreichten und auf der Aussichtsplattform warteten, die um den Stiel herumführte. Nu genoss die atemberaubende Aussicht. Unter ihnen lag weit verzweigt Unterholz. Das Labyrinth und der Ur-Wald waren hinter ihnen in der Ferne zu sehen, mit dem Großen Baum in der Mitte, der selbst aus dieser Entfernung noch gut zu erkennen war.

Vor ihnen – und über ihnen – versteckten ständig wirbelnde Wolken den Gebirgszug, der Dzin Sorgen bereitete. Und überall sonst gab es Felder und Ebenen und Hügel, Flüsse und Seen.

Nu dachte sich, dass sie von hier oben aus auch nach einer Woche noch neue Dinge entdecken würde. Ein erstaunlicher Anblick für ein Mädchen, das im Innern der Bibliothek aufgewachsen war. Ja, sie liebte ihr Zuhause. Die Große Bibliothek war ein prachtvoller Ort und sie würde sicher nie etwas Schlechtes darüber denken. Aber dies war ein Maß an Weite und Freiheit, das sie doch nicht erwartet hätte. Es war eine Sache zu wissen, was dort draußen existierte, in Büchern darüber zu lesen und den Weisen zuzuhören, wenn sie Geschichten über ihre Abenteuer in solchen Welten erzählten. Es jedoch selbst zu erleben, löste eine Welle von Gefühlen bei ihr aus. Ihr Herz war mit Ehrfurcht und Euphorie zugleich erfüllt; in ihrer Brust kribbelte es, weil sie von der Weite eingeschüchtert war und gleichzeitig darauf brannte, sie zu erkunden und selbst zu erleben. Durch das Adrenalin fühlte sie sich lebendiger als je zuvor.

Schon bald saßen sie in einer der unförmigen Gondeln, die wie die ausgehöhlte Schale eines riesigen Halloween-Kürbisses an den Rankenseilen des seltsamen Transportsystems baumelten. Die Gondel war groß genug, um vier Personen bequem zu transportieren.

Nur bedauerlich, dass sie zu fünft waren.

Vor allem, da eine von ihnen Rascal war.

Die stattliche Frau hatte sich zusammengekauert, die Knie fast bis zur Brust hochgezogen, um nicht zu viel Platz einzunehmen. Ihre Flügelspitzen zuckten über ihrer Schulter und waren so weit wie möglich eingezogen. Es war ein Bild, das Nu ein Grinsen entlockt hätte, wenn sie nicht prophezeit hätte, dass Rascal die Gondel noch mehr ins Wanken bringen konnte als der Wind, der auf ihrem Weg hoch über das Land auf sie eindrosch.

Rascal beschrieb den Transport als eine Art Flaschenzugprozedur. Zwei ausbalancierte Lianen reichten von den Bohnenrankentürmen bis zum Berg in den Wolken und unter ihnen befanden sich die Reihen an Gondeln. Die Hälfte davon fuhr nach oben, die andere Hälfte nach unten, wobei die Schwerkraft und das Gewicht der nach unten gerichteten Liane dabei halfen, die nach oben gerichtete Liane an ihr Ziel zu bringen.

»Es ist wie eine Standseilbahn«, hatte Helia leise erklärt. »Davon gibt es zu Hause viele, auch in der Stadt, aus der ich komme. Es ist ein geniales und energieeffizientes System, das das Gewicht und die Schwerkraft auf der einen Seite nutzt, um die andere Seite hochzuziehen. Davon könnten wir mehr auf der Welt gebrauchen.«

Nu, die Dzin immer noch im Auge behielt, nickte. Er saß ihr gegenüber, und dank Rascals Körperfülle neben ihm musste er das Gesicht an eins der Fenster pressen. Es überraschte nicht, dass er ziemlich ängstlich aussah. Vor allem, als sie höher stiegen und der Wind zunahm. Er hatte mit beiden Händen seine Knie umklammert, und seine Fingerknöchel wurden jedes Mal weiß, wenn die Gondel wild schaukelte.

»Ist das auch wirklich sicher?«, fragte er noch einmal, als die Gondel wackelte und sie in eine unangenehme Schieflage brachte. »Ist sie gut befestigt? Sind schon mal welche runtergefallen?«

Rascal, die zwischen ihm und Yantuz eingequetscht war und sich kaum bewegen konnte, sah sie ihn nur von der Seite an und runzelte die Stirn.

»Funken und Samenkörner, Dzin«, sagte sie. »Es ist ganz und gar ungefährlich. Die Leute in Unterholz benutzen die Dinger ständig, um zur Brücke und zu den Bergfarmen von Galnaterra zu gelangen. Was glaubst du, wie sie die Erzeugnisse von den Terrassen hinunter in die Stadt und die Waren wieder hinauf zu den Luftschiffen bringen? Nicht alle diese Gondeln sind mit Menschen gefüllt, weißt du. Einige tragen noch viel mehr an Gewicht und kommen damit ausgezeichnet zurecht.«

»Ich habe gehört, dass sich eine von ihnen mal losgerissen hat und abgestürzt ist.« Dzin ignorierte Rascals Beteuerungen und spähte aus dem Fenster auf den Boden unter ihnen. »Und aus einer solchen Höhe hat das kein gutes Ende genommen.«

»Wir werden ganz bestimmt nicht abstürzen«, versicherte Helia. Sie hatte sich eine Hand auf den Oberschenkel gelegt, die andere um das Amulett mit Vega geschlossen. »Ich verspreche es dir, Dzin. Das Kabel da oben ist äußerst stark und gut befestigt. Ich habe es in Augenschein genommen, als wir eingestiegen sind. Uns passiert schon nichts. Genieß einfach die Fahrt!«

Die Gondel bebte und schwankte erneut wild hin und her. Als Dzin stöhnte und Rascal ihn anschnauzte, beugte sich Nu vor und flüsterte Helia zu: »Ist es wirklich okay hier oben?«

Helia antwortete im gleichen Flüsterton. »Ich weiß es zwar nicht, aber ich habe ein paar zusätzliche Ranken um uns herum wachsen lassen, um auf der sicheren Seite zu sein.«

Die Reise nach oben dauerte etwa eine Stunde. Nach ungefähr drei Vierteln des Weges ließen sie den offenen Himmel hinter sich und traten in die Wolken ein. Unten konnte man sehen, wie das Land mit ihnen anstieg, als sie den Berg erklommen. Dort waren die ersten Terrassen in die Hänge gehauen worden, jede mit Getreide bepflanzt und mit vereinzelten Bauernhäusern bestückt. Auf den Terrassen weiter oben wuchsen die Bauernhäuser zu ganzen Städten an, mit grauen, in den Fels gehauenen Gebäuden, die sich aneinanderdrängten, als wollten sie sich vor den rauen Elementen hier oben schützen. Über ihnen, so groß, dass sie den gesamten Raum zwischen zwei Berggipfeln überspannte, kam eine natürliche Steinbrücke durch die Wolken zum Vorschein.

»Die Brücke von Galnaterra«, erklärte Rascal. »Wir sind fast da.«

Darüber war Nu sehr erleichtert, da der Wind jetzt noch stärker wurde und die Gondel fast im rechten Winkel zu der Ranke schaukeltc, an der sie hing. Selbst Rascal wirkte jetzt allmählich beunruhigt. Der Rest der Fahrt verging in stummer, kollektiver Panik, während sich alle an ihre Sitze klammerten und Nu zu dem Schluss kam, dass Dzin vorhin definitiv einen berechtigten Einwand erhoben hatte.

Am Zielort kam die Gondel ruckartig zum Stehen und schaukelte noch ein paarmal hin und her, damit ihnen allen auch wirklich schlecht wurde. Rascal beugte sich vor und zog die Tür auf, sodass sie aussteigen konnten. Yantuz, der während der ganzen Fahrt geschwiegen hatte, ging fröhlich voraus.

»Na, das hat aber Spaß gemacht!«

Rascal scheuchte ihn weiter, während sie aus der Tür kletterte und sich aufrichtete.

»Ab hier wird es noch spaßiger«, verkündete sie.

Der Blick nach unten, den sie zwischen ihren Stiefelspitzen sah, als sie sich so dicht wie möglich an den Rand der Brücke wagte, raubte Nu den Atem.

Es war ein sehr, sehr langer Weg nach unten. Viel länger, als sie es sich vorgestellt hatte.

Mit aufgerissenen Augen stemmte sie sich gegen den Wind, der an ihrer Kleidung zerrte und sie zu Fall bringen wollte, denn sie war nicht gewillt, dem Entsetzen nachzugeben, so hoch oben und so verletzlich zu sein. Antares vibrierte an ihrem Handgelenk – sie steckte noch in ihrem Armband, konnte ihr aber ein wenig Mut machen und sie beruhigen.

Nu verstand die Sphäre noch immer nicht richtig. Es fühlte sich an wie: *Du kannst das schaffen.* Aber es hätte genauso gut heißen können: *Schau nicht nach unten.*

Sie musste lachen, und wieder vibrierte die Sphäre und bestätigte, es sei Letzteres gewesen. Allein diese kleine Interaktion sandte einen Schauer der Aufregung und des Stolzes durch sie hindurch. In der Großen Bibliothek hatte sie eine wunderbare Kindheit und Jugend verbracht, aber noch nie zuvor hatte sie sich so besonders gefühlt. Sie kommunizierte mit einer Sphäre – mit einer echten Sphäre der Weisen! Das allein wäre zu Hause schon eine Ehre gewesen. Doch jetzt war sie sogar hier in der Papierwelt und erlebte ein Abenteuer … mit einer Sphäre.

Das machte sie natürlich nicht zu einer Weisen. Aber es fühlte sich genauso wundervoll an, wie es sich in ihrer Vorstellung angefühlt hatte, eine Weise zu werden.

Einen Augenblick lang ließ sie ihre Gedanken schweifen und träumte davon, dass Antares sie wirklich erwählte.

Was das mit sich bringen würde. Wie es sich anfühlen würde, zu wissen, dass sie tatsächlich eine Weise war.

Dann rüttelte der Wind sie erneut durch und sie kniete sich schnell hin und krallte die Finger in das Gestein.

»Wie lange müssen wir warten?«, rief sie Rascal zu, während sich die anderen neben ihr verzweifelt festhielten, als ginge es um ihr Leben. Fast flach lag Dzin auf dem Felsen und im Augenblick konnte sie es ihm nicht wirklich verübeln.

»Die *Goldamsel* muss sich an einen strengen Zeitplan halten«, brüllte Rascal in dem Versuch, sich gegen das Tosen der zwischen den beiden Berggipfeln hindurchströmenden Luft Gehör zu verschaffen. »Bevor sie zum Uhrwerkberg fliegt, passiert sie

Galnaterra genau zu dieser Zeit. Hier gibt es Veränderungen im Wind, die sich messen lassen, daher muss das Schiff genau im richtigen Moment an der Stelle sein, um die relative Ruhe auszunutzen.«

»Aber es landet nicht wirklich?«

»Nein. Das ist zu gefährlich, deshalb bleibt es in Bewegung. Es setzt seine Fracht während der Fahrt ab und nimmt neue auf. Das geht sehr schnell. Ziemlich beeindruckend, wenn du mich fragst.«

Nu schaute zu Helia hinüber, die auffallend besorgt wirkte, worauf das alles wohl hinauslaufen würde. Aber Nu kam zu dem Schluss, dass sie, wenn die ältere Weise nichts dazu sagte, es auch nicht tun würde.

Dzin dagegen brauchte etwas länger, bis er verstand, worauf das hinauslief. »Wir müssen an Bord der *Goldamsel* gehen, aber wie können wir das tun, wenn sie nirgendwo landet, wo wir das tun könnten?«

»Das trifft es in etwa. Sie wird direkt unter uns vorbeifliegen, ohne anzuhalten.«

»Dann … tut mir leid, aber wie – bei allen Pollen und Blütenblättern! – sollen wir das verdammte Ding erwischen? Wenn uns keine Flügel wachsen, mit denen wir nach unten schweben können, haben wir keine Chance, an Bord zu kommen«, sagte Dzin.

Rascal grinste und bewegte ihre Flügel gerade genug, um anzudeuten, was sie dachte.

»Ich glaube, das ist ihr Plan, Bruder«, rief Yantuz Dzin wohlgelaunt zu.

Dzin erbleichte sofort. Er schaute in den Abgrund, dann zurück zu Rascal, dann zu den anderen, dann wieder in den Abgrund. »Der Plan gefällt mir nicht.«

Rascal lachte und klopfte ihm auf die Schulter. »Das wird schon, Dzin. Ich glaube nicht, dass wir allzu weit springen müssen.

Ich habe schon gesehen, wie sie in kaum größerem Abstand unter der Brücke durchgeflogen sind, als die Heckenwände des Labyrinths hoch sind. Und lass mich das klarstellen: Das Luftschiff ist prachtvoll, eine echte Schönheit des Himmels, und es ist auch eins der traditionellen Modelle, bei denen die Kabine unter einem gut gesicherten Ballon befestigt ist. Es sollte jede Menge Platz zum Landen geben, einen weichen Fall und reichlich Seile, an denen man sich festhalten kann. Von dort aus muss man nur ein kleines Stück zur Kabine hinunterklettern und schon sind wir drin.«

»Du hast leicht reden – du hast ja auch *Flügel*!« Dzin stolperte rückwärts und war einer weiteren heftigen Windböe ausgeliefert. Er kniete nieder und klammerte sich wieder an den Steinen fest. »Wenn wir anderen den Ballon verfehlen, stürzen wir in den Tod. Bin ich denn wirklich der Einzige, der sich über diesen Akt des Wahnsinns Sorgen macht?« Er sah die anderen entsetzt an. »Es ist ein weiter Weg bis nach unten, und zufälligerweise mag ich es lieber, wenn meine Knochen nicht alle zerschmettert sind.«

Nu schüttelte den Kopf. Dzin hatte recht – es war ein zu großes Risiko, auf ein fliegendes Luftschiff zu springen, selbst wenn es über einen Ballon verfügte. Es musste einen besseren Weg geben.

Ein kleiner Blitz erregte ihre Aufmerksamkeit. Vega kommunizierte wieder mit Helia. Daraufhin sah sich die Weise ringsum in den Winkeln und Ritzen des Felsens um, dann streckte sie die Hand aus und berührte eine dicke, blattreiche Pflanze, die irgendwie aus einer tiefen Furche wuchs. Nachdenklich zog sie an dem Stängel, spürte, wie er sich dehnte, und tätschelte dann ihr Armband.

»Helia?«, fragte Nu und überlegte, was sie sich dabei wohl dachte.

Helia drehte sich zu den anderen um und hob eine Hand. »Bitte haltet euch an dem Felsen fest, egal was ihr gleich sehen werdet. Habt ihr das verstanden?«

Ihre verwirrten Gesichter genügten ihr als Startzeichen, gerade als Nu erkannte, was sie plante.

Vorsichtig umklammerte Helia den Stängel und schloss die Augen. Ihr Armband leuchtete, als sie und Vega ihre Kraft kanalisierten. Zuerst gab es nur wenig zu sehen – das Wachstum war noch ganz gering –, aber dann beobachteten alle, wie vier neue Triebe aus dem Stängel hervorgingen und sich verzweigten.

Dzin fuchtelte nervös herum, doch er machte sich ohne Zweifel mehr Sorgen um den Abgrund neben ihm als um die langen, dünnen Blätter, die sich um die Gruppe herum entfalteten und schlängelten.

Dann hörte das Wachstum auf. Helia ließ die ursprüngliche Pflanze los und griff nach einem der Blätter, das wie eine lange, rankenartige Schnur aussah.

»Damit können wir uns gefahrlos nach unten fallen lassen«, erklärte sie. »Es sind zwar keine Flügel, aber die Zellstruktur dieses Blattes ist stark genug – und vor allem so elastisch –, dass es unser Gewicht hält, wenn es sich dehnt, und uns nicht die Hände abreißt.« Sie hielt ein Ende des Rankenseils fest und schlang es sich um den Arm, einmal, zweimal, dann ein drittes Mal, von der Stelle direkt unterhalb ihrer Schulter bis hinunter zu ihrem Handgelenk. Dann zog sie kräftig daran. »Seht ihr? Es gibt ein wenig nach. Solange das Luftschiff nicht viel tiefer fliegt, als das Labyrinth hoch ist, sollten wir kein Problem damit haben hinunterzuspringen.«

Rascal schloss den Mund. Dzin und Yantuz starrten Helia weiter an.

»Was hast du da gerade gemacht?«, fragte Dzin kurz darauf. Er streckte eine Hand aus, um das Rankenseil, das ihm am nächsten war, vorsichtig zu berühren. Dann riss er die Hand zurück, als könnte ihn das Seil beißen. »Du hast uns lebend aus dem Labyrinth gebracht, wozu eigentlich nur die Läufer in der Lage sein sollten. Also nehme ich an, dass du eine besondere Verbindung zur Natur hast, die andere nicht besitzen. Wer *bist* du?«

Doch es war Rascal, die antwortete, und sie tat es, ohne zu brüllen. Der Wind hatte plötzlich an Heftigkeit verloren.

»Es wird Zeit. Ich sehe das Schiff!«

Ein Punkt erschien und nahm schnell Gestalt an.

Die *Goldamsel* war gewiss ein prächtiges Schiff, selbst wenn man es nur durch die Wolken sah. Als es näher kam, bemerkte Nu die glänzenden, riesigen dunkelroten Seidenbahnen des Ballons, mit einem dünnen Feuchtigkeitsfilm unter der goldenen Takelage, während darunter eine elegante, aus Holz und Messing gefertigte Kabine hing, die sich über die ganze Länge des Ballons erstreckte und herrlich anzusehen war – mit Wirbeln und Symbolen um ihre Ränder. Am Heck des Schiffes flatterten zu beiden Seiten der Dampfschwaden, die aus dem runden Motor aufstiegen, lange goldene Wimpel. Vorn konnte man zwei Gestalten durch das dicke Glasfenster erkennen.

Das Brummen des Luftschiffs wurde lauter, je näher es kam.

»Schnell, wickelt euch die Seile um die Arme, wie ich es getan habe«, drängte Helia die anderen. »Nicht zu fest; lasst genug Platz, um sie wieder abzuwickeln. Das Luftschiff kommt langsam heran, aber es wird nur ein paar Augenblicke geben, in denen wir auf dem Ballon landen können, bevor er unter der Brücke hindurchfliegt.«

Sie taten wie geheißen; dann hockten sie sich alle fünf auf den Rand, mit Rascal in der Mitte. Sie breitete ihre Flügel hinter den Rücken ihrer Gefährten aus.

»Folgt meinem Beispiel«, sagte sie. »Wir springen, wenn die

Nase des Schiffes ganz genau unter uns ist. Durch den Schwung sollten wir direkt obendrauf landen.«

Alle machten sich bereit.

Nu wusste nicht, warum sie ausgerechnet diesen Augenblick wählte, um die Läuferin zu fragen, was eigentlich in ihrem Kopf vorging. Es schien etwas spät dafür zu sein. Doch wenn sie hier sterben sollte, wollte sie nicht gehen, ohne es zu wissen.

»Warum hilfst du uns, Rascal?«, fragte sie, und zwar so leise sie konnte, damit die anderen sie nicht hörten. Sie sah die goldene Takelage des Luftschiffs der Brücke näher kommen. Sie waren kurz davor zu springen.

Rascal beugte sich vor und klopfte auf Nus Armband. »Ich habe Leute wie dich schon mal getroffen.«

Wieder vibrierte Antares, diesmal stärker.

Sie weiß es.

Nu war nicht in der Lage, ihre Überraschung zu verbergen oder irgendeine Erklärung zu erfinden. Sie konnte nur knapp vermeiden, aus Versehen von der Kante zu fallen. Zum Glück ließ Rascal Nu keine Gelegenheit, es zu leugnen.

»Es war ein anderer Weiser. Er hat etwas getragen, das so ähnlich wie dein Armband ausgesehen hat, mit dem Ball in der Mitte. Das ist eine Sphäre, nicht wahr?«

»Ihr Name ist Antares.«

Die Sphäre summte wieder, und Nu spürte, dass sie eine positive Botschaft aussandte.

Antares schien nichts gegen Rascals Einschätzung einzuwenden zu haben.

Die Läuferin nickte und tippte noch einmal auf das Armband. »Ich verdanke diesem Mann mein Leben und habe ihm versprochen, seinen Leuten immer zu helfen. Da wären wir also.« Sie lächelte.

»Obwohl es uns das Leben kosten könnte.«

Nu wandte sich wieder dem Abgrund zu, und ihre Finger begannen zu schwitzen, als sie die Ranke umklammerten. »Aber wenn wir es nicht tun«, ergänzte sie, »werden mit Sicherheit Menschen sterben. Besser also, es in der Hoffnung auf Erfolg zu riskieren, als nichts zu tun und die Hoffnung ganz aufzugeben, hm?«

»Treffend gesagt.« Rascal deutete mit dem Kopf auf das Luftschiff, das kurz davor war, unter ihnen hindurchzufliegen. Es befand sich viel weiter unten, als Nu lieb gewesen wäre. Sie hoffte, dass die Rankenseile lang genug waren.

»Sind alle bereit?«

»Nein«, sagte Dzin.

Rascal gab ihm einen Schubs und alle sprangen.

Dzin stürzte in die Tiefe.

Er wirbelte und trudelte am Ende des Rankenseils durch den Himmel.

Reue und Übelkeit kämpften in ihm miteinander.

Furcht und Wind droschen auf seine ganze Existenz ein.

Beim Springen hatte er den Arm seines Bruders festgehalten, um sich zu stabilisieren. Als er aber spürte, dass sein Wanderstab aus dem Hosenbund rutschte, hatte er ihn fast sofort losgelassen. Es hätte keine Rolle spielen sollen. Sein anderer Arm war mit Helias seltsamer Pflanze umwickelt.

Er hatte instinktiv gehandelt. Der Stab hatte seiner Mutter gehört. Das Einzige, was ihm von seinen Eltern noch geblieben war, abgesehen von der recht kleinen Statur seines Vaters und seinem Hang zu Panikattacken.

Also hatte er sich verrenkt, um den Stab festzuhalten. Und jetzt trudelte er durch die Luft.

Der Luftstrom schlug ihm gegen die Brust. Er verkrampfte sich und spürte, wie ihn der Wind zu ersticken versuchte.

Das Luftschiff kam schnell näher.

Für einen kurzen Augenblick sah er verschwommen die anderen neben sich. Sie fielen auch noch, aber auf eine wesentlich kontrolliertere Art. Vor seinen Augen huschten Felsen, Luftschiff und Wolken vorbei … und die Stadt Galnaterra unter ihm. Viel zu weit unten.

Gewiss würde er sterben. Er wirbelte so wild herum, dass das Seil bestimmt reißen würde, und dann würde er an dem Luftschiff vorbeistürzen und es nicht erwischen können.

Galle kam in ihm hoch und er schloss die Augen. Seine Gedanken überschlugen sich, und er fragte sich, ob ihn dann irgendjemand retten würde. Vielleicht konnte Helia die Pflanze von dort aus kontrollieren, wo sie war. Oder vielleicht hatte Nu geheime Kräfte, die sie zu enthüllen vermochte.

Das Dröhnen der Luftschiffsmotoren war nah, und er wusste, dass er sich dem Punkt ohne Wiederkehr näherte. Das Seil schloss sich fester um seinen Arm. Er war schon fast auf dem Tiefpunkt des Sturzes. Wenn er sich nicht jetzt gleich von der Ranke befreite und zumindest versuchte, nach der *Goldamsel* zu greifen, war es aus mit ihm.

Keine Wahl.

Er ruderte mit dem Arm und wickelte das Seil ab. Dann öffnete er die Hand und ließ es entwischen. Daraufhin streckte er beide Arme aus, um nach dem Netz am Ballon zu greifen.

Doch zu spät begriff er, dass er aus dem Pfad des Luftschiffs getrudelt war.

Über ihm war ein Aufruhr zu hören – zumindest glaubte er, es käme von oben. Er drehte sich jetzt so stark, dass es alles dasselbe war. Sein Verstand tat sein Bestes, um sich abzuschalten, denn er wollte nicht dabei sein, wenn es geschah.

Aber ohne jeden Zweifel brüllte irgendjemand.

Er öffnete ein Auge.

Und sah einen Wirbel blonden Haars, bevor ihm eine Gestalt gegen die Brust krachte.

Yantuz.

»Festhalten«, keuchte sein Bruder und schlang einen Arm um Dzins Oberkörper, während er mit dem anderen sein eigenes Rankenseil festhielt. Unter ihrem Gewicht spannte es sich, aber es hielt lange genug, dass Yantuz sie gegen die Seite des Ballons schwingen konnte.

»Pack die Seile!«, brüllte sein Bruder.

Dzin gehorchte und verbrannte sich die Hand, als er an einem herunterrutschte, bevor er mit den Füßen Halt fand und ruckartig zum Stillstand kam. Aber Yantuz hatte nicht rechtzeitig losgelassen. Er hatte das Rankenseil festgehalten, um sicherzugehen, dass Dzin außer Gefahr war, und hatte damit seine eigene Chance vertan. Die Ranke hatte sich aufs Äußerste gedehnt, und jetzt zog sie sich wieder zusammen, gerade als das Luftschiff unter der Brücke hindurchflog.

Die Angst in Yantuz' Augen war deutlich zu sehen, als er schnell von seinem Bruder weg und nach oben gezogen wurde.

»Lass los!«, schrie Dzin. Doch es war bereits zu spät. Yantuz prallte von der Mitte des Luftschiffs ab, wurde von dem Ballon weggeschleudert und schwebte für einen kurzen Moment hinter ihnen, eine verzweifelte Silhouette vor dem Hintergrund der Wolke, bevor er vom Seil abrutschte und stürzte, bis er außer Sicht war.

28

Eine Botschaft

Edwin Payne betrachtete das Bild der Verwüstung. Der Große Baum vor ihm, einst ein Ort des Friedens und der Ruhe, glich jetzt einem Kriegsgebiet.

So etwas hatte er natürlich schon öfter gesehen, da er früher viele Male auf der ganzen Welt für König und Vaterland gekämpft hatte. Trotzdem konnte er den Schrecken dieser Dinge immer noch nicht abschütteln. Die Bilder von leidenden Menschen und die Energie, die sie ausstrahlten, hatten die Eigenschaft, sich ins Unterbewusstsein einzubrennen. Er wusste, dass dies auch der Grund für seine schrecklichen Albträume war, die er nur mithilfe mächtiger Magie wirkungsvoll loswerden konnte. Ein Geheimnis, das er in Suttarus Tagebuch entdeckt und das ihn zu dem Mann, zu der *Legende* selbst, geführt hatte – und zu einem Versprechen, dass dieser ihn von den Albträumen befreien würde, sobald er seinen Teil hierzu beigetragen hatte.

Inzwischen hatte er sich allerdings schon fast an die Qualen gewöhnt, die solche Dinge mit sich brachten. Das Chaos von Tod und Zerstörung und die reinsten, ursprünglichsten Emotionen derer, die sich inmitten des Geschehens wiederfanden. Es gab nichts Vergleichbares auf der Welt. Er fragte sich, ob er seine Albträume wohl vermissen würde, wenn sie verschwanden. Wenn Suttaru getan hatte, was er als Gegenleistung für Edwin Paynes jahrzehntelange Hilfe beim Verstecken und Planen versprochen hatte.

Die Äste des Großen Baums waren beschädigt und mit Trümmern der Luftschiffe übersät. Flammende Banner, ausgefranst und qualmend, hatten sich in den Zweigen verheddert, und die Blätter an den höchsten Stellen dieses sagenumwobenen Ortes welkten schnell, krümmten sich und starben, bevor sie sich lösten und tief unten auf den Waldboden fielen. In der Zwischenzeit erstickte sie noch immer der dicke graue Rauch, der von den zerfetzten Überresten der Raffinerie aufstieg.

Alles verlief wunderbar nach Plan.

Mehr oder weniger. Jetzt kam es auf Tywich an.

Suttarus Forderung, das verbliebene Elixier zu zerstören, die Raffinerie in die Luft zu jagen und die jüngste Gruppe der Absolventinnen und Absolventen zu töten, war nahezu vollständig umgesetzt worden. Jetzt erbebte der ganze Baum in Angst über das, was passiert war. Angst vor der unbekannten Bedrohung, vor der sie standen.

Es gab nur ein einziges winziges Problem.

Die Oberfläche seiner Sphäre Myrtilus wirbelte eine Frage auf, die die Farbe eines kalten Winternebels hatte. Zögernd nickte Payne. Die Nachricht, die er Suttaru überbringen musste, war keine gute, und er rechnete damit, sich den Konsequenzen stellen zu müssen. Selbst beim Kommunizieren über seine Sphäre quer durch das Reich Silvyra, über eine Entfernung hinweg, die sich vom Großen Baum bis zu dem laufenden Angriff in Aedela erstreckte, schüttelte ihn eine heftige Angst. Die Kräfte seines Herrn nahmen beträchtlich zu, seit er aus Discordia freigekommen war. Wer wusste schon, wie weit sie reichen konnten?

Minuten später rollte sich Edwin Payne zu einem Ball zusammen und umklammerte seinen Kopf, um nicht zu schreien, versteckt hinter den Blättern, die nicht geschwärzt waren oder sich vom Feuer aufgerollt hatten, das auf den Großen Baum niedergegangen war.

Du hast ihn mit der Rezeptur entkommen lassen. Zweimal.

»Ich … ich habe mich bemüht, mein Gebieter. Nein, bitte, ich …«

Die Qualen in seinem Kopf verdichteten sich, als stünde die Sphäre in seiner Augenhöhle in Flammen und versuchte, wieder zu ihrer vollen Größe anzuwachsen.

Da spielte es keine Rolle, wie weit sie voneinander entfernt waren. Suttaru nahm die Nachricht nicht gut auf und benutzte die Sphäre, um sowohl seine Worte als auch seinen Zorn zu übermitteln.

»Es tut mir leid, m-mein Gebieter.«

Deine Entschuldigung wird nicht angenommen.

»Bitte, ich flehe dich an …«

Du hast mich enttäuscht. Die Albträume, die du so verzweifelt durch mich loswerden wolltest, sind nichts im Vergleich zu dem Schmerz, der dich jetzt erwartet.

Sein Kopf schien kurz vor dem Bersten zu sein. Durch Suttarus magischen Zugriff auf die Sphäre drohte sein Schädel zu zerspringen und sein Hirn auf die nächsten Äste zu spritzen.

Payne gab sich alle Mühe, Worte zu formulieren – die letzten Worte, die er vielleicht jemals sprechen würde.

»Ich … ich weiß, wo sie hin sind.«

Der Schmerz ließ etwas nach.

Sag es mir.

»Dzin, der Schüler, ist zusammen mit seinem Bruder von dem Baum weggelaufen, bevor er getötet werden konnte. Ich habe meinen Helfer Tywich in seiner Bestiengestalt hinter ihm hergeschickt. Aber es ist nicht gelungen. Das Labyrinth hat ihn ausgespuckt. Und dann hat die Weise der Hoffnung dem Schüler bei der Flucht geholfen. Aber ich habe Wind davon bekommen, dass die Ausreißer nach Unterholz geflohen sind, mein Gebieter. Sie haben nicht versucht, hierher zurückzukehren, wie ich vermutet hätte.«

Das war alles an Information, mit der er handeln konnte. Er hielt den Atem an und bereitete sich auf das Schlimmste vor, während ein Augenblick beängstigender Stille folgte.

Aber es kam nicht.

Sie wollen die Rezeptur rekonstruieren, erklang Suttarus nachdenkliche Antwort.

»Mein Gebieter?«

Doch was immer Suttaru dachte, er führte es nicht weiter aus. Zu guter Letzt gab er die Sphäre frei und Myrtilus entfernte sich gnädigerweise aus Paynes Gesicht. Seine Oberfläche blieb einen Augenblick lang leer und wartete teilnahmslos, die darunterliegenden Schichten zeigten keine Anzeichen für weitere Übertragungen, bis die Muster schließlich begannen, sich wieder zu verweben und Anweisungen zu übermitteln.

Wir halten uns an unseren Plan. Kehr in die Bibliothek zurück. Benutz den Rest des dunklen Elixiers für das Buch der Weisheit. Es sollte bereits so geschwächt sein, dass du mein Tagebuch endlich aus seinem langjährigen Versteck holen kannst. Aber es schadet nichts, sicherzustellen, dass die unerträgliche Urheberin im Buch irreversibel beschädigt ist. Wenn du fertig bist, öffne die Portale für unsere Armeen und beginne mit dem Angriff. Überflute die Bibliothek mit Tod.

Payne verneigte sich, obwohl er wusste, dass Suttaru ihn nicht sehen konnte. Er musste einfach hoffen, dass Myrtilus seinen Respekt übermittelte.

Dann endete die Übertragung. Eine Schattenwolke zog über die Oberfläche seiner Sphäre.

Das Ende kommt, bemerkte Myrtilus.

Für Payne konnte es gar nicht schnell genug kommen.

Er wies die Sphäre an, ihn ein letztes Mal in die Bibliothek zurückzubringen.

29

Das erste Bücherregal

Arturo und Robin zitterten einmütig, als sie in dem schwach beleuchteten, feuchten Flur standen und voller Entsetzen die Ausläufer schwarzer Wurzeln betrachteten, die das, was früher einmal eine Tür gewesen war, kreuz und quer überzogen.

Robin hatte recht damit gehabt, dass dieser Ort weit von der Wandelhalle entfernt lag. Sie hatten zwei Straßenbahnen nehmen müssen, nur um in die Nähe zu kommen. Dann waren sie mehrere in den Fels gehauene Treppenfluchten hinuntergelaufen und hatten eine labyrinthische Anlage durchquert, in der die von Menschenhand errichteten Wände immer wieder von natürlichen Felsen durchbrochen wurden.

Danach mussten sie eine Art unterirdischen Wald durchqueren, wobei sie sich so gut wie möglich von Centauri leiten ließen. Er leuchtete hell, damit sie ihm durch die Dunkelheit folgen und die Löcher im Boden vermeiden konnten, die weiß Gott wohin führten.

Unterwegs erzählte ihm Robin, dass sie nie zuvor hier unten gewesen war. Bisher hatte sie nur davon gehört.

Arturo spürte die Wahrheit ihres Eingeständnisses. Auch, dass sie Angst hatte, in diesem tiefen, dunklen Teil der Bibliothek zu sein, so weit entfernt vom Refugium und dem Buch der Weisheit. Es war einer der ältesten Teile der gesamten magischen Stadt, vielleicht sogar der älteste Teil überhaupt, was einiges heißen wollte, wenn man bedachte, wie alt die Große Bibliothek von Morgen ihrer Aussage nach sein sollte.

Er merkte auch, dass Centauri etwas zögerlicher als sonst die Wucherungen an der Wand untersuchte, um nicht zu nahe an ihnen vorbeizuschweben und womöglich von einer davon berührt zu werden.

»Irgendwas gefunden?«, fragte Arturo, der das Gefühl nicht loswurde, diese *Dinger* wären wie Fangarme, die aus einem bösen Portal hervorkamen, das niemals hätte geöffnet werden dürfen.

Das kurze purpurrote Wirbeln der Sphäre deutete darauf hin, dass sie nicht die geringste Ahnung hatte, was das für dünne, wurzelartige Stränge waren. Arturo schaute zu Robin hinüber, die ungeduldig brummte und Centauri wegscheuchte, damit sie selbst einen dieser schwarzen Stränge berühren konnte. Bevor er sie aufhalten konnte, verschwanden Robins Fingerspitzen in der feuchten, klebrigen Oberfläche und sie fröstelte.

»Was tust du denn da?«, stöhnte er, packte sie am Arm und zog sie weg. Aber zu spät. Ihre Hand war bedeckt mit dem Zeug. »Wer weiß, was das ist. Es könnte gefährlich sein.«

Sie hielt ihre Finger in das Licht der Sphäre, und beide starrten verwirrt auf die Tröpfchen dunkler Flüssigkeit, die an ihren Fingern hängen geblieben waren.

»Die Auswirkungen von Gift.« Es bestätigte mehr oder weniger seinen Verdacht. Er war den Hinweisen gefolgt, die ihm sein schriftstellerisches Gehirn vorgelegt hatte, und war zu diesem Schluss gekommen. Dem einzigen, der jetzt einen Sinn ergab. Doch es gab noch eine weitere Wendung, die aufgedeckt werden musste.

»Ja, aber was ist es?«, fragte Robin.

»Woraus bestehen Bücher? Das heißt, die Wörter darin. Wie werden die Wörter gedruckt?«

»Oh«, sagte sie und drehte die Finger in Centauris schwachem Licht hin und her, bevor sie die Tropfen zwischen ihren Fingern verrieb und sie von der Dunkelheit einfärben ließ. Es sah aus, als hätte sie die Hand in ein altmodisches Tintenfass getaucht.

Arturo nickte, obwohl er erheblich weniger glücklich darüber war, recht behalten zu haben, als er gedacht hätte.

»Wo sind wir hier, Robin? Was ist das für ein Ort?«

Sie deutete auf die Tür. »Dies ist einer der ältesten Teile der Großen Bibliothek. Die Urhöhle. Es heißt, hier habe alles begonnen, hier sei der Gründer seinerzeit vom Meer an Land gekommen und habe diese unterirdische Welt betreten. Hier hat er angefangen, seine Sammlung aufzubauen, durch den simplen Akt, ein Bücherregal aus dem Felsen zu hauen und die Bücher hineinzustellen, die er bereits besaß.«

Arturo erinnerte sich an eins der Gemälde, die er gesehen hatte. Die Szene mit der Höhle voller Bücher und der Frau, die im Schein einer Laterne las.

»Du meinst, das ist der Ort, an dem wir Andora haben sitzen und lesen sehen?«

»Ja. Dies ist Teil einer Geschichte, die hier seit Jahrhunderten erzählt wird. Aber wer kann noch sagen, was wahr ist und was erfunden? Du weißt ja, wie Geschichten im Laufe der Zeit wachsen und mit jedem Mal mehr ausgeschmückt werden, je nachdem, wer der Erzähler ist. Manchmal werden die wahren Einzelheiten vergessen und die Geschichten entwickeln sich über die Erinnerungen hinaus, die ihnen zugrunde liegen.«

»Erinnerungen?« Er berührte die Tür und fand eine Stelle, die nicht von dem verunreinigt war, was er jetzt im Geist als Bücherblut betrachtete. »Vielleicht ist dies auch der Grund, warum sich das Buch der Weisheit nicht verständigen kann. Seine Erinnerungen sind beschädigt worden. Dann hätte es vergessen, wie es mit uns sprechen kann.«

»Wegen des Giftes?«

Arturo deutete auf die Tinte. »Wörter scheinen aus den Seiten hinter dieser Tür zu bluten. Die Geschichten, die sie erzählt haben, gehen verloren.«

»Glaubst du, es wird noch schlimmer werden?«

Er hielt es für möglich, wollte es aber nicht aussprechen.

»Wir werden es wohl sehen«, war alles, was er sagte.

Und mit diesen Worten drückte er die Tür auf und schritt hindurch.

Auf ihrem Weg nach unten hatte Robin erwähnt, dass sie seit vielen Jahren von diesem Teil der Bibliothek wusste. Offenbar hatte ihr der Weise Veer während ihres ersten Monats hier davon erzählt. Damals hatten sie stundenlang die Bibliothek erkundet und die Magie aufgesaugt. Robin zufolge hatte Veer offenbar versucht, sie ein wenig zu beeindrucken. Oder sie vielleicht sogar zu erschrecken. Und Arturo verstand das jetzt, denn dieser Ort war tatsächlich etwas anders als alles, was er bisher in der Bibliothek gesehen hatte.

Natürlich war ihm klar, dass der Raum sonst nicht mit Bücherblut bedeckt war. Aber auch ohne die Tinte, die sich über den Boden ergoss, wirkte diese Kammer düsterer und feuchter und um einiges gruseliger als alle sonstigen Räume hier.

In Centauris sanftem Schein schweifte ihr Blick über die rauen Felswände der Höhle zu dem Schaukelstuhl in der Ecke und der kalten Feuerstelle, um die herum ein unsichtbarer Wind Kohlenstaub aufwirbelte. Arturo hätte schwören können, dass er in der Ferne das Meer und das Plätschern von Wellen hörte, aber das konnte auch nur seine Einbildung sein.

Es spielte so oder so keine Rolle.

Denn sein Blick war jetzt auf das breite, in die Wand gehauene Bücherregal rechts neben der Tür gerichtet. Sieben Regalfächer gab es, die vom Boden bis zur Decke reichten und mit Büchern aller Stärken und Höhen bestückt waren.

Das waren Bücher, die jetzt mit einer dicken Tintenpaste überzogen waren, die sich wabernd und pulsierend von den Seiten über die behauenen Ecken und auch über die Wände ausbreitete und sich in der ganzen Höhle verteilte.

»Er ist zurückgekommen, um dem Buch der Weisheit eine Krankheit zu verpassen«, wisperte Arturo. »Der abtrünnige Weise hat das Gift gefunden, nach dem er gesucht hatte, und hat es hierhergebracht. Er hat die Bücher verseucht und dafür gesorgt, dass ihre Geschichten überall ausbluten, und hat sie damit ruiniert.«

Ihm war übel, als er auf die Paste starrte, doch er konnte den Blick nicht davon losreißen.

»Aber warum gerade hier? Und wie ist er in die Bibliothek gekommen?«

»Ich bin mir nicht sicher«, antwortete Robin, »aber es scheint mir möglich, dass die Elemente, die es dem Buch der Weisheit gestatten, die Portale zu steuern, und den Sphären, uns Weise in die Papierwelt zu bringen, immer noch irgendwie für ihn arbeiten. Oder er weiß auf eine ganz praktische Weise, wo sich die Bibliothek auf der Erde befindet. Sie wird durch Magie vom Rest der Welt abgeschirmt, aber wenn man die genauen Koordinaten kennt …«

»Und wie genau steuern das Buch und die Sphären die Portale?«

»Das ist kompliziert«, überlegte Robin laut. »Und wir haben keine vollständigen Aufzeichnungen aus der Zeit, als das erste Portal entdeckt wurde. Wir wissen, dass die ersten Siedler unter der Führung des Gründers hier auf der Insel einen großen

Meteoriten entdeckt haben. Er bestand aus einem exotischen Metall, das selbst jetzt – mit der kompletten Technologie der Erde und dem gesamten Wissen der Bibliothek – nicht vollständig analysiert werden kann. Es scheint einfach kein Element zu sein, das in unserer Welt bekannt ist. Wir wissen auch, dass Fairen, die Gelehrte, die das erste Portal fand, Teile dieses Metalls für die Herstellung des Buchs der Weisheit und der Sphären der Weisen verwendete. Keine unserer anderen Technologien, selbst die magischeren Dinge, die wir hier haben, können die Portale manipulieren. Das Erz aus dem Meteoriten hat irgendeine Verbindung zur Papierwelt.«

»Okay, also da fällt ein magischer Stein auf die Erde, ist irgendwie mit den Portalen verbunden und wird für die Herstellung magischer Gegenstände verwendet. Das ist ja überhaupt nicht seltsam!« Er sah Robin an und seine Augen leuchteten vor Staunen über diesen merkwürdigen Ort. »Und was ist jetzt damit?«

»Na ja, wir haben immer noch eine große Menge des ursprünglichen Meteoriten übrig, und in den seltenen Fällen, in denen eine neue Sphäre benötigt wird, benutzen ihn das Buch der Weisheit und hoch spezialisierte Gelehrte, um eine neue Sphäre zum Leben zu erwecken.«

»Also altern Sphären?«, fragte er.

»Nein, Arturo. Die Papierwelt ist ein Ort der Wunder und der Magie. Ein Metaversum voller Natur und Schönheit, wie sie nirgendwo sonst erscheint. Aber bisweilen ist sie auch ein Ort der Gefahr und der wilden Magie. Weise sterben, mein lieber Freund, und manchmal gehen ihre Sphären mit ihnen verloren.«

Arturo sah sie an, und da sie plötzlich sehr ernst geworden war und ihre verspielte Fassade fehlte, wanderten seine Gedanken zu dem Weisen Xavier. Er fragte sich, ob Robin je Freunde und geliebte Menschen durch Gewalt verloren haben mochte. Dann kam ihm ein Gedanke.

»Die Sphäre von Payne ist also nicht zurückgekommen und wurde durch eine andere ersetzt?«

»Ja, aber das wissen wir schon.«

»Das ist mir klar, aber wenn er noch am Leben ist, dann wird seine Sphäre mit Sicherheit auch noch am Leben sein, oder?«

»Nun, ja.« Sie war sich nicht sicher, worauf er hinauswollte.

»Also, wenn seine Sphäre dieses magische Metall enthält und wir wissen, dass er und Suttaru in der Papierwelt unterwegs sind, dann ist es doch naheliegend, dass sie eine andere Methode haben, um die Portale zu steuern, oder? Und wenn das Buch die dunkle Sphäre blockiert hat, kann es vielleicht auch nicht sehen, wie er sich in die Bibliothek hinein- und wieder aus ihr herausschleicht – oder durch irgendein Portal, von dem wir nicht wissen, dass es irgendwo auf der Insel liegt.«

»Ja genau, das muss es sein! Ich kann nicht fassen, dass wir daran nicht gedacht haben. Das Buch der Weisheit ist mächtiger, als wir wissen, aber wenn er es irgendwie geschafft hat, sich an ihm vorbeizuschleichen und es mit diesem Gift zu schwächen, dann ist es möglich, dass es ihn einfach nicht sehen kann.«

Er schüttelte den Kopf und versuchte immer noch zu verstehen, wie dieser Teil zu dem Schrecken, den er hier sah, passte. Was hatte es mit diesem Ort und diesen Erinnerungen auf sich, dass Edwin Payne sie vergiften musste? Warum schändete er diese Bücher? Arturo war direkt von seiner schriftstellerischen Genugtuung, ein Problem gelöst zu haben, zum nächsten losen Faden gesprungen, den er verknüpfen musste.

»Warum hier?«, wiederholte er bei sich. »Es ist doch bloß eine alte Höhle.«

»Die Urhöhle.«

»Okay, ja. Die Urhöhle der Bibliothek. Sie enthält die ältesten und wichtigsten Erinnerungen …« Seine Stimme verlor sich, als er den Blick von der brodelnden Tintenpaste an den Wänden löste und wieder das hohe Bücherregal betrachtete. Und da erkannte er, dass sich die Tintenflecken von einem ganz bestimmten Buch inmitten dieser grausigen Szene ausbreiteten.

Sowohl er als auch Robin legten den Kopf schief, um die goldenen Buchstaben auf dem Buchrücken zu lesen.

Die Stadt der Ewigkeit.

»Was ist …«, begann sie, bevor sich die Tür zu dem Raum öffnete und ein ausgezehrt aussehender Mann im Licht des dahinterliegenden Korridors stand, eine Phiole mit blauer Flüssigkeit in der einen und ein abgegriffenes Buch in der anderen Hand. Er schien verblüfft zu sein.

Dasselbe Gesicht, dessen Bilder sie heute bei ihren Recherchen gesehen hatten. Die schmalen, spitzen Gesichtszüge und die zu straff über seinen Schädel gespannte Haut.

In der Augenhöhle des Mannes rotierte eine rostige graue Sphäre.

»Payne«, keuchte Arturo.

Arturo sprang vor, packte den abtrünnigen Weisen am Kragen seiner Tunika und schleuderte ihn mit dem Rücken gegen die Wand des Korridors. Obwohl Payne groß und dünn war, erwies er sich als stark. Nachdem das Überraschungsmoment vorüber war, drängte er Arturo zurück und stieß ihm das Buch, das er bei sich trug, in die Magengrube.

Arturo packte es jedoch und versuchte, es ihm abzuringen. Ein Reißen war zu hören, als einige Seiten in seiner Hand landeten, aber den Mann konnte er trotzdem nicht zum Rückzug bewegen.

Also verpasste er Payne einen Schlag und stopfte die Seiten in seine Tasche, um sie sicher aufzubewahren.

Als der Mann nach hinten taumelte, hielt er das Buch weiter fest, ließ aber die Phiole fallen.

Beide sahen erst sich an und dann das auf dem Boden liegende Gefäß.

Und dann rannte Payne mit einem panischen Fluch davon.

Für einen alten, vermeintlich toten Mann konnte der abtrünnige Weise schneller rennen als erwartet.

Arturo bekam nur noch seinen Rücken zu sehen, als sie ihn aus der Urhöhle und durch den Tunnel verfolgten, weg von der Route, die sie auf dem Hinweg benutzt hatten. Immer tiefer drangen sie in die unteren Stockwerke der Bibliothek vor.

Während sie ihm auf den Fersen blieben und sein wippendes graues Haar um die Ecke verschwinden sahen, wurde immer deutlicher, wie vertraut er sich in den Gängen der Bibliothek bewegte. Beim Rennen fragte sich Arturo, wie oft der Mann schon hier gewesen sein mochte. Oder schlimmer noch, ob er sich die ganze Zeit über irgendwie vor ihrer Nase versteckt gehalten hatte.

Sie flitzten um eine Ecke und sahen sich mit einer Art dichtem, blauem Rauch konfrontiert. Es war kein gewöhnlicher Rauch, denn er hatte eine körperliche Wirkung, ähnlich dem Gefühl, das man im Traum haben konnte, wenn man zu rennen versuchte. Schwer und langsam, mit einer unterschwelligen Frustration über die Tatsache, dass man nicht vom Fleck kam. Es schien, als wäre das Buchgift nicht das Einzige gewesen, worüber Payne auf seinen Reisen gestolpert war.

Der Rauch breitete sich nur einige Schritte weit aus, aber dies verschaffte dem älteren Mann etwas Zeit, um das Ende des Gangs zu erreichen und durch eine der beiden Türen dort zu verschwinden.

»Wir sollten uns aufteilen«, schlug Arturo vor.

Robin stieß ein freudloses Lachen aus, nicht bereit, es auch nur in Erwägung zu ziehen. »Ich bin eine Weise und ich bin für dich verantwortlich. Was würde deine Tochter sagen, wenn ich ihr erklären müsste, dass du nie wieder nach Hause kommst? Tut mir leid, nein, wir bleiben zusammen.«

Sie packte ihn am Arm und stieß die Tür auf der rechten Seite auf.

Jetzt befanden sie sich in einem hölzernen Treppenhaus, das spiralförmig nach oben führte und sich an die felsigen Höhlenwände anschmiegte. Robin bedeutete Centauri vorauszufliegen, was er auch tat, und zwar direkt durch die Mitte der Wendeltreppe nach oben.

Von dort hallte ein Keuchen wider, ein Zeichen, dass sie die richtige Tür gewählt hatten. Sie rannten die Treppe hinauf, so schnell sie konnten, und dachten irgendwie immer noch nicht darüber nach, was sie tun würden, wenn sie den abtrünnigen Weisen eingeholt hatten.

Dann hörten sie, wie sich das Keuchen des Mannes in etwas anderes verwandelte.

Ein Knurren.

Sie jagten nun keinen Mann mehr, sondern ein riesiges Untier, einen Köter auf allen vieren, der aber größer als jeder Hund war, den Arturo je gesehen hatte. Auf seinem rußigen Fell züngelten Flammen. Seine Zähne, die wie gebogene Messer aussahen, ragten hinter Lefzen hervor, die vor Hass verzerrt waren.

Ein einzelnes rotes Auge funkelte sie an.

Das Feuer versengte die Luft im Treppenhaus, brannte auf Arturos Haut und trieb ihm die Tränen in die Augen. Er versuchte, sein Gesicht zu schützen, aber es schien nichts zu nutzen, und Edwin Payne wusste dies.

Die Bestie war der abtrünnige Weise. Das war Arturo nun klar. Wie sich der Mann verwandelt hatte, konnte er allerdings nur erahnen.

Oben gab es einen gewaltigen Knall, gefolgt von einem elektrischen Funkenregen, der auf sie niederging. Robin duckte sich, nur um zu sehen, wie Centauri leblos von dem Stockwerk darüber herunterfiel.

Arturo streckte eine Hand aus und fing Centauri auf, dann warf er ihn Robin zu. Hoch oben schwebte die Sphäre des abtrünnigen Weisen, auf deren Oberfläche siegreiche Schattenmuster wirbelten. Sie flog hinter dem Dämonenhund her und die beiden verschwanden durch eine weitere Tür.

Arturo eilte ihnen nach. Robin hielt nur kurz inne, um sich zu vergewissern, dass es Centauri gut ging, dann folgte sie ihm.

Jetzt befanden sie sich in den Vorratskellern. Auf der einen Seite standen Reihen von Weinflaschen, auf der anderen Fässer mit anderen Getränken. Die dicken Steinwände enthielten Regale mit weiteren Speisen und Getränken. Es war kalt und feucht, gut geeignet für die Lagerung. Arturo schauderte, als sie die Keller verließen und erneut steinerne Stufen hinaufrannten.

Er hatte eine Ahnung, wohin sie jetzt unterwegs sein mochten.

Sie waren wieder bei der Wandelhalle.

Als sie durch die schwere Eichentür stürmten, die gerade zugefallen war, erblickte er den Dämonenhund und seine Sphäre, während sie in den Hauptbereich der Bibliothek eindrangen. Die Stille wurde jäh unterbrochen, als die Lernenden ihre Stühle zurückstießen, um aus dem Weg zu springen, und vor Angst schrien, als die Bestie sie alle anknurrte.

Robin musste ein vertrautes Gesicht gesehen haben, denn sie wurde kurz langsamer.

»Hol Mwamba!«, drängte sie und griff nach den Armen der rothaarigen Frau, um sicherzugehen, dass die Botschaft als dringlich verstanden wurde. »Urulla, du musst dich beeilen. Hol Mwamba und sag ihm, er soll in die Urhöhle gehen. Dort ist ein Gift verschüttet worden. Die Phiole dürfte noch auf dem Boden davor liegen, wo sie fallen gelassen wurde. Mwamba muss das Gegenmittel für das Gift finden. Wenn irgendjemand das kann, dann er. Geh! Schnell!«

Damit rannten sie und Arturo wieder los.

Edwin Paynes planlose Flucht trieb die Menschenmassen in der Mitte der Halle auseinander. So konnte ihn Arturo am anderen Ende sehen, als er in einem der Gänge zwischen den Bücherregalen abtauchte.

Gott sei Dank, dachte er, denn sein ganzer Körper schmerzte. *Er ist in eine Falle gelaufen. Wir haben ihn.*

Doch als sie um die Ecke in den Gang stürmten, sah er nur noch die Hinterbeine der Kreatur, als sie gerade durch ein Loch in der Luft sprang.

Ein Portal.

Wohin es führte, wusste Arturo nicht. Ihn interessierte nur die Tatsache, dass der Dreckskerl entkommen war, und das wollte er nicht zulassen. Arturo setzte ihm nach und rannte auf das Portal zu … Doch er bremste ab, als er einen Blick auf das erhaschte, was auf der anderen Seite lag.

Eine Welt mit umherwirbelnden schwarzen Wolken, zerklüfteten Bergen und einer Ebene, in der Hunderte von glühenden Menschen umherwimmelten, in deren Haut die Schrift einer künstlichen Sprache eingebrannt war.

»Discordia?«, flüsterte Robin neben ihm.

Vor ihnen stand Edwin Payne, der nun wieder seine menschliche Gestalt angenommen hatte. Und während die beiden zuschauten, schrumpfte die Sphäre des abtrünnigen Weisen und schlüpfte in seine leere Augenhöhle.

Der Mann grinste.

30

Die Goldamsel

In seinem Kopf spielte Dzin den Verlust immer wieder durch und fand Trost im Schmerz.

Der Sturz von der Brücke. Der Wind, der auf ihn einpeitschte und ihn wie ein Spielzeug herumwirbelte. Der dumpfe Schlag, als Yantuz ihn rammte und ihn mit seinem Schwung in Sicherheit brachte.

Dann sein Gesicht, als er den Halt an den Netzen verlor und zurückgerissen wurde, nur um in den Tod zu stürzen. In die Wolke hinein.

Dzin hatte die Arme um seine Knie geschlungen und sich zusammengekauert. Der Boden ruckelte unter ihm, während das Luftschiff schwankte und zitterte, aber er hielt seine Augen geschlossen.

Der Verlust war zu groß, um ihn ganz zu begreifen, denn viel zu groß war die Last, die auf seiner ohnehin schon erschöpften Seele lag. Sein Bruder, seine einzige Familie, war fort. Tot. Und das alles nur seinetwegen.

Eine kalte Welle der Angst überschwemmte ihn. Sein Atem beschleunigte sich. Seine Augen blickten ins Leere, während sein Geist überall gleichzeitig war.

Jetzt geht's los, dachte er, umklammerte den Stab seiner Mutter und presste die Augen zusammen.

Yantuz war der ständige Ruhepol in Dzins Leben gewesen, nicht erst seit dem Feuer, sondern auch schon lange davor. Dzin war der ältere Bruder, aber Yantuz war sein Fels in der Brandung gewesen, schon in ihrer Kindheit. Ein paar Jahre nach dem Tod ihrer Eltern war Yantuz derjenige gewesen, der Dzin aufrecht gehalten hatte. Als er gezwungen war, Verantwortung zu übernehmen, und jedes Mal, wenn er sich fragte, ob er von der Angst, die er zu spüren begann, mitgerissen werden würde, hatte Yantuz seinem Bruder Ruhe und Freundlichkeit entgegengebracht.

Als er älter wurde und mehr Verantwortung übernahm, waren die Panikattacken noch schlimmer geworden. Ihren Höhepunkt hatten sie erreicht, als er an der Botanischen Schule als angehender Läufer aufgenommen worden war, wo er sich sogar trotz des immensen Erfolgsdrucks, den er sich auferlegte, als ausgezeichneter Schüler erwies.

Panikstürme, nannte Dzin diese Angstattacken, weil sie so gewaltig und überwältigend waren und weil sie mit einer riesigen Palette widersprüchlicher Gefühle und Druck auf ihn eindroschen. So war er nicht in der Lage, sie zu vermeiden. Wenn sie auftraten, konnte er sich nur Halt suchen und sie über sich ergehen lassen, damit sie ihn nicht fortrissen.

Jetzt war er hier, allein, und die Last drückte ihm so gewaltig auf die Schultern, dass es ihn zu zerquetschen drohte.

Seine Freunde im Laboratorium waren abgeschlachtet worden. Das Lebenselixier in ganz Silvyra zerstört. Die Archive der vergangenen Rezepturen vernichtet.

Er war der Einzige, der noch übrig war. Der einzige Schüler mit der einzigen Rezeptur. Das Schicksal dieser Fremden in seinem Leben hing allein von ihm ab. Auch das Schicksal von Perennia. Und Silvyra. Und wer wusste schon, von wem noch.

Übelkeit brodelte in seinem Magen, und trotzdem zog er die Knie noch fester an die Brust, den Stab dazwischen verkeilt. Dies erschwerte allerdings das Atmen, aber er drohte ohnehin schon zu hyperventilieren, und der Druck half, dass es nicht außer Kontrolle geriet.

In ihm tobte der Sturm.

In solchen Augenblicken hatte er sich oft auf Yantuz gestützt, der ihn dann festhielt, während er in so viele verschiedene Richtungen gleichzeitig gezerrt wurde. Ja, er hatte noch den Stab seiner Mutter, seinen Troststock – zwar hasste er diesen Begriff, musste aber zugeben, dass er ganz treffend war –, und manchmal reichte das für die minderschweren Episoden aus. Aber wenn es wirklich schlimm wurde – so wie jetzt –, war sein jüngerer Bruder immer der entscheidende Rettungsanker gewesen.

Yantuz, der das Weiß in Dzins Augen gesehen hatte, wenn sie sich weiteten, und der die Stille in dem gehört hatte, was Dzin nicht sagte. Yantuz, der einfach nur da war und leise mit ihm sprach, um ihm etwas zu geben, worauf er sich konzentrieren konnte, eine Stimme, die durch den Sturm drang, der ihn verschlingen wollte.

Yantuz, der jetzt tot war.

Alles war Dzins Schuld. Allein seine.

Er umklammerte den Stab noch fester, seine Finger gruben sich in die Rinde, und er spürte, wie ihre raue Struktur an der Wunde in seiner Handfläche brannte, wo er die Takelage erwischt hatte. Der Schmerz gab ihm etwas, auf das er sich konzentrieren konnte, aber er wusste, dass der Sturm eine Weile anhalten würde.

Kurz fragte er sich, was die anderen wohl von ihm dachten. Verachteten sie ihn dafür, dass er so schwach und dumm gewesen war, seinen Bruder sich opfern zu lassen, um ihn zu retten?

Dzin wusste es nicht und im Augenblick war es ihm auch egal.

Das Kapern der *Goldamsel* war denkbar schlecht gelaufen.

Erst war Dzin von der Gruppe abgetrieben worden und unkontrolliert ins Trudeln geraten, dann hatte Yantuz ihn gerettet und war dabei verunglückt.

Helia wusste, dass ihr nichts anderes übrig geblieben war, als die Brüder auf diese Reise mitzunehmen. Dzin war für die Suche nach dem Drachen wichtig und Yantuz war wichtig für Dzin. Also hatte sie die Schuldgefühle verdrängt, nachdem sie mit einem dumpfen Aufprall direkt hinter Rascal und Nu auf dem Luftschiff gelandet war.

Dort hatte sie nur noch dafür sorgen können, dass der Rest von ihnen in das Luftschiff hineingelangte. Der Wind war aufgefrischt und die Dunkelheit hatte sich um sie herum geschlossen. Sie mussten sich in Sicherheit bringen, bevor das Licht ganz erlosch; sonst saßen sie im Freien in der Falle.

»Die Temperaturen fallen hier nachts ab, vor allem wenn wir über der Wüste sind, und es wird nicht mehr lange dauern, bis die Felsriesen herauskommen«, hatte Rascal Dzin angebrüllt, der sich nicht von der Stelle rührte und sich mit einer Hand an seinem Stab und mit der anderen an der Takelage festkrallte. »Entweder bringt uns der Frost um, oder wir werden in den Tod gestürzt, was euch nicht helfen wird, unseren Drachen zu finden. Und beides wird dem Opfer deines Bruders nicht gerecht. Wir müssen los, und zwar schnell!«

Endlich hatte sich Dzin gerührt, von Helia und Rascal flankiert, während Nu als Erste die Takelage hinunterkletterte. Durch den peitschenden Wind rutschten sie an den Seilen, die das Schiff unter dem Ballon hielten, hinunter und zerrten eine der Türen im Heck des Schiffes auf – weit genug, um ins Innere zu schlüpfen und auf den kalten Metallboden des Frachtraums zu fallen.

Leider hatte sich ihre Situation im Innern nicht sonderlich verbessert.

Zwei Personen stießen eine Tür auf und traten ein. Der eine war ein kleiner, grobschlächtiger, bärtiger Kerl mit roten Wangen und einem schief sitzenden Hut über den Augen, der andere steckte in einer fein geschnittenen braunen Uniform und hielt einen Dreizack.

»Was habt ihr Eindringlinge auf meinem Schiff zu suchen?«, knurrte der kleinere Mann, der offensichtlich der Anführer war und sich vor ihnen aufgebaut hatte.

Helia öffnete den Mund, um ihre Situation zu erklären, aber der Erste Offizier handelte schnell. Sie fand sich Auge in Auge mit seiner Mistgabel. Elektrische Funken sprühten über ihre scharfen Zinken und Helia zuckte zusammen.

Und schloss den Mund.

»Aye, das dachte ich mir«, fuhr der Kapitän fort. »Denn es gibt keine angemessene Entschuldigung dafür, ein Schiff während des Fluges zu entern. Erst recht nicht, wenn es …« Seine Stimme verlor sich, als er Rascal bemerkte. Seine geröteten Wangen wurden sogleich noch dunkler vor Zorn. »Du?!«

Helia fühlte sich in diesem Augenblick erschöpft und überfordert. Es gab so viele Fragen, auf die sie Antworten haben wollte, doch sie konnte nur dasitzen, während sich Rascal dem zornigen Blick des Mannes stellte.

»Kapitän Finesse, bitte, hör uns an.«

Seine Lippen verzogen sich bereits zu einer Grimasse, als er sich seinem Ersten Offizier zuwandte. »Earnest, sperr sie in die Arrestzelle und halte Wache.«

»Sollten wir sie nicht irgendwo den Behörden übergeben?«

»Keine Zeit. Wir haben einen Flugplan einzuhalten. Also fliegen wir weiter und übergeben sie dem Prinzen, wenn wir am Berg anlegen. Wir müssen noch unseren Kurs durch die Felsriesen planen, wenn wir es überhaupt schaffen wollen.«

Nu warf Helia einen hoffnungsvollen Blick zu, worauf Helia

kaum merklich den Kopf neigte. Obwohl die Dinge nicht nach Plan verlaufen waren, ging es nun in die richtige Richtung.

Doch als ihr Blick auf Dzin fiel, der die Arme um die Knie geschlungen hatte und mit Tränen in den Augen seinen Holzstab still festhielt, wurde ihr klar, dass das alles seinen Preis gehabt hatte. Sie fragte sich, ob sie überhaupt in der Lage sein würden, mit der Person, die sie am Ziel empfing, einen Handel abzuschließen. Denn wenn sie eingesperrt waren, konnten sie die Zutat, die sie für die Rezeptur brauchten, nicht mehr beschaffen, sodass Perennia verloren wäre und die Reiche jenseits der Bibliothek an Suttaru fallen würden. Was bedeutete, dass die Erde und die Menschheit die Nächsten sein würden.

Helia tastete nach ihrem Amulett, in der Hoffnung, dass Vega ihr ein wenig Trost spenden würde. Er verstärkte nicht nur ihre Kräfte, er war auch ihr bester Freund und eine Quelle der Hoffnung, wann immer sie sich unzulänglich fühlte.

Doch als sich ihre Finger um das Amulett schlossen, merkte sie, dass etwas ganz und gar nicht stimmte.

Dort, wo Vega hätte sein sollen, spürte sie ein Loch.

Seit fast einer Stunde waren sie im Frachtraum des Luftschiffs eingesperrt und hatten keine Möglichkeit zu entkommen. Nu hatte nicht einmal die Kraft, mit den anderen über das zu sprechen, was getan werden konnte. Alles war zu überwältigend. Ob durch schiere Erschöpfung oder Schlaf, plötzlich geschah etwas in ihr; es fühlte sich an, als würde ein kaltes Laken über sie gezogen werden.

Und dann wurde sie von einer weiteren unvermittelten Vision eingeholt. Sie war wieder in Aedela bei Veer.

Trotz des Chaos in der Stadt war es leicht, die Schwingungen der lebenden, atmenden Blumentürme um sie herum zu spüren. Die Türme kommunizierten über ihre miteinander verbundenen Wurzeln und die Pilzknoten untereinander und warnten die Bewohner der Stadt. Es war beeindruckend, und Nu kam nicht umhin, eine Verbindung zu den Sphären herzustellen und dazu, wie sie über das Buch der Weisheit miteinander und außerdem mit ihren Weisen kommunizierten.

Veer war wieder in der Nähe und stand neben der Blütenkönigin, die, soweit Nu es verstanden hatte, die Herrscherin dieses Landes war. Die beiden organisierten die verbliebenen Truppen, um die aus dem Süden einfallenden Scharen in Schach zu halten. Sie würden bald überrannt werden; die grimmigen Mienen auf ihren Gesichtern zeigten, dass ihnen das klar war.

Trotzdem blieben sie.

Veer entfuhr ein seltener Seufzer der Frustration. »Ich dachte, du würdest dein Volk von hier wegführen, Majestät? Das war doch der Plan, dem wir zugestimmt hatten.«

»Du hast dem Plan zugestimmt. Ich habe dich nur in dem Glauben gelassen, es wäre beidseitig.«

»Dein Volk braucht dich.«

»Mein Volk braucht eine Königin, die das Richtige tut, und das bedeutet, dass ich ihnen die bestmögliche Chance geben muss, es um den südlichen Rand der Berge zu schaffen, in die Sicherheit des Großen Baums, ohne dabei erwischt zu werden. Ich werde bei dir bleiben und mich dem stellen, was immer da kommt. Um seinen Vormarsch so lange wie möglich aufzuhalten.«

Kaum merklich neigte Veer den Kopf und hielt ihrem Blick stand. »Es wäre mir eine Ehre, an deiner Seite zu kämpfen.«

Die Vision verschwamm.

Plötzlich wurde Nu von einer Straße in eine andere geworfen. Es war später am Tag, und diese Straße war voller verstümmelter Leiber – Blütenvolk und Ungeheuer gleichermaßen –, ausgelöschte Leben, von denen nur Hüllen zurückgeblieben waren. Schaurige Spuren des heftigen und schrecklichen Kampfes, der bereits im Gange war.

Sie rannte neben einem blutüberströmten Veer her, der eilig auf eine noch größere Gefahr zulief. Seine Hände bewegten sich wie von selbst und nutzten instinktiv die Magie, die in ihnen steckte. Lynx war noch an seiner Seite und leuchtete in allen Farben, und Nu spürte, wie die rohe Kraft von der Sphäre an den Weisen weitergegeben wurde. Veer wirkte erschöpft, denn der Gebrauch seiner Kräfte forderte seinen Tribut. Plötzlich durchströmte ihn die Macht, und Veer richtete sich wieder auf. Dankbar nickte er der Sphäre zu, dann griff er nach dem Wind und zog und zerrte an dessen Strömen, als würde er einem Orchester eine Melodie entlocken. Auf seinen Wink hin erhob sich der Wind zu einem Sturm, änderte nach seinen Anweisungen die Richtung, peitschte auf und trieb ihn noch schneller voran.

Die Schreie kamen von überallher, dicht und schnell. Einige stammten von den Truppen, die zum Kämpfen geblieben waren und jetzt verletzt zurückblieben oder starben. Und unter allem lag ein kratzender, unmenschlicher Laut, den Nu am liebsten ausgeblendet hätte.

Das war der Tod selbst. Die gemeinsame Stimme der verderbten Wesen, die über die Wildblumenebenen fegten und in die Stadt quollen, nur um zu zerstören und zu verstümmeln und zu morden.

Der Feind war anders als alles, was Nu je zuvor gesehen hatte. Anders, als sie es sich hätte vorstellen können, selbst in ihren dunkelsten Albträumen. Ein Heer von Menschen und entstellten, wolfsähnlichen Kreaturen, die auf grauenvolle Weise gezeichnet waren, mit schrecklichen Worten und Geschichten, die in ihre Haut geritzt waren, und mit einer Zerstörungswut, die die klaffende Leere füllte, wo einst ihre Herzen gewesen waren.

Sie versuchte, eine Warnung zu rufen, als sich eine andere Bestie durch eine Nebenstraße schob. Veer hatte die Kreatur nicht gesehen, und als sie sich näherte, brüllte Nu erneut, diesmal lauter. Sie versuchte, näher heranzukommen, um ihm zu helfen, aber hier war sie machtlos. Sie konnte sich nur langsam bewegen, ihre Füße waren unfähig zu rennen. Sie war an Veer gebunden, doch sie konnte ihn weder warnen noch ihm helfen.

Entsetzt sah sie zu, voller Zorn und Angst, weil sie nichts weiter tun konnte. Doch dann erkannte Lynx die Gefahr und Veer wirbelte herum und stellte sich ihr entgegen.

Die Angreiferin war eine Frau, aber es schien, als wäre ein Schalter der Dunkelheit in ihr umgelegt worden. Das ehemals unscheinbare Gesicht bestand jetzt aus einem knurrenden Maul und von Feuer tätowierter Haut. Sie schnappte nach Veers Kehle, doch er warf sich zur Seite und stampfte mit den Füßen durch den Dreck, während er seine Hände drehte. Der Wind beugte sich erneut seinem Willen, hüllte die Kreatur ein und schleuderte sie gegen zwei weitere Unholde, die dann wegschlitterten.

Ein großer, schlaksiger Mann sprang aus einem hoch gelegenen Fenster auf ihn herunter, nur um dann durch das untere Fenster ins Erdgeschoss zu krachen. Zwei weitere hundeartige Ungeschriebene folgten. Veer ließ den Wind los und rannte fort, obwohl sich die Biester an seine Fersen hefteten. Eine der Kreaturen bekam Veers Umhang zu fassen und riss ihn ihm halb herunter, bis Lynx an dem Ungeheuer vorbeischoss und es für einen Augenblick ablenkte. Veer nutzte die Gelegenheit und riss sich die andere Hälfte des Umhangs vom Leib, um nicht von ihm erwürgt zu werden. Er versetzte dem abscheulichen Monstrum einen Tritt, dann bahnte er sich den Weg dorthin, wo die Blütenkönigin und ihre Wachen die restlichen Flüchtenden verteidigten.

Die Stadt war verloren. Nu konnte es erkennen, und sie wusste, dass Veer es ebenfalls verstand. Die Aschewolke bewegte sich langsam und bedächtig durch das Feuer und die Verderbnis weiter in die Siedlung hinein.

Veer kämpfte erbittert, aber Nu sah, dass die Blütenkönigin das Kommando übernommen hatte. Mit der spiegelnden Klinge in ihrer

Hand hieb sie sich durch die Reihen der Feinde, bevor sie den Rest ihrer Wache aufteilte. Eine Hälfte sollte den Rückzugsweg sichern. Die andere sollte gegen die Ungeheuer kämpfen, um sie abzulenken und ihre Angriffswellen zu stören.

Doch es glückte nicht. Ihre Truppen, die in dieser sonst friedlichen Welt bisher nur zu Schauzwecken existierten, waren gar nicht vorbereitet. So wurden sie schnell überwältigt, und ohne ihre Königin, die sie führte, zerstreuten sie sich in alle Winde und versuchten, ihren eigenen Weg hinaus zu finden. Nu sah, wie Veer versuchte, sie mithilfe des Windes zusammenzutreiben, aber ein Fremder und seine Sphäre konnten nur wenig ausrichten.

Mitten im Schlachtgetümmel achteten sie nicht auf ihn.

Nu konnte nur hoffen, dass sie es ohne seine Hilfe schaffen würden. Sie schaute zu, wie er sein Bestes tat, um ihnen Deckung zu geben, indem er den Wind durch die Straßen jagte, ihn lenkte, ihn zum Zorn reizte und ihn dann gegen ihre Angreifer losstürmen ließ. Doch es reichte nicht. Sie sah einige von ihnen unter den Horden fallen und hörte ihre Schreckensschreie, bevor sie zum Schweigen gebracht wurden.

Nus Augen brannten von der Hitze um sie herum. Die Stadt stand in Flammen. Und auch als sie weiter neben Veer herlief, während er den Wind drehte, um sich den Weg zu öffnen, konnte sie spüren, wie die ersten Ascheflocken auf sie fielen.

Nicht mehr viel Zeit.

Jetzt war er schon ganz nah.

Wer? Nu befürchtete, dass sie es vielleicht wusste. Und obwohl Veer nicht zu Panik neigte, sah sie sie in seinen Augen. Er wusste, dass sie umzingelt waren.

Und das Schlimmste stand ihnen noch bevor.

31

Eine erbarmungslose Wüste

Mit einem Schauer kehrte Nu in die Gegenwart zurück.

Sie brauchte einen Augenblick, um sich Klarheit darüber zu verschaffen, wo sie sich eigentlich befand. Ein harter Metallboden, Regale voller seltsamer Gebilde, die unter alten, aus Blättern gewebten Laken verborgen waren. Überall standen Kisten herum. Es war eiskalt, und ihr Atem dampfte vor ihrem Gesicht, als sie ihn ausstieß. Für einen Moment presste sie die Augenlider fest zusammen und spürte ein leichtes Zwicken dahinter. Dann verschwand es wieder und sie setzte sich auf.

In ihren Händen vibrierte ein kleiner Gegenstand. Als sie den Blick senkte, sah sie eine silberne Sphäre, die sich an ihre Haut schmiegte, und augenblicklich erinnerte sie sich an alles.

An die Reise, an den Sturz und den Verlust. Dass sie in einem Frachtraum an Bord eines Luftschiffs gefangen waren.

Drei Freunde um sie herum, aber es war eine Gruppe, von der jetzt eine Person fehlte.

Dzin murmelte im Schlaf vor sich hin. Er kauerte an eine Holzkiste gelehnt in der Ecke, die Arme um die Knie geschlungen, und das Haar fiel ihm ins Gesicht. Er schwitzte trotz der

Kälte, und ein einziges Wort drang ihm immer wieder über die Lippen: *Yantuz*.

Rascal starrte finster ins Leere und die angelegten Spitzen ihrer Flügel zuckten. Falls sie mitbekommen hatte, dass Nu erwacht war, ließ sie es sich nicht anmerken. Sie war ganz auf ihren Zorn über ihre missliche Lage und den Verlust von Dzins Bruder fixiert, für den sie sich verantwortlich fühlte.

Unterdessen saß Helia im Schneidersitz da, genauso wie Nu es getan hatte. Ihre Augen waren geschlossen, was ihr den Anschein gab, ruhig und gelassen zu sein. Nu konnte jedoch erkennen, dass sie nicht schlief. Zwischen ihren Brauen stand eine verräterische Falte.

Was hatte sie gerade gesehen? Noch eine Vision? Einen Traum? *Ich sollte etwas sagen. Nein, was sollte ich denn sagen?* Wenn es nur ein Traum über einen der Weisen gewesen war, der vielleicht der Aufregung im Hinblick auf ihre Mission geschuldet war und sich mit den Sorgen über das, was sie vorhin gehört hatte, vermischt hatte, würden sie ihr vielleicht nicht mehr vertrauen. Womöglich würden sie sie nach Hause schicken und sie wollte unbedingt dabeibleiben. Es war die Angst vor der Bedrohung gewesen, der sie alle ausgesetzt waren. Mehr war es sicher gar nicht, egal wie wirklich es ihr auch vorgekommen war.

Nur ein Traum.

Aber was, wenn doch noch mehr dahintersteckte? Was, wenn das etwas darüber aussagte, warum Nu hier war? *Was, wenn ich quer durch die Papierwelt schauen kann? Was, wenn ich das sehen und Helia davon erzählen soll?*

Sofort schlug sie sich diese Fantasievorstellung aus dem Kopf. Nein, das war lächerlich. Sie war doch bloß Nu aus der Bibliothek. Jeder Gedanke, mehr zu sein, war reines Wunschdenken.

Schwach vibrierte Antares an ihren Fingern, als wollte sie ihr etwas mitteilen. Doch gerade als sie nach ihr griff, wackelte das

Luftschiff heftig und die Tür zu ihrem vorläufigen Gefängnis sprang auf.

»Alle aufstehen, los, los«, knurrte Earnest, der Erste Offizier, sie an.

Wieder hatte er den tödlichen elektrischen Dreizack dabei, aber diesmal hing er achtlos an seiner Seite. Und als das Luftschiff erneut ruckelte und erzitterte, gewann Nu den Eindruck, dass der Mann vor ihr weitaus drängendere Sorgen haben musste als die Eindringlinge.

»Was jetzt?«, fragte Dzin mit einem Schniefen und wischte sich mit einem Ärmel über die Augen.

Rascal war bereits auf den Beinen und klopfte ihre Kleidung ab. Sie wirkte besorgt. »Es sind die Felsriesen, nicht wahr?«

»Ja, und irgendetwas stimmt auch nicht mit dem Schiff«, knurrte Earnest. »Was zum Teufel ihr vorhin da draußen auch gemacht haben mögt, ihr habt ganz sicher irgendwas beschädigt. Jetzt haben wir Schlagseite nach Steuerbord, und der Kapitän muss sein ganzes Können aufbieten, damit wir nicht nur in der Luft bleiben, sondern auch den Hindernissen vor uns ausweichen. Jetzt geht es um alles oder nichts. Wenn wir das überstehen wollen, müsst ihr wiedergutmachen, was ihr getan habt, und uns helfen, hier durchzukommen. Und nun beeilt euch.«

Sie eilten durch die ganze untere Ebene des Schiffes und kletterten über eine Metallleiter zur nächsten hoch. Hier saßen wohl sonst die Passagiere, aber die Plüschsitze an den Seiten des Schiffes waren entweder leer oder mit Holzkisten besetzt.

»Ah gut, ihr seid da, um den Schaden an meinem Schiff wiedergutzumachen«, brüllte Kapitän Finesse von der Kommandobrücke aus. »Am besten macht ihr euch an die Arbeit, bevor wir alle sterben!«

Nu war nicht in der Lage, sich zu bewegen. Sie konnte nur aus dem großen Fenster der Kabine auf die Wüste vor ihnen starren, die in das Licht der Zwillingsmonde getaucht war. Und auf die gewaltigen, mehrere Baumlängen hohen Giganten mit wulstigen, steinernen Gesichtern und dicken Armen, die sich aus dem Sand erhoben und den Himmel verdeckten.

»Festhalten!«, brüllte der Kapitän, als eine riesige Hand mit dicken Fingern langsam aus dem Himmel auf sie zusteuerte.

Sie packten, was immer sie in der Kabine zu fassen bekamen. Helia und Rascal schlangen die Hände um die Sicherheitsgurte. Nus Finger fanden einen Handlauf aus Messing.

Dzin reagierte zu spät.

Der Kapitän riss das Luftschiff zwar nach links, aber es bewegte sich zu langsam und der Finger des Felsriesen kratzte oben über den Ballon. Das ganze Schiff erbebte. Etwas schlug in eines der Glasfenster ein und hinterließ einen Riss, der an einen winzigen Blitz erinnerte.

Dzin wurde von den Füßen gehoben und durch die Luft geworfen.

Nur Helia bewegte sich rechtzeitig. Instinktiv streckte sie eine Hand aus und griff nach einer der Kisten, die an den Sitzen festgebunden waren. Sofort zersplitterte das Holz, als zwei wurmähnliche Äste durch die Oberfläche brachen, durch die Kabine schossen und sich um Dzin schlangen, bevor sein Kopf gegen eine der Lampen krachen konnte, die die Wand säumten.

Als Nu herumgeworfen wurde, sah sie Helias überraschten Gesichtsausdruck – der vielleicht noch überraschter war als der von Dzin, der nun kopfüber in der Mitte der Kabine festgehalten wurde, ohne dass ihm etwas passieren konnte.

»Dazu hätte ich … eigentlich nicht in der Lage sein sollen«, murmelte Helia halb zu sich selbst. Sie sah Nu an und runzelte verwirrt die Stirn. »Nicht in diesem Ausmaß. Vega ist fort. Ohne ihn hätte ich … mit meinen Fähigkeiten nicht … so schnell reagieren können.«

Nu schaute nach draußen und sah, wie sich ein weiterer Felsriese vom Boden erhob und Ozeane aus Sand von seinen Schultern rutschten.

Das Brüllen der Kreatur glich einem Sturmwind, der gegen die metallene Kabine schlug. Das Schiff ächzte.

»Nicht auseinanderfallen«, forderte der Kapitän und klopfte liebevoll auf das kupfergerahmte Armaturenbrett. Er wies auf die Gruppe. »Heute Abend leidet mein Schiff. Es ist Zeit, die Windruder auszufahren, sonst verlieren wir es und damit auch uns selbst. Wir brauchen jede Hilfe, die wir bekommen können, um das hier zu überstehen.«

»Könnt ihr nicht einfach über sie hinwegfliegen?«, fragte Dzin, der immer noch in der Mitte des Schiffes von den Ästen herabhing und so weiß wie ein Laken war.

»Nicht in dieser Wüste, mein Junge. Über uns ist noch Schlimmeres, glaub mir.«

Nu, Helia und Rascal wurden auf die Kommandobrücke geführt und nahmen links und rechts neben dem Kapitän Platz. Earnest, der vor Nu saß, wies sie alle an, sich die Stangen zu schnappen, die sich plötzlich über ihren Schoß gelegt hatten.

»Haltet sie mit beiden Händen fest«, ermahnte er sie. »Wenn der Kapitän es befiehlt, zieht ihr sie so kräftig zurück, wie ihr könnt. Es ist ein zusätzliches Hilfsmittel im Kampf gegen die Elemente da draußen – das wird zwar nicht viel nützen, aber immerhin könnte es uns ein paar Meter Spielraum verschaffen, wenn wir ihn brauchen.«

»Steuerbord!«, brüllte der Kapitän.

Sowohl Nu als auch Earnest spannten die Muskeln an und zogen die Ruder so kraftvoll wie möglich zurück. Nu war sich nicht sicher, was das außerhalb des Schiffes bewirkte. Sie hatte Bilder von Bootsrudern im Kopf, die sich gegen den Wind stemmten, aber was auch immer es sein mochte, es schien zu funktionieren. Ihre Schulter knallte gegen die gepolsterte Seitenwand, als das Luftschiff heftig zur Seite schwang und abtauchte, um einem weiteren Griff eines Felsriesen zu entgehen.

Nu beobachtete, wie die Kreatur die Finger zu einer Faust schloss und nur die Luft neben ihnen zu fassen bekam, an der Stelle, wo sich gerade noch das Schiff befunden hatte. Ein weiteres Brüllen ließ sie erzittern, denn die Kreatur ließ ihrer Frustration freien Lauf.

»Backbord!«, erscholl ein weiterer Schrei. Diesmal mussten Rascal und Helia auf ihrer Seite die Stangen zurückziehen. Das Luftschiff schwenkte ab und hob sich wieder, und wich noch in der letzten Sekunde dem steinigen Arm aus, auf den sie zugeflogen waren.

Das Spiel schien sich über Stunden hinzuziehen. Das Luftschiff tauchte ab und schlängelte sich durch die Sandschwaden, stieg dann wieder so hoch, dass der Mond durch die Windschutzscheibe der Kabine zu sehen war, und sank schließlich dermaßen tief, dass man die Beine der Riesen durch die Dünen aufragen sehen konnte, während felsige Hände, Gliedmaßen und schnappende Kiefer versuchten, der Nacht das Schiff zu entreißen.

Nus Finger brannten und rutschten auf dem Ruder ab, als sie feucht wurden. Ihre Stirn war ebenfalls feucht von dem Schweiß, der ihr in die Augen tropfte und brannte. Aber auch als sie auf dem Sitz hin und her geschleudert wurde, ließ sie die Stange nicht los. Kein einziges Mal.

Sie knirschte nur mit den Zähnen und machte weiter.

Schließlich fuhr zum letzten Mal der Finger eines Felsriesen durch den heller werdenden Himmel, als die Morgendämmerung einsetzte. Ein Brüllen erklang hinter ihnen, aber es war das Letzte, was sie hören konnten.

Was folgte, war Stille. Und die Luft beruhigte sich wieder.

Der Kapitän lehnte sich mit einem Grunzen auf seinem Sitz zurück und behielt die Hände auf den Schaltern, ließ aber die Last der Gefahr von seinen Schultern abfallen. Er betrachtete den Himmel vor ihnen, wo das goldene Licht zunahm und der Horizont klarer hervortrat, allein von einem dunklen Gebilde in Form einer Pfeilspitze unterbrochen, die sich in der Mitte aus dem Sand erhob.

Die zerklüftete Spitze ragte aus der Erde heraus, spaltete den Himmel und warf einen Schatten auf die Wüste unter ihr.

Der Uhrwerkberg.

»Die Riesen wagen sich nicht allzu nah an den Berg heran, deshalb sollte die Reise von jetzt an problemlos weitergehen«, sagte er und betrachtete das Spiegelbild der Gruppe im Fenster. »Wenn ihr Piraten mein Schiff beim Entern nicht zerstört hättet, wäre es natürlich gar nicht erst in Bedrängnis geraten. Aber durch eure Hilfe sind wir wenigstens nicht in die Dünen gestürzt.« Mit seinen dicken Fingern kratzte er sich den Bart und überlegte, was er tun sollte. Schließlich knurrte er: »Spielt aber ohnehin keine Rolle. Ich habe einen guten Stand bei dem Prinzen und darum muss ich euch bei unserer Ankunft an ihn übergeben. Sie sind ausgesprochen streng mit ihren Regeln und wir dürfen auf jeder Reise nur zwei Besatzungsmitglieder mitnehmen. Somit heißt es ›Entweder ihr oder wir‹ und ich habe ein Geschäft zu führen. Rascal weiß das und deshalb hätte sie euch niemals hierherbringen dürfen. Aber bei dem, was vor euch liegt, tut es mir leid, denn ihr macht keinen besonders gefährlichen Eindruck.« Nu beobachtete, wie die Augen des Kapitäns schmal wurden, als die Äste, die Dzin festhielten, ihn zurück auf den Kabinenboden sinken ließen, wo er auf einem Sitz in der Nähe zusammenbrach. Seine Handgelenke sahen aus, als wären sie aufgescheuert, aber zumindest war er noch am Leben.

»Das sind die seltsamsten Piraten, denen ich je begegnet bin.«

Nu sah Rascal an und drängte sie mit stummer Miene zu verhandeln, aber was auch immer zwischen ihnen vorgefallen war, für Rascal war es eine Frage des Stolzes. Rascal weigerte sich, ihr in die Augen zu sehen, verschränkte die Arme und starrte stolz und stur aus dem Fenster.

Offenbar würde sie sich nicht dazu herablassen, dem Kapitän seine Entscheidung auszureden.

Es blieb an Helia hängen, von ihrer Bank zu rutschen und zu dem Sitz des Co-Piloten zu stolpern. Dabei hangelte sie sich von Haltegriff zu Haltegriff, für den Fall, dass das Luftschiff erneut durchgeschüttelt wurde. Dann ließ sie sich neben dem Kapitän fallen und sagte leise: »Wir sind keine Piraten. Wir brauchten euer Schiff nur, um zum Uhrwerkberg zu kommen. Es tut mir leid, wenn wir Schaden angerichtet haben, aber wir sind dankbar, dass ihr uns durchgebracht habt. Lass mich mit dem Prinzen sprechen. Vielleicht kann ich ihn noch davon überzeugen, dass unsere Reise hierher lohnenswert war.«

»Ist es so? Also gut, dann wünsche ich euch viel Glück, was auch immer euer Anliegen sein mag.« Er deutete auf den stetig wachsenden Gipfel vor ihnen. »Denn es wird euch sicher schwerfallen, diesen Mann von irgendetwas Gutem zu überzeugen – auf keinen Fall ohne ein paar Perlen oder Waren zum Tauschen. Der Uhrwerkberg wird nach einem – vom Prinzen festgelegten – Rhythmus betrieben und außerdem nach einem Zeitplan, den jeder einhalten muss. Es gibt wenig Flexibilität, keine Abweichung von den Erwartungen, die in den steinernen Fundamenten der Zahnräder festgelegt sind. Von Fremden wird erwartet, dass sie sich benehmen, und von Piraten genauso.«

Helia berührte erneut ihr Amulett, wegen Vegas Abwesenheit war sie noch immer beunruhigt. »Dann werden wir eben andere Wege finden müssen, unsere Mission zu erfüllen. Aber wir werden schon zurechtkommen, da bin ich mir ganz sicher.«

Helia warf einen Blick zu Nu, um sich zu vergewissern, dass an dem, was sie sagte, etwas Wahres war. In ihrer Zeit zusammen hatte sich eine einvernehmliche, aber unausgesprochene Anerkennung von Nus wachsenden Kräften entwickelt. Doch Nu hatte ihr jetzt nichts zu bieten. Was sie in den letzten Tagen hatte sehen können, war überraschend gewesen und immer dann geschehen, wenn sie es am wenigsten erwartet hatte. Dass Dzin und Yantuz ihnen auf der Reise helfen konnten, war eher ein Bauchgefühl gewesen. Ihre Art, etwas zu wissen. Sie hatte ein gutes Gespür für die Energien gehabt, die um die beiden herum flossen. Die Brüder waren nicht bloß harmlos, sie waren mögliche Verbündete. Freunde und Gefährten. Diese Wahrheit war leicht zu entschlüsseln gewesen.

Manchmal war dieses *Wissen* ausgesprochen nützlich. Aber zuletzt war es furchterregend gewesen, vor allem in ihren Träumen. Alles hatte jedoch die gleichen Beschränkungen: Es waren nur Sachen, die in der Vergangenheit geschehen waren – oder welche, die in der Gegenwart passierten. Sie hatte nie etwas gesehen, das sich in der Zukunft ereignete, und war auch niemals in der Lage gewesen, einen Traum willentlich herbeizurufen.

Sosehr Helia mehr über die Zukunft wissen wollte, Nu konnte ihr den Gefallen nicht tun. Sie konnte nur über die Schulter der Weisen hinweg durch die Windschutzscheibe spähen und ihr Ziel im Auge behalten. Dabei versuchte sie, die sonnengebleichten Knochen riesiger, uralter Bestien zu ignorieren, die aus den Dünen ragten, und spürte das Hämmern ihres Herzens, das nichts mit der Reise zu tun hatte, die sie gerade hinter sich gebracht hatten, sondern eher etwas mit dem, was vor ihnen lag.

Gefahr und Tod erwarteten sie – das wusste sie.

»Nu?« Helias Augen wurden schmal. »Geht es dir gut?«

Nu fröstelte. Sie war außerstande, ihrer Freundin zu antworten.

32

Der Uhrwerkberg

Die *Goldamsel* tauchte in den Schatten des Uhrwerkbergs ein und die Welt um sie herum verdunkelte sich.

Das passte zu Dzins Stimmung.

Im Gegensatz zu seinen neu gewonnenen Freunden blieb er nicht stehen, um durch die Windschutzscheibe der Kabine auf den Ausblick zu starren. Er war zu gebrochen, zu sehr damit beschäftigt, die letzten Momente seines Bruders durchzuspielen, und viel zu verzweifelt, um sich darum zu kümmern, dass sie es an ihr weit entferntes Ziel geschafft hatten.

Als Kind hatte er Geschichten über den Berg gehört, von seiner Mutter und von anderen am Baum. Diese Stadt tief in der Wüste war in drei runde Ebenen unterteilt, die wie gigantische Zahnräder übereinanderlagen und jeweils einen eigenen Teil der Stadt enthielten. Jede dieser Ebenen drehte sich in entgegengesetzter Richtung zu der darüber oder darunter. Je nachdem, welchem Gerücht oder Mythos man glaubte, war dieser bizarre, prächtige Ort das Überbleibsel einer Maschine, die von einem uralten, längst vergessenen Volk entworfen worden war.

Im Laufe der Zeit hatten Menschen hier Zuflucht vor den harschen Elementen draußen gefunden. Und schon bald hatten sich in den Lücken der Zahnräder Siedlungen gebildet, die sich nun zwischen die mechanischen Bauteile schmiegten. Und obwohl es schwierig war, konnte man zu den Zeiten zwischen den Ebenen hin und her pendeln, in denen die Lücken oben und unten kurz übereinanderlagen, bevor sich der Durchgang nach einem Zyklus versperrte – bis zu einem nächsten Zusammentreffen.

Sosehr Dzin das Reisen immer genossen hatte, angetrieben von dem Wunsch, die Welt zu sehen – weshalb er auch so begeistert gewesen war, als Läufer auserwählt worden zu sein –, konnte er sich im Augenblick nicht dafür erwärmen.

Während die anderen staunten, saß er allein auf seiner Bank, die Arme auf die Ruder gestützt. Mit leerem Blick war er kaum in der Lage, etwas anderes zu sehen als den erschrockenen Ausdruck auf Yantuz' Gesicht, als er die Takelage verfehlt und von dem Ballon in den Tod gestürzt war.

Ein Bild, das sich jetzt für immer in sein Gedächtnis eingebrannt hatte.

Es tut mir so leid, Yantuz. Ich hätte dich nie mitnehmen sollen.

Und doch wusste er, dass er inzwischen tot wäre, wäre er allein gegangen. Denn Yantuz hatte ihn gerettet.

»Ich habe noch nie zuvor einen solchen Mut gesehen«, sagte Helia und setzte sich neben ihn, während sie ihren Blick über die anderen hinweg zu dem Berg schweifen ließ. Dafür war er dankbar. »Dein Bruder hat sich selbst in Gefahr gebracht, um dich festzuhalten. Und es war ein Risiko, das sich ausgezahlt hat.«

Dzin schloss die Augen und unterdrückte die Tränen. »Für mich. Nicht für ihn.«

»Stimmt, aber das war seine Absicht. Wie viele von uns können behaupten, so etwas getan zu haben – oder jemals damit rechnen, so etwas tun zu können? Er war ohne jeden Zweifel ein guter Mann. Und ein guter Bruder. Du solltest stolz auf ihn sein.«

»Das bin ich auch.«

»Gut.« Sanft zupfte sie an dem Stoff an seiner Schulter. »Es tut mir wirklich leid. Wirst du zurechtkommen?«

Dzin wusste nicht, wie er das beantworten sollte. Gerade jetzt kam er überhaupt nicht zurecht, aber das wollte er nicht vor allen anderen zugeben.

Er schniefte und nickte.

»Danke, Dzin. Denn wir müssen dafür sorgen, dass das, was er getan hat, zählt. Es tut mir leid, dich so zu bedrängen, aber das Schicksal dermaßen vieler Menschen hängt von unserer Mission ab, und Yantuz hat sich geopfert, um sicherzustellen, dass nicht alles verloren ist. Der Prinz wird uns mit seinem wertvollen Sammlerstück nicht einfach ziehen lassen. Es wird ein Kampf werden, und das auch erst, nachdem wir uns durch die verschiedenen Rädchen der Stadt hochgearbeitet haben, um den Gipfel zu erreichen. Ich verstehe deine Trauer, Dzin. Mehr, als du ahnst, verstehe ich, was du gerade durchmachst. Aber im Augenblick musst du dich auf das konzentrieren, was vor dir liegt. Ich werde deinen Mut brauchen, so wie Yantuz ihn uns allen gezeigt hat. Meinst du, du kannst das schaffen?«

»Ich weiß es nicht«, antwortete Dzin aufrichtig. »Aber ich werde versuchen, diesen Mut zu finden.«

Zu seiner Überraschung lächelte sie.

»Ehrlichkeit ist mir lieber als Lügen. So gibt es auch weniger Überraschungen.« Sie wies über die anderen hinweg auf die sich drehenden Berghänge, die von ständigen Geröllströmen bedeckt waren. Dazwischen waren winzige Lichter zu erkennen, die auf das Vorhandensein von Leben im Innern hindeuteten.

Als das Luftschiff in den Sinkflug ging, wurde Dzin flau im Magen. Jetzt konnte er einen klaffenden Schlund tief unter ihnen erkennen, in dem das Kommen und Gehen anderer seltsamer und wundervoller Luftschiffe für regen Betrieb sorgte.

»Wir bereiten uns auf die Landung vor. Rascal sagt, die Anlegestelle befindet sich auf der untersten Ebene, so seltsam das für einen solchen Ort auch klingen mag. Aber ich nehme an, sie haben sich gedacht, dass es den Gipfel wesentlich sicherer machen wird, wenn der einzige Zugang vom Boden aus erfolgt. Das wird sicher schwierig für uns, selbst wenn sie uns nicht in die nächste Zelle stecken, was sie sicher tun werden.«

»Gefängnis?«, fragte Dzin, dem das Herz noch schwerer wurde.

Helia stand auf und bedeutete ihm, das Gleiche zu tun.

»Keine Sorge. Ich habe einen Plan.«

Dies war eine nützliche Ablenkung von seinem Kummer, begriff Dzin etwas später, nachdem der Plan offenbart worden war. Aber wenn er gewusst hätte, dass es so ungemütlich und beklemmend werden würde, hätte er ihm vielleicht nicht zugestimmt.

Seine Ellbogen waren aufgeschürft, weil er im Innern der Kiste hin und her gerüttelt wurde, und seine Beine bekamen blaue Flecken, weil er gegen die Ladung mechanischer Gegenstände stieß. Gleichzeitig wurde seine Angst immer größer, sodass er sich ins Bein kneifen musste, um nicht vor lauter Entsetzen zu schreien.

Er konnte die Frachtarbeiter des Uhrwerkbergs um sich herum hören, die ächzend die Kiste, in der er sich befand, und dazu auch noch die vielen anderen aus der *Goldamsel* hievten.

Das einzig Positive war, dass er trotz seiner misslichen Lage der Einzige aus seiner Gruppe war, dem man seine Freiheit noch nicht genommen hatte.

Falls man dies hier Freiheit nennen konnte.

Helia hatte sich nicht geirrt, was die Absichten des Prinzen betraf. Kapitän Finesse hatte sein Bestes gegeben, um die Wogen für sie zu glätten, aber Regeln waren Regeln, und er hatte mit drei Personen mehr angelegt, als in seinen Papieren aufgeführt waren.

Zumindest mit drei sichtbaren Personen mehr.

Dzin hatte in seiner Kiste gehockt und mit blank liegenden Nerven zugehört, wie Helia den Beamten ihr Anliegen vortrug, bevor Rascal ein gewaltiges Theater veranstaltete, als man sie abführte, um zu verhindern, dass sie noch weiter nach jemandem suchten, der sich womöglich versteckte.

Eins musste man dem Kapitän allerdings lassen; als er bemerkt hatte, dass in der Gruppe eine Person fehlte, hatte er kein Wort gesagt. Es war eine kleine Gnade, die ihnen eine Chance gab.

Eine winzige Chance, die voraussetzte, dass Dzin in der Gefangenschaft dieser kleinen Kiste nicht den Verstand verlor, weil er kaum in der Lage war, zu atmen, und auch weil er keinen Bruder mehr hatte, der ihn trösten konnte, während seine Sicht wieder verschwamm, sein Herz raste, als würde es ihm aus der Brust springen, und die unerträgliche Hitze seiner Angst drohte, sein Innerstes nach außen zu stülpen.

Es war seine Aufgabe, zu fliehen und die anderen zu befreien.

Ich? Schließlich bin ich dafür verantwortlich, sie zu retten.

Am liebsten hätte er sich in dieser Kiste zu einem Ball zusammengerollt und wäre einfach verschwunden. Vielleicht lagerten sie ihn irgendwo ein und er konnte sich für den Rest der Ewigkeit einfach verstecken. So würde er sich wenigstens nicht mehr mit diesen Gefühlen auseinandersetzen müssen. Er konnte sich auch einfach im Ganzen von ihnen verschlucken lassen und der Fall wäre erledigt.

Fäulnis und Wurzeln, Dzin, konzentrier dich!

Nein, er war schon viel zu weit gekommen, um jetzt noch aufzugeben. Er bemühte sich, ruhig zu atmen, und berührte das raue Innere der Kiste, um sich zu erden.

Dabei beschäftigte er seinen Verstand damit, diese Situation zu analysieren.

Also. Wohin hatte man seine Freunde gebracht? Die drei waren weggeführt worden, um Prinz Raptor vorgestellt zu werden. Dann hatte jemand gesagt, man werde sie in den Zellenblock Beta sperren – so hatte er es jedenfalls von den Beamten gehört. In der Zwischenzeit verrieten ihm die Stöße und Erschütterungen, dass seine Kiste auf einen Wagen geladen wurde, und nun war sie bereits unterwegs … wohin, das wusste er allerdings nicht. Doch bei seinem Glück würde man ihn nicht einmal in die Nähe des Ortes bringen, an dem er sein musste.

Das Dröhnen der Luftschiffsmotoren erstarb. Er bewegte sich immer tiefer in den Berg hinein und beschloss, schnellstens auszusteigen.

Nachdem er mit seinen verschwitzten Handflächen gegen die Unterseite des hölzernen Deckels gedrückt hatte, versetzte er ihm einen zaghaften Stoß, möglichst ohne dabei jemanden auf sich aufmerksam zu machen, der vielleicht in der Nähe war. Der Deckel bewegte sich, aber nur ein kleines Stück.

Rascal hatte ihre Sache etwas zu gut gemacht, die Kiste mit Nägeln zu verschließen, um den Deckel darauf festzuhalten.

Er stieß erneut dagegen. Die Splitter des rauen Holzes bohrten sich in seine Handfläche, aber er schob den Schmerz einfach beiseite.

Yantuz hatte sich nie um Konsequenzen geschert, er wollte allein das tun, was in dem Augenblick das Richtige war.

Trotz der heftigen Panik, die ihn erfasste, versuchte Dzin, daraus Kraft zu schöpfen.

Also drückte und drückte er, presste den Rücken gegen die Kiste, während er mit den Händen mit aller Kraft gegen den Deckel stieß.

Dann bewegte sich dieser ein wenig.

Und noch ein wenig mehr.

Jetzt war da ohne Zweifel eine Lücke, durch die Luft hereinströmte, zusammen mit einer ganzen Reihe von Gerüchen: Öl und Fett, Motorabgase, sogar Schweiß – das alles drang zu ihm herein.

Seine Kiste war eine von vielen, die durch das Gelände der Anlegestellen transportiert wurde, begleitet von einem ständigen Dröhnen der Maschinen und Luftschiffsmotoren und den Rufen von Menschen, die einander zu übertönen versuchten. Unter alledem konnte er das *Tick, Tick, Tick* der Zahnräder des Berges hören, die sich drehten.

Die Zeit läuft dir davon, Dzin. Beweg dich!

Mit einem letzten Stoß gaben die Nägel nach. Der Deckel schwang ganz auf und klappte schräg nach hinten weg. Dzin streckte den Kopf heraus und hoffte, dass ihn die beiden unnatürlich blassen Männer nicht gehört hatten. Sie saßen nicht weit vor ihm und lenkten den rostigen, flachen Karren weiter in den Berg hinein.

Keiner der beiden bewegte sich, wahrscheinlich waren beide von dem Lärm um sie herum taub geworden.

Hinter ihm wurde das frühmorgendliche Wüstenlicht, das durch die Hafenanlage drang, immer schwächer, aber er konnte immer noch die Umrisse der *Goldamsel* erkennen, die sich zwischen einem wesentlich größeren Transportschiff und einem kleinen, schnittigen Freizeitboot befand. Hafenarbeiterinnen und -arbeiter wuselten zwischen ihnen umher wie Ameisen, während dahinter noch weitere Luftschiffe einflogen und in einer scheinbar nicht enden wollenden Prozession von Farben und brummenden Motoren wieder in die Außenwelt hinausschwirrten.

Die Außenwelt. Plötzlich hoffte er, dass er sie wiedersehen würde.

Er befreite sich aus seinem Versteck und versuchte, die Flaschen um seine Füße herum nicht zu sehr zu bewegen, damit sie nicht klirrten. Dann stolperte er von der Rückseite des Wagens auf den Boden und huschte in die Schatten einer riesigen, klappernden Maschine, die eine dünne graue Rauchfahne ausspie. Der Rauch stieg in einem düsteren Trichter auf. Als Dzin zwischen den Rohren, die in seltsamen Winkeln von den Maschinen abstanden, und den Ketten, die von der Decke hingen, hindurchsah, musste er feststellen, dass er keine Spur von den anderen entdecken konnte, die weggeführt worden waren. Sie waren bereits fort, auf dem Weg zu dem, was das Schicksal für sie bereithielt. Und sie hatten ihn allein an diesem feuchten, dunklen Ort zurückgelassen.

In seiner Kindheit und Jugend im Großen Baum war er in die natürliche Welt eingebettet gewesen, umgeben von allen Arten von Leben. Für ihn ergab die Natur Sinn. Ihr wohnte ein Gleichgewicht inne, eine Logik, auch wenn sie auf das ungeschulte Auge manchmal etwas brutal wirken mochte. Aber sie funktionierte seit Millionen von Zyklen und würde es auch weiterhin tun. Und obwohl die Außenwelt mit ihren vielen verschiedenen Orten, Städten und Kulturen – von denen er auf seinem Werdegang zum Läufer zahlreiche kennengelernt hatte – schon immer eine aufregende Vorstellung gewesen war, hatte er noch nie einen Ort wie diesen besucht. Der so … unnatürlich wirkte.

Bei dem Gedanken, an einem solchen Ort gefangen zu sein, tief unter der Erde und mit einem dermaßen großen Gewicht über sich, das ihn von dem freien silvyrischen Himmel trennte, wurden seine Hände klamm und sein Herz klopfte.

Denk nur in natürlichen Begriffen darüber nach, überlegte er und versuchte, sich zu beruhigen. *Mehr ist das nicht – bloß ein von Menschen geschaffener Dschungel. Ein Gestrüpp aus mechanischen Ästen und Blättern. Die Rohre sind Äste, die Ketten nur Lianen, und der Arm da …*

Der fast durchscheinend bleiche Arm, so farblos, dass er offenbar noch nie viel Tageslicht abbekommen hatte, unterbrach seine Gedankengänge.

Er legte sich um seinen Hals und spannte die Muskeln an. Dzin tränten die Augen. Neben ihm tauchte ein Gesicht auf und presste sich an seins.

»Na, was haben wir denn hier?«, hauchte ihm jemand mit warmem, biergeschwängertem Atem ins Ohr.

Dann wurde alles dunkel.

33

Prinz Raptor

Helia hielt Nu dicht an ihrer Seite, als sie von den Anlegestellen weggeführt und in den Berg gebracht wurden. Rascal folgte ihnen wie der mürrischste Schutzengel, den man sich nur vorstellen konnte. Links und rechts neben ihnen liefen vier hagere – und schwer bewaffnete – Männer. Wachen, Soldaten, Helia war sich nicht sicher, wie sie sie nennen sollte. Sie wusste nur, dass sie grob waren und bereit zu sein schienen, die kurzen Dolche zu benutzen, die sie bei sich trugen.

Eine Wache stieß ihr die Spitze seines Dolches in die Seite – allerdings nicht fest genug, um ihre Kleidung aufzuschlitzen oder ihre Haut zu berühren, aber es reichte dennoch, um zu wissen, dass sie es konnten, wenn sie wollten.

»Jetzt nach links«, befahl der Mann.

Sie gingen durch einen weiteren schwach beleuchteten Flur und fuhren dann mit dem Aufzug ein kurzes Stück nach oben auf eine andere Ebene. Dort führte man sie durch eine doppelte Schiebetür in einen Raum, der groß und überraschend luxuriös wirkte, obwohl er offen und den Elementen draußen ausgesetzt war.

Ständig sich verlagernde Dünen aus rosafarbenem Sand

wehten über den Boden, während große silberne Kaktusblüten an den Wänden emporwuchsen.

Leise pfiff der Wind über die sonnenbeschienene Wüste dahinter.

Helia blinzelte und schirmte ihre Augen ab. Um in dem Sand einen festen Stand zu finden, verlagerte sie ihr Gewicht.

Die Türen schlossen sich und die bewaffneten Männer bildeten einen Halbkreis um die drei.

In der Mitte des Raums drehte sich Prinz Raptor träge auf einem Stuhl aus sandgestrahltem Felsgestein um, sein Gesicht schien so blass zu sein, dass es fast leuchtete. Er sah ganz anders aus, als Helia erwartet hatte. Er trug den glitzernden weißen Hut eines Glücksspielers, mit Federn in kontrastierenden Farben, der wie ein irdischer Filzhut aussah, aber von einer Kultur erfunden sein mochte, die keine praktische Verwendung für solche Dinge hatte. Dabei schwenkte der Prinz einen Kelch aus Buntglas mit einer stark riechenden grünen Flüssigkeit darin. Am Zeigefinger trug er einen kunstvollen Ring, der in einer kurzen, aber bösartig aussehenden Kralle endete. Der Mann legte den Kopf leicht schief, als er seine Besucher betrachtete, bevor er mit einem langen Fingernagel durch seinen elegant gewachsten Schnurrbart fuhr und ihn dann zu einer Spitze zwirbelte, was sein dünnes, vogelähnliches Gesicht noch schärfer wirken ließ.

»Ah, ihr seid da«, sagte er, und seine Stimme verhieß Milch und Honig, aber sein Gesichtsausdruck war kalt und misstrauisch.

Er stand auf und ließ den strengen Schnitt seines leuchtend rosafarbenen Anzugs in Form fallen. Die Kleidungsstücke schmiegten sich um seine Gestalt, als er zu ihnen hinüberglitt. Der Stoff seines Anzugs schimmerte, als wäre er aus einem Glas gezaubert worden, das aus dem umliegenden Sand hergestellt worden war. Er strich sich mit den Fingern über die Ärmel und zupfte seine Manschetten zurecht. Prinz Raptor sah wie ein herausgeputzter Vogel aus, der sein Gefieder für die Menge der begierigen Speichellecker in seinem Thronsaal zur Schau stellte.

»Er sieht doch wie ein Wüstenvogel aus«, flüsterte Nu.

»Ich *bin* die Wüste, Kind«, antwortete er und ein hinterhältiges Grinsen tauchte unter dem Schatten seines Huts auf. Anstelle eines Gürtels trug er eine goldene Kette um die Taille, deren Ende wie ein Pendel schwang und einen Takt vorgab, wenn er sich bewegte. »Ich bin aus Hitze geboren worden, und niemanden, der mich kennt, sollte es überraschen, dass ich mich auch so kleide.«

Dann richtete er den Blick auf Helia. Offensichtlich war er klug genug, zu verstehen, dass sie diese Expedition leitete.

Er war groß – so groß wie niemand sonst, den sie in diesem Berg bisher gesehen hatten –, und Helia fragte sich, was das über seine Herkunft aussagen mochte. Stammte er überhaupt aus dieser Gegend? Als man sie durch die Gänge geführt hatte, war ihnen aufgefallen, dass der Durchschnitt der Männer und Frauen kleiner war als die Bewohnerinnen und Bewohner des Großen Baums, und ihre Haut war blasser, eher wie der Sand und das Gestein ihrer Heimat. Rascals Gesicht hatte gezeigt, dass ihr nicht gefiel, wie eingeschlossen man hier war – und als Einzige mit echten Flügeln schien sie besonders gut geeignet, um über das Schicksal eines Vogels nachzudenken, der in einer steinernen Burg gehalten wurde. *Vielleicht*, so dachte Helia, *lebt Prinz Raptor in einem Gefängnis, das er sich selbst geschaffen hat.*

Unbestreitbar legte Prinz Raptor eine Präsenz an den Tag, die darauf schließen ließ, dass er über Helia und ihrer Gruppe zu stehen glaubte, sowohl körperlich als auch in Bezug auf ihren Status.

Sein Grinsen erstarb. »Allerdings sieht man euren Gesichtern an, dass ihr mich nicht kennt. Also, warum seid ihr in meiner Stadt aufgetaucht und warum stört ihr meine morgendlichen *Betrachtungen*?«

Helia tat ihr Bestes, um ehrfürchtig zu wirken, und senkte leicht den Kopf. »Bei allem Respekt, Majestät, wir sind hergekommen, um dich um Hilfe zu bitten.« Sie wählte das Wort *Majestät* mit voller Absicht und schmeichelte dem Prinzen, als wäre er ein König.

»Um Hilfe?« Er lachte. »Oh, das ist ein guter Witz. Allein dafür hat es sich schon gelohnt, euch zu empfangen.« Seine Haltung änderte sich augenblicklich. Er beugte sich zu Helia vor und kam ihr dabei so nah, dass sie den Alkohol in seinem Atem riechen konnte, während die Kralle an seinem Finger die Kontur ihres Kinns nachzeichnete. »Und warum, bei den Dünen, sollte ich euch helfen?«

Helia spürte, wie Rascal hinter ihr die Muskeln anspannte. Sie musste diese Situation ganz schnell entschärfen.

»Es gibt da einen Mann, der Zerstörung bringen will. Silvyra steht an der Schwelle zu großem Leid und wir müssen ihn aufhalten. Dafür brauchen wir eine Zutat für das Lebenselixier.«

»Hättest du nicht woanders ein Elixier auftreiben können? Es gibt sie doch überall auf der Welt, meine Liebe.« Die Wellen der Wüste glühten weiterhin golden und rot durch das Fenster hinter ihm und schimmerten, da der Wind über die Dünen blies wie über ein sich ständig veränderndes Meer.

»Ah ja«, antwortete Helia. »Leider gab es Probleme am Großen Baum. Alle Elixiere wurden unbrauchbar gemacht und die Raffinerie ist zerstört worden.«

»Was?!«, brüllte er ihr direkt ins Gesicht. »Wie kann das sein?«

»Es ist eine lange Geschichte, fürchte ich. Doch wenn du möchtest …«

Er sprach weiter, als wäre sie überhaupt nicht da. »Aber seit der letzten Lieferung sind schon Wochen vergangen. Unsere Lager hier sind fast leer. Willst du damit sagen, es kommt kein Nachschub? Das ist unverzeihlich! Was für eine Art Unternehmen betreibt diese sogenannte Gelehrte denn da oben?«

Helia wich keinen Millimeter zurück und hielt seinem Blick stand, obwohl es ihr nicht gefiel, dass er so mit ihr – oder über ihre Freundin – sprach. Und es schien zu wirken. Sein Ausbruch verging so schnell, wie er gekommen war, und er entfernte sich beiläufig aus ihrer Distanzzone.

Sie sprach weiter. »Das ist richtig. Es gibt kein Elixier mehr und wir müssen dringend eine Phiole davon brauen. Womit wir bei der Zutat wären, die wir so nötig haben. Normalerweise würden wir sie woanders herbekommen, aber in diesem Fall können wir das nicht. Ich glaube aber, du bist im Besitz eines Samenkorns der Cerulean-Rose, und ich bitte dich untertänigst, mir kurz Zugang dazu zu gewähren.«

Sie wollte ihre Kräfte nicht vor den Augen anderer einsetzen, wenn sie es vermeiden konnte, aber wenn sie dieses Samenkorn bloß einmal in die Finger bekam, konnte sie es hoffentlich wachsen lassen und einen weiteren Samen erschaffen, der seinen Platz einnahm. Sie würden ihre Zutat bekommen und niemand würde etwas davon ahnen.

Allerdings sah es nicht so aus, als würde es dazu kommen.

»Niemand fasst die Cerulean-Rose an«, entschied er. »Oder überhaupt irgendetwas aus meiner Sammlung.« Sein bleiches Gesicht wurde rot und zeigte echten Zorn wegen dieses Vorschlags. »Weißt du, wie lange ich gebraucht habe, um meine Sammlung aufzubauen? Wie sehr sie meine Untertanen und Besucher gleichermaßen beeindruckt? Es gibt keine vergleichbare Sammlung in ganz Silvyra, abgesehen vom Sonnenpavillon von Aedela. Ich würde sogar einen Ozean aus Perlen darauf wetten, dass meine Sammlung es selbst damit aufnehmen kann.«

»Hoheit, bitte!«, hielt Helia beharrlich dagegen. Sie musste ihn zur Vernunft bringen. »Das hier betrifft alles und jeden im Land. Selbst hier wirst du nicht vor dem geschützt sein, was kommen wird.«

Den Prinzen langweilte das Gespräch jedoch bereits. Er war viel zu besorgt über das fehlende Elixier. Und während er seinen Hut abnahm und sein zurückgegeltes schwarzes Haar im Spiegel betrachtete, murmelte er vor sich hin, ob er wohl bald wieder graue Haare bekommen würde.

»Majestät?«, fragte Helia erneut, diesmal lauter. Dafür wurde ihr ein Dolch in die Seite gedrückt. Sie zuckte zurück.

Aber das war nicht wichtig. Fürs Erste war man mit ihnen fertig.

»Bringt sie fort.« Seufzend gab der Prinz den Wachen ein Zeichen. »Lasst sie die Gastfreundschaft der Zellen genießen, weil sie es gewagt haben, hierherzukommen und zu denken, sie hätten das Recht, um eins meiner wertvollen Samenkörner zu bitten.« Er hatte sich von dem Spiegel abgewandt, um sich seinem Publikum zuzuwenden, denn so schien er seine devoten Untertanen zu behandeln, die Hand im Zorn erhoben. »Niemand außer mir rührt meine Sammlung an.« Er kehrte ihnen den Rücken und ging auf seinen Thron zu.

Jetzt ergriff Nu das Wort. »Prinz Raptor, du musst uns helfen. Unser aller Schicksal hängt nun von dir ab.«

Der Mann drehte sich kaum um, bevor er ein unsichtbares Stäubchen von seiner Jacke wischte. »Das schert mich nicht«, erwiderte er. »Die belanglosen Sorgen des Ur-Walds und der Gartenregionen dieses Reichs bedeuten meinem Volk überhaupt nichts. Wir leben in der warmen Umarmung der

Wüste und für sie. An diesem Ort hier gibt es wenig, wovor meine Macht uns nicht schützen kann.« Erst wies er auf die unbewegten Steinmauern und gab den bewaffneten Männern dann ein wegwerfendes Zeichen. Sie trieben die drei Besucherinnen unverzüglich zusammen und führten sie durch die gewundenen Tunnel zurück in den Schmutz und den Schutt in den Tiefen des Uhrwerkbergs.

Während sie ihrem Schicksal entgegengetrieben wurden, fragte sich Nu, ob sie noch irgendetwas anderes hätte sagen können, um den Prinzen umzustimmen. Vielleicht hätte sie ihm mehr schmeicheln oder eine Art Bestechung anbieten sollen – obwohl sie keine Ahnung hatte, was sie da hätte anbieten können. Schließlich war er bereits Herr über seine eigene Stadt und besaß dem Vernehmen nach eine Sammlung seltener und wertvoller Gegenstände aus ganz Silvyra. Was genau hätte sie anbieten können, um ihn umzustimmen?

Doch das Gefühl, dass sie irgendeine Erwartung nicht erfüllt hatte, nagte auch weiter an ihr, es war der Ärger über sich selbst, dass sie irgendwie mehr hätte tun müssen. Wären die Fantasien, die sie sich gestattet hatte – jemand Besonderes zu sein, so wie die Weisen –, wahr gewesen, dann hätte sie seine Meinung sicher ändern können.

Umso größer war die Enttäuschung, dass sie versagt hatte. Das zerschlug nicht nur ihre Illusionen von Größe, außerdem war sie doch gar nicht in die Lage gekommen, Helia irgendwie zu helfen. Also war sie vollkommen nutzlos gewesen.

Jetzt würden sie im kalten Felsgestein dieses Berges verrotten, nachdem man sie ohne viel Federlesens in eine Zelle stieß, die noch kleiner war als der Frachtraum der *Goldamsel.*

Nu wurde mehr und mehr klar, dass sie nichts mehr tun konnte.

Dann schweiften ihre Gedanken ab, ihr Verstand wurde überrumpelt und plötzlich war sie ganz woanders. Schon wieder.

Erneut befand sich Nu mitten im Krieg, an Veers Seite.

Und die Schlacht war verloren.

Nu sah in den Augen des Weisen, dass er es bereits wusste. Genauso wie die Blütenkönigin. Doch beide kämpften weiter, als wäre der Kampf noch nicht verloren.

Die Luft war stickig von Rauch und schwebenden verkohlten Blütenblättern, und die schwärzende Krankheit, die der Schatten mit sich gebracht hatte, breitete sich immer weiter aus. Nu spürte, dass die Siedlung Aedela verschwunden war. Es konnte nicht mehr viele Wachen geben, die gegen die bösen Horden kämpften. Die meisten waren entweder tot oder stolperten verwundet hinter den Fliehenden her, in der vergeblichen Hoffnung, sie einzuholen, bevor sie erwischt wurden oder verbluteten.

Die letzten Reste von Veers Energie und Kampfesmut konnte Nu aus ihm heraussickern sehen, als er versuchte, zu Atem zu kommen. Wieder baute sich Verzweiflung in ihr auf, dass sie hier nichts anderes war als eine Zuschauerin und dass sie keinem von ihnen helfen konnte. Diese Macht hätte ihr doch die Möglichkeit geben sollen, Gutes zu tun, aber das tat sie nicht.

Die Horden setzten ihre Angriffe fort. Irgendetwas trieb diese Armee der Albträume vorwärts und zwang sie zu einer nicht enden wollenden Raserei des Tötens.

»Geh jetzt und bleib nicht stehen«, sagte Veer zu der Blütenkönigin. Sein Atem ging in flachen Stößen.

Wie lange kämpft er jetzt wohl schon?, fragte sich Nu.

»Hol deine Leute ein und führ sie zum Großen Baum. Wo immer möglich, reist unterwegs durch die Wälder. Mutter hat durch sie Einfluss und wird euch beschützen, falls man euch jagt.«

»Wenn du glaubst, ich würde dich hier zurücklassen ...«

»Geh einfach, Majestät. Ich werde sie aufhalten, solange ich kann.«

Er gab ihr keine Gelegenheit zu widersprechen. Ein Windstoß trieb sie vorwärts, während er stehen blieb und sich den bösen Massen zuwandte.

Es waren Hunderte schrecklicher Gesichter und Kiefer und Zähne.

Und Hass, so viel Hass.

Nu spürte die Überzeugung in Veer. Er war immer noch der Weise der Kraft, und trotz aller Widrigkeiten – oder vielleicht gerade wegen ihnen – reckte er die Brust vor, rammte die Spitze seines Stiefels in den Boden und bereitete sich darauf vor, dem Feind mit aller ihm verbliebenen Kraft entgegenzutreten.

Doch plötzlich bewegte sich die Horde nicht mehr.

Verwirrt beobachtete Nu das Geschehen. Der Feind hielt sich zurück und wartete auf etwas.

Die graue Wolke, die über ihnen hing, wurde immer dichter und unbarmherziger. Um sie herum fiel mehr und mehr glühende Asche. Von dort, wo sie stand, konnte Nu es kaum noch ertragen. Sie wollte, dass Veer weglief, aber er dachte gar nicht daran.

Jetzt wusste sie, warum sie hier war. Ein Grund steckte dahinter, dass man ihr dies zeigte. Sie sollte Zeugin der Wahrheit sein, die sich dort abzeichnete.

Sie sollte ihn sehen.

Als die Gestalt in der Menge auftauchte, konnte sie nicht anders, als zusammenzuzucken. Etwas kribbelte tief in ihrem Inneren und durchlief ihren ganzen Körper. Ihr Mund war trocken, und ihre Augen tränten von dem schieren Bösen in der Energie, die er verströmte. Der Gestank von brennendem Fleisch attackierte ihre Sinne und an den Säumen des dunklen Umhangs der Gestalt war glühendes Feuer zu erkennen.

Er war ein Gräuel. Ein wandelndes Abbild des Elends und der Qualen.

Das personifizierte Böse.

Doch es war sein Gesicht, das ihr am meisten Angst einjagte – denn er besaß gar keins. Es war eine geschmolzene Fleischmasse, eine grässlich leere Fläche.

Nu wusste, wer das war. Und jetzt, da sie ihn gesehen hatte, setzten sich ihre Füße endlich in Bewegung. Sie konnte einen Schritt zurücktreten und sich umdrehen und wegrennen, um zu versuchen, diesem grauenvollen Albtraum zu entfliehen. Aber da wurde sie an diesem Ort endlich wahrgenommen.

Das Wesen hielt inne. Sein blickloses Gesicht drehte sich in ihre Richtung. Und obwohl es keine Gesichtszüge gab, die seine Gedanken verrieten, verstand Nu, was es fühlte.

Es war zornig. Zornig und verwirrt.

Sie sieht uns? Die Stimme in ihrem Kopf war laut und Furcht einflößend, und Nu wusste nicht, was das bedeutete oder wie es sie hatte sehen können.

Dann spürte sie etwas am Rande ihres Verstands. Etwas Raues, Grausames und Tastendes, das ein Netz auf ihre Gedanken auswarf. Zwar versuchte sie, es zurückzudrängen, aber sie waren bereits gefangen und wurden weggeschleppt, um untersucht zu werden. Eine Hand wurde ausgestreckt und ein Finger zeigte auf sie.

Sie konnte nur dastehen und sich die Ohren unter dem Ansturm seines dröhnenden Zorns zuhalten. Allein das Gefühl, dass auch er fassungslos war und von dieser Wendung der Ereignisse überrascht wurde, tröstete sie ein wenig.

Veer schien das Zögern seines Feindes zu spüren. Nachdem er seine Lunge mit einem unnatürlich tiefen Atemzug gefüllt hatte, benutzte er die Verwirrung der Gestalt, um aus der Luft hunderttausend Pfeile zu formen, die kaum sichtbar über ihnen am Himmel hingen, ihre Spitzen nach unten gerichtet.

Er hob die Hände und machte sie zum Abschuss bereit.

Aber dann blitzte vor ihnen Dunkelheit auf, ein Riss mitten in der Luft. Sowohl Veer als auch Nu schirmten ihre Augen vor der gewaltigen Macht daraus ab und spürten, wie ein wirbelnder Wolkensturm um sie herumrauschte und ihre Haut mit glühender Schlacke und Asche verbrannte.

Dann aber ließ alles wieder nach und verschwand. Und mit allem anderen verschwand auch der Feind.

Alle Feinde verschwanden.

Nu schwankte und konnte es kaum fassen. Veer schien dieselbe Reaktion zu haben, verblüfft von dem, was gerade geschehen war, und von der Tatsache, dass er immer noch dort stand. Lebendig.

Vorerst war die Schlacht vorbei. Übrig blieb nur noch die kaum hörbare Brise, die durch die Straßen wehte und den Rauch noch brennender Feuer mit sich trug. Ein Gefühl des Grauens lag in der Luft, das sich an den Trümmern der Stadt festsetzte, die es nicht mehr gab.

Veer wandte sich an Lynx.

»Wir müssen zurück in die Bibliothek«, erklärte er. »Und zwar schnell.«

34

Die Belagerung beginnt

Arturo schlitterte von dem Portal weg über den Marmorboden und zog Robin mit sich.

Er konnte sehen, wie sich die Armee der Albträume bereits auf die Öffnung zubewegte.

Ein grauenvolleres Bild konnte er sich gar nicht vorstellen. Die Menschen und ihre monströsen Teufelshunde waren nicht nur mit eingeritzten Worten bedeckt, ihre Leiber befanden sich außerdem in einem Zustand zunehmender Verwesung, als sähen sie schon seit Jahren so aus, vielleicht seit Jahrhunderten. Sie trugen alle Arten von Stoffen, die einmal Kleider, Anzüge oder Roben gewesen sein konnten, jetzt aber nur noch Lumpen waren, die an ihrer welken Haut hingen.

Sie werden hier hereinströmen, dachte er panisch.

»Schließ das Ding! Schließ es sofort!«, rief Robin Centauri zu.

Aber sosehr die Sphäre auch herumwirbelte und die Symbole bei ihrer Kommunikation mit dem Buch der Weisheit aufleuchteten und heftig pulsierten, es geschah überhaupt nichts. Das Portal wurde nicht deaktiviert, wie sie es normalerweise hätte tun können, nahm Arturo an.

Grauer, stinkender Qualm drang nun hindurch, und sie konnten das Knurren und Zähneknirschen auf der anderen Seite hören, das immer näher kam.

»Es schließt sich nicht!«, brüllte Robin und sah sich wild um, als würde ihr das helfen, die Ursache des Problems zu erkennen. Panisch schwirrte Centauri um ihren Kopf herum. »Warum schließt sich das Portal nicht, Arturo? Die Portale schließen sich doch immer. Warum geschieht das hier jetzt nicht?«

»Woher zum Teufel soll ich das wissen?«, schrie er zurück. »Ich arbeite schließlich nicht hier!«

Beide drehten sich um und riefen in den Gang hinein: »Mwamba!«

Robin zog Arturo weiter zurück, als ein weiterer furchterregender Höllenhund aus dem Portal auftauchte. Seine gigantische Schnauze öffnete sich und entblößte gezackte und verfaulende Zähne.

Entsetzt keuchte Arturo und konnte nicht wegsehen, aber Robin zögerte nicht. Sie schnappte sich eine Schreibtischlampe in der Nähe, die für nächtliche Leser auf dem Regal gestanden hatte, und schlug damit auf das Tier ein, als es hindurchzuspringen versuchte. Etwas in seinem Schädel knackte, und es wurde dorthin zurückgestoßen, wo es herausgekrochen war.

Aber Arturo hatte die ganze restliche Menge in dem Portal gesehen. Die Armee der Dunkelheit. Er wusste, dass es nicht mehr lange dauern würde, bis das nächste Monster versuchen würde hindurchzukommen, und er war sich keineswegs sicher, ob irgendein dicker wissenschaftlicher Wälzer sie alle zur Strecke bringen konnte.

Als er eine Schiebeleiter weiter hinten im Gang entdeckte, ergriff er sie. Er zog sie vor das Portal und klemmte ein Buch unter ihre Räder.

»Zwischenlösung«, erklärte er, als er Robins ungläubige Miene sah.

»Natürlich ist es eine Zwischenlösung. Es ist eine Leiter und sie werden einfach zwischen den Sprossen durchklettern!«

In diesem Augenblick erschien Mwamba mit einer Gruppe von Gelehrten – Silhouetten – im Licht am Ende des Gangs.

»Robin?«, rief er.

»Mwamba! Oh, Gott sei Dank. Hast du die Nachricht bekommen?«

»Ja, Urulla hat uns von der Urhöhle erzählt. Wir haben die Phiole gefunden, die du erwähnt hast.« Sein Assistent hielt das Gefäß mit dem trüben Gift so weit wie möglich von seinem Körper weg, als könnte es jeden Augenblick explodieren. »Wir werden ein Gegenmittel finden. Notfalls auch nur ein vorübergehendes. Damit es das Buch nicht weiter angreift. Obwohl …«

Seine Stimme verlor sich, als ein ehemals menschlicher Arm aus dem Portal hervorkam und nach den Stufen der Leiter griff. Robin schlug das Buch wiederholt auf die blutverschmierten Finger, bis der Arm zurückgezogen wurde, aber dann nahm ein anderer seinen Platz ein.

»Was ist hier los?«, rief Mwamba.

»Keine Zeit für Erklärungen«, antwortete Robin und schlug das Ding erneut zurück. Centauri versuchte ebenfalls zu helfen und warf sich wiederholt wie ein Medizinball auf einen Kopf, der aufgetaucht war, voller brennender, glühender Schrift auf der Haut. Als auch der in das Portal zurückfiel, tauchte der nächste auf und jetzt schlugen Centauri und Robin mit vereinten Kräften auf ihn ein.

Arturo konnte nicht anders, er dachte an das Videospiel Hau-den-Maulwurf. Nur dass dies wirklich keine gewöhnlichen Maulwürfe waren.

»Du musst die Wirkung dieses Giftes aufhalten, Mwamba.«

Robins Atmung ging stoßweise. »Wir haben nicht viel Zeit. Wenn wir das Buch nicht wiedererwecken können und sich die Portale nicht bald schließen, stecken wir in ernsten Schwierigkeiten.«

Mwamba nickte. Er drehte sich auf dem Absatz um und rannte los, während er seinem nervösen Assistenten bedeutete, ihm zu folgen. Canopus, Mwambas Sphäre, wirbelte Centauri ein schnelles *Viel Glück* zu, bevor er den Assistenten anstupste, damit der schneller lief. Dann verschwand die Gruppe auch schon in der Wandelhalle.

Wenige Augenblicke später erschien ein weiterer Weiser am Ende des Gangs, den Arturo dank seines Schnauzbarts sofort erkannte. Der Weise der Kraft hatte allerdings blaue Flecken auf den Wangen und Schnittwunden am Hals.

»Veer!«, rief Robin und warf ihm dann einen entsetzten Blick zu. »Ich wollte sagen: ›Gott sei Dank, dass es dir gut geht‹, aber ich kann nicht erkennen, ob das zutrifft.«

»Wenigstens bin ich noch am Leben, Robin. Wir haben es geschafft, viele Menschen rechtzeitig aus Aedela herauszubringen, aber die Stadt ist von Suttaru zerstört worden.«

»Wie bist du entkommen?«

Veer schmetterte einen Windstoß durch das Portal und schlug damit alle möglichen Gliedmaßen zurück, die versucht hatten hindurchzugelangen.

»Ich weiß es nicht genau, meine Liebe. Die feindliche Armee hat sich einfach aus dem Staub gemacht. Ist verschwunden, als ich gerade bereit war, mit fliegenden Fahnen unterzugehen.«

»Verschwunden wohin?«

Veer zuckte die Achseln und zeigte hinter sich, wo in der Ferne Lichtblitze zu sehen waren. Sie wurden von Entsetzensschreien und dem Lärm umgeworfener Stühle begleitet.

»Es ist keine Zeit zu erklären, wie wenig ich weiß«, sagte er und nickte ihnen entschuldigend zu. »Viel Glück euch beiden hier. Es gibt noch andere Portale, die verteidigt werden müssen.«

Mit diesen Worten rannte er davon, um woanders zu helfen.

Robin seufzte.

»Na toll«, brummte sie Centauri zu. »Lass uns hoffen, dass Mwamba schnell das Gegenmittel findet, damit wir das Buch heilen und diese verfluchten Portale schließen können. Bis dahin müssen wir beide wohl allein gegen den Rest der Welt antreten.«

Arturo versuchte, nicht gekränkt auszusehen.

35

Enthüllungen

Mit einem schwächeren Ruck als beim letzten Mal kehrte Nu in die Gegenwart zurück, allerdings mit der gleichen Verwirrung und dem gleichen Frösteln, und diesmal war ihr auch ein Gefühl des Grauens zu ihrem wachen Ich gefolgt. Sie befand sich jetzt in einer Zelle und lehnte an der Wand, als wäre sie in dieser Position eingeschlafen.

Doch war sie wirklich eingeschlafen? Nein. Das Letzte, woran sie sich erinnerte, war der Weg durch die Tunnel des Uhrwerkbergs zusammen mit den anderen. Sie hatte kaum eine Sekunde Zeit gehabt, um sich genauer in der Zelle umzusehen, in die man sie geworfen hatte, bevor sie in ihrem eigenen Kopf verschwunden war.

Die anderen saßen um sie herum und beobachteten sie.

»Willkommen zurück, Kleines«, sagte Rascal. »Du bist eine ganze Weile weg gewesen. Alles in Ordnung bei dir?«

»Ich weiß es nicht«, antwortete sie. *Verliere ich den Verstand? Hat Suttaru mich die ganze Zeit manipuliert?*

Nur Helia war still geblieben. Sie saß wieder im Schneidersitz da und wog ab, was sie vor sich sah. Nu errötete.

»Helia, was passiert mit mir?«

Helia schenkte ihr ein trauriges und freundliches Lächeln. »Was hast du gesehen?«

Nu kam nicht auf die Idee zu fragen, woher sie es wusste. Die Frau klang so sicher, dass Nu sich gezwungen fühlte, einfach zu antworten.

»Ich … ich habe Veer gesehen. Wir sind in Aedela gewesen. Eine Schlacht war im Gange; grauenvolle Kreaturen haben die Stadt angegriffen, und Veer und irgendeine Herrscherin – die Blütenkönigin – haben gegen sie gekämpft.«

Die Falte zwischen Helias Brauen wurde noch tiefer. »Und wie ging es ihm? Veer, meine ich.«

»Er hatte Angst«, berichtete Nu. Sie wusste, dass es die Wahrheit war. Denn trotz all der Tatkraft und Stärke des Mannes und seiner Entschlossenheit, bis zum bitteren Ende zu kämpfen, hatte er seine Beunruhigung nicht verbergen können.

Genauso wenig vermochte es Nu, vor allem als sie sich an diesen schrecklichen, grauenvollen, gesichtslosen Mann erinnerte.

»Da ist noch jemand gewesen, Helia.« Nu hielt inne. Plötzlich war ihr übel. »Jemand, der die Armee kontrollierte, gegen die Veer kämpfte. Ich habe ihn gesehen. Er schien aber kein Gesicht zu haben. Ich glaube, es war …«

Helia verspannte sich und hob eine Hand.

Nu war das alles plötzlich peinlich. Diese Träume, die sie die ganze Zeit gehabt hatte, hatten vielleicht doch etwas zu bedeuten. Warum hatte sie ihr nicht schon früher davon erzählt?

»Es war auch nicht der erste Traum, den ich hatte.« Sie wusste nicht, ob Helia mehr hören wollte, aber sie musste es loswerden, ganz gleich, wie töricht sie sich dabei vorkam. Sie wusste einfach, dass sie ehrlich mit dieser Sache umgehen musste. Es war wichtig. »Ich hatte einen ähnlichen Traum über Veer, als ich auf dem Luftschiff war. Und im Großen Baum, unmittelbar vor der Explosion. Ich habe gesehen, womit Veer es in Aedela die ganze

Zeit zu tun gehabt hat. Ich habe auch etwas von Dzins Laborfeuer gesehen – *gespürt*, müsste man wohl eher sagen. Während ich wach war.« Sie stöhnte. »Es … es tut mir so leid, Helia. Ich hätte schon früher etwas sagen sollen. Mir ist nicht klar gewesen, was da geschah. Ich hatte Angst, dass ich etwas falsch machte, den Weisen nachspionierte oder dass Antares die Regeln brach und mir Dinge zeigte, die ich nicht hätte sehen dürfen.«

Rascal unterbrach sie. »Das sind nur Träume, Nu.«

»Du hast es eben nicht gewusst«, sagte Helia, obwohl unklar war, ob sie der ehemaligen Läuferin zustimmte oder sie ignorierte.

Nu versteifte sich. »Und da ist noch etwas. Etwas viel Schlimmeres.«

»Nu, wir brauchen jetzt nicht weiterzumachen. Ich habe gesagt, es ist in Ordnung.«

»Nein, Helia, es ist nicht in Ordnung. Als die Gestalt erschien … Er … er hat mich gesehen. Er hat mich direkt angeschaut, und ich konnte es erkennen: Er wusste, dass ich dort war.«

Helias Augen weiteten sich. »Der Aschenmann hat dich gesehen?«

»Der Aschenmann?!«, platzte Rascal heraus.

»Ja. Und ich weiß, es war nur ein Traum, aber es fühlte sich an … als hätte er mich wirklich gesehen. Irgendwie habe ich seinen Blick auf mir gespürt. Er wusste, dass ich da war. Und dann ist er urplötzlich verschwunden. Einfach weg – er und seine Armee. Ich glaube … ich glaube, er kommt vielleicht *hierher*.«

Auf Helias Gesicht breiteten sich langsam der Schock und die Erkenntnis darüber aus, was das bedeuten musste: Es wirkte wie ein Riss in einer Glasscheibe.

Aber es war Rascal, die dann wieder das Wort ergriff und zwischen den beiden stirnrunzelnd hin und her schaute.

»Was genau ist hier los? Denn in meinen Ohren klingt es so, als würdet ihr beide diese Träume ein wenig zu ernst nehmen. Und warum – bei den Zwillingsmonden Silvyras – träumst du von dem Aschenmann, Nu? Das ist die finsterste und älteste aller Lagerfeuergeschichten. Ich wusste gar nicht, dass seine Geschichte auch in deiner Heimat verbreitet ist.«

Helia schloss die Augen und setzte sich wieder in den Schneidersitz. Nu erkannte darin eine meditative Haltung.

Es war ein Zeichen dafür, dass Helia versuchte, sich zu sammeln und zu konzentrieren.

»Er ist echt, Rascal.« Ihre Worte klangen ruhig und überlegt. »Oder zumindest war er es. Ein Mann, ein sehr gebildeter Gelehrter. Und ursprünglich stammte er aus unserer Welt.«

»Und wie zum Teufel ist er hier gelandet?«

»Geschichten haben die seltsame Angewohnheit, über die Seiten ihrer Bücher hinaus zu reisen«, antwortete Helia.

»Das ist ganz schön vage, selbst für eine Weise.«

»Du hast es also gewusst. Das dachte ich mir schon.«

»Ja, wie ich Nu vorhin bereits erzählt habe, bin ich jemandem wie euch schon früher begegnet. Obwohl der letzte Weise, mit dem ich zu tun hatte, mir nicht halb so viele Scherereien eingebrockt hat wie ihr.«

Helia hielt die Augen geschlossen und ignorierte den hingeworfenen Köder. »Wenn er dich gesehen hat, Nu, wird er wahrscheinlich auch wissen, was wir hier tun. Er wird wissen, dass wir Perennia auf der Spur sind, und er wird versuchen, uns zuvorzukommen, wo immer sie ist. Und das ist nicht unser einziges Problem.«

Nu erbleichte. »Was noch?«

»Es ist sehr gut möglich, dass er auch gesehen hat, wo du dich gerade aufhältst. Und wenn er weiß, dass wir im Uhrwerkberg sind, kann ich mir vorstellen, dass uns nicht viel Zeit bleibt.«

»Du glaubst, er kommt uns holen?«

»Auf irgendeine Art, ja. Daran zweifele ich nicht. Wir müssen hier weg und dieses Samenkorn finden.«

Nu spürte, wie sich ihre Haut bei diesem Gedanken zusammenzog. Was sie in ihren Träumen gesehen hatte, war zu grauenvoll, um es sich im wirklichen Leben vorzustellen. Sicherlich war dies hier nur ein Irrtum. Es waren bloß Träume, das ängstliche Heraufbeschwören möglicher Szenarien, mit denen ihr Gehirn sie quälen wollte.

»Bist du dir sicher?«, fragte sie mit leiser Stimme, denn sie wollte nicht so klingen, als zöge sie die Worte einer Weisen in Zweifel, aber sie konnte auch nicht akzeptieren, was Helia gesagt hatte. »Vielleicht war es doch nur ein Traum.«

Helia schlug die Augen auf und sprach leise, aber ihre einfachen Worte wurden durch die kalte Luft getragen und veränderten in diesem Augenblick alles. »Du hattest einen Traum, aber du hast nicht geschlafen. Der Traum war äußerst lebendig. Du konntest Dinge sehen, die du eigentlich nicht hättest sehen können, und Gefühle empfinden, die du nicht empfinden dürftest. Als du aufgewacht bist, hast du dich verloren und unsicher gefühlt, nicht wahr? Dir war kälter als sonst, und du hattest kurz Schmerzen hinter den Augen, die aber verschwanden, sobald du dir ihrer bewusst wurdest. Stimmt das alles?«

Nu klappte der Unterkiefer herunter. »Ja! Woher weißt du das?«

»Das sind die ganz normalen Reaktionen auf Visionen. Auch Xav hatte sie gelegentlich, meistens in Zeiten von großem Stress. Nun wirst du sie wohl auch haben.«

Visionen?

Das war es. Dies war das Wort, das genau beschrieb, was gerade geschehen war. Und auch das, was sie im Großen Baum erlebt hatte. In gewisser Weise war es das, womit sie ihr ganzes Leben lang gelernt hatte umzugehen.

Insgeheim war sie immer stolz darauf gewesen, dass sie Dinge *wusste*. Kleine Schnipsel von Gefühlen und Emotionen, die von anderen auf sie übergingen. Oder Momente, in denen sie etwas über eine Person sehen konnte, zum Beispiel eine bestimmte Zeit in ihrem Leben, die sie gar nicht hätte sehen dürfen. Alles nur, um diese Person ein bisschen besser zu verstehen.

Sie hatte einfach Dinge gewusst und die Macht genossen, die ihr das verlieh, die Fähigkeit, Menschen mehr von dem zu geben, was sie brauchten, sei es Güte oder Ermutigung oder Unterstützung.

Aber diese Visionen waren etwas anderes. Mit jedem Mal wurden sie stärker und lebendiger. Alles dies geschah, seit sie die kleine Sphäre in der Großen Bibliothek gerettet hatte.

Nu schaute auf Antares hinunter. Die Sphäre schwebte aus ihren Händen und wurde ein wenig größer, als würde sie die Bedeutung des Augenblicks erkennen.

Jetzt hatte Nu nur noch eines im Kopf. Eine Frage, mit der sie die ganze Reise über gespielt hatte, die sie aber nicht ernst zu nehmen gewagt hatte.

Doch Antares wusste es.

Es ist wahr, blinkte die Sphäre.

Tatsächlich war es wahr.

Nu hatte die gleiche Art von Visionen wie Helias Partner Xavier. Die gleiche Art wie der ehemalige Weise der Wahrheit. Das alles hatte sich ereignet, nachdem sie die Sphäre gefunden hatte.

Nein, das stimmte nicht.

Nachdem die Sphäre *sie* gefunden hatte.

Diese Erkenntnis traf sie wie ein Schlag und sie sah Helia in die Augen. Helia, die Weise der Hoffnung, war gütig und verständnisvoll und brauchte die Macht der Wahrheit nicht, um zu wissen, was genau Nu in diesem Augenblick nötig hatte.

»Ja«, bestätigte Helia und berührte Nu am Arm. »Sie hat dich erwählt, Nu.«

»Aber … warum?«

»Die Bindung zwischen einer Weisen und ihrer Sphäre ist sehr stark. Sie erwählen uns aus Gründen, die nur sie kennen, aber sie finden immer jemanden, der diese besondere Verbindung hat. Vielleicht können sie die Beziehung vorhersehen, dank des Wissens aus dem Buch der Weisheit. Oder vielleicht wird es auch durch irgendeine uralte Magie erkannt, die in sie eingeflossen ist, als sie heranwuchsen. So oder so, wenn sie uns als ihre Gefährtinnen auserwählen, sollten wir das vertrauensvoll akzeptieren. Es gibt keinen Grund, ihre Wahl infrage zu stellen, wir müssen sie nur ehren.«

»Also bin ich …«

»Eine Weise«, beendete Helia ihren Satz. »Ja, Nu. Das bist du.«

Nu lehnte sich wieder an die Wand der Zelle. Dies hier schien ihr fast zu gewaltig, um es zu begreifen. Ihre Gedanken rasten, ihr Herz klopfte, und gleichzeitig versuchte sie, dieses Gefühl der Erfüllung zu verarbeiten. Das pure Glück. Es war ein wunderbarer Kampf, dies zu verarbeiten und als Tatsache anzuerkennen. *Das hier passiert wirklich*, sagte sie sich. Natürlich hatte sie darüber nachgedacht, wie es sich anfühlen könnte, wenn man ihr das sagte. Natürlich hatte sie das! So viele Menschen in der Großen Bibliothek dachten darüber nach. Als Kinder lernten sie alles über diese tugendhaften Persönlichkeiten unter ihnen. Beschützerinnen und Beschützer der Papierwelt, der Großen Bibliothek und der Erde. Es war unvermeidlich, dass jedes Kind, das solche Dinge hörte, gelegentlich in Tagträume und Fantasien über das »Was wäre, wenn« verfiel. Aber Nu hatte diese Fantasien nie besonders weit getrieben.

Und jetzt bekam sie gesagt, dass sie tatsächlich eine *echte* Weise war.

Seltsamerweise wusste ein Teil von ihr, dass dies ganz und gar vernünftig war. Aus ihrem Wissen in der Bibliothek waren ganze Visionen über die Vergangenheit und Gegenwart der Papierwelt geworden. Ihr Talent war zu ihrer Macht geworden. Für die Weisen mit ihren besonderen Fähigkeiten, die sich auf ihren Reisen durch die anderen Reiche in besondere Kräfte verwandelten, war das ganz typisch. Kräfte, die durch die Verbindung mit ihren Sphären unterstützt und verstärkt wurden.

Antares hatte sie erwählt. In der kurzen Zeit, die sie zusammen waren, war sie eine Verbindung mit ihr eingegangen. Und hatte dank ihrer neuen gemeinsamen Verbundenheit an Kraft gewonnen.

Die Sphäre schwebte jetzt vor ihr. Das Pulsieren und Flackern von Gold, das um ihre metallischen Schichten schwebte, wurde stärker und aufgeregter.

Eine Weise.

Nu wusste nicht, was sie sagen sollte. Sie war aufgewühlt und überwältigt. Nicht zuletzt, weil dieser lebensverändernde Moment nicht gerade dazu beitragen würde, ihre Situation zu ändern.

»Danke«, sagte sie und streckte die Hand aus, um Antares zu berühren. Die Sphäre surrte an ihrem Finger, und die Vibrationen folgten ihm, als er über die metallische Oberfläche fuhr. »Aber ich fürchte, sosehr ich mich auch freue, für diese wichtige Aufgabe von dir ausgewählt worden zu sein, so wenig wird es uns helfen, von hier wegzukommen. Meine Träume« – sie hielt inne und korrigierte sich –, »ich meine, meine *Visionen* können die Zellentür nicht aufschließen.«

»Weshalb wir unseren Freund da draußen brauchen, damit er sich mit unserem Plan B beeilt«, warf Rascal ein, deren Flügel ungeduldig zuckten. »Lasst uns einfach hoffen, dass Dzin uns hier rausholen kann.«

Dzin erwachte in einer Zelle, in der ihn drei vertraute Gesichter anstarrten.

Rascal brummte etwas vor sich hin und lehnte an einer Wand, ihre kräftigen, fleischigen Arme vor der Brust verschränkt.

»Dann wird es also Zeit für Plan C.«

Dzin richtete sich benommen auf. Im ersten Augenblick war ihm die friedliche Glückseligkeit der Ahnungslosigkeit über das vergönnt, was gerade geschah, bis er sich an den Verlust von Yantuz und seine eigene Gefangennahme erinnerte.

»Sein Bruder ist gerade gestorben und er steht noch immer unter Schock«, verteidigte ihn Nu. Ihre Hand lag auf seinem Rücken und sie massierte ihn in sanften Kreisen. »Was habt ihr denn erwartet? Es war einen Versuch wert und es ist nicht geglückt. Ihr könnt die Schuld nicht ihm in die Schuhe schieben.«

Er stellte fest, dass er in der Ecke eines schmuddeligen Containers lehnte. Der Boden war mit Erde und Sand bedeckt. Die Tür ihm gegenüber hatte ganz oben ein winziges Fenster mit drei Gitterstäben, aber dahinter konnte er nichts erkennen.

Alles war verrostet und verdreckt. Es war so weit von zu Hause entfernt, wie er es sich nur hätte vorstellen können, und diese Erkenntnis verstärkte nur noch seinen plötzlichen Wunsch, in den relativen Trost der Bewusstlosigkeit zurückzukehren.

Bei seiner Mission hatte er versagt und jetzt saßen sie in der Falle.

Als er sich aufrichtete, entwich seinen ausgetrockneten Lippen ein Stöhnen. Er spürte, wie sich der Boden bewegte, und hörte, wie die Wände vibrierten, als hätte etwas den Berg erschüttert. Zumindest dachte er, dass es so war. Es konnte auch sein Körper gewesen sein, der nach allem, was er durchgemacht hatte, endlich aufgab.

»Es tut mir leid«, flüsterte er, als Nu ihm auf die Beine half.

»Das muss es nicht«, antwortete sie leise und schenkte ihm ein mitfühlendes Lächeln. »Ich bin mir sicher, dass sie mich noch viel schneller geschnappt hätten. Beim Versteckspiel war ich immer ganz miserabel.«

Bei dieser Aussage musste Dzin nicken. Als Kind war er genauso gewesen, wenn er versucht hatte, sich in ihrer kleinen Baumhöhle zu verstecken. Yantuz hatte ihn jedes Mal innerhalb weniger Minuten gefunden, ganz gleich, wo er sich verkrochen hatte.

Yantuz. Bei dem Gedanken an seinen Bruder krümmte er sich fast. Es fühlte sich an, als wäre ihm das Herz aus der Brust gerissen worden.

Helia streckte die Hand aus, um ihm Halt zu geben, obwohl auch sie sich mit irgendetwas zu quälen schien.

Immer wieder berührte sie das Amulett an ihrem Herzen.

»Ist mit dir alles in Ordnung?«, fragte sie.

In dem Wissen, dass Yantuz gestorben war, konnte er nicht klar denken. Und wofür? Für nichts.

Dzin war nicht halb der Held, der sein Bruder gewesen war.

Aber er sagte nur: »Sicher.«

»Hör mal, du hast dein Bestes gegeben.« Rascal seufzte und schlug ihm viel zu fest auf den Rücken. »Falls es hilft, wir haben auch versagt.«

Er betrachtete seine neu gewonnenen Freunde und versuchte, die Enttäuschung in ihren Augen zu ignorieren und das Mitleid, mit dem sie ihn betrachteten, gar nicht erst zu beachten. Er holte Luft. »Das Treffen mit Prinz Raptor hat also auch nicht so geklappt, wie ihr gehofft hattet?«

»Im Grunde hat er uns gar keine Zeit gegeben, um ihn zu überzeugen. Ich bin mir nicht sicher, ob er überhaupt der Typ ist, den irgendetwas kümmert.« Nu zuckte die Achseln. »Helia hat ihr Bestes getan, aber er wollte einfach nicht zuhören.«

Erneut erzitterte der Raum und eine Art Sirene erklang in der Ferne.

»Dann … was machen wir denn jetzt?«

Die Antwort, die er erhielt, kam unerwartet. Es war eine Stimme von jenseits der Zellentür.

Sogar von jenseits des Lebens.

»Wir holen uns natürlich diese Zutat!«

36

Der Überbringer der Trauer

»Yantuz?«

Dzins Stimme klang zwar heiser und gebrochen, aber plötzlich wieder voller Hoffnung. Ehrfürchtig ergriffen stand er da, und dann tauchte hinter den Gitterstäben ein Lächeln auf, das viel zu strahlend war, um aus dem Jenseits zu kommen. Der Riegel der Zellentür wurde zurückgeschoben.

Dzin stürmte nach vorn und ließ den zerrupften Yantuz kaum durch die Tür treten, bevor er gegen ihn krachte, ein leises Stöhnen der Erleichterung und des Glücks in das zerrissene Hemd seines Bruders schluchzte und ihn heftig umarmte.

»Oh … du lebst. Du *lebst*!«

»So sieht's aus«, witzelte Yantuz, schlang die Arme um Dzin und drückte ihn ebenso fest an sich. »Obwohl ich mir da eine Zeit lang nicht ganz sicher war.«

Sie hielten sich einen Augenblick lang fest, während Dzin von Gefühlen überwältigt wurde. Er war zu verwirrt und schockiert, um etwas anderes zu tun, als sich so fest wie möglich an ihn zu klammern, damit Yantuz nicht doch wieder wegschlüpfte. Schließlich klopfte ihm sein Bruder auf den Rücken, zog sich zurück und griff dann in seine Tasche.

»Zum Glück habe ich da draußen einen Freund gefunden.«

Er hob eine Kugel in der Größe einer Murmel in die Höhe, die daraufhin schnell wuchs, bis sie nur noch ein bisschen kleiner war als sein Kopf. Sie erschien seltsam und fremdartig, mit einem metallischen Glanz auf der Außenseite und Schichten darunter, die sich nun aufgeregt drehten und herumwirbelten. Überall tauchten seltsame Symbole auf, und das smaragdgrüne Licht war so stark, dass es Dzin an sonnenbeschienenes Moos erinnerte.

»Vega!«, rief Helia.

Der leuchtende Ball sprang aus Yantuz' Hand und schwirrte in der Luft über Helias Kopf herum. Dzin stolperte überrascht zurück.

»Oh, Vega«, sagte Helia, und die Erleichterung war ihrer Stimme deutlich anzuhören. »Wusste ich's doch, dass du nicht weit weg sein konntest. Meine Kräfte waren noch stark, deshalb dachte ich mir schon, dass du in der Nähe sein musstest. Sonst wäre es so wie damals in den Schneegebieten des Lotus gewesen, als du festgesessen hast.«

Die Symbole auf der Kugel wurden zu Blättern, die herumwirbelten, als würden sie von Windböen erfasst. Es sah aus, als lachte die Sphäre.

Helia gluckste ebenfalls. »Ja, ja, ich weiß, dass es dir leidtut. Lass uns jetzt nicht über all das sprechen. Die Frage ist: Wo bist du gewesen und warum bist du nicht gleich zu mir zurückgekommen?«

»Ich hatte mich schon gefragt, ob er vielleicht zu dir gehört«, bemerkte Yantuz mit einem schiefen Lächeln und trat auf dem schmuddeligen Boden von einem Fuß auf den anderen, als wäre er ein wenig nervös dabei, seine Gedanken laut auszusprechen. »Du hast etwas an dir. Ich konnte es nicht genau benennen. Wie auch immer, jedenfalls danke ich dir. Als ich von dem Luftschiff gerutscht bin, stürzte ich sehr schnell. Ich hätte eigentlich einen riesigen Krater in Silvyra schlagen müssen.«

Dzin starrte seinen Bruder an, immer noch fassungslos, dass er da vor ihm stand. Derselbe alte Yantuz. Keine Vision oder Illusion, sondern wirklich und lebendig. Ihn interessierte kaum, welcher Zauber oder welches Glück ihn zurückgebracht haben mochte. Er war einfach nur überwältigt vor Dankbarkeit, ihn wieder bei sich zu haben. Und doch konnten seine Lippen nicht umhin, seine Neugier in Worte zu fassen.

»Wie?«, flüsterte er. »Was ist denn bloß passiert?«

»Diese kleine Lichtkugel – das ist passiert. Vega, nicht wahr?«

Der Ball summte, als würde er antworten, und Yantuz grinste.

»Er hat mich buchstäblich aufgefangen. Hat sich zwischen mich und den sicheren Tod geschoben und sein Bestes getan, um mich festzuhalten. Und er ist ziemlich mächtig. Er ist so gewachsen, dass ich auf ihm liegen konnte, und dann hat er mich zurück zu dem Luftschiff getragen. Ihr seid alle an Bord gewesen, daher konnte ich nur auf das Heck des Schiffes klettern und mich dort so gut wie möglich festhalten. Allerdings habe ich wohl ein Ruder losgetreten, denn bei dem Versuch, wieder hochzuklettern, ist zweifellos irgendetwas abgefallen.«

»Du bist der Grund, warum sich dieses verdammte Luftschiff nicht drehen wollte.« Rascal lachte etwas hysterisch. »Du hättest uns fast alle umgebracht.«

»Und ich wäre da draußen fast umgekommen! Ich musste mich unter die Takelage quetschen, so gut es ging – ich konnte mich nur mit Mühe festhalten, während ihr diesen Felsriesen ausweichen musstet. Und eins möchte ich euch sagen: In dieser Höhe sind die nächtlichen Temperaturen in der Wüste nicht gerade angenehm. Die Kugel hier …«

»Sphäre«, verbesserte ihn Helia.

»Sphäre, Entschuldigung. Nun, sie hat mich nicht nur aufgefangen, sondern mich da draußen auch warm gehalten. Sonst hätte ich es auf keinen Fall geschafft.«

Helia schenkte ihrer Sphäre ein breites Grinsen, dann umarmte sie Yantuz mit noch mehr Begeisterung. »Danke, dass du mir Vega zurückgebracht hast.«

»Oh, ich bin ganz sicher, dass es andersherum war. Er war derjenige, der mich durch diesen höllischen und … befremdlichen Ort hier überhaupt erst zu euch zurückgeführt hat. Wir haben einige ziemlich enge und unangenehme Luftschächte aufgesucht, um nicht aufzufallen.« Ernst nickte er der Sphäre zu, die bei seinen Worten dramatisch zu schaudern schien. »Wie auch immer. Wenn es euch nichts ausmacht, würde ich jetzt gern gehen, bitte. Irgendetwas liegt hier in der Luft und es ist ganz bestimmt nichts Angenehmes.«

Dzin konnte nicht anders, als seinen Bruder weiter anzustarren. Die Freude, die ihn von den Stiefeln bis zum Kopf erfüllte, war fast zu viel, um sie ertragen zu können. Er hatte so viele Gefühle in sich, dass er weder Gedanken formulieren noch handeln konnte. Er war zu nicht mehr in der Lage, als bloß dazustehen, benommen und erleichtert und unendlich glücklich.

Doch dann gab es in der Ferne eine Explosion. Draußen vor dem Fenster sah er einen seltsamen Lichtblitz und der Flur begann zu beben.

»Warst du das?«, fragte Rascal und wandte sich an Yantuz. »Eine Art Ablenkungsmanöver?«

Nach dem Ausdruck auf seinem Gesicht zu schließen, war er jedoch genauso überrascht wie alle anderen. »Nein, mir ist nichts anderes eingefallen, als Dzin und den Rest von euch zu finden. Und ich habe schon gar nichts getan, was mit Explosionen zu tun hat.«

Rascals Gesicht verfinsterte sich vor Sorge, noch mehr, als

Dzin es für möglich gehalten hätte. Er konnte fast spüren, wie der Raum bebte, als sie auf die Tür zudonnerte und sie alle zur Eile antrieb.

»Dann lasst uns nicht abwarten, bis wir herausfinden, was hier los ist. Wir müssen mit dem weitermachen, weswegen wir hergekommen sind, und dann verschwinden. Dieser Ort hat mir schon immer eine Gänsehaut bereitet.«

Die Gruppe hatte die Zelle jedoch noch nicht weit hinter sich gelassen, als Nu einen Schreckensschrei ausstieß und sie alle herumfuhren und sich einer Gluthitze gegenübersahen, die durch den Flur auf sie zugeweht kam.

Ein gigantisches, vielgliedriges Tier war durch eine Tür geplatzt und kroch nun den Tunnel entlang, wobei es sein fülliges Hinterteil hinter sich herzog.

Auf den ersten Blick sah es wie eine riesige Spinne aus, nur dass dieses Exemplar zu viele unnatürlich krumme Beine und auch viel zu viele Zähne hatte. Seine harte schwarze Haut knisterte und zischte unter dem Feuer, das seine gesamte groteske Gestalt bedeckte.

Und als wäre das nicht schon schlimm genug gewesen, heulte die Albtraumkreatur vor qualmendem Zorn auf und gewährte ihnen einen Blick auf die Flammen, die auch in ihrem Rachen züngelten. Dann platzte ihr Rücken auf und ein Haufen kleinerer Feuerkreaturen quoll heraus und huschte den Korridor entlang auf sie zu.

Sie rannten um ihr Leben, nur weg von der entsetzlichen Bestie und ihrer Brut, während die Albtraumwesen Jagd auf sie machten und alles in Brand steckten, was sie berührten.

Suttaru, dachte Helia. *Er hat seine Albträume schneller hergeschickt, als ich erwartet hatte.*

Sie versuchte sich zu konzentrieren, die Umgebung um sie herum zu erahnen und irgendeine Form von Leben zu finden. Eine Pflanze, einen jungen Grashalm, irgendetwas, womit sie ihre Kraft lenken konnte, um ein Hindernis zu errichten, das die Kreaturen aufhielt.

Aber da war nichts als Metall und Stein.

Die Ausweglosigkeit der Situation drohte sie zu überwältigen. Sie konnte nur noch an Xavier denken und daran, dass sie ihm nicht zur Flucht hatte verhelfen können – dass sie ihn hatte sterben sehen. Und jetzt geschah es schon wieder. Sie würde auch ihre Freunde verlieren.

Aber Xav hatte nicht aufgegeben, oder? Er hatte sie gerettet. Er hatte sich geopfert und ihr gesagt, sie solle ohne ihn weitermachen. Denn er hatte gewusst, dass die Hoffnung weiterbestehen musste – und es auch würde. In seinen letzten Augenblicken hatte er den Glauben an sie nicht verloren.

Und so weigerte sie sich, den Glauben an ihn zu verlieren.

»*Dum spiro, spero*«, keuchte sie vor sich hin und versuchte, sich an ihre innere Ruhe zu klammern.

Konzentrier dich, Helia. Du kannst das schaffen.

»Schnell, hierher!«, hörte sie Rascal rufen, als die Läuferin es zu einer Tür schaffte. Ein Quietschen ertönte, als sie an dem Drehmechanismus riss, um sie zu entriegeln, dann öffnete Rascal sie und schob Nu hindurch. Helia konnte nur eine Leiter hinter der Tür erkennen. In dem winzigen Raum war nicht genug Platz für alle. Der einzige Weg hinaus führte nach oben.

»Was willst du? Eine Einladung?«, drängte Rascal und stieß Dzin mit einem Tritt durch die Öffnung, bevor Yantuz und Helia ihm folgten.

Dann erklang ein seltsames Geräusch, und als Helia sich umschaute, sah sie, wie sich Rascals linker Flügel für einen Augenblick entfaltete und vorschoss, um ein Loch in eins der vielen Rohre zu reißen, die kreuz und quer unter der Decke verliefen.

Sofort spritzte Wasser durch den Gang in Richtung der Spinnen, die sich alle voller Zorn aufbäumten, bevor Rascal die Tür hinter ihnen zuschlug.

»Das wird die Mutter nicht lange aufhalten«, keuchte Helia, während sie und Rascal hinter den anderen her kletterten. Die Leiter wackelte, aber sie wusste, dass es nicht an den Leuten lag, die daran hinaufstiegen. Der Uhrwerkberg wurde angegriffen. »Wir müssen uns beeilen und diese Zutat beschaffen, bevor Suttarus Armee uns aufhalten kann. Suttaru ist nicht dafür bekannt, so leicht aufzugeben.«

»Der Aschenmann?«, platzte Dzin heraus, und seine Reaktion war der von Rascal so ähnlich, dass sie unwillkürlich die Stirn runzelte.

»Es ist eine lange Geschichte«, antwortete Rascal. »Und du wirst den Rest nicht mehr hören, wenn wir nicht schneller vorwärtskommen, klar, Jungs?«

Keiner der beiden bekam die Gelegenheit, weitere Fragen zu stellen, als über ihnen ein Licht auftauchte und eine Flut von Getöse auf sie niederprasselte. Nu hatte die Luke aufgerissen, die nach draußen führte.

Sie kletterten aus dem Schacht und fanden sich mitten auf einer belebten unterirdischen Straße wieder. Für Helia hätten es die Märkte von Neapel sein können, wie damals an einem der geschäftigen Sonntagmorgen, an denen sie als Kind ihre Mutter hatte begleiten dürfen. Aber über ihnen wog der Felsen der nächsthöheren Ebene schwer, und die verrosteten Lampen, die an jedem Stand befestigt waren, ersetzten nicht den Himmel und die Sonne.

Sie dachte an die Bibliothek zurück, in der das Leben ähnlich unterirdisch ablief, wo jedoch das Sonnen- und Sternenlicht an der Oberfläche gesammelt und in die Stadt darunter geleitet wurde. Selbst an den dunkelsten Tagen fühlte es sich natürlich und offen an.

Hier waren alle auffallend bleicher. Sie fragte sich, ob diese Menschen es jemals aus der Stadt herausschafften oder ob es einfach keinen Ort außerhalb der Sicherheit des Berges gab, an den sie gehen konnten. Auf jeden Fall bildete die Wüste eine bedrohliche Grenze.

Doch das schien niemanden zu stören. Es war eine Welt voller Familien und Menschen, die sich unterhielten und einkauften, umgeben von aufregend geschmückten Ständen, die alle möglichen exotischen pflanzlichen Lebensmittel, Spielzeuge, Werkzeuge und Produkte verkauften. Verkäuferinnen wetteiferten darum, ihre Nachbarn zu übertönen, und prahlten mit ihren neuesten Angeboten. Kinder spielten zwischen den Beinen der Leute. Ein Gewimmel wie in einem Bienenstock, alles unter einer Metalldecke hoch oben über ihnen – einer fremdartigen Himmelssphäre, die sich nur ganz leicht bewegte, so wie der Mond und die Sterne sich über den Nachthimmel bewegen mochten.

Doch dieser Himmel war rostfarben und vollständig von Menschenhand gebildet. Und obwohl sich viele geisterhafte Gesichter nach ihrer Gruppe umdrehten, als sie die Szene auf die unwahrscheinlichste Art und Weise betraten – sie krochen aus einem Loch in der Straße und standen fassungslos vor dem, was sie sahen –, schien sich keiner der Bewohnerinnen und Bewohner an dem bebenden Boden unter ihnen zu stören. Sie gingen einfach ihren Geschäften nach und waren zu sehr in das Durcheinander vertieft, um sich Gedanken über die Geräusche der nahenden Gefahr zu machen.

»Wo sind wir?«, fragte Nu.

Rascal sah sich um und hielt Ausschau nach einem Weg nach

draußen. Sie zeigte auf eine quadratische Wendeltreppe mit zerbrochenen Stufen, die an der verrosteten Seite eines Gebäudes nach oben führte, und schob die Brüder auf sie zu.

»Der Berg ist in drei Ebenen aufgeteilt. Ihr habt die Anlegestellen und den Gefängnisblock gesehen, wo wir hereingekommen sind, nicht wahr? Nun, die beanspruchen den größten Teil der untersten Ebene dieser Stadt, zusammen mit dem Maschinenraum. Hier ereignen sich die wichtigen Dinge, die die Stadt am Laufen halten, und sie werden von den Leuten betrieben, die für die Gesellschaft am wenigsten wichtig sind. Dieser Ort hier ist die erste Siedlung, die sie gebaut haben. Sie nennen sie das Untere Ritzel. Es ist der höchste Teil des unteren Zahnrads, wo die Arbeiter und ihre Familien leben. Hier müssen wir warten, bis sich die Zahnräder so ausrichten, dass wir es ins Obere Ritzel auf der nächsten Ebene hinaufschaffen.«

»Und wo ist das Samenkorn, das wir suchen? Wo bewahrt es der Prinz auf?«

»Darüber. Im obersten Zahnrad. Bekannt als das Ziffernblatt.«

Sie drängten sich durch die Menge und nahmen die Treppe, so schnell sie konnten. Helia konnte nicht umhin, immer wieder auf die Straße zu blicken, zu dem Schachtdeckel, den sie eben zurückgeschoben hatten. Aber dort rührte sich nichts.

»Sollen wir sie warnen?«, fragte Nu. »Wenn die Stadt angegriffen wird, müssen sie das doch wissen.«

Helia nickte. Sie war zu atemlos, um zu sprechen. Sie fühlte sich durch und durch erschöpft, als sie sich die letzte Windung hinaufkämpfte, wo die Treppe aufs Dach führte.

Aber es war Rascal, die antwortete. »Selbst wenn sie uns glauben würden – wohin sollten sie gehen, Kleine? Das hier ist eine große Stadt, und es gibt nur einen einzigen Weg hinein oder hinaus – durch die untere Ebene, wo wir diese schreckliche Monstrosität zurückgelassen haben. Der Berg ist dazu geschaffen, alle Menschen hier oben vor den Bedrohungen aus der Wüste zu schützen, unter anderem durch die Felsriesen. Ich glaube kaum, dass er dazu konzipiert wurde, vor einer Infiltration durch diese heimtückischen *Dinger* zu schützen.« Ihr Gesicht verfinsterte sich, als sie Helia ansah. »Oder vor dem Bösen aus der Legende, das sie hergebracht hat.«

»Ich habe schon gesagt, dass es mir leidtut«, fauchte Helia, erschöpft und verängstigt.

Mehr denn je vermisste sie Xav. Sie waren noch nie zuvor in einer solchen Situation gewesen, aber er hätte trotzdem gewusst, wie man damit fertigwurde. Oder zumindest, wie er Helia da durchbringen konnte. Nu war zwar hier, aber sie wollte das arme Mädchen nicht mit alledem belasten. Sie war erst in ihren Zwanzigern und unterm Strich war sie nur ein Kind der Bibliothek. Sie konnte nicht so helfen, wie Xav es getan hätte. Es wäre auch nicht fair gewesen, das von ihr zu verlangen.

Helia wünschte sich nichts mehr, als auf der Stelle zusammenzubrechen und zu weinen.

Aber das durfte sie nicht.

Und sie würde es auch nicht tun, denn sie war die Verkörperung der Hoffnung, und ihre Freunde – ebenso wie diese Welt und die Welten dahinter – waren auf sie angewiesen.

Was immer hier geschah, hatte Konsequenzen. Es gab ein Gleichgewicht zwischen der Papierwelt und der Erde, das durch die Große Bibliothek aufrechterhalten wurde, und Helia war eine der Wächterinnen, die dafür sorgen sollten, dass es stabil und intakt blieb. Es funktionierte schon seit Jahrhunderten. Ganze Zivilisationen hatten sich dadurch entwickelt. Alles Gute in der Welt wurde in der Papierwelt geboren.

Eine universelle Union der Liebe und der Verbundenheit zwischen so vielen verschiedenen Reichen, die dem Wohle aller galt.

Wenn sie Perennia nicht zurückbekam, würde Suttaru weiterhin alles zerstören, was vor ihm stand. Und wer wusste, was das für die Bibliothek bedeutete … und für die Erde.

Aber sie wollte auch nicht zulassen, dass er jemandem hier etwas antat. Nicht wenn sie es verhindern konnte – und sie *konnte* es sicher verhindern. Oder es zumindest versuchen.

Sie wusste, dass die verlorenen Erinnerungen in ihrem Kopf der Schlüssel waren. Suttaru hatte Perennia in diesen Augenblicken etwas angetan, und sie war sich sicher, dass ihr Gehirn Zeuge dessen gewesen war. Was verbarg sich dort? Sie musste herausfinden, was es war. Sie *brauchte* das Elixier.

»Vega.«

Dies war eine Bitte, kein Befehl. Sie waren schon so lange Gefährten und Freunde, dass sie niemals etwas von ihm verlangt hätte. Doch die Verzweiflung in ihrer Stimme musste deutlich hörbar gewesen sein, denn er flog aus ihrem Amulett heraus und wuchs zu seiner gewohnten Größe an, trotz der fremden Menschen um sie herum, vor denen er sich sonst immer so gut wie möglich versteckte.

Aber jetzt gab es wichtigere Dinge zu bedenken, auch wenn die anderen sie seltsam ansahen und sich fragten, was sie da tat.

Vega ließ eine Frage aufblitzen und sie nickte. »Ich werde dich mit deiner vollen Kraft brauchen, denn ich selbst habe, ehrlich gesagt, nicht mehr viel, und hier gibt es auch kaum etwas, womit wir arbeiten können. Wir müssen diesen Schacht verschließen und dazu alles verwenden, was wir finden können. Kannst du mir alles geben, was du hast, Kleiner?«

Sie spürte die Wärme, die sie durchströmte, als die Energie über ihre Verbindung zu ihr gepumpt wurde. Sie spürte auch ihre Verbundenheit mit der Natur, die sie immer gehabt hatte und die nun immer stärker wurde. Und als sie nach einer

Lebensform suchte, die sie nutzen konnte, spürte sie, wie eine kleine Welle von Gefühlen aus ihr heraussprudelte.

Dort. An dem Verkaufsstand.

Es schien unbedeutend zu sein. Ein Zweig mit einer exotischen Frucht, die mit irgendeinem Luftschiff aus einem weit entfernten Land gekommen war. Eine Quasselfrucht.

Sie schmeckte bitter, und ihr einziger Wert bestand in dem Öl, das sie herstellte und das man zum Kochen verwendete.

Doch ihre Wurzeln waren die robustesten überhaupt.

Mit ganzem Einsatz ergriff Helia den metallenen Handlauf und visierte den Schachtdeckel an. Sie ermutigte die Wurzeln, sich darauf zuzubewegen. Vor ihrem inneren Auge sah sie, wie sie zuerst hervortraten und sich reckten und sich dann ausdehnten und wuchsen, zunächst an den Stützen des Verkaufsstands hinunter, und dann schlängelten sie sich durch die Abfälle, mit denen der Metallboden übersät war.

Eine Frau stieß einen überraschten Ruf aus – sie war die Einzige, die es bemerkte – und zerrte ihren Sohn schnell aus dem Weg. Aber außer ihr sah es niemand. Die Spitze der Wurzel fand den Schachtdeckel und schlängelte sich dann schnell um den Griff und verankerte ihn im Boden.

Keine Sekunde zu früh, denn darunter fing irgendetwas an, gegen den Deckel zu hämmern.

Fast brach Helia zusammen, als sie losließ. Sie war sich nicht sicher, ob es lange halten würde. Nicht gegen Suttarus Kreaturen, aber vielleicht lange genug, dass sie die nächste Ebene erreichen konnten und hoffentlich in der Lage waren, Angriffe auf die Menschen hier unten abzuwenden.

Nu legte ihr einen Arm um die Schultern, weil sie wusste, was sie getan hatte und warum. Mit einer gewissen Zuversicht registrierte Helia, dass die vielversprechende junge Weise ebenfalls ihre Sphäre aus der Tasche geholt hatte, damit sie neben ihnen herfliegen konnte. Antares war immer noch etwas kleiner als Vega – obwohl sie weiterhin wuchs, während sie sich von ihrem Trauma erholte. Und die Tatsache, dass sie energisch um sie alle herumhüpfte, nachdem sie endlich die Erlaubnis bekommen hatte, sie selbst zu sein, zeigte doch, dass sie immer noch in ihre neue Persönlichkeit hineinwuchs. Aber dass sie überhaupt da war, dies gab Helia das Gefühl, als wäre auch ein kleines Stück von Xav da.

Und das schenkte ihr etwas zusätzliche Hoffnung.

»Wahrscheinlich haben wir nicht viel Zeit«, sagte sie und stieß sich von dem Geländer ab, um Rascal anzusehen. »Gibt es irgendwelche Anzeichen dafür, dass die nächste Ebene bald auftaucht?«

Rascal wies plötzlich darauf. »Ja, dort!«

Zwei Gebäude weiter war ein Lichtschein zu erkennen. Es war nur eine kleine Öffnung zum zweiten Zahnrad – mit einer Plattform und einem Aufzug, der neben einer weiteren Leiter aufstieg –, aber immerhin, es war ein Hoffnungsschimmer, eine hellere, bessere Umgebung, die sich langsam über sie schob und die Märkte in ein warmes Licht tauchte.

Helia fragte sich, ob es sich für die Menschen, die hier lebten, wie die Sonne anfühlen mochte, wenn sie an einem bewölkten Tag herauskam. Die Chance, einen Blick auf eine hellere Zukunft zu werfen, die sie vielleicht erreichen konnten.

Aber es blieb keine Zeit, über solche Ideen nachzudenken. Im Hintergrund konnte sie das Hämmern der Monster gegen die Abdeckung des Schachts hören, und der Lärm wurde lauter.

»Wir können hier nicht warten, bis sie uns erwischen«, entschied Helia und zog Rascal über das Dach in Richtung des Zugangs, der sich oben langsam näherte. »Wir können stattdessen auf das Gebäude hier klettern. Kommt mit.«

Diesmal ging sie voran. Ihre Glieder waren erschöpft und bewegten sich so langsam, als würden sie in Wackelpudding stecken, obwohl sie neues Leben durch ihre Adern strömen spürte, von Vegas Anblick unterstützt, der neben ihr herschwebte. Sie stapfte durch kleine rote Rostwolken über eine Brücke zum nächsten Gebäude, duckte sich unter einer Wäscheleine hindurch und an einem leise tuckernden Generator vorbei, bis sie ein weiteres Dach erreichte. Unmittelbar darunter befand sich noch ein weiteres, das nur wenige Zentimeter entfernt war, sich aber bald an die herannahende Plattform anschmiegen würde.

Eine Familie stand dort bereits und sah die Fremden mit ängstlichen Blicken an.

Dann erschien über ihnen ein Spalt in der Decke und das Licht strahlte nach unten. Helia bedeutete der Familie voranzugehen, und danach sorgte sie dafür, dass ihre Gruppe ihr schnell folgte.

Oben auf dem Dach warteten sie, während die Plattform neben ihnen anlegte.

Aber die beiden Wachen dort hoben ihre Waffen.

»Nur mit Passierschein«, knurrte einer der beiden. »Ihr kennt doch die Regeln: Ohne den kommt hier niemand hoch.«

Verwirrt sah Helia Rascal an, die die Achseln zuckte. »Der Prinz legt Wert auf Ordnung und nichts spricht mehr von Ordnung als Bürokratie.«

Die Familie flehte die Wachen an und versuchte, ihnen ein paar Perlen in die Hand zu drücken, da sie offensichtlich auch ohne Passierschein hergekommen waren und hofften, sich mit dem, was sie gespart hatten, einen Gefallen zu erkaufen.

Helia beugte sich zu Rascal vor. »Hast *du* einen Passierschein?«

Mit finsterer Miene schüttelte sie den Kopf. »Als ich das letzte

Mal hierherkam, war ich vorbereitet. Aber ich fürchte, heute nicht.«

»Was sollen wir dann tun?«

Der eine Wachmann hatte den Vater inzwischen an der Kehle gepackt und versuchte, ihn mit Gewalt zurückzudrängen. Die andere Wache, eine Frau, schwang ihre Waffe wild vor den verschiedenen Familienmitgliedern hin und her.

Rascals Züge wurden grimmig. »Wir dürfen jetzt nicht die Flügel hängen lassen, sondern müssen improvisieren.«

Mit diesen Worten drehte sie sich um, entfaltete ihre Flügel und schlug den beiden Wachen mit der rechten Metallspitze ins Gesicht, sodass sie in ihre kleine Hütte hinten auf der Plattform geschleudert wurden.

Rascal bedeutete der Familie, sich zu beeilen, und so liefen sie mit angsterfüllten und dankbaren Gesichtern hinüber. Der Rest von ihnen folgte, bis sie alle in den Aufzug kletterten.

Doch noch bevor sich die Türen schlossen, wurde Helia Zeugin, wie sich unten eine Explosion ereignete. Der Schachtdeckel war endlich aufgeplatzt und mehrere Feuerspinnen krochen heraus und stürzten sich in die Menge. Fast sofort gingen zwei Menschen in Flammen auf, bevor die anderen begriffen, dass sie in Gefahr waren, und in alle Richtungen davonstoben.

Als die ersten Schreie ertönten, biss Helia die Zähne zusammen, aber die Geräusche wurden gedämpft, als sich die Fahrstuhltüren schlossen und die Gruppe in ängstlicher Stille zur nächsten Ebene hinauffuhr.

37

Angriff auf die Bibliothek

Als sich die Schreie und das Gebrüll in der Wandelhalle fortsetzten, blieb Arturo mit Robin an seinem eigenen Höllenportal.

Er wusste nicht, was los war oder was er tun sollte. Er konnte nur nachahmen, wie sie immer wieder versuchte, die Horden zurückzuschlagen. Also schnappte er sich ein Buch von ähnlicher Größe, ächzte unter dessen Gewicht und hob es hoch über seinen Kopf.

Robin sah ihn an und verdrehte die Augen. »Das tu ich doch schon und es wird nicht mehr lange wirken. Dazu sind zu viele von ihnen hier.«

»Was schlägst du dann vor? Es hört sich an, als kämen von woanders noch mehr her. Habt ihr denn keinen Schutz hier drin? Wachen oder so was?«

»Ich glaube, früher hatten wir mal welche, aber die gibt es schon seit Jahrhunderten nicht mehr, denn wir haben sie nie gebraucht! Wir müssen sie einfach so lange wie möglich aufhalten. Vielleicht erledigt Mwamba das mit dem Gift und stoppt, was immer uns daran hindert, die Portale zu schließen.«

»Aber wie kann ich dir helfen? Schließlich bin ich weder ein

Weiser noch ein Soldat. Ich bin nicht die Art von Mensch, die hier nützlich sein könnte. Ich bin nur ein Schriftsteller!«

»Ein Schriftsteller?« Robins Augen leuchteten auf eine Weise auf, die er plötzlich sehr besorgniserregend fand. »Ja, das ist es!«

»Ja?«

»Ja, du kannst uns einen Ausweg aus dieser Sache *schreiben*. Erinnerst du dich an all die kleinen Tricks, die du mit deinem Notizblock gemacht hast? Der Baum. Die tanzenden Bücher. Du hast sie alle zum Leben erweckt.«

Er lachte ein wenig hysterisch. »Das waren doch alles nur Spielereien, die ich aus Langeweile gemacht habe! Bestenfalls Illusionen. Wie soll das jetzt helfen? Soll ich die Monster da draußen mit einer weiteren Riesenmotte ablenken?«

»Denk doch mal größer, um Himmels willen! Und bevor du fragst, nein, ich weiß nicht, wie. Aber ich weiß, dass du dich beeilen musst, denn ich kann nicht den ganzen Tag hier stehen und das machen«, stieß sie zwischen zusammengebissenen Zähnen hervor. »Schau nicht so schockiert, Arturo. Du hast eindeutig eine Macht an diesem Ort, die ich nicht verstehe.«

Peng. Sie schlug nach einem weiteren grapschenden Arm.

»Du musst es versuchen, Arturo. Bitte!«

O Gott.

Er nickte und griff nach dem Notizbuch in seiner Tasche.

Und geriet in Panik, als er es nicht fand.

Verdammt. Es musste ihm aus der Tasche gefallen sein, als er den abtrünnigen Weisen durch die Bibliothek gejagt hatte. Er wirbelte herum und hielt im Gang nach etwas Ausschau, das ihm vielleicht helfen würde … also nach etwas anderem als Büchern und Tod. Aber da war nichts.

»Ich brauche Papier und einen Stift«, sagte er.

»Kannst du die Worte nicht einfach sagen?«

»Ich bin Schriftsteller, kein Barde. Warte hier. Bleib einfach am Leben.«

Sie stöhnte, als sich weitere Arme nach ihr ausstreckten. »Ich kann nichts versprechen. Beeil dich, bitte.«

Er schlitterte aus dem Gang in die Wandelhalle. Überall tobten Kämpfe. Veer versuchte, mehrere Portale zu blockieren, und eine kleine Gruppe von Gelehrten griff alle unmenschlichen Wesen oder ihre Hunde an, die durch ein anderes Portal kamen.

Arturo stolperte in Richtung der Tische.

Da alle anderen weggelaufen waren, als der Angriff begonnen hatte, lagen zum Glück noch alle möglichen Unterlagen auf den Tischen verstreut. Auch ein Bleistift. Und ein Notizbuch. Er bemerkte, dass es bereits vollgekritzelt war, irgendetwas über eine gefrorene Blume stand da.

Er riss die Seite heraus und ließ sie auf dem Tisch liegen, in der Hoffnung, dass derjenige, dem sie gehörte, je die Gelegenheit haben würde, sie zu holen. Dann rannte er zurück zu Robin. Seine Gedanken rasten wie ein Zug durch einen Bahnhof, und er musste die Bremsen finden, bevor er an der Idee, die er brauchte, vorbeischoss.

Wie zum Teufel sollte er sich aus dieser Sache herausschreiben? Die Taschenspielertricks, die er sich vorhin ausgedacht hatte, waren eine Sache. Aber das hier hatte wesentlich größere Dimensionen. Außerdem, was genau sollte er überhaupt erschaffen? Eine Waffe oder eine Blockade?

Hinten im Gang sahen sich Robin und Centauri nun mit zahlreichen Schnauzen und Beinen konfrontiert, die sich aus dem Portal zu schieben versuchten. Die Kupferleiter war blutverschmiert, ebenso wie die Sphäre, und Robins Haare klebten ihr im Gesicht.

»Ich bin hier! Haltet durch!«, rief er und blätterte in dem Notizbuch, bis er eine leere Seite fand, auf der er schreiben konnte.

Dann legte er das Buch auf den Rand des Bücherregals, hob den Bleistift und …

Nichts.

Gar nichts war in seinem Gehirn. Die leere Seite starrte ihn an und forderte ihn höhnisch heraus zu schreiben. Irgendetwas zu notieren. Das war immer die beste Methode für ihn, anzufangen – einfach mit dem Schreiben anzufangen. Es spielte keine Rolle, ob es gut war oder nicht. Er wusste, dass er es später immer noch in Ordnung bringen konnte.

Aber das war hier nicht möglich, oder?

Das hier musste er gleich beim ersten Mal richtig machen.

Scheiße, Scheiße!

Noch nie zuvor hatte er etwas so Dringendes tun müssen. Es hatte Abgabetermine gegeben, aber dies hier war etwas anderes. Das hier war die reinste Form von Schreibblockade, die er sich vorstellen konnte, und als die Geräusche von Robins Kampf in sein Bewusstsein drangen, als er das Knurren des Feindes hörte, das Ächzen der Leiter, während sie durchgerüttelt wurde und die Monster sie fast aus den Schienen stießen, wurde ihm klar, dass er dieser Aufgabe nicht gewachsen war. Er hätte niemals versuchen sollen, von dem Pfad abzuweichen, den er sich selbst gebahnt hatte.

Dieser Augenblick verlangte Heldentum und er war kein Held.

»Arturo, worauf wartest du?«, stieß Robin hervor. »Schreib was!«

»So einfach ist das nicht!«, fuhr er sie an.

»Du bist doch Schriftsteller!«

»So einfach ist das aber nicht«, wiederholte er. »Ich weiß nicht, was ich schreiben soll.«

»Es ist buchstäblich egal, was es ist. Schreib einfach irgendwas.«

Scheiß drauf. Er setzte den Bleistift auf das Papier.

Mwamba holte tief Luft, als er von der Empore auf die Schlacht in der Wandelhalle hinunterblickte und die Schreie seiner Gemeinschaft von Freunden und Gelehrten hörte, die sich gegen die Angreifer zur Wehr setzten. Hier oben fiel ihm das Denken schwer, aber genau das brauchten sie jetzt, nicht wahr? Dass er dachte. Also blendete er so viel wie möglich von den Kämpfen aus und versuchte, sich zu konzentrieren.

Als Weiser des Wissens hatte er keine offensichtlichen körperlichen Kräfte, so wie einige der anderen Weisen. Sein Talent hatte schon immer in der Liebe zum Enträtseln von Denkaufgaben, in dem Analysieren von Informationen gelegen, um seine Probleme zu lösen. Was mithilfe von Canopus und dem Buch der Weisheit hier in der Bibliothek zu seiner Superkraft geworden war.

Die anderen Weisen schauten deshalb zu ihm auf, obwohl sie hier drinnen alle gleichberechtigt waren.

Er fragte sich, was sie von seiner momentanen Unfähigkeit, richtig zu denken, halten würden, obwohl die Bibliothek und das Schicksal aller von ihm abhingen.

Noch einmal spähte er auf den Boden der Phiole des abtrünnigen Weisen, in der sich weiterhin ein paar Tropfen der ekligen schwarzen Tinktur befanden. Er brachte sie nicht zu nah an sein Gesicht und handhabte sie sehr vorsichtig, damit er nichts davon abbekam.

Canopus ließ eine Warnung aufblitzen.

»Ich weiß, dass uns die Zeit davonläuft«, sagte er energisch, den Blick noch immer auf die zähe Flüssigkeit gerichtet, die er, soweit er sich traute, hin und her kippte, um das Licht einzufangen. Darin gab es Komponenten, die er beinahe erkannte. Beinahe … wenn er sich nur hätte konzentrieren können.

Wieder tauchten irgendwo Gliedmaßen auf und lenkten seine Aufmerksamkeit auf sich. Ein weiterer Ungeschriebener war unten durch ein Portal gesprungen. Das Kreischen aus dem aufgerissenen Mund des Mannes, der von brennendem Text umgeben war, zerriss die Luft, als er Mwamba oben über das Geländer spähen sah. Das Wesen sprang auf und kletterte die Regale hoch, wodurch die Bücher hinter ihm in alle Richtungen verstreut wurden.

»Canopus …«

Die Sphäre hatte nicht auf Mwambas Ruf gewartet. Canopus schwirrte bereits über die Empore und ließ sich wie ein Stein auf die Finger des Angreifers fallen. Die Gestalt stürzte auf einen Tisch unter ihr, lag auf dem Rücken und stöhnte. Sie mochte gefallen sein, aber sie war keineswegs erledigt. Die Kreatur schlug die Augen auf und erhob sich wieder.

Beeil dich, ließ Canopus wiederholt aufblitzen.

Mwamba reagierte nicht. Er war jetzt nah dran. Er konnte die Muster fast erkennen, die sich in der Paste bildeten, so wie er es schon einmal irgendwo gesehen hatte. Wie das Zeug in einer Ecke des beschädigten Fläschchens geronnen war. Wie das Glas glitzerte, wenn Licht darauf fiel.

Diese Dinge hatte er auf jeden Fall schon mal gesehen.

Als er in den angestrebten Geisteszustand geriet, fügte sich das Bild plötzlich zusammen.

Und alles wurde so unglaublich klar. Es schien, als hätte ihm die Antwort schon die ganze Zeit ins Gesicht gestarrt.

Das Elixier des Lebens. Er erinnerte sich an das letzte Mal, als er es gesehen hatte, und erkannte jetzt die Bewegung. Auch da hatte es sich so bewegt und in einem ähnlichen Fläschchen befunden.

Aber nein, dies konnte unmöglich das gleiche Elixier sein. Denn es war nicht einmal annähernd so rein und klar wie die Lösung, an die er sich erinnerte. Ihm war, als wäre dies sein Schattenzwilling.

Ein dunkles Elixier.

Er musste das nachprüfen.

Mwamba rannte die Empore entlang und stürmte dann über die nächste Wendeltreppe nach unten in die Wandelhalle, wo er die Abteilung mit den Büchern ansteuerte, die ihm helfen konnten.

Hier kam er schlitternd zum Stehen und ließ den Blick schnell über die Titel fliegen, bis er das Buch fand, nach dem er suchte: *Die Prüfungen Yiths des Außergewöhnlichen.* Eine Geschichte über einen legendären Abenteurer, der für seine Reisen durch das Reich der Magie, in das er hineingeboren worden war, berühmt war. Mwamba wusste, dass das Buch außerdem Geheimnisse über eine besondere Sekte von Zauberinnen und Zauberern enthielt, mit denen Yith zusammengetroffen war.

Eine Gruppe, die behauptete, die Wirkung jedes bekannten Zaubertranks spiegeln zu können.

Er schnappte sich das Buch aus dem Regal, klemmte es sich unter den Arm und rannte weiter, auch als Canopus sich neben ihm fallen ließ und auf einen weiteren verderbten Ghul einschlug.

Die Sphäre wirbelte eine Frage heraus und schloss sich ihm auf der Flucht an.

Warum dieses Buch?

»Spiegeltrank«, erklärte Mwamba atemlos und versuchte, nicht langsamer zu werden. Er hielt sich in Form, aber bei diesem Tempo hatte er das Gefühl, dass seine alten Knochen nicht mehr lange durchhalten würden, geschweige denn seine Lunge. »Wenn das Gift das ist, was ich vermute, dann wird es das Gegenteil des Elixiers des Lebens sein. Nämlich eine finstere, aber raffinierte Abart der Grundsätze der Saat des Lebens, der Leitphilosophie der Bürger von Silvyra. Nur die Läuferinnen und Läufer in Silvyra sind in der Lage, ein echtes Lebenselixier herzustellen, mit dem das Gift vielleicht unschädlich gemacht werden kann. Aber ich denke, mit einem Spiegeltrank kommen wir nah genug heran, um die Wirkung in irgendeiner Form zu neutralisieren. Wenn wir es nur bis zur Trankbrauerei schaffen, glaube ich, dass ich ein vorläufiges Gegengift für die Urhöhle herstellen kann.«

Wird das gelingen?

Mwamba rannte weiter. »Wollen wir's hoffen.«

Nu merkte bald, dass sich Rascal nicht geirrt hatte, was den Aufbau des Uhrwerkbergs anging.

Wenn das Untere Ritzel den Arbeitersiedlungen der Hafengegenden glich, die sie im Theater der Bibliothek in all den Filmen über die Erde gesehen hatte, war das Obere Ritzel der wohlhabendere Bereich, in dem Leute mit Haushälterinnen lebten und das Privileg hatten, in einem gemütlichen Sessel zu sitzen und Tee zu trinken.

Als sie den gut beleuchteten Korridor mit seinen weiß gestrichenen Steinwänden und den rautenförmigen Lampen an den Decken entlangliefen, sah Nu mindestens zwei Leute beim Saubermachen. Sie fragte sich, ob die Reinigungskräfte, ein junger Mann und eine ältere Frau, beide aus der Oberschicht der unteren Ebene oder aus der untersten Stufe der Klasse auf dieser Ebene stammen mochten.

Der Gedanke daran frustrierte sie, der Gedanke, dass es einen solchen Ort gab, besonders in dieser fantastischen anderen Welt. Aber immerhin wusste sie, dass dies nur ein verkleinertes Abbild des Vorgangs war, wie das Leben überall funktionierte, daher hatte man es wohl so erwarten müssen. Schließlich war dieser Ort aus Geschichten der Menschheit geboren.

Die Familie, der sie geholfen hatten, sich auf das höhere Zahnrad zu begeben, war bereits verschwunden. Nu war erleichtert, dass es ihnen gelungen war, zumindest einige Leute zu retten. Die Mutter hatte ihr ein paar flüchtige Worte des Dankes zugeflüstert, bevor sie verschwunden waren, als wollten sie nicht länger als unbedingt nötig in der Nähe bleiben. Nu machte ihnen keinen Vorwurf. Sie hatte immer noch das Bild dieser Feuerspinnen vor Augen, die wahllos töteten, als sie über den Markt huschten.

Sie rannte weiter, behielt Helia im Auge, um sicherzugehen, dass sie mithielt, und schwankte zwischen Euphorie und Panik.

Nichts von alledem hier erschien ihr irgendwie gerecht zu sein. Sie hatte es endlich über die Grenzen der Bibliothek hinaus geschafft, um ein Schicksal zu erfüllen, von dem sie immer gehofft hatte, es wäre ihre Bestimmung. Doch in Wahrheit ging das mit Gefahr und Tod einher. Sie wusste nicht, welche Gefühle in diesem Augenblick angemessen gewesen wären. Sie wusste nur, dass sie sich wünschte, Helia wäre stolz auf sie.

Im Idealfall hätte sie die Chance gehabt, sich mit der Weisen der Hoffnung und den anderen Weisen zusammenzusetzen und etwas über ihren Platz in der Bibliothek zu erfahren und vielleicht auch darüber, wie sie etwas bewirken konnte. Doch bei diesem Abenteuer war sie ins kalte Wasser geworfen worden und hatte feststellen müssen, dass die Haie bereits in der Nähe herumschwammen.

Mit einem gelegentlichen Blick über ihre Schulter – um sich davon zu überzeugen, dass Antares noch da war – folgte Nu der Gruppe auf dem Weg durch das Obere Ritzel, kletterte eine weitere Leiter hinauf und kroch hinter einen natürlichen Wasserfall, bevor sie durch ein höhlenartiges Gewölbe voller funkelnder Lichter eilte.

»Die Kristallhöhle«, erklärte Rascal und ließ ihre Worte von dem Echo zu den anderen tragen. Sogar sie wurde langsam müde, und sie waren hier alle langsamer geworden, um zu verschnaufen und den Anblick zu genießen, der sich ihnen bot – eine kleine Grotte, die tief im Berg in ein Flöz aus Kristallen gehauen worden war. Stränge von Diamanten, Smaragden, Saphiren und vielen anderen wunderschönen transparenten Edelsteinen glitzerten und schimmerten, als sie vorbeigingen. Mit leisen Schritten liefen sie um eine Gruppe von Betenden herum, die sich vor einer Art Kapelle versammelt hatten, obwohl Nu nur raten konnte, was oder wen diese Menschen anbeteten.

Rascal gab keine weiteren Erklärungen ab. Lediglich mit einer Geste wies sie darauf hin, dass einige Stufen in die Kristallwand gehauen worden waren, und hievte sich hinauf, dicht gefolgt von den anderen.

Immer höher kletterten sie durch die verschiedenen Siedlungsebenen des mittleren Zahnrads – vorbei an nichts ahnenden Bürgerinnen und Bürgern – durch die hellen, innen liegenden Straßen. Und die ganze Zeit über hoffte Nu, dass Rascal sie nicht in die Irre führte, denn trotz des helleren Lichts hier lag immer noch ein Gefühl der Beklemmung in der muffigen Luft. Ganz ohne Zweifel befanden sie sich unter der Erde und die ständige Bewegung des Zahnrads in Verbindung mit dem Mangel an natürlichem Licht und frischer Luft ließ sie ein wenig schwindlig werden.

Yantuz schien es genauso zu gehen. Er war besonders blass und wirkte so, als müsste er sich jeden Augenblick übergeben, was wohl verständlich war, wenn man bedachte, dass er sich die ganze Nacht an die Außenseite eines Luftschiffs geklammert hatte, um zu überleben. Aber Dzin kümmerte sich um seinen Bruder, hakte ihn unter und ermutigte ihn weiterzugehen. Obwohl er sichtlich müde war, konnte Nu ein entschlossenes Leuchten in seinen grauen Augen und einen Hauch von

Entschlossenheit auf seiner geröteten rindenfarbenen Haut erkennen. Er strahlte neu gewonnene Energie aus, was diese Veränderung in seinem Verhalten noch unterstrich. Es war ein Zeichen neuer Hoffnung, die er vor nicht allzu langer Zeit verloren hatte und die er nun, da er seinen Bruder wiederhatte, erneut schöpfte.

Nicht oft bekamen Menschen eine zweite Chance. Offensichtlich war er fest entschlossen, aus seiner das Beste zu machen.

»Wie weit noch, Rascal?«, rief Dzin ihrer Anführerin zu, als sie eine weitere in den Stein gehauene Treppe erklommen hatten und in einen Tunnel eintauchten, der nur von Edelsteinen im Boden erhellt wurde.

Seine Worte hallten ringsum wider.

»Wir sind schon fast im Zentrum«, antwortete sie und zeigte nach vorn, wo sich der Tunnel gabelte. Sie bog nach links ab. »Von dort aus können wir uns zum Gipfel hocharbeiten. Zu dem, was sie das Ziffernblatt nennen.«

»Wird es bewacht sein?«, fragte Helia.

»Nein, ich habe uns zum Hintereingang gebracht, um das zu vermeiden.«

Der Tunnel endete abrupt. Eine eisenbeschlagene Tür versperrte ihnen den Weg, und das Schloss, das an der Verriegelung hing, wirkte Respekt einflößend. Aber das reichte nicht aus, um Rascal aufzuhalten, die einen Metallflügel ausstreckte und nach unten schlug, wodurch die Vorrichtung durchtrennt wurde und das Schloss klappernd zu Boden fiel. Mit einem Grunzen riss sie die Tür auf und führte sie in einen weiteren gewaltigen Raum.

Jetzt befanden sie sich in der Mitte des Berges, in einem riesigen zylindrischen Hohlraum, der sich über die gesamte Höhe der drei Zahnräder erstreckte. In der Mitte war eine gigantische, aus Knochen geschnitzte Wirbelsäule zu sehen, die sich langsam drehte und diesen Teil des Berges mit sich fortbewegte.

Rascal steuerte auf den Rand des Abgrunds und die verschiedenen Speichen zu, die diesen Teil der Stadt mit der Wirbelsäule in der Mitte verbanden. Die anderen folgten ihr vorsichtig und starrten auf den Drehmechanismus im Herzen des Berges und dann hinunter in den Abgrund.

»Da geht es aber ziemlich tief runter«, bemerkte Dzin.

»Dann fall nicht«, riet ihm Rascal.

Wieder ging sie voran und zeigte jetzt auf einen Balken vor ihnen, der aus Fels und Metall zusammengeschweißt zu sein schien, dann ging sie langsam und vorsichtig darüber hinweg. Er war nur dreißig Zentimeter breit. Ein Ausrutscher würde fatal sein.

Nu hatte nichts dagegen, die anderen zuerst hinübergehen zu lassen.

Leider gab ihr das Zeit, noch einmal in den Abgrund hinunterzublicken, wo sie etwas Beunruhigendes entdeckte.

Winzige, brennende Silhouetten. Hunderte davon. Und alle kletterten die Wände hinauf.

38

Überleben

Arturo schrieb, als hinge sein Leben davon ab.

Er versuchte sich zu erinnern, wann er je schon einmal unter so viel Druck geschrieben hatte. Normalerweise immer dann, wenn er bei einer Arbeit eine knappe Abgabefrist einhalten musste. Aber nie in einer Situation, in der er eine Geschichte erzählen *wollte.* Geschichten zu erzählen, war sonst immer etwas, das für die Stille der Nacht reserviert war oder für Zeiten, wenn Rosa mit Spielen beschäftigt war, also für Zeiten, in denen er frei und ungezwungen schreiben konnte.

So wie jetzt war es noch nie gewesen.

Nicht mit den krallenden Händen und den schnappenden Mäulern der Bestien und Menschen aus Discordia, die durch das Portal drängten. Robin und Centauri hielten sie immer noch in Schach, aber es wurde schnell zu einem aussichtslosen Kampf, und bisher hatte Arturo nichts herbeizaubern können, was ihnen wirklich helfen würde.

Das Erste, was ihm einfiel, waren Bücher mit Zähnen. Es war lächerlich, und er hatte keine Ahnung, ob es gelingen würde, aber es war das Einzige, was ihm in den Sinn kam. Also schrieb er.

Die Bücher erwachten aus ihrem Schlummer, und ihre Seiten glänzten wie Zähne, als sie rund um die Weise Robin herum aus den Regalen sprangen, um ihr im Kampf gegen die Monsterhorden zu helfen.

Es mochte plump und scheußlich sein, aber es hatte Wirkung. Plötzlich erwachten die Bücherregale um Robin herum zum Leben. Die Bücher schüttelten sich von ihren Plätzen und stürzten sich ins Getümmel.

Robin kreischte, als sie um sie herum schnappten und die Kreaturen angriffen, deren Arme plötzlich rot und blutig von der Raserei tiefer Papierschnitte waren. Als eins versehentlich nach ihr biss, kreischte sie erneut auf.

»Willst du mich auch umbringen?«, brüllte sie.

»Ich gebe hier mein Bestes.«

»Das kannst du noch besser!«

Na schön!

Nun geriet Arturo wirklich in Panik. Er strich seine Worte durch und die Bücher verschwanden. Mit Papierschnitten waren Teufel sowieso nicht zu besiegen. Was konnte er sonst tun?

Vielleicht etwas weniger Gewalttätiges. Einen Weg, um das Portal abzuschirmen?

Also versuchte er, einen Absatz darüber zu schreiben, wie die Leiter lebendig wurde und über das Portal wuchs. Er schaute auf und sah sofort, dass die Kupferstangen zu beiden Seiten der Treppe neue Ableger bekamen. Sie flochten sich umeinander, während sie wuchsen, und spannten sich kreuz und quer über die Bücherregale rund um das Portal herum, sodass sie es allmählich blockierten. Die blutigen Finger und die eingerissenen Fingernägel stießen immer noch durch, aber es waren jetzt weniger.

»Besser«, keuchte Robin und trat zurück, um die Magie zu beobachten. Centauri blitzte überrascht und vielleicht auch zustimmend auf. »Ich glaube, das funktioniert. Mach weiter!«

Arturo tat, wie ihm geheißen. Doch aus irgendeinem Grund spürte er beim Schreiben, wie sich das Papier wehrte und sich seinen Worten widersetzte. Er blickte zum Portal hinüber und sah, dass das Metallgeflecht, das einmal die Leiter gewesen war, zu zittern und zu ächzen begann, als es eingedrückt wurde. Etwas anderes wollte durchkommen. Etwas Größeres.

Durch die Lücke konnte er eine neue Gestalt erkennen, die jetzt zwischen den Bücherregalen und der Leiter erschien, und diese Kreatur heulte laut auf. Schließlich stieß eine schwarze Schnauze hindurch. Speichel flog von den Lefzen des Geschöpfs und spritzte auf die Rücken der uralten Bücher.

Robin versuchte, die Leiter dagegenzudrücken, aber das Tier stürmte vor und schnappte mit seinem Kiefer nach ihrem Arm, bis sich seine Zähne in ihre Haut bohrten. Mit zusammengebissenen Zähnen zischte sie und schlug mit dem Buch immer wieder auf das Ding ein, bis es sie schließlich losließ. Sie fiel auf die andere Seite des Gangs zurück, wo ihr Blut auf den Boden tropfte, bevor sie einen Fuß ausstreckte und mit dem Stiefel gegen die Leiter stieß, um sie in Position zu halten.

»Mach etwas Größeres, Arturo. Ich weiß, dass du das schaffst.«

»Und wenn nicht?«

Sie schloss die Augen und dann geschah etwas Unglaubliches. Von ihr ging ein Leuchten aus, das sich den Gang hinunter ausbreitete und Arturo umfing, als wäre es ein plötzlicher Sonnenstrahl an einem trüben Tag. Seine Ängste schmolzen augenblicklich dahin. Er fühlte sich warm, umsorgt und sicher und sogar noch mehr als das. Es war wie eine Infusion mit Freude und Zuversicht, mit dem Gefühl, dass er jeder Herausforderung gewachsen war.

Da wusste er es. Er hatte die Antwort auf die Frage, die sie ihm bei ihrer ersten Begegnung nicht hatte geben wollen.

Robin war die Weise der Liebe.

So musste es sein. Denn was hätte sonst so etwas bei ihm auslösen können? Eine Reinheit des Mitgefühls, der Güte und der Gewissheit, die durch seine Haut drang und sein Inneres mit allen möglichen wunderbaren Empfindungen erfüllte.

Eine davon, vielleicht sogar die größte von allen, sagte ihm, dass er sich verstanden fühlte.

In der Umarmung dieser reinen Liebe wurde nicht nur sein Selbstvertrauen gestärkt, er spürte auch, dass Robin ihn verstand – und das bedeutete ihm alles.

Sie verstand, dass er Angst hatte. Sie verstand, dass die Situation entsetzlich sein musste, dass er verloren und verzweifelt war. Sie verstand aber auch, dass er das schaffen konnte.

»Das ist wunderschön«, sagte er atemlos. Dann bemerkte er, dass das Leuchten den Angriff ein wenig verlangsamt hatte. »Kannst du deine Kraft nicht auf sie richten? Sieh mal, es lässt sie träge werden.«

Robin schüttelte den Kopf. »Da sind zu viele hinter dem Portal. Ich könnte es versuchen, aber ich spüre jetzt schon, wie die schiere Masse des Bösen die wenige Kraft aufzehrt, die ich für dich aufbringe. Wir brauchen eine andere Lösung.«

Und in diesem Moment wanderte sein Blick an der Säule hoch, an der er gerade lehnte, und er betrachtete die Schnitzerei genauer, die über ihm hing.

Etwas Ähnliches hatte er schon vorhin im Vorbeigehen gesehen, als Robin ihn durch die Große Bibliothek geführt hatte, und es hatte ihn ein wenig nervös gemacht.

Eine rätselhafte Gestalt schien halb oben aus der Holzsäule herauszuklettern – nur ein Torso mit breiten Schultern, Krallen als Fingern und einem von einer Kapuze verborgenen Gesicht.

Als sich Arturo jetzt umschaute, erkannte er, dass es überall solche Figuren gab, die aus den Säulen herausgearbeitet waren und die Gänge der Bücherregale flankierten. Alle spähten über die Wandelhalle hinweg.

Vielleicht war es das, wonach sie Ausschau gehalten hatten.

Der geschnitzte Wächter bewegte sich, schrieb er. *Schnell zog er sich mit einem Knirschen aus dem Holz über ihnen …*

Als das Ding sich bewegte, erklang über Arturo ein Geräusch. Zuerst zuckte es nur, dann aber verrutschte die Kapuze und der Schatten darin starrte zu ihm hinunter.

»Arturo!«, rief Robin wieder. Das Gefühl, in ihre Kräfte eingehüllt zu sein, ließ zwar nach, als sie schwächer wurde, aber es hatte lange genug angehalten, sodass Arturo tun konnte, was er sollte.

»Es kommt«, hauchte er und trat zurück, als der gigantische Torso seine Beine aus dem Holz zog und sich auf den Boden fallen ließ. Arturo hockte sich hin, den Block gegen seine Knie gepresst, und schrieb weiter. Die Worte sprudelten genauso schnell aus ihm heraus, wie er sie schreiben konnte. Diesmal flossen die Ideen leichter, die Geschichte wurde wie von einer unsichtbaren Kraft aus seinem Kopf herausgezogen. Wieder bewegte sich die Statue und folgte seinen Anweisungen. Und dann bezog er auch die anderen Schnitzereien in der Halle mit ein.

Schon bald war die Luft vom Lärm krachenden und splitternden Holzes erfüllt, als sich weitere Wächter aus den Säulen lösten, die sie bewacht hatten, und in den Gang marschiert kamen, um gegen die Horden zu kämpfen.

»Robin, weg da!«

Das brauchte man ihr nicht zweimal zu sagen. Die Schlacht der Bücherregale hatte begonnen.

Die Weise und ihre Sphäre wichen zurück, als immer mehr Wächter, die Wasserspeiern ähnelten, heranströmten und über den Feind herfielen.

Vor dem Portal knarzte der behelfsmäßige Leiterschild. Eine der Sprossen knickte ein und brach, gefolgt von einer weiteren, bis schließlich das gesamte Gestell mit einem ohrenbetäubenden metallischen Kreischen nachgab und aus den Halterungen gerissen wurde. Als sich die jenseitige Legion in die Bibliothek ergoss, bildeten die Wächter mit ihren kräftigen, bulligen Körpern eine Barriere und stürzten sich mit einer solchen Wucht auf sie, dass sie nicht entkommen konnten. Der brennende Hund – der abtrünnige Weise – führte sie an und jaulte auf, als er einen Schlag auf die Schnauze abbekam, bevor er von zwei Wächtern gepackt und zurück durch das Portal geschleudert wurde. Die anderen verderbten Seelen folgten ihm bald, während die hölzernen Wächter ihrem Handlungsstrang wortgetreu folgten.

Arturo war der Bleistift schon lange aus der Hand gefallen. Er konnte sich nur noch voller Erleichterung umsehen, genauso wie Robin und Centauri, und beobachten, wie sich die Schlacht wendete. Immer noch versuchten weitere Kreaturen hereinzukommen, doch sobald sie durch das Portal kletterten, wurden sie wieder zurückgestoßen.

»Wir haben es!«, rief hinter ihnen jemand. Arturo brauchte gar nicht aufzuschauen, um zu wissen, dass es Mwamba und Canopus waren, die durch die überfüllte Halle gerannt kamen, während um sie herum Kämpfe tobten. »Wir haben einen Spiegeltrank für das Gift erschaffen. Das reicht zwar noch nicht ganz, um die Wirkung komplett aufzuheben – dafür ist die dunkle Magie zu stark –, aber es ist eine vorläufige Lösung. Und wenn meine Berechnungen zutreffen, sollte es genug sein, dass das Buch wieder so weit zu sich kommt, dass die Urheberin die Portale jeden Augenblick schließen kann.«

Er hatte recht.

Der blaue Schein des Portals verschwamm und der Spalt schrumpfte. Die grausamen Hände versuchten immer noch hindurchzugelangen und Halt zu finden, und die Kreaturen versuchten, sich hindurchzukatapultieren. Aber der Wächter, der das Ganze beobachtete, bildete weiterhin eine Barriere zwischen ihnen und der Bibliothek.

Das Portal wurde immer kleiner, bis es den Anschein hatte, als könnten die Ungeschriebenen nicht mehr hindurchklettern. Die ausgestreckten Hände griffen ein letztes Mal nach dem Wächter, brachten ihn diesmal ins Wanken und rissen ihn schließlich zum Portal.

Arturo hatte keine Zeit, sich das Notizbuch zu schnappen und etwas zu schreiben, um den Wächter zu retten. Ihr magischer Helfer verschwand genau in dem Moment im Portal, da es sich schloss.

Nun wurde es wesentlich stiller im Raum; nur noch Robins Keuchen, das leise, ungläubige Summen von Centauri und das Knistern des Papiers unter Arturos Fingern war jetzt zu hören. Aus der Wandelhalle schallten erleichterte Rufe herüber. Die anderen Portale mussten sich auch geschlossen haben.

Dem Himmel sei Dank.

Robin drehte sich zu ihm um, griff nach seiner Hand und drückte sie. Bei der Berührung kribbelte es – was immer sie an Magie bei ihm eingesetzt haben mochte, ein Hauch davon war noch vorhanden. »Du hast es geschafft«, sagte sie. »Ich wusste, dass du es kannst.«

Erschrocken starrte Mwamba auf die Wächter, die sich noch im Gang drängten, bevor sein Blick auf die zersplitterten Säulen fiel.

»Was hast du mit der Bibliothek angestellt?«

Arturo hob sein Notizbuch. »Ich werde es in der Überarbeitung korrigieren, versprochen.«

39

Aufstieg

»Schneller! Schneller!«, rief Rascal. Auch sie hatte die Glutaugen unter ihnen gesehen.

Dzin spürte einen Stoß gegen seinen Hintern, als sie ihm eilig half, den nächsten Teil der sich drehenden Säule zu erreichen. Zwar wurde er rot, hatte aber keine Zeit, irgendeinen Widerstand zu leisten.

»Fäulnis und Mehltau, ich mach ja schon, so schnell ich kann!«

»Das ist nicht schnell genug, Dzin. Mach noch schneller!«

Die Säule, die in der Mitte dieses künstlichen Ortes stand, war nicht zum Klettern gedacht. Er wusste, dass man sie Wirbelsäule nannte, konnte sich aber nicht genau erinnern, woher er das wusste – wahrscheinlich aus einem seiner Bücher. Sie war halb Knochen, halb Maschine, und es gab genug Griffe und Plattformen an ihr, um das Fehlen einer Leiter auszugleichen. Dennoch war sie nur für einen einzigen Zweck gebaut worden: um die Sektionen dieses verwünschten Ortes wie ein Mahlwerk gegeneinander zu verschieben – wofür auch immer die ursprünglichen Erbauer ihn entworfen haben mochten. Und es musste sicherlich ein Entwurf aus einer anderen Zeit sein, denn wer sonst hätte so einen Ort geschaffen? Dzin konnte sich nicht vorstellen, dass irgendeiner der Menschen hier drin mit der drückenden Atmosphäre oder dem Mangel an Sonne glücklich war. Vielleicht barg auch die Wüste dort draußen ihre Gefahren, aber zumindest gab es dort Licht und frische Luft.

Dzin war ein Mann des Baums. Er mochte den Wind, das Rascheln der Blätter, er spürte gern die Rinde unter seinen Stiefeln und liebte die Rufe der verschiedenen Tiere. Die Geschichte über den Uhrwerkberg hatte ihn zu jeder Zeit mit Faszination erfüllt, aber jetzt, da er hier war, konnte er sich wirklich nicht vorstellen, sein ganzes Leben in dieser unterirdischen, labyrinthischen Stadt zu verbringen.

Vor allem in einer Stadt, in der es zurzeit von Spinnen wimmelte, die sie bei lebendigem Leib verbrennen wollten.

»Dzin!«, rief Yantuz über seine Schulter. »Bist du noch bei mir?«

»Immer«, antwortete er mit so viel Überzeugung, wie er nur aufbringen konnte, obwohl er so müde war, dass er sich schon fragte, ob es nicht besser wäre, sich einfach fallen und von der Dunkelheit verschlingen zu lassen.

»Gut. Mach weiter. Wir sind fast da.«

»Ich versuche es.«

Also kletterte er wieder, seinen Stab im Hosenbund verstaut, und folgte seinem Bruder, Nu und Helia, während Rascal das Schlusslicht bildete. Eine seltsame Gruppe schlängelte sich da die Wirbelsäule des Uhrwerkbergs hinauf, während unten der Feind aus dem dunklen Schlund kroch, mit blinzelnden Augen und klackenden Reißzähnen.

»Fast da«, drängte Rascal hinter ihm. »Ich kann schon die Plattform der obersten Ebene sehen. Schau, Helia hat sie bereits erreicht.«

»Schön für sie«, gab er keuchend zurück und konnte den Blick nicht heben, um zu erkennen, wie nah sie schon waren, weil er bereits Pünktchen vor den Augen sah. *Immer eine Hand über die andere. Klettere langsam und konzentriere dich darauf, wo du bist.* Die Worte seiner Mutter fielen ihm wieder ein. Sie war immer da gewesen, um ihn zu ermutigen, wenn er üben musste, auf den Ästen des Baums außerhalb ihrer Baumhöhle zu klettern. Yantuz war vorausgeflitzt und wie ein Eichhörnchen geklettert und hatte Dzin immer hinter sich gelassen.

Aber er war jederzeit da gewesen. Nur ein Stück vor ihm.

»Bruder, hier oben.«

Plötzlich wurde Dzin bewusst, dass er es tatsächlich geschafft hatte. Yantuz streckte die Hand aus, packte ihn am Hemd und zog ihn den letzten Schritt auf die Plattform hoch. Sie eilten über den Balken zurück zu dem Hauptzahnrad. Oben verschwand die Wirbelsäule in einer prächtig verzierten Maschine aus Kupfer und Messing, die sie in Position hielt. Glühende Schnitzereien um den Rand herum – Worte in einer längst vergessenen Sprache – pulsierten sanft, ihre Magie sorgte für die langsame und gleichmäßige Bewegung, die nötig war, damit sich die Zahnräder des Berges weiterdrehten.

Er wunderte sich kurz über die Ähnlichkeit zwischen den Mustern der Maschine und denen der beiden Sphären, die weiterhin um die Köpfe der Gruppe herumschwirrten. Aber der Gedanke war so schnell verschwunden, wie er zuvor gekommen war.

Rascal drängte sich an ihm vorbei und führte sie alle in den Tunnel auf der nun höchsten Ebene, nahm Dzin an.

»Wird es nicht noch eine verschlossene Tür geben?«, fragte Nu.

Sie bogen um eine Ecke und fanden genau das.

Rascal nickte, blieb aber nicht stehen. Mit voller Kraft rannte sie weiter und trat gegen das Schloss. Es dauerte zwar ein paar Minuten, aber nach wiederholten Schlägen öffnete es sich schließlich, nachdem sie mit der Spitze ihres Flügels den gebrochenen Bolzen durchgehauen hatte.

Die Tür krachte auf den Boden und sie seufzte erleichtert auf.

In der Siedlung rannte die Gruppe weiter, bis sie sich auf einer Aussichtsplattform wiederfand, von der aus sie eine wunderschöne Ansammlung von Häusern, Gassen und Geschäften überblicken konnte. In das Dach des Berges über ihnen waren überall winzige Glasfenster eingelassen, durch die das Licht der Wüstensonne hereinfiel.

Unterdessen wurde ringsum ein riesiges Straßenfest gefeiert, das sich in alle Richtungen erstreckte. Schnelle Musik wummerte durch die Wände der Gebäude und elektrisierte die Luft, während Gruppen von Tänzerinnen und Tänzern in fantasievollen juwelenbesetzten Kleidern und prunkvollen Jacken in diesem Takt tanzten. Dzin beobachtete, wie Wagen für zwei oder drei Personen durch die Straßen rasten. Er bewunderte die aufwendig gestalteten Plätze, die mit geometrischen Mustern bemalt waren, die sich bewegten, voll von lachenden, ausgelassenen Menschen, die sich bemühten, ihre Getränke nicht fallen zu lassen. Ein schimmernder, falscher Himmel war mit Magie erschaffen worden, voller funkelnder Sterne und Monde. Lichtfontänen ergossen sich über die Menge und brachten die Haut der Menschen zum Glühen, und an unsichtbaren Fäden in der Luft drehten sich hologrammartige Spiegel, in denen das glorreiche Chaos wirbelnd reflektiert wurde.

In der Zwischenzeit konnte man trunkene Liebespaare beobachten, die sich in stille Eckchen davonschlichen, um sich abseits des Geschehens zu vergnügen.

Es war ein gewaltiges, vergnügtes Durcheinander. Die pure Dekadenz.

So etwas hatte Dzin noch nie gesehen. Doch er konnte das Spektakel kaum genießen. Niemand hier war sich der Gefahr bewusst, die auf sie zusteuerte.

Sie hatten einfach zu viel Spaß.

Als Rascal sie weiterzog, erkannte er, dass dies nicht einmal die Hauptveranstaltung war.

Die herumwirbelnden Tanzenden und Trommelnden versammelten sich mit ihren aufreizenden Rhythmen um eine riesige Villa herum, die auf einem Felsberg in der Mitte des Platzes thronte. Einer Villa mit einem Meer von goldenen Lichtern, Nebeltänzern, den Trugbildern legendärer Heldinnen und Helden, die durch die Menge streiften, und Tausenden Feiernden, die tanzten, tranken, sich küssten oder sich einfach bloß amüsierten.

»Prinz Raptors Palast«, erklärte Rascal mit lauter Stimme, als sie die steinernen Stufen hinaufgingen, die sich zur Villa emporschlängelten. Unterwegs mussten sie sich immer wieder durch Gruppen von Feiernden schieben. »Seine Sammlung befindet sich hier oben. Dort finden wir die Cerulean-Rose. Hoffentlich kommen wir bei diesem Lärm unbemerkt rein und raus.«

Sie kamen oben auf dem Hügel an und überquerten die Tanzfläche. Dabei versuchten sie, sich nicht mit denen einzulassen, die nach ihren Armen griffen und sie begrapschten oder sie lallend anbettelten mitzufeiern. Yantuz schlug eine besonders rabiate Person weg, die auf ihn zugestürzt kam, während Helia und Nu enger zusammenrückten, um grapschenden Händen zu entgehen.

Da sie im Lärm der Musik nichts sagen konnte, deutete Rascal nur auf eine Tür auf der anderen Seite der Fläche. Stufen führten nach oben, bis sie sich in einem Dachgarten wiederfanden, wo noch mehr Leute herumlungerten und einige in einem dampfenden Becken schwammen. Dzin blinzelte, als er bemerkte, dass ein paar der Gäste nackt waren.

»Hier muss es irgendwo sein«, verkündete Rascal, die sich nicht einmal die Mühe machte, die ausgelassenen Männer und Frauen zu betrachten – als wäre das eine ganz gewöhnliche Szene für sie. Sie suchte nur nach der Sammlung. »Ich habe ganz sicher gehört, dass er hier alles aufbewahrt.«

Einen Augenblick lang drohte Dzins Panikwelle, ihn vollends mitzureißen, als sich die Trommelschläge der Musik in seiner Brust zu einem Crescendo steigerten. Aber er wusste, dass er es nicht zulassen durfte. Schließlich hatten sie eine Aufgabe zu erledigen. *Er* hatte eine Aufgabe zu erledigen.

Wenn es ein Samenkorn gab, dann mussten sie es finden. Das war das Einzige, worauf er sich jetzt konzentrieren sollte.

In diesem Augenblick sah er, was er suchte.

Ein aufwendig gestalteter Bau im hinteren Teil des Gartens, der wie ein Gewächshaus voller seltsam gefärbter Gase erschien – wie ein Ort, an dem die Samenkörner vollkommen gesund und in einer reinen Stasis gehalten wurden. So etwas hatte er schon mal gesehen, zu Hause im Baum. Er hatte gelernt, dass eine solche uralte Lagerungsstätte dazu diente, besondere Zutaten aufzubewahren, die von den Läuferinnen und Läufern mitgebracht wurden und eine besondere Pflege und Aufmerksamkeit in Form eines sorgfältig kontrollierten Klimas und einer Anpassung des Lichts benötigten.

»Ich glaube, das ist es!«, brüllte er und versuchte, die tosenden Wellen der Musik zu übertönen.

Der Angriff, der nun folgte, kam aus dem Nichts.

Der Prinz stürzte sich auf sie. Dzin wusste, dass er es sein musste, denn in seinem eng anliegenden schwarz-weißen Anzug, der die Insignien der königlichen Familie des Uhrwerkbergs trug, sah er genauso aus. Als sie eben gerade vorbeigelaufen waren, musste er unten gewesen sein, getanzt haben und ihnen dann nach oben gefolgt sein.

»Diebe!«, rief der Prinz, der das Wort wie einen Fehdehandschuh vor sich hinwarf. Sein Mund bildete einen harten Strich, als er näher kam.

Instinktiv hob Dzin seinen Stab und schlug ihm, mehr durch Zufall als durch Geschick, ins Gesicht, sodass der Prinz zur

Seite stolperte. Er fing sich jedoch sofort wieder und nahm eine Kampfposition ein. Jetzt war er auf der Hut. Dzin geriet in Panik und wich zurück, denn ihm war klar, dass er nicht noch einmal solches Glück haben würde, doch Rascal trat vor ihn hin.

»Das willst du nicht tun«, sagte sie.

Ob der Prinz ihre Warnung trotz der donnernden Rhythmen der Feier hören konnte oder nicht, wusste Dzin nicht. Aber er nahm das Knurren wahr, das der Prinz erwiderte, als er sich auf sie stürzte.

Rascal blieb in Position, drehte sich nur zur Seite, als er herankam, und hob einen Flügel, um auf ihn einzudreschen. Aber er war zu schnell und duckte sich darunter weg, streckte ein Bein aus und fegte sie von den Füßen. Als sie auf dem Rücken landete, bebte der Boden.

Sie stieß ihren anderen Flügel vor und brachte den Prinzen beinahe zu Fall. Er stolperte, stürzte aber nicht, sondern griff sofort wieder an, stieß Nu in seiner Eile zu Boden und zog einen langen, gekrümmten Dolch aus dem Gürtel, eine Zwillingsklinge zu seinem Krallenring, als er sich erneut auf Rascal stürzte, um sie nun endgültig zu erledigen.

Doch Helia ließ es nicht zu.

Sie streckte die Hände aus, bildete mit den Fingern kurz ein Dreieck, breitete dann die Arme aus und winkte der Natur, sich dem Kampf anzuschließen. Während die Feiernden bisher amüsiert zugesehen hatten, fingen sie jetzt, als der Garten um sie herum zum Leben erwachte, zu schreien an. In Windeseile wuchsen Stängel, Blätter entrollten sich und eine Flut von Grünzeug stürzte auf den Prinzen zu. Die Blätter hüllten ihn ein und warfen ihn gegen die Mauer. Als ihm klar wurde, dass er sich in absehbarer Zeit nicht von der Stelle rühren würde, verwandelten sich seine gedämpften Schreie schnell in ein ersticktes Schluchzen.

»Das Samenkorn, Dzin«, sagte Helia, als er sie nur erstaunt anstarrte.

Hatte sie das gerade bewirkt? Wer *war* sie denn?

Doch als sich Dzin in Bewegung setzen wollte, sah er, dass Nu ihm bereits zuvorgekommen war. Er hatte keine Ahnung, woher sie wissen konnte, wonach sie in der Sammlung suchen musste, aber sie war in das Gewächshaus eingebrochen und hatte aus den Hunderten von Samen, die dort lagerten, das kleine blau-braun gestreifte Samenkorn herausgeholt, das sie brauchten.

Sie reichte es ihm. »Ist es das?«

Er nickte. »Woher hast du das gewusst?«

»Lange Geschichte.«

Er schob es sich in die Tasche und eilte zu den anderen.

Von dort, wo sie den Prinzen immer noch im Dickicht seines eigenen Gartens gefangen hielt, wandte sich Helia an Rascal. »Klettere auf das Dach des Berges!«

»Wie denn?«

Helia antwortete nicht, sondern griff einfach mit einer Hand nach hinten und stieß erneut ihre Kraft aus. Vega glühte nun mit sich schnell bewegenden smaragdgrünen Symbolen, die über seine Oberfläche pulsierten, und sein Licht wurde immer intensiver, sodass ein Schimmer in der Luft lag. Plötzlich wuchsen einige der Blumen vor ihren Augen lächerlich schnell in die Höhe und schossen auf eines der Glasfenster oben zu. Dort breiteten sie sich in den Ritzen um die Scheibe herum aus, bevor sie das Glas herausrissen und es in das Schwimmbecken fallen ließen, in dem sich zum Glück keine Menschen mehr befanden.

»Nach oben«, flüsterte Helia schwach, kaum laut genug, dass man es hören konnte. Aber ihnen war schon klar geworden, was sie vorhatte. Sie sahen, wie dick die Pflanzen inzwischen waren und wie sie sich zu dem Fenster über ihnen erstreckten. Das war ihr Weg hinaus.

Mit Rascal an der Spitze erklommen sie die Stängel und rutschten teilweise ab, sodass Stücke von Blättern und Saft nach unten spritzten. Dzin kletterte, bis er sich endlich aus dem Berg heraushievte, wo eigentlich frische Luft hätte sein sollen.

Doch als sie sich auf dem Gipfel versammelten, sahen sie auf allen Seiten Flammen aufsteigen.

Die Feuerspinnen waren ausgebrochen und überschwemmten nun, angeführt von ihrer hungrigen Riesenmutter, den ganzen Berg.

Von ihren Bemühungen, die Blumen zu beschwören, war Helia bereits blass. Aber dann wurde sie noch bleicher.

»Sie sind hier«, murmelte sie.

»Wohin können wir gehen?«, fragte Nu und sah sich verzweifelt um. »Wir sitzen in der Falle!«

Helia packte die junge Frau an der Schulter und zog sie schützend an sich. »Halte an deiner Hoffnung fest, Nu. Es gibt immer Hoffnung. Noch sind wir nicht am Ende.« Sie sprach energisch, obwohl ihre Stimme kaum mehr als ein Flüstern war.

»Verdammt richtig«, pflichtete Rascal ihr bei.

Dann drang ein herrlicher Laut durch die Luft.

Der Motor eines Luftschiffs.

Ein wunderschönes Luftschiff stieg von der anderen Seite des Berges auf und dann krachte das Ende einer Leiter mitten zwischen die Gruppe. Dzin blickte Rascal an und sah das schwach blinkende Leuchtsignal, das unter ihrem Flügel versteckt war. Sie grinste ihn an.

Er wartete nicht ab, um weitere Fragen zu stellen.

Nachdem sie die Leiter hinaufgeklettert waren, wurden sie schnell aus der Gefahrenzone und ins Sonnenlicht gehoben, während sich die *Goldamsel* fliegend vom Uhrwerkberg entfernte. Derweil schwärmten unter ihnen die Spinnen über den Gipfel und verwandelten alles in ein wimmelndes Flammenmeer.

40

Das Aufbrechen des Buchrückens

»Glaubst du wirklich, das Buch wird wieder sprechen können?«

Arturo rannte den gewundenen Weg zum Refugium entlang und folgte Robin und Mwamba. Robin hielt sich noch den Arm, in den dieser Dreckskerl Edwin Payne – in seiner Dämonenhundegestalt – seine Zähne geschlagen hatte. Der Ärmel ihres Kleids war zerfetzt und das Blut hatte den Stoff um die Wunde herum verfärbt. Arturo wollte sie am liebsten aufhalten und Robin überreden, einen Arzt oder eine Krankenschwester aufzusuchen – oder zumindest das hiesige Äquivalent dazu –, bevor sie Tollwut bekam oder was auch immer es sein mochte, womit ein abtrünniger Weiser sie womöglich infiziert hatte. Im Augenblick hielten sie es aber beide für wichtiger, mit dem Buch zu sprechen.

Natürlich nur, wenn das Gegenmittel gewirkt hat.

Als hätte Mwamba seine Gedanken gelesen, sagte er: »Das Buch wird sprechen, ich glaube fest daran. Ich habe die Wirkung bereits gesehen, als wir den Spiegeltrank auf die ausgelaufene Tinte gesprüht haben. Es gab eine starke Reaktion, ein Licht von solcher Reinheit, dass es die Dunkelheit vertrieb. Zuerst an der Tür und dann in der zentralen Höhle, und danach konnten wir sehen, wie die Tinte in die Bücher zurückgeströmt ist. Wir hatten keine Zeit, sie zu überprüfen, aber ich kann nur annehmen, dass die Geschichten in ihren ursprünglichen Zustand zurückgekehrt oder auf dem Weg dahin sind.«

»Und die ganze Umkehrung hat damit geendet, dass die Portale geschlossen wurden«, fügte Arturo keuchend hinzu, unglücklich darüber, dass er schon wieder rennen musste. »Wenn ich die Dinge hier richtig verstehe, bedeutet das Schließen der Portale, dass das Buch wieder die Kontrolle hat und das, wovon es angegriffen wurde, gestoppt werden konnte – wenigstens vorübergehend. Somit sind alle Ein- und Ausgänge geschlossen und wir bleiben vorerst in Sicherheit, oder?«

»Ja«, bestätigte Mwamba und schaute dann über seine Schulter. »Willst du damit sagen, dass es weitere Angriffe geben könnte?«

»Möglich wäre das. Suttarus Armeen haben auf der anderen Seite des Portals auf uns gewartet, Mwamba. Hunderte von ihnen, sowohl Menschen als auch Bestien. Sie sind nicht erst aufgetaucht, als wir den abtrünnigen Weisen gejagt haben. Ich glaube, sie haben auf seine Rückkehr gewartet, bevor sie angegriffen haben. Die Sache war geplant. Vielleicht haben wir sie zurückdrängen und fernhalten können, aber das wird nicht das Ende der Geschichte sein. Früher oder später kommen sie wieder.«

Arturo verlangsamte seine Schritte. Er konnte nicht mehr sprechen, nicht während er rannte. Er wusste nicht, wie die Leute das in Filmen immer machten; ihm schien es unmöglich, gleichzeitig Informationen weiterzugeben und zu joggen.

Robin sprach für ihn weiter. »Wir sind vorhin im Observatorium gewesen. Wir wussten schon, dass das Klima auf der Erde gestört ist, aber jetzt scheint es kurz davor zu sein, komplett zusammenzubrechen. Die Vulkane sind dabei, in einem beispiellosen globalen Geschehen alle gleichzeitig zu erwachen. Und wenn sie das tun …«

Sie warf Arturo einen Blick zu, der zeigte, dass sie beide das Gleiche dachten: Wenn alle Vulkane gleichzeitig ausbrachen, wäre das sicherlich eine Katastrophe.

Für ihre Familien. Für alle.

Er dachte an Rosa und hatte plötzlich das Bedürfnis, dieses alberne gespielte Heldentum aufzugeben und nach Hause zu gehen, um bei ihr zu sein. Dafür zu sorgen, dass es ihr gut ging, und sie in Sicherheit zu bringen. Nur *wo* genau war es jetzt sicher? Ein vulkanischer Massenausbruch von globalem Ausmaß würde mit Sicherheit alle Menschen in jedem Land betreffen. Asche würde jahrelang in die Atmosphäre aufgewirbelt werden. Das Leben, wie er es kannte, würde aufhören zu existieren und das Überleben würde zu einem Kampf werden. Grenzen würden bedeutungslos werden und die Menschheit wäre endlich gegen eine gemeinsame Bedrohung geeint.

Aber es würde zu spät sein.

Was konnte er überhaupt tun, wenn er zurückging?

»Wir können das doch aufhalten, oder?«, fragte er.

»Vielleicht«, sagte Mwamba weniger überzeugt, als Arturo sich erhofft hatte. »Im Laufe der Jahrhunderte haben wir herausgefunden, dass das Leben auf der Erde tief mit den Reichen jenseits der Bibliothek verbunden ist. Die Papierwelt enthält alle Geschichten, die jemals geschrieben wurden, und ist daher für immer mit dem Geist, der Kreativität und der Energie der Menschheit verbunden. Was dort geschieht, kann und wird sich auf das Leben auf Erden auswirken. Was bedeutet, dass das, was ihr im Observatorium gesehen habt, ein Hinweis darauf sein könnte, was mit Suttaru, Helia und Nu in der Papierwelt passiert.«

»Du glaubst, er hat sie gefunden? Und hat sie daran gehindert, euren Drachen zu finden?«

»Wir können nur hoffen, dass genau das nicht passiert ist«, antwortete Mwamba. »Aber ich würde darauf wetten, dass unser Freund, der abtrünnige Weise, und seine Aktionen hier etwas damit zu tun haben, wie du eben angedeutet hast.«

»Es war bloß die logische erzählerische Schlussfolgerung.«

»Und doch bist du derjenige gewesen, der das erkannt hat. Der Schriftsteller. Der Kräfte eingesetzt hat, die ich nie zuvor erlebt habe, um die Angreifer abzuwehren und die Bibliothek zu schützen. Mir scheint, das Buch wusste, was es tat, als es dich hierhergebracht hat. Ich hätte niemals an ihm zweifeln dürfen.«

Arturo zuckte die Achseln, etwas verlegen wegen des Lobes.

Unterdessen wirkte Robin zunehmend besorgt. Er wusste, dass sie an Helia denken musste und nicht gewollt hatte, dass sie allein loszog. Er fühlte sich schuldig, dass Robin gezwungen worden war, bei ihm zu bleiben. Und doch wären sie ohne sie nicht in der Lage gewesen, Edwin Payne aufzuhalten oder das Buch zu retten.

»Sie haben uns also an zwei Fronten angegriffen«, erklärte sie und bei dem Gedanken daran schien ihr übel zu werden. »Oder vielleicht ist der Angriff hier auch ein Ablenkungsmanöver gewesen und der eigentliche Kampf findet dort drüben statt. Helia wird ihm wieder als einsame Weise gegenüberstehen, nur mit der armen jungen Nu an ihrer Seite.«

»Wir wissen noch nicht, welche Rolle Nu bei alledem spielt«, war alles, was Mwamba zu sagen bereit war. Danach schwieg er.

Zum Glück erreichten sie kurz darauf das Refugium.

Zu dritt betraten sie den heiligen Raum, und Arturo war sich nicht sicher, was er erwartet hatte. Auf jeden Fall aber war es mehr, als er im Augenblick erkennen konnte.

Ein großer Raum mit Bücherregalen an der äußeren Felswand, ein leeres Rechteck aus Stein an der einen Seite und ein

Lesepult mit einem Buch darauf in der Mitte. Nicht mehr und nicht weniger. Der Raum war ruhig, leer und still.

»Es sieht genauso aus, wie wir es vorhin verlassen haben«, stellte Mwamba fest.

Die Stimme des Mannes war ruhig, aber Arturo spürte, wie eine Welle der Panik in ihm aufstieg.

Was, wenn es nicht funktioniert hat? Was, wenn wir jetzt in der Falle sitzen und nichts anderes tun können, als auf das zu warten, was immer uns als Nächstes angreift?

Doch als Mwamba seine Hände kurz zusammenlegte, die Handflächen nach oben drehte und seine Beschwörung über dem roten Buch mit Goldprägung begann, änderte sich alles.

Der Raum erwachte zum Leben.

Robin hatte Arturo erzählt, dass sie erst ein paarmal erlebt hatte, wie die Weisen mit dem Buch der Weisheit sprachen, unter anderem nach ihrer eigenen Einführung.

Robin zufolge öffnete sich das Buch äußerst selten, um zu sprechen, und dann auch nur zu besonderen Anlässen.

Sie hatte es »das Aufbrechen des Buchrückens« genannt.

Und genau wie sie es ihm erzählt hatte, war es ein spektakuläres Erlebnis. Bevor er wusste, wie ihm geschah, war die Luft plötzlich zum Schneiden dick, so wie es sich kurz vor einem Sturm anfühlte. Der Einband des Buchs flog auf, und dann blätterte ein aufkommender Wind so schnell durch die Seiten, dass die Buchstaben darauf verschwammen. Über ihm nahm etwas Gestalt an. Es schien, als würde sich etwas materialisieren, fast so, als würde es heruntergeladen. Es war die Manifestation eines reglosen, majestätischen Gesichts zwischen den Worten eines Buchs, das eine Kopie des Buchs unter ihm war, nur viel größer, da es nun in der Luft hing und seine aufgeschlagenen Seiten den Raum einnahmen.

Arturo stockte der Atem, als er hochschaute, wie auch Robin

und Mwamba es taten. Tränen brannten ihm in den Augenwinkeln. Nur wenige Menschen würden jemals in ihrem Leben eine Energie – eine solche *Macht* – wie diese spüren. Es war, als stünden sie am Rande aller Geschichten, die jemals erzählt worden waren, und könnten mit ihren Fingern den Strom der Emotionen berühren, der in ihren Seiten geborgen war, und jedes Quäntchen Menschlichkeit spüren, das sie enthielten.

Er schloss die Augen und saugte das in sich auf, als ein seltsamer Wind von den Seiten aufstieg und mit einer solchen Kraft nach außen wehte, dass Arturo Halt suchend nach Robins Hand griff.

Dann sprach das Buch mit einer zeitlosen, gefühlvollen Stimme.

Helia legte die Hände auf die Reling der *Goldamsel* und spürte, wie sich die Wärme des Messings auf ihre Finger übertrug, die sie fest schloss. Die Sonne brannte auf sie herab und das Luftschiff schaukelte sanft unter ihr, von einem weiteren Aufwind erfasst, während sie über einen namenlosen See drifteten.

Das Außendeck, auf dem sie stand, war klein. Es gab gerade genug Platz, dass die Mannschaft nach draußen kommen konnte, um etwas frische Luft zu schnappen und vielleicht ein bisschen zu plaudern, wenn sie auf ihren Reisen die Welt da unten begutachtete. Sie überlegte, dass es ein schönes Leben sein musste, sich zwischen den Wolken treiben zu lassen. Hier oben war es ruhig. Friedlich.

Sie war müde. Todmüde. Alles an ihr schmerzte, und sie wusste, dass es nicht nur das jahrhundertelange Leben war, das sie einholte. Aber sie hatte noch immer einen Funken Hoffnung in sich und dafür war sie dankbar.

Irgendwie schienen sie es geschafft zu haben, dem Monster,

das Suttaru geschickt hatte, zu entkommen. Außerdem hatten sie gegen den Prinzen gekämpft und erfolgreich das Samenkorn an sich gebracht – ein Samenkorn, das Helia jetzt hatte wachsen lassen.

Sie hatte es in die Hand genommen und die Gruppe damit verblüfft, dass sie ihre Kräfte mit dem winzigen Ding verwoben hatte. Sie hatte ihre Sinne ausgestreckt, um Hoffnung zu finden und sie zu kanalisieren. Ihre Macht war gewachsen, verbunden über ihre Sphäre, die in einem tiefen, leuchtenden Grün erstrahlt war, und ihre Gefährten hatten wie menschengroße Glühwürmchen an einem Sommerabend geleuchtet, voller Hoffnung oder Vertrauen in sie. Aber irgendetwas hatte doch gefehlt. Die Saat schlummerte und sie erinnerte sich an die Worte der Obersten Gelehrten und an die Bedeutung der Konjunktion und Mutters. Sie hatte ihre Sinne weiter ausgestreckt und spürte das alte Holz des Luftschiffs. Mutter. Sie spürte den Großen Baum, die vielleicht größte Quelle der Hoffnung für die gesamte Menschheit. Das Zentrum der Natur und des Gleichgewichts in der Papierwelt. Sie sah sie, wie sie es noch nie getan hatte, und für einen Augenblick war Mutter mit ihr verbunden gewesen. Es war eine Kraft, wie Helia sie nie zuvor gespürt hatte. Mondlicht, warm wie Sonnenschein, Pollen an einem Sommertag, der Flügelschlag und das Summen der Bestäuber bei der Arbeit. Es war eine alte Macht, geschaffen aus Elementarkräften und für einen bloßen Sterblichen nicht zu verstehen.

Mutters Lebenskraft hatte Helia durchströmt, und sie spürte das Saatkorn in ihrer Hand bis in seine kleinsten Moleküle, die Kreisläufe des Lebens selbst, diesen Samen des Lebens selbst. Und sie hatte ihn als das erkannt, was er war. Ein Samenkorn der reinen Hoffnung, des reinen Lebens, und nachdem sie dies verstanden hatte, war es gewachsen.

Ihre Gefährten hatten gebannt zugeschaut, als das Saatkorn

keimte und direkt vor ihren Augen wuchs, als sich die drei Stängel ineinander verschlangen und nach oben schraubten. Die Knospen erschienen, streckten und verlängerten sich und entfalteten sich dann eine nach der anderen, um wilde himmelblaue Blütenblätter zu enthüllen, in deren Mitte spektakuläre Pollen wie Edelsteine glitzerten und leuchteten. Und dieses Blühen war von dem unglaublichsten Duft begleitet gewesen, von einem Duft, der dem der frisch gebackenen Kuchen ähnelte, die Xav früher hergestellt hatte, mit einem salzigen Beigeschmack, der an die Gischt des Meeres erinnerte, in dessen Nähe sie aufgewachsen war. Im Geist konnte sie die Wellen, die an die Küste brandeten, beinahe sehen. Und hinter der Küste schimmerte die unverkennbare Silhouette der Insel, die heute als Capri bekannt war.

Sie öffnete die Augen. Für einen Moment war sie Teil von etwas Unvorstellbarem gewesen, von etwas, das wesentlich größer war als sie selbst – und sie war endlich zu Hause gewesen.

»Das ist ein erstaunlicher Trick«, hatte der Kapitän gesagt und sie damit in die Gegenwart zurückgeholt. Er studierte ihr Amulett, in dem Vega noch saß, bevor er den Blick zu ihren Augen hob. Zwischen ihnen herrschte ein stilles Einvernehmen. Irgendwie wusste er Bescheid. »So etwas habe ich in diesem Reich sicher noch nie gesehen. Und auch in keinem anderen. Das ist es fast wert, dass wir unser Leben und dieses schöne Schiff riskiert haben, um euch zu retten.«

»Wofür wir wie gesagt besonders dankbar sind«, hatte Nu zum vielleicht fünften Mal betont. Es entlockte Helia ein Lächeln. Das Mädchen besaß auf jeden Fall das diplomatische Geschick, um eine große Weise zu sein.

Nach dem Einsatz ihrer Kräfte hatte sich Helia entschuldigt und die Gruppe verlassen, um hierherzukommen, auf das Außendeck. Die frische Luft war wie ein kühler Balsam auf ihrer

Haut, aber sie konnte die Angst, die sie wegen ihrer Mission immer noch hatte, nicht lindern. Sie hatten den Uhrwerkberg überlebt, aber vor ihnen lag noch ein weiter Weg. Und solange sie ihre Erinnerungen nicht wiederhatte, würde sie nicht wissen, wie weit er tatsächlich war.

Die *Goldamsel* zog in den Luftströmen über dem Unbekannten See ihre Kreise, bis sie ein Ziel ermittelten.

Geht es dir gut?

Vega dümpelte in der Luft vor ihr, glitt mit der Strömung neben dem Luftschiff her und genoss die Freiheit des Fluges. Lächelnd nickte Helia. Ihre Sphäre erwiderte wirbelnd ihre Liebe.

In Wahrheit machte Helia sich allmählich Sorgen, dass sie es vielleicht nicht mehr so weit schaffen würde, wie sie reisen mussten. Sie war erschöpft und entkräftet, physisch und emotional. Nichts hätte sie lieber getan, als in ihrem Zimmer zu Hause in der Großen Bibliothek jetzt ins Bett zu kriechen und ein oder zwei Monate lang zu schlafen.

Natürlich würde sie trotzdem weitermachen, so gut sie konnte, und auf der Reise ihr Bestes geben. Das tat sie immer.

Ihre Freundinnen und Freunde zählten auf sie, und das waren jetzt wirklich ihre Freunde, gleichgültig, wie zufällig sie auf dieser Reise zusammengefunden hatten. Sie mochten nur wenig anderes gemeinsam haben als den Wunsch, zu helfen, aber sie alle hatten ihr Leben für das Allgemeinwohl aufs Spiel gesetzt. Das hatte durchaus etwas zu bedeuten.

Sie fragte sich, ob ihre silvyrischen Freunde mit ihrem Luftschiff bei ihnen bleiben würden, jetzt, da ihre Aufgabe in dieser Geschichte fast erfüllt war.

Dass sie überhaupt gekommen waren, um sie vor den Feuerspinnen und dem Prinzen zu retten, bedeutete eine Wendung des Schicksals, die Helia nicht hatte kommen sehen. Auch nicht, dass es tatsächlich eine kleine Raffinerie an Bord gab, was bedeutete, dass Dzin jetzt gerade sein Elixier braute. Aber inzwischen hatten sie auch wirklich etwas Glück verdient. Und in diesem Fall war es in Gestalt von Rascal gekommen.

Kapitän Finesse und Earnest waren gerade aus dem Uhrwerkberg geflohen, als sie ein altes Funksignal eines früheren Besatzungsmitglieds aufgefangen hatten. Helia fragte sich, ob die beiden darüber beratschlagt haben mochten, das Signal zu ignorieren und sich lieber selbst zu retten. Als sie jetzt darüber nachdachte, erinnerte sie sich daran, dass beide Männer ein wenig *zu* laut gelacht hatten, nachdem sie einen Scherz darüber gemacht hatte.

So oder so, sie hatten es jedenfalls nicht getan. Der Kapitän war umgekehrt und durch den Qualm nach unten gerauscht, um sie alle aufzusammeln, einschließlich der starken geflügelten Frau, die ihre Gruppe überhaupt so weit gebracht hatte.

Die Entdeckung, dass sich Rascal und Kapitän Finesse von früher kannten, war keine allzu große Überraschung gewesen. Helia hatte die Reaktion gesehen, die Rascal nach dem verhängnisvollen Entern des Luftschiffs bei dem Mann ausgelöst hatte. Und auch bemerkt, wie ruhig Rascal selbst während des Fluges durch die Wüste zum Uhrwerkberg geblieben war.

»Sie war früher mal meine Zweite«, hatte der Kapitän erklärt, als Dzin ihn gefragt hatte, warum er überhaupt auf ihren Notruf reagiert hätte. Er war nicht weiter auf Einzelheiten eingegangen und hatte die genaue Art ihrer Beziehung offengelassen. *Zweite was? Offizierin?* Helia spürte, dass hinter ihrer Verbindung mehr steckte, als sie beide zugeben wollten, aber es stand ihr nicht zu, sich dazu zu äußern. Nur die Tatsache zählte, dass sie gerettet worden waren, dank eines Peilsenders, den Rascal noch unter ihrem Flügel trug.

Ein Peilsender aus der Zeit vor vielen Jahren, als sie zur Besatzung der *Goldamsel* gehört hatte. Damals war sie offiziell eine

Läuferin für den Großen Baum und eine illegale Brauerin des Lebenselixiers gewesen, wie Helia überrascht erfahren hatte.

Somit brauchten sie nicht zum Großen Baum zurückzukehren, um das Elixier von Dzin brauen zu lassen – sie verfügten über ihre eigene inoffizielle Raffinerie, die im Unterdeck des Schiffes versteckt war.

Jetzt stand Helia kurz davor, ihre verlorenen Erinnerungen wiederzufinden. Sie war nach Silvyra gekommen, um genau das zu tun, und sie war ganz erleichtert, ihrem Ziel so nah zu sein. Trotzdem war sie auch nervös.

Denn vor dem, woran sie sich erinnern würde, hatte sie Angst.

Der Wahrheit ins Auge zu sehen, konnte manchmal schwer sein. Xav hatte ihr das in den vielen Jahrzehnten ihrer Partnerschaft beigebracht. Die Wahrheit war etwas Wunderbares, aber sie konnte auch wie ein scharfer und schrecklicher Wind sein, wenn sie den Zweifel wegblies.

Was hatte ihr Hirn unterdrückt und vor ihr verborgen gehalten? Was würde sie sehen?

Unweigerlich würde es um den Rosengarten gehen, und sie war sich gar nicht sicher, ob sie es ertragen konnte, das noch einmal durchzumachen, und sei es auch nur im Geiste. Zwar würde sie Xav wiedersehen, aber diese Augenblicke würden seine letzten sein.

Und was war mit dem Schicksal des Drachen? Welche Hinweise auf Perennias Aufenthaltsort würde Helia entdecken? Und wenn sie tatsächlich herausfanden, wo der Drache sich befand, was dann? Sie fragte sich, ob sie Kapitän Finesse überreden konnte, sie auch noch auf dem Rest des Weges mitzunehmen.

Es war so schrecklich viel, womit sie fertigwerden musste. Erschwerend kam hinzu, dass es nach wie vor keine Nachricht aus der Großen Bibliothek gab.

»Irgendetwas?«, fragte sie Vega erneut.

Wenn eine Sphäre die Augen hätte verdrehen können, hätte Vega das in diesem Moment getan. Er blinkte noch einmal ein Nein und Helia blies die Wangen auf und überließ sich wieder ihren Gedanken. Sie fragte zu oft, aber das Warten war zum Verzweifeln, und ihr fiel nichts anderes ein, was sie tun konnte.

Schwere Stiefelschritte hinter ihr verrieten, dass sie Gesellschaft bekam. Rascal tauchte neben ihr auf.

»Ich habe es hier draußen immer geliebt. Der Kapitän hat mich zwischen unseren Jobs wieder und wieder abspringen und herumgleiten lassen. Es ist ein Wahnsinnsgefühl, aus der Sicherheit zu springen und sich vom Wind tragen zu lassen, das kann ich dir sagen.«

»Darauf möchte ich wetten.«

Rascal klopfte mit den Fingerknöcheln gegen die Reling. »Sie haben sich alle sauber gemacht und warten auf dich. Der Kapitän ist auch dabei. Er hat gesagt, sie hätten alles, was du brauchst.«

Helia folgte Rascal zurück in die Kabine.

»Wie hat das hier denn früher funktioniert?«, fragte sie, während sie die Treppe zum Unterdeck langsam hinuntergingen. Natürlich nicht bis zum *untersten* Deck. Jetzt wusste sie ja, dass dies für die Miniraffinerie reserviert war. »Früher hast du für die Oberste Gelehrte Zutaten besorgt – das verstehe ich, aber was hat es dir bloß gebracht, hier oben deine eigene heimliche Raffinerie einzurichten? Hättest du nicht trotzdem die Rezepturen gebraucht, um das Elixier zu brauen?«

»Freiheit. Das hat es uns gebracht«, erwiderte Rascal und die Spitzen ihrer Flügel hoben sich zu einem Achselzucken. Dann klopfte sie sich an die Schläfe. »Und als die Magie meiner Rezeptur erlosch – alle Rezepturen laufen nach ein paar Jahreszeiten ab –, haben wir manchmal neuere Läuferinnen und Läufer mitgenommen und ihre Rezepturen benutzt. Natürlich ist das alles inzwischen lange her. Als die Oberste Gelehrte Wind davon bekam, was wir getan hatten, machte sie es uns sehr schwer, Hilfe zu finden. Danach ist das Labor kaum noch richtig benutzt worden und dann haben Finesse und ich uns zerstritten.«

»Aber die Raffinerie im Großen Baum stellt das Elixier schon seit Generationen her. Sie haben die Kunst vervollkommnet. Es kann doch sicher nicht den Aufwand wert gewesen sein, es selbst herzustellen.«

»Dadurch, dass wir das Elixier selbst gebraut haben, konnten wir schneller arbeiten als andere. Aber egal, einem geschenkten Gaul schaut man nicht ins Maul. Sei einfach froh, dass wir die Raffinerie haben. Jetzt ist die Cerulean-Rose nachgewachsen, und die kleine Menge an Elixier, die noch im Großen Baum übrig geblieben ist, wird wieder wirken. Aber wir müssen keine Zeit damit verschwenden zurückzufliegen. Wir können das Elixier gleich hier brauen, und dann kannst du so schnell wie möglich hingehen, wo immer du hingehen musst. So wirst du eine größere Chance haben, den Drachen zu finden.«

»Und das ist alles im Bauch dieses Schiffes versteckt? Die Raffinerie, meine ich?«

»So ist es«, bekräftigte der Kapitän. Die beiden Frauen waren in den Sitzbereich der Hauptkabine gelangt und er hatte den letzten Teil ihres Gesprächs offensichtlich mitgehört. »Glaub mir, das hat ziemlich viel Arbeit gekostet. Nicht viele Schiffe könnten all die Geräte unterbringen, geschweige denn sich noch in die Luft erheben. Aber uns ist es gelungen, alles hineinzuzwängen. Zusammen mit – wie ich mit Freuden sagen kann – einer Probe von jeder Zutat, die wir je gesammelt haben. Was bedeutet, dass dieser junge Mann hier« – stolz schlug er Dzin auf den Rücken – »gerade seine eigene Rezeptur gebraut hat, um euch zu helfen, die Welt zu retten. Unser aller Schicksal ruht auf dem, was du gerade getan hast, mein Junge. Solange es glückt, versteht sich.« Er lachte. Niemand sonst lachte. »Wie fühlst du dich?«

Noch unter dem Schmutz ihrer morgendlichen Eskapaden versteckt, lief Dzins Gesicht rot an.

»Wenn ich ganz ehrlich bin, mir ist übel. Teilweise war es etwas holprig, jedenfalls nicht so einfach, wie irgendwo zu brauen, wo sich der Boden nicht ständig bewegt.« Er straffte sich, lächelte und wandte sich an Helia. »Aber die haben da unten einen beachtlichen Vorrat gelagert. Alles, was ich brauchte, hat mir zur Verfügung gestanden. Und ich hatte natürlich schon die Pilze und die Cerulean-Rose.«

»Du warst ziemlich schnell«, bemerkte Yantuz, der jetzt ein wenig unsicher wirkte. »Ich erinnere mich, dass du mir erzählt hast, die letzte Ladung, die du gebraut hast, hätte einige Umläufe benötigt, bis sie gelungen war …«

»Oh, na ja, Stress motiviert enorm.« Dzin lachte nervös. »Außerdem habe ich das ja erst kürzlich gemacht. Wenn man den Prozess noch frisch im Kopf hat, kann man das meiste noch an den Fingerspitzen spüren.« Er hielt eine fleckige Schriftrolle hoch, die ziemlich mitgenommen aussah. »Und ich hatte natürlich meine Rezeptur und alle Notizen, die ich mir gemacht hatte, um es richtig hinzubekommen. Die Zymeedbohnen in fünf mal sieben Quart große Stücke zerhacken. Ein Tropfen Mondscheinwasser, aber erst nachdem es mit der Mammutwurzel vermischt wurde; sieben Mal in Richtung des Sonnenlaufs am Himmel umrühren. Das Lorbeergummiharz und die Narrenknaller zu einer Paste zerquetschen, die exakt die gleiche Farbe hat wie die beiden Monde. Und dann waren da natürlich noch die Pilze, fein abgeschält und seitwärts in Scheiben geschnitten, bevor sie mit der flachen Seite einer geküssten Klinge zerquetscht werden mussten. Anschließend legt man ein Blütenblatt der

Cerulean-Rose auf die Mischung und lässt es sich zum Schluss von allein auflösen.« Stolz blickte er zu ihnen auf. »Und obwohl das Labor in gewisser Weise primitiv wirkte – mit Rohren, die gegen die Wände pfeifen, einem Haufen eingelagerter Ersatzteile für das Luftschiff und sehr wenig Platz auf dem Schneidetisch – habe ich das Beste daraus gemacht. Man könnte sagen, ich beherrsche es inzwischen vollkommen.«

Das zerfurchte Gesicht des Kapitäns verzog sich zu einem Grinsen. »Ich bin wirklich beeindruckt von der Geschwindigkeit, mit der Dzin gearbeitet hat. Aber jetzt haben wir übernommen. Wir haben da unten eine Maschine, die die Raffinerie am Großen Baum nachahmt und die letzte Phase beschleunigt – die Einbindung der Magie.«

»Das ist eine Schande, denn das war immer mein Lieblingsabschnitt«, bemerkte Dzin kleinlaut und mit einer Stimme, die fast wie eine Beschwerde klang. Dann fügte er leise hinzu: »Ich mag es, wenn es schäumt.«

»Soweit ich weiß, haben wir aber keine Zeit zu warten. Earnest beaufsichtigt diesen Teil des Prozesses. Du kannst dich ausruhen, Dzin.«

»Wie lange wird es dauern?«, fragte Nu.

Rascal schaltete sich ein. »Das Elixier könnte innerhalb des Blinzelns eines Fledermaushais fertig sein.«

»Und wie lange ist *das*?«

»Glaub mir, das willst du gar nicht herausfinden«, antwortete der Kapitän wohlgelaunt. »Aber ich weiß aus zuverlässiger Quelle, dass es schnell geht.«

Helia stieß einen erleichterten Seufzer aus. Hoffnung. Es fühlte sich gut an.

Sie hatten wirklich Glück gehabt. Aber zu Glück gehörte immer mehr als nur Zufall. In ihrem Fall hatten sie erst zu diesem Abenteuer aufbrechen müssen, bei dem sie fast ums Leben gekommen wären … Wenn das also Glück war, dann nahm Helia es gern an.

Und sie musste nicht lange warten, bis es die nächsten guten Nachrichten gab.

Plötzlich sprang Nu von ihrem Sitz auf, hob die Hand und zeigte auf die andere Seite der Kabine. Durch das Bullauge blinkte Vega hektisch gegen das Glas.

Helia runzelte die Stirn, denn sie konnte die Botschaft, die er übermitteln wollte, nicht ganz verstehen. Dann kam Antares angeflitzt wie ein kleiner Hund. Sie war noch immer ein Stück von ihrer gewöhnlichen Größe entfernt, aber trotzdem mussten sich alle ducken, um nicht verletzt zu werden, als sie dreimal um Nus Kopf herumwirbelte und wie die Morgensonne aufblitzte.

Nu strahlte und der frische grüne Spross der Hoffnung in Helia wuchs weiter. Klar war, dass Nu endlich die Geheimsprache verstand, mit der die Sphären mit ihren Weisen kommunizierten.

Du wärst stolz auf sie, Xav, dachte Helia und sah seine Nachfolgerin an.

Dann freute sie sich noch mehr, als Nu ihr die Nachricht überbrachte.

»Es ist die Große Bibliothek«, berichtete die junge Weise aufgeregt. »Antares kann das Buch der Weisheit wieder spüren!«

41

Mit der Zeit wird man nachlässig

»Ihr habt mich gerettet.«

Das Gesicht der Urheberin erhob sich aus den Seiten des Buchs der Weisheit und sprach in einem Singsang, der durch die Zeit selbst zu hallen schien. Es machte den Eindruck, als würde man die Weltgeschichte anzapfen und hören, was sie zu sagen hatte. Ihre Worte, leise und doch bestimmt, hallten in Arturos Ohren wider und erinnerten ihn an all das Wohlwollen und Wissen, das es in seiner Vorstellung jemals gegeben hatte.

»Mein Geist war wie in einem Traum gefangen. Dieser Ort, unsere Große Bibliothek, hat sich in der ganzen Zeit um mich herumbewegt. Doch obwohl ich die Bedrohung kommen spürte, konnte ich nicht mit euch sprechen. Es tut mir sehr leid, meine Freunde.« Sie hielt inne, als versuchte sie, die richtigen Worte zu finden. »Ich … habe zwar versucht, mich zu befreien, aber der Bann war einfach zu stark. Ich kann mich nicht erinnern, dass es so etwas in der Geschichte meiner Seiten je gegeben hat. Die Macht war enorm. Nicht einmal mit meinen Sphären konnte ich sprechen. Ich hätte besser vorbereitet sein müssen – es tut mir leid. Mit der Zeit bin ich wohl zu nachlässig geworden, um mich noch richtig verteidigen zu können, wie es scheint.«

Arturo stand hinter Robin und Mwamba, teils um nicht im Weg zu sein, teils aus Ehrfurcht vor dem geisterhaften Gesicht, das über ihnen schwebte und dessen Augen aus den wirbelnden Galaxien und dem Sternenstaub funkelten, die über die Seiten des aufgeschlagenen Buchs projiziert worden waren.

Mwamba trat vor und berührte mit den Fingern zuerst seine Augen und dann seine Brust. »Ich lese nicht mit meinen Augen, sondern mit meinem Herzen«, sagte er laut und neigte ehrfürchtig den Kopf. Robin folgte seinem Beispiel, daher tat Arturo sofort das Gleiche. Centauri und Canopus ließen ihre eigenen Zeichen der Ehrerbietung aufblitzen.

Das Sternenstaubgesicht lächelte, und Mwamba sprach weiter: »Wie schön es ist, dich wiederzusehen, Urheberin.«

»Es ist auch schön, euch wiederzusehen, meine Freundinnen und Freunde. Ich habe die ganze Zeit über euer Geplapper hören können, wie den Gesang der Vögel in einem Wald. In gewisser Weise hat es mich am Leben erhalten, zu wissen, dass ihr immer noch dort draußen wart. Ich danke euch.«

Centauris Oberfläche verfärbte sich wirbelnd rot, als die Urheberin die Sphären betrachtete. Dann wandte sie sich den Weisen zu und nickte, bevor ihr Blick auf Arturo fiel.

Er konnte nicht anders; er trat zurück und stieß unbeholfen gegen den Tisch hinter sich. Die Lampe darauf wackelte hin und her, tickte wie eine Uhr und fungierte als spannungsgeladenes Metronom, während ihn die Urheberin eine gefühlte Ewigkeit lang betrachtete.

Endlich stand die Lampe wieder still, während die Urheberin sprach. »Und dir, Arturo, bin ich ewig dankbar. Denn ich weiß, welche Rolle du hier gespielt hast, auch wenn sich die Einzelheiten noch im Nebel meiner Erinnerung verlieren. Die Große Bibliothek braucht immer einen Schriftsteller, der sie beschützt, und ich bin froh, dass du derjenige gewesen bist, der in meiner Abwesenheit meinen Platz eingenommen hat.«

Zur Antwort konnte er nur irgendetwas murmeln, weil er nicht in der Lage war, richtige Worte zu finden. Robin grinste ihn über ihre Schulter an, da er sich so unwohl fühlte, und erst als der Blick der Urheberin von ihm weg und zurück zu Mwamba wanderte, konnte er sich endlich bewegen.

Das Funkeln wurde dunkler, ernster.

»Es sind nur zwei von euch hier«, bemerkte die Urheberin.

Mwamba nickte. »Der Weise Veer ist unten in der Urhöhle. Das Gegenmittel hat dafür gereicht, dass du wieder sprechen kannst, aber die Höhle selbst muss noch gerettet werden. Veer versucht herauszufinden, welcher Schaden dort womöglich noch lauert. Helia und ihre … neue Partnerin sind noch immer in Silvyra.«

»Eine neue Partnerin?« Die Urheberin blinzelte, dann senkte sie den Kopf. Ihre Stimme wurde schwer von Trauer. »Oh, Xavier. Ja natürlich, jetzt erinnere ich mich. Er ist ein guter Mann gewesen – und ein wunderbarer Weiser.«

»Das war er«, bestätigte Mwamba. »Und Helia hat dieser Verlust am schwersten getroffen. Deshalb hatten wir beschlossen, Nu mit ihr zu schicken. Antares hat die junge Frau auserwählt, und wir mussten einfach darauf vertrauen, dass das einen guten Grund hatte. Obwohl wir nicht wissen, wie ihre Suche nach dem Drachen verläuft, lassen die Ereignisse auf Erden darauf schließen, dass es nicht gut aussieht.«

»Und die anderen Weisen – sie sind nicht zurückgekehrt?«

»Es ist uns nicht gelungen, sie in den anderen Welten zu erreichen, Urheberin. Ich konnte es nicht riskieren, die Bibliothek unbewacht zu lassen, um sie zu benachrichtigen, und Robin musste bleiben, um Arturo dabei zu helfen, herauszufinden, was mit dir passiert ist.«

»Ich werde jetzt, da ich dazu imstande bin, eine Nachricht an ihre Sphären schicken. Und was ist mit der Erde?«

Jetzt war es an Robin zu sprechen. »Dort geschehen seltsame und schreckliche Dinge, liebe Urheberin. Nicht nur, dass das Gleichgewicht der Ökosysteme gestört ist, es bauen sich auch vulkanische Aktivitäten in einem Ausmaß auf, wie wir sie noch nie gesehen haben. Bisher gab es zwar keine richtigen Ausbrüche, aber das ist sicher nur eine Frage der Zeit. Wir glauben, dass es mit der Bedrohung durch Suttaru zu tun hat.«

Die Urheberin blinzelte ernst und schien mit dem Namen vertraut zu sein. »Das ist ein Name, an den ich mich erinnere. Suttaru ist also wirklich zurückgekehrt?«

»Helia hat ihn gesehen. Sie hat gesagt, Xavier sei durch seine Hand gestorben. Dass er den Rosengarten zerstört und vielleicht sogar den Drachen verschleppt hat. Ich glaube ihrer Geschichte.«

»Dann lasst uns keine Zeit verlieren und zum nächsten Kapitel übergehen. Was meint ihr, ihr Weisen?«

Mwamba und Robin sahen sich an, bevor Mwamba antwortete: »Wir müssen mit Helia sprechen und herausfinden, wie es mit ihrer Mission weitergeht. Wir wissen nicht, wie der Drache bezwungen wurde – vielleicht ist auch Perennia vergiftet worden –, aber wenn Helia sie zurückbringen kann und wir eine geeinte Front bilden, haben wir vielleicht eine Chance, Suttaru und seine Armeen zu besiegen. Im Augenblick wäre es nötig, dass du dich mit Vega und Antares in Verbindung setzt. Gib Helia Bescheid, dass du wieder da bist, und frag sie, wie wir helfen können.«

Das Gesicht der Urheberin neigte sich ein wenig, und der Sternenstaub um ihre engelsgleichen Züge herum schimmerte, dann schloss sie die Augen und sandte ihre Sinne über die Kluft zwischen den Welten hinaus.

Gift. Sabotage. Ein abtrünniger Weiser, der von den Toten zurückgekehrt war und nun versuchte, die Große Bibliothek von innen heraus zu zerstören.

Es war recht viel, was Helia da verarbeiten musste. Sie befand sich schon seit Jahrhunderten in der Bibliothek und hatte zahlreiche Dinge gesehen und gehört, die viele sterbliche Seelen verwirrt hätten.

Doch dies war sicherlich der tiefste Punkt in der Geschichte der Großen Bibliothek, nur noch übertroffen von dem letzten Mal, als Suttaru und die Wesenheit hinter ihm versucht hatten, sie zu zerstören.

Sie erinnerte sich an die Sache mit Edwin Payne. Auch wenn sie sich sein Gesicht nicht mehr genau vorstellen konnte, das wie so viele andere in den Nebeln der Zeit verschwunden war. Aber sie erinnerte sich daran, wie es sich angefühlt hatte, zu wissen, dass ein Weiser unter ihnen so verdorben worden war, dass das Buch die Verbindung zu seiner Sphäre gekappt hatte.

Dass er nicht gestorben war, überraschte sie. Sie hatte diese Angelegenheit schon vor langer Zeit ad acta gelegt, und dass sie jetzt wieder auftauchte, wirkte nervenaufreibend.

Was hat er die ganze Zeit über getan?

Antares blinkte und summte sich weiter durch die Geschichte, die ihr die Urheberin erzählte. Helia beobachtete Nu genau, als die neueste Weise die Geschichte für alle anderen übersetzte und sich jetzt schon genauso gut mit ihrer Sphäre verständigte wie jeder Weise vor ihr. Sie war stolz auf diese Tatsache, denn sie wusste, dass auch die Urheberin verstehen musste, wie weit Nu gekommen war, um die Informationen weitergeben zu können, die Antares ihr übermittelte. Aber sie empfand auch Kummer, als sie sah, wie sich Nus Züge anspannten und ihre Augen schmal vor Sorge wurden, als sie zur Übermittlerin solch verheerender Informationen wurde.

Dass sich die Urheberin direkt an die Weisen gewandt hatte, war ungewöhnlich und erfüllte Helia mit noch größerer Sorge über ihre prekäre Lage. Das Buch der Weisheit kommunizierte häufig mit den Sphären, wenn sie sich auf ihren Abenteuern in verschiedenen Reichen befanden, um über ihre Aktivitäten im Bilde zu bleiben, Nachrichten hin und her zu schicken und Recherchen für sie durchzuführen, sofern es notwendig war. Aber es kam selten vor, dass die Urheberin selbst die Seiten des Buchs verließ und kommunizierte.

Nun aber waren die Dinge so ernst, wie sie es überhaupt nur sein konnten.

Als Nu fertig übersetzt hatte, übernahm Helia. Sie erkannte, dass die jüngere Weise von dieser intensiven Erfahrung erschöpft war, daher berührte sie sie sanft an der Schulter und bedeutete ihr, sich hinzusetzen. Das tat Nu auch, lehnte sich gegen das Bullauge und streckte Antares die Hand hin, damit sie sich auf ihren Schoß setzte.

Vega wusste, was sie tat, natürlich wusste er es. Die beiden waren enger miteinander verbunden als nur durch Gespräche oder Gesten. Also stellte er eine direkte Verbindung zur Bibliothek und zur Urheberin her, indem er für Antares einsprang und von ihren bisherigen Abenteuern in Silvyra berichtete.

Niemand sonst im Raum konnte ihn verstehen, als die Muster seine Oberfläche bedeckten, niemand außer Nu – und die junge Frau hatte inzwischen die Augen geschlossen, weil sie zu müde war, um zuzusehen.

Helia beobachtete jedoch, wie ihre Sphäre von ihren Gesprächen am Großen Baum, ihren Schwierigkeiten im Labyrinth, dem Entern der *Goldamsel* und der Bergung der Cerulean-Rose am Uhrwerkberg erzählte, obwohl Suttaru versucht hatte, sie dort zu töten.

Dass die Große Bibliothek zur selben Zeit angegriffen worden war, bereitete Helia ein mulmiges Gefühl, denn – wie es schien – kam die Gefahr inzwischen aus allen Richtungen.

Jetzt sah sie sich in der Kabine um und betrachtete die Gruppe von Menschen, die ihre Freundinnen und Freunde geworden waren. Nu – anscheinend die jüngste Weise der Wahrheit –, die sie aus ihrem Leben in der Bibliothek gerissen und in einen Haufen Probleme hineingeworfen hatte. Probleme, vor denen die junge Frau kein einziges Mal zurückgeschreckt war. Dann waren da noch die Brüder Dzin und Yantuz, die sich den Weisen angeschlossen und ihren Wert bewiesen hatten. Inzwischen hatte auch Rascal gezeigt, dass selbst diejenigen, die bei den Leuten im Großen Baum in Ungnade gefallen waren, helfen konnten, sobald man sie darum bat. Und Kapitän Finesse und Earnest *hatten* sie vom Uhrwerkberg gerettet, als alle Hoffnung verloren schien.

Und da war es wieder – so, wie es immer in ihrem Leben gewesen war.

Das Wissen, dass es zu allen Zeiten Hoffnung gab, selbst in den dunkelsten Momenten des Lebens.

Dum spiro, spero. Solange ich atme, hoffe ich.

Sie musste nur weiteratmen. Oder, wie die Urheberin manchmal sagte: *»Blättere weiter in den Seiten, Helia. Von deiner Geschichte gibt es noch mehr zu erzählen.«*

Sekunden später wurde die nächste Seite umgeblättert.

Kapitän Finesse kam vom Unterdeck herauf. Mit einem ehrfürchtigen Lächeln hielt er ein Glasfläschchen hoch, das mit einer wunderschönen blauen Flüssigkeit gefüllt war.

»Dein Elixier ist fertig«, sagte er und weckte Dzin, der – ebenso wie Nu – in einem der Sitze vor sich hingedöst hatte. Vielleicht war er ähnlich erschöpft von dem Druck, sein Elixier in der seltsamen Enge der versteckten Raffinerie des Schiffes brauen zu müssen.

Doch er erwachte schnell, stand auf und nahm das Fläschchen so liebevoll in die Hand, als würde er sein eigenes Kind in Empfang nehmen.

Helia brannte zwar darauf, die Sache hinter sich zu bringen, aber sie gönnte ihm diesen Augenblick, bis sie schließlich wusste, dass sie es nicht länger hinauszögern konnten.

»Dzin?«

Sie streckte die Hand aus.

Die Aufmerksamkeit aller war auf sie gerichtet, als Dzin ihr feierlich die Phiole überreichte.

Sie hielt das Elixier in der Hand und spürte das glatte, leicht warme Glas und eine pulsierende Energie in seinem Innern.

»Bist du dir sicher, dass es funktionieren wird?«, fragte Yantuz seinen Bruder leise und berührte ihn als Geste der Unterstützung an der Schulter.

Dzin nickte. »Das Elixier heilt alle Gebrechen, auch die des Geistes, daher sollte es Helias Erinnerungen freisetzen. Jetzt mache ich mir nur noch Sorgen, dass uns das nicht dabei hilft herauszufinden, wie wir Perennia retten können. Oder dass es uns nicht sagt, wohin wir als Nächstes gehen müssen. Was dann?«

»Wir können nur hoffen, dass es gelingt«, antwortete Helia mit einem Lächeln. »Hoffnung gibt es immer.«

Sie entkorkte das Elixier und hielt es in das sanfte Nachmittagslicht, das durch die Bullaugen hereinströmte. Dann kippte sie den Hals des Fläschchens an ihr Handgelenk.

Was daraufhin geschah, war unerwartet.

Nu erwachte mit einem Aufschrei und rappelte sich aus dem Sitz hoch, in dem sie eingeschlafen war, ihre Augen wirkten groß, als sie die Hand nach Helia ausstreckte.

»Nein!«, rief sie.

Zu spät. Das Elixier drang bereits in Helias Haut ein.

Nur dass es nicht das Elixier war, das sie erwartet hatte.

Die Qualen wurden unerträglich. Es fühlte sich wie ein Jucken unter ihrer Haut an. Wie ein Brennen. Eine Kombination aus Feuer und Eis. Es sickerte durch sie hindurch, und sie versuchte instinktiv, es herauszukratzen, doch es war bereits zu spät. Sie konnte schon jetzt spüren, wie das Gebräu durch ihre Adern floss. Ihre Gedanken überschlugen sich. Keine Erinnerungen tauchten auf, wie sie gehofft hatte, sondern nur immer wieder die Worte *da stimmt was nicht* – dieselben Worte, die die anderen um sie herum riefen. Aber Helia konnte selbst nichts dagegen tun. Sie konnte nur kämpfen und ihren Arm umklammern, während sich ihre Adern verdunkelten. Dann fiel sie auf die Knie.

»Helia!«

Ängstlich schwirrte Vega um ihren Kopf, aber es war Nu, die zu ihr sprach und neben ihr kniete. Helia begann zu würgen.

»Was hast du getan?«, schrie Nu Dzin an, der versuchte, stammelnd seine Unschuld zu beteuern. »Was hast du ihr angetan?«

»Es ist … ist es nur mein Elixier!? Es ist das, was ich zu Hause im Baum hergestellt hatte. Ich habe die Rezeptur auf meiner Schriftrolle befolgt. Habe die Prozedur befolgt, wie ich sie in Erinnerung hatte. Ich verstehe das nicht. Es sollte ihr doch gut gehen. Es ist das Elixier des Lebens. Es sollte nicht … *das da* bewirken!«

Helias Sicht hatte sich getrübt, aber sie merkte noch, dass Nu sie mit diesem entrückten Ausdruck in den Augen betrachtete, der darauf hindeutete, dass sie noch mehr sah.

»Das ist nicht das Elixier des Lebens«, erklärte sie energisch. »Das ist nicht das, wofür du es hältst. Es ist etwas Böses, Dzin. Ich kann seine Energie erkennen, die sich in ihr windet und in ihr brennt. Es ist ein … ein böses Elixier.«

Das war das Letzte, was Helia hörte. Als wäre sie unter Wasser getaucht worden, schien ihr Gehör jetzt genauso gedämpft zu sein wie ihre Sicht verschwommen. Es gab nur noch Farben und Geräusche.

Ihre Hände verkrampften sich unwillkürlich und sie ließ die Phiole los.

Als das Gefäß mit dem dunklen Elixier in ihren Händen landete, hatte Nu eine weitere Vision.

Diese glich aber nicht jener, die sie geweckt hatte, als Helia im Begriff gewesen war, den Trank anzuwenden. Jene Vision war eher eine Warnung aus dem Bauch heraus gewesen. Instinkt zwar, aber wirklich genug, um zu wissen, was passieren würde.

Nein, die jetzige Vision war etwas ganz anderes. Ein sich windendes und zuckendes Gefühl, als würde sie vor ihrem geistigen Auge nicht nur in ein anderes Land, sondern sogar über Silvyra hinaus transportiert werden. In ein vollkommen neues Reich.

Sie schnappte nach Luft.

»Ich sehe es. Ich sehe *sie*!«

Es war ein Anblick, wie sie ihn noch nie zuvor erlebt hatte. Perennia war schön. So schön, wie etwas so Großes und Furchterregendes überhaupt sein konnte. Ein starkes, mächtiges Wesen mit Schuppen aus reinstem Gold, scharf und schimmernd, die sich wie Wellen auf dem tödlichsten Ozean kräuselten. Ihre Flügel waren groß genug, um die Sonne zu verdecken. Und auf ihrem Kopf saß eine Krone aus tränenförmigen Blütenblättern, die mit Saphiren und Rubinen besetzt waren.

Doch erst in ihren violetten Augen, die groß waren und leuchteten, sah Nu, was sie brauchte.

Als die Augen blinzelten und ihren Blick auf Nu richteten, spiegelte sich in ihnen etwas.

Eine Stadt.

»Sie lebt!«, flüsterte sie. »Meine Güte, ich glaube wirklich, sie lebt! Sie befindet sich in einer Stadt, obwohl ich die Stadt nicht so gut erkennen kann. Sie scheint in Nebel versteckt zu sein. Und da ist außerdem ein See um Perennia herum.« Nu schluckte, als sie die Landschaft in Perennias Umgebung nicht nur sah, sondern *fühlte*. »Dort ist es so schön, aber … ich weiß nicht. Es ist auch traurig. Kaum jemand ist dort. Ich glaube, die Stadt ist verlassen. Oh, aber Helia, der Drache … Perennia ist dort!«

Als die Vision zu verschwimmen begann, blinzelte Nu hektisch und starrte zuerst auf die Phiole und dann auf Helia, die vor ihr lag, nur noch gerade so bei Bewusstsein. Sie verstand, dass dies hier keinen Sinn ergab. Der Drache, nach dem sie suchten, konnte doch nicht einfach mitten in dieser Stadt stehen. Perennia war frei und nicht in Ketten. Es war, als würde sie auf sie warten.

Hatten sie denn alles falsch verstanden? Hatte Suttaru sie gar nicht entführt? Aber wenn das der Fall war, wo war sie dann? Warum war sie fortgegangen? Und doch spürte Nu eine tiefere Dunkelheit in ihrer Vision, einen Hauch von Asche vor ihrem geistigen Auge. Hatte Suttaru wieder Kontakt mit ihr aufgenommen? Sie biss sich auf die Zunge. Es war nicht mehr zu ändern.

Helia streckte eine Hand aus und berührte Nu am Arm. »Sag es dem Buch«, flüsterte sie. Das drängte Nus Misstrauen wieder in den Hintergrund und so konzentrierte sie sich auf das Hier und Jetzt. Als Antares aufgebracht in der Luft herumschwirrte und wie eine Biene Purzelbäume schlug, wurde Nu klar, dass die Sphären dem Buch bereits Bericht erstatteten.

»Ich fürchte, ich kann euch nicht helfen«, erklärte die Urheberin mit einem Anflug von Verzweiflung in der Stimme.

Mwambas Gesicht verzog sich zu einem Ausdruck der Verwirrung, der sich dann auch auf Robins Gesicht widerspiegelte.

Arturo schaute zwischen den dreien hin und her, denn das konnte unmöglich normal sein, und er machte sich zunehmend Sorgen, dass sie am Ende in eine Sackgasse geraten waren.

Als die Nachricht von Helias Sphäre durchgekommen war, hatte er sich dabei ertappt, zu hoffen, dieses Abenteuer möge bald vorbei sein. Nun verfügten sie über die Rezeptur und das Elixier und jemand hatte den Drachen gesehen.

Alles klang vielversprechend.

Doch bei der Erwähnung der in Nebel gehüllten Stadt, einer schönen, leeren Stadt inmitten eines Sees, die vor der Welt verborgen war, hatte die Urheberin den Kopf geschüttelt. Sie konnte sich nicht erinnern. Ihr Gedächtnis war noch immer durch das Gift getrübt, und trotz aller Bemühungen fand sie den Namen nicht, den sie brauchten, um die anderen zu Perennia zu führen.

»Du weißt wirklich nicht, wo sich die Stadt befindet?«, wiederholte Robin.

»Ich glaube, ich müsste es wissen«, antwortete die Urheberin. »In der Bibliothek gibt es ein Echo des Wissens über einen solchen Ort. Ich kann es fühlen, fast sogar schmecken. Das Problem ist aber, dass ich euch nichts sagen kann. Wenn ich den Namen wüsste, vielleicht. Aber mein Gedächtnis ist selbst in Nebel gehüllt.«

Plötzlich hatte Arturo einen Geistesblitz.

Die vergifteten Erinnerungen der Urheberin befanden sich in der Urhöhle, dem ältesten Teil der Bibliothek, dem Ort, an dem der abtrünnige Weise versucht hatte, mit seinem heimtückischen Plan Schaden anzurichten.

Und in dieser Höhle hatte es ein Buch gegeben. Eines, das im Mittelpunkt der Tintenfäden gestanden hatte, die von den anderen Geschichten im Bücherregal ausgingen, so als wäre es das Ziel des Angriffs gewesen.

Sie hatten keine Zeit gehabt, die Sache weiter zu untersuchen, weil der abtrünnige Weise sie gestört hatte. Und dann hatte es den Angriff gegeben und Arturo hatte das Ganze seitdem vergessen.

Aber jetzt dachte er an diesen Augenblick zurück, stellte sich das Buch vor seinem geistigen Auge vor und legte den Kopf leicht schief, als er versuchte, sich an den Namen zu erinnern.

»*Die Stadt der Ewigkeit*«, murmelte er.

Die anderen verstummten. Robin drehte sich mit einer tiefen Falte zwischen den Brauen zu ihm um, bis sie langsam begriff, wovon er überhaupt sprach. Dann nickte sie heftig.

»Ja, ja! Das war das Buch. *Die Stadt der Ewigkeit!* Das war das Buch in der Urhöhle, wo wir das Gift gesehen haben. Glaubst du, das könnte es sein?«

Das Gesicht der Urheberin erstrahlte, und der Sternenstaub schien über ihnen zu explodieren, als ihre Augen aufleuchteten. Sie murmelte die Worte vor sich hin und blinzelte dann, als hätte sie ihren Geist losgeschickt, um in ihren Aufzeichnungen nach den benötigten Einzelheiten zu suchen.

»Ich habe jetzt Zugang zu dieser Erinnerung«, berichtete sie. »Die Stadt der Ewigkeit ist in der Tat eine Stadt inmitten eines Sees, verborgen im Nebel. Aber sie liegt nicht in Silvyra, sondern in einem ganz anderen Reich. Und … ich fürchte, die genauen Koordinaten sind verloren gegangen. Das Buch selbst ist bei dem Angriff beschädigt worden, und die Tinte, die den genauen Ort enthielt, ist von der Seite ausgelaufen.«

Die Freude war nur von kurzer Dauer. Robin stieß einen frustrierten Laut aus und auch Mwamba seufzte schwer und schlug mit der Hand auf den Tisch.

»Wenigstens wissen wir jetzt, in welches Reich sie gehen müssen«, warf Arturo ein und versuchte, das Aufbauende an der Situation zu entdecken. »Wir brauchen nur noch herauszufinden, wo die Stadt in diesem Reich zu finden ist, was nicht allzu schwierig sein sollte …«

Robin teilte seine Begeisterung jedoch nicht. »Aber die Stadt liegt in einem anderen Reich, nicht in Silvyra, Arturo. Selbst wenn wir die Koordinaten kennen würden, die beschreiben, wo genau sie liegt, wird doch keiner von uns dort hinreisen können. Wir haben alle Portale in beide Richtungen schließen müssen für den Fall, dass Edwin Payne und seine Schar von Ungeheuern versuchen, wieder hereinzukommen.« Sie wandte sich an die Urheberin. »Also, wir kommen hier nicht raus, und Helia und die anderen können das Reich nicht finden, ohne hierher zurückzukehren. Was könnten wir also tun?«

Aber die Urheberin hatte offensichtlich bereits mit Helias Sphäre über dieses Thema gesprochen.

»Sie haben gesagt, wir sollen uns deswegen keine Sorgen machen«, erklärte sie in einem wissenden Ton, der die Vermutung nahelegte, dass sie etwas wusste, was dem Rest von ihnen unbekannt war. Arturo hätte schwören können, dass er ihre Mundwinkel kaum merklich in die Höhe zucken sah. »Offenbar haben sie Mittel und Wege, dieses Problem zu umgehen. Sie brauchen nur die Koordinaten, wenn sie dort ankommen.«

»Ich glaube, dabei kann ich helfen«, sagte Arturo zur Überraschung aller.

42

Der Anblick neuer Reiche

»Es gibt also *wirklich* andere Welten?«, wiederholte Dzin wahrscheinlich zum dritten Mal innerhalb weniger Minuten. Alle in der Kabine der *Goldamsel* starrten ihn an. »Ich dachte, das wären nur Geschichten und Gerüchte. Sie sind tatsächlich echt?«

Er bemerkte, wie sich Yantuz auf dem Sitz neben ihm anschnallte und alles wie immer mit Fassung zu tragen schien, gelassen im Wind dahindriftete wie Blütenstaub.

Dzin fragte sich, ob er das auch mal ausprobieren sollte. Es würde das Leben sicher leichter machen, statt all diese Unruhe und diesen Stress zu ertragen.

»Wir müssen uns auf das eigentliche Problem konzentrieren«, sagte Helia und warf ihm einen gequälten Blick zu. Es schien ihr nicht besonders gut zu gehen. »Die Stadt der Ewigkeit ist der Ort, an den man den Drachen gebracht hat. Ich weiß aber nicht, warum, und es spielt auch gerade keine wirklich große Rolle. Die Herausforderung besteht darin, dort hinzugelangen.«

»Aber ist das wirklich so? Denn du hast gerade zugegeben, dass ihr – du und Nu – von irgendwo jenseits von Silvyra stammt. Wie seid ihr zwei denn hierhergelangt?«

»Magisches Portal.«

Dzin quietschte kurz vor Lachen, bevor er sich wieder beruhigte. Das war alles so furchtbar lächerlich, aber wenn die anderen die Sache ernst nahmen, dann sollte er das auch tun. »Und warum können wir dann nicht durch dieses Portal zu der Stadt reisen?«

»Weil es geschlossen ist. Die Große Bibliothek von Morgen ist die Verbindung, durch die wir normalerweise zwischen unterschiedlichen Welten hin und her reisen. Aber sie wurde selbst angegriffen und musste ihr Portal schließen, um sich zu schützen. Sie können das Reich, in dem sich die Stadt befindet, nicht erreichen. Und wir sind hier in Silvyra gefangen.«

Vornübergebeugt saß Rascal auf ihrem Sitz gleich hinter dem des Co-Piloten und hörte aufmerksam zu. Dzin hatte angenommen, dass sie genauso erschrocken war wie er und vielleicht ihre üblichen bissigen Kommentare abgeben würde. Aber was sie dann sagte, bewies, dass dem keineswegs so war.

»Nicht unbedingt.«

»Wie meinst du das?«, fragte Helia.

Rascal tauschte einen Blick mit Kapitän Finesse, der kurz die Lippen schürzte, bevor er zögernd nickte.

Dann sprach sie weiter. »Es gibt einen Weg, um von hier aus in dieses Reich zu gelangen. Einen Weg aus Silvyra heraus. Nur wenige Läuferinnen und Läufer wissen davon, diejenigen, die auserwählt wurden, das Elixier über die Grenzen dieser schönen Länder hinaus zu exportieren.«

»Export in andere Reiche?« Dzin musterte Rascal mit schmalen Augen und konnte nicht glauben, was er da hörte. »Das ist doch sicher bloß ein Märchen! Ein Märchen, das uns Schülern erzählt wurde, um uns bei der Arbeit zu unterhalten.«

Rascal lächelte ihn an und zwinkerte ihm zu.

Oh. Du meine Güte. Es ist wirklich so.

»Einige Luftschiffe des Großen Baums sind so konstruiert

worden, dass sie die Klüfte überqueren können«, erklärte sie. »Nur wir Läuferinnen und Besatzungen, die diese Reisen machen mussten, durften davon erfahren. Zumindest war das früher so. Es ist ein gefährliches Unterfangen, und die Oberste Gelehrte war gewiss nicht begeistert davon, Schiffe zu verlieren, weshalb sie dem auch ein Ende setzte. Sie verbot die weitere Ausbildung von Pilotinnen und Piloten für diese Art von Reisen. Unser Kapitän Finesse hier ist zufällig einer der wenigen, die noch immer fliegen und zu solchen Leistungen fähig sind.«

»Du bist zwischen den Welten gereist?!«, fragte Yantuz. Dzin empfand eine kleine Genugtuung dabei, dass sein Bruder es endlich begriff.

Der Kapitän nickte. »Wenn es nötig war, ja.«

»In *diesem* Ding?«, hakte Dzin nach und deutete auf das Schiff um sie herum.

Der Kapitän runzelte die Stirn.

Dzin errötete sofort und hob müde die Hände. »Tut mir leid. Ich meinte nur … an diesem Schiff scheint nichts anders zu sein. Wie ist es möglich, dass du damit tun kannst, was du sagst?«

»Alle Reiche sind über Silvyra miteinander verbunden, durch die Wurzeln des Großen Baums, der die wahre Mutter von allem ist. Ist es nicht so, Helia?«

Helia nickte und der Kapitän sprach weiter. »Wenn du einen bestimmten Schlüssel hast, kannst du das Schiff auf diese natürliche Verbindung einstimmen und die physischen Grenzen von Reich zu Reich umgehen. Die Geschichten, die du erwähnt hast, treffen alle zu. Rascal war eine dieser Läuferinnen und wir sind ihr Schiff gewesen.«

»Mit dem ich manchmal ein bisschen zu viel herumgereist bin. Selbst nach dem Verbot der Reisen zwischen verschiedenen Welten«, ergänzte Rascal. »Was irgendwie der Grund dafür war, warum man mich aus der Gilde geworfen hat.«

»Aus der Gilde *und* von diesem Schiff«, fügte der Kapitän hinzu.

Rascal schnalzte mit der Zunge und schüttelte den Kopf. »Sicher, ja. Wenn du es so in Erinnerung behalten möchtest, Finesse, dann *bitte.*« Sie wandte sich wieder zu Helia um. »Wie dem auch sei, wir können euch auf jeden Fall in das Reich bringen, von dem du gesprochen hast, Weise. Und um die Stadt der Ewigkeit zu erreichen, brauchen wir nur noch die Koordinaten, wenn wir drüben angekommen sind.«

Vega, der auf Helias Schoß hockte, blitzte eine Nachricht, und Dzin wusste, dass nur Helia und Nu sie verstehen konnten. Sie tätschelte ihn sanft.

»Vega sagt, darüber sollen wir uns keine Sorgen machen. Er wird sie beschaffen.«

Dzin war ein wenig überwältigt. Die Galle stieg ihm in die Kehle und sein Herz pochte innen gegen seinen Brustkorb. Das war alles ziemlich viel auf einmal. Von der Flucht aus seiner Heimat, nachdem er Zeuge des Undenkbaren geworden war, über die Tatsache, dass er im Labyrinth fast aufgefressen worden wäre, bis hin zu dem Sprung auf ein Luftschiff und zu der Verfolgung durch Dämonen im Inneren eines Berges – er hatte sich da wirklich etwas eingebrockt.

Sich selbst – und seinem Bruder ebenfalls. Er hatte Yantuz in seinen Schlamassel mit hineingezogen – seinetwegen wäre er fast *gestorben* –, und das Schlimmste daran war, dass es den Idioten nicht einmal zu stören schien.

Offenbar konnte Helia seine Gedanken spüren. Sie beugte sich vor und legte ihm eine Hand aufs Bein, von dem ihm erst jetzt bewusst wurde, dass er damit hibbelte. Ihre Berührung beruhigte ihn ein wenig, und als sie ihn schwach anlächelte, hielt er sein Bein endlich still.

»Wir könnten euch absetzen, bevor wir aufbrechen. Dich und Yantuz und Rascal. Dies hier ist euer Zuhause und ihr habt uns schon so sehr geholfen. Es wäre nicht fair, euch mitzunehmen, nicht wahr, Nu?«

Nu antwortete nicht sofort. Sie sah Dzin auf eine seltsame Art an, als versuchte sie, ein Rätsel zu lösen.

»Nein«, antwortete sie schließlich. »Aber ihr könntet noch mehr helfen, wenn ihr mitkommen würdet.«

»Ich bleibe«, verkündete Rascal. Ihre angelegten Flügel zuckten und sie verschränkte die Arme vor der Brust. »Ich hatte noch nie die Gelegenheit, mit einer Weisen zu reisen, und schon gar nicht bei einem Abenteuer dieser Größenordnung. Ihr werdet meine Hilfe sicher brauchen können. Das soll keine Beleidigung sein, aber ihr Weisen seid schmächtig, und wenn wir auf noch mehr Monster treffen, werdet ihr gute alte brachiale Muskelkraft brauchen.«

»Und Perennia ist immer noch verschwunden«, fügte Yantuz hinzu und sah Dzin vielsagend an. »Abgesehen von der Tatsache, dass man uns als Verbrecher betrachten würde, wenn wir nach Hause zurückkehrten, haben wir ohne Perennia vielleicht nicht mal mehr ein Zuhause, zu dem wir zurückkehren könnten. Silvyra braucht seine Beschützerin und auch der Rosengarten braucht wieder seinen Drachen. Und …«

Erschöpft hob Dzin eine Hand, um den Wortschwall zu bremsen, von dem er wusste, dass er gleich kommen würde. »Schwarzfleckenkrankheit und Braunfäule, Yantuz, du brauchst nicht darauf herumzureiten. Ich verstehe schon. Du möchtest an Bord bleiben und helfen.«

»Was willst *du* denn, Dzin?«

Dzin dachte einen Augenblick lang darüber nach. Er hatte Angst. Er wollte zwar keine Angst haben, aber er hatte sie. Was wollte er denn? Alle Antworten, die er normalerweise in Erwägung gezogen hätte, erschienen ihm jetzt unmöglich. Die anderen Schülerinnen und Schüler waren tot. Die Raffinerie existierte nicht mehr. Perennia war verschwunden und der Rosengarten zerstört. Das alltägliche Leben im Herzen Silvyras hatte sich unwiderruflich verändert, daher würde es auch für ihn keine »Normalität« mehr geben. Und für alle anderen ebenso wenig. Nicht ohne den Drachen, der helfen würde, die Zerstörung aufzuhalten, die ihnen als Nächstes drohte.

Er musste bleiben und helfen, wenn er konnte. Trotz seiner Angst vor dem, was vor ihm lag, konnte er sich nicht vor der Verantwortung drücken, die er hier trug.

»Du brauchst nicht mitzukommen«, sagte Helia leise und unterdrückte ein Husten. »Du hast schon so viel getan.«

»Bitte, sag das nicht. Ich habe das schlimmste Elixier in der Geschichte der Konjunktionen gebraut! Ich will … ich *muss* das wiedergutmachen.« Er hielt inne und sah sie an. Sie wirkte ganz schwach, mit Schweißperlen unter den kastanienbraunen Locken, die ihr jetzt auf der Stirn klebten. Ihre Hände zitterten; auch sie waren blass und klamm, abgesehen von den Adern unter ihrer Haut, die sich zu Dzins Entsetzen gerade weiter zu verdunkeln schienen. Sein Gesicht verzog sich zu einer Grimasse, bevor er es wieder unter Kontrolle bringen konnte. »Meine Güte, Helia. Kommst du klar?«

Mühsam zog sie ihre Ärmel herunter, um zu verstecken, was immer da gerade vor sich ging. In ihrem Blick lag noch Leben, aber es schwand schnell dahin.

»Es geht mir gut, Dzin.«

»Bist du dir sicher?«

Sie antwortete nicht. Er wandte sich an Nu, deren besorgter Blick zu ihrer älteren Mitstreiterin hinüber zeigte, dass auch sie beunruhigt war.

Dzin seufzte.

»Wie soll das also gelingen?«, fragte er. »Perennia wurde in die Stadt der Ewigkeit gebracht, die in einem anderen Reich liegt. Sagen wir mal, ich bekomme das in den Kopf. Aber wie kommen wir dorthin? Fliegen wir einfach, bis wir den Rand dieser Welt erreichen und in die nächste fallen? Oder landen wir irgendwo und reiten auf gesattelten Fischen übers Meer, um diese Welt zu erreichen?«

»Na ja, das ist eben das Problem«, schaltete sich Kapitän Finesse ein. »Wir brauchen die Koordinaten, von denen die kleine Sphäre sagt, sie würde sie beschaffen. Aber wir brauchen auch einen Schlüssel.«

Helias und Nus Mienen verdüsterten sich. Sie drehten sich zu ihm um.

»Oh«, sagte Helia leise.

»Was denn für eine Art von Schlüssel?«, hakte Nu nach.

»Für den Schlüssel gibt es kein vorgefertigtes Muster, keine Form, wie ein gewöhnlicher Schlüssel sie hat. In diesem Fall liegt die Wichtigkeit im Material selbst. Dieser besondere Schlüssel muss vom Großen Baum stammen. Er ist die einzige Möglichkeit, die natürliche Verbindung zu den anderen Reichen anzuzapfen, um uns den Zugang zu ihnen zu ermöglichen.«

Dzin umklammerte seinen Stab fester. Zwar beachtete ihn niemand, doch er spürte die Hitze der Verantwortung trotzdem.

Er muss vom Großen Baum stammen.

Sein Vater hatte den Stab aus einem Ast geschnitzt, der gleich neben ihrer Baumhöhle auf den Gehweg gefallen war. Er hatte ihn Dzins Mutter geschenkt und es war ihr liebster Besitz gewesen. Von da an hatte sie ihn als Wanderstab benutzt. Das *Klack, Klack, Klack* hatte sich in Dzins Gedächtnis eingebrannt. Das wurde zum Klang von Familie und Geborgenheit.

»Hast du einen Schlüssel?«, fragte Helia. Ihre Stimme war schwach, und ihr Ton deutete auf eine Verzweiflung hin, die zuvor nicht da gewesen war. »Es ist schön und gut, über ein

Luftschiff zu verfügen, das zwischen den Welten reisen kann, aber wenn du den Schlüssel nicht hast, sitzen wir hier fest.«

Hoffnungsvoll schaute Rascal zu Earnest hinüber und dann zu Kapitän Finesse, aber die zusammengebissenen Zähne des älteren Mannes verrieten ihnen, dass es keine guten Nachrichten gab.

»Früher hat uns die Oberste Gelehrte solche Schlüssel immer zur Verfügung gestellt, sofern die Reise es erforderte«, berichtete er. »Aber das ist seit vielen Monden nicht mehr passiert. Schon bevor sie die Fahrten verboten hat, wollte sie nicht, dass wir die Grenzen überqueren. Diese Reisen sind riskant, und sie sagte, wir sollten nicht mit den universellen Grenzen herumspielen. Sie hat sich Sorgen gemacht, wir könnten sie um uns herum niederreißen.« Er stieß ein Lachen aus. »Das wird hier natürlich *nicht* passieren. Man kann die Grenzen sicher überschreiten, aber die Kluft ist nicht ohne Herausforderungen. Es bleibt eine holprige Erfahrung, von Welt zu Welt zu hüpfen.«

»Eine, in deren Genuss wir nicht kommen werden, wenn wir keinen Schlüssel haben«, warf Rascal mit einem Seufzen ein und sah Helia und Nu entschuldigend an. »Es tut mir leid, wir müssen den ganzen Weg zurück zum Großen Baum fliegen, um einen Schlüssel zu beschaffen, bevor wir weitermachen können.«

Dzin spürte Yantuz' Blick. Sein Bruder schwieg, doch er hätte Dzin ebenso gut ins Ohr brüllen können, so deutlich waren die unausgesprochenen Worte.

»Ich weiß«, flüsterte er.

Zu seiner Überraschung sagte Yantuz aber gar nicht das, womit er gerechnet hatte.

»Du kannst ihn nicht hergeben. Schließlich ist er deine Konstante. Er hilft dir, dich während deiner Panikattacken zu erden.«

»Ich weiß.«

»Und es ist unsere letzte Verbindung zu Mutter. Du hast ihn schon dein Leben lang, Dzin. Du kannst nicht …«

Jetzt war es an Dzin, seinen Bruder zu beruhigen, und er berührte ihn an der Schulter.

»Ich weiß, Yantuz. Und es ist in Ordnung.«

Er räusperte sich. Aller Augen ruhten jetzt auf ihm.

»Ich habe euren Schlüssel«, erklärte er.

Bei dem Gedanken, den Stab herzugeben, war ihm übel. Dies war das Letzte, was ihm von seiner Mutter geblieben war. Seine einzige noch reale Verbindung zu ihr. Und sosehr Yantuz ihn immer dafür verspottet hatte – »du bringst doch nicht schon wieder deinen *Troststock* mit, oder?« –, kümmerte Dzin das nicht. Der Stock gehörte ihm. Er barg seine Erinnerungen und war damit etwas, woran er sich klammern konnte, wenn ihm das Leben zu viel wurde. Das Holz unter seinen Fingern hatte ihn öfter davor bewahrt, in den Abgrund seiner Gedanken zu stürzen, als er zugeben wollte.

Welche Wahl hatte er jedoch? Für seine Freunde und seine Welt musste er diese Entscheidung treffen. Menschenleben standen auf dem Spiel.

Er hob den Stab, sodass alle ihn sehen konnten. Er hatte ihn die ganze Zeit bei sich gehabt, aber erst jetzt schienen Helia, Nu und Rascal den Stock richtig wahrzunehmen. Rascal fielen fast die Augen aus dem Kopf, als sie ihm zu verstehen gab, dass er ihn ihr reichen sollte.

Nachdem er ihn ein letztes Mal fest gedrückt hatte, gab er ihn her.

»Wie konnte ich das übersehen?«, rief sie, dann strahlte sie ihn an und reichte den Stab an Earnest weiter. »Dzin, du hast uns gerettet.«

Dzin nickte knapp. »Bekomme ich ihn zurück?«

»Ich fürchte nicht, mein Freund.« Kapitän Finesse verlor keine Zeit und legte bereits Schalter auf dem Armaturenbrett um, um alles auf die Überfahrt vorzubereiten.

Dzin fragte sich, ob er den Stab bereits bemerkt und höflich auf das Angebot gewartet hatte, anstatt ihn zu einer Entscheidung zu drängen, indem er die anderen darauf hinwies. Wenn ja, war Dzin dafür dankbar.

Der Kapitän sprach weiter: »Die Energie des Holzes wird von dem Schiff absorbiert. Das ist ein großer Wanderstab, den du da hast – vielleicht reicht er für zwei Fahrten und dann bleibt wahrscheinlich noch ein bisschen was übrig. Einmal hin, einmal zurück. Leider wirst du nicht viel davon mit nach Hause nehmen können, falls es das ist, wonach du gefragt hast.«

»Danke. Das ist alles, was ich wissen wollte.«

Dzin verschränkte die Hände auf dem Schoß, schon jetzt beklommen, weil ihm der Stab in den Fingern fehlte. Die anderen sahen ihn mit einer eigenartigen Mischung aus Stolz und Kummer an.

Besonders Yantuz.

Helia, die inzwischen noch kränklicher schien als noch vor einer Minute, schenkte ihm ein Lächeln, das ihre Dankbarkeit ausdrückte. Das Wissen, dass er ihnen allen gerade geholfen hatte, verhinderte, dass sich die übliche Panik in ihm einstellte.

Tatsächlich fühlte er sich durch seine Entscheidung sogar ermutigt.

Zumindest bis Earnest den Stab über sein Knie schmetterte und ihn sauber in zwei Teile brach. Dzin wurde etwas flau, aber er hielt sich tapfer, als Earnest entschuldigend mit den Achseln zuckte und dann einen Knopf auf dem Armaturenbrett drückte. In der Mitte des Bodens öffnete sich eine Klappe, aus der sich eine Plattform zwischen den Sitzen erhob. Darauf befand sich eine Metallscheibe, und sobald das hölzerne Artefakt in der Mitte platziert war, wo es von einer unsichtbaren Kraft in der Luft gehalten wurde, zischten blaue Feuerfunken auf.

Seine Gefühle schluckte Dzin herunter und sah zu, wie Earnest an einer Wählscheibe drehte, woraufhin das Summen des seltsamen Geräts lauter wurde. Funken flogen durch die Luft, und Earnest kniff die Augen zusammen, aber dann drehte er den Regler weiter auf.

Der Stab löste sich grell glühend auf.

Lebe wohl, Mutter, dachte Dzin.

Jetzt brauchten sie nur noch die Koordinaten.

Arturo beobachtete, wie Mwamba der vorbeifliegenden Volare zuwinkte und die Flugmaschine auf seiner Hand landen ließ. Während das Innere des Mechanismus weitersurrte, tippte der Weise ein paar Anweisungen in eine Tafel auf dem Rücken des Boten und hob ihn dann wieder in die Luft. Der schlug mit seinen vier Flügeln und verschwand sofort durch eine der Öffnungen in der Wand in Richtung der Urhöhle.

»Wie lange wird er brauchen?«, fragte Arturo.

»Nicht lange«, antwortete Robin.

Mwamba sah die unausgesprochene Frage in Arturos Augen und lächelte. »Die Strecke zur Urhöhle ist für uns etwas beschwerlich, aber es gibt ein ganzes Netz von Luftschächten, die unseren kleinen Botenfreunden den Weg erleichtern.« Canopus leuchtete auf, und Mwamba fügte hinzu: »Und ja, manchmal benutzen die Sphären sie auch, wenn es nötig ist.«

Nur wenige Minuten später hörten sie den Widerhall der zurückkehrenden Maschine, und Arturo beobachtete, wie sie wieder herausflog und über Mwamba schwebte. Sie öffnete ihre Ladeluke und ließ das Buch in seine Hand fallen, bevor sie wieder losflog, um ihre Arbeit fortzusetzen.

Die Worte *Die Stadt der Ewigkeit* waren gerade noch auf dem

Buchrücken zu erkennen, als Mwamba es hin und her drehte und das tintenverschmierte Buch im schwachen Lichtschein studierte. Er nickte ernst vor sich hin, während er es durchblätterte, dann hielt er es hoch, um ihnen die letzten Seiten zu zeigen.

Auch hier war die Tinte stark verlaufen, sodass nur noch Kleckse von Wissen zu sehen waren. Unverständlich. Unbrauchbar.

Mwamba legte das Buch auf den nächstbesten Tisch und winkte Arturo heran.

»Das ist der Moment, in dem du glänzen kannst, mein Freund.«

Arturo zog den Bleistift von vorhin aus seiner Tasche und trat vor.

Über den Tisch gebeugt hielt er ihn hoch … dann stutzte er. »Es ist wirklich in Ordnung, dass ich in dieses Buch schreibe, oder?«

Robin und Mwamba grinsten beide. »Ja, Arturo. Ich glaube, das war von Anfang an so gedacht«, antwortete der ältere Weise.

»Du schaffst das, Arturo«, fügte Robin herzlich hinzu. »Ich glaube an dich.«

»Aber was, wenn ich nicht weiß, was ich eigentlich schreiben soll? Ich meine, es war doch bloß eine Theorie, die ich hatte. Ich habe hier ein wenig Macht, und Dinge, die ich zu Papier bringe, werden lebendig. Aber glaubt ihr, dass es wirklich so einfach ist, wie ich gesagt habe? Dass ich bloß ein paar Koordinaten aufschreiben muss, und dann sind die universell gültig? Die Stadt wird danach an dem Ort zu finden sein?«

Robin ging auf ihn zu und legte ihm eine Hand auf die Schulter. Er spürte, wie sich eine Welle des Mitgefühls und des Wohlwollens in ihm ausbreitete. Und der Liebe. Sie durchströmte sein Inneres mit Wärme und Kraft und gab ihm ein Gefühl der Zuversicht, an das er sich von früher erinnerte.

Sie brauchte gar nichts zu sagen. Ihre Blicke trafen sich kurz, und zwischen ihnen wurde etwas ausgetauscht, bevor sie nickte und ihm bedeutete, dass er fortfahren solle.

Gestärkt durch die Magie, die sie gerade benutzt hatte – oder war es nur ihre Berührung gewesen? –, beugte er sich wieder über das Buch, setzte seinen Bleistift auf die Seite und schrieb.

Es war die kürzeste Geschichte, die er je geschrieben hatte. Einige Worte über die Entdeckung einer Stadt im Nebel, mit Koordinaten, die er für einen Ort in einer anderen Welt als angemessen betrachtete. Es gab keine Zahlen, sondern eine Reihe von fantastischen Orientierungspunkten.

Unter den grünen Sternen am Rande der Nacht,
zum Gebirge golden leuchtender Gipfelpracht,
fliege nun durch die blaue Wolkenwand,
auf der Spur der Nomadenflotte übers Land.
Und wenn du das Strudelmeer findest,
lausche auf das Wispern des Windes,
dem folge zu der Insel, um die sich der Nebel schmiegt
und auf der die Stadt der Ewigkeit liegt

Arturo biss sich auf die Unterlippe und starrte auf die Worte hinunter, um schließlich einen Punkt ans Ende zu setzen.

Er atmete tief durch. Er war sich nicht sicher, was ihn erwartete – ob es eine Art magisches Glitzern geben würde oder einen Lichtblitz oder etwas anderes Außergewöhnliches.

Doch er wusste, dass sein Schreiben dieses Mal keine physischen Auswirkungen hätte, die er würde sehen können. Er schaute zu Robin hinüber, die ihn beruhigend angrinste. Dann blickte er Mwamba an, der feierlich nickte.

Danach blickten alle drei zu der Urheberin auf.

Das Lächeln, das über ihre Züge glitt, sagte ihnen alles, was sie wissen mussten.

»Es hat funktioniert«, berichtete sie. Und übermittelte die Koordinaten.

Einige bisher unbeleuchtete Anzeigen auf dem Armaturenbrett der *Goldamsel* erstrahlten plötzlich mit einer Kraft, die sie offensichtlich schon seit einer ganzen Weile nicht mehr erlebt hatten. Sie leuchteten sporadisch auf und wurden immer stärker, bis sie schließlich in einem kräftigen bernsteinfarbenen Licht erstrahlten.

»Los geht's!«, rief der Kapitän und legte eine Reihe von Schaltern um.

»Die Koordinaten sind drin. Es kann losgehen.«

Nu überprüfte noch einmal ihren Sicherheitsgurt.

»Wie holprig wird diese Reise genau werden?«, fragte sie Helia und drückte die Hand der anderen Frau.

»Ziemlich holprig, glaube ich.«

»Kein Flimmern?«

Die ältere Weise unterdrückte ein Lachen, das ohnehin schwach und kränklich geklungen hätte. »Tut mir leid.«

Als der Kapitän einen Hebel über seinem Kopf an der Decke umlegte, vibrierte um sie herum die Kabine.

»Festhalten!«, rief er.

Nu krallte sich mit ihrer freien Hand an der Armlehne des Sitzes fest und bohrte ihre verschwitzten Finger hinein, als könnte das helfen, während sie mit der anderen Helias Hand noch fester drückte.

Ein helles grünes Licht strahlte durch die Bullaugen herein.

Und dann fiel das Luftschiff in sich zusammen und verschwand.

43

Die Stadt der Ewigkeit

Nu hatte Mühe, ihre Augen zu öffnen, und als sie es schließlich tat, wünschte sie sofort, sie könnte sie wieder schließen.

Die Welt schimmerte und schauderte um sie herum, die Kabine wurde von Krämpfen geschüttelt, als wäre sie ein Bild auf einem maroden Fernsehbildschirm. Helias Hand drückte ihre beschwichtigend, doch ihre Finger fühlten sich falsch an. Seltsam. Als würden sie nicht nur Nus Haut kneten, sondern tatsächlich *darin* stecken.

Aber es gab keinen Schmerz. Nur ein unangenehmes und eigenartiges Gefühl, das zu allem, was sie sehen konnte, zu passen schien.

Die Übelkeit war grauenhaft. Sie versuchte, sich auf die Windschutzscheibe hinter dem Kapitän und Rascal zu konzentrieren, in der Hoffnung, dort irgendein Bild – wie bei einer Reise mit Hyperantrieb – zu sehen. Aber da war nichts Konkretes zu erkennen. Es schien, als wäre sie unter dem Meer gefangen und sähe, wie sich das Sonnenlicht durch die aufgewühlten Wellen brach. Nur dass es jetzt nicht nur Licht war, vielmehr gab es da auch Gefühle in allen möglichen Mustern und Intensitäten, die sie irgendwie *sehen* konnte.

War das eine ihrer Visionen? Sie konnte sich nicht sicher sein. Sie wusste nur, dass es furchtbar war.

Es blieb unglaublich beunruhigend, bis alles zu wackeln anfing und ein furchterregendes Gebrüll ihre Trommelfelle nahezu platzen ließ. Für ein paar Sekunden wurde es noch schlimmer, dann ließ es wieder nach.

»Bald da«, versuchte Helia zu sagen. Die Worte waren beinahe sichtbar, als sie aus ihrem Mund kullerten und vor Nu dahintrieben.

Ein weiterer gewaltiger Ruck riss sie fast aus ihrem Sitz. Sie packte Antares, die auf ihrem Schoß lag, fester denn je und merkte kaum, wie sie vor Schreck – oder vielleicht auch nur vor Unbehagen, weil sie gedrückt wurde – heftig aufblitzte. Doch Nu hielt sie weiter fest, während sich das Ganze auf den Kopf stellte und dann von innen nach außen stülpte. Die wackelnden Bilder ringsum hielten noch einen Augenblick länger an, bis plötzlich alles verschwunden war.

Dann war da nur noch Schimmern und Zittern.

Und danach nicht einmal das.

Strahlendes Licht strömte durch die Fenster, aber jetzt war es ein normales Licht, nichts Übernatürliches.

Nu blinzelte und schaute zur Seite, wo sie blauen Himmel und ein blaues Meer mit kleinen grünen Inseln darauf sah. Ein Seufzer entwich ihr und beschlug das Glas, als sie sich näher an das Fenster lehnte – und dabei fast aus ihrem Sitz gefallen wäre –, um ihre Umgebung zu betrachten.

Wäre da nicht die mit einem Ring umgebene Sonne über ihnen gewesen, hätte sie angenommen, dass sie vielleicht zu einem der schönen Orte auf der Erde gereist waren, die sie so oft sehnsüchtig vom Observatorium aus angestarrt hatte.

Aber sie befanden sich nicht auf der Erde.

»Wir sind da«, erklärte Kapitän Finesse mit einem Hauch von

Erleichterung, bevor er die Steuerhebel nach vorn schob und die *Goldamsel* beschleunigte. »Jetzt lasst uns eure Stadt finden.«

Die Reise dauerte den Rest des Tages und dann noch die ganze Nacht. Sie folgten dem ziemlich fantastischen Wesen der Koordinaten, die man ihnen geschickt hatte. Ab und zu zeigten Earnest und Rascal auf grüne Sterne und Berge mit goldenen Gipfeln. Sie alle sahen die blauen Wolken über sich, die sie dann durchquerten.

Danach, früh am nächsten Morgen, fanden sie Spuren von Schiffen weit unter sich, denen sie ebenfalls folgten, bis eine Reihe seltsamer Laute von außen in die Kabine wehte.

»Das Wispern des Windes?«, fragte Nu Dzin.

»Ich vermute es«, antwortete er achselzuckend und wirkte von dem Geräusch ein wenig beunruhigt.

Schließlich erreichten sie ihr Ziel.

»Eine in Nebel gehüllte Insel«, rief Rascal aufgeregt. »Da ist sie, Freunde. Ich glaube, das ist unsere Stadt!«

Neben ihr erwachte Helia plötzlich, löste benommen ihren Sicherheitsgurt und stand auf. Nu tat das Gleiche und ließ Antares von ihrem Schoß auffliegen. Die beiden Weisen gingen in den vorderen Teil des Luftschiffs.

»Das ist sie«, bestätigte Nu, die sich über Rascals Schulter beugte, um einen Blick aus dem Fenster zu werfen.

Es war der Ort aus ihrer Vision. Allein der flüchtige Schatten einer zerklüfteten Küste, an die die Wellen schlugen, und die Schatten der Türme waren in der grauen Wolke zu sehen, die alles einhüllte, aber das war es – sie erkannte es genau wieder.

Bis zur Landung dauerte es nicht lange. Sie tauchten aus dem dämmrigen Himmel ab und stießen in die dichte Wolkendecke. Für ein oder zwei Sekunden fragte sich Nu, ob sie einen riesigen Fehler begingen, aber dann lichtete sich das Grau und sie konnte Hügel und einen üppigen grünen Wald unter sich erkennen.

»Dort«, sagte Rascal und deutete auf eine Lichtung am Rand eines Gewässers. Der dünne Bogen einer Brücke war zu erkennen, bevor er wieder im Nebel verschwand, während ein senkrechter Streifen weißen Schaums den Hügel dahinter prägte. »Landet dort, neben dem Wasserfall. Das ist ein geeigneter Platz.«

Der Kapitän brachte sie schnell und lautlos auf den Boden, und das Luftschiff holperte kaum, als sie endlich landeten. Er drehte sich um und nickte Nu zu.

»Willkommen in deiner Stadt der Ewigkeit, Kleine.«

Earnest und er blieben an Bord, während die anderen schweigend den Steg hinuntergingen – zuerst Helia und Nu, dann Rascal und schließlich Dzin und Yantuz.

Ob ihr Schweigen auf Ehrfurcht oder Angst beruhte, wusste Nu nicht recht. *Vielleicht ist es beides*, dachte sie, als sie bemerkte, dass der Wasserfall hinter ihnen tatsächlich *nach oben* floss.

Helia ertappte sie dabei, wie sie sich staunend und mit großen Augen umschaute. »Diese Welten können manchmal seltsam sein, Nu. Hier ist eine Menge Magie am Werk, wie du entdecken wirst – Magie, die unseren Naturgesetzen widerspricht. Ich kann es kaum erwarten, dass du das alles siehst und erlebst. Aber jetzt müssen wir erst mal weiter. Komm, kannst du mir helfen?« Sie hustete und schwankte ein wenig, versuchte aber, sich auf den Beinen zu halten. »Auf der anderen Seite der Brücke sehe ich Gestalten. Wahrscheinlich müssen wir den See überqueren, um in die Stadt zu kommen.«

»Alles in Ordnung mit dir?«, fragte Nu.

Helia klammerte sich an ihren Arm und sah noch schlimmer aus als zuvor. Die Angst um die Gesundheit ihrer Freundin wuchs in Nus Brust. Und wenn sie ehrlich war, hatte sie auch Angst um sich selbst. Sie waren schon so weit gekommen und Helia hatte ihre kleine Gruppe die ganze Zeit lang angeführt.

Nu hatte Angst davor, hier ohne sie weitermachen zu müssen. »Helia, wir können eine Weile warten, wenn du dich ausruhen musst.«

»Nein, wir sollten weitergehen. Mit mir ist alles in Ordnung.«

Es war ganz deutlich, dass das nicht stimmte. Helias Adern wurden von Minute zu Minute schwärzer und wieder verlor sie das Gleichgewicht und wäre fast gestürzt. Nu konnte sie nur mit Mühe halten, sodass Rascal einspringen und Helias anderen Arm festhalten musste.

»Sie leidet immer noch unter der Wirkung des Elixiers«, flüsterte Nu Rascal zu, als Dzin und Yantuz herbeigeeilt kamen.

Dzin wirkte zutiefst entsetzt. »Habe ich sie getötet? Ich habe sie getötet, nicht wahr? Es tut mir so leid. Ich hätte schwören können, dass ich das Elixier richtig zubereitet habe. Was um alles in der Welt kann ich falsch gemacht haben? Keine der Zutaten war doch gefährlich – ich habe sie alle schon mal benutzt. Vor allem die Cerulean-Rose, die in allen Elixieren verwendet wird.« Er hielt inne, kramte in seinem Mantel und zog etwas heraus, das wie ein kleiner Pilz aussah. »Oh, und außerdem einen von denen hier.«

Rascal schnappte scharf nach Luft und entriss ihm den Pilz. »Oh, du hast doch nicht etwa *das hier* benutzt, oder? Dzin, dieser Pilz ist furchtbar giftig. Schon eine kleine Menge davon kann tödlich sein. Was zum Kuckuck haben sich deine Lehrer dabei gedacht, dich so etwas verwenden zu lassen?«

Dzin erbleichte und schien entsetzt in seinen Kleidern zusammenzuschrumpfen. »Es war eine Zutat, die mir viel bedeutet hat«, antwortete er leise. »Der Pilz kann doch nicht schlecht sein. Es war mein Lehrer, der mich zu ihm geführt hat – in gewisser Weise.«

»Was zur Hölle soll das heißen?«

»Ich war … ich war nervös. Und panisch. Ich hatte eine überwältigende Angst, ich könnte mich übernommen haben und bei der Herstellung des Elixiers versagen …«

»Aber du sagst, dein Lehrer hätte dich zu der Zutat geführt?«

»Ja, ich brauchte Hilfe und da hat mir mein Lehrer Tywich seinen Rat angeboten.«

»Tywich, hm? Ich erinnere mich an ihn. Seltsamer Mann, aber nicht gerade auffällig«, antwortete Rascal und die Falten auf ihrer bereits gerunzelten Stirn vertieften sich. »Aber das kann nicht stimmen. Wir wissen beide, dass das gar nicht möglich ist – denn nur der Schüler kann seine Zutat finden.«

»Genau das habe ich getan. Tywich hat mir nur geholfen, den richtigen Ort für die Suche zu finden. Zumindest dachte ich, es wäre der richtige Ort …« Seine Stimme verlor sich, seine Kräfte schwanden. Er schien sich für das, was passiert war, zu schämen. Er seufzte schwer und ließ die Schultern hängen. »In meiner Panik habe ich über die Zutat gar nicht richtig nachgedacht. Alles schien sich so gefügt zu haben, wie es sollte, deshalb hatte ich keinen Grund, sie anzuzweifeln.«

»Aber es überrascht mich, dass Tywich sie nicht hinterfragt hat.«

»Oh, er war bloß glücklich, dass ich die Pilze gefunden hatte. Und als ich das Elixier gebraut habe, war der Berater persönlich zugegen. Er hat sich mit Tywich unterhalten und um die Ehre gebeten, das Elixier prüfen zu dürfen. Was sollte ich dazu sagen?«

»Du hast es nicht selbst getestet?« Rascal blies die Wangen auf. »Meine Güte, Dzin.«

»Ich weiß, ich weiß. Aber wenn es ein Problem mit dem Elixier gegeben hätte, wäre der Berater doch auch krank geworden? Warum ist er es denn nicht?«

Nu folgte dem Gespräch und formulierte in ihrem Kopf eine

Theorie. Sie erinnerte sich an den Berater der Obersten Gelehrten. An die seltsame Art, wie er sie angesehen hatte – mit seinem Silberauge. Sie vertraute ihm nicht im Mindesten.

Rascal schien ihre Meinung zu teilen. »Ich glaube, man hat dich in die Irre geführt. Der Berater schien immer seine eigenen Interessen zu haben, und ich bezweifle, dass er dieselben Ziele verfolgt wie wir anderen. Was auch immer du erschaffen hast, es war damals nicht das Elixier – und das ist es auch jetzt nicht. Diese Zutat hat dafür gesorgt, dass du etwas ganz anderes erschaffen hast.«

Rascal wollte noch etwas hinzufügen, aber Helia stöhnte, als müsste sie sich womöglich übergeben.

Nu rieb ihrer Freundin den Rücken und bedachte die Läuferin und den Läufer mit einem energischen Blick. »Es spielt aber keine Rolle, wer dafür verantwortlich ist. Was jetzt zählt, ist Helia.«

Dzin nickte so heftig, dass ihm das Haar ins Gesicht fiel. »Bitte, lasst mich das in Ordnung bringen. Vielleicht kann ich meine Rezeptur überarbeiten und da draußen eine andere Zutat finden. Vielleicht können wir Helia dann das echte Elixier des Lebens beschaffen, bevor ein zu großer Schaden angerichtet wird.« Er deutete auf das Luftschiff. »Lasst es mich versuchen. Mithilfe der Raffinerie kann ich schnell ein neues brauen. Vielleicht kann ich sie wieder heilen.«

Helia holte tief Luft und stand auf, trotz Nus Protest.

»Das wäre gut. Danke, Dzin«, sagte sie. »Und während du das tust und Kapitän Finesse und Earnest dich beschützen, sollten wir anderen uns auf die Suche nach unserem Drachen machen.«

Mit diesen Worten bahnte sie sich ihren Weg durch die Gruppe in Richtung der Stadt.

Auf der Lichtung am Rande des Sees war die Luft mild und warm.

Eine leichte Brise wehte über das Gewässer und ließ die Blätter in den schönen knorrigen, moosbedeckten Bäumen rascheln, bevor sie die Hügel hinauffegte, die in den grauen Wolken verschwanden.

Nu schien der See viel zu still zu sein. Er war wie die Oberfläche eines Spiegels, durchbrochen nur von seltsamen kupfernen Monumenten, die wie Teleskope aussahen – *Reflectorias,* erklärte ihnen Antares – und sich in regelmäßigen Abständen rund um den See herum erhoben. Sie schienen alle auf einen einzigen Punkt in der Stadt ausgerichtet zu sein.

Als wäre das noch nicht genug gewesen, bemerkte sie an diesem Ort etwas noch Seltsameres.

Mehr als einmal drehte sich Nu um, weil sie eine Stimme gehört hatte, nur um festzustellen, dass niemand gesprochen hatte. Schon bald begriff sie, dass der Wind die Worte herbeiwehte. Und nicht nur einzelne Worte, sondern Bruchstücke von Sätzen, vertraute Refrains, die sie nicht recht einordnen konnte, von denen sie aber wusste, dass sie sie schon früher gehört hatte. Auch Musik erhob sich, eine beschwingte Melodie, die sie sofort an zu Hause erinnerte. Ob man ihr das als Kind vorgesungen hatte? Plötzlich war sie sich dessen sicher, obwohl sie wusste, dass es gut fünfzehn Jahre her sein musste, seit sie das letzte Mal überhaupt an dieses Lied gedacht hatte.

»Hast du das gehört?«, fragte sie Helia.

Aber ihre Freundin reagierte nicht. Ebenso wenig wie Rascal oder Yantuz. Als sie auf die steinerne Brücke traten, starrten sie alle in den Nebel über dem See. Nu begriff, dass auch sie lauschten … Aber sie konnte erkennen, dass sie alle etwas anderes hörten.

Helias Züge hatten sich so verhärtet, dass es klang, als versuchte sie, nicht zu weinen. Als sie weiterging, sah Nu, wie ihre Lippen immer wieder dasselbe Wort formten.

Xavier.

Helia war noch immer schwach auf den Beinen, griff nach dem Geländer und verkrampfte die Finger um den edlen weißen Stein, der wie eine geisterhafte Wolke aussah, die in die Länge gezogen wurde und sich in der Ferne verlor.

Auch Yantuz ging sehr langsam und schaute immer wieder über die Brücke, als riefe ihn jemand. »Mutter?« Nu glaubte, ihn das Wort flüstern zu hören. Einen Augenblick lang leuchtete sein Gesicht auf, als würde er jemanden wiedererkennen, bevor er verwirrt den Kopf schüttelte.

Selbst die unerschütterliche Rascal war von dem, was sie hörte, aufgewühlt. Sie legte den Kopf schief und verzog die Lippen zu einem fragenden Ausdruck. Auf ihrem Rücken zuckten die Flügel, als wollten sie sie in die Luft heben, wie sie es früher gekonnt hatten.

In der Zwischenzeit hatten die Sphären, die zwischen Nu und Helia dümpelten, ihr aufgeregtes Pulsieren eingestellt und waren jetzt farblos. Antares war während der Flugreise noch größer geworden, ihre Kraft schien zurückzukehren – sie war jetzt fast so groß wie Vega –, aber Helias Sphäre führte ihre Gefährten immer noch an und drehte sich inzwischen so langsam, als würde sie die Umgebung in sich aufnehmen und nicht so recht wissen, was sie von alledem halten sollte.

»Wir sollten weitergehen«, flüsterte Helia Nu zu und beugte sich dicht zu ihr vor, damit die anderen sie nicht hörten. Sie packte Nus Arm fester, sogar etwas fester, als sie es vermutlich beabsichtigte, vielleicht, um Halt zu finden. »Ich weiß nicht, was hier los ist, aber die Stimmen werden hoffentlich still sein, wenn wir die andere Seite dieser Brücke erreichen.«

»Glaubst du denn, dass es der See ist, der die Stimmen erzeugt?«

»Ich weiß es nicht. Es könnte sein. Was auch immer sie verursacht, es sind jedenfalls Stimmen, die ich schon lange nicht mehr gehört habe, und einige davon können unmöglich echt sein.« Sie schaute zu Vega auf. »Hast du noch Kontakt zur Bibliothek? Kannst du uns etwas mehr darüber sagen, wo wir hier sind?«

Zur Bestätigung pulsierte die Sphäre und schwieg für einen Augenblick. Das einzige Geräusch war ein sanftes Summen, das von den Schaltkreisen oder der Magie kam – oder von dem, woraus sie bestand – was auch immer das sein mochte; Nu war sich da nach wie vor nicht sicher.

Schließlich begann Vega zu sprechen, und Helia gab die Informationen an die anderen weiter, während sie vorsichtig über die Brücke und über die weite Fläche des Wassers gingen und in den Nebel eintauchten.

»Die Welt, in der diese Stadt liegt, hat keinen Namen. Früher einmal hatte sie einen, vor vielen Lebensspannen, aber die Bewohnerinnen und Bewohner erinnern sich nicht mehr daran. Die einzige Stadt, an die sie sich erinnern, liegt hier vor uns. Das Zentrum ihrer Zivilisation.«

»Die Stadt der Ewigkeit«, sagte Nu und spähte geradeaus, wo sich in der Ferne scharfe Umrisse vor dem verschwommenen Grau erhoben. An ihrem Ohr summte Antares eine Bestätigung und lauschte offensichtlich ebenfalls der Nachricht.

»Mwamba sagt, dass der Schriftsteller, den wir kennengelernt haben – Arturo –, in der Bibliothek ein Buch gefunden hat, das den Namen dieser Stadt trägt. Das Buch war zwar beschädigt, aber sie konnten einen Teil des Inhalts trotzdem lesen. Es enthält Recherchen unserer Weisen aus der Vergangenheit, die uns von dieser großen und wundersamen Siedlung erzählen. Hier herrscht ein wunderbares Gleichgewicht zwischen Technologie und Natur, das von den besten seiner Bewohner geschaffen wurde. Ein Ort der Liebe und der Besinnung. Eine Stadt, errichtet aus …«

Helias Stimme verlor sich.

»O nein«, sagte sie schließlich.

Vegas smaragdgrüne Symbole pulsierten weiter um seine Oberfläche herum, während er fortfuhr, die Nachricht zu übermitteln, bis ihm klar wurde, dass seine Weise langsamer geworden war. Er fragte, was los sei. Sie antwortete aber nicht.

Nu achtete kaum noch darauf, denn sie starrte auf die Schatten, die sich immer deutlicher vor ihnen abzeichneten, je näher sie dem Ende der Brücke kamen. Sie konnte turmhohe, geschwungene Gebäude sehen, die aus dem gleichen schönen weißen Material gebaut waren wie die Brücke. Sie erhoben sich aus dem Nebel wie Möbel in einem verlassenen Haus, die unter Laken versteckt sind. Das Bild wurde nur von grünen und braunen Adern durchbrochen, wo die Natur sie umarmte.

Sie warf einen Blick über die Schulter, um sich zu vergewissern, dass die anderen das auch sahen. Rascal konzentrierte sich ebenfalls auf den Anblick, der vor ihnen Gestalt annahm, aber Yantuz war mit Helia zurückgeblieben. Er blickte nervös zwischen ihr und der Stadt hin und her.

»Was ist los?«, fragte er sie.

Helia antwortete nicht. Ihr bereits blasses, verschwitztes Gesicht hatte jetzt endgültig alle Farbe verloren. Ihre Augen waren wie flache Tümpel, die von der ablaufenden Flut zurückgelassen worden waren, und das Leben in ihnen wurde von Sekunde zu Sekunde schwächer.

»Erinnerungen«, war alles, was sie sagte.

Nur dass es gar keine Feststellung war. Es war eine Frage. An Vega gerichtet.

Ihre Sphäre wusste offensichtlich nicht, was sie falsch gemacht hatte. Vega konnte nur wiederholen, was er ihr gerade erzählt hatte, was sie aber noch mehr zu vernichten schien.

Nu verstand nicht, was los war. Sie kehrte zurück, um Helia am Arm zu fassen, so wie Yantuz es auf ihrer anderen Seite tat, und dann führten sie Helia behutsam über das letzte Stück der Brücke.

Bis sie zu viert am Rande der Stadt der Ewigkeit standen.

Und hier warf Helia den Kopf in den Nacken und schrie auf. Ein langer, gequälter Schrei voller Schmerz, Wut und Verzweiflung. Das Geräusch zerriss die Luft.

Yantuz prallte zurück und gegen Rascal, die ihre Flügel entfaltete und sich auf einen Angriff gefasst machte. Antares wirbelte um Nu herum, um sie zu beschützen, während Nu ihre Freundin nur voller Entsetzen anstarren konnte. Helia stieß sie alle weg und fiel auf dem überwucherten Pfad, auf dem sie nun standen, auf die Knie, sodass nur Vega an ihrer Seite blieb.

Aber Vega konnte nichts tun, um das Heulen der Frustration und der Leere aufzuhalten, das seine Weise ausstieß.

Schockiert sah sich Nu nach der Ursache für das Problem um. Die Gebäude der Stadt ragten um sie herum auf, anmutig und schön … aber auch leblos. In den Fenstern brannte kein Licht. Keine Geräusche von Menschen oder Wagen oder Maschinen. Es gab noch mehr von diesen kupfernen *reflectoria*-Monumenten, aber sie waren stumm. Hier und da sah sie weiße Bogenbrücken, die sich durch die Architektur zogen und sich jeweils um die Äste alter Bäume schlängelten oder sie sogar umschlossen. Doch es regte sich nichts auf ihnen, nur das sanfte Rauschen der rostfarbenen Blätter der Blumen und Sträucher, die, wie Nu jetzt erkennen konnte, in den Rissen der Steine wuchsen.

Was mochte es mit dieser Stadt auf sich haben?

»Helia?«, fragte sie. Sie hockte sich jetzt neben sie und die Angst krampfte ihr plötzlich die Eingeweide zusammen.

Wohin genau hatte sie sie geführt?

Nu fand es bald genug heraus.

Im Nebel vor ihnen tauchte etwas auf. Ein Bild erhob sich vor einer steinernen Wand aus glitzerndem Wasser, das in der Vergangenheit vielleicht eine Art Springbrunnen gewesen war. Doch jetzt wurde das Bild eines gut aussehenden, dunkelhaarigen Mannes darauf projiziert.

Ein Hologramm oder noch mehr Magie? Nu war sich nicht sicher.

Sie spürte, wie Antares neben ihr leise stöhnte, und fragte sich, warum. Dann wurde der Grund klar. Helias Tränen sagten ihnen, dass sie den Mann erkannt hatte, und Nu wusste, was das bedeutete. »Xav?«

Beim Klang seines Namens drehte sich der Mann um und schien Helia zu sehen. Xavier lächelte seine Geliebte an.

Nickte ihr zu, als verstünde er ihren Schmerz. Dann schimmerte er auf und verschwand.

Plötzlich verstand Nu alles.

»Erinnerungen«, stöhnte Helia.

Ihre ohnehin schon geschwächten Schultern sackten in sich zusammen und ihr Körper wurde so schlaff wie eine Stoffpuppe, die man ein letztes Mal auf den Boden gelegt hatte, um nie wieder mit ihr zu spielen. Nu kniete sich neben ihr hin, von Angst erfüllt, wie blass ihre Freundin jetzt war.

»Helia? Helia!«

Alle Energie und alles Leben waren aus ihr gewichen. Das dunkle Elixier hatte schon seinen Tribut gefordert, aber jetzt war auch ihr Geist aufgezehrt worden. Das Fleckchen Gras rund um die Stelle, an der sie lag, schien sich vor ihren Augen zu verdunkeln.

Nu legte eine Hand unter Helias Nacken und stützte ihren Kopf. Helia blinzelte Nu schwach an. »Das hier ist eine Stadt der *Erinnerungen*«, sagte sie mit hohler, von Trauer erfüllter Stimme. »Sie enthält nichts weiter als das Geflüster von Dingen, die verloren gegangen sind. Es sind Erinnerungen an das, was vergangen ist.«

»Aber der Drache ist hier«, wandte Yantuz verwirrt ein. »Nu hat ihn gesehen!«

Helia versuchte sich in eine sitzende Position hochzuziehen. Nu half ihr dabei, bis Helia sie sanft wieder wegschob und die Knie anwinkelte.

»Es war nicht das echte Elixier, erinnert ihr euch? Es ist etwas anderes gewesen, etwas Dunkleres, das dazu bestimmt war, denjenigen zu quälen, der es berührte. Als Nu das Fläschchen in der Hand hielt, hat sie vielleicht einen Tropfen davon auf dem Glas berührt und das gesehen, was sie für die Wahrheit hielt. Aber es war eine verzerrte Version der Wahrheit, die Qualen verursachen sollte. Perennia ist nicht hier. Nur die Erinnerung an sie. Das ist es, was Nu in ihrer Vision gesehen hat. Das ist es auch, was diese Stadt enthält. Nur Erinnerungen an das, was einmal war.«

Rascal runzelte die Stirn. »Wo ist denn dann der echte Drache?«

Helia schaute auf, gebrochen und besiegt. Die Erkenntnis, dass alles umsonst gewesen war, zeichnete sich auf ihrem leeren Gesicht ab.

»Ich glaube, Perennia ist tot.«

44

Eine Frage der Zeit

»Fäulnis und morsche Äste«, murmelte Dzin vor sich hin, als er in dem Wald hinter dem Luftschiff auf Händen und Knien durch den Dreck kroch, sich die Haare aus dem Gesicht blies und bei dem Versuch, etwas Brauchbares zu finden, vor sich die Blätter und Tannennadeln wegfegte.

»Das kann doch nicht wahr sein. Das kann einfach nicht sein!«

Er hielt nur inne, um sich mit dem Ärmel über die Stirn zu wischen, bevor er um einen besonders knorrigen Baum herumkroch. Aber auch dort war nichts Interessantes zu finden.

Das Rauschen des Wasserfalls war noch in einiger Entfernung zu hören, aber während er weitersuchte, warnte er sich selbst davor, tiefer in den Wald einzudringen, damit er sich nicht darin verirrte. Das käme überhaupt nicht infrage. Allerdings kam es auch nicht infrage, die arme Helia dort draußen einfach sterben zu lassen, nachdem er sie schon vergiftet hatte. Lieber würde er sich selbst verlieren, als sich den anderen zu stellen, wenn das geschah.

Heimlich war Dzin immer stolz darauf gewesen, ein Spitzenschüler zu sein, einer der Besten in seiner Klasse. Nicht allein durch Talent, das war nie genug. Der Beste zu sein, war immer eine Kombination aus natürlichen Fähigkeiten und harter Arbeit, dazu kam noch eine Prise Neugier. Er war auf keinen Fall ein unfehlbares Individuum, aber bei seiner Arbeit hatte er nie einen Fehler gemacht – trotz jahrelanger Albträume, in denen er sich gesorgt hatte, dass das passieren könne.

Und jetzt war es passiert, und es war noch viel schlimmer, als er befürchtet hatte.

»Nein, ich muss es tun. Ich muss eine andere Zutat finden, und zwar schnell«, sagte er zu sich selbst und versuchte, seinen Schwung beizubehalten. Er bemühte sich, den Druck zu ignorieren, den er wieder einmal selbst auf sich ausübte. Die Panik war da, und er hatte jetzt nicht einmal mehr den Stab seiner Mutter, um sie abzuwehren. Seine Konstante war fort und er war allein. »Ich muss nur meiner Nase folgen, das ist alles. Es ist einfach, das habe ich doch schon oft getan, oder? Na ja, das stimmt aber gar nicht, denn ich brauchte ja Hilfe, um die Pilze zu finden …« Er wusste, dass er vor sich hin faselte, aber irgendwie konnte er nicht damit aufhören. »Dieser furchtbare Berater hat Tywich dazu verleitet. Er wusste, was sie sind, und hat uns ausgenutzt. Ach, komm schon, Dzin. Konzentrier dich, *konzentrier dich*! Was kannst du hier riechen? Womit könntest du die Pilze ersetzen?«

Die Zutaten eines Elixiers konnten alles Natürliche sein: Früchte, Nüsse, Blätter, Beeren, Wurzeln … Wenn es gewachsen war, konnte man es benutzen. Jedes Elixier war anders und die Menschen entwickelten auf ganz unterschiedliche Weise ihre eigenen Rezepturen. Einige recherchierten viele Monde lang und zogen dann in die Welt hinaus, um ihre Zutaten zu finden. Andere kundschafteten einfach das Land aus und folgten ihrer Nase. Manchmal wusste man gar nicht, was man brauchte, bis man es zufällig fand und seinen Duft wahrnahm. Es war, wie sich zu verlieben, sagten manche Leute.

Doch obwohl dieser Teil der Prozedur kompliziert und chaotisch war, musste jede Zutat für das Lebenselixier eine Bedingung erfüllen – abgesehen von der Cerulean-Rose. Die Zutaten mussten für die Herstellerin oder den Hersteller des Elixiers etwas besonders Persönliches sein. Zutaten, zu denen ihre Nase sie führte, wie eine Blume mit einem Duft, der sie an ihre erste Liebe erinnerte; eine Beere, die draußen vor ihrem Elternhaus gewachsen war; ein schiefes Blatt, geformt wie ihre Lieblingszahl. Was immer es sein mochte, es war für die Hersteller des Elixiers und ihre oder seine individuellen Erfahrungen einzigartig.

Und darin bestand hier das Problem, denn Dzin konnte nichts Bemerkenswertes entdecken, das ihn an irgendetwas in seinem Leben erinnerte oder das ihn auf eine Weise ansprach, die sich nach etwas Besonderem anfühlte. Es gab überhaupt nichts Persönliches in dieser Welt. Nur Laub, scharfe kleine Tannennadeln und Moos – und außerdem eine ganze Menge Tierkot.

Er rappelte sich hoch, ratlos, was er tun sollte. Schließlich rieb er sich die Handgelenke, die noch aufgeschürft waren und wehtaten, wo Helias Magie sie gefesselt hatte, als sie mit dem Luftschiff um die Felsriesen herumgeflogen waren. Zwar hörte er fernes Donnergrollen, aber er wusste doch, dass es nicht echt war. Das spürte er in seinem Innern. In seinem Kopf. In seiner Brust. Die weiße Hitze, die er so gut kannte, drohte ihm wieder. Eine Panik, die sich vom Horizont auf ihn zubewegte. Seine Hände waren verschwitzt und zitterten. Er blinzelte Tränen weg und merkte, dass er sich nicht konzentrieren konnte. Die Wolken der Angst wirbelten um ihn herum und krachten gegen seine Verteidigungswälle.

Nur dass er jetzt weder Yantuz hatte noch seinen Wanderstab, die ihm helfen konnten.

Konzentrier dich auf die Dinge, die du kontrollieren kannst, Dzin.

Noch während er sich fragte, ob dies nun die Attacke war,

die ihn endgültig fortreißen würde, klammerte er sich an diesen Gedanken. Er rang nach Atem und versuchte, ihn langsam und gleichmäßig zu halten. Dann schloss er die Augen.

Hier gab es Dinge, die er kontrollieren konnte. Er konnte es schaffen. Er war immer ein geschickter Schüler gewesen, der hart arbeitete; nur hatte seine Panik häufig die Oberhand gewonnen. Er weigerte sich jedoch, das jetzt zuzulassen. Er durfte sich keine Sorgen um das »Was wäre, wenn« machen oder darüber, dass er Menschen enttäuschen würde. Es ging nicht mehr um ihn.

Jetzt stand Helias Leben auf dem Spiel. Blinzelnd öffnete er die Augen und sah sich um.

»Etwas für mich ganz Persönliches«, sagte er vor sich hin, als würden die Bäume, die ihn umgaben, plötzlich ein Geheimnis lüften, das sie versteckt hielten, wenn er das aussprach. »Alle Zutaten müssen etwas Persönliches für mich sein. Doch was könnte es hier geben, das für mich persönlich ist? Ich bin nicht vom Zufall hergeführt worden oder einem Duft gefolgt. Nicht mein Bauchgefühl hat mich in dieses Reich gebracht. Ich wusste nicht einmal, dass es andere Reiche gibt! Bei den Ästen des Großen Baums, was suche ich hier überhaupt?«

Und da begriff er es.

Die Äste des Großen Baums.

Er rannte zum Luftschiff zurück.

»Earnest!«, brüllte er und lief den Steg hinauf und in die Kabine hinein. »Earnest, wo ist mein Stab?«

Der Co-Pilot saß da und hatte die Füße auf das Armaturenbrett gelegt. »Hm? Welcher Stab?«

»*Mein* Stab! Den du, ohne zu zögern, in zwei Hälften gebrochen hast. Der uns geholfen hat, die Kluft zwischen den Welten zu durchqueren. *Der* Stab.«

»Oh«, antwortete Earnest. Dann griff er träge unter seinen

Sitz und holte die andere Hälfte hervor. »Du meinst diesen hier?«

Dzin riss ihn ihm aus der Hand.

Ja, das war es. Er konnte es spüren. Die ganze Zeit über hatte er seine persönliche Zutat vor der Nase gehabt und war nie in der Lage gewesen, sie zu erschnüffeln – bis jetzt.

»Hast du ein Messer?«, fragte er. Als Earnest die Stirn runzelte, fügte er hinzu: »Ich gehe einfach mal davon aus, dass du ein Messer hast. Du hattest doch einen Dreizack, erinnerst du dich? Also scheinst du der Typ von Schurke zu sein, der auch ein Messer in seinem Stiefel versteckt haben könnte oder so was.«

Earnest wirkte gekränkt. Aber dann griff er in seinen Stiefel und holte ein kleines Taschenmesser hervor.

»Schurke?«, fragte er und probierte das Wort wie ein Kleidungsstück an. »Das gefällt mir.«

Er reichte ihm die Klinge, und Dzin machte sich an die Arbeit und versuchte, kein schlechtes Gewissen zu haben, als er ein paar dünne Späne von der Rinde abschabte. Er hoffte, dass genug übrig bleiben würde, um sie nach Hause zu bringen, aber im Augenblick war es ihm egal, selbst wenn es nicht klappen sollte. Das unmittelbare Problem blieb Helia. Er konnte sie nicht sterben lassen und musste sie retten, sonst würde er sich das nie verzeihen. Und außerdem waren sie ohne sie wahrscheinlich ohnehin verloren.

Als die Späne in seine Hand fielen, spürte er einen Hoffnungsschimmer – und er wusste, dass Helia den jetzt mehr brauchte denn je. Stab und Messer warf er auf den nächsten Sitz und rannte in die Raffinerie des Luftschiffs hinunter, um sein wahres Elixier des Lebens zu brauen.

Es ist noch Zeit, Helia zu retten, dachte er. *Es muss noch Zeit sein, sonst war alles umsonst.*

———

Nu und die anderen stapften durch die Stadt der Ewigkeit und mussten Helia dabei mehr oder weniger tragen. Ziellos irrten sie umher, nicht bereit, zum Luftschiff zurückzukehren, obwohl sie mit ihrer Mission offensichtlich gescheitert waren.

Helia blieb stumm. Die Spuren der Dunkelheit krochen jetzt ihren Hals hinauf und über ihr Kinn. Ihre Augen waren blutunterlaufen.

Sie war schon fast verloren.

Das waren sie aber alle, überlegte Nu, falls der Drache tatsächlich tot war. Dann gab es nämlich keine Möglichkeit mehr, Perennia zurückzubringen, um die Papierwelt zu retten. Sie würden hier nichts finden, außer Erinnerungen an sie, verzerrt zu der Vision, die Nu gesehen hatte. Zu einer Vision, die dazu bestimmt gewesen war, ihr falsche Hoffnungen zu machen.

Und diese Hoffnungen werden dich umbringen, dachte sie. Trotzdem führte sie ihre kleine Gruppe weiter, was eine sinnlose Übung war – doch was blieb ihr anderes übrig? Sie füllte das Schweigen mit historischen Tatsachen und gab weiter, was Antares ihr erzählte.

»Diese Stadt ist früher einmal voller Leben gewesen. Ein ausgewogenes Verhältnis von Technik und Natur, eine herrliche Mischung aus Liebe und wertvollen Erinnerungen. Nur dass die Bewohner der Stadt mehr wollten. Sie liebten ihr Leben so sehr, dass sie versuchten, es zu verlängern, doch das Experiment, das sie durchführten, ging schief und wurde stattdessen zu einem Fluch für sie. Zwar erhielten sie ihr unnatürlich langes Leben, aber dies hatte einen Preis: Wie es sein musste, verblassten ihre eigenen Erinnerungen immer mehr, und so vergaßen sie alle, wer sie gewesen waren und wer sie nun waren. Doch dies ließ ihre Leben vollkommen bedeutungslos werden.«

»Wo sind all diese Menschen jetzt?«, fragte Rascal und ihre Worte klangen niedergeschlagen.

Antares wirbelte den nächsten Teil der Nachricht heraus, die ihr die Große Bibliothek geschickt hatte. Nu nickte. »Es heißt, sie hätten die Stadt aufgegeben, weil sie nicht ertragen konnten, was sie sich selbst angetan hatten, und weil sie es nicht ertragen konnten, an ihre eigenen Fehler erinnert zu werden. Jetzt ziehen sie als Nomaden durch die Welt und haben sich einem einfacheren Dasein verschrieben, bei dem sie in den Tag hineinleben. Nur einmal in einer Generation kehren sie im Rahmen einer Pilgerreise hierher zurück, um sich wieder mit ihren Geschichten zu verbinden – mit ihren Erinnerungen – und sich daran zu erinnern, wer sie sind.«

Jetzt verstand Nu die Stimmen besser, die sie auf ihrem Weg über den See gehört hatten. In der Stadt waren sie noch lauter, und ihre Echos wurden vom Wind getragen, der durch die leeren Gebäude fegte und heulte. Bruchstücke von Worten und Sätzen und Liedern und Geschichten aus der Vergangenheit. Für Nu waren es außerdem der Duft von gebratenem Gemüse und Nüssen und Soße, kombiniert mit dem Klang von Gelächter, die sie an die Feiern im engsten Familienkreis in ihrer Kindheit erinnerten. Das Rumpeln der Straßenbahn, das sie oft in den Schlaf gewiegt hatte, wenn sie darin in der Bibliothek unterwegs gewesen war. Das Geflüster der Lernenden, dem sie häufig in der Wandelhalle gelauscht hatte, gefolgt von den Tagträumen und all den aufregenden Bildern, die das Wissen in ihrem Geist heraufbeschwor.

Das waren alles Berührungspunkte mit ihrem Leben in Form von Geräuschen und Gerüchen, während die Bilder immer wieder aus dem Nebel aufstiegen. Manchmal flossen sie über Gebäude, manchmal erschienen sie auch in Spiegelungen, manchmal waren es einfach nur Geister, die auf dem Fußweg an ihnen vorbeizogen. Und alle Geister hatten für jemanden in der Gruppe eine besondere Bedeutung.

Rascals alte Freunde, darunter eine Frau, die noch größer war als sie, hatten der Läuferin eine Kusshand zugeworfen, woraufhin sie breit gegrinst hatte. Yantuz' Eltern, vor denen er einen Moment lang stehen blieb und sie anglotzte, bevor ihm Tränen aus den Augen liefen und er sich beeilen musste, sie wegzuwischen. Selbst Nus alter Papagei tauchte auf, ein weißer Kakadu, den sie als Kind von einem Reisenden von der Erde geschenkt bekommen hatte. Dies war ein Tier, dem sie das Sprechen beigebracht hatte und das ihr bester Freund gewesen war, als sie aufwuchs – bis er gestorben war und ihr den ersten Vorgeschmack auf Trauer beschert hatte.

So traurig es sein mochte, sie fand das alles doch auch seltsam tröstlich. Beklemmend, aber wunderschön. Es war eine ungewöhnliche, aber nicht unangenehme Erfahrung, wie der Spaziergang über einen Friedhof inmitten der herbstlichen Vergänglichkeit.

Doch Helia litt. Xavier verfolgte sie weiter und tauchte viel öfter als die anderen Erscheinungen auf, fast so, als führte er sie. Nu merkte, dass das Wiedersehen mit ihm Helia Kraft gab und sie eine ihrer glücklichsten Erinnerungen noch einmal durchleben ließ. Gleichzeitig schmetterte sie sie aber auch nieder, denn sie wusste, dass es nichts Echtes war.

Zweimal hatte Helia stehen bleiben und sich vor seinem Bild nur noch zusammenrollen wollen, und zweimal hatten Nu und Yantuz sie wegziehen müssen, damit sie nicht für immer dortblieb.

»Er hatte die schönsten Hände«, murmelte sie sehnsüchtig und schaute über ihre Schulter zu ihm hinüber, während er ihnen nachwinkte. »Immer wenn wir zusammensaßen, hat er mir mit seinen Fingern sanft über den Nacken gestrichen. Manchmal haben wir nicht einmal gesprochen. Wir haben einfach nur die Gegenwart des anderen genossen.« Sie hustete in ihren Ärmel und verlor fast wieder das Gleichgewicht. Als

Yantuz ihr aber helfen wollte, schob sie ihn weg. »Wenn du jemanden gefunden hast, der das für dich tut – der einfach bei dir ist –, dann wirst du es sofort wissen.«

Rascal sah Nu an und schüttelte den Kopf. Nu wollte nicht wahrhaben, was sie da andeutete.

Helia würde es schaffen. Sie *musste* es schaffen. Und trotz der beunruhigenden Erscheinungen von Xavier sagte irgendetwas in Nu, dass das etwas zu bedeuten hatte. So schrecklich es auch war, es aushalten zu müssen – selbst Antares wurde jedes Mal still und traurig, wenn sein Bild erschien –, führte Nu die Gruppe doch weiter hinter Xavier her. Sie folgten ihm durch die ganze Stadt, obwohl es Helia in den Wahnsinn zu treiben drohte. Schließlich zog sich die ältere Weise die Haare vor die Augen und schlurfte einfach weiter. Vega schwebte stumm neben ihr her und stupste sie ab und zu gegen die Schulter, um sie wissen zu lassen, dass er da war.

»Ich habe versagt«, murmelte Helia, deren Stimme jetzt kaum mehr ein Flüstern im Wind war.

Die anderen erwiderten nichts. Es war keine Lüge, denn ihre Mission war an ein Ende gekommen. Der Drache hier war nicht mehr als eine Erinnerung, eine Täuschung durch das dunkle Elixier in Nus Vision.

Perennia *war* hier. Allerdings nur als Erinnerung.

Und doch … Nu stimmte nicht in das mitfühlende Nicken der anderen ein, als die Hoffnung aus der Weisen in ihrer Mitte heraussickerte.

Denn ein neuer Gedanke wuchs in ihr, so wie der Keimling, der unter Helias Händen am Großen Baum gesprossen war. Ein Wissen um die Wahrheit hinter der Wahrheit. Dass die Vision auf dem Luftschiff, als sie die Phiole mit dem Elixier aufgefangen hatte, vielleicht doch keine verdrehte und böse Version der Wahrheit war, um sie zu quälen. Nein. Vielleicht war es etwas anderes.

Es konnte einfach die Wahrheit sein. Ja, Perennia existierte hier als Erinnerung. Aber vielleicht war Nu irgendwie doch in der Lage, sie zurückzuholen.

Was, wenn die Stadt der Ewigkeit den Drachen tatsächlich wiederbeleben konnte?

In diesem Augenblick erhaschte Nu Bilder einer weiteren Vision. Diesmal war es eine in wachem Zustand. Sie spürte, wie sich der kühle Mantel um sie legte, eine andere Realität, die diese überlagerte.

Diese neue Realität war hell und kraftvoll und voller Hoffnung.

In der Vision lächelte Helia Nu an. Und der Drache stand hinter ihr. Perennia hob den Kopf gen Himmel und ihre prächtige Krone aus Blütenblättern funkelte und schimmerte.

Wie kann das sein?

Nu wusste es nicht. Aber als sie die Vision losließ, wurde ihr klar, dass ihre Geschichte vielleicht doch noch nicht zu Ende war. Sie mussten weitermachen. Die Antwort lag vor ihnen. Sie konnte es spüren.

Sie hielt Helias Hand und eilte weiter, folgte dem Geist ihres Vorgängers, bis Xavier sie schließlich dort hinführte, wo sie sein mussten.

Sie fanden, was sie suchten, auf einem großen Platz. Er war rund, etwa so groß wie das Amphitheater in der Großen Bibliothek, wenn auch viel weniger prächtig. Der Boden war mit zerbrochenen Pflastersteinen übersät und außer einem dicken Baum mit krummen Ästen in der Mitte des Platzes war dort kaum etwas anderes zu sehen.

Doch als sie sich umschaute, erkannte Nu, dass sie von einer steinernen Umrandung umgeben waren, in die man atemberaubende Rosen eingemeißelt hatte. Rosen, zu denen Helia jetzt hinüberspähte.

»Ich kenne diesen Platz«, sagte sie.

Sie gingen die wenigen Schritte zu dem Baum hinüber. Er hatte eine ungewöhnliche Form, und je länger Nu ihn betrachtete, desto mehr fand sie, dass er irgendeiner großen Kreatur ähnelte.

Dann begann sich der Baum zu verändern.

Zuerst war es noch undeutlich. Kleine Bewegungen. Blätter entfalteten sich langsam, raschelten und glitzerten wie Schuppen in der leichten Brise. Dann wuchsen vor ihren Augen die Gliedmaßen des Stammes, bildeten Beine und Flügel und streckten sich zu einem langen Hals. Plötzlich blühte das Ganze auf, und dann blickte ein Gesicht aus Blütenblättern auf sie herunter, aus dem zwei violette Rosen sie mit so etwas wie Bedauern ansahen.

Helia weinte. Sie ging allein auf den Drachen zu und streckte die Hand aus, um die lange Schnauze aus Blättern zu berühren, die ein kleines, trauriges Schnauben ausstieß. Ihre Finger strichen über die schuppigen Blätter, und die Rosen schlossen sich für einen Moment blinzelnd, als die beiden die Köpfe zusammensteckten.

»Er hat dich getötet, nicht wahr?«, sagte Helia, der die Tränen über die Wangen liefen. »Es tut mir leid, dass wir nicht rechtzeitig dort waren. Es tut mir leid, dass ich ihn nicht aufhalten konnte. Es tut mir so leid.«

Während Nu versuchte, ihre eigenen Tränen zurückzuhalten, kehrte ihre Vision zurück.

Perennia, lebendig. Die Stadt um sie herum war wunderschön und hell, mit großen, erhabenen Statuen zwischen den Strahlen, die aus den ebenso beeindruckenden Teleskopen schossen – den kolossalen, leuchtenden *Reflectorias*. Die Strahlen vereinigten sich zu einem einzigen glorreichen Lichtstrahl, der sich in den Himmel erhob. In ihrer Mitte stand ein prächtiger weißer Turm, der in dem reflektierten Licht glänzte und schimmerte. Helia war von einem so warmen Licht umgeben, dass es fast wehtat.

Die Vision verging genauso schnell wieder, und Nu schüttelte den Kopf und versuchte zu verstehen, was sie gesehen hatte.

Doch sie wusste schon, dass es die Wahrheit war. Sie wusste es so sicher, wie sie noch nie etwas in ihrem Leben gewusst hatte. Die Dinge waren ganz gewiss nicht so schlimm, wie sie schienen. Sie hatten noch eine Chance, das hier in Ordnung zu bringen! Ein Donnerschlag antwortete ihren Gedanken.

Helia sprang zurück und der Drache schrumpfte wieder zu einem Baum zusammen. Ängstlich schwirrte Vega um sie herum. Neben ihr drückte sich Yantuz in die relative Sicherheit von Rascals ausgebreitetem Flügel. Und Antares blitzte mit einem einzigen orangefarbenen Wirbel auf und stupste Nu an, sich umzudrehen.

Das tat sie auch, und dann sah sie ein weiteres, ganz anderes Leuchten, das in einiger Entfernung hinter ihnen durch den Nebel quoll, als hätte sich dahinter eine Feuerwand erhoben, die daraus hervorbrechen wollte.

Wieder krachte ein Donnerschlag.

Dann landete etwas auf Nus Nase. Sie wischte es weg und hielt den Finger hoch, um es sich genauer anzusehen. Asche, begriff sie, als weitere winzige weiße Flocken leise herabschwebten.

Ihre Augen weiteten sich.

Dann griff Suttaru an.

Als die Urheberin am Ende verstummte, schaute Arturo schockiert zu Robin hinüber.

»Der Drache ist tot – habe ich das richtig gehört?«, fragte er. »Aber wie kann das sein? Was sollen wir denn jetzt tun?«

Robin wedelte mit einer Hand, um ihn zum Schweigen zu bringen, während um sie herum die Lichter an den Wänden und in dem Kronleuchter über ihnen flackerten und dunkler wurden. Dann hörte er ein fernes, dumpfes Pochen.

»O nein, was jetzt?«, stöhnte er.

Es war die Urheberin, die antwortete. »Er hat sie gefunden.«

45

Dum spiro, spero

Die Gruppe rannte in dem Augenblick los, als das Feuer durch den Nebel brach und ihn lange genug teilte, dass sie die in einen Umhang gehüllte und sich ständig verformende Gestalt auf sich zuschreiten sahen. Auf beiden Seiten wurde sie von Kreaturen flankiert, die aus den schlimmsten Albtraumgeschichten stammten, die die Welt je gekannt hatte. Helia vermutete, dass die Stadt mithilfe von Magie versteckt worden war, damit sie nicht von den falschen Leuten gefunden werden konnte.

Doch Suttaru scherte sich nicht um solche Dinge.

Nu und Yantuz folgend, wurde Helia von Rascal halb getragen, halb hinter sich hergeschleift. Ihre Flügel deckten ihre Rücken und schützten sie vor den Feuerbällen, die zischend hinter ihnen herflogen.

Sie liefen durch die Straßen in unberührte, verlassene Gebäude hinein und auf der anderen Seite wieder heraus, duckten sich unter prachtvollen, zerstörten Brücken hindurch, eilten über Plätze mit aufgerissenem Pflaster und um tröpfelnde Springbrunnen herum. Endlich fanden sie einen Augenblick Zeit, um sich in einem engen Keller auszuruhen.

Helia bekam kaum Luft, und ihre Atemzüge gingen jetzt

stoßweise und flach, sodass ihr schwindelig wurde. Sie fragte sich, ob sie noch lange leben würde, und hoffte es, wenn auch nur, um sicherzugehen, dass die anderen entkamen. Sie hatte schon so viele Jahre gelebt und einen Großteil davon mit Xavier verbracht. Aber jetzt war er fort, und ein Teil von ihr war kurz davor, die Chance zu begrüßen, ihm in den ewigen Schlaf zu folgen. Dieses endlose Jagen und Kämpfen wirkte überwältigend. Ihr Körper war kurz davor aufzugeben.

»Schnell, bewegt euch«, drängte Rascal sie, als sie das Heulen von Suttarus Ungeheuern draußen hörte.

Wieder rannten sie, kletterten über zerbrochenes Straßenpflaster und stolperten über Unkraut, das sich zwischen den Steinen ausbreitete. Sie rannten weiter, immer weiter. Flitzten durch zerstörte Gebäude und warfen Blicke auf vergessene Überbleibsel aus dem Leben der früheren Bewohnerinnen und Bewohner. Sie eilten durch geheime Höfe und über Brücken, die Tümpel überspannten, in denen es schon lange kein Leben mehr gab.

Immer weiter und weiter rannten sie, doch bald wurde es klar, dass sie nirgendwo mehr hinkonnten. Das Feuer und die Asche verfolgten sie unerbittlich, und ihr wahnsinniger Gebieter setzte ihnen in einem langsamen, aber zielstrebigen Tempo nach, das schrecklicher war, als von einer Horde seiner Ungeschriebenen gehetzt zu werden.

Die Stadt der Ewigkeit war auf einer Insel inmitten eines Sees erbaut worden. Sie war auf allen Seiten von dem verwunschenen Gewässer umgeben, das, gefüllt mit Momenten aus der Vergangenheit, die Siedlung bewachte. Fast schien es so, als wäre es geschaffen worden, um die Besucher zu testen, weil man sehen wollte, ob sie wirklich bereit waren für die Erinnerungen, die ihnen die Stadt zu bieten hatte.

Als sie in ihrem nächsten Versteck kauerten, der geschützten

Nische in dem, was vielleicht einmal der Empfangsraum in irgendjemandes Haus gewesen war, spähte Helia zwischen den Ranken vor dem kaputten Fenster hindurch und auf den See hinaus.

Jetzt war klar, dass der einzige Weg aus der Stadt und zurück zum Luftschiff die Brücke war, über die sie auch schon hereingekommen waren.

Dieselbe Brücke, auf der sie jetzt eine Aschewolke sehen konnte, die sich langsam auf sie zubewegte.

Sie saßen in der Falle.

Suttaru war im Anmarsch.

Sie rannten in die Ruinen zurück, vom Feind verfolgt, bis Helia sich ziemlich sicher war, dass sie nur im Kreis liefen. In sinnlosen, vergeblichen Kreisen – bei dem Versuch, eine Lücke zu finden, einen Weg hinaus. Sie rannten von Versteck zu Versteck, wehrten die eine oder andere Finte oder einen scheinbar halbherzigen Angriff von einem der sich stetig verwandelnden Gräuel ab, denen sie über den Weg liefen – vor allem dank Rascals Stärke, die sie auf Arten abwehrte, von denen Helia schlecht wurde. Sie rannte, bis ihr das Atmen so wehtat, dass sie nichts lieber wollte, als sich einfach hinzulegen und sich dem Feind auszuliefern. Sollten sie sie doch in Stücke reißen oder zu Asche verbrennen, so wie Xav.

Aber der Gedanke an die anderen trieb sie weiter. Und Vega, ihre wunderschöne Sphäre, die immer noch mithielt und sie gelegentlich tröstend anstupste.

Wen sie damit mehr tröstete, sich selbst oder sie, wusste Helia nicht genau.

Allzu schnell fanden sie sich auf dem großen, runden Platz wieder, wo sie die Erinnerung an Perennia gefunden hatten. Sie waren tatsächlich im Kreis geführt worden und waren nun gezwungen, sich hinter dem Ring aus Rosenskulpturen zu verstecken, in einem Bereich, der früher einmal ein Grünstreifen oder ein innen liegender Garten gewesen sein musste. Hier gab es Tröge voller Erde, die längst von Unkraut und Wildblumen überwuchert waren.

Helia konnte die Energie der Pflanzen um sich herum spüren, aber sie konnte nichts damit anfangen. Sie hatte sich vollkommen verausgabt. Auch Vegas Versuche, sie anzustupsen und anzutreiben, konnten absolut nichts mehr ausrichten. Sie spürte, wie das böse Elixier, das sie verwendet hatte, in ihr wirkte, ihre Kräfte lähmte und ihre Fähigkeit zu hoffen unterdrückte. Das Rennen hatte es noch schlimmer werden lassen, hatte das abscheuliche Gift schneller durch das Blut in ihrem Körper gepumpt, bis sie drauf und dran war, der Dunkelheit für immer zu erliegen.

Yantuz beobachtete sie. An der Verwirrung auf seinem Gesicht konnte sie erkennen, dass er sich fragte, ob sie mit der Behauptung, eine allmächtige Weise aus einer anderen Welt zu sein, gelogen hatte. Wahrscheinlich sah sie ganz und gar nicht so aus, schwach und kränklich, wie sie war, mit den geschwärzten Adern, die ihre Haut durchzogen.

Nur Nu sah jetzt noch so aus. Trotz ihrer Jugend und der Tatsache, dass sie unvorbereitet und unerprobt in diese Rolle hineingeworfen worden war, vom Tod verfolgt, schimmerte ihr Lebensmut noch durch.

Helia deutete ein Nicken an, das vermutlich halb tot wirkte, und tätschelte Nus Hand.

»Ich bin stolz auf dich«, flüsterte sie. »Es ist niemals meine Absicht gewesen, dich in einen so schrecklichen Schlamassel zu verwickeln. Es ist nicht recht und tut mir ganz besonders leid. Sphären wählen ihre Weisen aus, aber sonst gibt es eigentlich immer einen allmählichen Übergang vom alten zum neuen Leben. Trotz meines Alters und all meiner Erfahrung glaube ich, dass ich bei dir versagt habe.«

»Das hast du nicht«, beteuerte Nu. Ihr Blick war freundlich, aber sie blickte sich immer wieder wachsam um, ob sie vielleicht erneut fliehen mussten. »*Dum spiro, spero*, erinnerst du dich?«

Helia konnte sich ein Lächeln nicht verkneifen, auch wenn sie jetzt den Tränen nah war.

»Woher wusstest du das?«

»Ich habe es dich oft genug sagen hören. Ich habe Antares gebeten, es für mich zu übersetzen.«

Sie sagten es beide gleichzeitig.

»Solange ich atme, hoffe ich.«

Nu lächelte und drückte Helias Hand. »Nichts von alledem ist deine Schuld. Ich weiß, du hast lediglich getan, was du konntest. Jetzt werde ich tun, was ich kann. Und solange wir noch atmen, haben wir auch eine Chance.«

Helias Lachen war leise und heiser. »Ich bin mir nicht sicher, ob ich noch sehr lange atmen werde, Nu. Das Elixier hat sein Werk fast vollbracht. Wenigstens werde ich bald wieder bei Xavier sein.«

Sie würgte, ihr Körper krampfte sich in qualvollen Zuckungen zusammen, als würde sich weiß glühendes Feuer durch ihr ganzes Wesen brennen.

Vor ihnen ertönte ein Ruf. Eine vertraute Stimme, quälend verlegen und ängstlich.

Helia öffnete die Augen wieder.

»Helia? Yantuz? Wo seid ihr?« Dzin rannte über den Platz, stolperte über das Pflaster und umklammerte irgendetwas mit einer Hand, während er mit der anderen sein Gesicht vor den Flammen schützte, an denen er vorbeieilte. Er erreichte den Baum in der Mitte, dann wirbelte er herum und hielt nach irgendeiner Spur von ihnen Ausschau.

Mit einem Seufzer der Erleichterung trat Yantuz aus den Schatten und winkte ihn heran.

»Dzin!«

Dann sahen sie es alle. Eine Kreatur betrat den Platz hinter Dzin und setzte ihrem Freund nach. Beim Laufen verwandelte sie sich. Sie bestand aus vier brennenden Beinen, über denen ein menschlicher Torso, Arme und ein Kopf erschienen. Plötzlich wurden aus den vier Beinen zwei, und dann war es ein Mann, rauchend und schwelend.

Der Mann kam bei Dzin an und wollte ihn packen.

»Gib's her«, rief Tywich, die feurige Kreatur, die Augen weit aufgerissen und halb irre vor Angst. »Das ist das wahre Elixier, nicht wahr? Gib es mir sofort!«

Dzin war so fassungslos, dass er seinen alten Lehrer nur anstarren konnte. Seinen schlimmsten Albtraum. Die Kreatur, die seine Freunde buchstäblich in Stücke gerissen hatte, war sein *Lehrer*!

»Wa-was tust du hier?« Er war wie betäubt.

Das Chaos setzte sich um die beiden herum weiter fort, als Dzin seinen alten Lehrer von Kopf bis Fuß musterte. Er sah die zerfetzten Lumpen des Mannes und verzog das Gesicht, als er entdeckte, was darunter lag.

Die Kratzer auf Tywichs Haut waren noch frisch und glühten in einem zornigen Rot.

Worte, die in ihn eingebrannt worden waren.

Sie erschienen eins nach dem anderen, und Dzin sah in entsetzter Verwirrung zu, wie die Zeichen immer weiter oben am Körper des Mannes auftauchten.

Eines dieser Male tauchte auch an seinem Hals auf und Tywich stöhnte und kratzte sich an der Stelle.

»Bitte, ich wollte nichts von alledem tun. Ich wusste nicht

einmal, was ich tat, als ich mich in dieses … *Ding* verwandelt habe. Man hatte mir versprochen, mich zum Obersten Gelehrten zu machen. Das ist alles, was ich je wollte. Ich wusste nicht, was der Preis dafür sein würde. Das Feuer im Labor … meine Schüler.«

Dzin trat einen Schritt zurück. Jetzt wurde alles auf grauenhafte Weise klar. Er erinnerte sich daran, wie Tywich hinter den Wachen hereingerannt war. Stellenweise hatte seine Kleidung in Flammen gestanden. »Sie waren deine Schüler und meine Freunde. Was hast du dir dabei gedacht? Bist du wahnsinnig?«

Das Gesicht des Mannes verzerrte sich plötzlich und weitere Wörter bedeckten seinen Hals. Er schrie vor Zorn.

»Ich habe sie alle getötet, wie es mir aufgetragen wurde! Alle außer dir, du ängstlicher Haufen Nöggler-Dung. Du warst nie geeignet, ein Schüler zu sein, und bist immer schon beim ersten Anzeichen von Druck in Panik geraten. Du warst so leicht dazu zu bringen, mir zu gehorchen. Deine Eltern würden sich schämen, wie leicht ich dich dazu gebracht habe, das dunkle Elixier zu brauen!« Der Mann hatte Schaum vor dem Mund, und etwas davon landete auf Dzin, als Tywich lachte und seine Augen wild vor Zorn wurden. »Dasselbe dunkle Elixier haben wir benutzt, um Perennia zu schwächen, sodass sie keine Chance hatte, ihren heiß geliebten Garten zu beschützen. Dasselbe dunkle Elixier hat der Berater auch anderswo eingesetzt, in der Bibliothek, aus der deine Freundinnen und Freunde kommen. Sobald du deine Rolle erfüllt hattest, hat mich der Berater in diese Bestie verwandelt, um euch alle zu töten.« Mit einem finsteren Blick pirschte er sich an Dzin heran. »Und doch bist du entkommen. Zuerst im Labor und dann im Labyrinth. Ich habe es nur knapp geschafft, dort lebend wieder rauszukommen, nur um als Versager gebrandmarkt und zu *dem* hier verurteilt zu werden!«

Als sich die fremden Wörter in das Gesicht des Mannes ritzten, schrie er erneut auf und stürzte sich verzweifelt auf die Phiole mit dem Elixier.

Dzin stolperte rückwärts.

»Gib's mir. Nur das Elixier kann noch verhindern, dass ich einer von ihnen werde.« Tywich bettelte jetzt und deutete auf die Horden, die sie nicht weit von dem Platz entfernt hören konnten. »Bitte, Dzin. Gib es mir, sofort!« Seine Augen loderten wieder auf. »Gib es her!«

Aber Dzin hatte genug gehört. Er betrachtete erst den Mann und dann die Phiole, die er umklammerte. Das war alles nur passiert, weil er sich hatte austricksen lassen, weil seine Ängste manipuliert worden waren und er seine Arbeit unwissentlich dem Willen des Bösen unterworfen hatte.

Die Panik explodierte und tobte in ihm, aber jetzt wurde sie mit viel mehr Willenskraft bekämpft: dem Wissen, dass er so weit gekommen war und immer noch da war. Dass er auf seinem Weg gelitten hatte und es trotzdem lebendig überstanden hatte.

Nicht nur das – er hatte das wahre Elixier des Lebens geschaffen, so wie er es immer gewollt hatte.

Er war ein wahrer Läufer. Ohne Hilfe oder Führung hatte er die Aufgabe vollbracht, die er sich vor langer Zeit selbst gestellt hatte.

Und nun wären seine Eltern *wirklich* stolz auf ihn gewesen.

Als sich Tywich wieder auf ihn stürzte, blieb Dzin in Position, hob seine freie Hand und ballte die Finger zur Faust.

Diese Faust traf den Lehrer mit voller Wucht am Kinn, Tywich brach zusammen und sackte als bewusstloses Häufchen neben den Baum. Mit weit aufgerissenen Augen, überrascht von seiner eigenen Kraft, zögerte Dzin nur einen Augenblick, bevor er tat, was sein Schicksal verlangte. Er rannte. Er rannte auf die andere Seite des großen Platzes, wo sich sein Bruder und seine Kameradinnen und Kameraden in den Schatten versteckten.

»H-hab das Elixier in Ordnung gebracht«, keuchte Dzin, als er bei den anderen ankam. Yantuz sah ihn voller Staunen an, aber Dzins Blick war auf Helia gerichtet. »Ich habe es für dich wiederhergestellt«, erklärte er mit triumphierender Stimme.

Er hielt Nu die Flasche hin, die den Verschluss schnell entkorkte.

Dann zog sie die Phiole wieder zurück.

»Funktioniert es wirklich, Dzin? Diesmal richtig?«

Der Junge streckte die Handgelenke aus, um es ihr zu zeigen. Helias magische Fesseln hatten ihn schon im Luftschiff gerettet, aber sie wusste, dass sie ihm die Haut aufgescheuert hatten. Jetzt konnten sie sehen, dass seine Haut vollkommen geheilt war. »Ich habe es natürlich zuerst an mir selbst ausprobiert.«

Helia nickte und bedeutete Nu, ihr die Phiole zu reichen. Sie tupfte die Salbe langsam auf ihren Arm. Diesmal wirkte das Elixier.

Der Schmerz in ihr ließ augenblicklich nach, als wäre er ein Feuer, das plötzlich von einer Decke erstickt wurde. Die kühle Salbe auf ihrer Haut belebte Helia von außen nach innen, wie eine Welle von Energie, die durch ihr ganzes Wesen schwappte. Sie fühlte sich wieder wie sie selbst. Die sich windende Dunkelheit wurde vom Licht weggebrannt. Die Verzweiflung verschwand im Hintergrund.

Und obwohl die Heilung endlich jene verschüttete Erinnerung mit sich brachte – eine Erinnerung voller Traurigkeit und Verlust –, zerbrach sie nicht daran.

Die verlorenen Minuten im Rosengarten kamen ihr jetzt

wieder in den Sinn. Ein paar ihrer letzten Momente mit Xavier. Wie sie ihre Macht benutzt hatte, um mit dem wenigen an Leben, das der Garten noch besaß, den Hinterhalt abzuwehren, bevor sie sich umgedreht und eine sichtlich geschwächte Perennia gesehen hatte. Sie war mit etwas betäubt worden, das große Ähnlichkeit mit Dzins Elixier hatte, und hatte zwischen ihren Lieblingsrosen schwach mit den Flügeln geschlagen.

Suttaru war vorgetreten und hatte sie verbrannt.

Sie war zu nichts verbrannt, genau wie Xav nur wenige Minuten später. Das wusste Helia jetzt.

Doch da das Elixier durch Helias Seele floss, bedrückte die Erinnerung sie nicht so sehr, wie sie es erwartet hatte. Sie verstand nur: Was geschehen war, war geschehen. Wenn sie dies überleben wollten, durfte sie sich nicht mit der Vergangenheit aufhalten. Sie würde sie bejahen müssen.

Und nur mit dem Akt dieser Anerkennung würde sie auch Hoffnung schöpfen.

Hoffnung.

Sie spürte sie wieder.

Ein Seufzer der Erleichterung drang über ihre Lippen, die sich zu einem Lächeln verzogen, und sie setzte sich aufrecht und stark auf, um den Mann zu betrachten, der sie gerettet hatte:

»Du hast es geschafft, Dzin.«

»Ja«, sagte er ein wenig unsicher.

»Du hast mich gerettet. Danke.«

Trotz seiner Erschöpfung, weil er offensichtlich den ganzen Weg vom Luftschiff gerannt war und sich irgendwie am Feind vorbeigeschlichen hatte, war er immer noch so verlegen, dass er errötete und zurückwich, als würde er befürchten, dass sie ihn küssen oder umarmen könnte oder so etwas. Das fand sie beinahe schon amüsant, wäre da nicht die ernste Lage gewesen, in der sie sich befanden.

Dann bedrängten ihn Yantuz und Rascal mit Fragen über Tywich und wollten wissen, was da draußen passiert war.

Helia und Nu blieben allein zurück.

»Wenn du nun wieder gesund bist«, sagte die jüngere Weise sanft, »dann haben wir noch eine Chance, oder?«

»Wir hatten immer eine Chance. Aber ehrlich gesagt, ich weiß nicht, mit welcher Art von Gegner wir es hier zu tun haben. Suttaru hat mehr Macht, als ich je zuvor gesehen habe. Wir können nur tun, was wir tun können. Hätten wir lediglich Perennia retten und uns mit ihr verbünden können, wären wir vielleicht in der Lage gewesen, zu kämpfen. Aber sie ist jetzt nur noch eine Erinnerung. Ein Traum von dem, was sie einmal war. Wir können sie nicht wieder lebendig machen.«

»Sie lebendig machen …«

Nu wiederholte die Worte, und in ihrem Kopf reifte offenbar ein Gedanke, als sie sich umdrehte und ihre Umgebung betrachtete. Dann schauderte sie, als würde sie von unsichtbaren Händen geschüttelt, bevor sie plötzlich an Helia vorbei auf etwas starrte, das niemand sonst sehen konnte.

Eine weitere Vision. Inzwischen konnte Helia es erkennen – den ehrfürchtigen Ausdruck in Nus Augen, wenn sie etwas Unsichtbares betrachtete, bevor sie allzu bald blinzelnd in die Gegenwart zurückkehrte.

»Wir *können* Perennia wieder lebendig machen«, verkündete sie mit großen Augen.

»Was? Ich verstehe nicht.«

»Wir können sie wieder lebendig machen!«

Helia wusste, dass man der jungen Weisen vertrauen durfte. Sie wusste, dass sie bereits ein Bollwerk der Wahrheit in der Welt war. Aber was sie sagte, ergab keinen Sinn. Der Drache war tot. Perennia war fort; es gab keine Möglichkeit, sie zurückzubringen. In den Jahrhunderten, in denen sie schon eine Weise war, hatte

Helia in der ganzen Papierwelt technologische Entwicklungen und unglaublich seltene Magie gesehen, aber niemand, wirklich niemand hatte jemals einen Weg gefunden, den Tod zu überlisten.

Obwohl Nus Gesicht staubig und verschwitzt und erschöpft aussah, schimmerte das Lächeln ihrer Überzeugung durch.

»Ich habe es mehrmals gesehen, Helia. Ich habe zwar nicht verstanden, um was es sich dabei gehandelt hat, aber ich habe es uns tun sehen. Wir holen sie ins Leben zurück.« Sie zeigte auf den Baum mit der Erinnerung an den Drachen, der sich im Wind wiegte, und dann auf das teleskopartige Monument daneben. »Es gibt eine Macht in dieser Stadt, die in den hier enthaltenen Erinnerungen verborgen ist. Ich habe schon flüchtige Blicke erhascht, aber ich weiß, dass ich sie deutlich sehen kann, wenn ich mich nur ausreichend anstrenge. Von jeder dieser *Reflectorias* gehen Lichtstrahlen aus, die sich am Himmel treffen und einen glorreichen, mächtigen Strahl über uns bilden. Und dieses vereinte Licht ist die Wahrheit des Lebens. Es ist ein Spiegelbild der Liebe und der Erinnerung aus dieser großen, trostlosen Stadt. Es sind versteckte Lichtstrahlen, aber sie sind wahrhaftig, vielleicht wahrhaftiger als alles, was ich je gekannt habe, und ich kann sie sehen, Helia. Alles hier, all die Erinnerungen sind real. Sie existieren im Licht. Deshalb konnten wir doch überhaupt all diese Momente aus unserer Vergangenheit sehen und hören und riechen. Ich denke, wenn wir deine Erinnerung an Perennia in den Hauptstrahl kanalisieren, könnte es gelingen. Die darin enthaltene Wahrheit könnte sie zurückbringen.«

Helia runzelte die Stirn und wagte kaum zu glauben, was die junge Frau da sagte, vertraute dann aber trotzdem darauf.

»Aber Perennia ist doch tot«, wiederholte sie mit weniger Überzeugung als zuvor.

Doch Nu grinste nur, packte Helias Schultern und schüttelte sie ein wenig. »Verstehst du denn nicht? Nichts hier ist tot. Solange es Erinnerungen an etwas gibt, kann es nie wirklich sterben. Schließlich sind wir alle nur Ansammlungen von Erinnerungen. Sobald wir eine Sekunde lang gelebt haben, gehört sie der Vergangenheit an und wir sind schon bei der nächsten Sekunde. So bauen wir unser Leben auf – eine Sekunde nach der anderen, eine Erinnerung nach der anderen. Einige mögen natürlich wichtiger als andere sein, aber so funktioniert es.« Sie zog Helia auf die Füße und deutete noch einmal auf den Baum. »*Du* kennst den Drachen, Helia. Deine Erinnerung an Perennia hat diesen Baum schon einmal zum Leben erweckt. Sie ist für *dich* ins Leben zurückgekehrt. Kannst du das noch einmal tun? Perennia zurückholen und sie so sehr wachsen lassen, dass sie die Lichtstrahlen berührt? Wenn ich die Wahrheit der Lichtstrahlen dieser Stadt im selben Augenblick zum Leben erwecken kann, in dem deine Erinnerung an Perennia die Energie berührt … bekommen wir sie vielleicht zurück.«

Helia runzelte die Stirn und sah zuerst den Baum an, dann Vega. Er summte aufgeregt.

Wir können es tun. Sie hat die Wahrheit dessen gesehen, was wir tun können. Vertrau ihr.

Etwas weiter entfernt schrie Dzin, als plötzlich eine der Pflanzen unmittelbar neben ihm aufblühte – dort, wo er mit Yantuz und Rascal stand. Sie wichen alle zurück, als auch die Pflanze daneben zu blühen begann, und wandten sich dann an Helia.

»Du fühlst dich wohl besser?«, fragte Rascal.

Helia lächelte und spürte, wie die Macht wieder in ihr aufflammte. Das Elixier hatte seine Magie gewirkt. Jetzt war sie an der Reihe.

Gemeinsam gingen sie über den Platz, über das Kopfsteinpflaster und auf den Baum zu.

Nu konnte erkennen, dass Helia so müde war wie die Zeit selbst, aber dank des Elixiers strahlte die Frau jetzt eine gewisse Wärme aus.

Vielleicht wurde diese durch die Hoffnung auf ihren Plan angefacht.

Es blieb keine Zeit, um darüber nachzudenken, was zu tun war. Nu entschied einfach, sich von ihren Gefühlen durch diese neue Erfahrung leiten zu lassen. Sie wollte nicht mehr nur auf ihre wissenden Gefühle und die Visionen reagieren, sondern ihre Kraft aktiv einsetzen und gebrauchen.

Nu berührte ihre Stirn, bevor sie die Hände ausstreckte, um die Kräfte zu ergreifen, von denen sie jetzt wusste, dass sie sie besaß. Ohne nachzudenken, bewegte sie rhythmisch ihre Finger, als spielte sie auf einem unsichtbaren Klavier. Da. Sie konnte die Fäden der Macht spüren, das gleiche wissende Gefühl in ihrem Bauch. Sie suchte nach einem Weg, es aus ihrem Wesen herauszukitzeln und in die Realität hineinzuziehen, bis sie es hinauswerfen und mit der Welt ringsum verbinden konnte.

Die Luft flirrte, Wellen ihrer Macht drängten heraus und immer weiter heraus. Die Wahrheit überflutete den Platz und dann die Stadt dahinter, bis sie schließlich offenbarte, was während der ganzen Zeit über ihnen gewesen war.

Der Himmel über der Stadt der Ewigkeit war plötzlich angefüllt mit sich kreuzenden Lichtstrahlen aus den Hunderten von *Reflectorias* rund um die Stadt. Die Lichter schienen sich gegenseitig zu nähren und zu wachsen, als sie sich zu einem mächtigen zentralen Strahl vereinigten und zu einem reißenden Fluss aus Sonnenlicht mit der Wärme von tausend wertvollen Erinnerungen wurden.

Der Strahl verlief direkt über der Stadt, machte einen Bogen zu dem Turm in der Mitte und loderte in den Himmel hinauf.

Das hier war Wahrheit. Sie zeigte sich durch Nus wilde Kraft, die sich immer weiter über die Ruinen ausbreitete.

Das war wunderschön.

»Jetzt bist du wirklich eine Weise«, rief Helia. »Xavier wäre stolz auf dich.«

Nu grinste vor sich hin, während sie um die Kontrolle über ihre Kräfte kämpfte. Dann nickte sie Helia zu. »Schnell – jetzt bist du dran!«

46

Die letzte Schlacht

Suttarus Truppen mussten die Lichter ebenfalls gesehen haben, denn ein lautes Heulen schallte durch die Stadt, auch wenn Helia es ignorierte.

Jetzt, da sie die Strahlen sehen konnte, wusste sie, dass sie eine Chance hatten.

»Ich werde Zeit brauchen«, erklärte sie Rascal. »Selbst mit Vegas Hilfe wird es schwierig werden. Damit Perennia den Strahl erreicht, muss ich sie zu ihrer vollen Größe anwachsen lassen, dann erscheint sie viel größer, als wir sie vorhin gesehen haben. Das wird mich einige Minuten kosten.«

Rascal nickte, ohne Fragen zu stellen. Sie schien nicht der Typ zu sein, der daran gewöhnt war, Befehle entgegenzunehmen, aber das änderte sich wohl, wenn sich ihr die Gelegenheit eröffnete, sich in Gefahr zu bringen. »Ich nehme Dzin und Yantuz mit. Wir werden die Dämonen ablenken, während ihr eure Arbeit erledigt. Nicht wahr, Jungs?«

Yantuz nickte grimmig, während Dzin aussah, als wäre er endlich in der Lage, sich seinen Ängsten zu stellen, ohne sich übergeben zu müssen.

Als sie alle wieder am Baum ankamen, machte sich Rascal

mit den Brüdern auf den Weg. Kurz bevor sie sich trennten, konnte Helia hören, wie sie ihnen befahl, alles aufzusammeln, was sie als Waffe benutzen konnten. Yantuz wählte ein zerbrochenes Stück Türsturz, das von einem mit Efeu überwucherten Torbogen gefallen war. Dzin schnappte sich eine kurze, blau gestrichene Holzplanke von einer Bank. Rascal brauchte nichts weiter als ihre Flügel, die sie ausstreckte, während sie die Fingerknöchel knacken ließ. Schließlich stellten sie sich in einem Halbkreis am Rand der kleinen Lichtung auf.

Nu nahm etwas Abstand von dem Baum, während Antares einsatzbereit neben ihr schwebte.

»Du schaffst das, Helia.«

Helia schenkte ihr ein kleines Lächeln. »Du wirst eine wunderbare Weise sein, Nu.«

Die aufsteigende Röte auf den Wangen der jungen Frau war fast schon Lohn genug für alles, was sie durchgemacht hatten.

»Das ist die Wahrheit«, fügte Helia ohne einen Anflug von Ironie in der Stimme hinzu.

Sie drehte sich wieder zu dem Baum um und neigte den Kopf in Vegas Richtung, der stumm in der Luft schwebte – er war die ganze Zeit über schweigend an ihrer Seite geblieben.

»Bist du bereit, Kleiner?«, fragte sie.

Vegas verschlungene Muster zerfielen in Zeitlupe auf seiner Oberfläche, was darauf hindeutete, dass er derjenige war, der bereits auf sie gewartet hatte.

Sein Humor hatte ihr schon immer ein Lächeln ins Gesicht gezaubert, und gerade jetzt war es genau das, was sie brauchte, um die Wärme anzuheizen, die sie allmählich ausfüllte. Die Glut entfachte ein neues Feuer. Sie ließ es wachsen und spürte, wie die Kraft durch ihre Verbindung mit Vega floss. Sein smaragdgrünes Glühen wurde immer intensiver, und bevor sie die Augen schloss, nahm sie sich einen Augenblick Zeit, um die Schönheit seiner vielen Lichtgeflechte und -muster zu bewundern, die mit einem Wimpernschlag geboren wurden, lebten und starben.

Sie richtete ihre Gedanken wieder auf den Baum und berührte einen Ast.

In ihrem Kopf schimmerte die wellenartige Bewegung in den Blättern. Sie spürte, wie ihre Kraft zunahm und wie die Magie von Maschine, Mensch und Natur zu einer Einheit wurde. Ihr ganzes Wesen ergoss sich in den Ast an ihren Fingerspitzen und in den Stamm hinein bis hinunter zu den Wurzeln.

Ein Knarren ertönte, als es Gestalt annahm.

Ein Schrei hinter ihr.

Sie verbannte ihn in den hintersten Winkel ihrer Gedanken, während sie arbeitete, und ließ sich davon nicht beirren. Dzin hatte eines der Ungeheuer entdeckt – oder vielmehr hatte es ihn entdeckt. Die Geräusche einer Rangelei folgten und dann ein dumpfer Schlag von Stein auf Fleisch, bevor alles wieder still wurde.

Aber nur für einen Augenblick. Der Lärm hatte die Aufmerksamkeit ihrer Feinde erregt. Helia konnte das Knurren und Scharren von Suttarus auserkorenen Lieblingen hören, als sie gegen die Gruppe vorrückten.

Wie sie es bereits erwartet hatte, machte sich Rascal schnell ans Werk. Ihre Flügel schnitten und schlitzten hörbar durch die Feinde auf der Lichtung, und das Ächzen von Yantuz und Dzin deutete darauf hin, dass auch sie ihnen zusetzten, so gut sie konnten. Es waren zwar nicht viele, aber sie waren furchterregend. Währenddessen hielt Nu den Lichtstrahl über ihnen an seinem Platz fest und steuerte ihn, damit er wirklich und wahr blieb.

Unglücklicherweise näherten sich jetzt weitere Schritte rund um die Gebäude am Rande des kleinen Platzes. Bald schon würden sie überwältigt werden.

Konzentrier dich, übermittelte ihr Vega, dessen Worte sie spürte, als ihre Aufmerksamkeit ins Wanken geriet. *Fokussiere deinen Blick.*

»Ich habe die Augen geschlossen«, antwortete sie trocken.

Das war das Wunderbare an der Verbindung, wenn sie so zusammenarbeiteten. Sie brauchte ihn gar nicht zu sehen, um zu verstehen, was er sagte, oder um ihm zu antworten. Sie waren tief miteinander verbunden. In diesem Augenblick, als der Tod immer näher rückte, fühlte sie sich dadurch weniger allein. Sie hatte einen Freund bei sich, der verstand, wer sie war, der verstand, was sie schon alles gewesen war, und dafür war sie dankbar.

Der Baum wuchs in ihrem Geist, ebenso wie er es in der Welt tat. Er nahm Gestalt an. Wieder verwandelten sich seine Äste in Beine. Die Flügel bildeten sich, zuerst nur klein, nur dünne, durchsichtige Triebe und Blätter, wie bei einem Fledermausjungen. Aber dann dehnten sie sich schnell aus und verdichteten sich, die Rinde verkrustete über die Äste hinaus, und das Chlorophyll in den Blättern färbte sie in einem satten, kräftigen Grün.

»Mach weiter, Helia!«, hörte sie Nu rufen, als um sie herum ein wütendes Knurren ertönte. Dzin brüllte vor Angst, Rascal vor Zorn. Mittendrin hörte Helia das Schmatzen und Klatschen von Flügeln, die einen Schaden anrichteten, den sie zum Glück nicht sehen konnte. »Du hast es fast geschafft!«

Das hatte sie.

Die Baumversion von Perennia hatte Gestalt angenommen. Sie war fast so groß, wie sie sie zuvor gesehen hatten, aber dieses Mal war sie vollständiger und noch … wirklicher. Die vorherige Version war eine bloße Skizze gewesen, während dies hier ein Foto war.

Mächtig, sagte Vega. *Deine Erinnerung.*

Und das war sie tatsächlich. Sie spürte, wie alles aus ihr heraussprudelte. Myriaden von Emotionen aus der Zeit, die sie früher mit dem Drachen verbracht hatte. Die Liebe und Hoffnung und der Respekt, den sie geteilt hatten … So viele Schichten der Verbundenheit zwischen ihnen. Von allen Orten in den Reichen jenseits der Bibliothek war der Rosengarten ihr Lieblingsort gewesen. Dort hatte sie Perennia kennengelernt und …

Helia?

Und dort war sie auch zum ersten Mal Xavier begegnet.

Helia, was ist los?

Ihr mochte es nicht ganz bewusst sein, aber sie hatte in ihrer Arbeit innegehalten und die Form des Drachen war in seiner jetzigen Größe stehen geblieben. Ein neuer Gedanke hatte ihre Sinne übermannt, den sie nicht unterdrücken konnte und dem sie nun ihr ganzes Wesen überließ.

Xavier … Sie hatte die Möglichkeiten von Nus Plan noch gar nicht vollständig bedacht.

Konnte sie auch ihn zurückholen?

Sie spürte, wie der Baum verwelkte, als ihre Konzentration auf Perennia nachließ. Ohne auf Vegas Flehen zu achten, sie solle fortfahren, öffnete sie die Augen und brach die Verbindung ab.

Die Hoffnung, die vorhin geschwunden war, kehrte nun wieder zurück.

Xavier musste nicht tot bleiben. Wenn sie den Drachen retten konnte, dann konnte sie sicher auch ihn retten.

Als hätte die Stadt gespürt, wo Helias wahre Motivation lag, brachte sie ihn wieder zu ihr zurück. Während ihre Freunde hinter ihr kämpften, drehte sich Helia um und sah eine Erscheinung im Nebel am Rande des Platzes, zwischen den Steinrosen. Eine Gestalt tauchte aus dem Grau auf, unter der überall um sie herum fallenden Asche.

Für einen Augenblick war er es. Selbst aus dieser Entfernung konnte sie Xavier erkennen, mit seinen struppigen Haaren, seinen blauen Augen und einem Lächeln, das nie zu schwinden schien, nicht einmal ganz am Ende.

Dann kräuselte sich die Vision, als würde sich unter der Oberfläche etwas bewegen.

Vor Entsetzen erstarrte Helia.

Suttaru trat hindurch.

Seine magere Gestalt unter einem Umhang versteckt, der schwarz und rot glomm, als bestünde er aus Glut, betrachtete er sie. Nicht mit Augen. Als wären seine Gesichtszüge vor langer Zeit weggeschmolzen, war da nur noch eine weiße, gesichtslose Maske. Aber er strahlte eine gewisse Energie aus. Ein kränklicher Geist, der sie wissen ließ, dass er sie taxierte. Und obwohl sie jetzt bis ins Innerste erschrocken war, weil sie wusste, dass sie sich zu sehr hatte ablenken lassen, konnte sie – als er lautlos über den rissigen Platz schritt und eine verkohlte Spur aus knisterndem und brennendem Gras hinter sich ließ – nichts tun.

Es tut mir leid, sagte sie in Gedanken und hoffte, dass Vega es noch vor dem Ende hören konnte. Wegen ihres Egoismus saßen sie alle in der Falle und würden nun sterben – wie Xavier und wie so viele andere es noch durch die Hand dieses Monsters tun würden.

Nicht deine Schuld, wirbelte Vega zur Antwort und versuchte, sie zu trösten, obwohl sie auch seine Furcht spüren konnte.

Suttaru hob die Hand in ihre Richtung, wie er es vor nur wenigen Tagen schon bei Xav getan hatte … Oder war inzwischen ein ganzes Leben vergangen? Sie wusste es nicht mehr.

Trotz ihres Abscheus vor den Bestien vor ihr nahm sie ihr Schicksal hin. Sie hatte nichts, womit sie gegen diese Art von Bösem kämpfen konnte, nichts von gleicher Stärke. Keiner von ihnen hatte das. Und in dieser Sekunde wusste sie, dass sie sterben würde, und fragte sich noch einmal, warum. Warum das Böse immer mehr Kraft zu haben schien, um zu zerstören, während das Gute doch nie eine ähnliche Kraft zur Verfügung hatte, um es aufzuhalten.

Dann trat Nu in den Weg des Bösen.

»Nein!«, rief sie energisch und schritt über den runden Platz auf Suttaru zu.

Die junge, zarte Weise, der das lange schwarze Haar über die Schultern fiel und deren Sphäre dicht über ihrem Kopf schwebte, betrachtete das Monstrum ohne jede Furcht. Irgendwie wirkte sie größer. Ihr Rücken war gerade, ihr Kinn stolz erhoben. Ohne zu zögern, starrte Nu ihn nieder, bevor sie sich an die Stirn fasste, so wie zuvor, als sie ihre Kräfte eingesetzt hatte, um die Lichtstrahlen freizusetzen. Sie streckte die Finger aus, als würde sie auf den universellen Tasten spielen, die nur sie spüren konnte. Die Luft um ihre Hände herum schimmerte, als würde sie von der lautlosen Musik bewegt werden.

Und dann strömte die Macht aus Nu heraus.

Licht.

So viel Licht.

Ein Lichtstrahl flammte zuerst zwischen Nu und Antares auf und verteilte sich dann über das Böse in ihrer Mitte. Es war, als hätte Nu einen Tropfen Silber ins Wasser geträufelt und beobachtete nun, wie er sich über die spiegelnde Oberfläche vor ihnen ausbreitete, bis er den halben Himmel einnahm.

Und als Helia noch einmal hinsah, konnte sie Suttaru nirgendwo mehr entdecken.

Stattdessen sah sie einen grünäugigen Mann in einer altmodischen Tunika, dessen schmutzig braune Haare ihm ins Gesicht fielen, in ein Gesicht, das vollkommen schockiert wirkte. Und in der Welt um ihn herum sah sie die Stadt der Ewigkeit, wie sie vor langer Zeit einmal gewesen war. Voller Leben und Fröhlichkeit, mit Fußgängerinnen und Fußgängern, die über die Märkte schlenderten, mit Geschöpfen, die zwischen den blühenden, aufschießenden Blumen umherflogen, und mit Wasser überall. Glitzernd schoss es aus den Springbrunnen hoch, zwischen den majestätischen Gebäuden und all dem Grün, in das die Stadt eingebettet war. Und mittendrin, über ihren Köpfen, leuchteten die Strahlen der *Reflectorias* hell, ein schimmerndes Spinnennetz der Schönheit um die Stadt.

Nus Macht hatte alles bloßgelegt.

Einschließlich des Monstrums.

»W-wie?«, stammelte der Mann und starrte auf seine ungezeichneten Hände hinunter. Er war nicht länger Suttaru, nicht mehr der berüchtigte Aschenmann, sondern die Person, die er einst gewesen war, vor vielen Jahrhunderten. Er streckte die Finger aus, um sein Gesicht zu berühren, das jetzt wieder Farbe hatte, die Wangen vor Schreck gerötet. Seine Blicke huschten zwischen ihnen hin und her, während er sich mit den Fingern über Stirn und Nase strich und seine Lippen und Zähne betastete. Er sog einen Atemzug ein und kostete jeden Moment davon aus. Dabei atmete er so tief ein, dass es schien, als würde er die Luft vieler Jahrhunderte einziehen, bevor er schließlich stotterte: »I-ich verstehe nicht.«

Aber Helia verstand. Denn Nu hatte ihnen die Wahrheit all dessen gezeigt, die Wahrheit von heute und von damals.

Wahrheit. Nus Macht. Xavs Macht. Eine der Grundfesten der Menschheit, der Kitt, der die Gesellschaft zusammenhielt, und wenn er fehlte, drohte sie zu zerbrechen. *Das* war es, was das Gute auf seiner Seite hatte.

Die junge Frau drehte sich nicht um, zu sehr war sie damit beschäftigt, die Macht über den Feind zu behalten.

Als sie sprach, war ihre Stimme fest und doch verzweifelt, kurz davor, zu versagen.

»Jetzt, Helia. *Beende es jetzt!*«

Helia wurde klar, dass sie nicht mehr viel Zeit hatte. Nu hatte sie nur für einen kurzen Moment gerettet. Sie hatte ihnen ein wenig zusätzliche Zeit verschafft und die musste sie nun nutzen.

Helia schaute ein letztes Mal zurück, dorthin, wo Xav gestanden hatte. Er war immer noch da in dem strahlenden Sonnenschein der Vision, während sich das Leben um ihn herum bewegte. Er wirkte jetzt glücklicher, als er es je gewesen war.

Helia lächelte. Dann schloss sie die Augen.

Der Drachenbaum bebte, als sie alles, was sie noch hatte, in ihn hineingab und den grazilen Schwanz wachsen ließ, den langen, kräftigen Hals, die Schnauze, die Zähne und die strahlend violetten Augen.

Ja, rief Vega. *Ja!*

Ein letzter Schub. Lautlos schrie sie auf, als sie das Letzte aus sich herausholte, als würde sie selbst den Baum mit ihren Händen in die Höhe ziehen, ihn immer weiter in den Himmel strecken und die herrlichen Flügel ausbreiten.

Die Spitze eines dieser Flügel traf den zentralen Lichtstrahl, in den alle anderen hineinströmten.

Das Gefühl, das dann folgte, konnte sie nicht richtig verstehen und würde es auch nie können. Es war, als hätte sie ein elektrisches Kabel voller Freude, Traurigkeit, Wehmut und Melancholie berührt – aber auch voller Glück. Ein Strom menschlicher Gefühle, alle in einem Energiestrahl gebündelt, der sich nun in das Leben ergoss, das sie im Angesicht des Todes geschaffen, genährt und wachsen gelassen hatte. Und jetzt erwachte der Baum zum Leben. Die Blätter wurden zu Schuppen. Die Rinde wurde zu Haut, die sich dehnte und spannte. Die purpurnen Augen blinzelten und aus den Wurzeln wurden Krallen. Die Kreatur schlug mit den Flügeln und fast im gleichen Augenblick erhob sie sich über den Boden.

»Helia«, rief Nu.

Aber ihre Stimme ging in Perennias zornigem Gebrüll unter, als dieses wundersame Wesen seine eigenen Emotionen in die

Welt entließ, in die es zurückgekehrt war – ein Schrei aus Zorn, Schmerz, Freude und Hoffnung.

Helia lächelte bei diesem Schrei, verstand und fühlte mit, während sie gleichzeitig spürte, wie die Last der Verantwortung von ihren Schultern abfiel.

Sie hatten es geschafft. Trotz allem, was ihnen in den Weg gelegt worden war, hatte sie es irgendwie fertiggebracht, die anderen zu diesem Augenblick hinzuführen. Die Reiche jenseits der Bibliothek, sogar die Bibliothek selbst und die Erde wären vielleicht verloren gewesen, wenn sie das nicht getan hätte. Doch jetzt gab es eine Chance zu überleben. Zurückzuschlagen und sie alle gegen Suttaru zu beschützen, der sich so inbrünstig wünschte, alles zu vernichten.

Es gab wieder Hoffnung.

»Helia«, rief Nu erneut, diesmal aber schwächer.

Doch Helia hatte noch einmal einen Blick auf Xav erhascht, als die Vision der Wahrheit zersplitterte und vor ihr verschwand. Er wirkte stolz. Nicht nur auf sie, sondern auch auf Nu. Sie konnte erkennen, dass er zu ihr hinüberschaute. Die junge Frau hatte sie alle gerettet. Sie war schon jetzt eine prächtige Weise der Wahrheit.

Eine würdige Nachfolgerin.

Als Perennia ein weiteres Mal brüllte, wurden Vegas smaragdgrüne Lichtmuster schwächer und er fiel. Helia pflückte ihn aus der Luft, nahm ihn in die Arme und wiegte ihn. Das arme Ding hatte sich ebenfalls verausgabt. Doch sie wusste, dass er sich wieder erholen würde. Ebenso wie Antares, die in Nus Armen lag.

Jetzt würde alles wieder gut werden.

Helia sah zu ihrer Freundin hinüber.

Nu drehte sich zu ihr um und lächelte.

Es war ein wunderschönes Lächeln. Schwach zwar, aber voller Hoffnung. Und aus irgendeinem Grund leuchtete es jetzt auch. Ein so helles und starkes Leuchten, dass sich Licht und Wärme immer weiter in Helias Sichtfeld ausbreiteten, bis das Mädchen nur noch eine Silhouette war und …

Nu beobachtete voller Entsetzen, wie Helia in Flammen aufging.

Das Feuer verzehrte sie innerhalb eines einzigen Augenblicks und verwandelte sie und Vega in einen Aschenschatten. In einen Schatten, der nur noch einen Augenblick lang überdauerte, bevor das Feuer erloschen war und die Asche in sich zusammenfiel und auf die versengte Erde wehte.

Nein!

Die Angst und die Wut in Nus Kopf wurden plötzlich von einem grausamen Geräusch untermalt, das ihren Gefühlen entsprach, als der Drache schrie. Es war ein Schrei, der direkt aus der Erde selbst kam und durch gefletschte Zähne drang und sich in vor Wut aufgerissenen Augen spiegelte.

Nu schaute zu Suttaru hinüber. Sah, dass seine Hand noch erhoben war und sich jetzt in ihre Richtung bewegte. Sie sah die Funken einer Flamme, die noch an seiner Haut züngelte, bevor sie zu einem weiteren Feuerball erblühte, der seinen ganzen Arm umfing, als er damit ausholte, um erneut zu töten.

Um ihrem Leben ein Ende zu machen.

Jetzt war es ihr gleich. Es war ihre Schuld; sie hätte länger durchhalten müssen. Die Vision noch ein paar Sekunden länger aufrechterhalten sollen. Aber es war ihr einfach nicht möglich gewesen, sie hatte nicht die Kraft dazu gehabt.

Und deswegen war Helia tot.

Plötzlich fiel um Nu herum keine Asche mehr und ein Schatten zog über ihr entlang. Der Luftzug war so stark, dass er sie von den Füßen riss und zu Boden warf. Sie krabbelte über den zerstörten Platz der Stadt, die Finger der einen Hand schrammten über die Steine, die andere umklammerte Antares. Perennia bog den Hals in Suttarus Richtung, als sie herabstieß.

Sie öffnete ihr Maul. Grüne Flammen schossen daraus hervor und trafen das Feuer des Mannes mit ihrem eigenen.

Die ganze Stadt erbebte, als diese beiden Mächte miteinander kämpften.

Perennia schlug mit den Flügeln und erzeugte solche Böen, dass die verderbten Wesen zurückgedrängt wurden, die auf sie zugekrochen und -gehuscht kamen.

Sie spießte eine der Bestien auf, die auf ihren Rücken gesprungen war, und durchbohrte sie mit ihrem langen, scharfen Schwanz. Sie schleuderte das Wesen geradewegs auf Suttaru zu, doch er verbrannte es zu einem Nichts, bevor es ihn treffen konnte.

Seine Kräfte wirbelten die Asche daraufhin enger um seine Gegner herum, in dem Versuch, den Drachen und seine Freundinnen und Freunde zu ersticken, die jetzt, selbst blutend und zerschunden, noch immer gegen die Horden der Ungeschriebenen ankämpften. Als die Gruppe keine Luft mehr bekam, entzündete Perennia die Wolke mit ihrem grünen Feuer und trieb sie über den Platz zum Feind zurück, bis Suttaru sie mit seinen Flammen auflöste.

So ging der Tanz des Todes noch minutenlang weiter. Oder waren es Stunden?

Nu wusste es nicht. Es hätte auch eine Ewigkeit oder gar keine Zeit sein können. Ihre Konzentration kam und ging, und sie war zu schwach und zu schockiert, um das, was geschah, ganz zu erfassen. Jedes Mal, wenn sie blinzelte, sah sie das Bild ihrer Freundin und ihrer Sphäre vor Augen. Den Ausdruck auf Helias Gesicht, kurz bevor es passiert war. Die Hoffnung in ihren Augen.

Plötzlich spürte Nu, wie ihr zwei Hände unter die Arme griffen und sie auf die Füße hoben. Rascal zog sie fest an sich, um sie unter dem riesigen, blutverschmierten Flügel zu schützen, der über ihnen hing. In ihrer Benommenheit sah Nu, wie Yantuz dem humpelnden Dzin auf der anderen Seite half, dem das Blut aus einer Wunde am Bein floss. Die Überlebenden hielten sich gegenseitig fest, als Suttarus Gräuel auf sie zukamen. Sie waren anders als alles, was Nu bisher gesehen hatte. Es waren nicht bloß die armen Kreaturen, die Suttaru mit seinen dunklen Geschichten überschrieben hatte – gewöhnliche Menschen und Tiere, die sich in unnatürliche Kämpfer verwandelt hatten –, nein, diese Geschöpfe waren etwas ganz anderes. Sie quollen in einer bizarren Synchronität miteinander hervor, krochen, krabbelten und wogten in einer Masse aus wirbelnden Zähnen und Tentakeln heran, aus Rauch und Feuer. Sie wogten und veränderten sich, während Nu sie anstarrte, während Rascal, Yantuz und Dzin – zerschlagen und blutend – diese Schrecken mit mehr als nur Panik anglotzten. Sie waren überwältigt und umzingelt. Entweder würden die Ungeheuer sie in Stücke reißen oder Suttaru würde alles um sich herum in Brand stecken. Jetzt verloren sie mit Sicherheit. Es war nur eine Frage der Zeit. Als der Feind vorrückte, spürte Nu, wie ihre Selbstzweifel sie in rascher Folge überfielen. Ihr Wunsch, Zeit außerhalb der Bibliothek zu verbringen, zeigte bereits, dass sie unwürdig und eine Enttäuschung für sich und ihre Familie war. Allein ihr törichter Gedanke, Triss könne so für sie empfinden, wie sie es für die kluge und energische Frau tat. Und dann ihr törichter Glaube, sie könne eine Weise sein, ein Sinnbild der Tugend, obwohl doch ihr eigener Verstand und die Unfähigkeit, ihre Kräfte zu beherrschen, den Feind erst zu ihnen geführt hatten. Sie ging in die Hocke, die Hände am Kopf, und versuchte, die Gedanken zu verdrängen, obwohl sie sich vor ihr verfestigten, so real wie der Boden unter ihren Füßen.

Doch als Nu aufgeben wollte, kam etwas in Bewegung. Antares war an ihrer Seite und schwoll auf ihre übliche Größe an, mit einer Energie, die jeder Beschreibung spottete und die Farben des Regenbogens in den Schatten stellte. Nu fühlte, wie sie sich mit ihr verband, spürte den Kummer über ihren Verlust und das Glück darüber, sie gefunden zu haben, eins geworden zu sein mit etwas, das größer war, als der menschliche Verstand allein begreifen konnte. Und dann sah sie es. Die Wahrheit dessen, was ihnen gegenüberstand.

»Es sind unsere Ängste«, sagte sie zu sich selbst und starrte auf die einst gesichtslosen Monstrositäten. In ihnen sah sie nicht nur ihre eigenen Ängste, sondern auch die ihrer Kameradinnen und Kameraden.

Rascals Angst davor, eine Außenseiterin zu sein, ihr früheres Gefühl der Hoffnungslosigkeit und die Befürchtung, dass der Himmel sie und ihre schönen Flügel eines Tages zurückweisen könnte. Yantuz' und Dzins tote Eltern kehrten zurück und verfolgten sie, zusammen mit Dzins Klassenkameradinnen und -kameraden und den Ranken aus dem Labyrinth selbst, die mit scharfen Schneiden nach ihnen griffen.

Die anderen schlugen unter diesem Ansturm um sich, und Nu wusste genau, wie sie ihnen helfen konnte.

»Rascal!«, brüllte Nu und deutete an der älteren Frau vorbei, während ein Lichtstrahl aus ihrer rechten Hand die Kreaturen als das entlarvte, was sie tatsächlich waren – der Stoff, aus dem Albträume und Lügen gemacht waren. Dzin und Yantuz sahen staunend zu Nu hinüber, die ihre Willenskraft und ihre Wahrnehmung auf ihre Gegner richtete. Sie hob ihre andere Hand und spürte, wie die Kraft der Sphäre sie durchströmte. Dabei drehte Nu ihre Hände in verschlungenen Mustern, die ihr Verstand noch nicht ganz begreifen konnte, und entwirrte dabei die Lügen, die diese Kreaturen umhüllten, als würde sie ein Knäuel verknoteten Garns ordnen. Yantuz stieß einen befreiten Schrei aus und stürzte sich mit seiner Behelfswaffe in der Hand auf die gesichtslosen Monster.

»Lügen!«, rief er. »Verschwindet. Aus. Meinem. Kopf!« Sein Gegner wurde für alle sichtbar: Die sich windende Gewebemasse aus verdrehten, tintenartigen Ranken zuckte zurück, als er sie mit dem Türsturz stach. Und während sie erneut auf ihn zuschoss, schrie er nochmals und schlug die Kreatur immer wieder mit der Torbogenstütze.

Rascal, die erstaunt zusah, wie der junge Mann an ihr vorbeirannte, stieß ihren eigenen Kampfschrei aus und stürmte vorwärts, das Metall ihrer Flügel verfärbt von Asche und Feuer und sogar von ihrem eigenen Blut. Sie hieb nach der Kreatur links von Dzin, und das scharfe Metall ihres Flügels war nur noch verschwommen zu erkennen, so schnell hackte er das Monstrum in Stücke, als wäre es nichts. Nu starrte auf die abgetrennten Teile hinunter, die auf dem Boden qualmten und zischelten und sich in nichts auflösten.

Dzin warf einen Blick zurück zu Nu, grinste dabei breit und nahm das Kampfgebrüll seines Bruders und Rascals auf. Er warf sich auf das Ungeheuer, das seine Ängste heraufbeschworen hatten. Mit der Planke, die jetzt kaum noch blau war, sondern eher die Farbe von verbranntem Holz angenommen hatte, schlug er auf den Dämon vor ihm ein. Der waberte vor Dzins Augen und nahm abwechselnd die Gesichter seiner toten Freundinnen und Freunde und seiner Eltern an, bis auch Dzin nichts mehr als die Masse des reinen Bösen sah. Er ließ das Brett mit aller Kraft, die er aufbringen konnte, immer wieder herabsausen.

Nu sandte eine Welle reiner Wahrheit nach der anderen in Richtung des Feindes, ihre Hände waren so schnell, dass sie kaum noch verfolgt werden konnten. Die Monster waren jetzt nur mehr Schatten dunkler Geschichten. Ihre inneren Ängste und Zweifel, durch Suttarus böse Macht zu Fleisch geworden, konnten nun als die Lügen entlarvt werden, die sie waren.

»Für Mutter!« Yantuz' Schlachtruf erklang zu jedem Schlag mit seiner behelfsmäßigen Waffe, mit der er auf das eindrosch, was von seinem durch seine eigene Wahrheit geschwächten Gegner noch übrig war.

Rascal kämpfte ohne Worte, aber mit emotionsgeladenen Schreien, und hieb mit ihren ramponierten Flügeln, ihren Fäusten und Füßen auf ihre eigenen Dämonen ein.

Nu sah Dzin, der nicht mehr schwächlich und unsicher schien, sondern in einem Zustand höchster Konzentration war, in dem der Körper des Läufers endlich mit seinem scharfen Verstand in einen Einklang geriet. Kein Schüler mehr. Mit seinem Gegner machte er kurzen Prozess, was niemanden mehr überraschte als ihn selbst.

Nu verschaffte sich einen Überblick über den gesamten Kampf. Perennias Macht war größer, als sie alle zu hoffen gewagt hatten. Das Leben, das Helia ihr eingehaucht hatte, wirkte wilder, als selbst sie es je für möglich gehalten hätte.

Langsam überwältigte Perennia das Böse in ihrer Mitte.

Nu wusste nicht, ob ihre Vision Suttaru geschwächt hatte, weil er sich daran erinnert hatte, wer er wirklich war – nämlich lediglich ein verängstigter, einsamer Mann. Aber jetzt wurde er bezwungen. Sie sah nur noch die grünen Flammen des Drachen, seine Kraft, die zu einem reißenden Strom wurde, der den Damm von Suttarus Dunkelheit sprengte.

Schließlich erlahmten dessen Kräfte, und das Feuer, das er einsetzte, war nicht mehr tödlich, sondern bloß noch flackernd und schwach. Er war angreifbar geworden, und Perennia verschwendete keine Zeit, sondern erstickte ihn mit ihrem eigenen Feuer.

Es gab eine Explosion. Sie schleuderte Suttaru mit solcher Wucht zurück, dass er durch das nächstgelegene Gebäude flog.

Das gesamte Bauwerk stürzte ein und krachte über ihm zusammen.

Die Ungeschriebenen heulten alle gleichzeitig auf und verstummten dann. Für einen Sekundenbruchteil konnte die Gruppe in ihnen das erkennen, was sie wirklich waren. Diesmal war es keine von Nus Visionen mehr. Vielleicht fiel das Leichentuch ihres Fluchs von ihnen ab, als Suttarus Einfluss auf sie schwand. Gewöhnliche Menschen und außerweltliche Tiere wurden für kurze Zeit sichtbar. Massen von Menschen, abgemagert wie Suttaru, kränklich und verängstigt.

Dzins Lehrer, Tywich, starrte überrascht an sich herab.

Und dann wurden sie von ihrer Qual erlöst. Ihre Kleidung zerfiel, ihre Haut platzte auf und fiel in Streifen von ihren Körpern ab. Ihr Muskelgewebe schrumpelte darunter zusammen, bevor ihre Knochen selbst zu Staub zerfielen. Bald waren diese armen Wesen nur noch vertrocknete Haufen verbrauchten Lebens, Asche, die schnell vom Wind verweht wurde.

Danach aber war es still. Und übrig blieben nur die Gruppe, ihre Trauer und das Wissen, dass sie gewonnen hatten.

47

Abschiede

Sie seien außer Gefahr, sagte Nu mit leiser Stimme zu Dzin und den anderen.

Sie mochte bleich und erschüttert sein, nur noch ein Schatten der lebhaften jungen Frau, die er am Anfang kennengelernt hatte. Aber die Kraft in ihren Augen und die Selbstsicherheit, mit der sie diese Nachricht weitergab, verrieten, dass sie zu einer Weisen geworden war.

Dzin wusste zwar, dass ihre Worte der Wahrheit entsprachen, doch die Erleichterung, die er verspürte, wurde schnell von den Schmerzen seines Körpers verdrängt, als die Schnitte und Bisse der verdrehten, bösartigen Kreaturen ihn zunehmend schwächten.

Er wollte jetzt nur noch zum Luftschiff zurückkehren. Es gab nichts mehr, wogegen man kämpfen musste. Da Suttaru fort war, hatten sich auch die Ungeschriebenen aufgelöst. Sie waren vor seinen Augen zerfallen, als wären sie bloß Albträume gewesen, die in der Morgensonne verglühten.

Von den Toten auferstanden, blieb Perennia auf dem Platz hocken, als die Gruppe zum Luftschiff zurückkehrte. Niemand sagte etwas zu ihr. Irgendwie wussten sie, dass sie sich ihnen zu gegebener Zeit anschließen würde.

Als Dzin sie das letzte Mal ansah, hatte sich ihr prächtiges Haupt über die Stelle gebeugt, an der Helia und Vega am Ende gestanden hatten.

Dzin hatte nur flüchtige Blicke auf das erhascht, was der Drache getan hatte, so sehr war er in den Kampf vertieft gewesen, in dem er sich wiedergefunden hatte. Doch es hatte genügt, um zu begreifen, dass Perennia sie vor allem beschützen konnte. Im Stillen ermahnte er sich, das Gefühl des Grauens loszulassen, an das er sich geklammert hatte – so wie Nu sich jetzt an ihre Sphäre klammerte –, und so ließ er sich von Yantuz wegführen. Sein Bruder sprach kein Wort und wirkte noch immer wie betäubt.

Sie gingen über die Brücke, weg von der vom Kampf gezeichneten Stadt, wobei Rascal die arme verstörte Nu stützte, bis sie die Lichtung überquerten, wo Kapitän Finesse und Earnest an den Steuerelementen der *Goldamsel* auf sie warteten. Die grimmigen Züge des Kapitäns verzogen sich zu einem Lächeln, als er sie aus dem Nebel stolpern sah … Doch es verschwand wieder, als er merkte, dass eine von ihnen fehlte – es waren sogar zwei.

Kein Wort wurde gesprochen. Es war nicht nötig. Sie wussten, dass er die Feuerausbrüche in der fernen Stadt und den Ascheregen, der sogar hier gefallen war, gesehen haben musste.

Als er ihnen zurück ins Schiff half, erzählte er, wie er sich zusammengereimt hatte, was passiert war, und wie er mit sich gerungen hatte, ob er hinüberfliegen und ihnen helfen sollte. Aber dann hatte er den Drachen brüllen hören.

»Das haben die beiden also geschafft?«, fragte er mit brüchiger Stimme. »Helia und ihre kleine Sphäre?«

Nu sah zu ihm auf, ihre Lippen versuchten, die Worte zu bilden, aber sie war zu schwach, um sie auszusprechen. Sie nickte nur.

Und dann warteten sie.

Wegen Perennia waren sie hergekommen, und sie würden auch mit ihr fortgehen, wenn sie erst bereit war, wenn sie der Person, die sie gerettet hatte, ihren Respekt erwiesen hatte. Yantuz griff nach der Phiole mit dem restlichen Elixier und betupfte damit zuerst die Wunden seines Bruders, dann hielt er Nu und Rascal das Fläschchen hin, die beide ablehnten. Schließlich gab er es Dzin zurück, der es verkorkte und in seine Tasche gleiten ließ.

In diesem Augenblick tauchte der Drache auf, ein gigantischer fliegender Schatten im Nebel, der auf die Lichtung zugestürmt kam. Perennia landete mit einer solchen Wucht direkt neben dem Luftschiff, dass der Boden bebte und winzige Wellen über den See gesandt wurden. Antares flog zu ihr hinaus und stupste sie an, was sie zuließ, indem sie sich nach vorn beugte, bevor auch Nu und die anderen aus dem Luftschiff ausstiegen. Ganz mutig ging Nu auf sie zu und tätschelte den Hals des Wesens.

»Danke«, sagte sie.

Perennia schloss die Augen und senkte den Kopf, bevor der Klang eines Gongs den Moment beendete. Als ein Licht aufleuchtete, fuhr der Drache hoch.

Alle wirbelten zu dem Wasserfall herum, der sich hinter dem Luftschiff erhob.

In der Mitte des Wassers war ein senkrechter Lichtspalt aufgetaucht, der schnell breiter wurde.

Nus Schultern sackten herab. *Was ist denn jetzt schon wieder?*

Doch als eine Frau und zwei Männer hindurcheilten, brach sie vor Erleichterung fast zusammen.

Robin, Mwamba und Veer.

Der Ausdruck auf ihren Gesichtern, als sie die Gruppe, das Luftschiff und den Drachen entdeckten, war einfach zu viel. Es brach Nu fast das Herz, als der Schock und die Freude in ihren Gesichtern aufblitzten – sie wollte, dass es so blieb. Sie mochte nicht sehen müssen, wie ihre Gesichter lang wurden, sobald auch sie begriffen, dass jemand aus ihrer Gruppe fehlte.

Als Nu von Robin in eine tränenreiche Umarmung gerissen wurde, kam eine weitere Gestalt durch das Portal hinter ihnen. Der Schriftsteller Arturo. Als sie seinen struppigen Bart und sein zerzaustes Haar sah, wurde ihr klar, dass sie dort drüben wohl ihren eigenen Kampf durchgestanden haben mussten. Doch im Augenblick bildete sein Gesicht eine Mischung aus Ehrfurcht, Neugier und Entsetzen, als er die Welt um sie herum betrachtete und dann den riesigen Drachen. Er sah beinahe so aus, als wollte er zurück durch das Portal springen und sich verstecken.

Es brachte sie fast zum Lachen, selbst als Robin sie fest an sich drückte. Veer brummte etwas unter seinem Schnurrbart und Mwamba legte ihr väterlich die Hand auf die Schulter.

»Helia hat es geschafft«, war alles, was sie zu ihnen sagen konnte.

Mwamba nickte. Mehr verlangte er auch nicht von ihr.

Der Abschied von den anderen fiel ihr schwerer, als sie gedacht hätte.

Diese Menschen waren in ihr Leben getreten, und zwischen ihnen hatte sich eine Freundschaft entwickelt, von der sie nie für möglich gehalten hätte, dass sie sie mit irgendjemandem schließen würde.

Vielleicht hatte eine Freundschaft, die durch gemeinsame Erfahrungen geschmiedet wurde, auch wenn sie noch so kurz waren, eine größere Kraft als andere. Sie fragte sich, ob sie die anderen wiedersehen würde.

Sie beschloss, dafür zu sorgen.

Dann umarmte sie einen nach dem anderen, während die übrigen Weisen in einiger Entfernung auf sie warteten, um ihnen etwas Raum zu geben. Als sie bei Dzin ankam, drückte sie ihn besonders fest.

Ihr war klar, dass er von ihnen allen am meisten Angst gehabt hatte. Und doch hatte er sich den Dämonen gestellt und sich entschieden, dort zu kämpfen, wo – wie sie wusste – viele es nicht getan hätten. Das würde sie nie vergessen.

»Du hast es geschafft«, sagte sie.

Das Lächeln, das er ihr schenkte, deutete darauf hin, dass er sich nicht ganz sicher war, was er eigentlich geschafft hatte. Vielleicht machte er sich sogar Sorgen, dass er dafür Ärger bekommen könnte, deshalb strahlte sie ihn umso mehr an.

»Ich danke euch allen«, erklärte sie und trat einen Schritt zurück, um ihre Gesichter zu betrachten. Dann fiel ihr zum ersten Mal auf, wie groß der Drache im Vergleich zu dem Luftschiff war. Sie stieß ein kleines Stöhnen aus, während sie im Geiste Berechnungen anstellte, jedoch zu keinem Ergebnis kam. Aber zum Glück hatte Rascal die Frage auf ihren Lippen gesehen und griff ein.

»Wir werden sie nach Hause bringen – mach dir darüber keine Sorgen. Wir sind schon so weit gekommen; da lassen wir sie doch nicht einfach hier zurück.« Sie zeigte auf Kapitän Finesse, der ihre Begeisterung nicht zu teilen schien. »Wir haben schon so manche interessante Fracht zwischen den Welten transportiert. Irgendwann muss ich dir mal davon erzählen.«

Nu erwiderte ihr Lächeln. »Das würde mich freuen.«

Yantuz legte einen Arm um seinen Bruder und grinste. »Wenn du das nächste Mal zum Großen Baum kommst, kannst du bei uns wohnen, Nu. In unserer kleinen Baumhöhle ist es zwar ein bisschen eng, aber Dzin wird gern verkehrt herum mit mir das Bett teilen, damit du seins haben kannst.«

Dzin stieß ihm den Ellbogen in die Rippen. »Du schnarchst zu laut. Ich werde auf dem Boden schlafen, vielen Dank.«

Nach diesen Worten trat Nu zurück, Antares noch in den Armen, die ihre eigenen Abschiedsworte aufblitzen ließ.

Nu drehte sich um und ging auf das Portal zu, und Robin fasste sie am Arm, während Mwamba und Veer auf ihrer anderen Seite blieben, falls sie Hilfe brauchte.

Zusammen traten sie vor den Wasserfall.

Nu sah noch ein letztes Mal zu ihren Freunden und zu der Stadt der Ewigkeit zurück.

In diesem Augenblick entdeckte sie eine vertraute Gestalt in dem Nebel über dem See. Und als der Wind über das Wasser peitschte, trug er eine letzte, flüchtige Botschaft in seinem Atem, die ihr ins Ohr geflüstert wurde.

Dum spiro, spero.

Die Worte klangen in ihrem Kopf, als sie die Anwesenheit noch einer weiteren Gestalt spürte, die nur Xavier sein konnte. Seine Gestalt gesellte sich zu der ersten, bevor sie gemeinsam in der Erinnerung verschwanden. Sie hielten einander an den Händen – in der Erinnerung.

Ein Lächeln umspielte Nus Lippen, als sie sich von den anderen Weisen zurück durch den Spalt zwischen den Welten führen ließ und Robin ihr etwas ins Ohr flüsterte.

»Willkommen zurück, Weise.«

Nu spürte einen Schauer der Aufregung, der sie in diesem Augenblick durchfuhr. Dann kehrte sie in die Große Bibliothek zurück, um ihr neues Leben zu beginnen.

Das Portal schloss sich hinter ihnen.

48

Ein Vermächtnis der Hoffnung

Arturo stand in der Wandelhalle und beobachtete, wie das Leben wieder zur Normalität zurückkehrte, während Gelehrte und Schüler ihre eigenen Versionen der Geschehnisse diskutierten und die Volare Machina um sie herumschwirrten.

Zwei Tage waren vergangen, seit Nu zurückgekehrt war. Robin hatte Arturo dadurch überredet, noch ein bisschen länger zu bleiben, dass sie ihn ins Observatorium mitgenommen hatte, um ihm zu zeigen, wie es Rosa zu Hause ging. Niemand hatte ihn bisher vermisst, und er hatte noch eine weitere Nacht frei, bevor er sie zu sich nach Hause holen sollte.

Er fragte sich, ob Robin wohl irgendwelche Hintergedanken hatte. Sie sagte, sie wolle ihm nur die Bibliothek richtig zeigen, sie nicht bloß im Vorbeigehen ansehen, wie sie es in den letzten Tagen getan hatten, als sie herumgerannt waren, um sie vor Ungeheuern und Gift zu retten. Wie er erfahren hatte, entsprach das Gift dem dunklen Elixier, das Dzin versehentlich für Helia hergestellt hatte.

Robin sagte, dass eine ordentliche Führung das Mindeste sei, was man ihm für seine Hilfe schulde.

Er hatte gelächelt und ihr Angebot angenommen, auch wenn er wusste, dass das nicht die ganze Geschichte war.

Die Schlacht war vorbei, doch die Weisen würden die Narben noch für eine Weile tragen. Robin setzte ihr übliches tapferes Gesicht auf, machte clevere Witze und neckte ihn unerbittlich. Aber er wusste, dass sie von der ganzen Sache erschüttert war. Und dann war da noch die junge Nu, die jetzt selbstbewusster und energischer auftrat, als er es in Erinnerung hatte.

Sie war noch keine Weise gewesen, als sie in diesen ganzen Schlamassel hineingeworfen worden war.

Das sollte sich bald ändern.

»Bereit?«, fragte Robin, klopfte ihm auf die Schulter und ließ die Finger einen Augenblick länger als nötig dort verweilen. Er schenkte ihr ein Lächeln und nickte, dann zwinkerte er Centauri zu, der unmittelbar hinter ihr auf und ab dümpelte.

»Ich bin bereit. Ist Nu es auch?«

»Sie hat schreckliche Angst, aber sie hält sich gut. Das ist wahrscheinlich die am wenigsten furchterregende Sache, die sie in den letzten paar Tagen erlebt hat. Sie wird schon klarkommen.«

Da Helia es so gewollt hätte, hatte Robin die junge Frau sofort unter ihre Fittiche genommen, auch wenn sie beide trauerten. Diese Art des Zusammenrückens hatte Arturo während seiner gesamten Zeit hier beobachtet. Das tat er auch jetzt, als sie durch die Bibliothek gingen, und er bemerkte, wie die Schäden der Schlacht von einer Gruppe von Arbeitern, Schülern und Gelehrten gemeinsam behoben wurden. Hier zierte sich niemand oder war sich für irgendetwas zu schade. Die Leute fanden sich einfach für eine gemeinsame Sache zusammen. Darum ging es schließlich in der Bibliothek.

Er würde das vermissen, wenn er später am Tag nach Hause zurückkehrte.

»Leise jetzt«, flüsterte Robin, als sie sich durch eine beeindruckende rot-goldene Doppeltür schoben, auf der bunte geflügelte Symbole prangten, die irgendwie lebendig wirkten.

Dies war die Halle der Weisen. Als sie eintraten, war der Raum bereits mit einer aufgeregten Ansammlung von Menschen aus allen Gesellschaftsschichten gefüllt, die sich leise unterhielten oder ehrfürchtig auf die zehn Marmorstatuen starrten, die überlebensgroß vor ihnen aufragten. Alle Figuren hielten Sphären in den Händen oder drückten sie an ihre Brust und ihre Gesichter erkannte Arturo sofort.

Helia, Mwamba, Veer, Robin … von allen gab es Statuen, zusammen mit denen all der anderen Weisen, denen er nur kurz begegnet war und deren Namen er sich noch nicht richtig hatte merken können.

»Da bist ja du!«, sagte er etwas zu laut und zeigte auf Robins lebensechtes und ziemlich schönes Gesicht, das über ihnen aufragte. »Donnerwetter.«

»Scht!«, zischte sie errötend. »Du wirst den Rest des Abends viel leiser sein müssen, Arturo. Lass mich bloß nicht bereuen, dass ich dir erlaubt habe mitzukommen. Das ist ein heiliges Ereignis! Und jetzt bleib hier. Stör niemanden. Und genieß es.«

Sie schenkte ihm ihr schönstes Grinsen und eilte mit Centauri im Schlepptau durch die Menschenmenge zu ihren Mitstreiterinnen und Mitstreitern.

Alle Weisen standen vorn im Raum. Na ja, acht von ihnen standen dort, gekleidet in ihre unverwechselbaren Bibliotheksmäntel – talarartige Gewänder, die mit verschlungenen Spiralmustern aus silbrigem Garn bestickt waren. Und in dieser schwachen Beleuchtung spiegelten die Stickereien die eifrigen Muster und wirbelnden Symbole wider, mit denen die Sphären aufleuchteten, als würden sie alle gleichzeitig sprechen und die Mäntel der Weisen zur Antwort blinken.

Nur eine Person stand abseits.

Vor ihnen erschien Nu auf einem schwarzen Podest mit Einlegearbeiten, die funkelnde Sterne und Galaxien darstellten. Es war ein beeindruckender Effekt, durch den Nu wie eine Art große Energie oder großer Geist wirkte, der inmitten des Universums schwebte.

Die Zeremonie war wunderschön. Sie begann mit einer Würdigung von Helias und Xaviers Leben, vorgetragen von Robin, der Arturo ansehen konnte, dass sie ihr Bestes tat, um nicht zu weinen – vor allem, als sie erzählte, wie sich Xavier und Helia kennengelernt hatten. Dann übernahm Mwamba das Wort und erzählte von seiner langjährigen Freundschaft mit den beiden. Ihm folgten die anderen Weisen, die ihre eigenen Geschichten über die nun verlorenen Freunde erzählten. Die Weise Maïa gab eine besonders amüsante Anekdote über Helias Eskapaden in Planaxis zum Besten und brachte die meisten der Anwesenden trotz ihrer Tränen zum Lachen.

Und während sich die Geschichten fortsetzten und Erinnerungen ausgetauscht wurden, strahlte das Licht in der Halle immer heller, so als würde die Sonne über ihnen vorbeiziehen und mit ihrer ganzen Wärme und Kraft auf sie herabscheinen. Darunter leuchteten die Statuen von Helia und Xavier mit einem Hauch von Magie, als wäre ihnen ein letzter Augenblick des Lebens geschenkt worden.

Es war ein herrlicher Anblick. An das mächtige Gefühl, das den Raum und, wie Arturo spürte, die ganze Bibliothek durchströmte, würde er sich noch lange erinnern. Freundinnen und Freunde, die zusammenstanden. Eine Feier des Lebens. Das Gefühl, dass Helia und Vega nicht wirklich fort waren. Dass niemand je wirklich fort war. Denn ihre Energie blieb immer, zwar in anderer Form, aber genauso stark, liebevoll und mächtig, und bot denen, die nach ihnen kamen, Führung.

Doch irgendwann fanden die Geschichten ein Ende. Die Lichter wurden gedimmt, und damit schwand auch das Leben aus den Statuen. Helias Gesicht schien noch einmal zu lächeln, falls das überhaupt möglich war, und dann verblassten ihre Züge.

In Erwartung einer frischen Weisen der Hoffnung.

Auf dem Podest und umgeben von ihren neuen Mitstreitenden verbrachte Nu ein paar Augenblicke damit, nach vertrauten Gesichtern in der Menge zu suchen. Ihre Eltern waren da und winkten ihr unauffällig zu. Hier und da entdeckte sie auch ihre Freunde, deren Gesichter strahlten. Will war leicht zu erkennen, denn er war fast dreißig Zentimeter größer als die Menschen um ihn herum. Triss, die neben ihm stand, formte mit den Händen die Worte: »Viel Glück!«, worauf Nu grinste.

Obwohl sie stolz auf die Zeremonie war, konnte sie nicht umhin, auch die Last des Kummers zu spüren.

Ich wünschte, Helia wäre hier, dachte sie, als sie zu der Statue ihrer Freundin aufschaute und ihre vertrauten Gesichtszüge mit den dunklen Locken und dem freundlichen Gesicht betrachtete, bevor sie verschwanden und ein kleines Loch in Nus Herzen hinterließen.

Sie blickte auf die ehemalige Skulptur von Vega, die nun keine Symbole mehr trug und nur noch eine beliebige Sphäre war, die auf einen Namen wartete. Nu hatte Robin vor einer Weile gefragt, was geschehen würde, da das Buch der Weisheit doch nun eine neue Sphäre brauchte, um Helias Nachfolgerin auszuwählen. Robin hatte nur traurig gelächelt und geantwortet: »Das ist eine Geschichte für einen anderen Tag.«

Schweigend nahm Nu Abschied und wandte sich wieder der Zeremonie zu. Sie stand gerade und aufrecht, denn sie wusste, dass Helia darauf bestanden hätte.

Die Erkenntnis, dass sie nun Teil des legendären Ordens der Weisen der Großen Bibliothek von Morgen war, machte es ihr leichter. Eine Beschützerin der jenseitigen Reiche und der Erde selbst.

Wer hätte gedacht, dass so etwas möglich war?!

Vom Podium aus schaute sie zu Mwamba hinunter, der ihr einen kleinen Glücksgruß zuflüsterte, während Antares zur anderen Seite der Plattform schwebte und auf Kopfhöhe vor ihr anhielt.

»Die Wahl eines neuen Weisen ist ein wichtiger Moment in unserer Zeit hier«, begann Robin, deren Stimme durch den Saal hallte. Die Menge hielt den Atem an und Nu ebenso. »Es ist der Moment, in dem das Buch der Weisheit durch seine Sphären eine Person von höchster geistiger Reinheit auserwählt, jemanden, der einen der Grundwerte der besten Menschen überhaupt verkörpert. Einen Weisen, der sich mit seinem Gefährten oder einer Gefährtin auf den Weg der Erkenntnis begibt, indem er wächst, reift und lernt, während er das Leben in vollen Zügen genießt und mit seinen Mitstreitenden geeint dem Schutz der Erde dient, der Großen Bibliothek und allen Reichen, die dahinterliegen.«

Die Weisen standen jetzt allesamt einmütig auf und ihre Sphären hüpften neben ihnen in der Luft.

»Bist du bereit?«, fragte Robin.

Nu nickte kurz und streckte die Hand aus, die Innenfläche nach oben gedreht, die Finger gestreckt.

Die vielen Schichten von Antares wirbelten nun mit einer Vielzahl von komplizierten Mustern und Symbolen durcheinander. Als Nu ihr das erste Mal begegnet war, war sie schwach gewesen und hatte geflackert, da sie fast ausgebrannt gewesen war. Aber jetzt war sie wieder lebendig und strahlte mit der Intensität eines prächtigen goldenen Sonnenaufgangs. Die Sphäre freute sich so sehr, dass Nu bei diesem Anblick beinahe kichern musste. Sie musste sich sehr beherrschen, um es zu vermeiden. Aber es durfte nicht geschehen, dass sie in einem solchen Augenblick in Gelächter ausbrach.

Dann verblasste das Licht wieder und die Sphäre flog nach vorn. Eine Sekunde lang schwebte sie in der Luft, danach ließ sie sich auf Nus Handfläche nieder.

Nu schloss die Finger um ihre Gefährtin. Dann legte sie ihre andere Hand sanft auf sie und drückte sich Antares ans Herz.

Es war ein Moment des Einswerdens in seiner reinsten Form. Zwei Freunde, die sich gefunden hatten und wussten, dass sie für immer zusammen sein würden.

»Nu wurde willkommen geheißen!«, rief Robin und die Menge brach in Jubel aus. Inmitten des Jubels hörte sie einzelne Rufe heraus: »Nu!«, und: »Willkommen, Weise!«.

Ein donnerndes Brüllen war in der restlichen Bibliothek spürbar, als die Feier nun erst richtig begann. Die Feuer rund um die Halle brannten plötzlich höher und heller und alle spürten die Wärme und den Schein der Flammen auf ihren Gesichtern. Aus dem Nichts tauchten goldene Schmetterlinge über der Menge auf und verteilten sich in der Bibliothek. Ihre Flügel fingen den Schein des Feuers ein und reflektierten ihn mit Tausenden von winzigen Lichtblitzen in der Halle. Das kollektive Flattern ihrer Flügel erzeugte ein Summen, das sich mit den anderen Klängen in ihrer Umgebung mischte und die Luft mit Musik erfüllte. Es war eine wunderschöne Symphonie des Feierns, die aus den Wänden und Säulen der Bibliothek selbst zu strömen schien, vielleicht sogar aus dem Gestein unter ihren Füßen. Die fließenden Rhythmen übertrugen sich auf alle Seelen und brachten sie dazu, sich gemeinsam auf ein neues Kapitel in ihrem Leben zu freuen.

Als Krönung wehte ihnen der unverwechselbare Geruch von

frisch zubereiteten Speisen durch die Gänge entgegen – würzige, salzige und süße Düfte, die auf exotische und köstliche Weise kombiniert waren und so manchem das Wasser im Mund zusammenlaufen ließen.

Doch während dieses herrliche Chaos wie eine Welle der Freude – und nach den jüngsten Ereignissen auch der Erleichterung – durch die unterirdische Stadt schwappte, nahm sich Nu einen Moment Zeit für sich allein.

Um zu einer anderen Statue aufzuschauen, deren Gesicht leer war: der von Xavier.

Sie beobachtete, wie es sich in eines verwandelte, das sie sehr gut kannte.

Ihr eigenes.

Dzin stand mit Yantuz und Rascal im Rosengarten, zusammen mit Kapitän Finesse und Earnest, und versuchte, nicht nervös herumzuzappeln.

Die Wunden, die er im Kampf erlitten hatte, waren gar nicht das Problem. Das Elixier hatte sich darum gekümmert. Jedenfalls um seine und die von Yantuz. Rascal hatte sich standhaft geweigert, das Elixier zu nehmen, offenbar stolz auf die Narben, die sie davongetragen hatte.

Nein, eher war es die Nervosität.

Er stand am Rande des Gartens – der jetzt fast vollständig nachgewachsen und voll von buntem, summendem Leben war –, an der Spitze einer Versammlung von Silvyrern. Die Blütenkönigin von Aedela war hier und überragte selbst Rascal um Haupteslänge. In ihrer zeremoniellen Rüstung mit den langen Ärmeln aus goldenen Dornen und einem Helm, der von smaragdgrünen Blütenblättern gekrönt war – dem Schädelbau des Drachen selbst nachempfunden –, sah sie furchterregend aus.

Auf Dzins anderer Seite trug die Oberste Gelehrte ein ganz exquisites Kleid aus handgenähten Blütenblättern und dazu eine Schleppe aus zerstoßenem Blütenstaub mit einem ganzen Wald aus gestickten Blumen darauf, die wie von einem geheimnisvollen Wind bewegt changierten.

Die Oberste Gelehrte schaute immer wieder in seine Richtung und schenkte ihm ein stolzes Lächeln, das zu erwidern er zu schüchtern war, aus Sorge, dass sein Gesichtsausdruck eher wie eine Grimasse wirken würde. Er nickte nur jedes Mal mit errötenden, brennenden Wangen und starrte dann wieder auf die Zeremonie, die sich vor ihnen entfaltete. Zumindest, bis die Oberste Gelehrte näher kam und ihm auf die Schulter tippte.

»Wir haben uns noch gar nicht richtig bei dir bedankt«, sagte sie leise. »Darum möchte ich dir aus tiefstem Herzen danken, Dzin. Du hast die Tradition der Läuferinnen und Läufer in einer Weise gewürdigt, die sich niemand hätte vorstellen können, und obwohl wir um die Verlorenen trauern, freue ich mich auf die Zusammenarbeit mit dir, wenn du uns hilfst, alles wieder aufzubauen.«

»Zusammenarbeit mit *mir*?«

Vor Schreck kippte er fast um, was sie amüsiert registrierte. Das Tageslicht funkelte auf dem silbernen Diadem, das sie trug, als sie ihren Kopf leicht neigte.

»Das Reich braucht unser Elixier. *Dein* Elixier, Dzin. Unsere Vorräte sind nach den Sabotageakten fast am Ende und deines wird die Heilung unseres großen Landes einleiten. So wie Perennia diesen Garten geheilt hat, wirst du Silvyra heilen. Nimmst du die Herausforderung an?«

»Es wäre mir eine Ehre.«

Ein schwacher Hauch von Rauch hing noch in der Luft. Aber das war alles, was von der Verwüstung übrig war, die er hier gesehen hatte, kurz bevor sie gelandet waren – und bevor der Drache erneut eine Klaue in den verdorbenen Boden geschlagen und ihn geheilt hatte.

Die Rückreise von der Schlacht war ereignislos verlaufen. Als sie wieder in Silvyra angekommen waren, war Perennia den Rest des Weges allein geflogen. Und das war auch gut so gewesen, denn als sie gemeinsam über Mutter in Richtung Blooms geflogen waren, hatten sie die verwüsteten Landstriche in den Wäldern und vormals blühenden Ebenen sehen können, die dem Großen Baum beunruhigend nahe waren.

Perennia war nach unten gerauscht und hatte dem Land neues Leben eingehaucht. Die *Goldamsel* war zum Rosengarten weitergeflogen, und dort hatte die Besatzung beobachtet, wie der Drache landete und den Garten wieder mit Heilung und Hoffnung erfüllte.

So wild und gefährlich sie für ihre Feinde auch sein mochte, im Herzen war Perennia doch eine Beschützerin. Sie wirkte als ein Symbol im ganzen Land – und darüber hinaus, wie Dzin jetzt begriff –, eine Beschützerin der Natur und aller guten Dinge. Die heilenden Kräfte des Rosengartens waren in sie eingeflossen. Oder vielleicht war es auch umgekehrt.

So oder so ließ ihre symbiotische Beziehung die Flora und Fauna direkt vor ihren Augen zu neuer Pracht aufleben und erblühen. Der Garten war nicht mehr ganz so überwuchert und wild und schön wie beim letzten Mal, als Dzin dort gewesen war. Doch es genügte, um zu zeigen, dass das Leben gesiegt hatte. Dass der Garten für alle sichtbar wieder lebendig war, genauso wie der Drache darin.

Und als Dzin sich umsah und die versammelten Menschen aus den verschiedenen Ländern dieser Welt betrachtete, wurde ihm klar, dass sie sich jetzt mit Perennia zusammenschließen mussten, um sie ebenso zu beschützen, wie sie es umgekehrt tat.

Denn sie würden das überstehen müssen, was als Nächstes kam. Aus dem Bauch heraus spürte er, dass bald wieder etwas auf sie zukommen konnte.

Ein weiteres Abenteuer?

Er fragte sich, ob das Vorfreude war, die er in sich aufsteigen spürte. Und während er früher bei dem gefürchteten Wort »Abenteuer« vielleicht gezittert und das Gesicht verzogen oder sich Schutz suchend in sein Schneckenhaus zurückgezogen hätte, tat er das jetzt nicht mehr. Hatten sie nicht gerade das unglaublichste Abenteuer erlebt und … überlebt? Vielleicht waren sie ja doch nicht so schlecht.

Dzin schaute zu seinem Bruder auf, dessen hübsches Gesicht voller Stolz war, und blickte dann zu Yantuz' ebenso hübschem Verehrer Junic hinüber.

Er grinste vor sich hin.

Wenn es ein weiteres Abenteuer zu bestehen gab, dann sollte es so sein. Er wäre dazu bereit.

In der Großen Bibliothek wurde bis spät in den Abend hinein gefeiert.

Es gab keinen wirklichen Mittelpunkt; die Freude war in der ganzen Großen Bibliothek zu spüren. Wahrlich eine Zeit des Zusammenkommens und der Einigkeit war es. Nu spürte die Macht dahinter, die ihre Haut elektrisierte, sodass sich die Härchen in ihrem Nacken aufstellten, während sie durch die Hallen der Großen Bibliothek wanderte. Es fühlte sich anders an als alles, was Nu je gekannt hatte.

Die Sphären veranstalteten ihre eigene Darbietung für die Menge und sandten Lichtsymbole aus, die über die Wände und Decken tanzten. Vor Freude leuchtete Antares so intensiv, dass sie fast zu einer winzigen Sonne inmitten ihrer Artgenossen geworden war.

Die überirdische Musik zog die Bibliothek und ihre Bewohnerinnen und Bewohner immer weiter in ihre warme Umarmung. Sie versetzte alle in einen Zustand des Hochgefühls und des Glücks und Wellen reiner Freude durchströmten sie. Paare küssten sich, Freundinnen und Freunde umarmten sich und Volare aller Formen und Größen rauschten in Formation durch die Luft und fügten dem Fest ihren eigenen Jubel hinzu. Die Feiernden nahmen auch das Auditorium in Beschlag, wo einer der einfallsreicheren Gelehrten einen holografischen Globus in der Mitte der Bühne erschaffen hatte, durch den man eine silbern schimmernde Strandparty sehen konnte, die in vollem Gange war. Nu hatte sich einen Augenblick Zeit genommen, um zu beobachten, wie einige Besucher durch die multidimensionale, sich kräuselnde Außenhaut traten, um dann inmitten der Party aufzutauchen und sich ihren Freunden anzuschließen.

In der Wandelhalle versammelten sich derweil andere Gruppen, um nicht nur zu plaudern und sich zu amüsieren, sondern auch um die Aufräumarbeiten nach der Belagerung fortzusetzen. Das erledigten sie jedoch gut gelaunt und feierten dabei gleichzeitig ihren gemeinsamen Sieg. Abwechselnd brachten sie die wertvollen Bücher in die Regale zurück. Einige taten das weiter unten, andere schwangen sich von Leitern, Getränke in den Händen, glücklich darüber, dass sie die Bibliothek gerettet hatten. Dann strömten sie in Scharen durch die Halle und genossen die Wärme und den Lichtschein auf ihren Gesichtern. Die Flammen der Feuer, die von den Kronleuchtern an den Decken schienen und in den Lampen an den Wänden, brannten hier immer heller, angefacht von mächtiger Magie. Gruppen von Zuschauern freuten sich über die Sängerinnen und Akrobaten, die alle mit ihren köstlichen Melodien und atemberaubenden

Kunststücken unterhielten. Auch Magier zogen durch die Gänge, zauberten die schillerndsten Illusionen, ließen Schwärme von Lichtvögeln durch die Bücherregale fliegen und beschworen Flüsse herauf, die durch schwer vorstellbare Fugen im Boden flossen und mit allen möglichen Seewesen gefüllt waren.

Und gerade als die Feier ihren Höhepunkt erreichte, strömten die sensationellsten Düfte aus dem Küchentrakt herein, und ein Heer von Helferinnen und Helfern eilte herbei und brachte das Festmahl auf den Weg. Die Leute nahmen von den schmackhaftesten und buntesten Gerichten, von brutzelnden Beilagen und duftenden Desserts und nickten und tanzten zu der Musik, die durch die Große Bibliothek von Morgen schallte, während die ganze Stadt im Geiste zusammenkam.

Was die Menschen hier betraf, so hatten sie alle Zeit der Welt, die Dinge wieder in Ordnung zu bringen. Dies war einfach ein neuer Anfang.

Nu ließ sich durch die Feierlichkeiten treiben, genoss die bewundernden Blicke, lächelte und bedankte sich bei allen, die ihr alles Gute wünschten – und das waren tatsächlich *alle*, denn in diesen heiligen Hallen war sie jetzt bekannt. Antares schwebte dicht neben ihrem Kopf, glühend und nun wieder ganz sie selbst. Ab und zu stupste sie aufgeregt Nus Schulter an, als wollte sie sagen: *Das ist alles für dich!*

Nu grinste und schüttelte den Kopf. Sie konnte es immer noch kaum glauben.

Sie. Eine Weise.

Ihre Eltern waren schrecklich stolz auf sie gewesen und hatten sie nach der Aufnahmezeremonie in die Arme genommen, bevor sie davongeeilt waren, um ihr privates Familienfest vorzubereiten, dem Nu sich später auch anschließen würde. Ihre Freunde Triss und Will stürzten sich wie aufgeregte junge Hunde auf sie, bevor sie sich ihrer neuen Position als Weiser bewusst wurden und sich respektvoll aus der Umarmung lösten – obwohl Triss sie einen Augenblick länger umfangen hielt als notwendig. Nu konnte nicht verhindern, dass sich eine warme Aufregung in ihr ausbreitete.

Sie hat mich tatsächlich zu einem Date eingeladen, dachte sie.

Dann tauchte Grindellund auf, der sich aus dem Küchentrakt geschlichen hatte, um ihr ein stolzes Grinsen und heimlich eine Handvoll von ihren Lieblingsbohnen aus dunkler Schokolade zu schenken. Und all das genoss sie mit guter Laune und frohem Herzen.

Na ja, jedenfalls sosehr sie konnte.

Denn als sie ihren Weg durch die Festlichkeiten fortsetzte, lächelte und nickte, Hände schüttelte und freundschaftliche Fauststöße erwiderte, kam sie dem Refugium immer näher, wo die anderen Weisen schon auf sie warteten. Innerlich flatterten ihre Nerven ein wenig. Und sie bereitete sich auf das bevorstehende schwierige Gespräch vor.

49

Etwas bewirken

Im Refugium stand Nu ein wenig abseits von den anderen Weisen und lauschte dem Gespräch.

Robin hatte gesagt, dass sie noch eine Nachbesprechung machen sollten. Die Aufnahmezeremonie war ein glorreicher und leicht nervenaufreibender Teil des heutigen Tages gewesen. Aber dies hier wirkte ernster und feierlicher, denn die versammelten Weisen – einschließlich derer, die von ihren Reisen aus der Papierwelt zurückgerufen worden waren – versuchten zu verstehen, was überhaupt geschehen war. Oben schaute die Urheberin von ihrem wiederhergestellten Platz über dem Buch der Weisheit zu.

»Sind wir uns denn überhaupt sicher, dass es ein dunkles Elixier war?«, fragte Amin, der Weise der Loyalität. »Ich kann immer noch nicht glauben, dass es wirklich ein dunkles Elixier gibt. Vielleicht war mit dieser Charge etwas schiefgegangen.«

»Es gibt keine Gewissheiten im Leben«, warf die Urheberin ein.

»Das ist allerdings wahr«, erwiderte Veer. »Der Aschenmann, den die meisten von uns für eine Legende hielten, ist trotzdem zurückgekehrt.«

»Wir sollten glauben, was die junge Weise sagt«, schaltete sich Paix, die Weise der Freude ein, die nicht viel älter aussah als Nu selbst. Sie stammte aus Brasilien und hatte kurz geschorenes Haar und ein Glitzern in den Augen, das von einer Liebe zur Gefahr kündete. »Nu hat das alles selbst erlebt, und wir sollten darauf vertrauen, wie sie diese Dinge einschätzt.«

Die Weise blickte zu ihr herüber. Nu nickte dankbar und versuchte, sich nicht zu verlegen zu fühlen, wollte aber auch nichts mehr hinzufügen.

Sie hatte bereits genug gesagt. Über ihre Abenteuer. Über Suttaru. Und auch über das dunkle Elixier, das Dzin wegen seines verdorbenen Lehrers erschaffen hatte. Jetzt war klar, dass der abtrünnige Weise, Suttarus rechte Hand, auch in den Ländern jenseits der Großen Bibliothek sein Unwesen getrieben hatte. Es stellte sich heraus, dass er sich die ganze Zeit im Großen Baum aufgehalten und sich als Berater getarnt hatte – was auch die kleine Störung an der Planetenmaschine im Saal des Findens zu Beginn dieser wilden Reise erklärte. Er hatte einfach abgewartet. Aber zu welchem Zweck, da war sich Nu nicht sicher.

Noch hatte sie die Energie, darüber nachzudenken. Es war Aufgabe der erfahreneren Köpfe hier, herauszufinden, was vor sich ging und was das alles bedeutete. Sie stand noch immer ein wenig unter Schock, sodass sie gar nicht viel aufnehmen konnte. Die Aufregung über ihre Berufung als Weise erfüllte sie noch immer, und außerdem die Vorfreude darauf, ein Teil dieser wunderbaren Gemeinschaft zu sein. Die anderen Weisen hatten sich alle Mühe gegeben, damit sie stolz auf das war, was sie erreicht hatte, und sie alle trauerten gemeinsam um Helia, Vega und Xavier. Die anderen hatten Nu ermutigt und unterstützt, und sie war sich sicher, dass sie alle die besten Freundinnen und Freunde werden würden.

Das Gespräch endete damit, dass Veer den Weisen mitteilte, Aedela würde ihre Hilfe beim Wiederaufbau nach dem Angriff benötigen, und danach verließen die Weisen langsam den Raum.

Nu blieb zurück und lächelte und nickte, als die anderen gingen, bis nur noch sie und die Urheberin im Raum waren.

Sie trat an das Buch heran und berührte mit ihrer Hand erst ihre Augen und dann ihre Brust.

»Ich lese nicht mit den Augen, sondern mit dem Herzen«, sprach sie, wie man es sie gelehrt hatte.

»Du möchtest mir eine Frage stellen«, sagte das Gesicht.

Nu wusste nicht recht, wie sie die Frage stellen sollte, die ihr auf der Seele lag. Eine Frage, die sie seit jenem Augenblick in der Schlacht beschäftigte, als sie Suttaru enthüllt und ihn *wirklich* gesehen hatte – so wie er gewesen war.

Begonnen hatte es als kleine Irritation. Ein seltsamer Moment des Wissens, von dem sie keine Ahnung hatte, was sie damit anstellen sollte. Aber seither war das Gefühl stärker geworden. Und jetzt bekam sie ihre Chance, es wenigstens auszusprechen.

»Ich habe ihn gesehen«, sagte sie und räusperte sich dann. »In der Stadt der Ewigkeit. Ich habe meine Macht benutzt, um Suttaru zu enttarnen. Um ihn so zu sehen, wie er einst gewesen ist, bevor er böse wurde. Oder zumindest bevor er dem Bösen in sich erlaubt hat, von ihm Besitz zu ergreifen.«

Das Gesicht nickte, sagte aber nichts, woraufhin Nu fortfuhr.

»Er wirkte gar nicht böse – vielleicht verwirrt, am ehesten vielleicht ein wenig neidisch. Das sind jedenfalls die Gefühle, die ich hatte. Ich bin mir nicht sicher. Er schien einfach normal zu sein, wirklich. Ein ganz normaler Mensch.«

»Wir waren alle einmal normal«, sagte die Urheberin zustimmend. Dann fügte sie leiser hinzu: »Was stört dich daran, Nu?«

Nu holte Luft. »Ich weiß, was passiert ist, Urheberin. Ich habe gespürt, wie er hereingelegt wurde, um dem Bösen zu dienen, das ihn dann ergriffen hat. Dem Wesen, das die Reiche verschlingen wollte. Ich habe gespürt, wie seine Liebe zu dir – so wie du damals gewesen bist, als du die Gelehrte warst – benutzt wurde, um ihn zu lenken und zu täuschen. Er war verloren und verletzlich. Und doch glaube ich, dass seine ursprüngliche Absicht die war, dich zu retten, ganz gleich zu welchem Preis für sich selbst. Es war ein Akt der Reinheit und Güte. Ein Akt der Selbstaufopferung.«

Daraufhin blieb die Urheberin stumm, als hätte sie gar nicht erwartet, so etwas zu hören.

Nu sprach weiter. »Du hast ihn ebenfalls geliebt. Nicht wahr?«

»Ja.«

»Und doch, wenn du ihn geliebt hast, warum hast du ihm dann nicht geholfen? Ich glaube nicht, dass er beim ersten Mal damals wirklich schon verloren war. Man hätte ihn zurückgewinnen, ihn vom Bösen abbringen können. Warum hast du ihn fallen lassen?«

Der Seufzer der Urheberin war mit menschlichen Gefühlen aufgeladen. Ein metaphysischer Anflug von Bedauern, bei dem ihr Gesicht kurz unscharf flackerte.

»Ich hätte ihn gewiss gerettet, wäre es mir möglich gewesen«, sagte sie. »Aber du warst nicht hier. Er kam voller Zorn her und ich konnte nicht alle retten. Die Folgen eines Verlustes der Bibliothek und der anderen Reiche wären zu groß gewesen. Ich tat, was ich konnte, und verschmolz mit dem Buch, um den Feind zu besiegen. Um die Barriere zu errichten, die verhindern konnte, dass dieses Wesen noch mehr von unseren Geschichten verschlingt. Und ja, diese Tat hat mich die eine Person gekostet, die ich geliebt habe.«

»Weil du ihn in Discordia eingesperrt hast, zusammen mit dem Bösen, das ihn umgekrempelt hatte?«

»Für das Allgemeinwohl, Nu, ja.«

Nu blinzelte und wandte den Blick ab. Sie begriff, welches Opfer die Urheberin gebracht hatte, war sich aber unsicher, wie sie selbst das empfand. Sie konnte noch immer die Wahrheit über den Mann sehen, der versucht hatte, sie alle zu töten. Der Mann, der einst vom Bösen hereingelegt worden war und teuer dafür bezahlt hatte. Der gequält und gefoltert worden war, bis er zu der lebendig gewordenen Schreckensgeschichte geworden war, die sie gerade besiegt hatten.

Es war schwer, sich damit abzufinden. Aber wusste sie doch auch, dass es der Urheberin genauso ging. Nu hatte gesehen, wie Helia in ihren letzten Momenten auf ähnliche Weise mit sich gerungen hatte. Sie war von Visionen von Xavier verleitet worden, hatte gewusst, dass sie ihn wiederbekommen konnte, und ihn schließlich doch aufgegeben, um sie alle zu retten.

»Ich verstehe«, sagte Nu. »Ich weiß zwar nicht, was ich davon halten soll, aber ich verstehe es.«

Die Urheberin war einmal genauso menschlich und fehlbar gewesen wie jeder andere auch. Dazu imstande, Irrtümern zu erliegen, und gezwungen, schwierige Entscheidungen zu treffen, ebenso wie der Rest von ihnen. Und sie hatte ihr Glück für einen höheren Zweck geopfert.

»Vielleicht gibt es nichts anderes zu fühlen als das, was da ist, Nu. Vielleicht können wir das nur als unsere eigene Wahrheit annehmen und das Beste daraus machen, komme, was wolle.«

»Ich danke dir«, antwortete Nu mit einem traurigen Lächeln.

Sie verneigte sich, und die Urheberin neigte ebenfalls den Kopf, dann wirbelte sie in das zitternde Buch unter ihr zurück, bis der Buchdeckel schließlich zufiel und alles wieder still war.

Sie ließ Nu mit ihren Gedanken und dem schwierigen Gefühl zurück, das sich einstellte, wenn man zu viel wusste.

»Du willst uns doch nicht wirklich verlassen, oder?«, fragte Robin, nachdem sie wie aus dem Nichts aufgetaucht war und Arturo in die Rippen stieß. Er verdrehte die Augen und duckte sich weg, als Centauri viel zu nah an seinem Kopf vorbeischwirrte, offenbar aufgeregt und zugleich bekümmert über seine Abreise. »Bitte, sei vorsichtig«, witzelte er. »Mir tut immer noch alles weh. Und ja, es stimmt schon, ich freue mich darauf, wieder nach Hause zu kommen, wo ich nur noch dafür verantwortlich bin, die Rechnungen zu bezahlen und zu entscheiden, was ich Rosa zum Abendessen kochen soll.«

Als Robin ihn durch die Wandelhalle zu der Stelle führte, wo Mwamba und Nu schon warteten, verzog sie das Gesicht. »Es ist nur so … Ich könnte bei meinen Nachforschungen Hilfe gebrauchen, und es würde Spaß machen, dich dabeizuhaben. Na ja, das denke natürlich nicht *ich.* Mir ist das schnurzpiepegal. Aber Centauri wird dich wirklich vermissen.«

Sie grinsten beide und wussten, dass das nicht der Wahrheit entsprach. Der Gedanke war auch ihm gekommen. Er wollte seine Tochter unbedingt wiedersehen, aber er fragte sich auch, ob er eines Tages wieder hierher zurückfinden würde. Wenn Robin ihre Zeit zwischen der Bibliothek und ihrem Zuhause aufteilen konnte, warum sollte er dazu nicht auch in der Lage sein?

»Ich werde Centauri auch vermissen«, antwortete er trocken. »Ich glaube, ich hatte hier eine Menge Spaß, sofern man den potenziellen Tod und die Zerstörung mehrerer Welten als Spaß bezeichnen kann. Hey, vielleicht schreibe ich mal über diesen Ort.«

Robins Gesicht wurde lang. »Mwamba hat es dir nicht gesagt, oder?«

»Mir *was* gesagt?«

Sie hielten neben dem älteren Weisen und Nu an, die am

Ende eines Gangs voller Regale standen. Arturo war ein wenig erleichtert, als er feststellte, dass hier keine Menschen oder Teufelshunde mit flammenden, in die Haut geritzten Wörtern aus dem Gang quollen. Es gab nur Bücher und am Ende ein offenes Portal, das auf ihn wartete. Er konnte erkennen, dass es in dieselbe Buchhandlung führte, aus der er gekommen war.

»Ich fürchte, du wirst dich an nichts von alledem erinnern«, erwiderte Robin und schaute vielsagend in Mwambas Richtung. »Jedenfalls nicht richtig. Nur Weise können die Details ihrer Zeit hier behalten. Wir sind wie Charaktere in der Geschichte der Bibliothek, während Besucherinnen und Besucher … na ja, sobald sie fortgehen, verschwinden auch ihre Erinnerungen. Zumindest größtenteils. Du wirst uns wahrscheinlich vergessen.«

»Oh.«

Er versuchte seine Enttäuschung zu unterdrücken, als die anderen ihn ansahen.

»Das tut mir leid«, sagte Mwamba und neigte entschuldigend den Kopf. »Aber es ist wahr. Du trägst deine Erfahrungen für immer mit dir, aber nur selten erinnert sich jemand an seine Zeit hier. So bleibt unser Geheimnis gewahrt.«

Arturo straffte sich und setzte eine tapfere Miene auf. »Glaubst du wirklich, ich will mich daran erinnern, dass ich die hier in den letzten Tagen ertragen musste?« Er stupste Robin mit der Schulter an.

Niemand lachte, die Anwesenden lächelten nur höflich. Sie konnten erkennen, dass die beiden sich wirklich vermissen würden.

Da es nichts mehr zu sagen gab, umarmte Arturo Robin kurz, dann reckte er sich und tätschelte Centauri zum Abschied, bevor er den Gang entlang zum Portal schritt.

Seine Tochter wartete. Das war Grund genug, sich darüber zu

freuen, dieses wunderbare, magische und gefährliche Abenteuer zu verlassen, auch wenn ein Teil von ihm sich danach sehnte, zu bleiben.

Kurz vor dem interdimensionalen Portal blieb er stehen und blickte zurück.

»Einfach hindurchgehen?«, fragte er. »Kein Abrakadabra oder andere Zaubersprüche, die ich sprechen soll? Keine Tränke, die ich brauen oder mit denen ich mich übergießen muss? Keine Fabelwesen, die ich zu bekämpfen habe oder die mich auf meinem Weg begleiten? Klingt fast … langweilig.«

Robin stöhnte. »Verschwinde einfach, bevor ich dich rausschmeiße.«

Ihre Blicke trafen sich und er nickte ihr dankbar zu. Dankbar, dass sie seine Freundin war, seine Gefährtin und auch seine Retterin. Dann tat er, wie geheißen, und ließ die Große Bibliothek hinter sich, um in sein altes Leben zurückzukehren, in dem Wissen, dass nichts je wieder so sein würde, wie es früher einmal gewesen war, selbst wenn er seine Zeit hier vergaß.

Die Türglocke der Buchhandlung bimmelte.

Arturo blinzelte beim Aufwachen in den hellblauen Himmel und den Sonnenschein des frühen Morgens. Als er die Tür hinter sich zufallen ließ, blieb er stehen, unsicher, was gerade passiert war, und mit dem Gefühl, dass er vielleicht tagträumte. Dann sah er sich verwirrt um.

War er gerade aus der Buchhandlung gekommen? Wie lange war er dort drin gewesen? Denn das Letzte, woran er sich erinnerte, war am Nachmittag geschehen. Und warum war er da überhaupt hineingegangen? Er prüfte es kurz nach, um sicherzugehen, aber nein, Bücher hatte er jedenfalls keine gekauft.

Hatte er nach etwas Bestimmtem gestöbert oder war er einfach nach seinem Besuch in der Bar dort hineingestolpert?

Nein, befand er und kratzte sich den Bart, der sich jetzt aus irgendeinem Grund ein wenig dichter anfühlte, so als hätte er ihn ein paar Tage länger wachsen lassen als sonst. Er hatte nicht das Gefühl, etwas getrunken zu haben. Sein Mund war frisch. Auch sein Geist wirkte frisch – so frisch wie schon lange nicht mehr. Während er auf die Bar nebenan starrte und die ersten Lebenszeichen sah, als einer der Angestellten herauskam und die Tische aufstellte, wurde ihm bewusst, dass er nicht einmal Lust auf einen Drink hatte. Was seltsam war, wenn man den frustrierenden Arbeitstag bedachte, den er vorhin hinter sich gebracht hatte.

Allerdings war es jetzt Morgen – wie lange war »vorhin« also her?

Es spielt keine Rolle, dachte er bei sich. Und das stimmte auch, denn es spielte wirklich keine Rolle. Die Erinnerung an die Arbeit mochte zwar noch lebendig sein, aber die Gefühle, mit denen er das Büro verlassen hatte, waren verschwunden.

Arturo fühlte sich auf eine Weise frei, als hätte sich etwas in ihm verändert. Er verspürte einen starken Drang, etwas zu tun. Er wollte etwas bewirken. Nicht nur in seinem eigenen Leben, obwohl es sicherlich eine Menge gab, was er da anders machen konnte, sondern auch in der Welt insgesamt. Er wollte seinen Beitrag leisten und mit anderen auf ein gemeinsames Ziel hinarbeiten. Oder er wollte etwas Wunderschönes erschaffen, was das Leben anderer Menschen veränderte.

In sein Büro aber wollte er auf keinen Fall mehr zurückkehren. Er wollte nicht mehr das Gefühl haben, in der Falle zu sitzen, hilflos gefangen in dem Kreislauf, arbeiten zu gehen, nur um die Rechnungen zu bezahlen. Falls dieser Job je der richtige Weg für ihn gewesen war, jetzt war er es ganz bestimmt nicht mehr. Plötzlich wurde ihm klar, dass er etwas tun musste, wenn er seine Situation ändern wollte.

Ihm kam ein Bild in den Sinn, wie er sich seinen Weg aus diesem Leben herausschrieb, und er musste lächeln. Genau das wollte er heute tun. Er würde sein neues Leben beginnen, indem er sein Kündigungsschreiben verfasste.

Und danach würde er vielleicht wieder anfangen, Geschichten zu schreiben. Nur *vielleicht.* Denn als er den Fußweg entlangging, um den neuen Tag zu beginnen, konnte er sich plötzlich seine Zukunft vorstellen. Darin gab es Geschichten für seine Tochter. Etwas Lustiges und Hoffnungsvolles, in dem die Helden die Bösewichte besiegten, in dem Verderbnis und Korruption, Lügen und Hass immer bekämpft und besiegt wurden und das Gute regelmäßig stärker war als das Böse. Etwas, das seiner Tochter Rosa gefallen würde.

Wäre das nicht großartig?

Von dem Gedanken war er begeistert und bog mit federnden Schritten um die Ecke.

»Siehst du, ich habe dir doch gesagt, dass er zurechtkommt«, erklärte Robin mit einem entrückten Ausdruck in den Augen.

Nu und Robin spähten durch die Tür der Buchhandlung und beobachteten, wie Arturo glücklich die Straße entlangging und außer Sicht verschwand.

»Ich habe keine Sekunde an dir gezweifelt«, antwortete Nu und beschönigte die Wahrheit ein wenig. Geistesabwesend berührte sie das Armband an ihrem Handgelenk. Antares summte eine kleine Antwort, also tätschelte sie die versteckte Sphäre, damit sie still blieb. »Und er wird sich wirklich an nichts erinnern?«

»Ich glaube nicht. So hat das noch nie funktioniert.«

»Das ist schade. Ich werde ihn vermissen.«

Robin sagte nichts.

»Und?«, fuhr Nu fort, als sie durch die Buchhandlung zurück in den Gang spazierten, wo das Portal darauf wartete, sie wieder zurückzubringen. »Was passiert jetzt?«

Die anderen Weisen und die Menschen in der Großen Bibliothek von Morgen hatten sie offiziell in ihrer Rolle willkommen geheißen. Was kam danach?

Ihr wurde klar, dass sie gar nicht dazu gekommen war, Helia diese Frage zu stellen. Sie hatte nicht die Chance gehabt zu begreifen, was es bedeutete, eine Weise zu sein. So schnell war sie in das Abenteuer hineingeworfen worden, dass sie sich nie die Zeit genommen hatte, sich zu fragen, wie die Realität aussehen mochte, der Alltag in diesem Job.

Robin und sie traten wieder in die Bibliothek ein und setzten auf dem Marmorboden auf, ohne aus dem Tritt zu kommen.

»Also, du hast jetzt zwei Möglichkeiten«, antwortete Robin, deren Augen schelmisch blitzten. »Wir können in der Bibliothek bleiben – uns ausruhen, irgendetwas lernen, oder ich langweile dich mit allem, was ich weiß, zu Tode …«

»Oder?«

»Oder wie wäre es, wenn du dein neues Leben ein bisschen mehr erkundest?«

»Was gibt es denn sonst noch zu sehen?«, fragte Nu.

Ihre Freundin grinste, dann griff sie nach Nus Hand und führte sie in das Refugium, zu dem Portal, das sich in die Reiche dahinter öffnete.

»Alles«, antwortete Robin.

Epilog

Arturo eilte aus seinem Schlafzimmer, den Flur entlang und in das Zimmer seiner Tochter.

Rosa saß aufrecht im Bett und ihre dunklen Locken klebten ihr an der verschwitzten Stirn.

»Papa?«, fragte sie.

»Ich bin hier, *mija*. Was ist los? Hast du schlecht geträumt?«

»Es war ein Albtraum«, antwortete sie. »Schon wieder Vulkane.«

Er setzte sich auf den Bettrand und zog ihren Kopf an seinen. Er machte ihr keinen Vorwurf. Die vulkanischen Aktivitäten rund um den Globus schienen zurzeit etwas abgeklungen zu sein – das hatten jedenfalls die Geologen in den Nachrichten gesagt –, aber trotzdem hatte das Ereignis allen Angst gemacht, ihn eingeschlossen, und Rosa hatte es sich wohl ein bisschen zu sehr zu Herzen genommen.

Es war die dritte Nacht in Folge, in der sie die gleichen Albträume hatte. Und das alles, seit er an diesem seltsamen Tag nach Hause gekommen war und sich besser und frischer gefühlt hatte denn je. Bereit, die Welt zu verändern.

Rosa zog an seinem Arm. »Kannst du bei mir bleiben, bis ich wieder einschlafe?«

»Ja, *mija*, natürlich.«

Dann nahm er den Plüschfuchs, mit dem sie gekuschelt hatte,

und legte ihn ihr wieder in die Arme. Dabei warf er ihm einen seltsamen Blick zu. Ihm wurde klar, dass er keine Ahnung hatte, wo der herkam.

———

Dzin stand hoch oben in den Ästen des Großen Baums und genoss die frische Nachtluft. Yantuz schlief tief und fest in der Baumhöhle. Sein leises Schnarchen untermalte das Zirpen der Insekten und das gelegentliche Rauschen, wenn ein fliegendes Eichhörnchen auf seinem nächtlichen Streifzug vorbeizog.

Es war das erste Mal seit drei Sonnenumläufen, dass er allein war nach den Ereignissen im Laboratorium, die ihn in dieses verrückte Abenteuer quer durch die Welt katapultiert hatten. Und in eine andere Welt, in der er vom Bösen gejagt worden war – all das hatte sich auf der Suche nach Perennia ereignet, einem Wesen, das er zu retten geholfen hatte und das ihm im Gegenzug sein Leben im Großen Baum zurückgegeben hatte.

Natürlich nicht das Leben, das er früher geführt hatte. Das bekam er nicht zurück, und er hatte immer noch Schuldgefühle wegen der Freundinnen und Freunde, die er verloren hatte. Manchmal sah er ihre Gesichter in seinen Träumen. Letzte Nacht hatte ihn Monae von der anderen Seite des Labors aus stolz angelächelt, und als er heute Morgen aufgewacht war, hatte er sowohl Freude als auch Trauer empfunden. Er vermisste sie alle schrecklich.

Nein, das Leben, das er jetzt führte, war ein ganz anderes. Es war all das, was er jemals gewollt und angestrebt hatte. Er hatte sein Ziel erreicht, ein Läufer zu werden, und war nun ein wichtiger Teil der Bemühungen, den Großen Baum wieder zum Florieren zu bringen. Und ihm schien, dass er mit dem Druck, den er normalerweise empfunden hätte, wenn ihm so viel Verantwortung übertragen worden wäre, besser denn je umgehen konnte.

All die Prüfungen, denen er ausgesetzt gewesen war, hatte er irgendwie überlebt. Mehr noch, er hatte dabei etwas entdeckt, von dem er gedacht hatte, dass er es nie finden würde.

Den Glauben an sich selbst.

Das hieß aber nicht, dass die Angst nicht wieder auftauchen würde. Er wusste, dass sie nie ganz verschwand, gleichgültig, wie gut er lernte, mit ihr umzugehen. Aber Dzin war sich sicher, dass nach allem, was er durchgemacht hatte, etwas ziemlich Schreckliches passieren müsste, damit ihn die Panikstürme so erschütterten wie früher.

Jetzt war er wieder zu Hause, genoss großes Ansehen und war in der Lage, mit dem Druck umzugehen, ein wichtiger Akteur beim Wiederaufbau der Botanischen Schule zu sein. Tatsächlich würden Rascal und er sogar der Lehrerschaft beitreten, was eine Menge Spaß machen konnte.

Dzin wusste, dass er hätte zufrieden sein sollen. Er hätte glücklich darüber sein sollen, die Reise überlebt zu haben, glücklich, dass sein ganzes Sein sich zum Besseren gewandelt hatte.

Doch plötzlich spürte er eine Sehnsucht in sich – ein Gefühl, das ihm neu war und das er nicht verleugnen konnte.

Es war eine seltsame Empfindung. Natürlich hatte es auch während der Reise Zeiten gegeben, in denen er sich danach gesehnt hatte, einfach nach Hause zurückzukehren, hier zu stehen und die Düfte der Beeren, Nüsse, Blüten und Blätter einzuatmen, die er so gut kannte.

Doch jetzt, da er hier war, in der Stille seines Zuhauses, verspürte er nur den Drang, wieder auf Reisen zu gehen. Nachdem er tief eingeatmet hatte, entfernte er sich ein wenig von der Baumhöhle und versuchte zu verstehen, was genau er fühlte. Er ließ seine Hände über die Triebe der Äste und über die Blattfinger gleiten, die sich entlang seines Weges ausbreiteten. Er nickte den summenden Insekten zu, die ihre winzigen Köpfe schief legten, wenn er vorbeiging.

Dann kam er am Ende des Astes an.

Er sah hinunter und runzelte die Stirn, denn ihm bot sich ein denkbar seltsamer Anblick. Ein Bild, das ein vertrautes Wispern der Angst heraufbeschwor, während am Horizont erneut Sturmwolken aufzogen.

Tief unter ihm, auf dem Waldboden, konnte er die Wurzeln des Großen Baums erkennen.

Sie verfärbten sich schwarz.

Glossar

Adi (jetzt »Suttaru«): Einer der ursprünglichen Gelehrten, die mit Fairen zusammenarbeiteten. Später wurde er von Discordia verdorben und verwandelte sich in Suttaru, auch bekannt als »der Aschenmann«.

Aedela: Die Hauptstadt von Bloom im Westen von Silvyra. Sie ist die Heimat einer lebendigen Gemeinschaft von Familien, die dort die spektakulärsten Blumen und Pflanzen in ganz Silvyra anbauen. Die Stadt verdankt ihren Namen einer besonderen Blume, die traditionell von Blooms Herrscherin angebaut und gepflegt wird.

Amare: Ein großer, wundersamer und magischer Vogel aus der Papierwelt. Amare hat ein buntes Gefieder mit goldenen Merkmalen und ist sehr intelligent. Sie kann auf magische Weise durch die Papierwelt und darüber hinaus reisen, indem sie einen Riss in Zeit und Raum öffnet. Zu den Weisen der Großen Bibliothek von Morgen hat sie eine besondere Beziehung, denn diese können Amare in Zeiten großer Not zu Hilfe rufen. Sie kann jedoch nur einen Passagier auf einmal auf ihrem Rücken befördern.

Amin, der Weise der Loyalität: Als ehemaliger Architekt, der in Jordanien geboren wurde, kam er in den 1990erJahren in die Bibliothek. Seine Vorliebe für einen nachhaltigen Lebensstil manifestiert sich in der engen Verbundenheit mit seiner Umgebung, die es ihm ermöglicht, Teil der physischen Landschaft zu werden, in der er lebt.

Ankleideraum: In einem neu errichteten Teil der Bibliothek befindet sich ein kleiner Raum nahe der Wandelhalle, der normalerweise nur von den Weisen besucht wird. Er ist sechseckig, groß genug für zwei Personen und mit fünf hohen, glänzenden Spiegeln ausgestattet. Wenn man den Raum betritt, ändern sich die Bilder der Personen in den Spiegeln – nicht ihre Gesichter, sondern die Kleidung, die sie tragen. Hier tauschen die Weisen ihre Bibliothekskleidung gegen die ortsübliche Kleidung ihrer Reiseziele in der Papierwelt aus.

Arturo: Ein Mann mittleren Alters aus Mexiko-Stadt, der als Werbetexter im Marketing arbeitet. Er ist geschieden und hat eine Tochter namens Rosa. Arturo fühlt sich von seinem Job zunehmend unerfüllt, bis er auf ein magisches Portal stößt, das ihn in die Große Bibliothek von Morgen führt. Dort angekommen entdeckt er, dass er die magische Fähigkeit besitzt, Dinge wahr werden zu lassen, indem er sie aufschreibt.

Auditorium: Dieser große Raum liegt neben der Wandelhalle. Hier halten Weise und Gelehrte Vorträge und beantworten Fragen aus dem Publikum. Er hat hohe Gewölbedecken und abgerundete dunkle Holzwände. Wie in einem umgedrehten Kegel befinden sich darin halbkreisförmige, aufsteigende Sitzreihen mit einem erhöhten Podium in der Mitte. Auf dem Podium selbst steht eine Säule aus Messing und Stahl, die oben mit einem Ring aus kristallinen Linsen um einen konkaven Mechanismus herum versehen ist.

Bloom: Im Westen von Silvyra gelegen, umfasst das Land der Blumen die Stadt Aedela (die Hauptstadt), den Arroya-See und viele kleinere Städte und Gemeinden. Im Osten grenzt es an große Wälder und Berge an, wo sich auch der Rosengarten befindet, um dessen Pflege sich die Bewohner und Bewohnerinnen von Bloom kümmern.

Blütenkönigin: Bloom ist eine matriarchalische Gesellschaft, und ihre Anführerin ist als Blütenkönigin bekannt. Diese Position wird auf Lebenszeit vergeben, und die Amtsinhaberin ist verpflichtet zu regieren, die Bürger und Bürgerinnen von Bloom zu beschützen und über die Aedela, die Nationalblume von Bloom, zu wachen.

Blume des Lebens: Das Symbol für Mutter und die Menschen von Silvyra. Es wird angenommen, dass es erstmals von der Obersten Gelehrten gezeichnet wurde, nachdem sie vom Großen Baum selbst dazu inspiriert worden war. Es besteht aus acht sich überschneidenden Kreisen, die, wenn sie richtig gezeichnet werden, die Blütenblätter einer Blume darstellen. Dieses Bild dient den angehenden Läufern und Läuferinnen auch als Leitfaden für die acht Zutaten, die sie benötigen, um das Elixier des Lebens herzustellen.

Bohnenranken: Diese riesigen, turmhohen Stängel findet man in und um die Stadt Unterholz im Reich Silvyra. Sie wachsen höher als Bäume und werden von der Bevölkerung für verschiedene

Zwecke genutzt, z. B. für den Transport von Waren und Personen per Luftschiff oder als Behausung.

Botanische Schule: Dies ist die wichtigste Bildungseinrichtung für die Gemeinschaft, die am Großen Baum und in seiner Umgebung lebt. Angehende Läufer besuchen die Schule ebenso wie andere Forschende oder Studierende.

Brücke von Galnaterra: Eine riesige natürliche Steinbrücke, die sich bogenförmig zwischen zwei Berggipfeln spannt. Sie dient der Stadt Unterholz als Anlegestelle für Luftschiffe.

Buch der Weisheit: Das Buch selbst präsentiert sich als bescheidener, mittelgroßer Foliant mit einem vergoldeten, roten Einband. Die Geheimnisse seiner Fertigung, die unter dem Einband verborgen und eingewoben sind, kennt nur die Gelehrte (auch bekannt als »Fairen« und »die Urheberin«). Das Buch ruht auf einem prächtigen Podest in der Mitte des Raums, dessen Holz von den Bäumen der Insel stammt.

Cerulean-Rose: Diese magische Blume, die nach ihrer auffälligen blauen Farbe benannt ist, stellt einen Eckpfeiler des Lebens und der Kultur von Silvyra dar. Sie wurde vor vielen Generationen von Mutter, dem Großen Baum, erschaffen und sollte von den Bewohnern und Bewohnerinnen von Bloom in dem heute als Rosengarten bekannten Areal gehütet werden. Die Blütenblätter der Cerulean-Rose sind die einzige unverzichtbare Zutat (der Rest ist eine persönliche Auswahl) in der Rezeptur für das Elixier des Lebens, das die Läufer herstellen, und sie blüht während der Zeit der Konjunktion.

Discordia: Das Reich der dunklen Geschichten. Angeblich hat die Papierwelt diesen Ort geschaffen, um die dunkelsten Geschichten zu beherbergen, und sie von den anderen fernzuhalten. Es wurde zufällig von Gelehrten der Großen Bibliothek entdeckt, als sie das Portal zur Papierwelt erforschten.

Dzin: Einer von zwei verwaisten Brüdern, der unter Angstzuständen leidet. Er überwindet diese Hürde jedoch, um in seinem Reich Silvyra als Läufer ausgebildet zu werden.

Edwin Payne, der abtrünnige Weise: Ein ehemaliger General der britischen Armee aus der Zeit des amerikanischen Unabhängigkeitskrieges. Nachdem er im Kampf ein Auge verloren hatte, wandte er sich der Entwicklung der Elektrizität zu und wurde schließlich zum Weisen der Kreativität. Nachdem er von der Geschichte Suttarus erfahren hatte, verließ er die Bibliothek mit seiner Sphäre Myrtilus, um sich Suttaru in seinem Streben nach Macht anzuschließen.

Elixier des Lebens: Die wertvollste Ressource von Silvyra. Eine salbenartige Substanz, die von den Läuferinnen und Läufern nach einzigartigen Rezepturen hergestellt wird. Vor Generationen schenkte Mutter, der Große Baum, den Menschen die Fähigkeit, das Elixier herzustellen, das ein hochwirksames Heilmittel für körperliche und seelische Leiden ist.

Fairen (»die Gelehrte«/»die Urheberin«): Eine frühe Gelehrte (in den historischen Werken dieser Zeit oft als »die Gelehrte« bezeichnet) und Zeitgenossin des Gründers. Fairen war für die Erschaffung des Buches der Weisheit verantwortlich. Als das Reich Discordia die Bibliothek bedrohte, verband sie ihr Bewusstsein mit dem Buch und ist seither als »die Urheberin« bekannt.

Felsriesen: Sie leben im Wüstensand rund um den Uhrwerkberg und sind größer als Bäume. Die Riesen tarnen sich für gewöhnlich und kommen heraus, wenn nachts die Temperaturen sinken. Sie gelten als Beschützer des Berges, aber ihre Herkunft und Motivation sind unbekannt.

Fluss der Buchstaben: Er ist die Quelle aller magischen Geschichten und des Lebens, die die Papierwelt ausmachen. Er fließt frei entlang endloser Kanäle, verzweigt sich in physische und metaphysische Ströme und formt sich zu Worten, Sätzen und schließlich zu Geschichten, die sich jeweils in eine einzigartige Welt verwandeln können. Er ist ständiger Wandel und ständige Schöpfung.

Foyer: Dies ist der älteste Teil der Großen Bibliothek. Er wurde auf der aus Stein gehauenen Rotunde errichtet, die der Gründer bei seiner Ankunft auf der Insel am Fuße des Berges entdeckte. Darin befindet sich eine geräumige runde Kammer mit hoher Decke und einem großflächigen Wandmosaik im klassischen Stil, das die vielen Formen des Geschichtenerzählens zelebriert, die der Gründer in seiner Sammlung zusammengetragen hat.

Galnaterra: Diese kleine Stadt mit ihren umliegenden Bauernhöfen befindet sich in den Bergen in der Nähe von Unterholz, nördlich des Ur-Waldes.

Gelehrte, die (siehe auch »Fairen« und »die Urheberin«): Ein formeller Name für Fairen, die das Portal in der Großen Bibliothek entdeckte und das Buch der Weisheit erschuf; in der Zeit, bevor sie eins mit dem Buch wurde.

Gelehrte: Ein allgemeiner Begriff für Forschende, die in der Großen Bibliothek von Morgen leben oder dort zu Besuch sind. Für die Bürger und Bürgerinnen der Bibliothek bedeutet diese Ehrenbezeichnung, dass sie in der Bibliothek einen Beruf in der Forschung, als Bibliothekar oder Archivar ausüben.

Goldamsel: Ein prächtiges Luftschiff aus Holz und Messing. Es ist eines der seltenen Schiffe aus Silvyra, das am Großen Baum anlegt und in andere Reiche reisen kann, um diese mit dem Elixir des Lebens zu beliefern.

Gründer: Der Gründer der Großen Bibliothek von Morgen. Über sein früheres Leben ist wenig bekannt, nicht einmal sein Vorname, aber er war ein leidenschaftlicher Sammler und Liebhaber von Büchern und Wissen. Als ihn seine Reisen auf eine geheimnisvolle, abgeschiedene Insel führten, beschloss der Gründer, einen Ort zu errichten, an dem die Werte, Geschichten und das Wissen der Menschheit zelebriert werden sollten. Der Gründer ging durch das Portal und verschwand, bevor das Buch der Weisheit erschaffen wurde.

Halle der Weisen: Ein großer Saal, in dem zehn überlebensgroße Marmorstatuen der Weisen stehen.

Hasen mit buschigem Schwanz: In Silvyra heimische Säugetiere, die im ganzen Reich verbreitet sind.

Helia, die Weise der Hoffnung: Sie stammt ursprünglich aus Italien, wo sie einem Ausbruch des Vesuvs entkam. Helia ist seit mehreren Jahrhunderten die Weise der Hoffnung und damit nach Mwamba die dienstälteste Weise. Unterstützt von ihrer Sphäre Vega verfügt Helia über unglaubliche Kräfte, mit denen sie Pflanzen und die Natur beeinflussen und kontrollieren kann. Sie und der Weise Xavier sind bis zu seinem Tod im Rosengarten ein Liebespaar.

Kapitän Finesse: Der aktuelle Kapitän der *Goldamsel*, unterstützt von seinem Ersten Offizier Earnest, und langjähriger Freund und Begleiter von Rascal.

Kodex: Es handelt sich hierbei sowohl um den Katalog, als auch um das Betriebssystem der Großen Bibliothek von Morgen.

Königinnennest: Eine Taverne in der Stadt Unterholz.

Konjunktion: Dieses Ereignis findet alle fünf Jahreszeiten während der Erntezeit in Silvyra statt, wenn die beiden Monde und die Sonne in einer Reihe hintereinander stehen. Dadurch erneuert sich und gedeiht alles Leben im Reich. Verschiedene Kulturen in Silvyra begehen diesen Moment mit einem großen Fest und betrachten ihn als das wichtigste Ereignis im ganzen Jahr. Der Zeitpunkt der Konjunktion ist etwas zufällig, aber durch ihre Auswirkungen auf die Natur spüren die Menschen in Silvyra ihr Nahen und beobachten Lauf der Monde und der Sonne.

Krabbelkäfer: Ein kleines käferartiges Wesen, das in Silvyra vorkommt.

Kupferseeungeheuer: Ein Bewohner der dunklen Welt Discordia, in der auch ihr Abgesandter Suttaru wohnt.

Labyrinth: Eine Schöpfung von Mutter, dem Großen Baum. Das Labyrinth umgibt sowohl sie selbst als auch den Ur-Wald und dient als Sicherheitsbarriere. Nur die reinen Herzens können das Labyrinth sicher durchqueren, während sie eine Augenbinde (oder Ähnliches) tragen. Die Reisenden, die nicht würdig sind, verschlingt das Labyrinth.

Läufer: So werden die besten Botaniker und Botanikerinnen von Silvyra genannt, die sich der Suche nach einer einzigartigen Rezeptur für das Elixier des Lebens verschrieben haben. In der Regel wird nur eine kleine Anzahl von Läufern in jedem Jahreszeitenzyklus ausgewählt, und sie müssen brillant, mutig und reinen Herzens sein. Sie verbringen mehrere Jahreszeiten damit zu forschen, zu reisen und Silvyra zu erkunden, um acht bedeutungsvolle Zutaten für ihre einzigartige Rezeptur des Elixiers zu finden. Dazu gehört auch, dass sie das Labyrinth durchqueren und zum Rosengarten reisen, um an ein Blütenblatt der Cerulean-Rose zu gelangen.

Lesesaal: Hier können die Weisen forschen und sich austauschen. Es handelt sich um einen wunderschönen, riesigen Raum, in dem eine große Anzahl von Büchern – groß, klein, dünn, dick, in allen Farben und mit allen möglichen Verzierungen und Designs – bis zu drei Stockwerke hoch an den Wänden gelagert und sogar irgendwie an der Decke befestigt sind.

Maïa, die Weise der Integrität: Bevor sie eine Weise wurde, war sie Zirkusakrobatin im Frankreich des späten 19. Jahrhunderts. Als Weise besitzt sie unglaubliche physische Fähigkeiten, da sie »eins« mit ihrem Körper und zu Leistungen fähig ist, die normale Menschen nicht erreichen. Ihre Sphäre Trix ist ihr ständiger Begleiter.

Mondschwalbe: Ein Vogel, der in Silvyra vor allem in den Bergregionen in der Nähe des Rosengartens häufig vorkommt.

Mutter (Großer Baum): Sie ist der Mutterbaum, die Verkörperung des Lebenszyklus nicht nur in Silvyra, sondern in allen Reichen der

Papierwelt. Tatsächlich gibt es in jedem Reich einen einzigartigen Ableger von Mutter, der dort als Lebensbaum fungiert.

Mwamba, der Weise des Wissens: Als dienstältester Weiser dieser Ära verfügt Mwamba sowohl über die Fähigkeit, in unglaublicher Geschwindigkeit Informationen aus jedem Buch aufzunehmen und zu behalten, als auch über die Erfahrung, sein Wissen im Dienste der Großen Bibliothek praktisch anzuwenden. Daher verlassen er und seine Sphäre Canopus die Große Bibliothek nur selten, da sie dort von größtem Nutzen sein können.

Nest: Ein besonderer Ort abseits der Wandelhalle, an dem die magische Kreatur Amare in Zeiten großer Not Zugang zur Bibliothek bekommt.

Nu: Eine junge Frau mit der Gabe, die Wahrheit hinter den Dingen zu erkennen. Sie wurde in der Großen Bibliothek von Morgen geboren. Ihre australische Mutter und ihr burmesischer Vater hatten die Bibliothek in ihren Zwanzigern entdeckt und waren dort sesshaft geworden. Nu findet die verwaiste Sphäre Antares und baut eine Bindung zu ihr auf.

Oberste Gelehrte: Die Oberste Gelehrte ist die gewählte Herrscherin der Gemeinschaft, die innerhalb der Grenzen des Labyrinths im Ur-Wald und am Großen Baum lebt. Die Oberste Gelehrte ist in der Regel weiblich und oft eine ehemalige Läuferin mit großer wissenschaftlicher Neugier sowie einer Vorliebe für den Gartenbau und umfassenden Kenntnissen auf diesem Gebiet.

Observatorium: Ein besonderer Raum, in dem man durch eine ausgeklügelte Mischung aus Technologie und Magie Ereignisse auf der Erde beobachten kann. Das Gerät ist etwas größer als eine gewöhnliche Kristallkugel und wirkt so, als würde man einen Film sehen, allerdings mit dem Gefühl, sich tatsächlich an dem Ort zu befinden, der gerade beobachtet wird.

Paix, die Weise der Freude: Sie wurde in Brasilien geboren und wirkt wie eine Frau Ende zwanzig, ist aber bereits seit Anfang des 20. Jahrhunderts eine Weise. Sie ist eine talentierte Pianistin, und ihre Kräfte sind buchstäblich elektrisierend.

Papierwelt: Als »Metaversum« der Reiche ist die Papierwelt das pergamentene Flickwerk aller jemals erzählten Geschichten, in dem der Fluss der Buchstaben fließt, sich zu Worten, Sätzen und schließlich Geschichten formt, die sich jeweils in eine einzigartige Welt verwandeln können.

Perennia: Der Drache ist Silvyras Beschützerin, aber ihre Herkunft ist geheimnisumwittert und Gegenstand von Legenden. Sie lebt im Rosengarten und bewacht ihn. Man kann sie über den Bergen westlich von Mutter kreisen sehen, wo sie vom Himmel aus Wache hält.

Planetenmaschine: Diese riesige Vorrichtung befindet sich im Zentrum des Saals des Findens. Eine komplexe Anordnung aus Messing, Stahl und Kristall bildet ihre äußere Hülle, eine Vielzahl konzentrischer Ringe, die sich um einzelne Achsen drehen und in verschiedene Richtungen bewegen. Ihre Aufgabe besteht darin, den Weisen bei der Erkundung neuer Reiche in der Papierwelt zu helfen und ihre Sphären dort lokalisieren zu können.

Portal: Erstmals in der Großen Bibliothek von Fairen (auch bekannt als »die Gelehrte« und »die Urheberin«) entdeckt, handelt es sich um ein magisches Tor zu den Reichen der Papierwelt. Es ist eine Besonderheit der Insel, auf der sich die Große Bibliothek von Morgen befindet, und kann durch das Buch der Weisheit gesteuert und kontrolliert werden. Es existieren auch Portale von der Erde zur Bibliothek. In der Regel werden sie von Besuchenden der Bibliothek genutzt, die dann im Foyer ankommen.

Prinz Raptor: So lautet der Titel des derzeitigen Herrschers über den Uhrwerkberg, die dreistöckige mechanische Stadt in der Wüste östlich des Ur-Waldes. Er ist eitel, gerissen und von seiner privaten Pflanzensammlung besessen.

Raffinerie: In den unteren Ebenen von Mutter, dem Großen Baum, befindet sich die Raffinerie, eine riesige Anlage aus Holz, Rinde, kupfernen Apparaturen und riesigen Messingbehältern, in denen das Elixier des Lebens in großen Mengen hergestellt wird.

Rascal: Sie war früher Läuferin an der Botanischen Schule am Großen Baum in Silvyra und gehörte zur Besatzung der *Goldamsel*. Sie steckt voller Leben und sucht in allen Bereichen ihres Daseins nach Abenteuern, was dazu führte, dass sie sich Metallflügel an den Rücken montieren ließ, mit denen sie durch die Lüfte ihrer Welt gleiten kann.

Reflectorias: Diese großen kupfernen Monumente, die wie Teleskope aussehen, befinden sich in der Stadt der Ewigkeit. Sie sind in regelmäßigen Abständen um den See der Stadt herum angeordnet und auf einen einzigen Punkt innerhalb der Stadt ausgerichtet. Wenn sie aktiviert werden, strahlen sie Licht auf einen prächtigen weißen

Turm im Stadtzentrum, ein Spiegelbild von Liebe und Erinnerungen aus der ganzen großen und verlassenen Stadt.

Refugium: Der vielleicht wichtigste Raum in der Großen Bibliothek ist das Refugium, das Zentrum der Bibliothek, in dem sich das Buch der Weisheit und das ursprüngliche Portal zu den anderen Reichen befinden. Es ist ein heiliger und magischer Ort, und wenn Studierende an den Türen vorbeigehen, fragen sie einander flüsternd, welche Wunder sich wohl dahinter verbergen.

Rezeptur: Dies ist die offizielle Bezeichnung für die Zutaten, die ein Läufer für seine eigene, einzigartige Ausgabe des Elixiers des Lebens auswählt und kombiniert. Die Läuferinnen und Läufer durchqueren das Labyrinth und begeben sich hinaus in das Reich, um acht Zutaten zu sammeln, die für sie eine besondere Bedeutung haben. Eine davon sind die Blütenblätter der Cerulean-Rose. Die endgültige Zusammensetzung wird in der Regel auf einer besonderen Schriftrolle festgehalten.

Robin, die Weise der Liebe: Sie ist eine ehemalige Sonderschullehrerin indisch-britischer Herkunft mit einem schelmischen, ansteckenden Lächeln. Zwar ist sie eine relativ junge Weise, aber sie ist doch wesentlich älter, als man meinen möchte. Ihre Kräfte ermöglichen es ihr, die Emotionen der Menschen zu beeinflussen, was sich oft in Form von Wellen aus goldenem Licht äußert. Ihre Sphäre Centauri teilt ihre optimistische Lebenshaltung.

Rosengarten: Einst einfach als »das Versteckte Tal« bekannt, liegt der Rosengarten in einem abgeschiedenen Gebiet zwischen den Bergen westlich von Mutter, dem Ur-Wald und dem Labyrinth. Dort ist sowohl die Cerulean-Rose beheimatet als auch Perennia, der Schutzdrache.

Saal des Findens: Ein gewaltiges Gewölbe mit hohen Regalen voller gebundener Atlanten und Reiseberichte, die eine schier endlose Fülle an kartografischen Informationen über die Erde und andere Reiche enthalten. Hier befindet sich auch die Planetenmaschine.

Samen des Lebens: In Verbindung mit der Blume des Lebens stellt er eine wichtige Philosophie für die Menschen von Silvyra dar und spiegelt das Bedürfnis wider, ein Gleichgewicht und das Einssein mit der Natur zu finden und den Kreislauf des Lebens zu respektieren.

Silvyra: Das Reich der Pflanzen und Blumen, die Heimat von Mutter, dem Großen Baum, dem Elixier des Lebens und dem Drachen Perennia. Es ist eine große und vielfältige Welt mit Kontinenten, Inseln,

Ozeanen, Flüssen, Seen und sogar Wüsten. In all diesen Gebieten gibt es eine Fülle von Flora und Fauna sowie florierende Gemeinschaften – von großen Ortschaften bis hin zu kleineren Ansiedlungen. Silvyra hat zwei Monde und eine strahlend gelbe Sonne, die alle fünf Jahreszeiten in einer Reihe hintereinander stehen (Konjunktion).

Sphäre: Ursprünglich der Gelehrten entworfen, sind die Sphären – von denen es immer zehn gibt – jeweils mit einem Weisen verbunden, den sie im Namen des Buches der Weisheit erwählt haben. Die Sphären bestehen aus exotischen Materialien und können fließend mit ihren Weisen kommunizieren. Jede Sphäre verwendet dazu eine bestimmte Farbe und einzigartige Muster, die auf ihrer Oberfläche angezeigt werden, in Kombination mit einer starken psychischen Verbindung. In begrenzterem Maße können auch andere Weisen oder Nicht-Weisen sie verstehen. Die Sphären der Weisen verstärken deren Macht, und können je nach Bedarf ihre Größe verändern. Sie sind auch der Mechanismus, der es den Weisen ermöglicht, sicher durch das Portal zu reisen.

Stadt der Ewigkeit: Eine hochentwickelte und magische Stadt in einem namenlosen und dünn besiedelten Reich. Obwohl sie unbewohnt ist, dient sie als Speicher von Erinnerungen aus der gesamten Papierwelt. Die Gelehrten und Weisen der Großen Bibliothek von Morgen arbeiten derzeit daran, ihre Geheimnisse zu lüften.

Summbienen mit rosafarbenen Flügelspitzen: Große, farbenfrohe Bestäuber, die überall in Silvyra und vor allem im Rosengarten und in Bloom zu finden sind.

Suttaru: Früher bekannt als Adi, einst ein enger Freund und Kollege der Gelehrten Fairen, ist er nun das verderbte Überbleibsel dieses Mannes. In einen Umhang aus brennender Asche gehüllt, dient er Discordia, dem Reich der dunklen Geschichten. In der Großen Bibliothek von Morgen ist er als »der Aschenmann« bekannt, ein Titel, der ihm meist scherzhaft verliehen wird, um unartige Kinder zu erschrecken.

Tore (Silvyra): Die Eingänge zum Labyrinth, das den Ur-Wald und Mutter umgibt. Sie befinden sich ungefähr nördlich, südlich, östlich und westlich des Großen Baums.

Uhrwerkberg: Eine sehr große, künstlich hergestellte Anlage, die aus drei riesigen übereinander angeordneten Zahnrädern besteht. Sie dienen als Lebensraum für eine Stadt, über die Prinz Raptor herrscht. Die Ursprünge des Berges liegen im Dunkeln, doch man nimmt an, dass er aus der Epoche vor dem Zeitalter der Geister stammt, als noch ungezähmte Urkräfte das Reich beherrschten.

Ungeschriebene: Hierbei handelt es sich um die Opfer von Suttaru und Discordia. Diese hilflosen Menschen und Kreaturen wurden zu gehorsamen Dienern ihrer neuen Herren gemacht, indem man ihre persönlichen Geschichten umgeschrieben hat. Die Ungeschriebenen sind an den brennenden Schriftzeichen zu erkennen, die auf ihrem ganzen Körper erscheinen, solange sie unter fremder Kontrolle stehen. Diese Schriftzeichen sind in einer der Papierwelt unbekannten Sprache verfasst.

Unterholz: Eine Luftschiff-Hafenstadt nördlich des Labyrinths, am Fuße eines kleinen Gebirgszugs und umgeben von großen Bohnenranken. Über der Stadt befindet sich eine natürliche Steinbrücke, die zum Anlegen sowie zum Be- und Entladen von Luftschiffen genutzt wird.

Urheberin (siehe auch »Fairen« und »die Gelehrte«): Ein Ehrentitel, der Fairen verliehen wurde. Sie entdeckte als Erste das Portal zur Papierwelt und erschuf das Buch der Weisheit. In einer Zeit großer Gefahr wurde sie eins mit dem Buch der Weisheit, wurde zu seiner Stimme und seinem Bewusstsein. Obwohl das Buch der Weisheit als eine eigene Wesenheit betrachtet wird, spricht es mit der Stimme der Urheberin.

Urhöhle: Die Urhöhle ist einer der ältesten Teile der Großen Bibliothek von Morgen. Sie befindet sich dort, wo der Gründer aus dem Meer kam, und beherbergt einige der frühesten und persönlichsten Werke seiner Sammlung.

Ur-Wald: Dieser gewaltige und artenreiche Wald umgibt Mutter, den Großen Baum, und bietet einer Vielzahl von Pflanzen, Tieren und Menschen eine Heimat.

Veer, der Weise der Kraft: Er wurde in der ersten Hälfte des 20. Jahrhunderts geboren und ist seit über siebzig Jahren ein Weiser. Davor arbeitete er an der Entwicklung der ersten Windkraftanlagen für die NASA mit. Seine Kräfte, die durch seine Sphäre Lynx verstärkt werden, erinnern an seinen früheren Beruf, denn er kann die Luft und den Wind beherrschen.

Volare Machina: Die Boten und Arbeiter der Großen Bibliothek, eine Vielzahl mechanischer und magischer Flugmaschinen in allen möglichen Formen, Designs und mit zahlreichen Funktionen. Einige besitzen Flügel, andere Rotoren, aber alle nutzen einen Hauch alter Magie als Antrieb.

Wandelhalle: Die zentrale Durchgangshalle der Großen Bibliothek ist von klassischer Architektur geprägt, die an die Kathedralen des Mittelalters erinnert, und verändert sich dann langsam, um die verschiedenen Epochen des Baus der Bibliothek widerzuspiegeln. Zu beiden Seiten erheben sich hohe Regale über den Marmorböden. Das Sonnenlicht fällt von außen durch Schächte in den Berg, die durch den Stein selbst gebohrt wurden, und wird durch eine Reihe von Spiegeln in den gesamten Bereich weitergeleitet. Von den Emporen aus, die bis zu dem hohen Kuppeldach führen, hört man das geschäftige Treiben der Menschen, die hier leben und arbeiten, der Gastwissenschaftler und der Maschinerie der Bibliothek selbst. Von der Wandelhalle aus gelangt man zu den anderen wichtigen Bereichen der Bibliothek, in deren Mitte sich das Refugium befindet.

Weisen: In der Großen Bibliothek von Morgen gibt es zehn Weise, deren Positionen vom Buch der Weisheit geschaffen wurden, um über die zentralen Werte der Menschheit in allen Welten zu wachen. Die Weisen wurden ein fundamentaler Bestandteil der Führung der Bibliothek, nachdem sich die Gelehrte mit dem Buch der Weisheit verbunden hatte. Eine Sphäre wählt jeweils einen Weisen unter der Führung des Buchs der Weisheit aus, danach sind sie auf Lebenszeit miteinander verbunden. Die natürliche Affinität der Weisen zu einem der Grundwerte (Hoffnung, Wahrheit, Stärke, Wissen usw.) manifestiert sich als mit der Natur und dem jeweiligen Grundwert verwandte magische Kraft. Die den Weisen innewohnenden Kräfte können von den Sphären durch das Kanalisieren von Energie aus der Bibliothek noch verstärkt werden. Die Weisen führen ein sehr langes Leben – manchmal über viele hundert Jahre hinweg –, sind aber nicht gegen körperliche Schäden oder einen gewaltsamen Tod gefeit.

Xavier, der Weise der Wahrheit: Er ist das Musterbeispiel für einen Weisen, erfüllt seine Pflicht selbstlos und liebt Helia über alles. Seine Kräfte der Wahrheit und des Weitblicks reichen jedoch nicht aus, um ihn vor Suttarus Attacke während des Angriffs auf den Rosengarten zu schützen. Er stirbt den Heldentod und hinterlässt seine Sphäre Antares.

Nachwort von Steve Aoki

Das Großartige am Tomorrowland-Festival ist, dass ich nie weiß, was als Nächstes kommt. Es haut mich jedes Mal aufs Neue um. Es wird *jeden* umhauen, weil die Menschen hinter dem Tomorrowland in diesem Bereich einfach führend sind.

Mit diesem neuen Fantasy-Roman von Rosalia Aguilar Solace hat Tomorrowland wieder einmal alle meine Erwartungen übertroffen. Als ich das Buch bekam, habe ich es sofort verschlungen. Die Charaktere, das Worldbuilding und die Geschichte haben mich von der ersten Seite an gefesselt. In typischer Tomorrowland-Manier verkörpert das Buch die Kultur und das Ethos des Festivals, von dem es inspiriert wurde, und bricht zu sensationellen neuen Welten und Erfahrungen auf, die Leserinnen und Leser begeistert mitfiebern lassen werden. Ein ganz neues Universum an Welten, die wir erkunden können: Von den magischen und eindrucksvollen Wäldern von Silvyra bis hin zur atemberaubenden Stadt der Ewigkeit. Und nicht zu vergessen, das Buch der Weisheit und die Große Bibliothek von Morgen.

Als Kreativschaffender kann ich erkennen, wie viel Liebe und Leidenschaft in dieses Buch geflossen sind, wie viel Inspiration und Hingabe, um daraus nicht nur eine hervorragende Geschichte zu machen, sondern ein Ereignis für alle, die sich lebendig und bestärkt fühlen und Teil von etwas Größerem sein möchten.

Die Handlung des Buches wird euch unweigerlich in ihren Bann ziehen, die Spannung steigt und fällt, bis sich die Geschichte zu einem wahren Crescendo aufbaut, bei dem ihr, genau wie ich, am Ende nach mehr verlangen werdet.

Dieses Buch bietet für jeden etwas: Eine epische Fantasy-Story mit einer Handlung und Charakteren, die das Herz von Tomorrowland in einer magischen Geschichte über das Leben, die Liebe und Gemeinschaft einfangen.

Nachwort von Louie Schwartzberg

Es ist immer aufregend, Projekte zu entdecken, die sich mit der Natur beschäftigen. Insbesondere mit deren Kräften der Liebe und der Zerstörung, die ich selbst schon beim Filmen der Wunder der Natur beobachtet habe. Als ich gebeten wurde, meine Erkenntnisse während der Inspirationsessions für dieses Buch mit dem Tomorrowland-Team zu teilen, war ich erstaunt und erfreut, mit anderen zusammen an Themen arbeiten zu dürfen, die mir selbst so sehr am Herzen liegen.

Was mich an diesem Buch so fesselt – abgesehen von den sagenhaften Helden und Heldinnen, ihren epischen Abenteuern und den wunderbaren Welten, die sie bereisen –, ist, dass wir in dieser Geschichte die wahre Magie unseres Universums finden: die Natur. Ursprünglich und ungezähmt. Kultiviert. Oft strapaziert durch den Druck, den wir Menschen auf sie ausüben, und doch bleibt sie widerspenstig, unvergänglich und wirkt in ihren verschiedenen Bereichen zusammen, um sich zu nähren, zu unterstützen und sich untereinander zu verteidigen.

Die Natur ist die Geschichte unserer Welt, und in diesem Buch wird aus unserer einen Welt eine Vielzahl von Welten, die wie die Bäume eines Walds miteinander verbunden sind, und wie die Natur selbst alles Mögliche durchleben – von plötzlicher Zerstörung bis hin zu zeitloser Ruhe. Das ist die Magie der Natur, ihre Ausdauer, ihre grenzenlose Fähigkeit zu vergeben, zu geben und einfach fortzubestehen, selbst wenn alles gegen sie spricht. Um ein Zitat von Shakespeares Hamlet abzuwandeln: Indem wir der Natur einen Spiegel vorhalten, können wir in diesem Buch eine Reflexion dessen sehen, was in unserer eigenen Welt real und magisch ist. Die Wahrheit der Natur.

Es ist eine eindringliche Erinnerung an die Herausforderungen, denen wir uns alle in der realen Welt stellen müssen. Gleichzeitig werden Helden gezeigt, die nach der Wahrheit dessen suchen, was es bedeutet, Mensch und auch Teil der Natur zu sein. Mit dieser Geschichte hat Tomorrowland unser anhaltendes Streben nach einem tieferen Verständnis unseres Platzes in dieser Welt veranschaulicht, und zeigt, wie jeder von uns seinen inneren Helden oder seine innere Heldin annehmen kann. Ich bin begeistert, dass ich daran mitwirken durfte.

Danksagung

Diesen Auftakt meiner Trilogie, in dem ich einen Einblick in die Magie der Papierwelt gebe – einer Magie, die ich als Kind selbst in der Großen Bibliothek von Morgen erlebt habe –, hätte ich ohne die Hilfe und Inspiration vieler Menschen nicht erschaffen können.

Als Erstes möchte ich dem Creative Team von Tomorrowland danken: Ihre inspirierenden Ideen und magisches Worldbuilding haben all dies erst möglich gemacht. Außerdem danke ich dem Schreib- und Redaktionsteam: Dan Hanks, Emily Yau, Karen Ball, Chris Roberson und Michael Rowley. Ein großes Dankeschön für eure Klugheit, Kreativität und umfassende Unterstützung.

Den Literaturagenten Paul Lucas, Nathaniel Alcaraz-Stapleton und dem gesamten Team von Janklow & Nesbit: Euer Glaube an das Projekt und eure kontinuierliche Unterstützung waren von unschätzbarem Wert. Danke, dass ihr ein wichtiger Teil dieser Reise wart und dabei geholfen habt, Übersetzungen ins Deutsche, Französische, Niederländische, Polnische und Tschechische zu ermöglichen. Weitere Sprachen werden folgen!

Die Zusammenarbeit mit meinem Lektor Daniel Ehrenhaft war eine Freude, ebenso wie die mit dem gesamten Team von Blackstone Publishing: Lysa Williams, Josie Woodbridge, David Baker und Rebecca Brewer. Ihr seid alle fantastisch, und ich könnte nicht glücklicher darüber sein, mit euch zusammenzuarbeiten.

Ich möchte mich auch bei Armin van Buuren, Louie Schwartzberg, Leen Gorissen und Jill Peeters bedanken, die sich die Zeit genommen haben, Inspirationssessions abzuhalten und ihre einzigartigen Gedanken zu vielen der Themen in diesem Buch mit mir zu teilen. Eure Erkenntnisse waren erstaunlich.

Vielen Dank an den legendären Steve Aoki und erneut an Louie Schwartzberg für eure sehr freundlichen Nachworte.

Und an euch, die Leserinnen und Leser, dafür, dass ihr dieses Buch in die Hand genommen habt: Es werden noch viele weitere Reisen folgen. Vielen Dank, dass ihr dabei seid. Magie und Abenteuer erwarten euch!

Rosalia Aguilar Solace

Über Tomorrowland

Das Tomorrowland ist eines der spektakulärsten Musikfestivals weltweit, und wurde 2005 von den Brüdern Manu und Michiel Beers ins Leben gerufen. Es ist für seine Fantasy-Themen, seine magischen Welten und für das einzigartige Gefühl globaler Gemeinschaft bekannt, da es Menschen aus allen Ländern der Welt zusammenbringt. Das Festival findet jeden Sommer in der wunderschönen Stadt Boom in Belgien statt, ist jedes Jahr innerhalb weniger Minuten ausverkauft und begeistert an zwei Wochenenden mehr als 400 000 Besuchende.

Das Motto von Tomorrowland lautet: »Live Today, Love Tomorrow, Unite Forever«. »Live Today« steht dafür, das Leben in vollen Zügen zu genießen; »Love Tomorrow« steht für den Respekt vor sich selbst, einschließlich der eigenen geistigen und körperlichen Gesundheit, und den Respekt vor anderen und der Natur, während »Unite Forever« für Gemeinschaft, Vielfalt, gleiches Recht für alle und Freiheit steht.

Doch Tomorrowland ist weit mehr als das Festival im Sommer. In jeder Saison finden neue Veranstaltungen auf der ganzen Welt statt. Vom Tomorrowland Winter im prächtigen Alpe d'Huez bis zum Tomorrowland Brazil im wunderschönen Itu ist es wahrhaftig ein globales Phänomen.

Tomorrowland bleibt das ganze Jahr über mit seinen Fans, den »People of Tomorrow«, über *One World Radio* und das eigene

Plattenlabel *Tomorrowland Music* in Verbindung, während Projekte wie die Tomorrowland Academy, eine Schule für DJs und Produzenten, die nächste Generation musikalischer Talente fördert. Die Tomorrowland Foundation richtet weltweit Musik- und Kunstschulen ein, um benachteiligten Kindern die Möglichkeit zu geben, sich kreativ auszudrücken. Derzeit gibt es diese Schulen in Indien, Nepal und Brasilien.

Tomorrowland Fiction fügt dem nun eine weitere Ebene hinzu und teilt einzigartige Geschichten voller Magie mit einem globalen Publikum. So trägt Tomorrowland seine Botschaft von Liebe und Gemeinschaft weiter in die Welt.